月並発句合《つきなみほっくあわせ》の研究

永井一彰

NAGAI Kazuaki

笠間書院

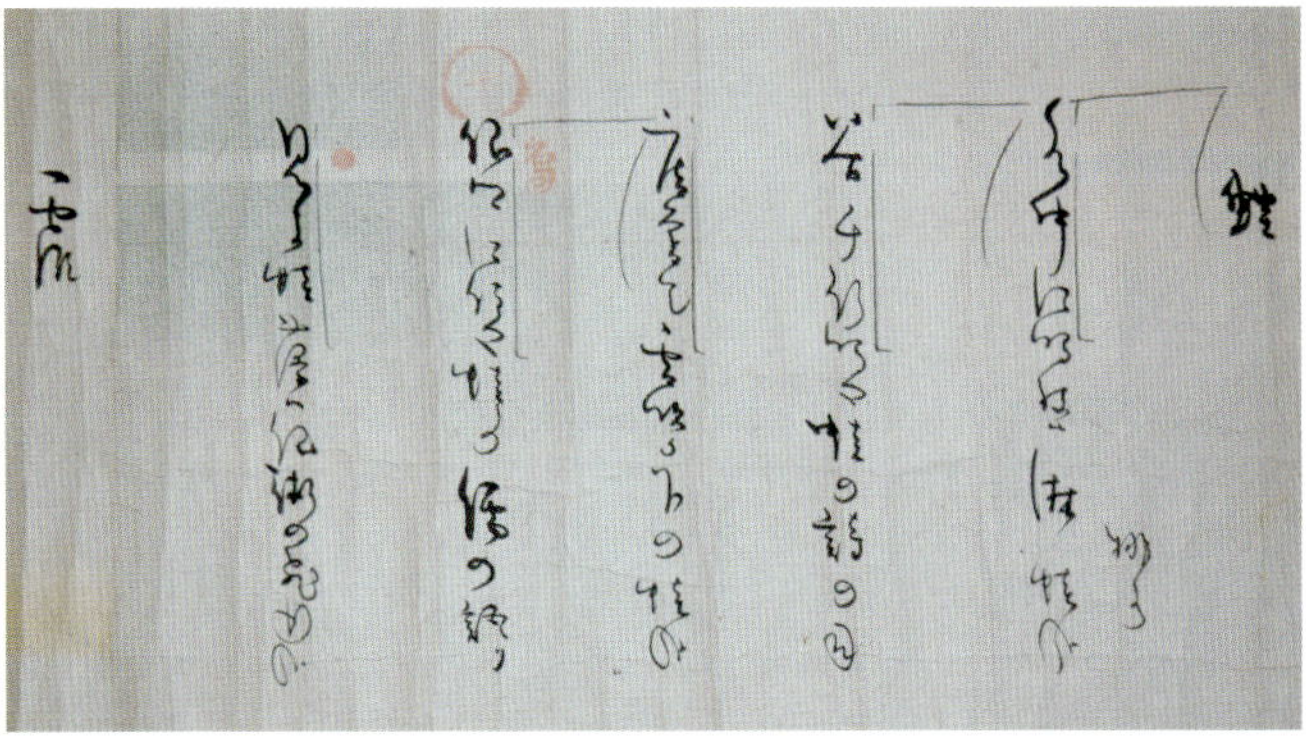

図５③　一晶判発句合点帖切　第１紙

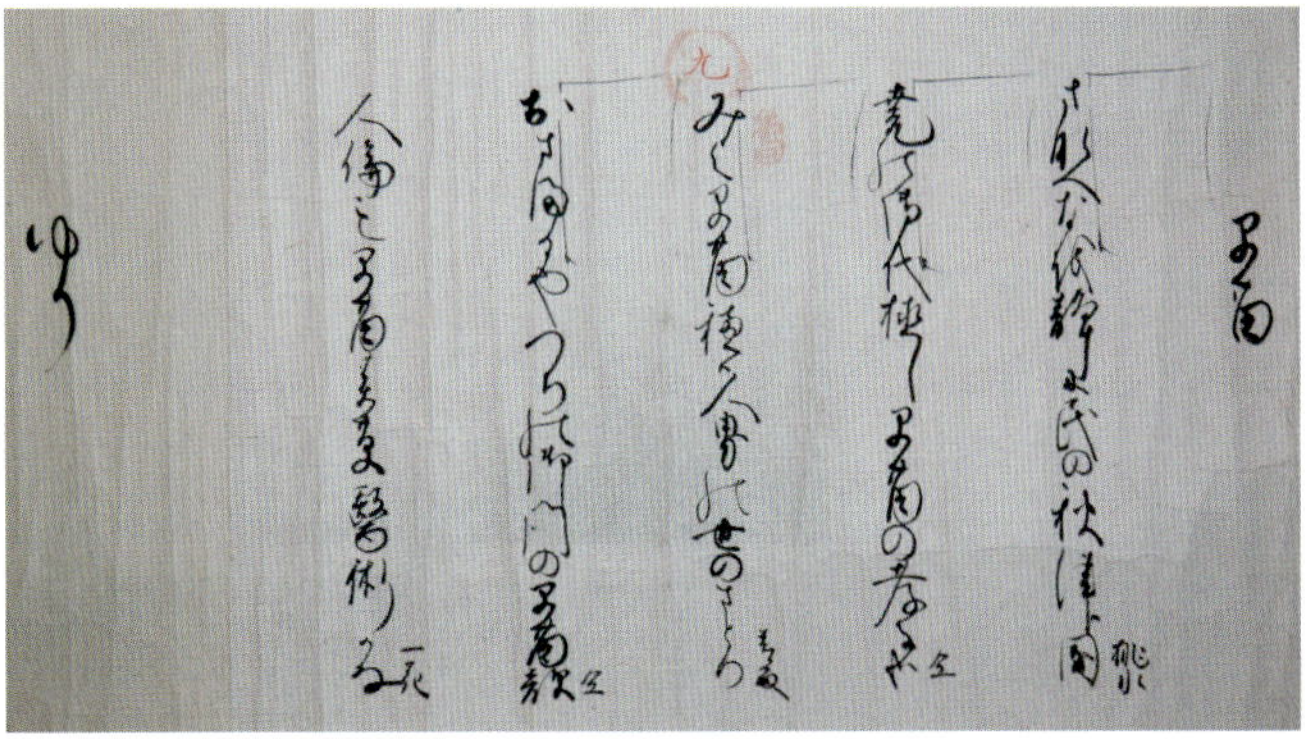

図５④　　同　上　　第９紙

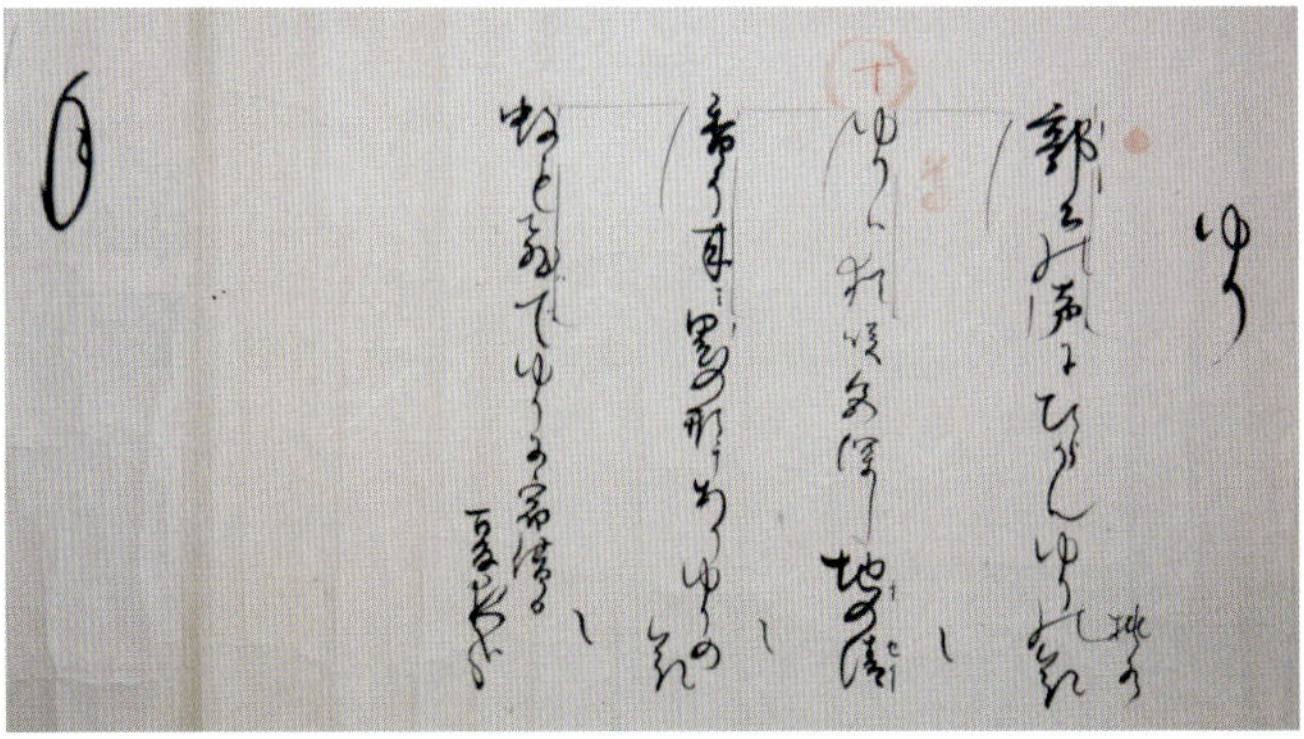

図５⑤　　同　上　　第10紙

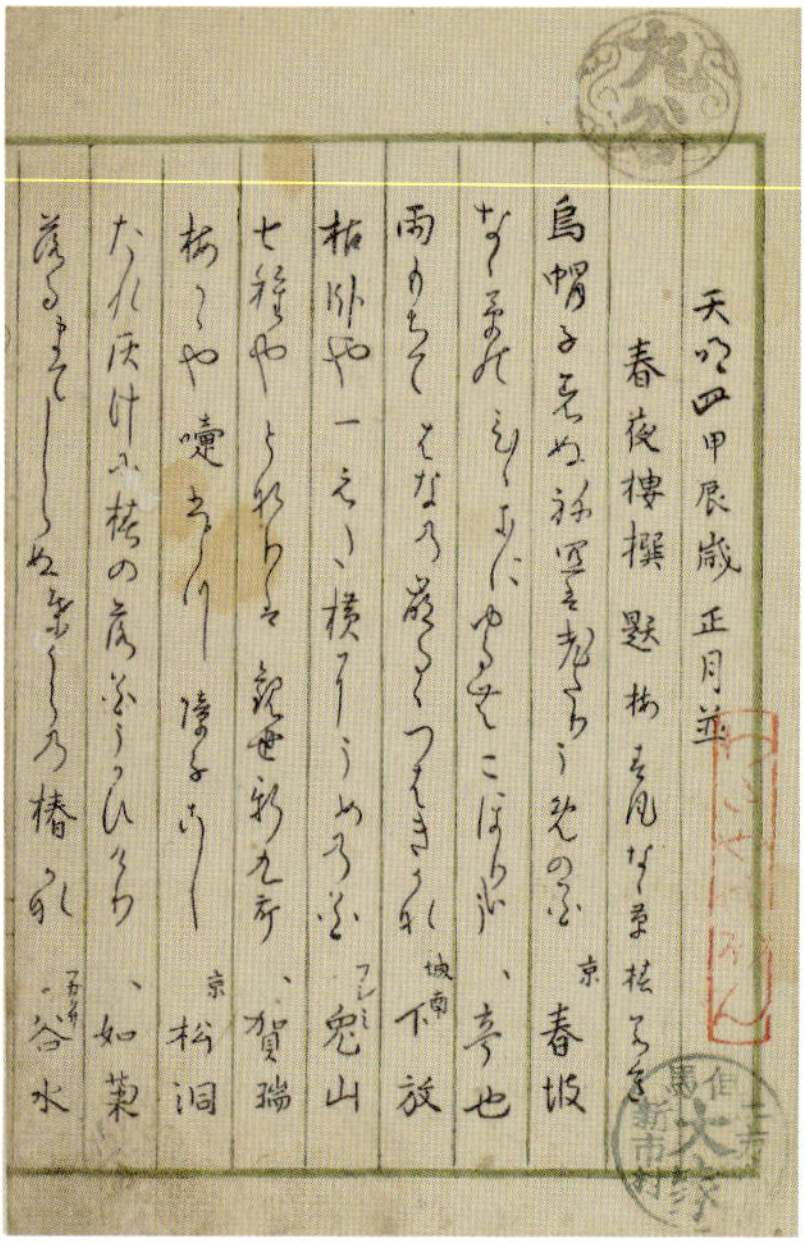

図12① 几董判月並発句合摺物
（天理大学附属天理図書館蔵
『春夜楼撰集』収録）
天明４年正月分 １オ

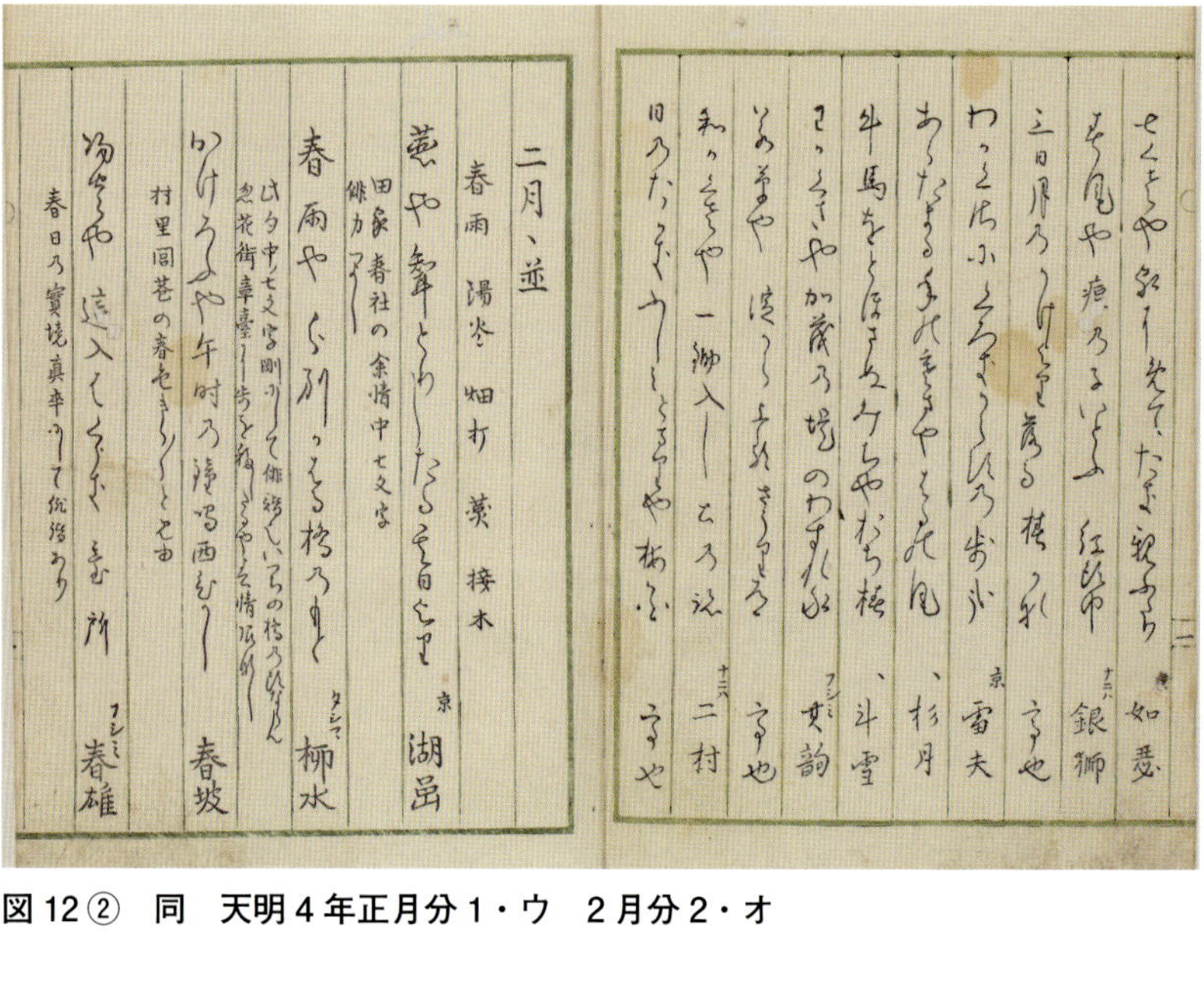

図12② 同 天明４年正月分１・ウ ２月分２・オ

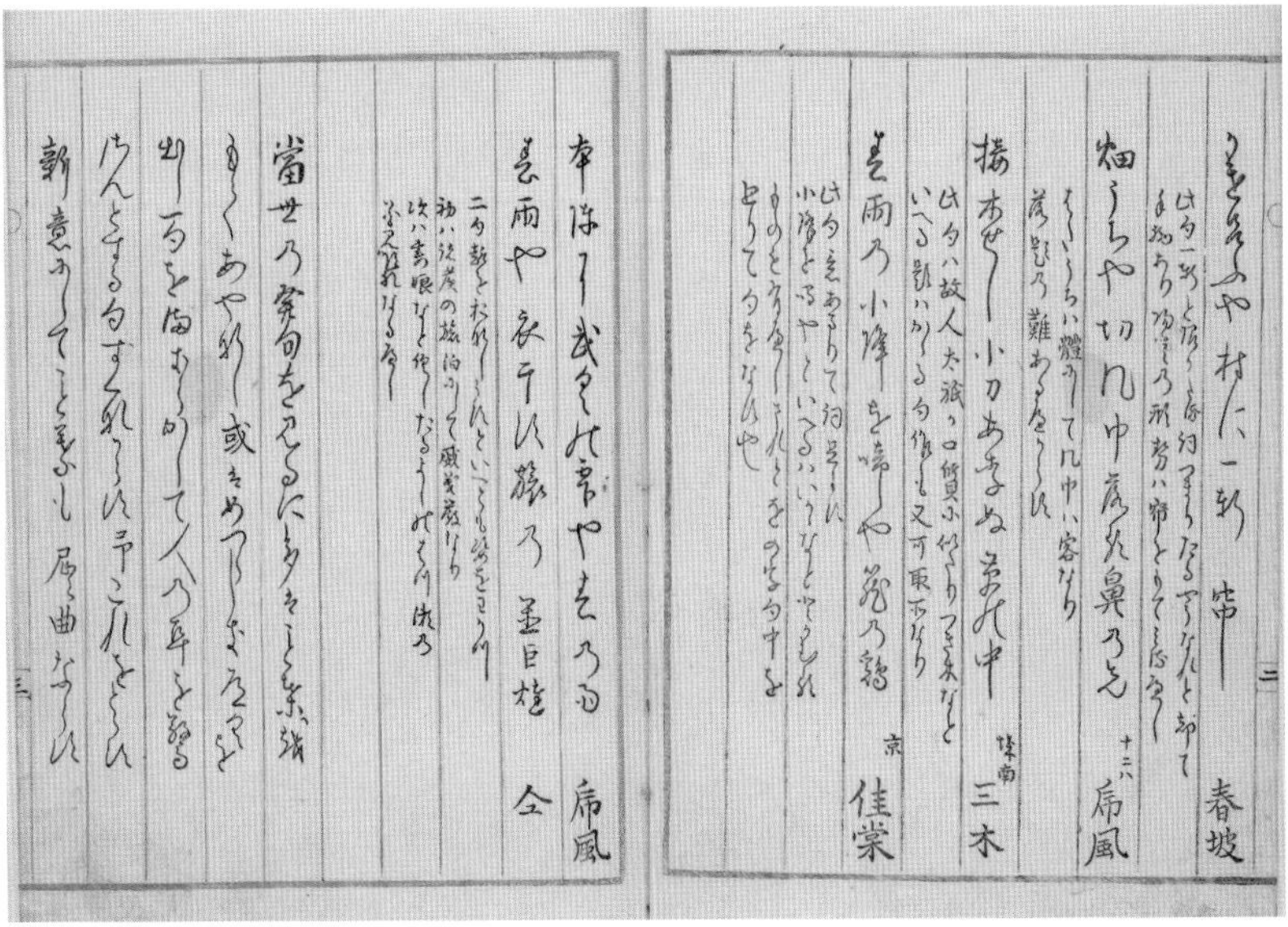

図 12 ③　同　天明 4 年 2 月分　2 ウ・3 オ

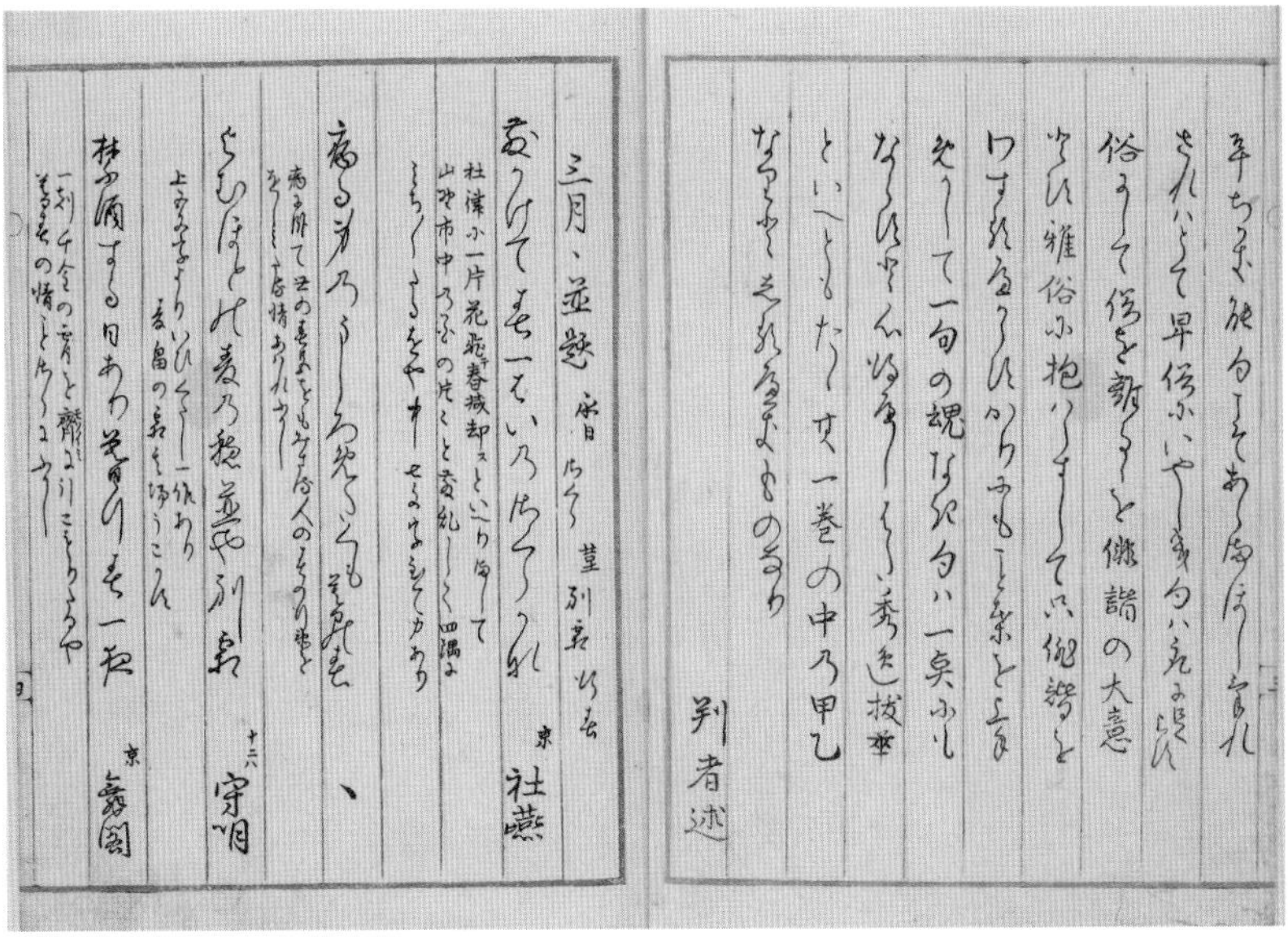

図 12 ④　同　天明 4 年 2 月分 3・ウ　3 月分 4・オ

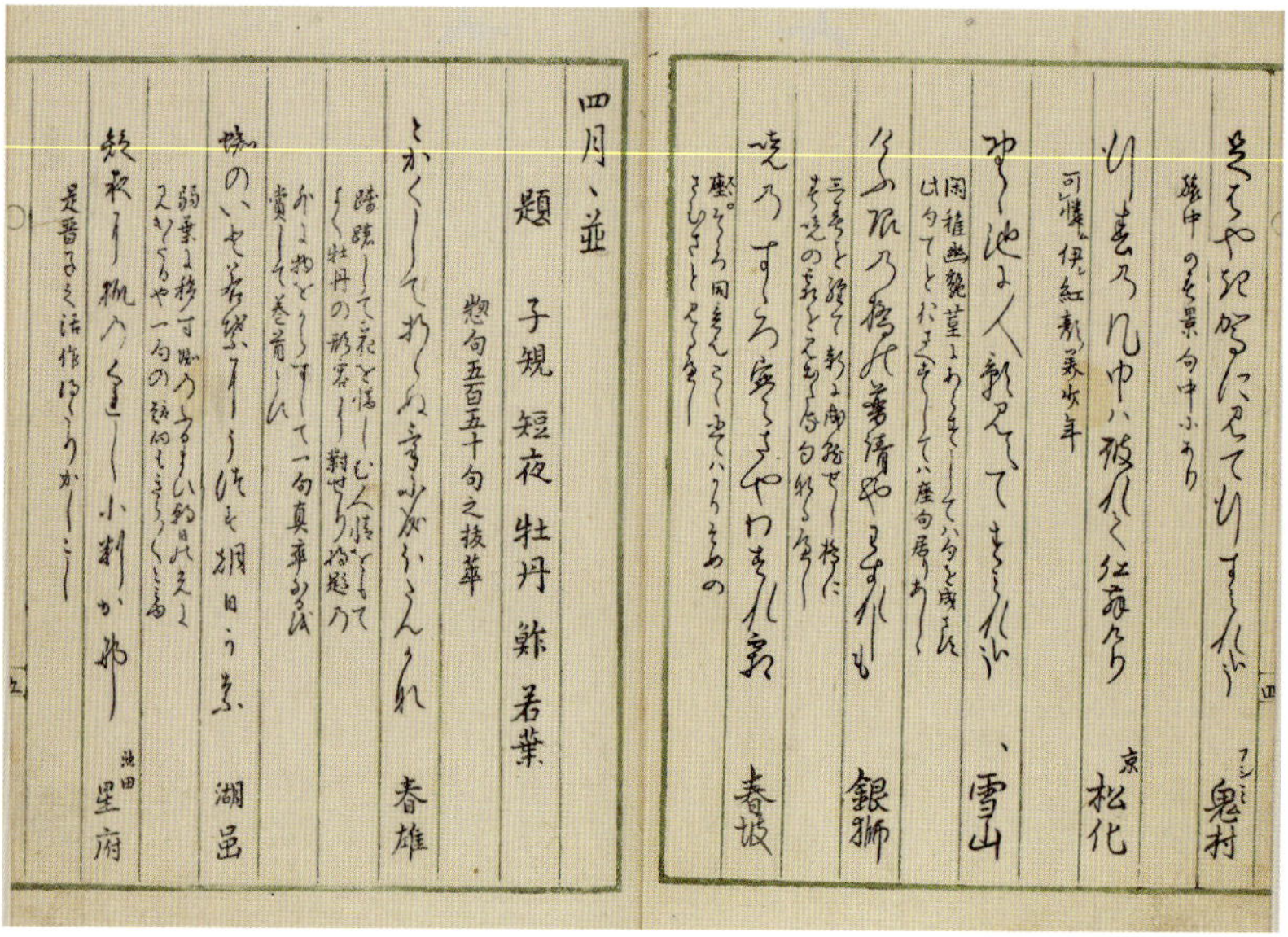

図12⑤　同　天明４年３月分４・ウ　４月分５・オ

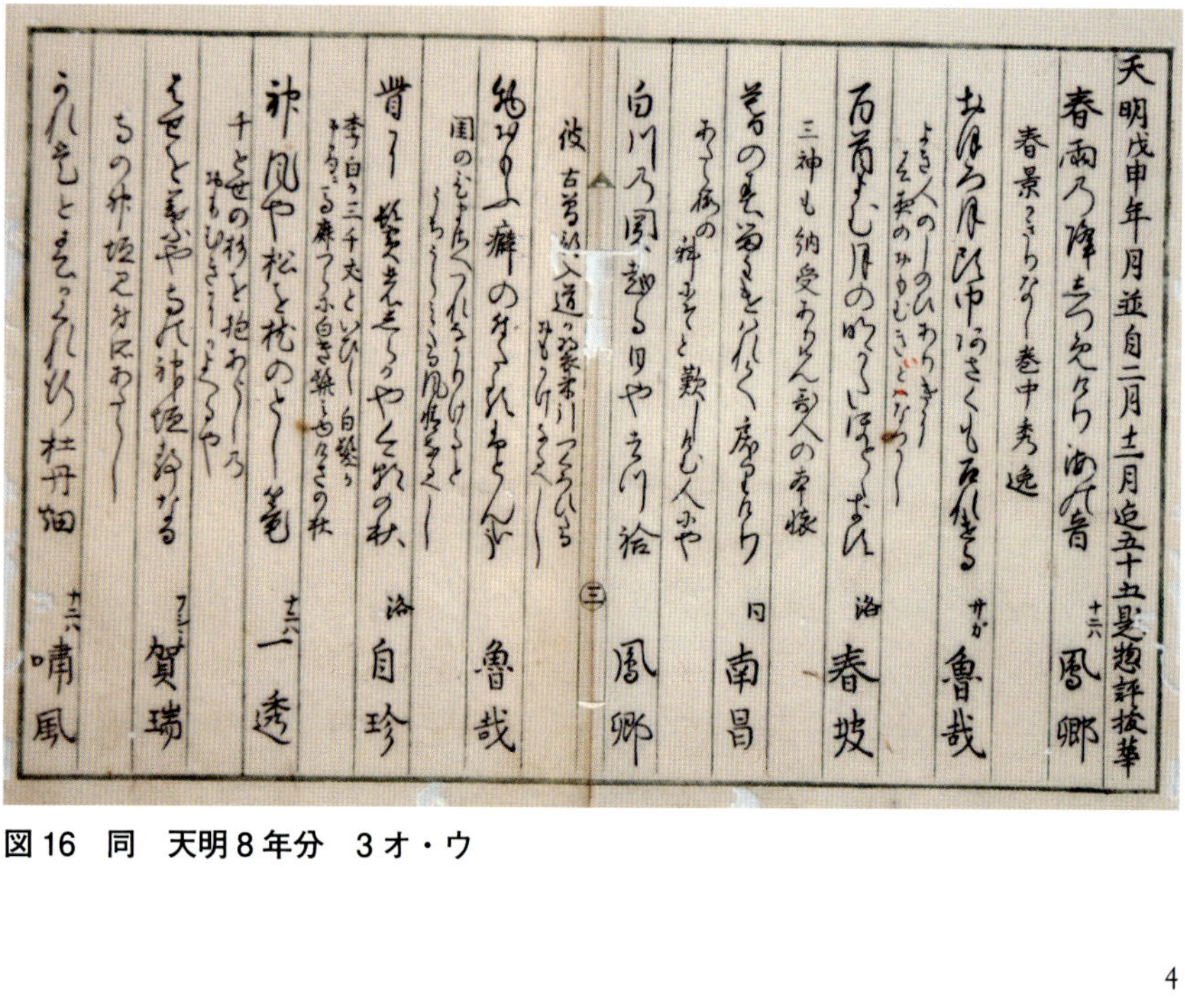

図16　同　天明８年分　３オ・ウ

図 20 ①　天明 4 年甲辰発句巻
表紙

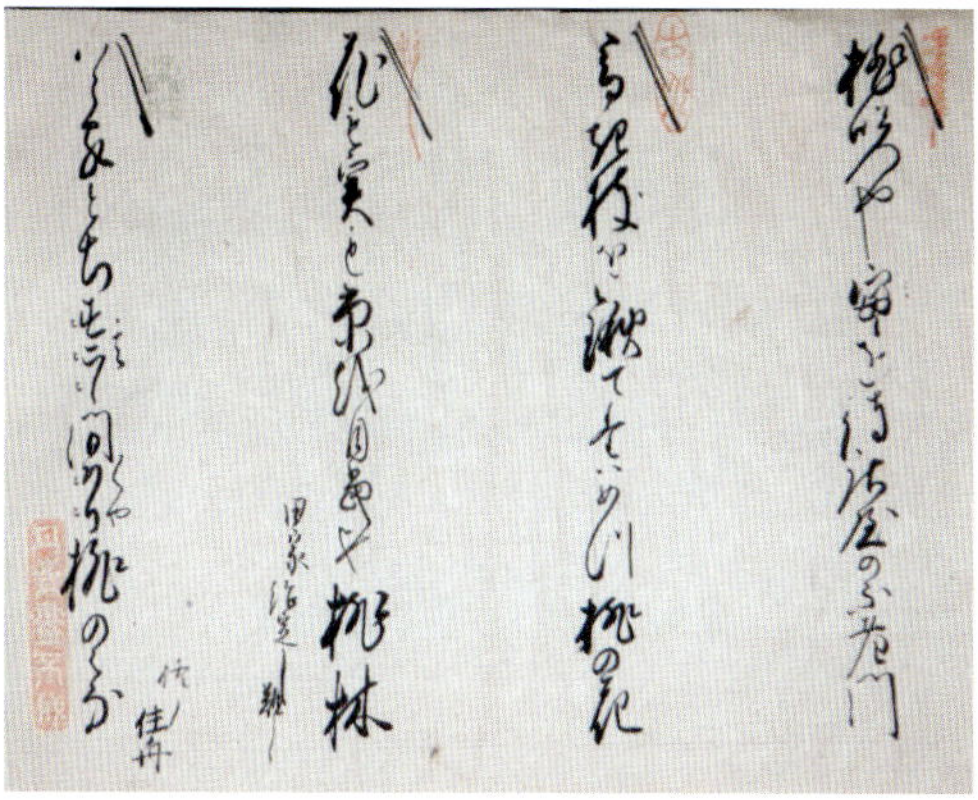

図 20 ②　同　1 ウ

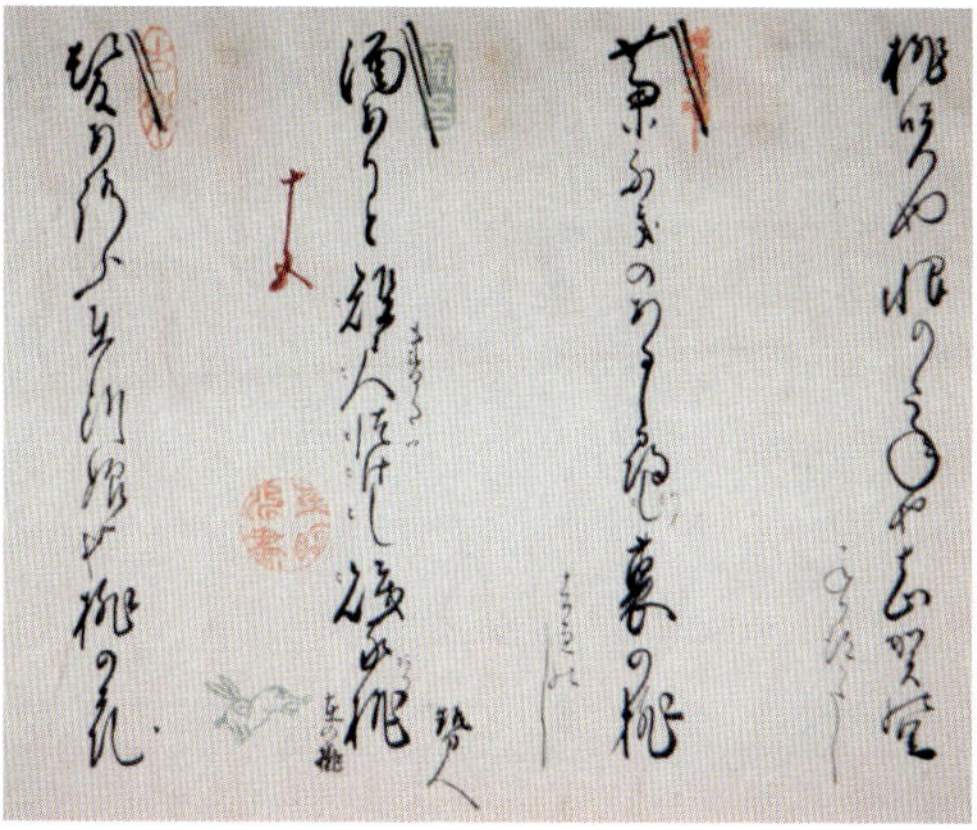

図 20 ③　同　9 ウ

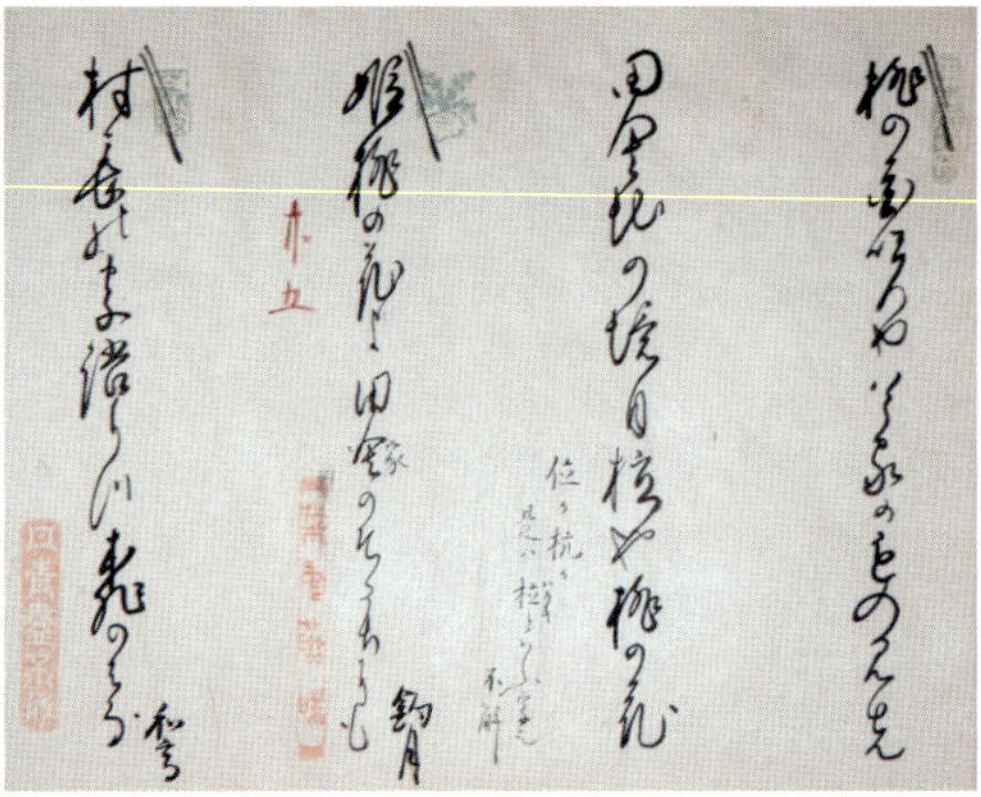
図 20 ④　同　10 ウ

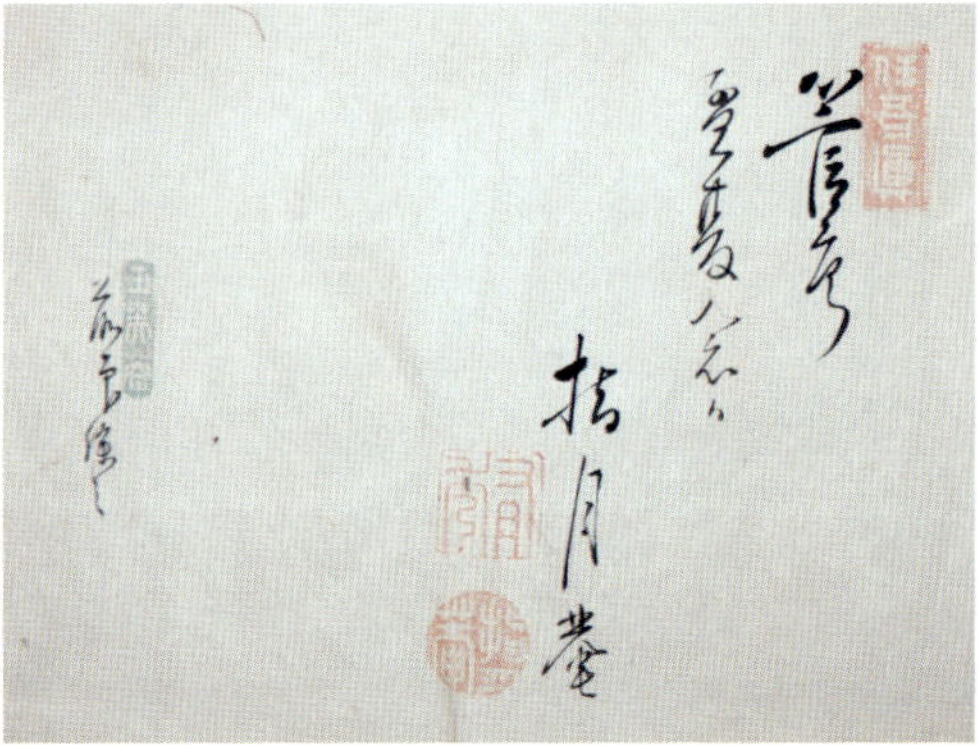
図 20 ⑤　同　74 ウ

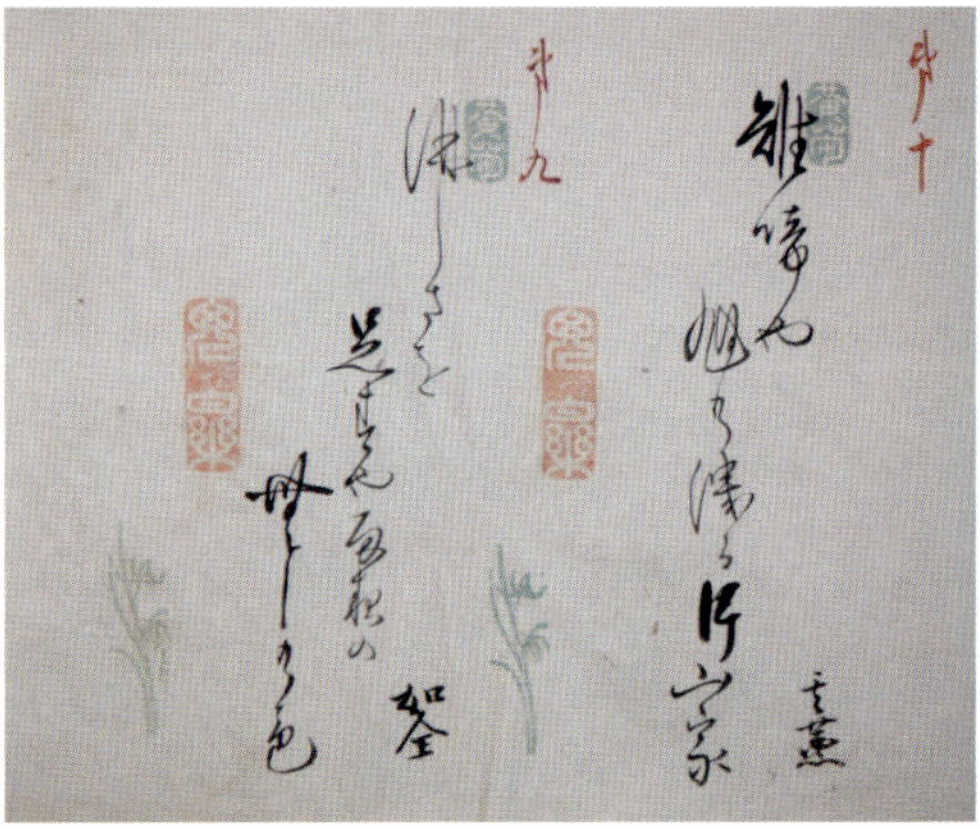
図 20 ⑥　同　75 オ

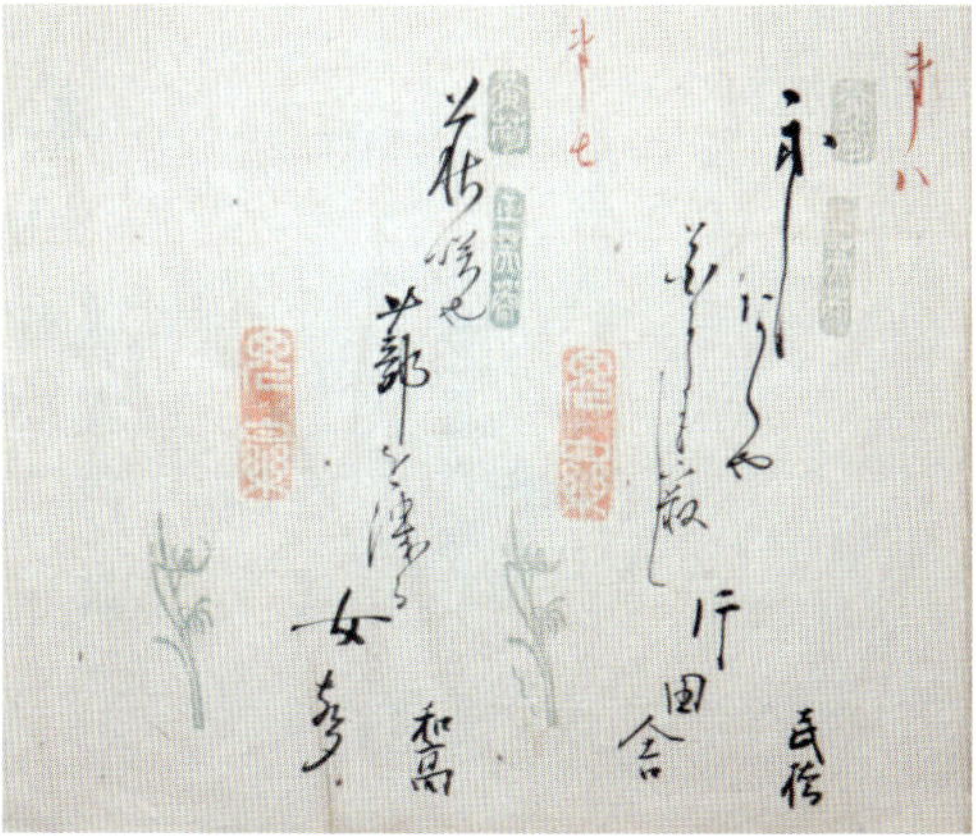

図 20 ⑦　同　75 ウ

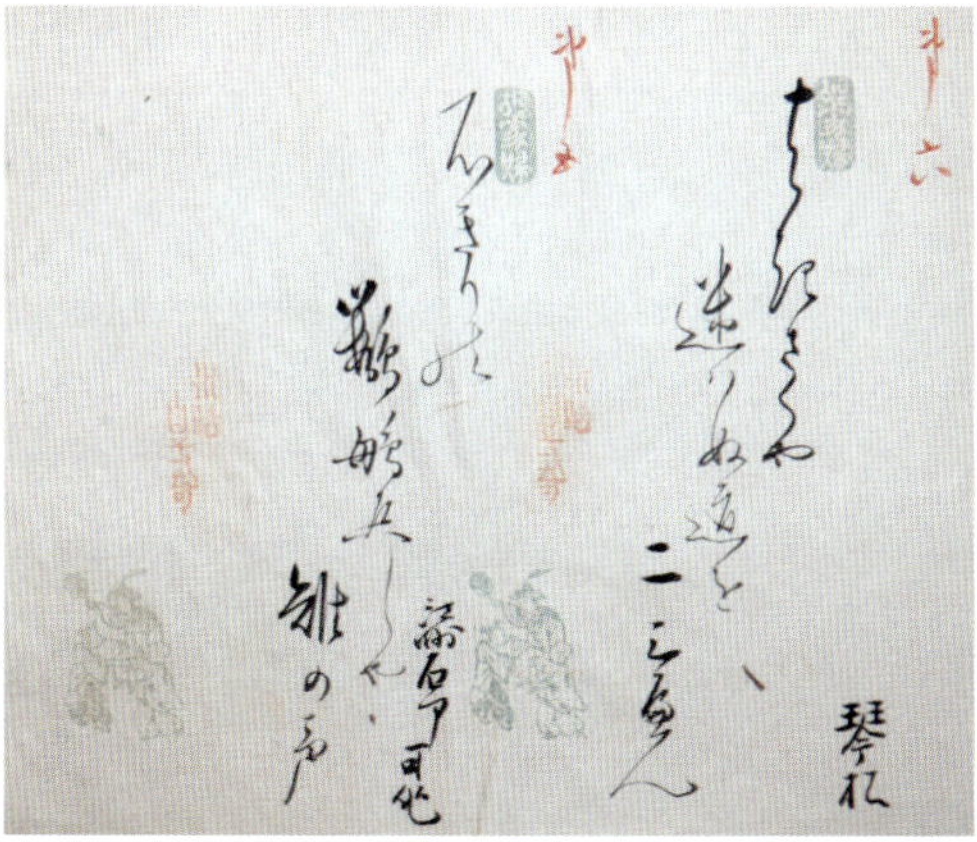

図 20 ⑧　同　76 オ

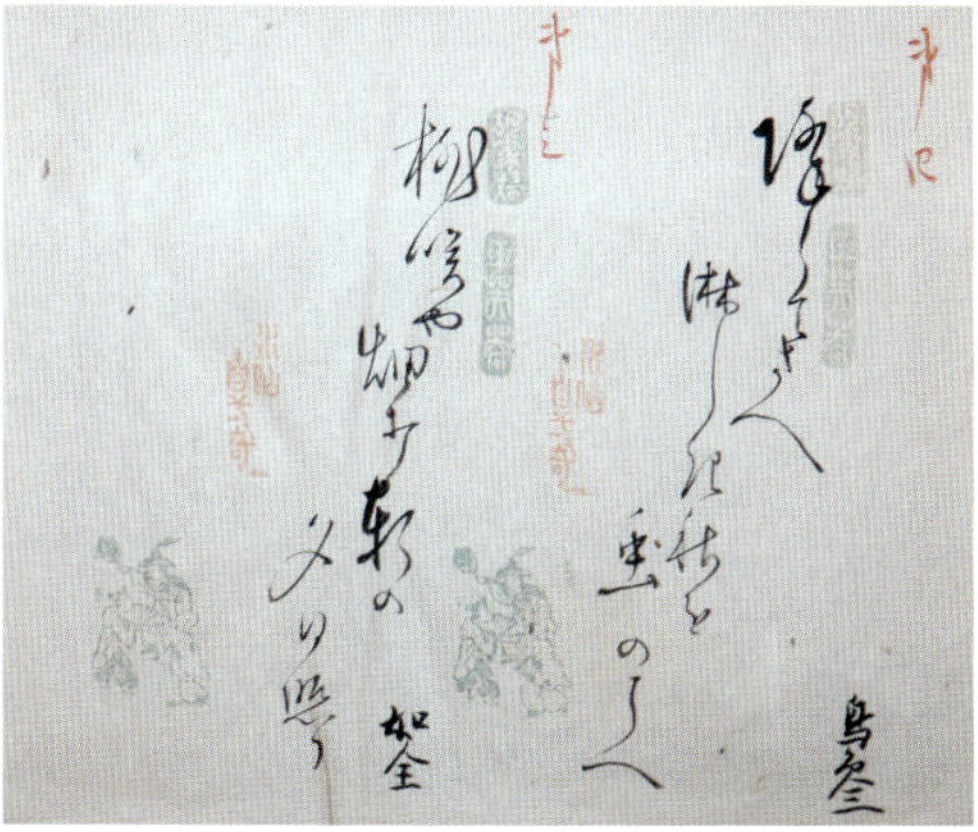

図 20 ⑨　同　76 ウ

図 20 ⑩　同　77 オ

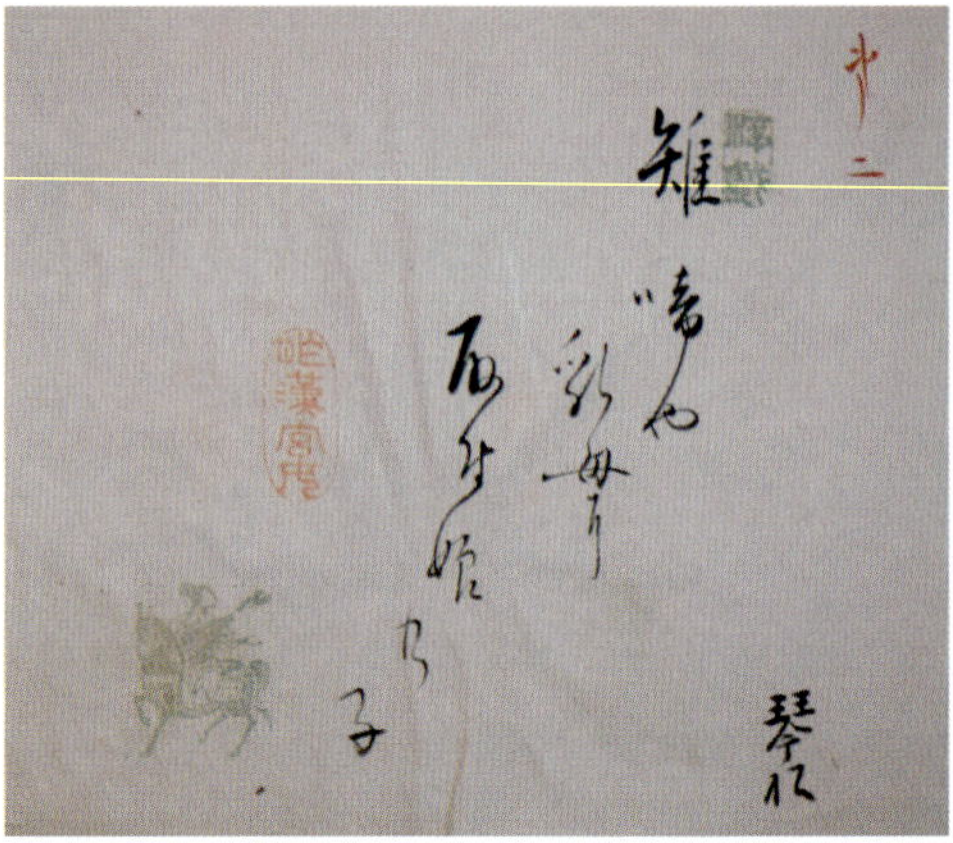

図 20 ⑪　同　77 ウ

図 20 ⑫　同　78 オ

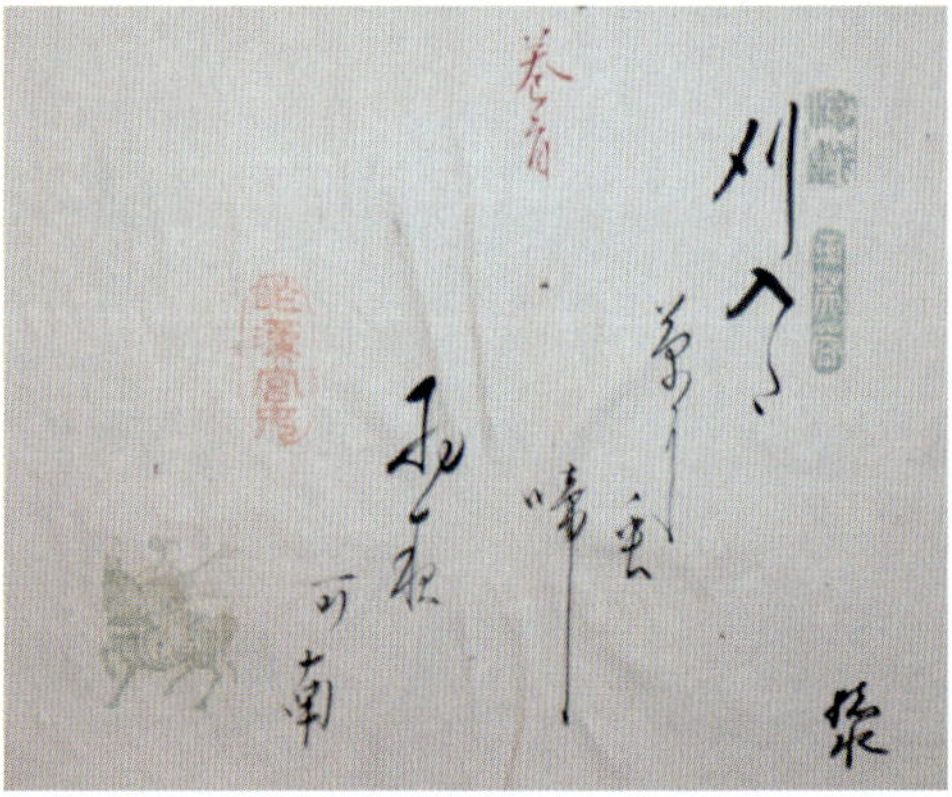

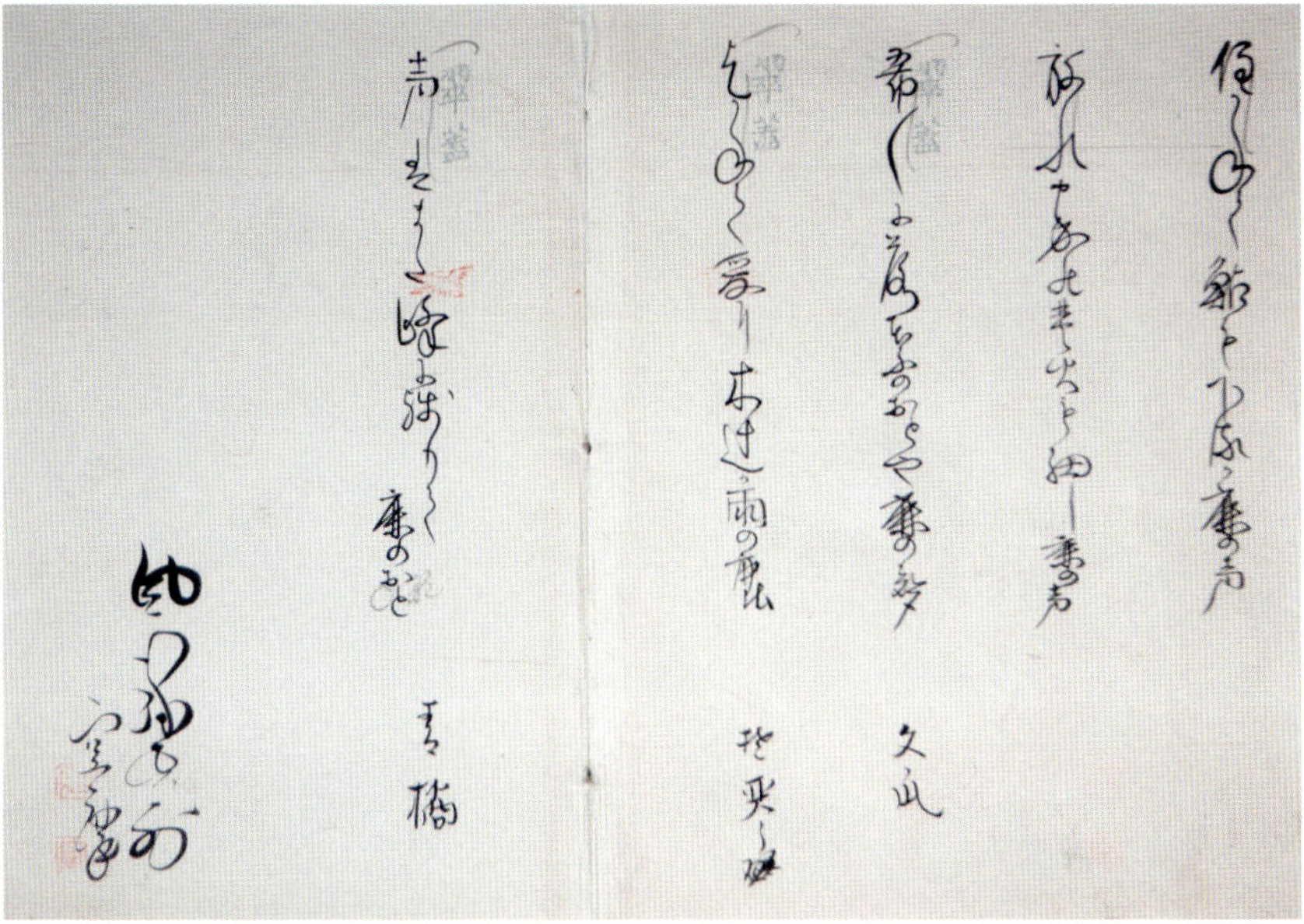

図 21　蓼太判月並発句合点帖　13 ウ・14 オ

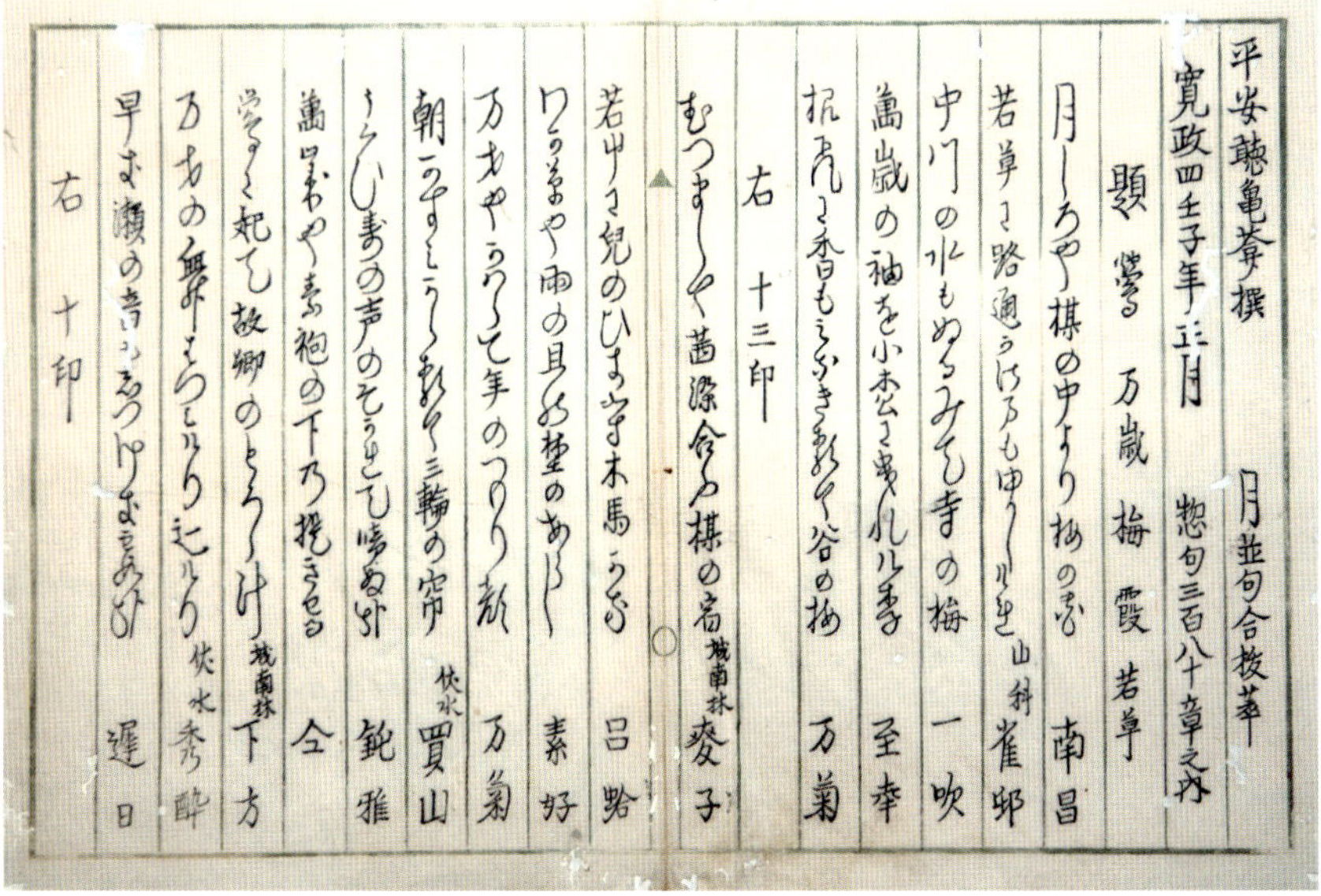

図 24　紫暁撰月並発句合摺物　寛政 4 年正月分　オ・ウ

月並発句合の研究

目次

第三章　几董判月並発句合

はじめに

室町中期に連歌の会の余興として生れた俳諧は、「云捨て」という別称がよく表わしているように、その場限りの慰みであった。その娯楽文芸としての性格を貞徳は『誹諧御傘』序文で「誹諧は面白事ある時、興に乗じていひ出し、人をもよろこばしめ、我もたのしむ道なれば、おさまれる世のこゑとは是をいふべき也。」と実に的確に意義付けているが、その性格は近世期を通じて基本的に変わることはなかった。一般に近世俳諧といえば芭蕉という図式があり、芭蕉風の俳諧をもって誹諧史を語るという傾向があるが、それは正しいとは言えない。『笈の小文』冒頭部の「西行の和歌における、宗祇の連歌における、雪舟の絵における、利休が茶における、其貫道する物は一なり。」という格調高い文章が端的に表わしているように、芭蕉には文芸史・芸術史の中に自らの俳諧を位置付けようという意識、言い換えれば先鋭な歴史意識が見られるが、その意識は本来その場限りの慰みである俳諧にはそぐわない。もっともその芭蕉も、晩年近くなると「凡西行・宗祇の風雅にをける、雪舟の絵に置る、利休が茶に置る、賢愚ひとしからざれども、其貫道する物は一ならむと、背をおし、腹をさすり、顔しかむるうちに、覚えず初秋半ばに過ぬ。」（「幻住菴記」初稿）というようにやや腰砕けとなり、娯楽文芸としての俳諧に回帰して行ったかに見受けられる。『篇突』に記録される芭蕉の言葉「徘（俳）諧は文台上にある中とおもふべし。文台をおろすとふる反古と心得べし」は、「言い捨て」としての俳諧を彼流に述べたものであろう。そのような芭蕉の対極に居たのが蕪村である。絵描きとして生活の基盤を持っていた蕪村にとって、俳諧は時間に余裕があるときの暇つぶしの域を出るものではなかった。例えば、安永二年十一月十三日付暁台宛書簡で「尤はいかいは曾而御気には入まじく存候へ共」と断って『此ほとり一夜四歌仙』を「御慰に呈覧」し、次のように言う。

拙老はいかいは敢て蕉翁之語風を直ちに擬候にも無之、只心の適するに随、きのふにけふは風調も違ひ候を相楽み、尤ヘンジヤクが医を施し候様に所々に而気格を違へ致候事に御座候。

「只心の適するに随、きのふにけふは風調も違ひ候を相楽」しむ蕪村の俳諧は実に気侭である。そのような蕪村俳諧のありようを象徴的に表しているのは『桃李』の序文であろう。

いつのほどにか有けむ。四時四まきの可仙有。春秋はうせぬ。夏冬はのこりぬ。壱人請て木にゑ《彫》らんと云。壱人制して曰、この可仙ありてや、年月を経たり、おそらくは流行におくれたらん。余笑て曰、夫俳諧の活達なるや、実に流行有て実に流行なし。たとはゞ一円廓に添て、人を追ふて走るがごとし。先ンずるもの却て後れたるものを追ふに似たり。流行の先後何を以てわかつべけむや。たゞ日々におのれが胸懐をうつし出て、けふはけふのはいかいにして、翌は又あすの俳諧なり。題してもゝすもゝと云へ、めぐりよめどもはしなし。是此集の大意也。

俳諧の流行を「一円廓に添て、人を追ふて走る」姿に例えて「流行の先後」を「わかつ」規準など無いとし、「たゞ日々におのれが胸懐をうつし出て、けふはけふのはいかいにして、翌は又あすの俳諧なり。」と明快に断じたところには歴史意識のかけらもない。講談社『蕪村全集・四』俳詩俳文編で、この『桃李』序文の「先ンずるもの却て後れたるものを追ふに似たり」を「時代の先端を切ったつもりが、かえって旧套を追っている場合もあることのたとえ」とし、また「めぐりよめどもはしなし」を「俳諧の流行は自己の心の動きに伴う不断の変化にあることを表したもの」と解するのは、芭蕉流の歴史意識をそのまま蕪村に当て嵌めたための曲解である。芭蕉のように先鋭では無いにせよ、俳諧にある程度深く関わった人には何がしかの歴史意識めいたものが伴う。が、蕪村ほど歴史意識から遠い位置にいた人物は珍しいのではないか。「けふはけふ」「翌は又あす」「おのれが胸懐」を詠んで楽しむことこそ俳諧本来のありようなのであって、その意味では蕪村こそ俳諧を純粋に楽しんだ人であったとも言える。

蕪村はまた「檜笠辞」（『花鳥篇』）で次のようにも言う。

さくら見せうぞひの木笠と、よしの、旅にいそがれし風流はしたはず。家にのみありてうき世のわざにくるしみ、そのことはとやせまし、この事はかくやあらんなど、かねておもひはかりしことゞもえはたさず、ついには煙霞花鳥に辜負するためしは、多く世のありさまなれど、今更我のみおろかなるやうにて、人に相見んおもてもあらぬこゝちす。

花ちりて身の下やみやひの木笠　夜半

文意は、「さくら見せうぞひの木笠」などと吟じつつ旅から旅へという風流な一生を過ごされた芭蕉先生とは違い、私は生業に追われて好きな俳諧にも遠ざかりがちで、風流人士に合わせる顔も無い。ようやく閑暇を得て出かけてみれば既に桜も散り、木下闇の季節になっているという有様なのです、というところ。ここにも、俳諧よりも生活を優先せざるを得なかった蕪村の姿がある。生活の余技として俳諧を楽しむこと、それは蕪村に限らず近世一般の人々のありようでもあった。西鶴が『日本永代蔵』巻三の一「煎じやう常とはかはる問薬」で「分限」になるための毒断ちとして鞠・楊弓・香会と並べて「連俳」を挙げているのは、要するに俳諧は生活の余技として楽しむべしと言っているのであろう。

さて、その俳諧の楽しみ方は　句会を催す、選集として編纂する、摺物を仕立てる、短冊・懐紙に記す、画賛を認める等々実にさまざまであるが、近世期を通じて広く行われた発句合もその一つとして考えてよかろう。これもまた一様ではなく、1少人数が仲間内で寄合うもの、2和歌の歌合に倣って句を左右に配し勝ち負けを競うもの、3引札（ちらし）を活用し広範囲から句を募り勝句を決するものなどがあり、3についてはさらにi臨時とii月並に分けられる。この著で取り上げるのは3ⅱの月並発句合で、その興行は概ね次のような手順で行われる。

① 撰者（宗匠・点者）側が引札を用いて撰者名・題・締切り・投句先・点料・高点句作者への景品などを投句者へ通知する。題は四季混題・当季題・当月題などさまざま。当月題の場合は通年分兼題方式が多い。引札の配布範囲は判者の門下が中心であるが、そこへ不特定多数の作者が参加して来ることも少なくはない。なお、興行に際しては撰者と投句者の間に清書所（清書役）が介在し、引札の発行・集句・清書などに重要な役目を果たす。

② 締切りまでに集まった句を清書所が清書して撰者に回す。その際、点の公平を期するため、清書所は投句者の名前を省く。

③ 撰者は点印などを使用しそれに点をかけて清書所へ戻す。清書所は控えていた投句者の名前を書き入れ、点を集計し、句引きを添える。こうして出来上がった点帖は最終的に巻頭（最高得点句）の作者に褒美として与えられるのが普通。

④ 点帖をもとに清書所は勝句摺物を印刷し、投句者に配布する。その際、高点句作者には景品も同時に届けられる。

かような手順で各月一回（もしくは二回）の興行を行うのが月並発句合である。これを研究対象として学問の俎上に引っ張り出されたのは尾形仂氏「月並俳諧の実態（一）～（四）」（『俳句』昭和50年4・5・6・9月号）と中野沙恵氏「月並俳諧の実態―江戸時代末期の大衆俳諧―」（『国文学漢文学論叢』20輯、昭和50年3月）であった。その動きを受けて、今栄蔵氏に「幕末江戸月並俳諧資料―投句募集ちらし張込帖所見―」（『中央大学紀要』文学科第39号、昭和52年3月）、櫻井武次郎氏に「上方の月並句合」（『連歌俳諧研究』53号、昭和52年8月）の稿があった。それらが刺激となり、研究対象として月並発句合に対する関心が学界に一挙に高まった観がある。その後、中野沙恵「月並句合考」（『言語と文芸』90号、昭和55年9月）、今栄蔵「武州多摩村における月並句合興行の裏面資料」（『俳文学論集』昭和56年）、服部徳次郎「名古屋近郊における庶民の俳諧活動（一）～（三）」（『中京女子大学紀要』12・15・20号、昭和53・56・61年3月）、櫻井武次郎「月並句合について」（『三都の俳諧』、昭和57年4月）、矢羽勝幸「榎本星布主催句合について―白雄と暁台の交渉―」（『連歌俳諧研究』64号、昭和58年1月）、加藤定彦「生成期の月並句合―江戸俳壇を中心に―」（『國語と國文学』平成6年5月号）、寺島徹「暁台の晩年と月並句合」（『連歌俳諧研究』94号、平成10年2月）、櫻井武次郎「月並句合」（『俳諧から俳句へ』平成16年10月、角川書店）などの各氏の資料発掘・整理・考証を経て、現在に至っている。

筆者も昭和55年以来、次のような発句合関係の論考をものして来た。

1　夜半亭月並句合（一）（『滋賀大国文』18号、昭和55年12月）
2　夜半亭月並句合（二）（『奈良大学紀要』9号、昭和55年12月）
3　夜半亭門下の月並句合（『奈良大学紀要』10号、昭和56年12月）
4　三宅嘯山一派の月並句合（『滋賀大国文』19号、昭和56年10月）
5　夜半亭月並句合の傍流（『連歌俳諧研究』62号、昭和57年1月）
6　中興期上方の奉納四季発句秀吟集（『奈良大学紀要』11号、昭和57年12月）
7　五始の点業（『奈良大学紀要』13号、昭和59年12月）
8　秀吟集補遺（『鈴木弘道教授退任記念国文学論集』、昭和60年3月）
9　京都月並ちらし（『奈良大学紀要』14号、昭和60年12月）
10　京都月並発句合（『奈良大学紀要』15号、昭和61年12月）
11　『蕪村自筆加判帖』の性格（『俳諧史の新しき地平』、平成4年9月）
12　発句合の手続き（『奈良大学総合研究所所報』2号、平成6年2月）
13　点評に見る蕪村の俳諧観（『国文学解釈と教材の研究』、平成8年12月号）

いずれは通史をということも考えないでもなかったのであるが、何分にも資料が膨大すぎて途惑っているうちに、筆者の研究課題が緊急調査を要する板木を中心とした出版史料に移ってしまったこともあって、手許の月並発句合関係の資料も平成に入ってから殆ど増えていない。また学界に於けるこの分野への興味・関心もひところよりは薄れて来ている観は否めないが、かといってこのまま放擲するのも躊躇され、結局は地域・撰者・摺物・点帖などの切り口によってそれぞれの時代の月並発句合についての様相を断片的に押さえて行くしかないという結論に至り、纏めてみたのがこの書である。殆どは今回の書き下ろしで、一部は旧稿と重なるところもあるが、それらについては新しい資料も加え稿を改めたつもりである。その中でとりわけ心を砕いたのが摺物収録勝句の多くに句評を添えるという他に例をみない几董判月並発句合についてで、これは資料の重要性に鑑み、翻刻と注を添えて考察に及んだ。因みにこの注は、沙加戸弘氏（大谷大学名誉教授）をはじめ木村善光氏・石本正雄氏ら数名の滋賀大近世ゼミの卒業生と故宮田正信先生を囲んでの、それこそ月並の勉強会を通じて固めてきたもの。几董の句評を通じてその俳諧観・指導意識を探るべく試みた「各論」も、その勉強会の成果に基づいている。几董の月並興行に寄り添うように時期を同じくして催された落梅窩星池撰三棲月並の摺物、それに几董の後を襲って催された聴亀菴紫暁撰月並発句合の摺物も、ことのついでに簡単な解題を添えて翻刻しておくことにした。なお、その呼称について、各氏の言い方も「月並俳諧」また「月並句合」の両用があり、筆者も旧稿に於いては「月並句合」の称を用いて来たのであるが、概念をはっきりさせるためにこの著では「月並発句合」で統一した。

櫻井氏が前引の『俳諧から俳句へ』で「月刊の結社誌の投句料を添えて主宰者に選を頼んで応募するのは、月並句合の方法と異なることはない。」と指摘された如く、現代の俳句雑誌のありようが近世の月並発句合の興行形態に則っていることは疑うべくも無い歴史的事実であろうと思う。拙著、『月並発句合の研究』と題しながら所詮は「点描」の域を出るものではなく、櫻井氏の示された流れを跡付けるまでには至っていない。が、俳諧を楽しむために近世の人々が月並発句合という様態でどのような仕組を作り上げたかを、少しでも明らかに出来れば幸いである。

なお、資料の使用・図版掲載をお許しいただいた柿衞文庫・関西大学図書館・京都大学文学研究科図書館・国立国会図書館・城陽市歴史民俗資料館・天理大学附属天理図書館・東京大学総合図書館・富山県立図書館の各研究機関、藤園堂主伊藤圭太氏・佐藤勝明氏、それにこの著の出版を引き受けて下さった笠間書院に心より御礼を申し上げる次第である。

論考編

第一章　元禄月並発句合

I　不角月並発句合

元禄六年九月から九年五月に至る不角の月並発句合興行を伝える資料として、『とし〴〵草』『底なし瓢』『足代』『水ぐるま』『草結』『さるをがせ』の六点がある。右のうち『とし〴〵草』を除く五点については、潁原退蔵氏が「享保俳諧の三中心」（昭和11年『俳諧史論考』所収。のち『潁原退蔵著作集』四に収録）の不角の項で、元禄四年から十年までの不角の前句付集を挙げたあと「しかもこの間、別に毎月朔日・十五日を切として集めた発句の高点集をも出したので、これまた今知り得たものだけをあげると、元禄七年の『そこなし瓢』二冊、『足代』二冊、元禄八年の『水車』二冊、『草結ひ』二冊、元禄九年の『猿蘿《さるおがせ》前集』二冊等がある」としてその存在を既に指摘しておられる。これを受けて、鈴木勝忠氏は「立羽不角」（昭和34年明治書院刊『俳句講座』三）で『年々草』を加えた六点の「月並発句集」を取り上げ、さらに「月並会の実態」（昭和58年角川書店刊『俳文芸の研究』に「月並会覚書」として所収。平成4年『近世俳諧史の基層』収録に際し改題）で「そもそも月並会と点取とが結合したのは元禄前句付界であり、月並点取句合の興行形態はここに定まったと見るべきであり、（中略）江戸の不角父子の手によって、元禄七年から宝暦・明和まで発句月並会が行なわれているなど、前句付興行が発句合に流用されたのも、大衆化に添った自然の成行きであって、（中略）幕末の月並会を究明するためには、その祖である元禄前句付まで遡らねばならず、江戸時代を通じての展開と推移の中から位置付けられるべきものと思う。」として、月並発句合の濫觴をこれら不角の興行に求めるべきとされた。『俳文学大辞典』（平成7年、角川書店刊）「月並句合」（尾形仂氏稿）の項に「その興行形態は、元禄期に始まる雑俳のそれを襲ったもの」とあるのはその見解を踏まえたものと思われる。月並発句合が元禄期江戸の前句付会の興行形式・基盤を踏まえて不角によって始まったとする鈴木氏の指摘に異論はない。が、氏を含め、取り上げられてきた資料に沿って不角の月並発句合の興行形態にまで踏み込んだ論考は見当たらない。よって、ここでは右六点の資料を取り上げ不角の月並発句合の興行形態・基盤について考えた上で、それに刺激を受けて始まったと思われる調和の、また不角と共に調和の前句付会に参加していた経歴を持つ無倫の、さらには「江戸の地にはじめて前句付俳諧の興行を上方から移植するにふさはしい人物」（『雑俳史の研究』）とされる一晶の月並発句合について触れ、元禄期の上方に月並発句合の単独興行が生れなかったのは何故かという問題にも及んでみたい。なお、以下の考察編翻刻編を通じ、原本の作者名・地名また発句等の一部について判読しかねた箇所は□で示してある。

①『とし〴〵草』

『とし〴〵草』は、元禄六年九月～十二月分の勝句を収録。京都大学文学研究科図書館蔵（国文・HK16）。縦22・8×横16糎の半紙本一冊。薄茶色元表紙。表紙中央上部に無辺元題簽、「とし〳〵草　全」とあり。後表紙なし。全二十八丁。匡郭なし。丁付版芯、「年々屮　一～廿八」。題簽・序・本文とも版下は一筆で、不角の筆跡と思われる。一

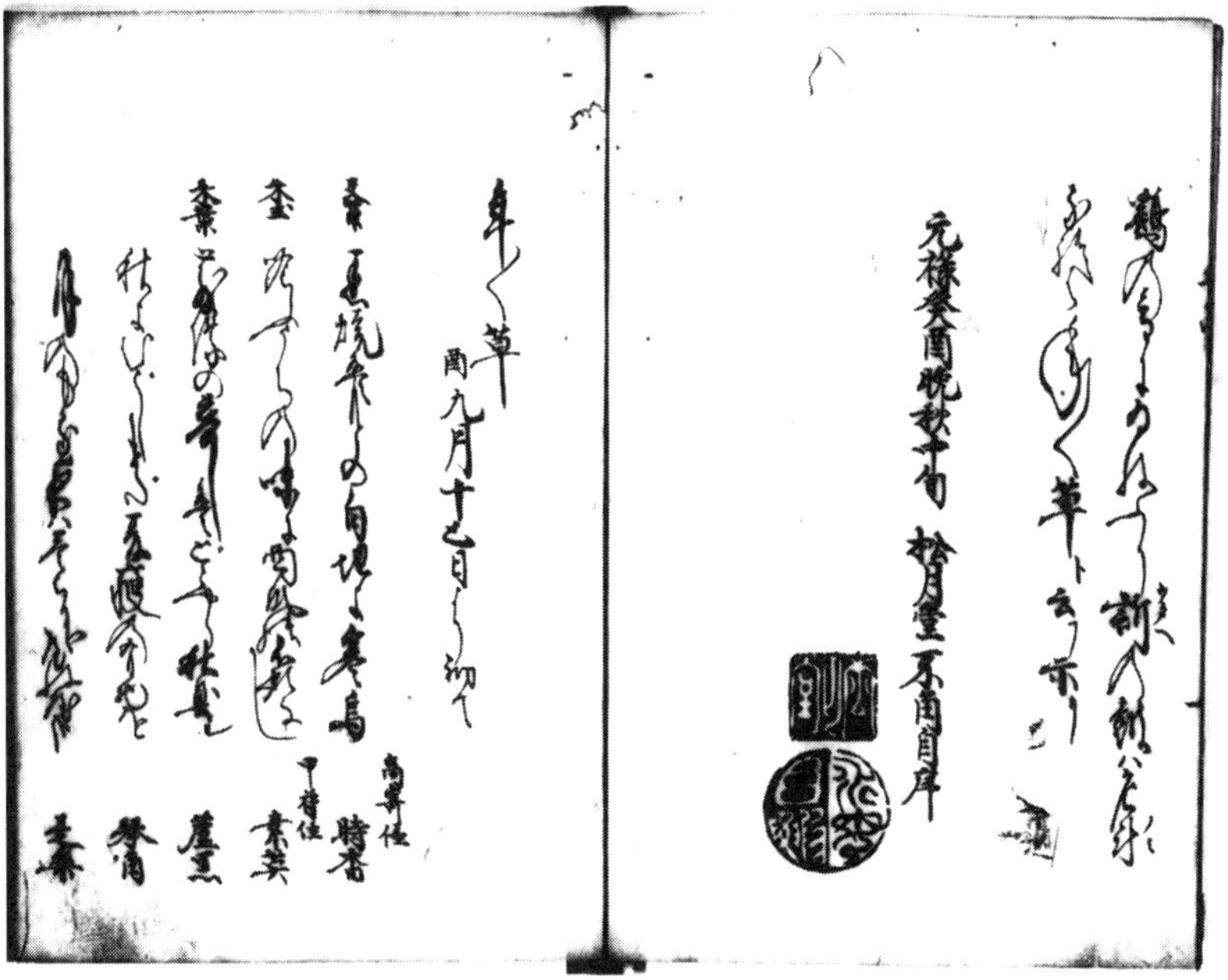

図１　としどし草（京都大学文学研究科図書館蔵）　１ウ・２オ

丁表裏に「元禄癸酉晩秋中旬松月堂不角自序」。二丁表冒頭部に「年〳〵草」と内題を入れ、「酉九月十五日より初て」として、九月分の勝句を高点順・点印別に収録し、末尾に上位者二名を顕彰。その名前は勝句巻頭と次位の人物と一致し、総合点ではなく一句のみでの顕彰である。図版1は序文末尾の一丁裏と本文冒頭の二丁表。以下、二十八丁表まで同形式で「十月十五日」「十一月十五日」「極月十五日切」の部と続く。十月は二名を、十一月は三名を顕彰。極月には顕彰はない。極月末尾に不角の四季句を添え、「年々草懈怠なく例年編集仕候」とある。二十八丁裏は余白で、刊記は無い。なお、勝句の部は半丁七行。さて、以下にも度々触れることになるが、かような月並発句合の勝句を収録した冊子は、もともと月刊の摺物を合綴したものであることが多い。この『とし〴〵草』の場合、それはどうだったのであろうか。そこで、丁割りについて見てみると、次のようになっている。

九月分　二丁表〜六丁表　4丁半

十月分　　六丁裏〜十二丁表　　6丁半
十一月分　十二丁裏〜二十三丁裏　11丁
十二月分　二十四丁表〜二十八丁表　5丁

十二月分は5丁にすっきりと収まっていて月刊であった可能性がある。九月から十一月分は月毎に区切れず、一括披露のように見える。が、九・十月分は六丁の表・裏で截然と区切れており、また十二丁裏には十月分末尾の四句に続けて「十一月十五日」の一行のみが入っていて、十一月分の入選句は十三丁表から始まっている。これらは、もともと月刊披露の摺物であったものを冊子として再編・合綴する際に生じた結果と見られなくもない。九・十・十一月分も月間披露だった可能性は捨てきれない。

②『底なし瓢』

『底なし瓢』は、元禄七年一月〜六月分の勝句を収録。綿屋文庫蔵（わ・72・57・1）。半紙本、上下合一冊。原装と思われる薄茶色表紙。左肩に同系色の双辺題簽「誹／諧　底なし瓢」と墨書き。題簽料紙も原装か。丁付は版芯にあり、上巻が「底なし上　一〜三十」、下巻が「底なし下　一〜二十九」。匡郭はない。なお綿屋文庫には別に下のみの一冊（わ・72・57・2）を蔵す。後補海老茶色表紙。左肩に後補無辺書題簽「誹／諧　底なし瓢　下」。合冊本下巻と同板で内容に異同は無い。

さて内容であるが、上巻は一丁に「松月堂自序（年記なし）」。二丁表〜四丁裏には「一番五葉　石摺の定家の色紙夜の梅　雪渓」を立句とする不角独吟歌仙。なお、この雪渓の句は、一月分の巻頭句である。続けて、五丁表〜三十丁裏に一・二・三・四月分の月並勝句を高点順・点印別に収録し、各月末尾に上位者三名を顕彰。この顕彰者は各月上位三名と一致するので、一句のみでの顕彰である。下巻は一丁表～三丁裏に「雷角忠之釣一番三《タビ》取《テ》レ鬮《ヲ》究《ム》二歌仙之発句《ニ》一」として、「二日酔櫛にすき出す桜かな　忠之」を立句とする不角独吟歌仙。「雷角忠之釣一番云々」は、雷角と忠之の句が同点での巻頭となったため、三回鬮を引いて忠之の句を巻頭としたことを言う。不角の前句付会にも見られるやりかたである。四丁表～二十九丁表には、五・閏五・六月分の月並勝句を高点順・点印別に収録し、各月末尾に上位者三名～五名を顕彰。上巻同様、こちらも一句のみでの顕彰。二十九丁裏は余白で、刊記無し。因みに、版下は序文・独吟歌仙・本文とも不角筆。勝句の部は、半丁八行。丁割りを見ると、上巻は一月と二月分は十丁の表・裏で一応区切れるが、以下の月は月毎で切れない。一月は月刊披露であった可能性も捨てきれないが、二・三・四月分は一括披露。下巻もその版式から見て月毎で区切れず、五・閏五・六月分纏めての一括披露であったと考えられる。

③『足代』

『足代』は、元禄七年七月～十二月分の勝句を収録。富山県立図書館志田文庫蔵。国文学研究資料館提供の写真による。半紙本一冊。上下合冊。表紙左肩に「足代　上下」と墨書。丁付は、版芯。上巻が「足代　上　○一～○十二、●十三、○十四～○廿三終」、下巻が「足代下　○一～○廿九終」。全ての丁に匡郭がある。上巻は、一丁表～二丁表に「松月堂自序（年記なし）」。版下不角。二丁裏～四丁裏は、冒頭に「あししろ　上巻」とし、「五葉一勝」の甲州住白鴎句を立句とした脇起し不角独吟歌仙収録。版下不角。以下の本文版下は別筆らし。本文、半丁九行。刊記無し。内容・丁割りは次の通り。五丁表～十七丁裏に「戌七月十五日切」「八月十五日切」勝句収録。各月末尾に上位者五名を顕彰。なお、この五名は各回の一勝から五勝句作者と一致するので一句のみでの顕彰。この二回分13丁に収まる。十八丁表～二十八丁表に「戌九月朔日切」「戌九月十五日切」の勝句収録。各月末尾に上位者五名を顕彰。二十丁裏が朔日分末尾と十五日分冒頭。この二回分、10丁半に収まる。二十八丁裏～三十三丁裏に「十月朔日切」勝句収録。末尾に上位者五名を顕彰。この回5丁半に収まる。下巻は、一丁表冒頭に「足代下巻」とし、「朱玉」の甲州如言句を立句とした脇起し不角独吟歌仙が三丁表まで。版下、不角。三丁裏は余白。四丁表～八丁表に「十月十五日切」勝句収録。末尾に上位者五名を顕彰。この回4丁半に収まる。八丁裏～二十五丁裏に「霜月朔日切」「霜月十五日切」「極月朔日切」の勝句収録。各月末尾に上位者五名を顕彰。この三回分17丁に収まる。二十六丁表～二十九丁裏に「極月十五日切」勝句収録。末尾に上位者五名を顕彰し、「右者元禄七戌年」と入れる。この回4丁に収まる。この年の九月から朔日・十五日と月二回の興行になっている。丁割りからすると、七・八月分は二箇月併せて一括披露、極月十五日分は単会披露と見てよい。九月朔日・十五日・十月朔日分は十八丁表から三十三丁裏にわたるが、九月朔日・十五日と十月朔日分は二十八丁の表・裏で截然と区切れる。従って、九月朔日・十五日分は一括披露、十月朔日分はそれだけの単会披露であった可能性がある。同様に、十月十五日分は単会披露、霜月朔日・霜月十五日・極月朔日の三回分は一括披露ということになろう。

④『水車』

『水車』は、元禄八年一月～六月分の勝句を収録。国文学研究資料館蔵。国文学研究資料館提供の写真による。半紙本二冊。縦22・3×横15・9糎。上下とも表紙中央上部に題簽、但し白地のままで書名なし。丁付は版芯に「水車上　一～廿一終」、「水車下　一～廿六終」と入れる。全ての丁に匡郭がある。上巻は、一丁に「松月堂自序（年記なし）」。版下不角。二丁表～四丁表は、冒頭に「俳諧水車上」「亥正月十五日」として宇都宮好述の「交玉一勝」句を立句とした脇起し不角独吟歌仙収録。版下不角。以下、本文版下も不角らし。半丁九行。刊記なし。内容は次の通り。上巻には「亥正月十五日」「二月朔日切」「二月十五日」「三月朔日」「三月十五日」「卯月朔日」の勝句を高点順・点印別に収録し、それぞれの末尾に各回毎の「一勝・二勝」また「釣勝」の二名を顕彰。会毎あるいは月毎に丁を区切る意識は全くなく、六回分纏めての一括披露である。下巻は、冒頭に「俳諧水車下」「亥四月十五日」として最上住浮水の「五葉」句を立句とした脇起し不角独吟歌仙があり、以下に「亥四月十五日」「五月朔日」「五月十五日」「六月朔日」「六月十五日」の勝句を収録。各回末尾に二名を顕彰するのも上巻に同じ。こちらも会・月で丁を区切る意識は全くなく、五回分纏めての一括披露である。

⑤『草結』

『草結』は、元禄八年七月〜十二月分の勝句を収録。俳文学大辞典の解説によれば上下二冊本のはずであるが、下巻は未見。綿屋文庫蔵本（わ73・32）は、上巻のみの零本。半紙本一冊。薄茶色地表紙、中央に題簽の貼跡。原装かどうか不明。版芯に丁付。松月堂自序（年記なし）が「草結ひ上　一」、七月朔日分一勝の発句を立句とした不角独吟歌仙が「草結ひ上　二、三」。この三丁、匡郭なし。本文「草結上　四〜廿二」。本文には全て匡郭がある。序・歌仙・本文とも、版下不角らし。本文、半丁九行。内容は、亥（元禄八年）七月朔日・十五日・八月一日・十五日・九月一日の五回分の勝句を、高点順・点印別に収録。巻末の顕彰なし。また、丁割りを見るに回を区切る意識も全くなく、五回分一括披露である。なお、奈良大学図書館蔵本（特殊911・33・F、宮田正信博士旧蔵本）も上巻のみの零本。薄鼠色の替表紙。雲形・文字の空押しあり。本文末尾の二丁廿一・廿二を欠く。

⑥『さるをがせ』

『さるをがせ』は、元禄九年正月～五月分の勝句を収録。東大洒竹文庫蔵本（洒竹１３７３）による。上巻のみの零本。半紙本一冊。原本未見のため、表紙の様子はよく分からないが、マイクロフィッシュによると元装らしく見える。中央上部に無辺元題簽。「誹／諧　さるをかせ前集　不角選」。なお、「集」と「不」の間の右脇に「下」とあるが、印刷か書き込みか分かりづらい。上下巻の下巻を意味するものであろうが、内容は上巻である。版芯に丁付。「さるをがせ上　一～丗終」。一丁は不角の序文（年記なし）。匡郭なし。以下、全ての丁に匡郭あり。二・三丁は最上の風和発句を立句とした不角・好角・讃秋による三吟歌仙。その前書きに「風和白鴎釣勝鬮にて六々の上に置」と断る。四丁以下に、子正月十五日・二月一日・二月十五日・三月一日・三月十五日・四月一日・四月十五日・五月一日の八回分の勝句を高点順・点印別に収録。各月とも巻末の顕彰なし。丁割りを見るに回を区切る意識も全くなく、八回分一括披露である。版下は、題簽・序・歌仙は不角筆、勝句の部は別筆。本文は半丁九行。

以上『とし〴〵草』『底なし瓢』『足代』『水車』『草結』『さるをがせ』の六点の勝句集から判明する不角判月並発句合の全体像を、興行年・締切月日・披露形式（単会披露か、数回分の一括披露か）・点印別勝句数・勝句数の各項目に分けて一覧表にしてみると、表１「不角月並発句合興行一覧」のようになる。

元禄六年九月から始まった不角の月並発句合は各月十五日を締切日として（日付表示の無い七年一・五月もおそらく十五日）七年八月まで続いたあと、七年九月からは一・十五日を締切とする月二回の興行となる。『草結』下巻に収録されているはずの元禄八年九月十五日以降も同様であったろうことは『さるをがせ』収録の元禄九年の興行から容易に

表1　不角月並発句合　興行一覧　　2-1

年	締切月日	披露形式	点印別勝句数							勝句数	うち当季	収録書
			両葉	五葉	交玉	交葉	朱玉	朱葉	日葉			
元禄6	9月15日	単会か				1	1	8	48	58	27	としどし草
	10月15日	単会か				1	1	25	58	85	40	
	11月15日	単会か		1	1	1	11	14	124	152	71	
	12月15日切	単会			1	1	1	8	45	56	32	
										計351	計170	
元禄7	(1月)	単会か		1	1	1	7	9	47	66	37	底なし瓢
	2月15日切			1	1	1	17		62	82	36	
	3月15日	一括		2	1	3	12	8	124	150	79	
	4月15日					2	1	17	78	98	35	
	(5月)			2	1	2	7	27	120	159	49	
	閏5月15日	一括		1	1	3	18	26	86	135	53	
	6月15日		1	1	1	2	14	9	77	105	48	
	7月15日切	一括		1	1	3	12	5	87	109	49	足代
	8月15日切			1	1	3	2	13	97	117	70	
	9月1日切	一括					5	8	33	46	24	
	9月15日切			2	3		23	26	79	133	74	
	10月1日切	単会か		1	1	3	10	10	66	91	24	
	10月15日切	単会か					2	5	67	74	26	
	11月1日切			2	3	5	11	24	69	114	66	
	11月15日切	一括		2	3	2	10	16	78	111	59	
	12月1日切			1	4		9	18	41	73	35	
	12月15日切	単会			1	1	3	23	32	60	32	
										計1719	計796	

表1　不角月並発句合　興行一覧

2-2

年	締切月日	披露形式	点印別勝句数							勝句数	うち当季	収録書
			両葉	五葉	交玉	交葉	朱玉	朱葉	日葉			
元禄8	1月15日	一括			1	1	3	24	29	58	26	水ぐるま
	2月1日切				2		3	12	36	51	28	
	2月15日				1	1	3	10	38	53	26	
	3月1日			1	1	1	6	6	26	41	20	
	3月15日						2	5	25	32	20	
	4月1日				2	3	13	10	35	63	14	
	4月15日	一括		2	3	3	9	10	63	90	43	
	5月1日					2	3	26	34	65	40	
	5月15日			2	3		9	18	59	91	39	
	6月1日					2	3	8	60	73	35	
	6月15日				1	1	3	24	55	84	39	
	7月1日	一括	1	1	3	2	7	5	39	58	15	草結・上
	7月15日					1	1	22	46	70	27	
	8月1日					2	3	7	35	47	26	
	8月15日			2	3	9	12	9	54	89	50	
	9月1日			2	3	3	14	13	40	74	44	
										計1039	計492	
	9月15日	未詳	未詳							未詳	未詳	草結・下
	～											
	12月15日											
元禄9	1月15日	一括			2	3	9	6	31	51	23	さるをがせ上
	2月1日			1	1	3	6	1	34	46	27	
	2月15日				2	3	8	11	34	58	31	
	3月1日				2	3	7	7	36	55	28	
	3月15日				2	3	11	8	39	63	43	
	4月1日			1	1	3	7	11	35	58	14	
	4月15日			1	1	3	21	9	47	83	36	
	5月1日			2		3	12	13	37	67	34	
										計481	計236	

推測される。元禄六年九月十五日から元禄九年五月一日まで興行回数は四十五回、うち単会披露と考えられるのが八回だけで、他は二〜六回分を纏めての一括披露である。次に収録勝句に徴するに、月並興行でありながら、季題の指定がなかったらしいことが注目される。表に示したように、元禄六年四回分の勝句合計は351句で、うち当季で、つまり秋なら秋の、冬なら冬の題で詠まれているものは170句に留まり、割合としては約48％。元禄七年は十七回分勝句数合計１７１９句のうち当季詠796句で約46％。元禄八年は十六回分勝句数合計１０３９句のうち当季詠492句で約47％。元禄九年は八回分勝句数合計481のうち当季詠236句で約49％と何れの年も同じような数字が出て来る。不角の月並発句合は季題を指定しない四季混題で行なわれていたと判断してよかろう。

さて、この不角発句合、七年九月からは一・十五日を締切とする月二回の興行となりずいぶんと慌しい印象を受けるが、『二葉の松』によれば不角はこの一連の発句合に先行して元禄三年正月から前句付の会も興行しており、六年九月からは両興行が並行して催されることになった。その前句付会の日程をいま元禄六年七月以降同九年五月以前に限って拾い出し、発句合興行日程と並べて表２「不角前句付会・発句合興行日程一覧」として示してみよう。なお、前句付会の日程は、元禄六年分は『二息』に、七年分は『減らず口』『うたたね』に、八年分は『昼礫』に、九年分は『矢の根鍛冶前集』による。前句付会は元禄六年七月以降、本来興行が無かったと思われる師走を除き、各月十二・二十七日を定例として動かない。資料の残らない八年一月から五月も、同年六月以降の日程を見れば同様に行なわれていたと考えてよかろう。前句付会と発句合を併せての興行回数は、元禄六年は六箇月間で十四回に留まるが、七年は閏五月を含む十三ヵ月で実に四十一回に及んでいる。発句合の月二回興行が定着した元禄八年は一部資料を欠くものの、推算すれば四十六回あったはずである。前句付会・発句合を交互に、多い時は七日に一回のペースで興行していたことになる。しかも、その興行圏は驚くほど広い。いま試みに、元禄六年四月〜十一月の前句付会勝句集である『一息』『二息』、同年九月〜十二月の月並発句合勝句集『としぐ〳〵草』、それに元禄七年一月〜十一月の前句付

表2　不角　前句付会・発句合　興行日程一覧

＊白地は前句付会、網掛けは発句合の日程

元禄6年	元禄7年	元禄8年	元禄9年
7月12日	**(5月15日)**	**1月15日**	1月12日
7月27日	5月27日	**2月1日**	**1月15日**
8月12日	閏5月12日	**2月15日**	1月27日
8月27日	**閏5月15日**	**3月1日**	**2月1日**
9月12日	閏5月27日	**3月15日**	2月12日
9月15日	6月12日	**4月1日**	**2月15日**
9月27日	**6月15日**	**4月15日**	2月27日
10月12日	6月27日	**5月1日**	**3月1日**
10月15日	7月12日	**5月15日**	3月12日
10月27日	**7月15日**	**6月1日**	**3月15日**
11月12日	7月27日	6月12日	3月27日
11月15日	8月12日	**6月15日**	**4月1日**
11月27日	**8月15日**	6月27日	4月12日
12月15日	8月27日	**7月1日**	**4月15日**
元禄7年	**9月1日**	7月12日	4月27日
1月12日	9月12日	**7月15日**	**5月1日**
(1月15日)	**9月15日**	7月27日	5月12日
1月27日	9月27日	**8月1日**	5月27日
2月12日	**10月1日**	8月12日	
2月15日	10月12日	**8月15日**	
2月27日	**10月15日**	8月27日	
3月12日	10月27日	**9月1日**	
3月15日	**11月1日**	9月12日	
3月27日	11月12日	9月27日	
4月12日	**11月15日**	10月12日	
4月15日	11月27日	10月27日	
4月27日	**12月1日**	11月12日	
5月12日	**12月15日**	11月27日	

表3　不角　前句付会・発句合作者圏　　4−1

		元禄6年		元禄7年	
国	地域	一息 二息	としどし草	へらず口 うたたね	底なし瓢 足代
(奥州)	忍	◎	○	◎	○
(奥州)	二本松	◎	○	◎	○
(奥州)	会津	◎	○	◎	○
(奥州)	岩城	◎		◎	○
奥州	桑折	◎	○	◎	○
奥州	柳店	◎			
奥州	三春		○	◎	○
奥州	石川		○		○
(奥州)	川又			◎	○
奥州	伊達				○
(奥州)	棚倉	◎	○	◎	○
(奥州)	伊達藤田		○		○
(奥州)	仙台	◎		◎	
(奥州)	白川	◎		◎	○
羽州	庄内	◎	○	◎	○
羽州	横手			◎	
羽州	市川				○
羽州	大谷				○
(羽州)	秋田	◎	○	◎	
(羽州)	秋田久保田				○
(羽州)	最上	◎	○	◎	○
(羽州)	最上山形	◎		◎	○
(羽州)	最上天童				○
(羽州)	最上左沢				○
(羽州)	仙北				○
甲州	甲府	◎	○	◎	○
(常陸)	小幡	◎		◎	

表3　不角　前句付会・発句合作者圏　4-2

（常陸）	河原代	◎		◎	○
（常陸）	北条				○
（常陸）	布川				○
上州	吉井	◎	○	◎	○
上州	藤岡	◎		◎	○
上州	一の宮			◎	
上州	安中			◎	
上州	南蛇井				○
（上州）	高崎	◎	○		○
（上州）	松井田	◎		◎	○
（上州）	舘林			◎	
（上州）	三の倉			◎	
（下野）	宇都宮	◎		◎	○
（下野）	小山	◎			
（下野）	下妻	◎	○		
（下野）	久下田		○	◎	○
（下野）	下舘				○
（下野）	鹿沼			◎	○
（下野）	水海道	◎		◎	
上総		◎			○
上総	宮村			◎	
上総	長南				○
（上総）	東金	◎			
（上総）	木更津	◎			
（下総）	行徳	◎	○	◎	○
（下総）	銚子口	◎		◎	
房州	武佐田			◎	
（武州）	深川	◎		◎	
武州	台川		○		
武州	寄居			◎	○

表3　不角　前句付会・発句合作者圏　4-3

(武州)	熊谷	◎			
(武州)	葛西	◎		◎	○
(武州)	八王子			◎	
(武州)	駒込			◎	
(武州)	鴻巣			◎	
(武州)	秩父			◎	
(武州)	中仙道本庄丁				○
(武州)	岩附	◎		◎	○
伊豆	網代	◎	○	◎	○
伊豆	杉山	◎			
豆州	瓜生野			◎	
豆州	中村				○
(豆州)	肥田				○
遠州	山梨	◎		◎	
遠州	新貝村	◎			
遠州	植松			◎	○
遠州	横砂				○
遠州	相良				○
駿州				◎	
駿州	下大狩		○		○
駿州	大宮				○
駿河	□□				○
駿河	吉原				○
(駿河)	金谷	◎	○	◎	○
相州	曽屋			◎	
(相州)	鎌倉		○		
(相州)	箱根			◎	
越後	村上	◎	○	◎	○
越後	三条	◎			
越後				◎	

表3　不角　前句付会・発句合作者圏　4-4

(越後)	保田			◎	
(越後)	高田	◎			
信州	小諸	◎	○	◎	○
信州	上田			◎	○
信州	追分			◎	
(信州)	松本			◎	
三州				◎	
(丹州)	田辺			◎	○
丹州				◎	
近江	彦根		○		
摂州	池田				○
(摂州)	大坂御城内				○
(摂州)	大坂				○
(山城)	京				○
(山城)	伏見				○
和州	小泉				○
土佐	高知			◎	
土州	□□				○
備州					○
備州	岡田				○
備中					○
備前					○
備前	岡山			◎	
肥前					○
薩摩		◎	○	◎	○
薩摩	上園			◎	
(薩州)	鹿児島	◎		◎	○
不明	坂本	◎			
	中山			◎	
	朝山			◎	

会勝句集『減らず口』『うたたね』、元禄七年一月〜十二月の月並発句合勝句集『底なし瓢』『足代』に出る江戸を除く勝句作者の各地所書きを大略整理してみると、表3「不角前句付会・発句合作者圏」のようになる。なお、表の国名を括弧で括ったのは原典に記載無く私に補った。丸印（前句付会は◎で、発句合は○で示す）は該書にその地名が出ることを意味する。表の末尾の坂本・中山・朝山は国名を特定することが出来なかったが、ざっと見てみると、奥州の忍・二本松・会津・岩城・桑折・柳店・三春・石川・川又・伊達・棚倉・仙台・白川、羽州の庄内・横手・市川・大谷・秋田・最上・仙北、甲州、常陸の小幡・河原代・北条・布川、上州の吉井・藤岡・一の宮・安中・南虵井・高崎・松井田・舘林・三の倉、下野の宇都宮・小山・下妻・久下田・下舘・鹿沼・水海道、上総の宮村・長南・東金・行徳・銚子口・木更津、房州武佐田、武州の深川・台川・寄居・熊谷・葛西・八王子・駒込・鴻巣・秩父・本庄・岩附、豆州の網代・瓜生野・中村・杉山・肥田、遠州の山梨・新貝村・植松・横砂・相良、駿州の下大狩・大宮・吉原・金谷、相州の曽屋・鎌倉・箱根、越後の村上・三条・保田・高田、信州の小諸・上田・追分・松本、三州、丹州田辺、近江彦根、摂州池田、大坂、京、城州伏見、和州小泉、土州高知、備州岡田、備中、備前岡山、肥前、薩州の上園・鹿児島というように、極めて広範囲に及んでいることが分かる。それと同時に、前句付会と発句合の興行圏が重複することも注意せねばならない。元禄六年の前句付会勝句集『一息』『二息』に出る地名は45箇所、そのうち発句合勝句集『とし〴〵草』との重複は17箇所で約38％となり、少なからぬ割合を示す。元禄七年『減らず口』『うたたね』に出る地名は66箇所で、うち『底なし瓢』『足代』との重複が32箇所となり、こちらは50％近い。また、表に網掛けで示したのは四資料のうち三つ以上に見える地名であるが、全116地域のうち29箇所あり、25％。それは、不角の月並発句合が元禄三年正月以来の前句付会の作者圏とその興行システムに乗っかる形で生れたことを意味する。そのことは、作者個人を追跡しても確認出来る。『とし〴〵草』を例に取ってみよう。表4①「『としどし草』作者・江戸の部」、表4②「『としどし草』作者・諸国の部」に示したように、『とし〴〵草』に名が見える作者は201名。

表４①　「としどし草」作者　江戸の部

＊網掛けは一息・二息にも出る

作者名	勝句数	作者名	勝句数	作者名	勝句数	作者名	勝句数
蘆黒	2	周夕	1	宝士	1	可水	2
琴角	1	調武	1	掬水	1	一歩	1
是楽	2	雲觜	3	風月	5	一	1
文士	1	一心	1	秀浪	2	志洗	1
竹鶯	2	志賀	1	蘭瑟	2	幽角	1
繍鮮	2	三辰	1	仲角	1	宝角	1
言角	1	紫藤	1	可流	1	松旦	1
円風	1	喜雨	1	古風	1	鉄蕉	1
木端	1	保子	3	不二	1	黄吻	2
林桜	1	烏角	7	樗雲	3	扇角	1
牧口	5	調市	3	岸珠	3	卯門	2
此水	1	蟻角	1	如扮	1	秀浪	1
東子	1	見竜	5	林塘	1	小橋	1
風枝	7	水市	1	風襟	1	白萍	1
酔月	1	峡陰	4	残月	1	心角	1
風也	1	和賎	4	風花	1	甘乳	1
言盛	1	自言	3	調柳	1	鹿山	1
萍水	1	忠芳	1	方角	1	序柳	1
盃角	1	三思	1	露松	1	忠角	1
仲藤	2	黄也	1	松石	1	聞虫	3
文翅	9	言竿	1	自之	2	桂角	1
緑筠	2	雪渓	2	狂風	1	東口	2
松月	2	心柳	1	是楽	1	言跡	1
柳和	1	露計	1	露綾	1	松霜	1
傾角	1	ム子	2	大石	1	一井	2
幽志	1	蚊龗	3	一乙	2	直生	1
和角	2	風山	1	和同	1	吟	1
和氷	2	逑芝	3	彼琴	2	笛幽	1
						一軒	1

表4② 「としどし草」作者　諸国の部　＊網掛けは一息・二息にも出る　2-1

国	地　域	作者名	勝句数	国	地　域	作者名	勝句数
奥州	桑折住	可川	1	羽州	庄内住	竹仙	1
		不丸	2			一角	2
		柳枝	1			村長	1
		不硯	4			囿紫	1
		如岫	1			無角	1
奥州	三春住	清谷	1			可申	3
（奥州）	伊達藤田住	集望	1			可工	4
（奥州）	会津住	露吟	1	（甲州）	甲府住	素英	1
奥州	棚倉住	一虻	1		甲州住	一笑	1
奥州	石川住	等盛	3			入志	2
		等般	1			素舜	3
		等秀	1			秀翠	1
（奥州）	二本松住	八角	2			風雷	1
		文車	3			排水	1
		自招	3			安春	4
		包抄	3			白鴎	6
		庵月	1			白水	2
		等方	2			好元	2
（奥州）	忍住	野堂	1			素秋	1
		沢水	1			風夕	1
		朝山	1			渓水	2
		志角	3	（上州）	高崎住	時香	2
（羽州）	最上	蝶我	1			自笑	2
		柴関	2			詞招	1
		友夕	1	（上州）	吉井住	桜角	2
		吟石	2	（下野）	下妻	川山	1
（羽州）	秋田住	宗円	1	（下野）	久下田	芳昌	1
羽州	庄内住	水軒	9			波瓢	2

表4②　「としどし草」作者　諸国の部　　2-2

国	地　域	作者名	勝句数
(下野)	久下田	柳水	3
(下総)	行徳	酒計	1
武州	台川岸住	風狐	1
伊豆	網代住	一枝	2
		風任	2
		一工	2
遠州	横砂	梅之	2
		梅雨	1
(駿河)	金谷住	一栄	2
		鳩有	1
駿州	下大狩住	心水	2
(相州)	鎌倉	霞松	1
伊勢	津住	定倫	2
		春水	2
		風吟	3
		丹夕	2
		間方	1
越後	村上住	破扇	2
		雷角	3
		獅角	5
		一哲	1
		苦棑	1

国	地　域	作者名	勝句数
信州	小諸	順角	1
近江	彦根住	古風	2
		不障	5
		風輪	1
		角水	1
		露生	1
		鴈木	1
		閑月	2
(薩州)	薩摩住	調薫	1
薩州		梅翠	1

このうち網掛けで標示した59名は『一息』『二息』にも出る作者である。重複は約29%。大雑把に言えば、不角月並発句合に勝句を採られた作者十人のうち三人は併行して行なわれた前句付会にも参加していたと言うことになる。ついでに、『とし〴〵草』の興行圏を見ておこう。詳細は表に譲って省略するが、こちらも広範囲に及ぶ。勝句収録作者201名のうち諸国が88名、江戸が113名という割合になるが、勝句数で見てみるとほぼ相半ばする。江戸を除き地域別作者数の多いのは、甲州14名、羽州庄内8名、近江彦根7名、奥州桑折・奥州二本松各6名、伊勢津・越後村上各5名というあたりである。個別に勝句数の目立つ作者は、諸国では羽州庄内水軒の9句、甲州白鴎の6句、近江彦根不障5句、越後村上獅角5句、江戸では文翅9句、風枝・烏角の各7句、牧口・見竜・風月の各5句となる。

それにしても、これだけの広範囲を対象に、前句付会・発句合を多い時は七日に一回のペースで興行することはどのようにして可能だったのだろうか。これは調和の例であるが、宮田正信博士は『雑俳史料解題』収録の「調和点五句付別懐紙」（元禄三年六月六日成）の解題で「この時点で調和の興行は相当手広く拡大してゐた。（中略）觚堂の手で清書するのは膝元のものに限り、地方のものはこの様に、それ〴〵の地域別に清書巻に整へて觚堂の許へ届ける仕組になってゐたのであらう。」と述べ、広範囲地域を対象にした前句付興行に於ける地方会所の存在に言及しておられるが、不角の場合にもそれは十分に有り得ることである。そういった地方会所の存在も含めて、広範囲をカバーしかつ月に四回の興行が可能となる極めて合理的なシステムが元禄期の江戸には存在したのである。そのシステムの軸となったのは江戸と地方を結ぶ物流であったと思われるが、いま一つ考えておくべきは武門の存在であろう。備角こと岡山藩主池田綱政とのそれに象徴される不角と武門との関わりについては、「享保俳諧の三中心」（『潁原退蔵著作集』4）「立羽不角」（鈴木勝忠、『俳句講座』3）などに早くから指摘があり、最近のものでは『江戸書物の世界』（雲英末雄編、平成22年笠間書院刊）収録の「不角歳旦帖」「不角点取帖」翻刻の解題でもそのことに触れるところがあった。不角の前句付会・発句合の興行圏を考える際にもその視点を欠かすことは出来ない。例えば『底なし瓢』には三月十五日分・四月十五日分・五月十五日分・六月十五日分に「大坂御城内」として壹龍・秀水・周交・青柏・虎角・袖花・狐欠・虎留・薫桃・不周らの勝句が合計15句出るが、この連中は明らかに武門である。また、同書には

　脇息の木目や肱に秋の暮　　桑折　不三

　所知入や案山子計は笠ぬがず　　利中

というように、僅かながら武門らしい勝句も見える。前掲の表3「不角前句付会・発句合作者圏」からも明らかなように、奥州忍・二本松・会津・桑折・棚倉・庄内、羽州最上、甲州甲府、上州吉井、下総行徳、伊豆網代、駿河金谷、越後村上、信州小諸、薩摩といった地域の面々は不角興行の謂わば常連であるが、近場はともかく越後村上・薩摩のような遠隔地から月に数回の遣り取りが可能であったとは思われない。それぞれの例に沿って具体的に検証して見なければ断定は憚られるが、作者の所書きは江戸勤番侍のそれであることが少なくないのではないだろうか。勿論在国していることも有り得るわけで、その場合は、晩年の芭蕉が藤堂藩の江戸屋敷と国許を繋ぐ飛脚便に便乗して伊賀上野の実家と手紙の遣り取りをしていた（元禄六年十一月廿七日付半左衛門宛及び七年正月付同人宛芭蕉書簡）のと同様のケースを想定すればよかろう。それは、物流のルートよりは速かった筈である。不角の興行にはかなりの部分、江戸勤番の武門が関わっていると考えると、ほぼ全国に及ぶような興行圏も理解できるような気がする。

以上見てきたように、元禄六年九月を初会として元禄九年五月に及ぶ不角の月並発句合興行は、それに先行する元禄三年以来の前句付興行を母胎とし、それに乗っかる形で成立したものであった。季題を指定せず四季混題としたのは、一つには初心への配慮が考えられる。投句する側からすれば、季題の指定が無い方がやり易いこと云うまでもない。もう一つは、撰者不角側の興行上の理由もあるのではないか。不角は元禄三年以来続けて来た月二回の前句付興行に加え、連中の要請もあったのであろうが、六年九月からは発句合興行も抱え込むことになった。広範囲に及びかつ目まぐるしい日程の興行を捌くためには、発句合の季題を指定せず定例日を締切としておけば、その日までに届い

た分を捌けばそれでことが足りる。季題を指定した月並発句合に伴いがちな遅着の問題も、そのやり方を採る限り起こりようがない。作者側も適宜投句しておけば、何れかの回で拾って貰えるということになり、実に合理的かつ現実的なやり方である。なお、不角の月並発句合で単会披露が少なく一括披露になりがちであったのは、そのような合理的なやりかたをしても、さすがに捌き兼ねた結果であろう。かように後世に一般化する月並発句合の興行形式は、既に元禄前期の江戸で不角によって確立されていたのである。

Ⅱ　調和月並発句合

①『夕くれなゐ』

調和の月並発句合興行を伝える資料として、先ずは『夕くれなゐ』を取り上げてみよう。該書は半紙本二冊。いま、上巻は柿衞文庫本（は・75・1992）に、下巻は綿屋文庫本（わ・75・16）による。上巻は縦22・8×横16・3糎。薄茶色の元表紙。表紙中央に題簽剥落痕あり。なお、某文庫にも一本を蔵し、国文学研究資料館提供の複写を見るに、表紙中央上部に「俳／諧　夕くれなゐ　乾」と無辺題簽があり、原題簽らしく思われる。柿衞文庫本・某文庫本、同板で内容に異同はない。下巻も表紙薄茶色で原装らしく見える。表紙中央に題簽剥落痕あり。何れも丁付は版芯にあり、上巻は「一、二」「夕紅乾　三～廿一」、下巻は「夕紅坤　一～廿五終」。刊記は無い。上巻一・二丁は「壺瓢軒清書所」による序文で、年記は「元禄十丁丑季夏日」。三丁表冒頭部に「発句寄／夕くれなゐ　上巻」と内題し、「戊（元禄七）二月　題混雑」として勝句八句を収録。うち五句に「一勝～五勝」の標示がある。図版2は二丁裏

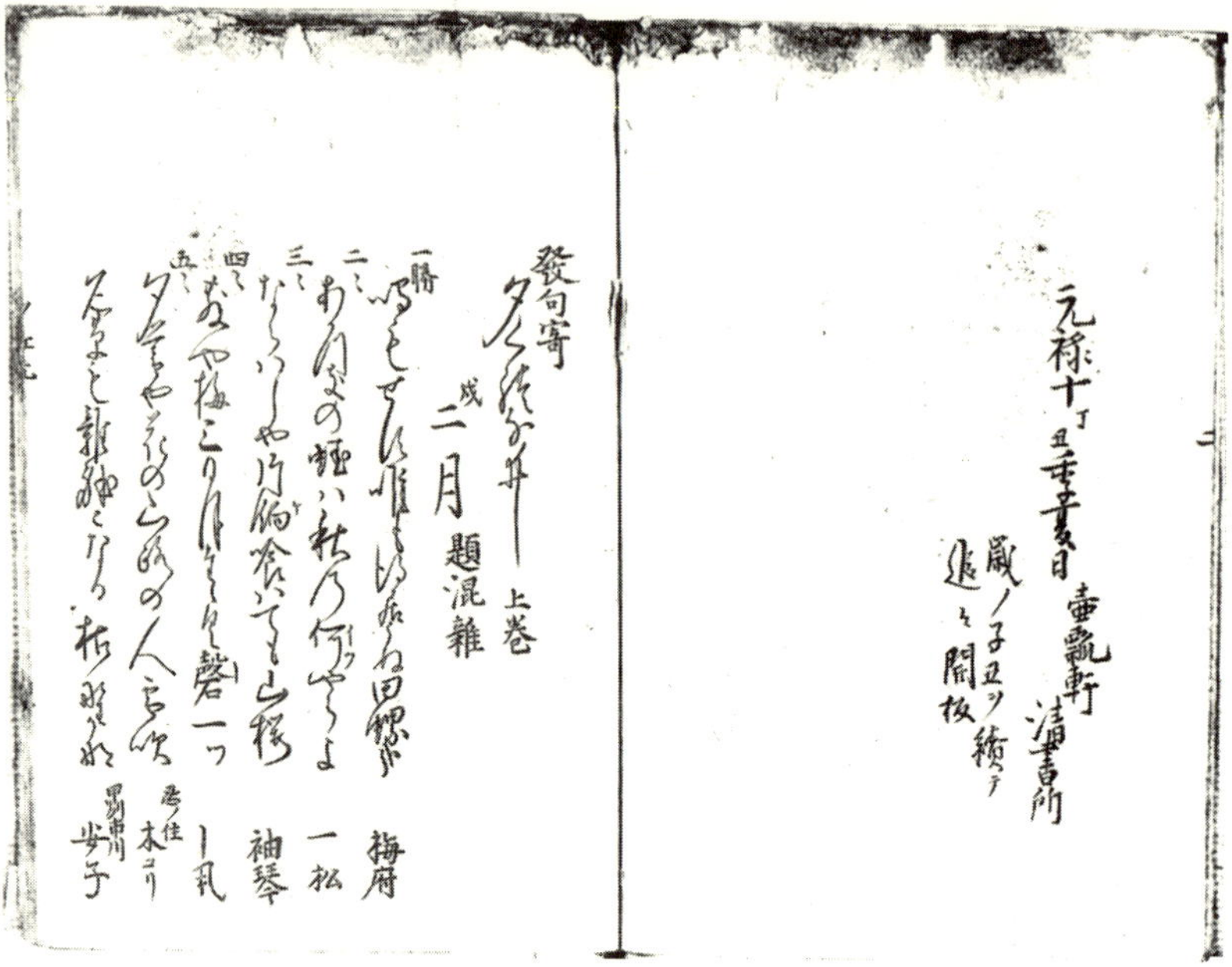

図2　夕くれなゐ（某文庫蔵）　2ウ・3オ

と三丁表（某文庫本による）。三月分以降は「三月同断　次第准右」として、廿一丁まで十二月分まで（含閏五月）の勝句を月別・高点順に収録。下巻もほぼ同様の形式で、一丁表冒頭部に「俳／諧　ゆふくれなゐ　下巻」と内題。「亥（元禄八）正月　題混雑」として「一勝～五勝」を含め二十五句の勝句を示し、二月分以降は「二月　同断　次第准右」として、十七丁まで十二月分までの勝句を月別・高点順に収録。十八～廿五終には調和一座の歌仙三巻を収める。刊記は無い。因みに、三歌仙の連衆は一巻目が立志・調和・秀和・立嘯・柳絮・一蜂、二巻目が山夕・調和・無倫・尺草、三巻目が不角・調和・直方・和推・和英・淮漢・止水である。「発句寄」勝句の部の丁割を見てみると、元禄七戌年分を収める上巻は、二・三月分が三・四丁の2丁にすっきりと収まり、四丁末尾に一行の余白あるも、敢えて埋めずに残してあることからすると、これは二箇月纏めての一括披露。四～十一月分は五～十九丁の15丁にわたり九箇月分（含閏五月）纏めての一括披露。十二月分は、廿・廿一丁の2丁に収まるのでこの月は単会披露と考えて良い。元禄八亥年分を収める下巻は丁を区切ることが出来ず、こちらは通年一括披露であったと思われる。前の不角の例に倣い、この調和の「発句寄」を一覧表にしてみると、表5「『夕紅』調和月並発句合興行一覧」のようになる。題が四季混雑であるのは、序文中に「題はまづ混題にして」とあり、また上下巻冒頭にそれぞれ「題混雑」とあることからも明らかで、それは収録勝句についても徴されるところであるが、表にも示したように元禄七年は勝句計288のうち当季句191で約66%、元禄八年は勝句計250のうち当季句167で約67%という数字が表している通り、不角の場合よりも当季句の占める割合は高い。

さて、この調和の「発句寄」の成立ちについては序文に詳しい。なお、句読点・濁点は私に補う。

山者成於覆簣、江者起於濫觴といへり。遠つ国の傍より、壺瓢が俳流を慕ひ、発句綴て杣が懐・筏士が燧袋に便しておこせるに、たとへば大器に錐揉して滴りの絶ざるに等し。されどその中に秀たるは稀に、度を累ね年を積りて僅一名にひとつ二つ留たるも有、梓のつゐでを期して彫らんと約し、篋の底になん置古しぬ。又近曽より、此道にすける人清書堂に来り、ほ句集見よと頻りにすゝめられ、止事を得ず題はまづ混題にして月次句帳をむすび、四方を該括して改て詞林之良材に斧を振らしむる。其中に炳然を挙て、五番にわかち褒賞す。余は家風の点倍増朱に及ぶを以、各入集と極たり。甲戌ノ春二月ヨリ乙亥の歳末に至まで與二一十二次一、嚮に留め置たる句々練綿して板にしるし、あらひ朱の追加夕紅と号す。この序《デ》よろしとて俳師の出合しけるなど相催ひ、一夕の興行乞需め、文台に向へば歌仙ふたつみつ。

元禄十丁丑季夏日　壺瓢軒清書所

歳ノ子丑ヲ続テ追々開板

これによれば、直接のきっかけは「此道にすける人」の「ほ句集見よ」という「近曽より」の「すゝめ」によるものらしいが、それ以前に「遠つ国の傍より、壺瓢が俳流を慕ひ、発句綴て杣が懐・筏士が燧袋に便しておこせ」、「梓のつゐでを期して彫らんと約し」ておいたものも含まれていると言う。不角同様、調和にも月並発句合に先行する前句付興行があった。その前句付興行は不角が元禄三年正月を初会とするのに対し、調和のそれは貞享四年七月に溯る。その調和の前句付興行を伝える『洗朱』（元禄十一年序）において、編者一蜂は「或人」のつぶやきに託し「先作の骨折、後の人に只とられ、袴の裾踏るゝ心地して、跡なが先へ趨る此遺恨いかに」と、興行では先行しながら勝句集発行でははるかに遅れをとってしまった調和門連衆のもどかしさを述べているが、この『夕紅』発刊に際しても『とし〲草』以下の不角発句合勝句集が意識されていることは容易に想像される。「此道にすける人」の「ほ句集見よ」という「すゝめ」も、元禄六年九月から始まった不角の月並発句合を脇目にしてのそれであったに違いない。なお、元禄七・八年の勝句を収める『夕紅』序文の年記は元禄十年夏、その序文末尾に「歳ノ子丑ヲ続テ追々開板」と

表5 「夕紅」調和月並発句合興行一覧

年・月	披露形式	勝句数	うち当季
元禄7年2月	一括	8	5
3月		20	15
4月	一括	26	12
5月		24	13
閏5月		13	10
6月		26	16
7月		27	18
8月		33	19
9月		23	18
10月		31	20
11月		27	17
12月	単会	30	28
		計288	計191
元禄8年1月	一括	25	11
2月		25	18
3月		21	16
4月		16	8
5月		23	16
6月		23	16
7月		25	11
8月		15	14
9月		14	13
10・11月		32	25
12月		31	19
		計250	計167

元禄九・十年分の出版予告がある。その資料は管見に入らぬものの、元禄九・十年次も調和の「発句寄」が継続して続けられていたことを証するものであろう。貞享四年七月以来の調和の前句付興行は年によって日取りは不定ながら月二回を例としていたが、元禄五年以降はほぼ月一回となる。元禄七年次は、前句付会は正月〜七月は二十五日、八・九・十月は二十日が定例日で、閏五月と十一・十二月は興行がなかった。そこに、日取りは不明ながら、月一回の発句合が併行して行なわれるようになったわけであるが、前句付・発句合の両方で月四回興行という不角のような目まぐるしさはない。因みに元禄八年の調和の前句付会を伝える資料はないが、七年と同様に行なわれていたと思われる。

では次に、『夕紅』の作者圏をみておこう。表6①「『夕紅』作者一覧・江戸の部」、表6②「『夕紅』作者一覧・諸国の部」は、『夕紅』に出る作者の国・地域・勝句数の一覧である。表の国名を括弧で括ったのは原典に記載無く私に補ったもの。作者総数は217名。うち、所書きなく江戸と思われる作者が143名、江戸以外の各地が74名でほぼ二対一の割合。興行圏は江戸を中心に、奥州の忍・二本松、羽州の米沢・山形・大谷・左沢・松山・仙北・亀山、常陸の布川・河原代・北条、甲州の市川・甲府、豆州、越後、駿州の岩淵・江尻他、相州、遠州、伊勢、大坂、丹州田辺、筑州の柳川・三池他、薩州、肥州、武蔵と広範囲に及ぶが、不角の興行ほど広くはない。勝句数は江戸作者が257句、各地が280句でほぼ半々。各地のうち、とりわけ目立つのが羽州連で羽州・米沢・山形・大谷・左沢・松山・仙北・亀山の三十一名で勝句が187句に及び、『夕紅』全勝句538句のうち約三割を占有している。それは作者個人の勝句数にも顕著に現れていて、江戸以外では奥州忍の木コリ・二本松の文車の各10句、江戸では花蝶12・和英11・和賤・調尋各10句といったあたりが多数入集者として挙げられるが、羽州に目を転じてみると、左沢の未覚35句を筆頭に同地の蘂蟻18・陸船17・無真13・吟水12・孤蝉12、大谷の風和15、松山の浮水11というように群を抜いている。この羽州連の187句と江戸作者の257句を合わせて444句となり全体の八割以上を占め、一見興行圏は広いように見えるものの、実は特定

表6① 「夕紅」作者一覧　江戸の部　2-1

＊太字は「洗朱」にも出る。＊網掛けは「底なし瓢」「足代」にも出る

作者	勝句数	作者	勝句数	作者	勝句数
梅府	1	蛙言	1	和吟	1
一松	1	**調蒿**	2	**止水**	1
袖琴	1	かしく	1	茶瓢	1
ノ丸	1	甫仙	1	一桐	1
槿堂調柳	7	**白萍**	1	一○	4
秋竹	1	枳橙	1	楓岡	2
梅嘯	1	**調当**	2	国弟	1
洞松	1	挙石	1	雷角	1
貞助	1	遊水	1	宇玄	2
岸珠	2	文霞	1	**松夕**	1
雪渓	7	風夕	1	幽笛	2
花蝶	12	東蜂	1	**調角**	2
和英	11	雌箒	1	桃艶	1
和友	7	皐月	1	桃風	2
花木	1	口寸	1	自泉	2
秋毫	1	如猿	1	朝三	2
稀云	1	吟志	1	一嘸	2
岫虹	2	一龍	1	蛙流	1
柳絮	1	**調序**	1	沢蟹	1
枚口	5	**自言**	4	秋蚊	1
好水	5	一以	1	麁吟	2
一鴎	1	俳狂	1	材言	1
一松	3	和鉄	1	湖旦	1
喃石	1	葎月	1	蟻山	1
思秋	1	一直	2	調膠	1
鳳角	1	**甘乳**	4	破笠	1
川村氏寸志	1	不月	1	松葉	1
調車	5	**梅英**	1	吟石	2

表6① 「夕紅」作者一覧　江戸の部　　2-2

作者	勝句数	作者	勝句数	作者	勝句数
和賤	10	宗也	1	白楊	2
調尋	10	不切	2	一扇	1
秋香	1	花畝	2	**柳雪**	1
枕睡	1	**調市**	3	霜鶴	1
薫風	1	九羽	2	山睡	1
袖包	1	海秋	1	恵尚	1
野笑	1	狢堂	2	**調武**	3
一口	2	**包袋**	1	袖笠	1
此水	1	涯雪	2	葛東	1
梟角	2	硯水	1	露仲	1
帯雲	1	**竹水**	1	水月	1
如蝶	1	倫樵	1	嵐松	1
柳石	2	不周	2	**玄之**	1
鬼歯	1	林及	1	瓢朗	1
睡貓	1	朝かほ	1	賤忌	1
兮耑	1	水鳥	1	准漢	1
左顧	2	調松	1	倫随	1
正直	1	庸探	1	慰志	1
和氷	5	不術	1	**免嘯**	1
鶴志	1	如々山	1		

表6② 「夕紅」作者一覧　諸国の部　2−1

＊太字は「洗朱」にも出る。 ＊網掛けは「底なし瓢」「足代」にも出る。

国	地域	作者	勝句数	国	地域	作者	勝句数
(奥州)	忍	**木コリ**	10	羽州	左沢	三仙	1
		小虫	1	羽州	松山	古川	1
		鸚言	8			恵尚	2
		梅言	5			浮水	11
		耻言	2			隋宜	2
(奥州)	二本松	文車	10			我誰	8
		包抄	3			玄真	1
		八角	3	(羽州)	仙北	如啄	3
(羽州)	米沢	**仗水**	4			友時	1
		曲樗	1			如此	3
		柳燕	5	羽州	亀山	松盈	1
		伽夕	1	(常陸)	布川	調葉	1
		文因	2	(常陸)	河原代	緑筠	2
		惛意	1			**石流**	3
		不調	1	(常陸)	北条	帒雲	1
(羽州)	山形	友夕	1	甲州	市川	安子	5
羽州		**孤蝉**	12	甲州		**風切**	1
		海石	8			一鳳	2
		兼水	1	(甲州)	甲府	**白鴎**	2
		露水	1	豆州		秀錐	1
(羽州)	大谷	**風和**	15			柿青	1
羽州	左沢	勇夕	1			風任	1
		藥蟻	18	越後		柳雅	1
		東風	4	駿州		尾長	1
		末覚	35			**一閑**	1
		吟水	12			**志井**	1
		陸船	17			**催風**	2
		無真	13	スルカ		**中子**	1

表6② 「夕紅」作者一覧 諸国の部　2-2

国	地域	作者	勝句数	国	地域	作者	勝句数
駿州	岩淵	安全	4	丹州	田辺	集水	1
駿州	江尻	宵睡	1	筑州		河野	1
		卯子	1	(筑州)	柳川	一洞	1
		卯下	1		三池	然平	1
相州		流当	1	薩州		和巾	3
遠州		梅雨	1	肥州		渭水	2
伊勢		銀嵐	1	武州	羽生	調貉	1
		蜂谷	1				
		花丸	1				
摂州	大坂	壺龍	1				
		虎笑	1				

地域・特定句団を興行の基盤としていることが知られる。興行回数も各回の収録勝句数も不角のそれに較べて随分と少なく、月並興行の規模として見劣りがすることは否めない。なお、先述したように貞享四年七月以来の前句付興行を伝える『洗朱』に出る作者との重複を調べてみると、表に太字で示したのがそれで、諸国が21名、江戸が28名で合計49名。『夕紅』に出る217名のうち49名、概ね五人に一人は調和の前句付会にも顔を出しているということになる。不角の場合と同様、調和の発句合も前句付会の興行圏・作者を基盤として成立しているということになろう。なお、調和の前句付興行と不角のそれと作者が重複することは宮田博士の『雑俳史の研究』などにも指摘されていることであるが、月並発句合でも同じことが言える。試みに『夕紅』と不角の元禄七年次の月並勝句集『底なし瓢』『足代』の重複作者を調べてみると、表に網掛けで示した56名となる。つまり、『夕紅』に出る作者217名のうち約四人に一人は不角の月並発句合にも投句していたことになり、その割合は小さくはない。前掲の表4①②「『としどし草』作者」には、調薫・調武・調市・調柳といった名前が見えるが、彼らはおそらくは調和門。一方、表6①②「『夕紅』作者一覧」に出る八角・鳳角・梟角・雷角は不角門であろう。そこには

師系への特段の拘りはなく、作者側としては要するに勝をとって自分の句が摺物や勝句集に載り、景品・勝句巻をせしめることが出来ればそれで良かったわけで、前句付会・発句合とも不角・調和の興行で作者が少なからず重複するのは、作者たちが暇にまかせて発句を捻り、手当たり次第に投句したその結果と見るべきであろう。

②『調和発句合点帖』

さて、『夕紅』から知られる調和の月並発句合の様相は大略右の如くであるが、その興行の現場を窺わせる資料を一つ見ておきたい。それは、佐藤勝明氏蔵の『調和発句合点帖』（仮題。以下『点帖』と略称する）である。書誌については氏に翻刻紹介の予定がおありとのことで、詳細はそちらを参照していただくとして、ここでは氏から提供を受けた複写により要点のみを記す。巻子本一巻。内容は、未覚・浮水・海石・蘂蟻・吟水・陸船・孤蝉・風和・無真・用水・花丸・三仙・松葉の十三名それぞれが十題で各一句を詠じ、調和が点を掛けたもの。点は、何も印のない無点・墨棒一本の平点・平点に○押印（巻末句引によれば「玉」）・墨棒二本の長点・朱棒二本（「朱長」）・朱棒二本に「増朱」押印・朱棒二本に「両長」押印の七種。収録句により、題は郭公・田植・蚊・蛍・五月雨・涼み・蓮・夕立・清水・夕顔であったことが知られる。清書句は全部で百三十句なければならぬが、現存は百十五句。佐藤氏の御教示によれば、後世（安永九年）、紙背を華道伝書として再利用した際、花丸の一句、孤蝉の四句、松葉の十句が失なわれたものらしい。百十五句中十二句には調和が寸評を書き入れる。そして、点をかけたあと清書部末尾に調和が「右百六墨（無点句を除いた数字）／〆／両長弐摺／増朱十一中研／朱長廿六／長卅五　玉十三／調和」と記し、瓢形の「壺瓢軒」印と方形「俳林」印を押印。続けて清書所が「句闘」として、

廿三点　未覚　皆点　増二　朱二　長二　玉二

廿二半　浮水　仝　両一　朱二　長三　玉三

というように、連衆十三名の十句一組の総合点及び明細を示したあと、「右者壺瓢軒為月次発句寄之／加入挙十題句々列々／其一軸之勝劣如件／元禄八乙亥歳六月十日切／清書所／松田未覚雅丈へ」と記入し、さらにその奥に「大懐帋／一勝　二本松八角／二―　別帋ニ詠艸出ス陸船／三―　江府枚口／四―　浮水／五―　風和」と記す。この点帖は総合点で一勝の未覚に褒美として与えられたものであった。寸評及び調和の奥書以外は一筆で、名は知られぬものの清書所の筆である。さて、この『点帖』と『夕紅』には密接な関係が認められる。いま、『夕紅』坤巻収録の元禄八年六月分の勝句全てを、原本にはない濁点を補い、仮の通し番号を付して次に挙げてみよう。

1　取しめぬ蚊遣も不破の誠哉　二本松 八角
2　巻浅し御法幻五月雨　左沢 陸船
3　物いはゞ結句泣れん魂祭　枚口
4　三夕や二夕は雨の五月哉　浮水
5　中明て後ロ合せや橋涼ミ　風和
6　夕涼風の篩よ戻子の蚊屋　梅言
7　わが敷て我裾行や雲の峰　木コリ
8　朝がほは見いでも済が秋の昏　麁吟
9　晒貝や梨花の光見る生の浦　文車
10　半分は花を斛《ハカル》か須磨の塩　仝
11　凡龍の悔よ雲雀の逆翅サ　蘂蟻
12　手のくぼに我影軽き清水哉　松葉

13　水鏡空に植たる早苗哉　勢州　花丸
14　白雨や伊吹孤村の離島　蘂蟻
15　夕立や秋の草偃ス冬の松　海石
16　朝露を溜て蓮や桔槔《ハ子ツルベ》　仝
17　大仏の片耳ぬれぬ白雨《ヨダチ》哉　吟水
18　踏哥に五月雨走リ田植哉　陸船
19　五月雨や秋の夕は日半哉　孤蝉
20　飯匙は男取たる田うへ哉　未覚
21　白雨の雲花ならば根なし蔓　仝
22　魂まつり秋は哀の費なし　仝
23　うづら好ク人は気ながし秋の声　我誰

右の二十三句中4・5・13・14・15・16・17・18・20・21の十一句が『点帖』に出る句であることが先ず注目される。因みに点印は4の浮水句のみ「両長」、他は全て「増朱」。『夕紅』序文に「点倍増朱に及ぶを以て各入集と極たり」とあることと合致する。なお、点帖で「増朱」の評価を受けた海石の句「早乙女や泥に黒まず日に炎《ヤケ》ず」が『夕紅』には見えないが、海石は他に二句（15・16）採られているので省かれたのであろうか。そして、『点帖』の清書所奥書にこの点帖とは別に「大懐帋」なるものがあることが記され、一勝から五勝まで八角・陸船・枚口・浮水・風和の五名の名が出るが、これも『夕紅』六月分上位者とぴったりと一致している。この折の発句合はそれなりの規模で興行され、「大懐帋」は一句のみの評価による興行全体の勝句巻、この点帖は総合点評価による組連向けの点帖と考えると理解出来るような気がする。因みに、『点帖』と『夕紅』版下の筆跡は一致し、清書所が勝句集の編纂にも深く関わっていたことがわかる。分からないのは季題である。『点帖』によれば、この興行では夏季十題の指定があったはずである。『夕紅』収録4・5・13・14・15・16・17・18・20・21の十一句は『点帖』に出ているので問題はない。また、1（蚊遣）・2（五月雨）・6（涼）・12（清水）・19（五月雨）は季題が点帖のそれと重なり、これも問題はない。7（雲の峰）は夏だが、点帖にはその題が見えない。そして、3・22（魂祭）・8（朝がほ、秋の昏）・23（うづら）は秋、9（梨花）・10（花）・11（雲雀）は春である。先に見たように『夕紅』の勝句はその序文に「題は先づ混題にして」と言い、また「題混雑」（七、八年二月）「同断」（七、八年三月）というように、四季混題であることを断っていた。そのことはこれまた先述したように、表5からも確認が出来た。が、『点帖』と『夕紅』を照合してみると、指定季題でも良し、自由題でも可というありかたであったかに見受けられる。そのことと関連し、この『点帖』、「六月十日切」とするが、郭公・田植・蚊・蛍・五月雨・涼み・蓮・夕立・清水・夕顔というように、季題が四月から六月にわたることにも注目せねばならない。季題からすると、これは六月の催しではなく、三箇月分まとめての夏季興行である。このことと併せ見るべきが清書所の奥書である。これは「右は壺瓢軒月次発句寄の加入の為、十題句々列々を挙ぐ」と読むべきかと思う。「月次発句寄」集、つまり後に『夕紅』として纏めらることになった月並勝句集に収録する句を揃えるために十題の発句合を催し、それらの句々を列記したのがこの点帖であるという意味にとれる。発句合が先にあって点帖なり摺物なりが調えられ、それらをもとに結果として冊子形式の勝句集が出来上がるのが普通のありかたであるが、調和の場合は勝句集を編むため適宜発句合を興行しているかのような印象を受ける。この興行形態は、先述したように調和の月並勝句集版行が不角のそれに後れをとったこと、及び調和の月並興行の規模がやはり不角のそれに較べ見劣りがすることと関連があるのかも知れない。なお、前掲の表6②から分かるように、『点帖』連衆のうち、用水・松葉と伊勢の花丸を除く十名は、孤蝉・海石が羽州、風和が羽州大谷、蘂蟻・未覚・陸船・無真・吟水・三仙が羽州左沢、浮水は羽州松山で、この点帖が調和の月並興行を支えた羽州連向けのものであることは明白。他にも『夕紅』の背景にこの『点帖』が伝えるような興行を想定して多くは過たないであろう。

Ⅲ　無倫月並発句合

無倫の月並発句合を伝える資料として、『蒲の穂』と『不断桜』の二点を取り上げてみよう。

①『蒲の穂』付『木芽』

該書は未刊雑俳資料四十九期13に「大礒義雄氏珍蔵ネガによる」として、翻刻がある。同書解説・翻刻によれば、半紙本二冊。題簽中央「俳／諧　蒲の穂　無倫撰　乾」「(破れ)まの穂　坤」。乾巻は序文二丁に本文が二十三丁、坤巻は二十一丁。刊記無し。なお東大図書館に乾巻あり（A・00・6453）。マイクロフィッシュによれば、題簽欠。丁付版芯、「蒲　序一、序二」「蒲　一～蒲　二十三」とあるか（十丁以下、該当部破れ）。いま乾巻は東大本により、未刊雑俳資料を参照した。なお、東大本は無倫自序の年記が「元禄十二庚辰仲夏日」とあるが、「大礒義雄氏珍蔵ネガによる」未刊雑俳資料の翻刻は「元禄十三庚辰仲夏日」とする。不審は残るが、庚辰は元禄十三年であるから取り敢えず、その干支に従う。因みに乾巻の版下は一筆。断定は憚られるが、その筆跡は次項で取り上げる『不断桜』の版下筆者倫卜のそれに似る。さて内容であるが、乾巻には発句合の勝句を、坤巻は十八丁表まで一句付の勝句を収録し、以下に無倫独吟歌仙を添える。それぞれについて、詳しく見てみよう。先ず、乾巻であるが、一丁表裏に「題霞」として十句を挙げ、冒頭の句に㊎と[朏]の点印標示。以下の句に(銀)の標示。図版3は序二ウと蒲一オである。そし

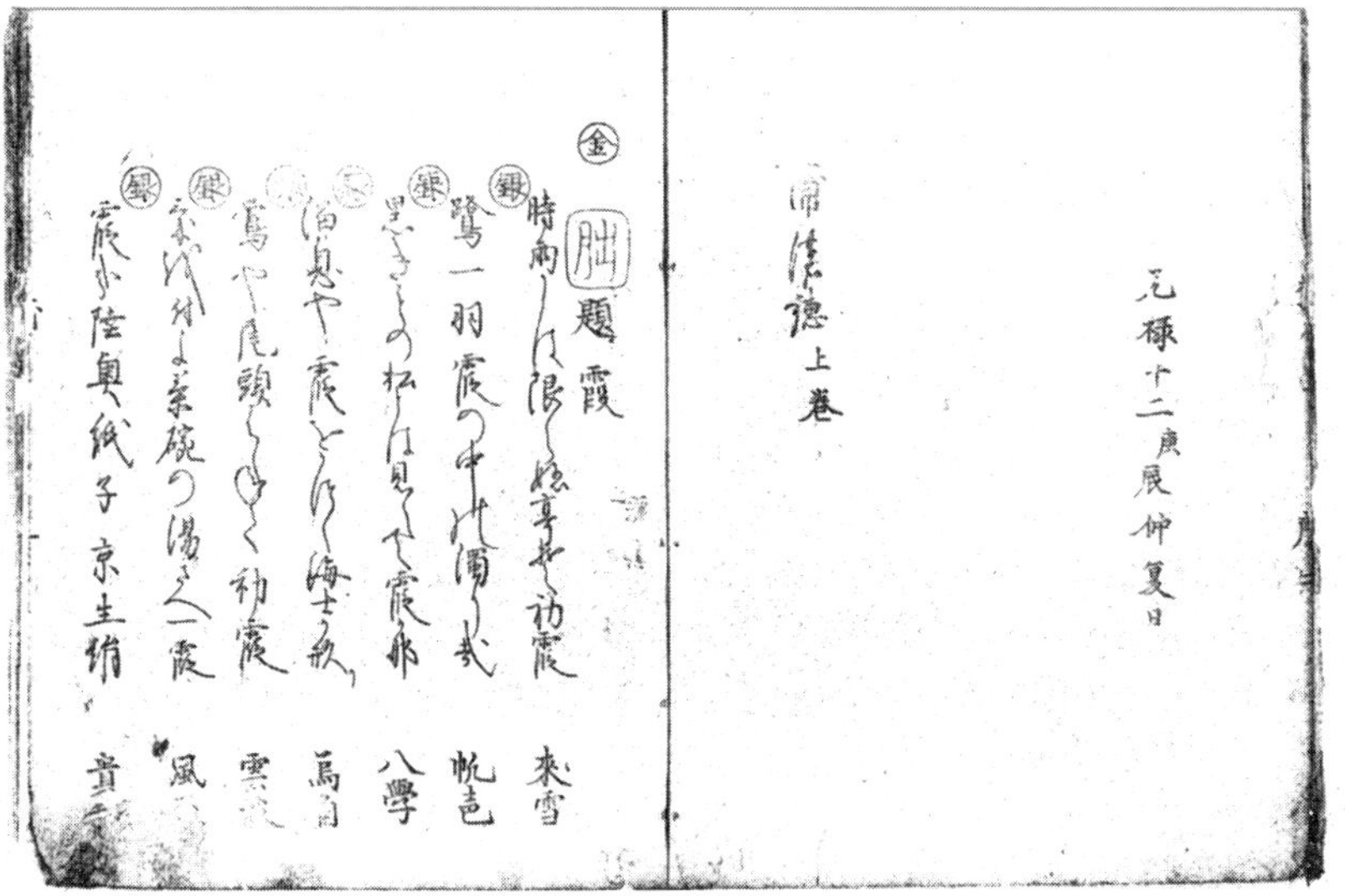

図３　蒲の穂（東京大学総合図書館蔵）　序２ウ・蒲１オ

て末尾に「右ハ月次発句合一勝／金朏ヨリ十番マデ載之／是ヨリ左ノ列右同断点形略畢」と断り、以下は題と勝句のみを収録。各題ごとに十句、半丁宛。「霞」も含め、計四十五題分ある。興行年次は示されていない。掲載順に四季に分けて見ると、次のようになる。

春8題　霞・柳・燕・蝶・蛙・田螺・雛・桜鯛
夏14題　更衣・杜若・卯花・鰹・百合花・覆盆子・田植・蚊柱・扇・小角豆・蝉・清水・紅花・蛍
秋15題　灯炉・花火・稲妻・槿・芭蕉・月・薄・冬瓜・鶉・案山子・蒲萄・砧・蛬・朏
冬9題　大根引・初時雨・落葉・鴨・紙衣・雪・火燵・雪蓑・歳暮

次に坤巻は、一丁表冒頭に前句題「隠れたもの、あらはれにけり」を示し、一丁裏にかけて高点付句十句を並べる。冒頭の句に㊎と[朏]の点印標示、以下の句に(銀)の標示。末尾に「右ハ月次一句附一勝金朏ヨリ十番迄／載之是ヨリ左ノ列右同断点形略畢」と断り、以下は題と勝句のみ収録する形式は乾巻発句の部と全く同じである。前句題は三十四あり。各題ごとに勝句を半丁宛に十句掲載するのも乾巻発句の部と同じであるが、興行年次はやはり示されていない。煩瑣になるが、前句題を全て上げておく。

隠れたものゝあらはれにけり
しまりこそすれ〳〵
露と雫は同じもの也
まはればもとへ戻りこそすれ
間〳〵に交りこそすれ
離れ〴〵にはなれこそすれ
我おとらじとおもひこそすれ
月日のたつも覚えざりけり
積かさねけり〳〵
ひとつの物が幾つにも成
ならべても置重ねてもおく
つり合にけり〳〵
手にとるやうに思ひこそすれ
閉つひらいつ〳〵
そこに有けり爰に有けり
まさらざりけりおとらざりけり
ひらきそうにてひらき兼たり

色〳〵になる人の世の中
すがり付けり〳〵
くだきこそすれ〳〵
引きはなしけり〳〵
ほろり〳〵とこぼれこぼるゝ
うごきこそすれ〳〵
同じ高さにならびこそすれ
あたりこそすれ〳〵
うきあがりけり〳〵
ちゞみこそすれ〳〵
とがりこそすれ〳〵
はづしこそすれ〳〵
揃ひこそすれ〳〵
おしつけにけり〳〵
またはあつまる〳〵
にょきくとたつ〳〵
二重三重四重〳〵

さて、この書の成り立ちについて無倫は自序に次のように言う。

…予も久しく題の句合前句をひろめ、年々の詠草を煤掃にも失はずつかね置て、人々の分骨《ママ》徒になさんも無本意、再吟の上以前の等類を考、尚々心にかなひたるを綴り、名付て蒲の穂と呼…

「題の句合」「前句」が乾坤両巻第一丁の断り書きに言う「月次発句合」「月次一句附」をさすことは間違いない。そして無倫は「再吟の上、以前の等類を考」と編集に際して手を加えたかの如く述べるのであるが、それにしては乾坤両巻とも勝句が区切りよく収まりすぎているような感じがする。たとえば、坤巻一句付の部は初会を除けば全て二回分の勝句がきっちりと一丁に収まっているのだが、次項で取り上げる『不断桜』では、無倫の前句付会は不角・調和と同様、月二回の興行である。月二回の興行であったとすると『蒲の穂』の前句三十四題はちょうど十七ヶ月分になる。しかも、初会を除いて二回分を一丁に収めていることからすれば、これはもともと月刊の摺物であったのかもしれない。その興行年次については不明であるが、元禄十三年をさほど溯らぬ時期、直近とすれば元禄十二・十三年分ということになろう。一方、乾巻発句合の部も、初会を除いて二題分の勝句を一丁に収めている。が、これまた『不断桜』に例をとれば、無倫の発句合は月一回・一題で、『蒲の穂』の四十五題は四十五ヶ月分ということになる。二題分の勝句を一丁に収めているから月刊とは言えないが、もしかしたら二回分づつの一括披露であったのかも知れない。因みに、乾巻無倫自序は二丁表で本文は収まり、二丁裏の一行目に年記が入り、その余白の左端に「蒲の穂上巻」と内題がある（図版3参照）。が、この内題は本来なら勝句の部の一丁冒頭にあるべきもの。そのことも、『蒲の穂』が元は勝句披露の摺物であったことを仄めかしているように思われる。この発句合の興行年次も不明である。が、月並一題であったとすると、四十五ヶ月分で坤巻一句付の十七ヶ月分の約三倍となり、元禄十年ころまで溯るのかもしれない。なお、念のために触れておけば、発句題と前句題が上方のそれのように同一の会にセットで出題されていた可能性もなくもないが、無倫が倣ったに違いない不角・調和の例、及び次に取り上げる『不断桜』から考えても両者は別立てであろう。

さて、この『蒲の穂』乾巻収録の「月次発句合」について参照すべきは佐藤勝明氏蔵の無倫判発句合勝句巻『木芽』である。氏に翻刻紹介の予定がおありとのことで、書誌の詳細についてはそちらに譲り、いま氏から提供された複写により、その概略を記す。折本一冊、全二十面で裏も十八面まで使用し、合三十八面。内容は題「木芽」による無倫判発句合勝句の清書巻。1オ〜5ウは半丁に一句宛清書。1オ「捨人の行脚催す木芽かな　芳株」の句に㊎朏の印。見開きとなる表紙見返しに隠遁者が草庵の縁先で野外を眺める図が入るが、これは勝句巻調製の際に巻頭句に因んで調えられた挿絵と思われる。1ウ〜5ウの九句に(銀)朏印。6オ冒頭に「朱朏部」として以下12オまで半面三句宛で三十七句を清書。続けて12オに「朏部」として12ウ〜35オまでに百三十六句を清書。但し、34ウ・35オの4句は作者名を落とす。清書句は合計百八十三句。35ウには「印考印／無倫印　印」と無倫が署名し押印。36オに「芳株雅丈」と書き入れ。この勝句巻が巻頭句作者の芳株に与えられたことを示す。36ウに「惣連千九百余吟／内朏以上書載之／元禄十一戊寅睦月廿六日　清書所倫月印」とする。なお、「芳株雅丈」は倫月の筆跡。以下二面は余白。この勝句巻『木芽』の興行は元禄十一年正月。『蒲の穂』には「木芽」の題は見えないが、『蒲の穂』掲載の「一勝金朏ヨリ（銀朏）十番マデ」の高点勝句は、かような勝句巻からの抄出であったことが知られる。『木芽』の寄句は千九百余、次掲の『不断桜』に伝える発句合では少ない時で七百三十五、多い月は千百余を集めている。『蒲の穂』の各興行も高点十章の背景に千句前後の寄句を想定する必要があろう。

表7①は『蒲の穂』に出る作者一覧である。乾坤両巻を通じ、作者に所書きは一切ない。が、全てが御府内作者ではないこと、次の『不断桜』の項で詳述する。また、表に太字で示したように、華・可・如・申といった一字名の作者名が少なからず見受けられるが、これについても次項で触れる。取り敢えず人数のみ見ておくと、乾坤両巻で699名。そのうち乾巻の作者は413名で、網掛けで示した34名は坤巻にも勝句が出る（坤巻の表では省略）。上位十番のみの顕彰ということもあり、乾坤両巻とも殆どが一句のみの入選で複数入選者は少なく、乾巻の発句合の部では只眠の4

句を最多として、个計・常水がそれぞれ3句、2句入選者に一雫・一声・花蝶・鏡角・谷水・交睡・孤峰・古槌・如蠖・糸薄・蠢士・心月・春夕・十一・糸口・酔月・水巴・走行・調武・梅雀・白藤・筆・不工・風子・風燕・枚口・嵐夕・連舟・露計がいる。表7②は『木芽』の作者一覧。全部で168名で、うち網掛けの25名は表7①にも見える。「木芽」と『蒲の穂』の興行基盤が同じであったことを示すことがらであろう。

②『不断桜』

未刊雑俳資料十一期2に綿屋文庫本の石田元季影写本によるとして翻刻紹介。いま、その綿屋本（わ・81・17）による。綿屋文庫本は半紙本一冊。深緑色後補表紙。左肩に薄黄色地無辺後補題簽、上部に「假題／不断桜」と朱書、下部に「元禄十六／無倫」と墨書きする。全廿九丁。丁付は無いが、いま仮に一～二十九丁とする。該書は写本ではあるが、原本を忠実に写したものと思われ、原本版下は一筆でその筆跡はかなり特徴的。奈良大学図書館蔵『無倫半歌仙合点帖』（宮田正信博士旧蔵本）は奥書に「午／十月下浣／清書所／倫ト」とあり、この点帖本文はこの人物の清書によるものであるが、その筆跡と一致し、『不断桜』の版下も倫トの手になる。なお、天理図書館綿屋文庫俳書集成29『俳諧歳旦集三』に収録の「江戸歳旦摺物五種」のうち「元禄十七年無倫歳旦摺物」の版下も倫トである。

さて『不断桜』の内容であるが、一丁は「元禄十六癸未七月下浣無倫自序」。綿屋本題簽の仮題『不断桜』は、この序文中に「言葉の林不断《トコトハ》に心の花の尽きる時有べからず」とあるところによるのであろう。二～九丁に発句合八回分の勝句を収録。各回一丁宛各十句。十～二十七丁には前句付十八回分の勝句を収録。こちらも各回一丁宛各十句。発句・付句とも各丁冒頭部に「九月十四日限　惣連千七十五人　一番ヨリ十番迠」などと締切日・寄句数等を示し、巻頭句に「神鏡」の点印標示がある。図版4は一丁の表・裏。但し、二十二・二十六丁には、「神鏡」の前に「雪月

表７① 「蒲の穂」作者一覧

＊網掛けの作者は坤巻にも出るが、坤巻の表では省略。　2-1

乾巻								坤巻					
乀口	感思	其月	笑見	司見	短昏	陌葉	蘭詞	闇窓	花今	松花	痩□	不一	露加
一毛	我夕	群鳥	唱律	蜀山	短棹	白好	雷盆	一八	可咄	如仙	早水	不口	滝渕
一雫	紈扇	具泉	捨扇	紫洞	沢水	方水	嵐夕	一雲	夏笑	如蛙	村月	浮詠	六蔵
一友	廻雪	鎌氏	只眠	秋海	多言	薄氏	柳子	異風	我省	拾翠	相心	不知	路宿
以一	夏雲	絃水	自分	翠影	竹人	白人	倫子	一空	杏雨	思計	大利	分水	籰角
一風	化艸	蛍見	雌山	睡蝉	探石	白樹	律荷	一花	帰帆	志倫	沢柳	不得	和求
イセ	鹿角	玄朝	松残	酔月	湛子	**氷**	柳張	一楽	久賀	女柳	濯口	浮水	和吟
一里	岩水	蛍洛	志行	水巴	沖船	**筆**	倫艶	一景	狂風	少知	大鶴	浮石	和凍
一十	花栗	愿倫	蠢士	水石	中四	飛蝉	柳腰	一志	鳩吹	深川	沢竜	片里	和角
一笠	花扇	顕志	松桂	睡鼠	調武	飛入	倫和	一石	其露	笑艸	潮風	抱村	和恵
一口	閑計	筧水	如水	水乙	蜘梁	美雪	柳陰	陰枝	キン	小山	潮岩	方寸	和順
一亀	間士	玄的	秋雲	水車	中朝	飛人	林唱	一喝	九角	紫流	中松	莫角	和笑
一香	花吟	壺泉	心月	寸志	朝山	風盃	臨月	一分	金平	始	澄水	鳳鳥	□笑
一甫	下川	谷水	志己	石鼓	長水	腐水	笠拙	一壺	九志	松井	痴吟	方水	
一声	鑑水	鉸鳥	十雨	雪趾	竹花	楓枝	龍古	因月	**菊**	**舟**	釣水	卜専	
一枝	化雪	鼓草	絮菊	扇流	虫喰	楓雨	柳玩	一葉	曦夕	重水	**知**	方泉	
一林	可	江水	春雨	青瓜	猪嵐	風鼓	屡毫	一水	金盞	松林	丁子	○卜	
一几	貫志	故連	松鳩	青雨	田家	不工	蠡海	一計	琴調	紫薄	中流	末広	
一工	貴和	交睡	心計	正貞	亻如	風子	冷水	一盃	吉月	師子麿	珍上	無音	
一答	鏡山	紅玉	周山	仙竜	東里	腹形	連舟	一歩	喜作	信治	調子	無名	
一行	喜子	孤峰	秋喜	線糸	東梨	颯鼓	礼応	一判	蟻挺	松思	池柳	無川	
一雨	鏡角	工木	宿鳥	栖林	藤吟	文車	露計	一河	蟻穴	秋翁	枕友	茂林	
烏角	吟雪	古菊	尋志	雪灯	当意	不轅	炉雪	一卜	弓始	昬息	鳥山	目力	
雲波	曲方	虎勢	宗加	浅黄	兎行	風燕	露風	意計	空蝉	女吟	釣翁	門鳥	
羽心	欽士	湖月	春夕	政袖	東種	不存	鷺睡	一枝	犬悦	宗順	兎昬	目蓮	
雲門	吉山	古槌	自近	青波	塘竜	風隋	芦嘯	乀雫	**謙**	少事	桃雨	野嵐	
雨石	礒舟	觚角	紙帆	夕思	冬友	風与	露魄	烏月	香橘	拾葉	銅人	野翁	
雲志	喜春	谷神	十一	浅水	東桃	蚊夕	芦鴎	雨谷	江風	秋雲	東石	幽灯	
雲水	巾子	香水	常水	井蟾	土穿	不節	露草	雲峰	候也	梢花	独松	友志	
永長	久一	壺陰	心柳	扇要	帆声	不勝	芦葉	延笑	悟思	枝詠	東楓	友以	

表 7 ①　「蒲の穂」作者一覧

乾　巻								坤　巻					
遠林	玉水	孤松	十立	正勝	八学	萍舟	露角	円水	五味	翠滴	渡留	祐推	
横舟	錦薬	谷雨	駿士	青吻	八角	木代	和旬	横車	今之	水仙	瞳青	由月	
鶯見	亀文	戸人	釈水	井水	梅海	芳竹	和賤	鶯調	江楓	数夫	桃林	幽昏	
乙志	伽睡	山瀧	子元	雪筧	梅渓	木鳥	和柳	凹水	**香**	随意	桃木	友松	
桜月	金渋	讃亀	昏々	洗口	梅雲	牡丹	和硯	乙松	狐傘	翠蝶	南車	雄氷	
鸚言	金和	湖水	糸口	星河	梅雀	木寸	和風	閑志	山下	水賀	半月	勇松	
鶯菜	橘々	三復	辞賤	雪渓	白藤	卜也	和水	花遊	西木	睡柳	白雨	幽笛	
下飲	琴瑟	三経	常立	占竹	梅舟	鳳足		加心	左友	水円	白梅	陽水	
花蝶	玉露	山菊	秋穂	仙庭	白鵞	蓬舟		可慶	哉乎	清三	卍一	養老	
賀倫	橋朴	三巴	思剛	青子	梅月	枚子		看雲	三思	正尋	白鷺	柳下	
勘詞	吟叟	暫口	如芥	石声	伴風	枚口		花弁	三志	雪兎	白石	離喜	
可友	客意	菜花	**如**	仙風	白花	未角		雅教	三子	前朝	半人	柳花	
菅笠	玉巵	残雪	宗直	夕照	破盃	眠窓		角子	西品	**盛**	白仙	離角	
个計	橇橋	山女	雀子	雪下	梅園	夜桜		夏竜	秋瓢	青風	梅雪	柳水	
渦桜	礒石	三夕	二葉	青鶺	白也	野水		雅水	松軒	川巴	白糸	柳秀	
覚夢	琴風	如蠖	如此	蝉和	棑林	幽帆		加障	糸流	**井**	八九	柳閑	
夏竹	牛用	昇台	如塵	宣柳	梅言	遊露		閑院	曙舟	拙翁	破盞	**笠**	
格水	亀軒	七柳	**申**	走行	白仁	遊子		岸珠	春翠	扇裏	梅蝶	柳糸	
禾口	琴角	舎寛	如竹	素丸	馬蓼	邑雅		漢竹	舟要	雪山	波綾	蓮睡	
鰻月	暁月	市医	松山	蘇虫	梅風	祐水		蝸思	集艸	船呂	楓窓	冷食	
鶴鶺	菊思	心柳	如泉	岨択	斑竹	友吟		歌林	信心	石原	武竹	連勝	
加進	驚婦	湫水	絮縮	草也	破琴	庸玉		可好	湛水	泉夕	不□	蓮水	
我風	橘風	荘角	樵吟	草楝	梅軒	来雪		観与	秀卜	素琴	不許	呂風	
華	曲川	糸薄	志水	総角	珀子	蘭閨		懐子	秋風	藻虫	風山	露心	

表7② 無倫点勝句巻「木芽」作者一覧

＊太字は2句入集。 網掛けは「蒲の穂」乾にも出る。 浮水・柳閑は坤に出る。

蛙言	寛口	左人	雪硃	藤樹	也白
鸚言	鑑水	乍	雪水	洞室	友計
一	其景	思陽	雪洞	二牛	有幻
一軌	規孑	紫牛	宣柳	波光	有友
一行	儀	紫洞	**扇日**	馬年	遊詞
一知	客言	雀淵	素地	梅雨	来子
一二	強人	秋月	鼠眼	梅園	里鶏
一梅	翹子	秋瓢	鼠子	梅月	梨喎
一風	旭松	袖角	宗梁	**梅言**	立適
一里	旭滝	袖亀	草涯	**梅種**	柳閑
匂哉	曲々子	袖松	窓雫	梅陽	柳也
円角	空洞	袖風	霜水	白思	旅風
淵子	愚口	袖也	霜芙	飛心	良窕
可流	月泉	蠢士	知由	不勝	林山
花月	犬志	初吟	中四	孚水	林心
花蝶	軒蛍	如艶	沈浪	浮水	林鳥
花鷹	言友	絮菊	珍的	風外	倫逸
嘉言	古井	松	通志	風子	倫艶
喜香	古茶	松陰	斗尺	風乗	令曲
嘉則	虎口	松嵐	登鯉	**風遊**	冷鳩
賀倫	漵夕	笑蔵	当車	**風柳**	冷水
快明	**湖水**	**心角**	東種	楓枝	霊
海石	工笑	昏々	東風	方雫	冽風
海栗	江亀	塵涂	東令	芳株	露汕
格水	紅菊	水翁	炯子	芳水	滝月
学風	敲枝	水菊	桃水	卯木	和賤
函翁	谷雨	水竹	桃波	卜芝	和竹
閑水	今井	正勝	藤枝	穆人	倭夕

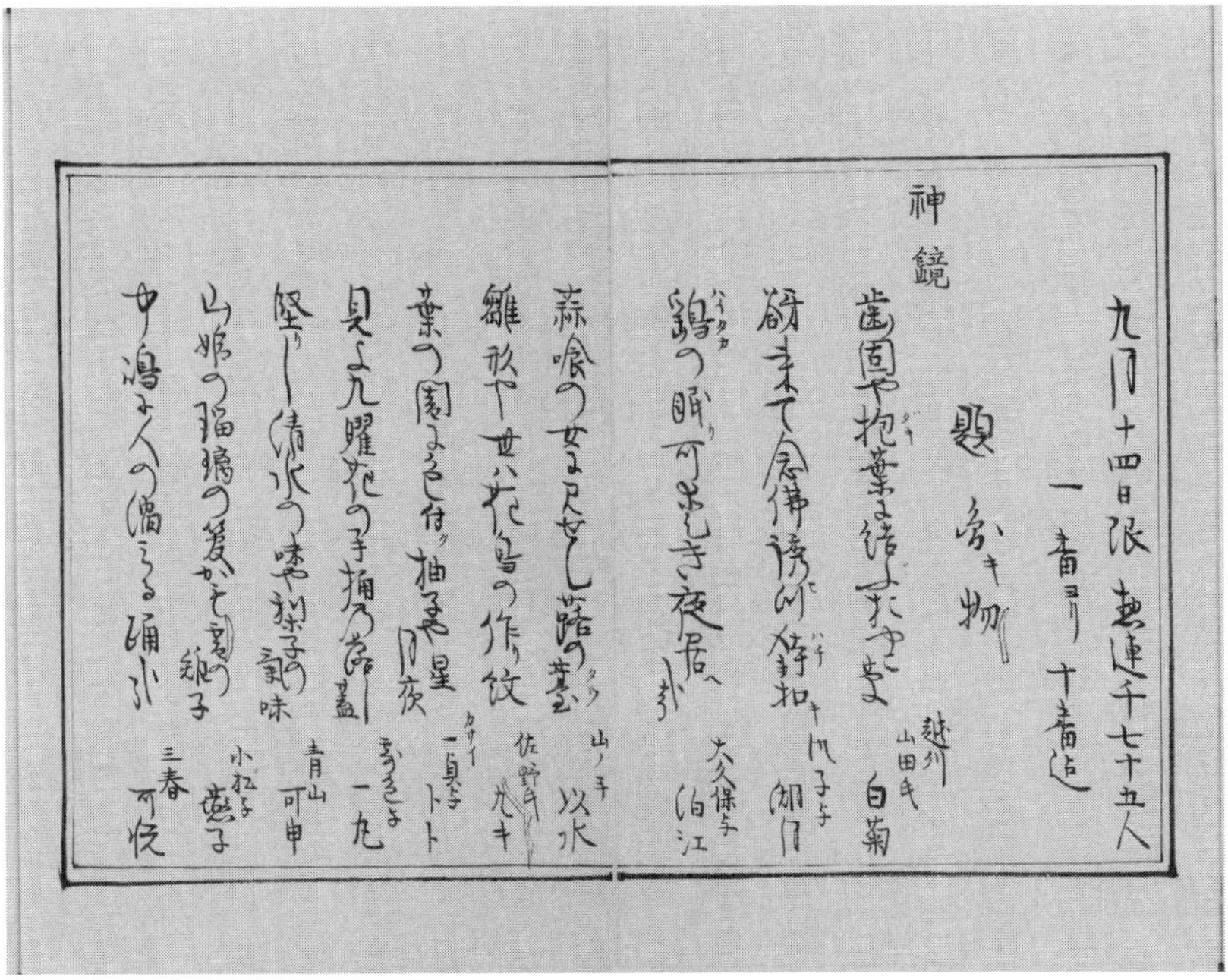

図4　不断桜（天理大学附属天理図書館蔵）　1オ・ウ

花」の点印標示がある。因みに『無倫半歌仙合点帖』によれば、無倫の点印には「雪月花＋玉葉・雪月花・神鏡・白圭・清光・不知夜・望月・有明・朏・長点・朱〇」があり、雪月花・神鏡は第二・第三の高点となる。二十八・二十九丁には無倫四季発句（春9・夏8・秋10・冬8）を収録。二〜九丁の発句合は毎回一題で、「白キ物」「早き物」というような「物は付」形式。勝句に徴するに、当季に拘りはなく四季混雑である。十〜二十七丁の前句付は、出題は「高く重なる〳〵」「扨も賢し〳〵」というように全て同語反復形式のいわゆる正体なき前句で、こちらも毎回一題。二〜二十七丁の月並興行を興行順に一覧表にしてみると、表8「『不断桜』無倫前句付・発句合興行一覧」のようになる。なお、表では発句合の興行を網掛けで、前句題の踊り字（反覆記号）は「々々」で示してある。十丁に「壬午」、十一・十二丁に「閏八月」、六・二十一丁に「癸未」とあるところから、これらの興行が元禄十五年八月から十六年

表8　「不断桜」無倫前句付・発句合　興行一覧

年次	丁	締　切　月　日	惣　連	題
	10	壬午8月21日限	1628吟	高く重なる々々
	11	閏8月　6日限	1670人	扨も賢し々々
	12	閏8月21日限	1742人	横たわり皃々々
	13	9月　6日限	1703人	今日の月也々々
	2	9月14日限	1075人	白キ物
	14	9月21日限	1927吟	さぐり当たり々々
	15	10月　6日限	1890人	つつくりとして々々
元禄15	3	10月14日限	1021人	早き物
	16	10月21日限	1750余	此上もなし々々
	17	11月　6日限	1812人	ひょんひょんとして々々
	4	11月14日限	1100余人	黒き物
	18	11月21日限	1920人	染り安さよ々々
	19	12月　6日限	1807人	姿さまざま々々
	5	12月14日限	1000余人	直物
	20	12月21日限	1750余	種がふへたり々々
	21	癸未正月　6日限	1840余	春の色哉々々
	6	癸未正月14日限	920余人	潔きもの
	22	2月　6日限	1500余人	皆二ッづつ々々
	7	2月14日限	850余	響く物
	23	2月21日限	1580余	一ト握リなり々
元禄16	24	3月　6日限	1460余	まばゆかり皃々々
	8	3月14日限	735口	細きもの
	25	3月21日限	1530余	手には障らず々々
	26	4月　6日限	1820余	一めんになる々々
	9	4月14日限	840余	集る物
	27	4月21日限	1780余	はなれがたさよ々々

四月にわたるものであることが知られる。因みに無倫序は十六年七月。その興行形態は月のうち、六日と二十一日を前句付のそれに当て、十四日を発句会としていることが分かる。各回分いずれも一丁にすっきりと収まり、もとは興行毎に配布された勝句披露の摺物であったことは明白。「惣連」は単位を「人」とするものが13例、「口」とする1例、「吟」とするもの2例、数字のみを示すもの10例である。紛らわしいところであるが、「吟」と記す例があることからすれば、やはり寄句数と見てよかろう。

次に『不断桜』入集作者235名を、収録句の興行年月日、収録丁数、国もしくは姓・組・地域、作者名の項目に分けて表9①「『不断桜』作者一覧・諸国の部」、表9②「『不断桜』作者一覧・武蔵江戸の部」として示す。なお、複数句入集者は会によって所書きなどが異なることが多く、それらを突き合わせることにより地域・所属など詳細が知られる例もあるため、その全てを掲載してある。左端の通し番号は説明の便宜上付したもの。23藤瘤・24吹香は分類から言えば江戸の部に入れるべきであるが、説明の便宜上諸国の部に収めた。網掛けで示したのは『蒲の穂』にも勝句が出ていた作者である。入集作者235名のうち、国名の入る50余名以外は概ね武蔵・江戸の作者である。国名としては、越州・駿河・遠州・奥州・肥後・肥前・信州・下総・常州・安芸・紀州などが出て広範囲に及ぶかに見えるが、先の不角の場合と同様、無倫の興行に於いてもやはり武門の存在を考える必要がありそうである。その典型が通し番号162の琴曲で、この人の所書きは「西ノ丸」。これは江戸城西ノ丸詰めの旗本か、幕府の要職者が多く役屋敷を構えた西丸下に住む武士としか考えられない。また、22の一里は「肥後」で出るが、別の会では「白金」の所書きで見え、「愛甲氏」ともある。つまり、一里は肥後の人で白金に住み愛甲氏を名乗ったということになるのだが、白金には、肥後熊本藩の中・下屋敷、それにその支藩である宇土藩の下屋敷があった。一里は白金の江戸屋敷在住の何れかの藩士とみてほぼ間違いあるまい。さらに23の藤瘤の肩書きに「愛甲一里与」、24吹香に「一里与」、25無名氏に「一里与」とあり、一里を代表格として「一里組」が組織されていたことも分かる。26に肥後組として出る古橋、肥後の

表9① 「不断桜」 作者一覧 諸国の部　　＊網掛けは「蒲の穂」にも出る。

	興行年月日	丁	国・地域	姓・組	作者名
1	15・09・14	2	越州	山田氏	白菊
2	15・10・14	3	駿河		緑松
3	15・12・14	5	駿河		稚竹
4	16・02・14	7	駿河		雉卵
5	16・04・14	9	駿河		常水
6	15・09・21	14	駿河		綾玉
7	16・04・06	26	駿府		悠卮
8	16・04・06	26	駿河蒲原		和同
9	15・12・21	20	遠州	柏組	幽子
10	16・01・21	21	遠州		松下
11	16・02・06	22	奥州		水台
12	15・10・14	3	奥州二本松		蘭月
13	15・12・21	20	二本松		風露
14	15・閏8・21	12	奥州三春		雷吟
15	15・10・06	15	奥州三春		一雲
16	15・09・14	2	三春		可悦
17	15・11・14	4	三春		嶋舟
18	16・02・14	7	三春		十一
19	15・09・06	13	三春		無銘
20	15・11・06	17	三春		千葉
21	15・12・21	20	三春		目力
22	16・02・14	7	肥後		一里
	15・09・21	14		白金	一里
	16・04・21	27		愛甲氏	一里
23	16・02・21	23		愛甲一里与	藤瘤
24	16・03・06	24		一里与	吹香
	16・04・06	26		一里与	吹香
25	16・03・21	25		一里与	無名
26	15・閏8・6	11	肥後組		古橋
27	15・11・14	4	肥後		散吟
28	15・09・21	14	肥後		横舟
29	15・11・06	17	肥後		一渉
30	15・11・21	18	肥後		藤吟
31	15・12・06	19	肥後		紫雲
32	15・09・21	14	肥前		分光
33	15・12・06	19	肥前		藻流
34	15・11・21	18	ヒゼン島原		夢竜
35	16・04・14	9	信州		鹿楓
36	16・01・14	6	信州		雪工
37	15・09・21	14	信濃		東川
38	15・10・21	16	信州		好月
39	15・12・06	19	信州		山楽
40	15・12・21	20	信州		山梁
	16・02・21	23	信州		山梁
41	16・02・06	22	信州		雲岫
42	15・10・14	3	上田		幽水
43	15・12・14	5	上田		香林
44	16・02・14	7	上田		百井
45	15・08・21	10	上田		香木
46	15・閏8・6	11	上田		立水
47	15・10・06	15	上田与		懐言
48	15・09・21	14	下総		倫鵲
49	16・03・21	25	常州土浦		乃三
50	16・04・21	27	常州土浦		蘭卜
51	16・04・21	27	常州真壁		似奥
52	15・09・21	14	安芸		調交
53	15・12・06	19	紀州和歌山		雪山

表9② 「不断桜」 作者一覧 武蔵・江戸の部 ＊網掛けは「蒲の穂」にも出る。 3-1

	興行年月日	丁	組・姓・地域	作者名		興行年月日	丁	組・姓・地域	作者名
54	15・09・14	2	露色与	一丸	88	15・09・06	13	たまき与	此上
55	15・12・14	5	露色与	無名	89	15・11・06	17	たまき与	半人
56	15・09・06	13	露色与	一觜	90	15・10・21	16	蛙心与	一圭
57	15・09・14	2	小松与	燕子	91	15・11・06	17	白支与	露船
	15・10・06	15	小松与	燕子	92	15・11・21	18	ひし組	候也
58	15・11・06	17	小松与	随友	93	15・12・21	20	ひし組	理
59	15・09・14	3	一友 組	利卜	94	15・11・21	18	芝卍組	鼓立
60	15・閏8・6	11	一友組	浮木	95	15・11・21	18	紅梅組	露下
61	15・10・14	3	大森氏与	□山	96	15・12・06	19	由巳与	水休
62	15・10・14	3	露計 与	散吟	97	15・12・21	20	近藤氏与	随筆
63	15・08・21	10	露計与	村烏	98	16・02・06	22	駿河台 盛組	頭傾
64	15・閏8・21	12	露計与	西木	99	16・02・21	23	品河与	稷□
65	15・11・14	4	一当組	朝連	100	16・03・06	24	品河	寸草
66	15・11・14	4	神尾組	宇石	101	16・03・06	24	和田氏紅葉組	一賀
67	15・12・14	5	彳之与	雲泉	102	16・03・06	24	麒麟組	無名
68	16・01・14	6	彳之与	家一	103	16・04・06	26	麒麟与	無名
69	15・12・14	5	音羽与	蓋袖	104	16・04・21	27	戸田与	万亀
70	15・12・14	5	佃与	鳳	105	16・04・21	27	可申与	少雀
71	16・01・14	6	玉木与	松芳	106	16・02・14	7	花与	無名
72	16・01・14	6	三井与	麦風	107	16・03・14	8	花与	如此
73	16・02・14	7	三井与	中ウ	108	16・04・06	26	蓑与	緑水
74	16・01・14	6	松田氏与	知工	109	15・閏8・21	12	玄鳥組	一乙
75	16・02・14	7	土羊与	藤枝	110	15・09・14	2	佐野氏	九キ
76	16・03・14	8	青羽与	短笑	111	16・04・14	9	中村氏	一玄
77	16・03・14	8	嵐吹与	厳志		15・08・21	10	中村氏	一玄
78	16・03・14	8	村上氏与	トキ		15・11・06	17	中村氏	一玄子
79	16・04・14	9	葉山与	要仙	112	15・09・21	14	中村一玄与	只酔
80	16・04・14	9	○組	烈峯	113	15・閏8・6	11	松田氏	薫
81	15・08・21	10	車与	竹玉	114	15・閏8・6	11	田中氏	女友
82	15・閏8・6	11	蒲地氏与	定	115	15・閏8・21	12	出目氏	茶水
83	15・09・06	13	蒲地氏与	蜂房	116	15・10・06	15	出目氏	玉水
84	16・01・21	21	蒲地氏与	山風	117	15・10・21	16	萩野氏	荷松
85	15・閏8・21	12	西ノ久保一洞与	可好	118	15・12・06	19	木工氏	当意
86	16・03・06	24	西久保与	一巴	119	16・02・06	22	木田氏	其水
87	15・09・06	13	戸田氏与	竹也	120	16・04・21	27	斎藤氏	半人

表9② 「不断桜」 作者一覧　武蔵・江戸の部　　3-2

	興行年月日	丁	組・姓・地域	作者名		興行年月日	丁	組・姓・地域	作者名
121	16・01・14	6	葛西	銀河	148	15・10・06	15	青山	天英
122	16・04・14	9	葛西	一歩	149	15・10・21	16	青山	仙屋
	15・12・21	20	西一の江	一歩	150	15・11・21	18	青山	登水
123	16・04・14	9	一の江	近水		16・02・21	23	青山	登水
	15・10・21	16	一の江	近	151	15・12・21	20	青山	久可
	16・01・21	21	東一の江	近水	152	16・01・21	21	青山	無名
	16・03・06	24	一の江	近水	153	16・03・06	24	青山	勢保
	16・04・21	27	葛西一の江	近水	154	15・10・14	3	下谷	無名
124	15・閏8・6	11	葛西一貞与	有吟	155	15・10・14	3	京橋	子蜂
125	16・03・14	8	一貞与	大	156	15・11・14	4	本郷	反橋
126	16・02・06	22	一貞与	曳尾	157	16・03・21	25	芝与	鼓草
	16・01・21	21	葛西	曳尾	158	15・11・14	4	芝	不秀
127	16・03・21	25	一貞与	観阿	159	15・12・14	5	芝	青雨
128	15・09・14	2	葛西一貞与	トト	160	16・03・14	8	芝	雪丸
129	15・12・14	5	一の江	竹枝	161	16・02・06	22	芝	和翁
	15・12・06	19	葛西	竹枝	162	15・11・14	4	西ノ丸	琴曲
130	15・閏8・21	12	葛西小松川	夏鹿	163	15・11・14	4	堀江町	草也
131	15・09・06	13	一の江	友水		16・02・06	21	堀江六間町	草也
	16・02・06	22	一の江	友水	164	15・12・14	5	一ヶ谷	友之
132	15・10・06	15	葛西	松風	165	16・01・14	6	高縄	イロ
133	15・11・21	18	葛西	重雅	166	16・01・14	6	四ッ谷	泛事
134	16・02・21	23	東一の江	忠吟	167	16・01・21	21	四ッ谷	我水
135	16・03・06	24	葛西	江川	168	16・02・21	23	四ッ谷	五甫
136	16・04・06	26	葛西	糸柳	169	15・09・06	13	市ヶ谷	可水
137	16・04・06	26	一の江	雅信	170	15・11・14	4	市谷花や組	一宙
138	16・02・14	7	日ケ久保	羽山		16・04・06	26	桜田　谷組	一宙
139	16・03・21	25	日下久保	山谷	171	15・08・21	10	桜田　平井氏	時計
140	15・09・14	2	大久保与	泊江	172	16・01・14	6	桜田	林夕
141	15・08・21	10	大ク保与	玉井	173	15・10・21	16	桜田	紅玉
142	15・12・06	19	大久保与	誉之	174	16・01・21	21	桜田	雨田
143	15・09・14	2	青山	可申	175	16・02・06	22	桜田	肝玉
144	15・10・14	3	青山	一及	176	16・02・21	23	桜田	一忠
	15・10・06	15	青山	一及	177	16・03・06	24	桜田	至吟堂
145	15・12・14	5	青山	二見	178	16・03・21	25	桜田	丈半
146	15・閏8・21	12	青山	無名	179	16・04・14	9	小石川組	尤
147	15・09・21	14	青山	夕笑		15・11・14	4	小石川	尤

表９② 「不断桜」 作者一覧 武蔵・江戸の部 3-3

	興行年月日	丁	組・姓・地域	作者名
180	16・01・14	6	小石川	野水
181	16・03・21	25	小石川	無名
182	16・02・14	7	山の手	緑柳
183	16・03・14	8	山の手	里童
184	15・12・21	20	山の手	知覚
185	16・02・14	7	神田	探硯
186	16・03・14	8	柳原	仙木
187	16・03・14	8	万町	長シ
188	16・04・14	9	本郷	無名
189	16・04・21	27	本郷	如心
190	15・閏8・6	11	本所	常水
191	16・04・14	9	本所	団子
192	15・11・06	17	本所	中シ
193	15・12・06	19	本所	松腴
194	16・02・21	23	本所	駟干
195	15・08・21	10	御弓丁	其柳
196	15・08・21	10	築地	蘭英
197	15・10・21	16	築地	水休
198	15・08・21	10	椿村	美香
199	15・09・21	14	椿村	汐風
200	15・閏8・6	11	駒込	雲子
201	15・閏8・6	11	永田馬場	秀松
202	15・閏8・21	12	浅草	木嬰
203	15・10・06	15	浅草	才丁
204	15・閏8・21	12	汐留橋	山ト
205	15・閏8・21	12	数奇屋橋	凸松
206	16・01・21	21	数奇屋橋	かく
207	16・04・06	26	数奇屋橋	想
208	15・09・06	13	稲荷橋	如瓶
209	15・10・06	15	稲荷橋	紫蘭
210	15・09・06	13	渋谷	吹音
211	15・09・06	13	神田橋	燕子
212	16・02・06	22	神田橋	霞舟
213	16・02・21	23	神田橋	三木
214	16・03・21	25	神田橋	無名
215	16・04・06	26	神田橋	洞仙
216	16・04・21	27	神田橋	柳夕
217	15・12・21	20	神田橋	半水
218	15・10・06	15	三田	香審
219	15・11・06	17	三田	松戦
220	15・11・21	18	三田	芦鴎
221	15・10・21	16	権田原	倫里
222	15・10・21	16	八丁堀	釣月
223	16・03・21	25	八丁堀	麒毫
224	15・10・21	16	麻布	颪麦
225	15・11・06	17	麻布	草子
226	16・02・06	22	麻布	宣巴
227	15・12・06	19	麻布	越
228	15・11・06	17	小日向	小颪
229	16・02・21	23	小日向	嵐吹
230	15・11・21	18	大名小路	室
231	15・11・21	18	愛宕の下	友
232	16・01・21	21	麹町	家兄
233	16・03・06	24	牛込	都梅
234	16・03・21	25	大塚	水月
235	16・04・21	27	目白	鳶觜

所書きがある27散吟・28横舟・29一渉・30藤吟・31紫雲らも「一里与」に属する熊本藩もしくは宇土藩の武門である可能性は捨てきれない。因みに、先に『不断桜』の月並発句合興行を元禄十五年八月から十六年四月と推定したのであるが、それは十五年師走の赤穂浪士の吉良邸討ち入り、熊本藩白金藩邸への大石内蔵助以下十七名のお預け、十六年二月の切腹と時期が重なり、愛甲氏一里とその組連はその歴史的な出来事を傍目に俳諧に勤しんでいたということになる。そして、「愛甲氏」がそれなりの身分の武士に対する尊称であるとすると、1山田氏・61大森氏・74松田氏・78村上氏・82と83の蒲地氏・87戸田氏・97近藤氏・101和田氏・110佐野氏・111中村氏・113松田氏・114田中氏・115と116の出目氏・117萩野氏・118木工氏・119木田氏・120斎藤氏・171平井氏なども、それに準じて考える必要がある。作者の所書きに、大久保・駿河台・青山・本郷・市ヶ谷・桜田・山の手・神田・本所・御弓丁・永田町・八丁堀・大名小路・麹町といった武家屋敷の多い地区が頻出することも、そのことと無関係ではあるまい。なお、右のうち1山田氏は越州であるが、他はすべて御府内と見られる。また、61大森氏・74松田氏・78村上氏・82蒲地氏・87戸田氏・97近藤氏・101和田氏・111中村氏は、愛甲氏同様それぞれ組連を組織していたことも分かる。

次に組連について見ておこう。これはおよそ次のように分類することが出来る。

①　代表作者の俳号に因むもの

24・25一里与、54〜56露色与、59・60一友組、62〜64露計与、65一当組、67・68イ之与、71玉木与、75土羊与、76青羽与、77嵐吹与、90蛙心与、91白支与、96由巳与、105可申与、125〜127一貞与

②　代表作者の姓を冠するもの

61大森氏与、74松田氏与、78村上氏与、82〜84蒲地氏与、87戸田氏与、97近藤氏与

③　地名を冠するもの

69音羽与、70佃与、86西久保与、99品河与、157芝与、179小石川組、140〜142大久保与

④　組連そのものの呼称によるもの
9遠州の柏組、80○組、81車与、88・89たまき与、92・93ひし組、95紅梅組、102・103麒麟組、106・107花与、108蓑与、109玄鳥組

⑤　地名と俳号
85西ノ久保一洞与　124・128葛西一貞与

⑥　地名と組連
94芝卍組、98駿河台盛組、170市谷花や組、171桜田谷組

⑦　姓と組連
101和田氏紅葉組

⑧　姓と俳号
23愛甲一里与、112中村一玄与

なお、57・58小松与、66神尾組、72・73三井与、79葉山与は地名なのか姓なのかあるいは俳号なのかがいまいちはっきりしない。全体として一貫した定型らしきものは無く、場合場合によって呼び分けられている印象が強いが、興行基盤として地域ごとの組連が数多く組織されていた様子を見てとることが出来よう。

ではここで、先に触れずにおいた『蒲の穂』の作者圏について押さえておこう。表7に示したように『蒲の穂』には、華・可・申・菊・謙・香・如・舟・盛・井・知・氷・筆・笠といった一字名が少なからずあったが、この『不断桜』と照合してみると、それはどうやら組連の名称であるらしい。「華」は106・107花与、「盛」は98駿河台盛組に違いない。他は『不断桜』には出て来ないが、この二例からそのように判断してよい。勝句巻『木芽』に見える一字名、一・儀・乍・松・霊も『不断桜』に合致するものは見当らないが、これらもまた組連の名称であろう。すると、『蒲

の穂』の段階で、つまり元禄十年頃には無倫の月並発句合・一句付興行の基盤としてかなりの数の組連が存在していたことになる。この組連をも考慮に入れ『蒲の穂』との重複作者を調べてみると表9①②に網掛けで示した、奥州三春の一雲・十一・目力、葛西一の江の一歩、肥後（白金）愛甲氏一里、肥後の横舟・藤吟、紀州和歌山の雪山、一友組の一友、露計与の露計・西木、西ノ久保一洞与の可好、たまき与の半人、ひし組の候也、駿河台盛組の某氏、花与の某氏・如此、出目氏玉水、木工氏当意、芝与の鼓草、堀江六間町の草也、小石川の野水、本所の常水・中シ（『蒲の穂』に中四）、椿村の汐風（『蒲の穂』に潮風）、三田の芦鴎の24名となる。その全貌は知られぬものの、『蒲の穂』の興行圏も『不断桜』とさほど変らなかったのではないかと推測される。

なお無倫については、『俳文学大辞典』には、

明暦1〜享保8、六九才。志村氏。別号、拾葉軒・雪堂。江戸本材木町四丁目横通住。調和・蘭台らと親交。編著に『紙交夾《かみばさみ》』あり。元禄〜享保期まで歳旦帖を出している。追善集、一周忌『葉の雫』（倫理編）。

とあり、『誹家大系図』『新選誹諧年表』に越後の出であることは言うものの、それ以上のことは分かっていないらしい。家蔵の短冊札（元禄期の江戸武門と見られる短冊群に混じって出てきたもの。短冊そのものは残念ながら残らないが、もともとは無倫筆短冊の裏に貼られていたと想定される。）には「無倫　元越後ノ松平下野殿近習　下野殿死後流浪」という記述がある。『藩史大辞典』（平成6年、雄山閣刊）によれば、年代的に越後の松平で該当するのは、慶安二年から寛文七年まで村上藩々主であった松平大和守直矩以外に見当たらない。が、此人の受領名は大和守で下野ではなく、『新訂寛政重修諸家譜』に拠っても「松平下野」なる人物は出て来ない。短冊札筆記者の何らかの誤解あるいは誤記が考えられるが、根拠のない記述とは思われず、無倫の経歴を教えてくれる極めて興味深い資料で、彼の発句合・前句付興行に武門の色彩が極めて色濃いこととその経歴は何か関係があるのかもしれない。

Ⅳ　一晶月並発句合

①『万水入海』

一晶の月並発句合の消息を伝える最も早い資料は『万水入海』である。同書は未刊雑俳資料八期12にその一部が翻刻紹介されているが、前句付のみならず一晶の発句合興行を考える際にも重要な資料であるので、国立国会図書館提供の複写によりその全体像を紹介した上で発句合に及んでみることにしよう。分類番号は126・133。半紙本一冊。後補布目地表紙。左肩に双辺白地後補題簽。「萬水入海　全」と墨書き。丁付版芯下部。春一〜春廿八ヲ、夏一〜夏三十ヲ、秋一〜十九ヲ、冬一〜廿八（「ヲ」とあるか、不分明）。刊記は無く、もと四冊本であったものを合冊したと見受けられる。刊年について、鈴木勝忠氏は冬の巻冒頭部の「酉三月に発し同臘朔に終る」とある「酉」を天和元年と見て天和二年刊と推測されたのであるが、後で取り上げる一晶編『一塵重山集』（元禄九年八月二十日刊）一丁表に「前年万水入海あり／追テ編集するもの／號て一塵重山集といふ」とあるのによれば、『万水入海』は元禄八年刊とせねばならない。刊行月については不明。

では、内容について見て行こう。

春一オには次のような序文がある。なお、以下の引用では原文にない濁点・中グロを補ってある。

萬水入海叙

海之為ルレ水也ヤ小ニシテ而一滴一露大ニシテ而江・河・淮・濟挙ク朝二崇ス焉ニ一此書所レ輯亦類セリ二于是ニ一得コトレ之

非ズ二一-方ニ一吟コトレ之非ズ二一-時ニ一時-積人-累テ聚-以成スレ編ヲ故仮レリ二名ヲ萬-水入-海ニ一云

「一滴一露」の水が集まって揚子江・黄河・淮河・濟水の大河となるように、この書も多方面から寄せられた折々の選句を集めて成ったのに因んで「萬水入海」と名付けたのだと言う。春一ウには次のように凡例を示す。

春の巻発句　四時不同前後混雑ハ着集之因二遅速一也
有点無点ハ任二作者之心ニ一也
夏の巻付句　前後混雑有点無点同スレ前ニ
秋の巻歌仙　前後混雑同レ前ニ
冬の巻　十種自評

続いて春二オ～春廿四オに、作者別に発句三百五十六句を収録。図版5①は一丁裏と二丁表である。収録発句は右肩に「長」「鳥」「烏」と点印標示するものが多いが、標示の無い無点の句も九十五句ある。夏の巻に見える「雌禽」「金羽」の高点はない。「四時不同」「前後混雑」で極めて雑然とした印象を受けるが、それは「着集の遅速に因る」もので、句の「有点・無点」も「作者の心に任」せたものだからであった。つまり、ここに収録された三百五十六の発句は、一晶の発句合興行で一度選を受けた句を有点無点に関わりなく作者達が銘々に送って来たものを集まるに任せて編集したものなのであって、先に見た不角・調和・無倫の発句合勝句集とはやや様子が異なり、興行の場を直接反映した資料ではない。が、その発句合興行のありようはおぼろげながら推察することが可能である。収録句に徴するに、朝顔35句・案山子19句・砧37句・菊31句・茸29句・時雨30句・落葉37句・水仙36句・雪56句・年の暮25句と特定の季題が頻出し、それ以外には柳3句、火鉢2句、永き日・名月・稲妻・蜻蛉・柿の花・若水・御慶・秋風・土筆・椿・蝸牛等各1句が見られるのみ。頻出する季題十題のうちわけは秋・冬が各五題で、ここに収録された句の背景に秋・冬の発句合があったこと、そしてそれは指定の当月題によって興行されていたことを推測させる。そのこと

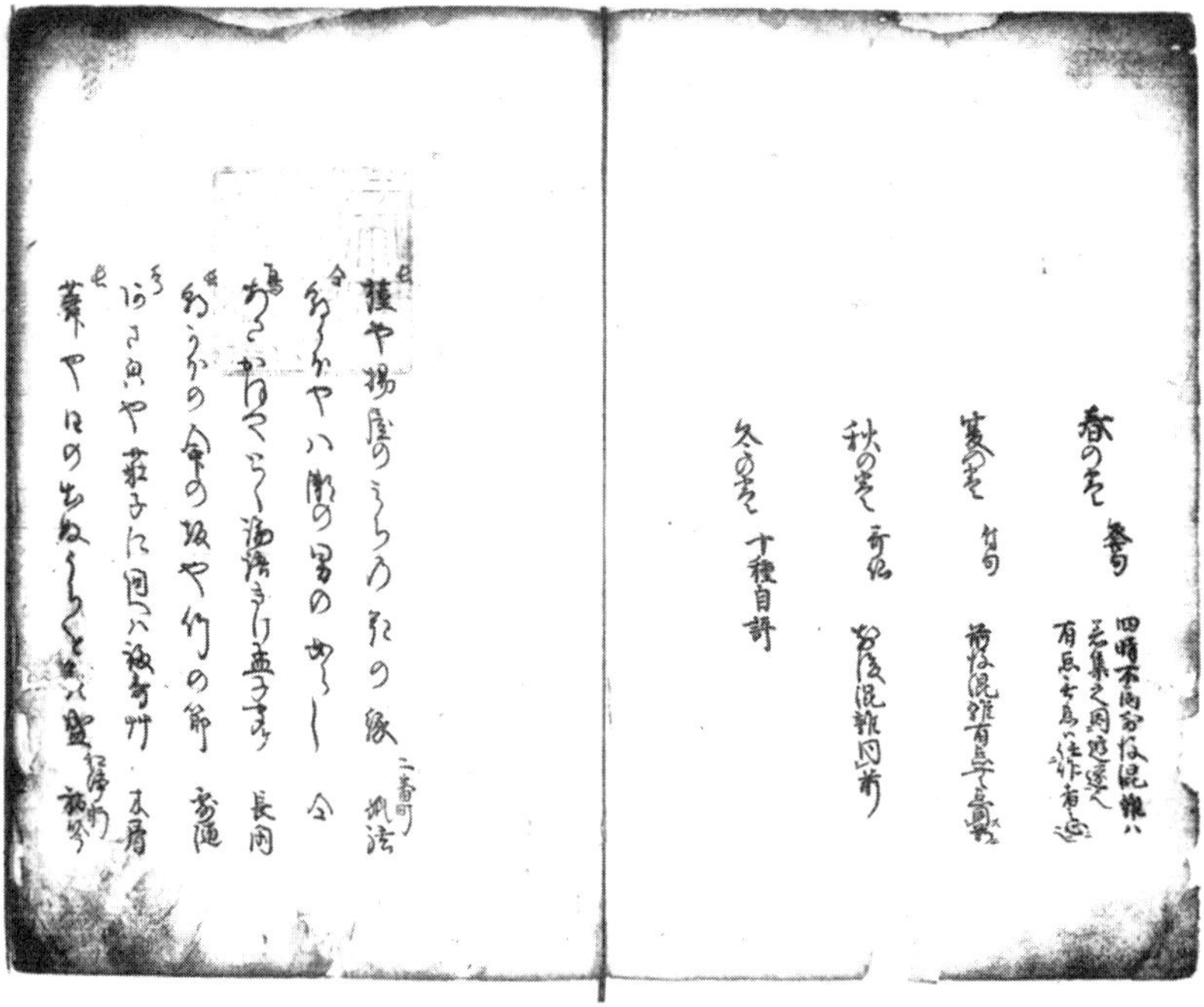

図5① 万水入海（国立国会図書館蔵） 1ウ・2オ

は、句の並びからもおよそ見当がつく。例を上げてみよう。なお、分かりやすいように季題を網かけで示す。

20ウ～21オ

あさがほよ人の噂の揚《ゲ》抑《へ》　東子
松を紺に時雨の鷺の鼠色　仝
はつ茸はハシリヲハリの名やかへず　仝
風ふかぬ時をおちばの譲《リ》哉　仝
水仙よ歌に内裏へ召さず共　仝
白雪よこがれ白むく白小袖　仝
伽羅とめて捧《ゲ》よ雪の貢物　仝
苦のもやう楽のありから年の暮　仝

21ウ～22オ

あさ皃を見る入相は日の出哉　孤雲
人の子も菊買ふ時は我子哉　仝
恋しらぬ男砧や片拍子　仝
春雨や五月雨白雨順時雨　仝
其体を五蘊にからぬかゝし哉　仝
水仙や花咲蘭のわすれ草　仝

葉はおち葉雨は時雨ぞ見ッ聞ッ　仝

左梅右呉竹ぞ松の雪　仝

苦の界や世に随へば笹の雪　仝

23オ

鳥　蕣や絵本にならぬ花の間　青風

仝　貢グ人の気を預リしかゝし哉　仝

長　槌音も風に追ハるゝ砧哉　仝

仝　此中に黒きも有か菊畠　仝

仝　旱リにはあみ笠形リの茸哉　仝

仝　塵の身や落葉に宿る蛛の家　仝

仝　雪寒し苦や色替る公家の歌　仝

東子・孤雲・青風とも何れも朝顔から始まり、いささか前後するものもあるが、概ね季節順に並ぶ。これもまた、指定の当月題によって興行されていたことの証となろう。因みに、東子・孤雲は全て無点の句。鳥・長の点がかけられた青風の句は点帖で顕彰されたはずであるが、東子・孤雲のそれはこの『万水入海』の企画によって謂わば日の目を見たということになる。「有点・無点」に関わらず「作者の心に任」せてという一晶の編集意図の一つはそのあたりにあったのかもしれない。なお、この発句合の興行年次については後述する。

続いて春廿四ウに「約茗談之発句　左五十五」とし、春廿五オ~廿八ウに五十五句を収録。こちらには点印標示がない。季題は四季にわたり、特定の季題に集中することもない。「約茗談」の意味を解しかねるが、「茗談」は茶飲み話の意か。対面しての席での句を収録したものと判断しておきたい。作者のうち抽立・槿堂・花蝶の三名は発句合の部にも名前が見える。

次に夏の巻であるが、夏一オ~夏廿四ウに前句付の付句二百四句（17オに「巻二」として出る俳諧の巻からの抄出句三句を除く）を前句題と共に作者別に収録する。多くに「長」「鳥」「烏」「雌禽」「金羽」の点印標示があるが、標示のない句も十八句ある。前句題は「行もかへるも同し道すぢ」「くるりくるりと廻り社すれ」「登れは先の近くなる峰」といったふうのものが七十二題ある。こちらも凡例に断る如く「着集の遅速に因る」編集で、前句別に整理してあるわけではなく、例えば「行もかへるも」の付句は1ウ・5オ・5ウ・18ウ・20オ・21オというようにばらばらに出て来る。因みに、後で取り上げる冬の巻の前句題との重複はない。冬の巻に収録される前句付興行は同巻冒頭部の断り書きによれば「一-月二-次」、つまり不角・調和・無倫のそれと同じく月二回の興行であったことが分かるが、こちらも同じであろう。また『高低集』によれば、一晶の興行では毎会前句題一である。すると、前句題七十二は三十六箇月、都合三年分ということになる。なお、同一前句に同じ作者の付句三句を併記する例が4オ・ウに三組、17ウに二組、10ウ・15オ・17オ・22ウにそれぞれ一組あり、17オ・17ウの一組・22ウの例は冒頭句の肩に「大関」と入れる。これは『高低集』に見られる毎会前句一題に付句を三句一組とし一組の総合点で高点のものを大関・関脇・小結として顕彰する一晶独自の趣向の反映である。

続いて、夏廿四ウ末尾に「約茗談之附句　左四十七」として、夏廿五オ〜夏三十ウに前句と共に付句四十八句を収録する（「四十七」とするのは編集子の誤り）。発句の部同様、点印標示はない。前句には「秋の来て脱の蝉の羽の弱き」「二ッ三ッまばらに星の出かゝり」「夕霞宇治と木幡の一つゞき」といった長句も混じる。短句を取り上げてみても、「負し如来をおろす道ばた」「曇ながらの後の名月」「帆むしろつゞく膳所の松本」というように前句付のそれではない。これらは俳席での通常の巻からの抜粋と見てよかろう。

秋の巻には、点をかけた歌仙を収録する。仮の通し番号を付して、その内訳を示そう。

1　竜雀独吟歌仙
2　竜雀・藤巴両吟歌仙
3　抽立独吟半歌仙
4　一晶発句「焦れよと己が身を煎ル蝉の声」
藤巴脇句　以下作者名なし。

5　梅蘂独吟歌仙

6　一晶発句「法の身や蚊に施さむ魂祭」

桑葉脇句　以下作者名なし。

7　一晶発句「法の身や蚊に施さん玉まつり」

春山脇句　以下作者名なし。

8　一晶発句「箱根路や遠山躑躅廿余里」

春山脇句　以下作者名なし。

このうち3の半歌仙には点印表示がない。6・7は一晶と桑葉及び春山との両吟のようにも見えるが、発句が同じであること、それに脇句以下に全て点が掛けてあることからすれば、脇句以下はそれぞれ桑葉・春山の独吟で、発句を題として脇句以下独吟で歌仙を成し点を競う歌仙合形式のものであったと思われる。4・8も、脇句以下に全て点が掛けてあることから、それと同形式であったと見てよい。因みに、点は、無点・一棒の平点・◯（『高低集』によれば「白玉」）・●・長（長点）・烏・金羽の八種類が認められる。

さて次に冬の巻であるが、こちらには前句題十八とそれぞれの前句に付けた付句各十句を点印・句評を添えて収録する。先に触れたように夏の巻の前句題に重複するものはない。その前句付興行について編者一晶は、一オ・ウに次のように断わる。

謬《アヤマリ》ヲ謬リ不レ謬ヲ不レ謬トキハ無シレ謬且ツ其不ルレ謬ニ可レ有ルレ謬謬リニ可シレ有ルレ不ルレ謬余嘗テ十種点有リ未酉三月ニ発シ同臘朔ニ終ル一月二次ニシテ十八次也或ハ余ガ知テレ非ヲ不ルレ懥《トガメ》人有リ仰テ嘆ズベシ或ハ信ズル人有テ問フレ非ヲ俯シテ警スベシ此倫ラハ居ヲ指《サ》シ名ヲ彰《アラハ》ス是必ズ阿《オモ子リ》ノナキ證也尤陳二答ス之ヲ或ハ己蒙昧ニシテ理ヲ失ヒ恣《ホシヒマ、》ニ卑言ヲ吐ク者アリ此族ハ居ヲ密《カク》シ名ヲ掩《ヲ、》フ是必邪志ノ所以也渠《カレ》ハ論ズルニ不レ足忽チ机右ニ捐《ステ》テ再ビ不レ

采レ之ヲ惣テ春冬十八次ノ間七ツノ難-問有リ則陳-答スルモノ五ツ不レ能二陳-答スルコト一余カ謬リニ落ルモノ一ツ
則末タ二決-擇一屢〳〵以テ二管-見ヲ一今此ニ陳ズルモノ一ツ其五ツヲ略シ其二ツヲ挙ルコト如シレ左ノ

右の断り書きによれば、この前句付は「酉三月ニ発シ同臘朔ニ終ル」「一-月二-次ニシテ十八次」に及ぶ「十-種-点」による興行であった。先に触れたように『万水入海』は元禄八年の刊であるから、「酉」は元禄六年と見てよい。文脈に従えば三月は一会、四月から十一月が各二会、十二月も一会でしかもそれは興行日が朔日であったらしい。不角の発句合が元禄七年九月以降一日・十五日を定例としていたことが思いあわされる。ところで、一晶の前句付興行では付句の評価・句評について「居ヲ密《カク》シ名ヲ掩《ヲヽ》ひ「蒙昧ニシテ理ヲ失ヒ恣《ホシヒマヽ》ニ卑言ヲ吐ク者」もいたらしく、これについては「論ズルニ足ラズ」として「忽チ机右ニ捐《ステ》テ再ビ之ヲ采ラズ」とした。が、その一方では「居ヲ指《サ》シ名ヲ彰《アラハ》ス」「阿《オモ子リ》ノナキ」「信ズル人」が一晶の「非ヲ問フ」時は、「俯シテ謦」し「之ヲ陳答」したと言う。それらの「陳答」例のうち、「余ガ謬リニ落ルモノ一ッ」と「未ダ決擇セズ」「管見ヲ以テ今此ニ陳ズルモノ一ッ」を冒頭の2オ〜3オに上げたのち、4オ以下に前句題十八とそれぞれの前句に付けた付句各十句を点印・句評を添えて収録する。これらの句評は、

▲四季折々にかはる朝々

長　花の蝶菊のこてふの見知なし

蝶のつばさのとぶさ居るさ入みだれ立かはれども見しりてわかつべきあやもなしと也朝〳〵のより所風情おかしければ長に

▲ふくから秋の風力あり

△己が身をかろき術ぞ肉飛仙

隋ノ沈光能長竿ニ縁ル是ヲ肉飛仙ト号ス（略）

前句に付うとくて無点

▲をのがいのちを我物にする

◆穴蛛の穽といふ字も穴かぶり

穽　疾正切音浄陥也

体ふるめかしければ長ニおよばず

▲川一すぢに浅瀬深キ瀬

○乞食も長者もわかぬ茶毘の灰

くはしく評するに及ず聞たる付やう

此体あまりふるめきたれば白玉にて閣

といった評価の根拠を示す例があるところからすれば、興行時の点帖に書き入れられていたものと考えられるが、付句・句評ともそのすべてがここに収められているのではなく、参考に資すべきものを一晶が抄出したと見るべきであろう。なお、点印は、平（平点）・黒の滴様のもの（以下、◆で示す）・△・○（白玉）・●・長（長点）・鳥・烏の八種がある。なお、句評によれば、

▲木々の色々山々の形リ

鳥　曇る日は銀屏くろむ南風

句体十の内一にや定むべき但前句へのより少し大様なれば朱鳳に及ばず

と、「鳥」の上に「朱鳳」の評価もあったことも見え、平点を除き、これに秋の巻に出る「雌禽」「金羽」を加えれば十となり、「十―種―点」とはそのことを言うのであろうか。

冒頭部の「余ガ謬リ」とするものを次に上げる。

をのが命を我物にする

◆魚くへば西施が乳を思ひやり

△　或問　をのがのが西施がのがいかゞ

△　不能陳　余ガ落見の罪のかるべからず

この付句は21オにも出て、次のようにある。

●魚くへば西施が乳を思ひやり

東坡先生資善堂ニアリ人ト河豚ノ美ヲ談ジテ云ク其味ニ拠テ真ニ是一死ヲ消得　已上　輟耕録

こちらが前句付興行時の句評で、その際に前句の「をのが」の「が」と付句の「西施が」の「が」の差合を見落とし、そのことについて指摘があったのでここに訂正したのである。点印の変更もそれに伴なうもの。

「今此ニ陳ズル」のは次の句評。

四季折〱にかはる朝〱

無点　文字にさへ閙し市の門がまへ

閙の正字門がまへにあらず

△　或問　門鬥同字也ト

△　或問　イソガシ閙也鬥にあらずト

△　陳ジテ曰　鬥門別也

△　又　閙は俗字鬧正字也

↓以下、字体弁徴・字彙などを引用して自説を証明。

こちらの付句は9ウに出ている。

△　文字にさへ鬧し市の門がまへ

鬧ノ正字　門《カドガマヘ》　ニハアラズ鬧也

鬥　丁候切斗説文両士相対シテ兵杖在リレ後ニ象ル二鬪之形一

門がまへにあらざれば一句の心みな相違

付句は前句をそれぞれの季節毎に賑わう市の門前と見做して、「鬧《さわが》し」の字を市の門前そのままだととりはやした趣向であるが、一晶は「鬧」の正字は「かどがまえ」ではなく「たたかいがまえ」なのであるから一句そのものが成り立たない、という評価をしたのである。「此ニ陳」じている内容も同趣旨で、それをさらに根拠付けをしているのである。なお、句の評価も△から無点に下げてある。

以下、その他の陳答例を仮の通し番号を付して取り上げてみよう。網掛けで示した問答の箇所はこの書『万水入海』を編集する際の増補、その他は興行時の点帖にあったと見られる評語である。

①　▲木々の色々山々の形リ

烏　花の名の雪は六葉梅五葉

雪ノ地ニ降落テウチ開タル形必六出ナリ六ハ陰数ノ大陰蓋天地自然ノ数也以上　性理大全

雪を六の花と言も此故也

問　木と有に梅付て病なしや

答　なし梅に木とは付ぬ也

②　▲木々の色々山々の形リ

長　柴の戸は蚊のにげ草に蚊屋つらず

本艸和名ニ人参ヲカノニゲクサト云

問　庵の草ならば浅芽生蓬生萩薄ならで人参似合ぬ草也いかゞ
答　惣じてあらぬ物を名にめで丶云出スを六義の内興の体と云
あづまの果にて名にしおはゞ都鳥
名にめで丶をみなへしなどいへり

③
▲木々の色々山々の形リ
たび衣笠にきのふの雨ほして
問　尤詞はうつくしけれども雨ほしての仕立連歌にてはなし
答　連歌にあらざれば一句俳諧にもあらず是を俳うとしと云　付心も全連歌也　惣じて
俳なしと俳言なしと俳うとしと三段也

④
▲心のかたち色も香もなし
長　鳴声に雌雄見分ヶぬ木のミ鳥
問　嵐ふく深山のおくの木のミ鳥さけぶ声のみ雲にさはりてと読たるは猿の事なり鳥の
雌雄《メヲ》をシユウといひ獣の牝牡《メヲ》をヒン等といふ此シユウいかゞ
答　匏有葉ニ雉鳴永㆓其牡㆒トイヘルハ禽ナリ
詩衛風ニ雄狐綏綏トイヘルハ獣ナリ

⑤
▲四季折々にかはる朝々
◆いつか我命の昼の七ッ時
或問　朝と前句に有当句七ッ時時分不相応か
答　此七ッ時はいつかと末の事をいひたれば不苦

朝に夕暮付たる引句
別れての名残かなしき朝朗
夕のまくらいづくにかせん

⑥ ▲何してたどる人間のみち
長　生涯は手足にたのむ兄弟
荘子ニ云兄弟ハ為タリ二手足一夫婦ハ如二衣服ノ一衣服破ル時ハ更ニ得ンレ新手足断ル時ハ難シ二再続一
或人問　たどるに足は
答　あゆむに足句によりて可然　たどるは尋る心也

⑦ ▲をのがいのちを我物にする
○　朝霧や霞を仙のとざしにて
(問)　をのおさへ字有といへども上にてやといひてにて心よからぬか
答　やといひてもをと請れば大かたにてとまるもの也そのうへ此やは中のや也いかやうにても治定に留る也玉璃抄云やニ九つあり中道のや中のや口合のやすみのや疑のやとがむるやはや名所の捨や本の候や等也
その中に中のやは下にて治定留てくるしからず
連歌の引句に　半天は雲や霞に暮はて丶
夕宿や嵐も寒き山陰に

⑧ ▲同じやうにてかはる居どころ
長　生涯は鴨の浮巣のうき身とて

波のうきすの水鳥の所定ぬうきね成べし
問　とてノて前のこしのてニ折合か
答　とてまでなどはてとまりにさし合はず

右のうち、①⑤⑥⑧はいずれも差合に関するやりとりで、⑤は証句を示してのそれ。⑦の留についての問答でも証句を示す。差合に関する評語としては、他にも

▲木々の色々山々の形リ

△　覗なとまきの扉のたて合
新式ニ槙に木の字不嫌マキノ柱マキノ戸木に五句去也　但俳には三句去なるべし
真木の戸と書故也良木との心なれば也
▲心のかたち色も香もなし

平　はしたなき市の乞食の丸裸
長頭丸曰　無ニおぼつかなきつたなきいときなきつれなき付てもくるしからず
連歌ニ如此詞をたゞさば皆無の字の心有といへどもさし合すくなきは一座のたすけなるゆへ古人如此の定なるべし
又寛佐聞書曰はしたなきニ無の字不嫌故加点
▲心のかたち色も香もなし

◆　花紅葉焼レし後は柴の灰
無言抄ニ　色ニ錦紅葉なとの類嫌
又長頭丸曰　水波霜雪の色に野山の色つくくるしからず

愚案　此前句の色あながちあかきに限ズ

▲過るその日もあすもあさても

△よねぐさや往昔たれが鍬の恩

其の字ニそのかみ二句去

▲おくれ先だつ生死のみち

△碁の石も征になれは九折

路ニ九折

▲うごけばうごく影のうつろひ

△風やめば跡にしはなしさゝら波

ば文字まへに

▲理非の間にまよふ世の中

△大うちの御飾民も松立て

中ニ裡わろし

というように例が多い。①②⑥の句評、④の問いは用語についてのそれであるが、一晶もさることながら、連中のレベルの高さを窺わせる。③は一晶の答によれば「俳うとし」という理由で無点となったものらしいが、「俳なし」「俳言なし」に次の例がある。

▲木々の色々山々の形リ

平　仏たちかくれては又出る世に

祇長柏三吟に

おもへばいつをいにしへにせん
仏たちかくれては又出る世に
連歌の句なれば俳なしとやいはん
愚案　古人上代の句に此類多し仏たちなどいへる詞俳に用ル時は俳

▲心のかたち色も香もなし
△　松のこゑあらしのあとのひとり琴
俳言なし
連歌の句に　うらみられなばいかに二みち
かきならす哀もふかき独リ琴

その他の句評については省略するが、差合・留め・用字・用語・俳言の有無などについて拘る姿勢は、百韻俳諧のそれに等しい。それが一品の前句付興行全てに共通するのかどうかは確認するに至っていないが、此時期の一品前句付の一面として留意しておいてよかろう。

さてここで、春の巻収録の発句合・夏の巻収録の前句付の興行年次について押さえておこう。先述したように、冬の巻は元禄六年三月から師走にかけての月二会の催しであった。夏の巻収録の前句付は、冬の巻とは前句題が重複しないので、興行としては別の時のものと判断してよい。夏の巻の興行も月二会とみて、都合三年分であることも先に触れた。夏・冬両巻の前句付が一連のものであるかどうかも判然としないが、おおまかに元禄三年から七年ごろと判断して多く誤ることはなかろう。春の巻収録の発句合もほぼ同じ時期で、不角・調和・無倫の例に倣えば一品の場合も同様に前句付と併行して興行されていたと見てよい。興行回数は不角のように月二会であったのか、また無倫のように月一会であったのか、俄かには定め難い。

②『一塵重山集』

次に『一塵重山集』について見ておこう。柿衞文庫蔵（は・74・390）。天のみの零本。縦22×横15・4糎の半紙本一冊。表紙は枯葉色。表紙中央上部の元題簽は茶色地で、殆ど剥落。「二」、「重」「山」の一部のみ残る。「山」の下に「天」と書き入れあり。全三十五丁。丁付、版芯下部「天一〜天卅五終」。一丁表に「前年万水入海あり／追テ編集するもの／號て一塵重山集といふ」、裏に「元禄丙子稔中秋念／芳賀一晶編」とある。因みに、元禄丙子は九年。中秋念は八月二十日。二丁表冒頭に「一塵重山集」と内題を入れ、以下作者別に発句382句を列記する。図版5②は一丁裏と二丁表である。版下は一筆で、一晶の筆跡と思われる。収録発句は右肩に「鳥」「長」と点印標示するものが多いが、標示のない句も149句ある。また、句の頭に「一番」「二番」「三番」「四番」「五番」「六番」というように勝番を記す句が全部で六十五句あるが、この勝番は点印標示の有無とは関係がない。この『一塵重山集』も『万水入海』と同様、一晶の発句合興行で一度選を受けた句を有点無点に関わりなく作者達が銘々に送って来たものを集まるに任せて編集したものと見てよかろう。「一番〜六番」はその時々の会での勝番であって、この『一塵重山集』の中での評価ではない。収録句の季題を調べてみると、特定の季題が集中して出て来ることも『万水入海』に同じである。いま仮に8句以上に詠まれているというあたりを基準に季題を拾い出してみると、次のようになる。

春　柳8・蝶8・躑躅9・白魚25・春雨24・雲雀14・雛17・桃14
夏　瓜9・団扇8・麦9・澤瀉8・夕顔13・蚊14・卯の花15・帷子24・鵜12
秋　稲妻9・霧18・芭蕉19・鹿17・蔦13
冬　水鳥20・霰25・火燵18・氷柱16・煤掃12

『万水入海』が秋・冬に集中していたのに対し、こちらはほぼ均等に四季に亘っている。これはやはり一晶の発句

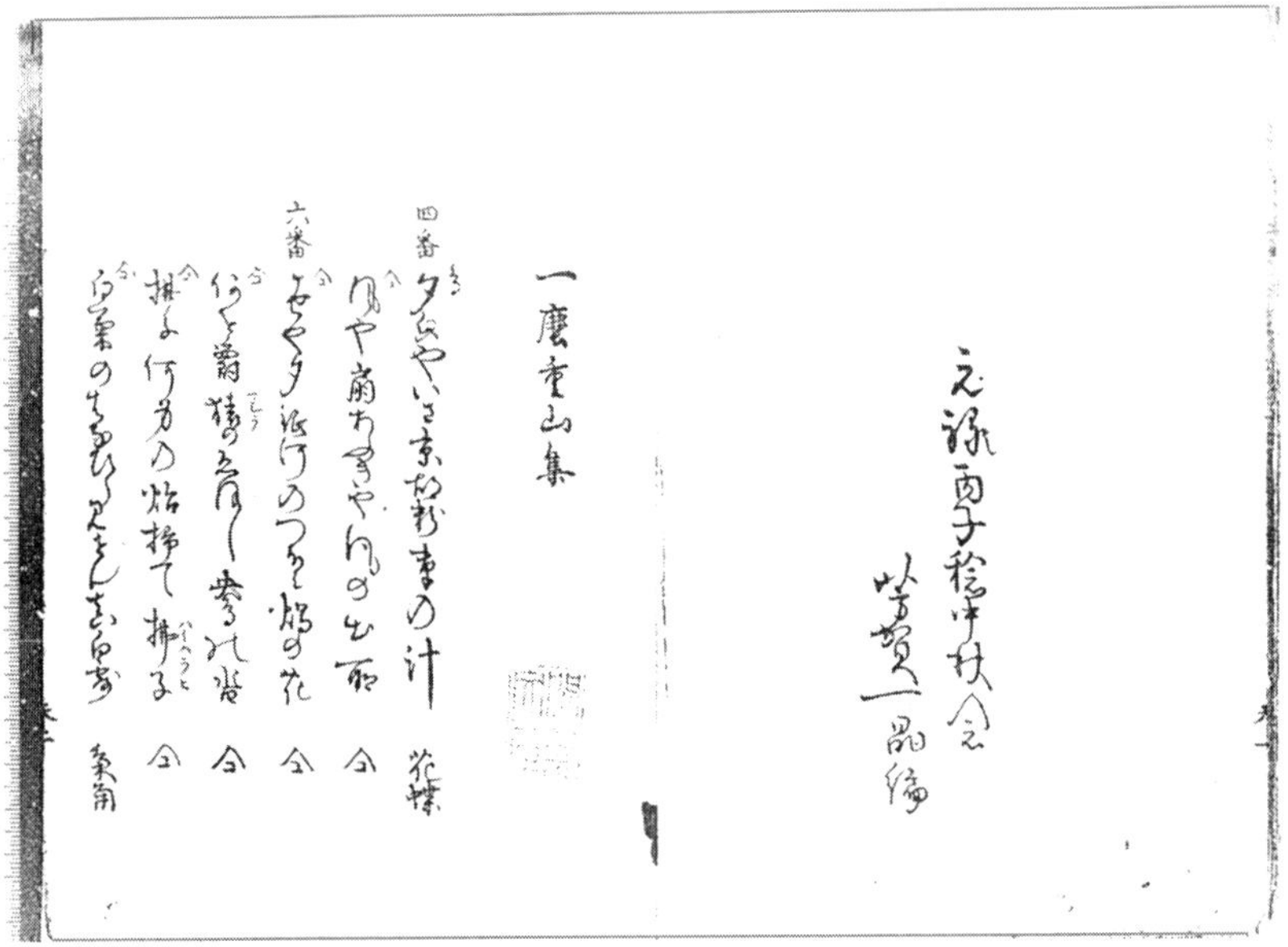

図5②　一塵重山集（柿衞文庫蔵）　1ウ・2オ

合が指定の当月題による月並で行なわれていたことを示すものである。また右のうち、「柳」が『万水入海』に3句、「稲妻」が1句あったが、頻出する季題に限ってみると他に重複はない。それは興行時期が別であったことを意味している。収録句から拾える季題は、右も含め各季二十〜三十題で、月並一題とみると、一年に収まらず数年分に及ぶ。その興行がこの書編集の元禄九年八月以前であることは動かないが、それが『万水入海』の伝える興行とどのように繋がるのかこれまた俄には確定し難い。『一塵重山集』収録分は元禄八・九年分を含めた数年分と取り敢えず見ておくしかない。が、『蒲の穂』が伝える無倫の当月題による月並発句合興行に先んずることは確かである。

③『一晶判発句合点帖切』

ではここで、家蔵の『一晶判発句合点帖切』（仮題。以下『点帖切』と略称）を見ておくことにしよう。一晶の前句付の点帖として唯一知られるものに天理図書館綿屋文庫蔵の『高低集』（わ・1002・31）がある。これは前句題「上に成けり下になりけり」に対する千二百十八名分（一晶奥書によれば千二百廿五人）の付句各三句を全て清書し、一晶が点をかけたもので、墨付本文が三百九丁に及ぶ大冊である。それに較べればここに紹介する『一晶判発句合点帖切』は実に片々たるものであるが、『万水入海』『一塵重山集』との照合により一晶発句合の現場を垣間見せてくれるこれまた唯一の生の資料である。

　該書は発句合興行時に組連向けに整えられたと思われる点帖を、連中の一人である桃水が自分のところだけを季題毎に切り取った断簡が十六紙貼り継いで巻子本に仕立てあり、紙幅18・3、長さ391糎。料紙は藍色また黄色の真砂吹き付け模様のある鳥の子紙で、『高低集』のそれに似る。口絵図版5③は冒頭部の第1紙、図5④は第9紙、図5⑤は第10紙である。筆跡は1～6・8・11～16紙が一筆、7・9紙は別筆、10紙はそれらとまた別筆。何れも一晶のそれではなく、『高低集』清書本文の筆跡とも異なる。点印は、無点・一棒の平点・朱○を加えた朱点・囲み形に一棒を加えた長点・「鳥」の朱印を加えたものの五種があり、何れも『高低集』に見られるものと一致し、これらが一晶の点になることは疑うべくもない。また、『点帖切』では「鳥」加印句の頭に大きめの朱○印を捺し、中に「九」（二例）また「十」（十例）と朱書きする。これは『高低集』には無い趣向で、おそらく点帖内での勝番を示すものであろう。なお、2・3紙末尾下部に朱印があるが、印文不明。以下に『点帖切』全文を翻刻する。」1とあるのは第1紙であることを表わす。点印は句頭に「無点・平点・朱点・長点・鳥九・鳥十」として示した。また、現典に無い濁点を補ってある。

　　蛙

長点　水中に鳴ねば淋蛙哉　　桃水

長点　谷に行鳴や蛙の詩の司

平点　庵暮て雪吹が下の蛙哉

鳥十　仙郷に住や蛙の儒の語リ

朱点　見よ蛙藻は仙術の飛行哉　└1

霞

朱点　朝霞羽を伸かぬる小蝶哉

長点　飛鷺や霞ル比の気の苦労　└2

桜

朱点　四王天栄散ル法の桜哉　桃水

平点　桜枝に風鈴更に山居哉

長点　日千金咲や桜の土の味

長点　葉桜に旅行歌徳の宿哉

朱点　貧福や妙の桜の法の経

鳥九　夜桜を厭ふ仙儒の詩狂哉

朱点　夜や桜色を楽古人徳　└3

山吹や

朱点　法の御池の妙の花　桃水

長点　礁に増ル花の雨

平点　郭公飛て魔住界　└4

卯の花

朱点　卯の花の香は若衆の契哉　桃水

鳥十　七星の影卯の花に暮月哉

平点　卯の花や釈迦の生絵の阿言経

平点　色白し卯の花更に儒狂哉

長点　卯の花の夜鳴ヶ郭公儒人哉　」5

郭公

朱点　音夜猶鳴ても寝時鳥　桃水

鳥十　郭公花には替ぬ仙儒哉

平点　柳陰の枝に宿らん郭公

平点　夜や闇シ鳴ヶ時鳥儒芝遊

長点　儒の里に住ば悟らん郭公

朱点　飛だかと池水一声時鳥　」6

蝉

朱点　夏の夜も蝉林頭の宿り哉

平点　声すゞし蝉も行理の迷ひ哉

長点　峯高し蝉は仙儒の悟り哉

鳥十　鳴蝉の声鐘の音に□心哉　」7

扇

朱点　紫衣の藤禅の扇や土間の論　桃水

鳥十　儒狂何開ク蓮を扇哉

長点　傘の骨扇の骨や和の悟り
朱点　仙郷に気は暑からで扇哉
朱点　扇哉月の影取夕涼　」8

早苗

長点　さなへなを静に民の秋津国　桃水
長点　尭の御代植し早苗の孝子哉　仝
鳥九　みよ早苗穂は人界の世のさとり　青雨
長点　おさまるやつちの御門の早苗歌　仝
無点　人倫も早苗□草医術かな　一花　」9

ゆり

朱点　郭公の｜声にひらかんゆりの花　桃水
鳥十　ゆりは猶咲色深し地チの清《セイ》　ゝ
長点　香そ甘ミ鬼｜の形チありゆりの花　ゝ
長点　蚊も飛バでゆりに宿借る夏夜哉　ゝ　」10

月

長点　名月に家なき里の落葉哉
鳥十　月冴夜は皆人の五心哉
無点　花の香や残れど月にうばはれて
長点　三ヶ月の影に泣出鶉哉

平点　月花に迷は猶に儒狂哉
長点　月影を重げに請ん薄哉　」11

菊

長点　菊見哉花の香高キ土の味　蘭雫
長点　色や菊其仙郷の花の術
朱点　秋更に野菊色取野武士哉　」12

紅葉

長点　此寒紅葉色取龍田哉　桃水
無点　紅葉哉色も山居の暮待ん　ヽ
朱点　猶待ん紅葉栄儒狂哉　ヽ　」13

夕顔

長点　夕顔の花の白雨に哀なり　桃水
鳥十　宿淋シ夕顔源氏女哉
長点　鐘の音に夕がほの暮念仏哉
長点　夕顔の花の香を聞山居哉
朱点　軒荒ん夕顔宿る貧家哉　」14

時雨

朱点　初時雨袖に紅葉の宿り哉
平点　仙郷の軒ぞ幽に降ル時雨

長点　亭は抑時雨に宿ル歌人哉
鳥十　横時雨是非弥陀笠や法花宗
長点　時雨哉菅の小笠に重からず　」15

年忘

長点　賤の家の子杵目出度や年忘　桃水
長点　苔も罪も無キ年忘山居哉
鳥十　酔顔や小歌も氷れ年忘
長点　見よ世界民も遊し年忘　」16

右のうち1・3・4・5・6・8・14・16には冒頭句に、10・13には全ての句に「桃水」と書き入れがある。これは一晶が点をかけたあとで清書所が書き入れたものだが、これによってこの点帖を裁断し貼り継いだのは桃水であったろうことは容易に想像がつく。冒頭句以外の句も桃水の作と考えてよかろう。作者名の書き入れの無い2・7・11・15も、同様と判断してよい。9は桃水（二句）・青雨（二句）・一花（一句）が相混じる。また12は蘭雫の句である。おそらく規模のそれほど大きくない組連向けの点帖があって、それぞれの作者が自らの句が清書された該当部を切り取り、かようなスタイルで保存していたのではないだろうか。その作業の過程で桃水のものに蘭雫の切が紛れ込んだのであろう。なお、第4紙は「山吹や」と脇書きして、以下の三句は七五のみを記す。一見冠付けかとも思われるが句境は発句のそれ。これはたまたまこの三句の上五の表現が同じであったため、清書所が手間を省いてかような形式を採ったものと思われる。季題は夕顔以外は概ね季節の順に並び、春が蛙（5句）・霞（2句）・桜（7句）・山吹（3句）の四題、夏が卯の花（5句）・郭公（6句）・蝉（4句）・扇（5句）・早苗（5句うち桃水2句）・百合（4句）・夕顔（5句）の七題、秋が月（6句）・菊（3句ただし蘭雫）・紅葉（3句）の三題、冬が時雨（5句）・年忘（4句）の二題である。何れの年の興行であるかは確定出来ないものの、『点帖切』は一晶の発句合が指定当月題により月並で催されていたことを裏付けるかの如くである。ところで、切れ毎つまり季題毎に、少ない場合は「霞」の二句、多い場合は「桜」の七句というように記される句数にばらつきがあるのは何故であろうか。いま『万水入海』を参照するに

2オ　長　槿や揚屋のみちの花の縁　孤弦
仝　朝がほや八瀬の男の女らし　仝
14ウ　鳥　水仙や道々足をねぶる蝶　李子
長　水仙やふたつの鴨をつなぐ水　仝
仝　水仙や皃を合する鶴の媚　仝
13ウ　鳥　侘の色や奪はずから雪の情　滌塵
仝　曙や雪よりしらむ浅黄竹　仝
仝　みなひらけ霰のつぼみ雪の花　仝
仝　雪の花かげばつめたき匂ひ哉　仝

というように、同一作者の同じ題による句を数句列記する例が少なからず認められる。ざっと集計をしてみると、二句列記が案山子・砧・菊に各1例、年の暮に2例、落葉に4例、雪に6例、三句列記が朝顔・菊に各1例、水仙に2例、四句列記が雪に1例ある。同様な現象は『一塵重山集』でも確認することが出来るのだが、これら同題列記の句に別の会でのそれが混じっているとは考えにくく、同じ会での詠と見るのが自然である。この例に徴すれば、『点帖切』収録句に季題毎のばらつきがあっても不思議ではない。例えば、一題に一句で基本の点料が定まっており、点料さえ払えば何句でも可というような仕組であったとすれば理解出来ることがらである。第9紙の桃水・青雨各二句、一花一句といったアンバランスも、そう考えてはじめて納得が行くのではないだろうか。

最後に、一品発句合の作者圏を見ておこう。表10①は「『万水入海』春・入集作者一覧」、表10②は「『一塵重山集』入集作者一覧」である。なお、表10①江戸の部の末尾四名は難読。表10①諸国の部の末尾の川井から中野まで、表10②諸国の部の末尾の鼠穴・小林・川崎・柳城は国名を確定することが出来なかった。また、句数は両書編集に際して一品が選んだものではなく「作者の心に任」せて寄せられたものであるため、これを省略した。『万水入海』は諸国の部が41名、所書無く江戸と思われる作者に麻布・二番町・小川町・雉子町を加えて130名。一方『一塵重山集』は、所書きの無い作者に世田谷・四谷・本所・谷中・池上・麻布・麹町・本郷・牛込・麻布・桜田・三河町の連中を加えて92名。諸国の部は、武州・出羽・奥州・常州・上総・上野・野州・甲州・相州・遠州・尾州・勢州・越前・信州・加州・播州・紀州・備前・筑州・肥後・薩摩の地名が見え、こちらは計73名。諸国の部で『万水入海』と地域的に重なるのは武州羽生・常州笠間・尾州・勢州桑名・金沢の5箇所。また両書に共通して出る作者としては、諸国の部では舘林瀬戸井村の白井氏一当（『一塵重山集』では江戸）・金沢の滌塵・尾陽の主月・桑名の如桃、江戸の部では不構（『一塵重山集』では越前）・嶋田氏梅烏・梟角・李子の8名がいる。両書を比較すると『一塵重山集』では興行圏が広がっているように見えるが、「氏」を冠せられる武門と思しき作者が『万水入海』で171名中7名、『一塵重山集』で165名中29名に及び、やはり一品の興行に於いても江戸勤番侍を想定する必要があろう。『一塵重山集』には備角こと岡山藩主池田綱政の名が見えることも注目される。なお、両書で目立つのは、桃葉堂痴白・桂隠堂一友・紫藤軒金龍（『万水入海』）重山堂拙静・南隴堂桜蘂・市静軒素行・負喧軒冬花（『一塵重山集』）といった堂号・軒号で、『万水入海』では171名中7名に、『一塵重山集』では165名中19名にこれがある。『万水入海』夏の巻からも、一渕堂風水・麻布住衆蛍堂当云の二例を、また調和の『夕紅』にも江戸の槿堂調柳の一例を拾うことが出来る。不角の月並発句合勝句集には見えないが、前引『江戸書物の世界』に翻刻紹介の宝永四〜八年「不角歳旦帖」にはこれが夥しく出る。この堂号・軒号は上方万句興行の会所を思わせるものがあり、或は句の集所としての名乗りかとも考えるのだが、今のとこ

表10① 「万水入海」春 入集作者一覧

＊網掛けは「万水入海」夏にも出る。太字は「一塵重山集」にも出る。　2-1

諸国の部			江戸の部			
国	地域・氏等	作者名	地域・氏等	作者名	作者名	作者名
奥州	三春	可祝	麻布	一渕	孤雲	木屑
	三春	清谷		麻布	琴又	風花
	三春	水台	二番町	孤弦	花葉	風夕
	三春	東抄	二番町	秋牀	花月	美草
	三春	呈咂	二番町	迷言	蟻息	梅林
（奥州）	棚倉	橘翁	小川町	紫藤	雪花	梅芳
（羽州）	米沢	伽計	雉子町	宗徳	秀慶	白之
（上野）	館林	右巴	武江散人	猩生	昨今	包袋
	館林	江水	浜村氏	円子	仙木	破扇
	館林	角亀	浜村氏	可全	松月	風嘯
	館林	松滴	手嶋氏	調水	塵多	**不構**
	舘林瀬戸井	紫吟	安田氏	風襟	十二	馬兵
	舘林瀬戸井村　白井氏	**一當**	嶋田氏	**梅鳥**	春夕	不得
下野	那須	桃風	桂隠堂	一友	麁言	卜
常州	笠間　板橋氏	玉随	紫藤軒	金龍	砂蛙	風錐
越後	高田	残桃	梶繁堂	二春	寸裡	白河
	高田	杜卜	百玉堂	梅蒴	詞家	卜露
越前	田中領　桃葉堂	痴白	一渕堂	風水	崔亀	拍人
加州	金沢	**滌塵**	和浄軒	祐吟	酸人	梅蘂
加州住		杉子	稲舟子	素英	雪雀	巴角
加州住		宗猶	素琴子	雪渓	夕霧	保竹
相州	藤沢	初柳	筐鹿子事	朔号	心水	木貞
（駿河）	嶋田	常盤		雲鴦	正風	浮舟
尾陽		横槊		一〇	春山	保安
尾陽		**主月**		一生	此空	〇卜
三州	挙□住	唱風		一口	石水	紋竹
（伊勢）	桑名	**如桃**		遠帆	村之	無卜

表 10 ① 「万水入海」春　入集作者一覧　2–2

諸　国　の　部		
国	地域・氏等	作者名
播州	姫路片岡	一通
	姫路奥村	一巴
	姫路水野	□折
丹州		工部
紀州		奇山
(不明)	川井	如水
(不明)	柳沢	順話
(不明)	前川	次長
(不明)	山本	薪花
(不明)	田安	岩照
(不明)	井上	抽立
(不明)	大野	遊民
(不明)	中野	幽紳
武州	羽生　下村君	竹原氏

江　戸　の　部			
地域・氏等	作者名	作者名	作者名
	一賀	長閑	明入
	イロ	冬梅	邑松
	一空	桃艶	露随
	一寸	砧郎	立園
	玉頂	知卜	柳味
	金新	當碌	柳風
	槿堂	竹林	林声
	颶蓬	稲光	林花
	海山	當風	嵐山
	銀風	桐雨	**李子**
	梟角	當言	暦當
	花蝶	東子	和夕
	吟水	嶋鱗	□斗
	階子	嶋久	重□
	賢人	二蝶	巴□
	青風	盲探	蘭□

表 10 ②　「一塵重山集」 入集作者一覧

＊網掛けは「万水入海」にも出る。　2-1

江戸の部			
作者名	作者名	地域	作者名
花鳥	唐橋	世田谷	昌永
梟角	柳風	同	一番堂　隋裳
重山堂　拙静	川村氏　夕日	同	智英
少雀	風子	同	松林堂　枕楽
深井氏　知氷	秋野氏　柳友	四谷	梅葩
迷道	了佐	同	巡巴
迷意	高橋氏　玉匠	同	道周
沾雨	白井氏　一当	同	菊川
迷独	雉子	同	保水
灌木	風生	同	花橘
南朧堂　桜蘂	清風	四谷川口	至水
水志堂　花屑	辻氏　窓風	本所	桃川
荻風	小原氏　幽見	谷中	山本氏　菜花
拙者	李子	池上	風車
谷岡氏　一楽	不争	同	和志
和楽堂　専志	峯水	麻布	是惟
永井氏　一葉	未了	同	集夕
瓢堂　梅烏	莚障子	麹町	乱風
自風	稲葉氏　琴柳	本郷	笑連
市川氏　秋楓	葛藟	牛込	鴈羽
河野氏　中泉	可鳴	桜田	紅葉
心車	重明	同	左右
花眠	自然堂　流風	三河町	品水
兼松氏　近光	祖風	同	元中
荒川氏　木同	市静軒　素行		
仙花	負喧軒　冬花		
柳燕	順水		
水方	凹塵堂　夢詠		
柴舟	瑞花		
文詞	鴨脚軒　藤武		
一禿	九梅		
花夕	壺泉		
水風	晴月堂　求水		

表10② 「一塵重山集」 入集作者一覧　2-2

諸　国　の　部			
国・地域	作者名	国・地域	作者名
武州喜多沢	星榎	尾陽横嶺村	幽舟
武州喜多沢	影女	尾州	大塩氏　一幸
武州野毛	夢外	尾州	花木散人
同戸部□	柳氏　卜奇	尾州	孤山
同	戸部氏　楊風	（勢州）桑名	玉渕堂森氏　吟龍
同	酔月堂　湛水	桑名	似咲軒　如桃
武州羽生	利卜	越前	和田氏　不構
（出羽）最上山形	柴関	信州松本	遊潮
（奥州）二本松	一几	同	可水
二本松安達郡	三月	加州金沢	竹鶴
常州笠間	屯陶	加州金沢	滌塵
常州吉沢村	松翠	加州	天野氏　一露
常州笠間	音信	加州	修琴堂　山風
同	板橋氏　一風	加州	酔月堂　浮瓢
上総岩舟	石子	加州金沢	岫雲
同	柳枝	姫路	河西氏　梅叟
同	義寛	播州赤穂	村柳
同	迫水	和歌山	千田氏　知隆
同	三易	南紀	友松
同	富常	南紀	風山
（上総）太田喜	暁夢	同	一存
（上野）板倉	芦宿	備前	備角
野州足尾銅山	浦入	南桜法届	松雨
（下野）下妻	和友	同	長好
（下野）下ツマ	子陽	同	星光
甲州市川	安子	南桜法届	寂水
相州浦賀	入口	同	松雨
相州浦賀	酔吟	同	肌弓
（相模）三浦	釈　竹山	筑州柳川	嘯月堂　一卜
（相模）三浦	伊勢	筑州三池	草辞
（相模）三浦	葉山氏	肥後山鹿	紅帆
（相模）三浦	矢部氏　伴近	（薩摩）吹上浜	道挙
遠州	本式	国不明　鼠穴	乱糸
尾州	萩氏　隣風	国不明　鼠穴	不白
同	大崎氏　主月	国不明　小林	友琴
同	兼松氏　随柳	国不明　川崎	田中氏　雪川
		国不明　柳城	甕縄主人

ろ確証が持てないでいる。因みに、不角・調和・無倫興行との作者の重複であるが、『としぐ草』の範囲では奥州三春の清谷、江戸の東子・松月・風花・小川町の紫藤（『万水入海』）の5名、『夕紅』では江戸の一〇・梟角・花蝶・桃艶・風夕・包袋、下野那須の桃風（『万水入海』）、江戸の梟角、甲州市川の安子（『一塵重山集』）の8名、『蒲の穂』では江戸の一口・花蝶・雪渓、館林の江水（『万水入海』）、武州羽生の利卜（『一塵重山集』）の5名がいる。

V 上方の事情

同時期の上方に目を転じてみると、臨時・月並を問わず発句のみを扱って興行した例は見当たらない。それはなぜであろうか。いま、『雑俳史料解題』により元禄七年までの上方の前句付資料を拾い出し、清書巻・会所本・一枚刷・引札などに分類し、資料名、成立・刊年・締切、点者、前句の数、発句題の有無、興行形式（月並か否か）を一覧表にしてみると、表11①「元禄期上方前句付興行と発句題」のようになる。発句題の欄に×としたものは前句題のみの催しで発句題を伴なっていないことを意味する。左端の数字はほぼ成立順に付した通し番号で、14〜19の清書巻は『元禄難波前句附集』（天理図書館綿屋文庫蔵）収録の、また30〜38の引札は『前句附出題帖』（天理図書館綿屋文庫蔵）収録のそれである。なお、7の滴水点『塵塚』は最近筆者が入手したもの。

さて、この表の資料は、1〜21・22〜39の大略二種に分けられる。すなわち前者は限られた範囲の小規模の催しであり、後者は不特定多数を対象にした広範囲の興行である。一つ一つの資料については『雑俳史料解題』を参照していただくとして、前者については参考までに作者数と収録句数を示したが、これによっても規模が小さいことは一目瞭然であろう。その中で、似船『苗代水』の作者78名、収録句数234は群を抜いている。作者圏も山城花洛34名、河内・摂津・伊勢戸羽・紀伊若山各2、志摩11、武蔵江戸10、若狭小浜4、越中1、丹波佐治5、安芸宮嶋3と広範囲に及んでいて違和感を抱くが、それは「本書は似船が自家の俳風宣伝のために、膝許の近畿一円から広く諸国の門葉にも呼びかけて協力を得て、全編を二句付前句付俳諧興行の際に整へる清書巻風に仕立て、特に句評に一字もゆるがせにせず力を込めて、実際の巻さながらに編成した撰集である。」（『雑俳史料解題』）が故の結果で、作者圏の広がりも選者似船の人脈によるものと思われ、表22『誹諧水茎の岡』以下の不特定多数を対象とした興行とは基本的に性質が異なる。なお、表には含めなかったが、平野良弘が『高天鶯』に記すところの河州小山村の日暮重興が創案し泉州堺の池島成之を点者として始められた万治の六句付にも発句題は伴なっていなかった。また、母利司朗氏が「元禄初年の美濃前句付」（連歌俳諧研究110号）として紹介された元禄二年と推定される美濃・近江・尾張を興行基盤とする前句付清書巻からの抜書きにも発句題は認められない。表の1～21にこの二例を加えて23例のうち、発句題が伴なうものは4『苗代水』・6『うなひ子』・8『一礼点二句付』・11『露』・12『車輪』の五例のみである。ところが、『水茎の岡』以降22～39の18例を見ると、24『只丸点一句付』の一例を除き他は全て発句題を伴なうようになって来ている。点者側が前句題とともに発句題にも拘らざるを得なくなったのは、前句付の会が俳諧数寄者の慰みから広範囲の不特定多数を対象とした興行へと変質して行ったことと無関係ではあるまい。辛うじて発句が詠めるといったレベルの人々の立場で考えてみれば発句題があることは大いに歓迎すべきことであったろうし、点者側としてはそういった人々をも興行に取り込んで行く必要があったのである。29『口こたへ』30『以文点五句付』に、当時初心者指導に供された切句題が見えるのもその表徴と言えよう。

点者側に発句題を重く見るむきがあったことについては、既に宮田正信博士の指摘がある。博士は『雑俳史料解題』で

> 『誹諧水茎の岡』…二月に始まつて十二月まで、内四月・十月は何かの事情で欠くが、凡そ月並各月一回の興行である。形式は三句付乃至五句付で、その都度それ〴〵に見合ふ三乃至五の発句題を併出。当時の京点者の遺し

2−1

発句題	興行形式	作者数	収録句数	勝句数	うち発句
×		9	81		0
×		27	81		0
×		32か	64か		0
春女		78	234		78
×	月並か	39	117か		0
涼み（次回予告、端午）	月並か	8	24		8
×		53	149		0
四季		20余	100		18
×		14	224		0
×		16	192		0
露		11	33		11
綿抓		37	74		37
×		27	81		0
×		10数	35		0
×		10数	30以上		0
×	月並か	20弱	46以上		0
×	月並か	20弱	96か		0
×		10数	28以上		0
×		10数	不明		0
×		不明	27		0
×		30数	71		0
3　芝焼・田螺・桃	月並	寄句3000余		30	15
3　竹の子・蚊・田植	月並	寄句3000余		30	17
3　螢・うちわ・いちご	月並	寄句3800余		30	14
4　荻・おどり・葛水・糸瓜	月並	寄句3000余		30	9
4　虫・稲づま・月・すまふ	月並	寄句3000余		30	13
4　色鳥・露・蔦・秋風	月並	寄句3000余		50	17
5　火燵・落葉・千鳥・時雨・枯野	月並	寄句3000余		50	23
5　煤掃・水仙花・薬喰・雪・神楽	月並	寄句3000余		50	33
6　秋柳・きぬた・しいら・田刈・栗・郭公				8	6
四季		寄句10000		200	97
×		未調	未調	未調	未調
四季	月並	集句5300余		50	13
春季	月並	集句3800余		50	19
四季		650句之内		50	3

表 11 ①　元禄期上方前句付興行と発句題

	分　類	資　料　名	成立・刊年・締切	点者	前句数
1	清書巻	似船点五句付	延宝 6 年 3 月 8 日成	似船	5
2	清書巻	和歌玉林集	貞享 2・3 年頃成	如林	3
3	清書巻	定祐点断簡	貞享 4 年成か	定祐	2 か
4	撰集	苗代水	元禄 2 年 4 月刊	似船	2
5	清書巻	船呼	元禄 2 年 12 月成	和及	3
6	清書巻	うなひ子	元禄 3 年 4 月 26 日成	冬風	2
7	清書巻	塵塚	元禄 3 年 6 月成	滴水	3
8	清書巻	一礼点二句付	元禄 3 年 10 月 25 日成	一礼	2
9	清書巻	千とせの松	元禄 4 年 6 月 10 日成	定直	8
10	清書巻	柴の戸	元禄 4 年 6 月中旬成	定直	6
11	清書巻	露	元禄 4 年 8 月 12 日成	鞭石	2
12	清書巻	車輪	元禄 4 年 11 月成	松洞	1
13	清書巻	定直点三句付	元禄 4 年 12 月成	定直	3
14	清書巻	西鶴点一句付	元禄 4 年成	西鶴	1
15	清書巻	由平点三句付	元禄 4 年 7 月晦日成	由平	3
16	清書巻	豊流点一句付	元禄 4 年閏 8 月中旬成	豊流	1
17	清書巻	来山点一句付	元禄 4 年仲秋日成	来山	1
18	清書巻	文流点一句付	元禄 4 年成	文流	1
19	清書巻	点者不明一句付		不明	1
20	清書巻	〔乱拍子〕	元禄初年成	文流	1
21	清書巻	羊山点一句付	元禄 4 年頃成	羊山	1
22	会所本	誹諧水茎の岡（元禄 5 年春刊）	（元禄 4 年）3 月 21 日	和及	3
			5 月 21 日	和及	5
			6 月 21 日	和及	5
			7 月 21 日	和及	4
			8 月 10 日	和及	4
			9 月 23 日	和及	5
			11 月 10 日	和及	5
			12 月 21 日	和及	5
			追加	和及	2
23	会所本	気比のうみ	元禄 5 年 8 月 15 日刊	我黒	5
24	清書巻	只丸点一句付	元禄 5 年 10 月 22 日成	只丸	1
25	一枚刷	二句付勝句一枚刷	元禄 5 年 12 月 15 日刊	可休	2
26	一枚刷	二句付勝句一枚刷	元禄 6 年 1 月 25 日刊	可休	2
27	勝句巻	五句付勝句巻（写）	元禄 6 年 4 月 5 日成	只丸	5

2-2

発句題	興行形式	作者数	収録句数	勝句数	うち発句
四季			10600余	100	18
花・雪（切句題2）				150	2
（切句題3）					
夏季何にても・壺季入て					
蚊やり・うちわ・夕立	月並か				
土用ぼし・ほうずき・りんご					
夕立・雲峰・清水・心太・日傘	月並か				
冬の季何にても、百人一首					
麦蒔・牛に季入て、五もじ取	月並か				
葱・髪置・石花	月並か				
四季					
（21題）					

た清書巻に徴すれば元禄三年冬風点二句付『うなひ子』、同四年鞭石点二句付『露』、同四年松洞点一句付『車輪』などはいづれも、発句題と前句題とを組合せて、両者対等の重みで扱つてゐる。又元禄七年の如泉点四句付『諷孝弟忠信』は異色の一巻だが、連衆四十六人の発句と付句をそれ〴〵に対等に扱ふ姿勢に変りはない。又溯れば元禄二年刊の似船撰『苗代水』（半紙本五冊）は清書巻の形に擬して、京の外諸国に広がる門人七十八人の作者による発句題一、前句題二による二句付の競作の場であった。いづれも前句付俳諧の場に平句の付合と発句とを対等に扱つたもので、これが当時の京都俳壇の一般のあり方であつた。

と述べておられる。その「発句題と前句題とを組合せて、両者対等の重みで扱」う点者の姿勢は選句にも反映されている。それもまた宮田博士が『気比のうみ』について「前句に発句題を併出するのは当時の慣例様式。両者を対等の重みで扱ふ姿勢も共通する。本書では勝句二百番中発句はほゞ半数の九十七句である」として既に指摘済みなのであるが、他の例についても押さえてみよう。『水茎の岡』は追加も含めて九回興行の勝句は308句、うち発句は147句で、割合は約48％。表からも知られるように『水茎の岡』が伝える和及点興行

表 11 ①　元禄期上方前句付興行と発句題

	分　類	資　料　名	成立・刊年・締切	点者	前句数
28	会所本	誹諧あるか中	元禄 6 年 11 月刊	可休	5
29	会所本	口こたへ	元禄 7 年 5 月 18 日成	林鴻	5
30	引札	以文点五句付	3 月 7 日切	以文	5
31	引札	竹翁点五句付	元禄 7 年 5 月晦日切	竹翁	5
32	引札	松遷点三句付	元禄 7 年閏 5 月 11 日切	松遷	3
33	引札	玉意点三句付	元禄 7 年閏 5 月 28 日切	玉意	3
34	引札	如泉点五句付	6 月 20 日迄	如泉	5
35	引札	助叟点五句付	10 月 25 日切	助叟	5
36	引札	水残点五句付	11 月 25 日切	水残	5
37	引札	睡友点三句付	11 月 25 日切	睡友	3
38	引札	古岸点五句付	11 月　日切	古岸	5
39	清書巻	諷孝弟忠信	元禄 7 年 8 月 14 日成	如泉	4

にあっては、追加の会を除く八回のうち五・六・九月の三回は前句題の数が発句題のそれをいくぶんか上回るものの、三・七・八・十一・十二月の五回は前句題と発句題の数は等しくしてある。その出題意識が選句にも反映していると考えてよかろう。因みに『気比のうみ』は勝句のうちに発句の占める割合は48・5％である。前句題が五で発句題は「四季」の一つのみという出題からすると、発句の占める割合が高すぎるようにも思われるが、四季を四題という考え方に立てば五対四で妥当な割合となる。我黒にもやはり出題も選句も均等にという意識はあったのではないか。次に25・26の可休点二句付勝句一枚刷の場合、どちらも前句題は二、発句題は前者が「四季」で後者が「春季」。何れも作者圏18箇国に及び、それぞれ集句５３００余・３８００余の大規模興行。勝句はどちらも50句、うち発句は前者が13句で割合は26％、後者が19句で38％となる。両者合算すると、勝句100句中、発句32句。勝句中三句に一句は発句という計算になる。両興行の前句題は二、発句題「四季」「春季」を一題と考える意識が可休にあったと仮定すれば、収録勝句数もそれに見合った数字ということになる。同じ可休点の28『誹諧あるか中』は、是も16箇国から１０６００余を集めた大規模興行。前句題は五で、発句題は「四季」。勝句100句中、発句は18と少ないが、先の二

例に倣い発句題「四季」を一題と考えると、五対一で勝句数もそれに見合う数字を示している。

次に発句題について少し踏み込んでみよう。表の発句題を伴う38例中、発句題を「四季」とするものが8・23・25・27・28・38の六例。大まかに当季のみを指定するものが4（春女）・26（春季）・31（夏季何にても）・35（冬の季何にても）の四例。29の例（花・雪）もここに含めて考えてよかろう。先の不角・調和の項目で触れたように、「四季混雑」という出題は点者・投句者の何れにも極めて都合が良い。「春季」「夏季」「冬の季」という当季指定は「四季混雑」に較べれば幾分か制約はあるものの、やはり両者にとって捌き易いことに変りはない。それに対し、22『水茎の岡』のように具体的に該当月の季題を指定するものが6・11・12・32・33・34・37の七例ある。これは点者側から言えば出題・遅着等の興行上の問題を抱え込み、作者側に立てばその季題を外せないという句作上の制約を受けることになって、一見都合は宜しくないかに見える。が、月並で興行が行なわれ褒賞沙汰が伴なうようになって「同じ条件で句を評価する」という観点に立てば、当月題は極めて理に叶っている。表からも、「四季」題から当月題へというおおまかな流れは読み取れるように思われるが、後世の月並発句合が当月題を基本とするようになる一つの理由はそこにあるのではないか。

ここで関連資料として『高天鶯』にも触れておこう。和州御所の平野良弘の編になり元禄九年仲冬雁金屋庄兵衛刊の同書は「はめ句」指弾の意図のもとに、和州・河州の前句付清書巻から点者別・興行別・前句別・高点順に凡そ千五百句を抜粋して収録するが、点者三十名・興行数158例のうち、発句題を伴なうものが25例ある。いまそれに通し番号を付し、丁数・点者・興行地・前句題の数・収録発句数・収録発句の季題・その季題の季節を一覧表にしてみると表11②「『高天鶯』発句題を伴なう前句付興行」のようになる。

このうち3を除く24例は、前句題に発句題を加えての興行である。発句の抄出が一句に留まるものは、季題がどのように指定されていたのかは分からない。が、1（夏、春）・5（秋、春）・6（冬、夏、春）・18（秋、春、冬）・24（夏、春

表11② 「高天鶯」収録　発句題を伴なう前句付興行

	丁数	点者	興行地	前句題	収録発句数	収録発句の季題	季節
1	9ウ	我黒	和州今井清書	2	3句	更衣・若草・屠蘇	夏・春
2	12オ	好春	御所町清書	3	2句	年の暮・河豚汁	冬
3	14ウ	定行	河州山田清書	2	発句合10句	薄3・碪3・月2・鶉1・不明1	秋
4	15オ	定行	河州山田清書	2	1句		
5	15ウ	定行	河州山田清書	2	4句	松虫・螽・梅・花守	秋・春
6	15ウ	定行	河州山田清書	5	3句	霰・芥子・蝶	冬・夏・春
7	19ウ	雲鼓	伏陽緑松軒清書	5	1句		
8	20オ	滴水・言水	細井戸清書	2	2句	夏痩・卯の花	夏
9	20ウ	滴水・言水		2	4句	白雨・卯の花2・蚊遣	夏
10	21オ	言水	法隆寺清書	2	1句		
11	22オ	言水	並松清書	2	1句		
12	27ウ	言水	道穂村清書	3	2句	蚊遣・青葉	夏
13	28ウ	言水	道穂村清書	2	2句	(柳、蝶)・柳	春
14	47ウ	団水	御所町清書	4	冬季発句3	雪2・煤掃	冬
15	51オ	一礼	和州栢原清書	4	2句	宝引・蕗の薹	春
16	51ウ	一礼	和州栢原清書	3	2句	雪2	冬
17	52オ	一礼	兵庫村清書	4	3句	遣羽子・雪解・雲雀	春
18	53ウ	文流	河州国分清書	2	4句	鳴子・柿・春雨・霰	秋・春・冬
19	55オ	風慮	御所町清書	3	2句	稲葉・蓮の実	秋
20	56ウ	天垂	御所町清書	3	1句		
21	60オ	西吟	御所町清書	5	1句		
22	65ウ	園女	江州長浜清書	4	1句		
23	66オ	園女	江州長浜清書	5	1句		
24	67ウ	園女	勢州関清書	5	3句	暑さ・清水・鶯(河豚)	夏・春(冬)
25	68オ	園女	勢州関清書	5	2句	初午・春雨	春

もしくは冬）のように季題が二季または三季に亘るものは、おそらく四季混題であろう。それに対し、14は「冬季発句」と明示し雪2句と煤掃1句を挙げ、こちらは当季の指定があったと見られる。これに準じて考えれば、2（年の暮、河豚汁）・8（夏痩、卯の花）・9（白雨、卯の花2句、蚊遣）・12（蚊遣、青葉）・13（柳もしくは蝶、柳）・15（宝引、蕗の薹）・16（雪2）・17（遣羽子、雪解、雲雀）・19（稲葉、蓮の実）・25（初午、春雨）といった例も当季指定であった可能性がある。これらの中で特に注目すべきは、3の「定行（定之）点河州山田清書」の抜書きで、前句題「大将の御馬廻りのゆゝしさよ」の付句二句、及び「夕暮凄《クレスコ》き野《ノ》はつれの森」の付句七句を挙げたあと、「同　発句合一巻一ヨリ十迄抜書」として次の十句を記載する。

牛綱《ウシヅナ》に起臥《ヲキフシ》しげき薄《スヽキ》哉　　白木　寸因
菴近《イヲチカ》き薄《スヽキ》にちぎる狐かな　　同　治長
打習《ウチナラ》へ嫁入《ヨメリ》せぬまに夜《ヨ》の碪《キヌタ》　　同　遊林
浦道《ウラミチ》や人にちいさき人の姿《ナリ》　　同　一舟
小《サ》夜《ヨ》碪脇《キヌタワキ》をはゞかれ尼《アマ》が菴《イヲ》　　大井　雲
月《ツキ》丸し梢《コズヘ》の尖《トガ》る杉ばやし　　白木　寸因
ゆする子に碪《キヌタ》の拍子合セけり　　同　一舟
嫉妬《シツト》ある妻《ツマ》や詠めん明の月　　同　一歩
我切ルと地蔵かたるな花薄　　御所　亀流
色草《イログサ》の露こぼしけり鳴ク鶉《ウヅラ》　　持尾　重政

標題の「同」は前項の「定行（定之）点河州山田清書」を受けたもの。「発句合一巻」と態々断っているところからすると、抜書きの十句は前句付会とは別立ての独立した発句合であったかにも思われるが、同じ定行点山田清書の

4・5・6の興行は前句題に発句題を加えての形式であったことからすると、それは断言出来ない。しかし、四番目の句からは季題が拾えないものの、他の九句は薄3句・碪3句・月2句・鶉1句という内訳になり、そこには当月題四もしくは五題による発句月並興行のスタイルが見られることは注意してよいであろう。『高天鶯』について、『雑俳史料解題』は「資料の上限は似船の『瀬田長橋』(元禄四年刊)所収のものと同じ資料によると認むべきものがあるので、元禄四年は下らない。」とする。前句題に発句題を加えた興行の広がりと当月題月並興行への動きを示す資料として、視野に入れておく必要があろう。なお、元禄六年正月刊『難波土産』外篇に収録する京洛常牧点前句付会の付句のなかに「発句」と頭書きを入れるものが3句見え、これについて編集子は「其外発句有。付句にあらざれば是を略す。但し右付句の中に発句と覚しき句、一両句みえ侍る。写本にまかせてこれをうつし畢ぬ」と断る。ここにも前句題に発句題を加えて興行した一例が認められる。

さて、話をもとに戻してみると、江戸に於いては調和のそれ以来、前句付興行が発句題を伴なわずに出発した。前句付はそれとして、発句も何らかの形で評価して欲しいという動きが出てくるのは当然で、その動きを敏感に捉えた不角が前句付の興行基盤をそのまま利用して発句のみ単独の月並興行を定着させ、調和・無倫がそれに続いたのであった。『万水入海』の伝える一品の当月題による月並発句合興行が、不角・調和・無論らのそれに先行するのか否かの判断は今後の資料出現を俟たねばならぬが、『調和発句合点帖』『木芽』が端的に示すように、「四季混雑」から当月題へという動きも生まれる。一方上方では、発句題を伴わなかった前句付の場に、発句題も併用されるようになり、前句題・発句題とも対等に扱う姿勢が取られた。従って、発句投句者は前句付興行に参加すればそれでことが足りたわけで、敢えて発句のみの単独興行を求める必要がなかったのである。上方の単独での月並発句合の最初の例を突き止めるに至っていないが、元禄期に江戸のような発句合単独興行例が見当たらないのは、おそらく右の事情によるものであろう。

第二章　宝暦・安永・天明月並発句合

I　宝暦月並発句合

宝暦期の月並発句合資料として、『心葉集』と『金官城』の二点を取り上げる。この二点については、旧稿「五始の点業」（『奈良大学紀要』13号、昭和59年12月）に五始の月並発句高判集『子年高判集』（宝暦六年分収録、宝暦七年刊）『丑年発句高判集』（宝暦七年分収録、宝暦八年刊）『明和寅年発句高判集』（明和七年分収録、明和八年刊）と共にその概略を紹介したが、上方の月並発句合勝句集としては早い例に属する資料であり、再度ここに取り上げてもう少し踏み込んでみたい。

①　『心葉集』

『心葉集』は、綿屋文庫蔵（わ143・5）。縦22・7×横16・1糎の半紙本一冊。枯葉色後補表紙の左肩に小さく「心

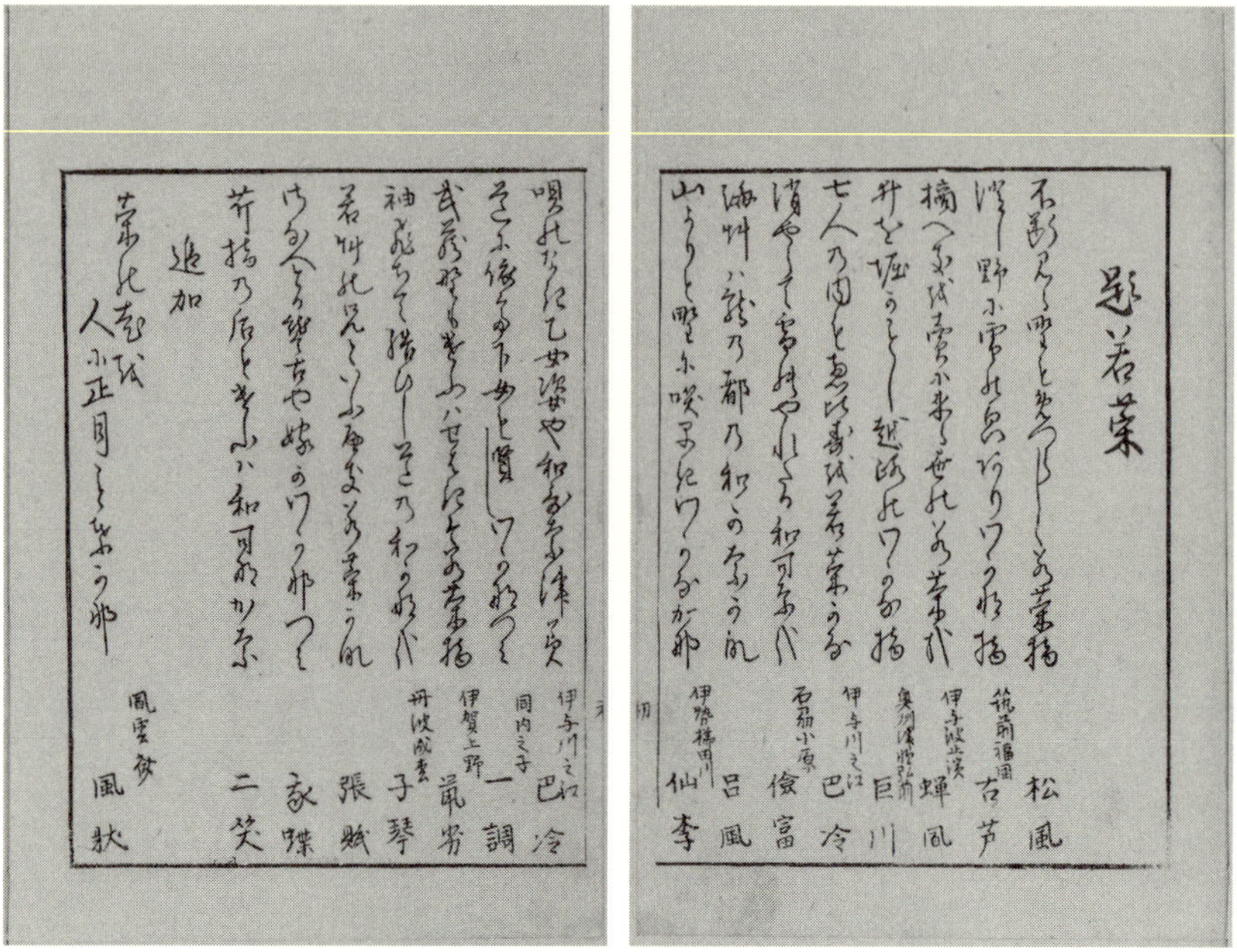

図6　心葉集（天理大学附属天理図書館蔵）　初丁オ・ウ

葉集」とペン書。これは、風状の跋文に「標題を付よと也…心葉集とこそ申べけれ」とあるのに拠ったと思われる。丁付は版芯にあり、内容は次の通り。

叙一〜三　心葉ノ序、宝暦七年正月下浣　紀陽荒河青松軒奥淹列謹識

丁付ナシ　序、宝暦七年正月下弦　東播鏡中斎竹晴

丁付ナシ　後序、丑正月　江州中山玄々亭鷺石

初〜廿六　（月並発句合勝句摺物）

跋　宝暦七年の夏、風状

刊記は後表紙見返しに「宝暦七丑歳南呂吉辰／書林　寺町通御池上ル町柳田三郎兵衛」と入る。

月並発句合勝句摺物の部は初丁〜二十四丁に、墨色匡郭内に季題と勝句を挙げる。例えば、初丁は冒頭部に「題若葉」として、以下入選句を15句並べ、末尾に風状の追加吟を添える、というふうにである。図版6はその初丁表と裏。季題一つにつき一丁宛で、出題は二十四、合二十四丁となる。そして、

廿五丁表から廿六丁表にかけて「遅参之巻四百句余之内壹之巻」「題混雑」として14句を、続けて「同　四百句余之内弐之巻」「題混雑」として13句を収録。廿六丁裏には「月並発句合巻頭之句点数ニ不同有仍而記之」として、一覧表に二十四題を並べて巻頭句の点数を示し、末尾に「遅参四百余題混雑一之巻汐干之句百廿点」「同四百句余弐之巻涅槃ノ句百点」と入れる。以上、一覧表にしてみると、表12「『心葉集』季題・勝句数一覧」のようになる。

廿六丁裏点数一覧の冒頭に「月並発句合」とあり、また風状の自跋に「門生張賦一とせ弐十四題を出して、都鄙の諸好士の発句を集め、月々に両度宛、余に評せよといふ」と述べるところからすれば、この一冊に纏められたものは月に二度のペースで催された風状判の発句合の摺物であることは疑いを容れない。題毎に一丁宛としていること、各丁の版式に必ずしも統一性があるとは言えないこと、それに作者の肩書きが各丁ごとにまめに入れられていることなども、月並の摺物であった証拠となる。その催しが宝暦六年のそれであったことは、淹列の序文中に「去歳丙子、弐

表 12 「心葉集」 季題・勝句数一覧

丁付	該当月	季題	勝句数	巻頭句
初	正月	若葉	15	130 点
2		鶯	15	100 点
3	2月	涅槃	13	75 点
4		蕨	15	80 点
5	3月	汐干	8	150 点
6		さくら	17	100 点
7	4月	更衣	7	100 点
8		杜若	15	85 点
9	5月	ちまき	16	150 点
10		蚊遣火	22	130 点
11	6月	祇園会	16	85 点
12		土用干	18	100 点
13	7月	おどり	18	170 点
14		朝がほ	15	100 点
15	8月	放生会	15	75 点
16		案山子	18	130 点
17	9月	菊	16	75 点
18		長夜	16	75 点
19	10月	時雨	21	100 点
20		炉開	14	100 点
21	11月	氷	21	130 点
22		鷹狩	13	100 点
23	12月	とし忘	19	100 点
24		衣配	16	100 点
25	遅参	混雑	14	120 点
26		混雑	13	100 点

2-1

7月		8月		9月		10月		11月		12月		遅参	
おどり	朝がほ	放生会	案山子	菊	長夜	時雨	炉開	氷	鷹狩	とし忘	衣配	混雑1	混雑2
									1	1	1		
			1			1		2		1			1
	1	1							1	1			
1	1	3	1		3	1	2	2		1			
1													
						1							
						1							
1												1	
							1						
				2	1								
										1			
											1		
		1											
	1												1
1								1		1			
			1										
												2	
												2	
												1	
												1	

表 13 「心葉集」 遠隔地作者　投句状況

国名	地域名	作者	正月		2月		3月		4月		5月		6月	
			若葉	鶯	涅槃	蕨	汐干	さくら	更衣	杜若	ちまき	蚊遣火	祇園会	土用干
伊勢	櫛田川	仙李	1	1										
		竹汀		1										
		蘭皐			1									
		媚川						1						
		泰川						1						
	亀山	波状		1										
		石紫							1					
		素鱗								1				
		鳥使					1							
		一英												1
	神戸	楚雁		2		2								
		花卿			1		1							1
		巵卿										1		3
		石紫												
		丁竜												
		斑竜												
	三重郡山田	休石		1								1		1
		芦風												
	白子	巴流								1				
	四日市	丁竜												1
	林崎	斑竜												
	弟国	一唯												
	松坂	義秀												
石見	小原	倹富	1						1					
		英風						1			1			
		淡水									1			
		雨奇												
	河本	志裎		1								1		
		蘭渚			1	1				1				
	川本	駐車					1							
		葦冽												
	三原	一葦			1									
	大国	積水						1						
		江橋												
		補拙												
		楚江												

7月		8月		9月		10月		11月		12月		遅参	
おどり	朝がほ	放生会	案山子	菊	長夜	時雨	炉開	氷	鷹狩	とし忘	衣配	混雑1	混雑2
2	1												
	1												
		1	1					1	1				
			1	1							1		
						1			2				
		1											
													1
	1												
				1		1							
					1			1					
					1	1							
													1
1				1						1	1		2
			2						1	1			
						1		1			1		
							1						
											1		
				1									
1													
	1						1						
		1											
	1										1		

表 13 「心葉集」 遠隔地作者 投句状況

国名	地域名	作者	正月		2月		3月		4月		5月		6月	
			若葉	鶯	涅槃	蕨	汐干	さくら	更衣	杜若	ちまき	蚊遣火	祇園会	土用干
津軽	弘前	巨川	1			1				1				
		丈喬						2						
		觜江						1				1	1	
		觜淡												
		觜橋												
筑前	福岡	古芦	1					1		1				
		文鴻			1									
		程々			1							1		
		波等					1							
		友枝						1						
		賢丸								1			1	1
		癸風										1		
		貞吟										1		
		浮木											1	
		芳志												
		如竹												
		知十												
伊予	波止浜	蝉風	1											
		至仙翁												
	川之江	巴冷	2						4		3		1	
		一調	1									1		
		舘柳									1			
		江柳									1			
		天露											1	
		魯大												2
		蛙声												1
		直人												
	三津浜	含芽			1									
	五十崎	舒橋					1							
		佳夕					1					1		
	宇和嶋御庄	川雨						1						
		万水												
	替地	仮狂												
		何羨												
	内之子	斗南												

十有四題之発句ヲ総結シテ、以テ心葉之一集已成ンヌ」（原文漢文、いま書き下しとした）とあり、また宝暦七年正月書の竹晴序文中に「昨年廿四題を弘め、都鄙の姿情を門生遊雲舎の机に写し撰て、梓におこなふ」と見えるところから明らか。因みに、宝暦六年には十一月に閏月があるが、この月は興行がなかったらしい。

遅参一・二之巻の巻頭としてそれぞれ百廿点・百点の評価を受けた「汐干之句」「涅槃ノ句」は、いずれも該当摺物の冒頭に出る。これによって、勝句の掲載は、各興行とも高点順であったことが分かる。勝句は、遅参の巻を加えて合計406句。寄句の月毎の標示は無いが、風状跋に「都合一万ばかり」という。遅参の巻二巻を二回と数えて、合二十六回の催し。寄句の平均毎回390弱、勝句平均17句ほど、入選率4％余り、という規模である。勝句により作者圏を調べてみると、津軽6名・出羽5名・江戸2名・若狭2名・越前1名・伊勢20名・伊賀5名・丹波3名・丹後4名・近江3名・大和1名・和泉2名・紀伊1名・摂津1名・播磨1名・安芸2名・讃岐6名・阿波2名・伊予20名・石見15名・美作7名・筑前12名・豊後1名・肩書きなく京都と考えられるのが32名で、計二十四箇国に及ぶ。入選作者は合計154名。入選上位者は、紀伊淹列34句・近江鷺石21句・伊勢卮卿21句・讃岐文江21句・伊予巴冷18句・京張賦14句・伊勢楚雁10句というあたりである。

さてこの催し、月二回興行の割には作者圏が広範囲に及ぶことが注目される。そこで、作者数の多い遠隔地伊勢・石見・津軽弘前・筑前福岡・伊予について入集状況を調べてみると、表13「『心葉集』遠隔地作者投句状況」のようになる。全体的にばらけて入集している状況が歴然で、それはすなわち各月二回の興行ごとに遠隔地作者もまめに投句していることを意味している。が、これだけ広い作者圏を押さえて、月二度の興行はどのように可能だったのだろうか。元禄の不角の場合は武門のネットが有効に働いていたと想定されたが、この場合それはどうも当てはまりそうもない。入選句の内容からはその作者層を推定する手掛かりは得られないのだが、一つ考えられるのは、遠隔地の所書きで出る連中が京都近辺に在住していたのではないかということである。もしそうであったとすれば、それはどのような人達であったのか。もう一つは、例えば前年度中に事前に一年分の題と締切日が通知してあった場合も想定される。その場合は、作者達は締め切りに合わせてまめに投句すればよいわけで、遠隔地対応もあながち不可能ではない。また、その二つのケースが混在していることも考えられるわけで、この問題についてはさらに調査を重ねる必要があろう。

②『金官城』

『金官城』も綿屋文庫蔵（わ・142・15）。縦22・2×横16・1糎の半紙本一冊。薄縹色替表紙の左肩に双辺白地元題簽「金官城」とある。瓊華序。宝暦六年三月五尺庵吝倫跋。全二十八丁。内訳は、瓊華書の序文二丁（丁付、版芯に「序　天」「序　地」）、以下二十三丁は月並発句合の勝句摺物で、版芯上部に季題を、下部に丁付を入れる。月数は示さないが、何月の催しかは季題より判明する。第一丁冒頭部に「一萬二千句合抜粋／霞の部　評　吝倫」と入れて、二丁裏にかけて霞の句31句を収録し、末尾の句を「巻頭」とする。図版7①は一丁表、7②は二丁裏。以下、「蛙の部」「桜の部」などと題し、ちょうど一年分を収める。瓊華序文中にも「是、五尺庵が合点、玄璧以上の吟なり」「万二千の句を闘せて、玉を浪速の西に拾ひ、金を相坂の東にもとめて」とあり、また吝倫の跋が宝暦六年三月であるところから、この発句合は五尺庵吝倫判宝暦五年興行であったこと、それに通年の寄句は一万二千句であったことが知られる。この月並摺物に続けて、吝倫の講評らしき一丁（丁付、廿四）、跋文二丁（丁付ナシ）があり、巻末に橘枝堂野田藤八の誹諧書籍目録二丁半（半丁は後表紙貼付）を添える。

摺物の部を一覧表にしてみると、表14「『金官城』季題・丁付・勝句数一覧」のようになる。季題は各月一題。正～四月は各月二丁で、五月は一丁で区切れ、ここまでの分の摺物は月刊であるが、六・七月は丁付十一表に六月分を

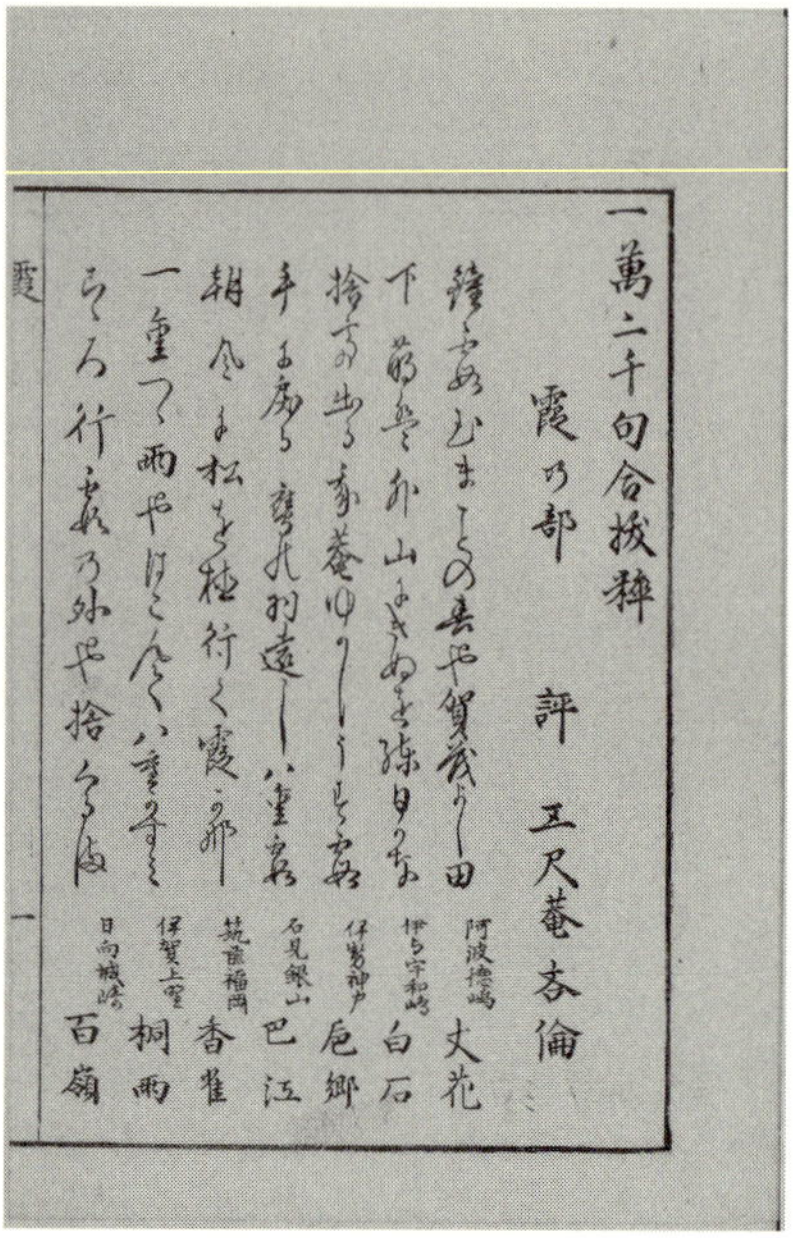

図７①　金官城（天理図書館蔵）　１オ

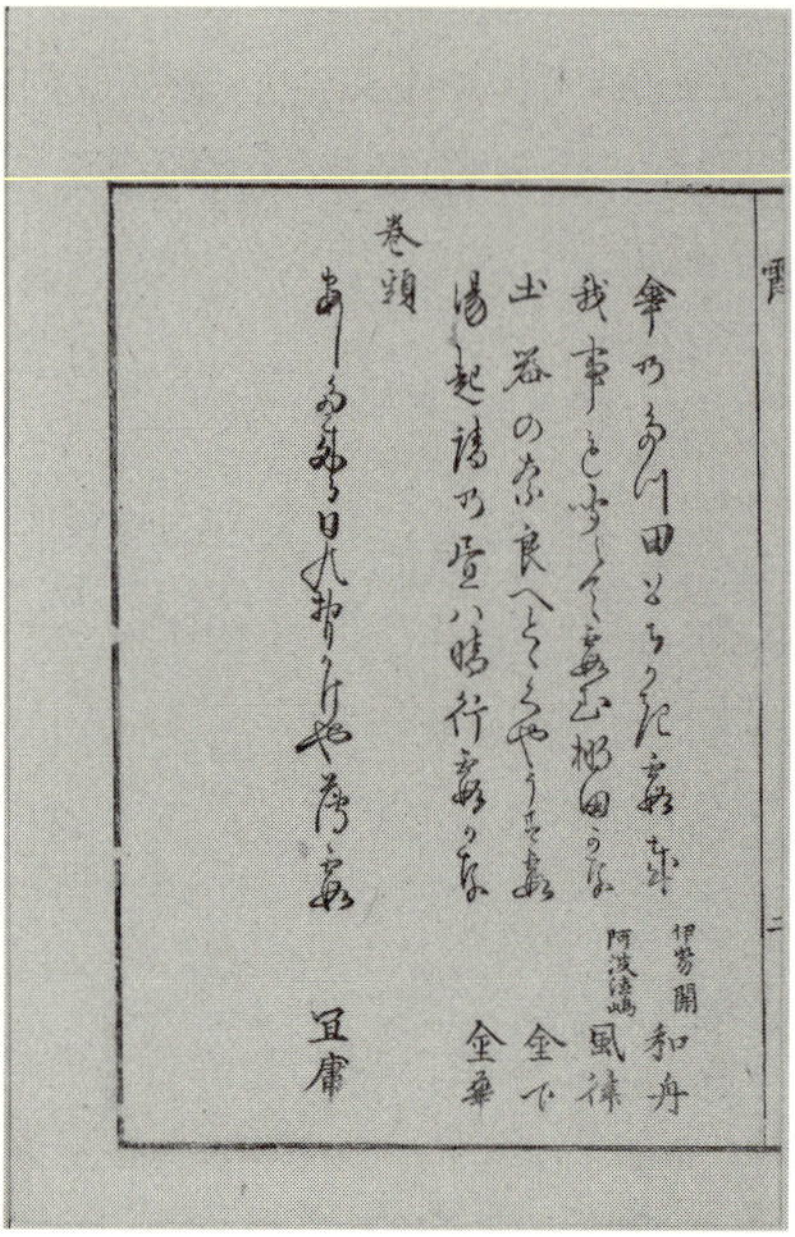

図７②　金官城（天理図書館蔵）　２ウ

裏に七月分を配しており、こちらは二箇月まとめての一括披露、同様に、八〜十二月の五箇月分も一括披露であったかに思われる。が、月が渡る十一・十五・十七・十九・二十一の五丁は、先の十一丁のように表・裏が季題別に截然と区切られ、かつ各月末尾には数行の余白がある。また、丁付廿三の裏は余白で十二月早楳の分も実質二丁。それから推測すると、六月以降も本来一丁半〜二丁半で毎月配布であった摺物を、『金官城』として一冊に纏めるに際し、余白となる半丁を節約するため、板木に操作をしてかようなスタイルになったという可能性も捨てきれない。

勝句の配列は、各月とも巻頭句を末尾に配していることから、先の『心葉集』とは違って、点の低い句から並べていると考えられる。また、「蛙の部」「桜の部」巻頭句手前の句に、それぞれ「八十点」「百点」という表記がある。巻頭句はそれよりも幾分か高めのはずで、『心葉集』の場合とほぼ見あう評価と思われる。寄句は通年で一万二千、月平均千句で、『心葉集』の二回分を上回る。勝句は通年で346句、月平均約29

句。こちらは『心葉集』の二回分よりは少ない。したがって、入選率は『心葉集』よりも厳しくなり、3％弱という数字が出て来る。作者圏を調べてみると、江戸4名・越前2名・京43名・浪華（大坂）7名・近江3名・伊勢32名・大和5名・播磨1名・丹後1名・丹波1名・但馬1名・伊賀2名・和泉1名・河内1名・阿波26名・伊予10名・讃岐1名・安芸1名・備前1名・備中1名・石見7名・筑前2名・日向1名・豊後8名となっていて、奇しくも『心葉集』と同じく二十四箇国の広域に及ぶ。勝句作者は163名。点者吝倫の俳系・素性は不明ながら、勝句作者163名のうち京都連が43名と全体の三割を占めることからして、吝倫も京都宗匠と見てよかろう。伊勢関巴十14句、京金下11句・独名9句・金華8句・莫大7句・宜庸7句といったあたりが勝句数上位者である。『心葉集』にも出る作者として伊勢神戸巵郷・伊勢櫛田竹汀・伊予宇和嶋川雨・大和三室峰麿の4名がいるが、他に重複はなく、興行規模は『心葉

表 14　「金官城」季題・丁付・勝句数一覧

<table>
<tr><th>月数</th><th>版　芯</th><th>丁付</th><th>丁数</th><th>勝句数</th></tr>
<tr><td rowspan="2">正月</td><td>霞</td><td>一</td><td rowspan="2">2 丁</td><td rowspan="2">31</td></tr>
<tr><td>霞</td><td>二</td></tr>
<tr><td rowspan="2">2 月</td><td>蛙</td><td>三</td><td rowspan="2">2 丁</td><td rowspan="2">35</td></tr>
<tr><td>蛙</td><td>四</td></tr>
<tr><td rowspan="2">3 月</td><td>桜</td><td>五</td><td rowspan="2">2 丁</td><td rowspan="2">35</td></tr>
<tr><td>桜</td><td>六</td></tr>
<tr><td rowspan="2">4 月</td><td>短夜</td><td>七</td><td rowspan="2">2 丁</td><td rowspan="2">29</td></tr>
<tr><td>短夜</td><td>八</td></tr>
<tr><td>5 月</td><td>田植</td><td>九</td><td>1 丁</td><td>13</td></tr>
<tr><td rowspan="2">6 月</td><td>雲峰</td><td>十</td><td rowspan="2">1 丁半</td><td rowspan="2">20</td></tr>
<tr><td rowspan="2">雲峰并踊</td><td rowspan="2">十一</td></tr>
<tr><td rowspan="2">7 月</td><td rowspan="2">1 丁半</td><td rowspan="2">21</td></tr>
<tr><td>踊</td><td>十二</td></tr>
<tr><td rowspan="3">8 月</td><td>鹿</td><td>十三</td><td rowspan="3">2 丁半</td><td rowspan="3">41</td></tr>
<tr><td>鹿</td><td>十四</td></tr>
<tr><td rowspan="2">鹿并落水</td><td rowspan="2">十五</td></tr>
<tr><td rowspan="3">9 月</td><td rowspan="3">2 丁</td><td rowspan="3">30</td></tr>
<tr><td>落水</td><td>十六</td></tr>
<tr><td rowspan="2">落水并千鳥</td><td rowspan="2">十七</td></tr>
<tr><td rowspan="3">10 月</td><td rowspan="3">2 丁</td><td rowspan="3">30</td></tr>
<tr><td>千鳥</td><td>十八</td></tr>
<tr><td rowspan="2">千鳥并雪</td><td rowspan="2">十九</td></tr>
<tr><td rowspan="3">11 月</td><td rowspan="3">2 丁</td><td rowspan="3">30</td></tr>
<tr><td>雪</td><td>二十</td></tr>
<tr><td rowspan="2">雪并早楪</td><td rowspan="2">廿一</td></tr>
<tr><td rowspan="3">12 月</td><td rowspan="3">2 丁半</td><td rowspan="3">31</td></tr>
<tr><td>早楪</td><td>廿二</td></tr>
<tr><td>早楪</td><td>廿三</td></tr>
</table>

表 15 「金官城」遠隔地作者　投句状況一覧　　2-1

国名	地域名	作者	正月	2月	3月	4月	5月	6月	7月	8月	9月	10月	11月	12月
			霞	蛙	桜	短夜	田植	雲峰	踊	鹿	落水	千鳥	雪	早楳
阿波	阿波	鬼洞								1				
	徳島	丈花	1											
		米五	1		1	1						1	2	
		風八	1	1	1					1				
		風律	1	1							1			1
		百花		1										
		魯秀		1						2				
		井鯉			1									
		蔓貞			1									
		白羽			1									
		連中				1								
		雪歩						1						
		仙魚						1						
		云哉							1					
		湖照								1				
		左鹿									1			
		鳥平									1			
	撫養	市翁		1						1				
	高嶋	南花		1										
	梅□	看牛			1									
		其彦	1	1					1					
	椿泊	蚊驥						1						
	鴨ノ嶋	桃々							1					
	田野	活舌							1					
	貞光	山新								1				
		百韮								1				
伊予	宇和島	白石	1											
		冨春			1									
		川雨	1											
		蓼峰亭									1			
	中庄	関味	1											
		一洸						1				1		
	一貫田	楓車		1										
	波止浜	至仙			1									

表 15 「金官城」遠隔地作者　投句状況一覧　2–2

国名	地域名	作者	正月 霞	2月 蛙	3月 桜	4月 短夜	5月 田植	6月 雲峰	7月 踊	8月 鹿	9月 落水	10月 千鳥	11月 雪	12月 早楳
伊予	三嶋	甘瓢								1				
	西条	五実											1	
伊勢	伊勢	慶吐										1		
	神戸	卮郷	1			1								
	関	巴十	1	1	1	1	1	1	1	2	1	2	1	1
		和舟	1											1
		東後		1	1							1		
		関戸				1								
		浮石								2	1	1		
		文莱									1			
	四日市	千枝	1				1							
		馴鴎些			1									
		左菊			1									
		□州								1				
		豬史											1	
		周行												1
	相可	文鳳			1									
	亀山	烏鵲									1			
		笋斜												1
		魚行								1				
		近渓		1										
		露山		1										
		五秀		1		1								
		震澤		1		1						1		
		七才女			1					1		1		
		花菱			2									
		仙卜			1	1	1			1				
		野鶴				1								
		春帆					1		1					
	一身田	梅隠									1			
		鬼笑									1			
		鍛鹿									1			
	櫛田	竹汀			1									
	落針	艸乙			1									

集』とほぼ同様ながら、作者層は重なっていない。こちらも先ほどと同じように、遠隔地で作者数の多い伊勢・阿波・伊予について入集状況を調べてみると、表15「『金官城』遠隔地作者投句状況一覧」のようになる。この興行も全体的にばらけて入集している状況が歴然で、投句・返草のシステムは不明ながら、遠隔地からも月毎に句を寄せていたことが知られる。なお、吝倫は瓊華書の序に「終にこのとし派をあらためて、益西山の桜去年の枝おりに立帰りぬる」とあるところによれば、談林系なのかもしれない。

Ⅱ　安永月並発句合

安永期の月並資料として、『誹諧しをり萩』とその後編、及び『俳諧眉の山』の二点を取り上げてみる。

①　『誹諧しをり萩』

これについては、かつて拙稿「夜半亭門下の月並句合」（奈良大学紀要第10号、昭和56年12月）で天理図書館綿屋文庫本によって触れたことがあるが、その後、別の一本とその後編を入手したので、それらを踏まえここに再整理を試みる。

家蔵本は、半紙本一冊。縦23×横16・2糎。元装、薄縹色布目地表紙。左肩に双辺白地元題簽、「誹諧しをり（剥落）」とある。丁付なしの序文一丁は「于時安永四歳臘月吉旦　蝶々庵述」。本文は丁付が版芯下部にあり、「初丁ノ上、初丁ノ下、三〜六十・六十〜八十、八十三・八十二・八十一、八十四〜百十三、大尾」と入る。丁付なしの跋文一丁は「安永乙未臘月望　芙蓉庵百潭書」。刊記はない。なお、本文には三箇所に乱丁がある。すなわち、丁付三・

四・五・六は、内容に徴して正しく並べると三・六・五・四の順。また、六十が二丁あるが、重複ではなく別丁。八十三・八十二・八十一は並びが逆だが、内容はこの順でよい。

綿屋文庫本（わ・995・50）も半紙本一冊。元装、薄茶色表紙。寸法は縦22・4×横15・8糎で、家蔵本より一回り小さい。表紙中央上に双辺白地元題簽「誹諧しをり萩　全」。序・跋なし。後表紙見返しに「京都書林／寺町二條上ル町／菊屋安兵衛板」と刊記がある。本文に落丁・乱丁あり、二十七丁を落とし、そこへ家蔵本の二枚目の六十丁を入れる。なお、家蔵本・綿屋本とも百七・百八・百九丁裏の左端に、月刊摺物の元の丁付「二」「三」「四」が残る。

家蔵本によって、序文・大尾・跋文を次に示す。序文・大尾には句読点・濁点を補い、跋文は漢文であるが書き下しとし、同様に句読点・濁点を補ってある。なお、大尾は抄出である。

序文

叙　過し辰の初秋、人〳〵の遂にまかせて月並発句合を催し侍る。もとより筑波山の奥にも至らず、山の井の深き浅きもわきまへ知らぬ愚蒙の、我を忘れておぼつかなみの行末も好むかたにひかれて、大儀を思ひ立侍るも木に縁て魚を求るたぐひには比すべからずや。はからずも今年未の除月迄、綿延と相続て百拾余丁に及べり。是を集て一帖とし、猶奥ふかき道に入のよすがにもなれかしと、誹諧しをり萩と題して、門葉および月々出精の諸好士に贈りて、其恩を謝する而已。且、来申の歳より集る処の月並ほ句合、追而後編ともなし侍らん事を希ふものなりとしかいふ。

于時安永四歳臘月吉旦　　蝶々庵述

大尾

「師翁蝶々庵のぬし、月毎に撰るほ句を花さく桜木にちりばめ、雪見月の此比さはる事なく編て一冊となし、人〳〵にあたえ給ひぬるを悦び侍りて」として、「鏤て冬木のさくら咲にけり　百潭」の句あり。以下、至・鬼笑・薫・魯州・唱・百十・謂興・富霍・百栄・百鶯・百邑の祝賀吟各一章と、百花の発句「人〳〵の助力によて編集滞なく整ひ侍れば　程〱の柱ぐみなり霜の花」を添える。

跋文

跋　蓋し誹諧は語鄙俚と雖も、特に一種の風味有り。明心居士曾て其法式を創めて、世人之を翫ぶこと久し。我が師蝶々庵丈人、居士を祖述し、専ら後生を誘ひて声価已に高く、従遊頗る衆し。故に、諸子の為に会を定て、毎月其句を品評し、句の佳なる者を得れば箇抜して之を蓄ふ。四十会を積て佳句嚢に盈つ。因て今、二三子の需に応じ、編に冊子と作す。名けて栞萩と曰ふ。既にして言を跋するは則ち余の任也。夫れ惟んみれば、山木有るときは則工人之を択て後人其の良材を知る。諸子之句、亦丈人択て佳句と為ること知んぬべし。読者、意を留て可也。

安永乙未臘月望　　芙蓉庵百潭書

百花は、『誹諧家譜』『誹諧家譜拾遺』『誹諧家譜後拾遺』によれば、松本氏、号荃葉堂。初め荃石門。荃石没後隠岐米史に属し点者となった人で、祇園町壇之下に住み、安永八年二月二十日に六十四才で没した、とある。跋に「明心居士曾て其法式を創めて、世人之を翫ぶこと久し。我が師蝶々庵丈人、居士を祖述し、専ら後生を誘ひて声価已に高く、従遊頗る衆し。」とあることからも知れるように、貞門系。安永四年十二月の自序に「過し辰の初秋、人〱の遂《すすめ》にまかせて月並発句合を催し…はからずも今年未の除月迄、綿延と相続て百拾余丁に及べり。是を集て一帖とし、…誹諧しをり萩と題して」と、また跋文に「蝶々庵丈人…諸子の為に会を定て、毎月其句を品評し、句の佳なる者を得れば箇抜して之を蓄ふ。四十会を積て佳句嚢に盈つ。因て今、二三子の需に応じ、編に冊子と作す。名けて栞萩と曰ふ。」とあることから明らかなように、これは明和九年七月から安永四年十二月までの三年六箇月（但し、安永二年閏三月も興行あり。安永二・三年の十二月、安永四年閏十二月の興行なし）、四十一回分の蝶々庵百花判月並発句合の勝句摺物を新たに通しで丁付を入れて、合綴刊行したものである。摺物は、各月二～四丁宛てで、冒頭にその月の季題を示し、巻頭句とその内容に因んだ挿絵を入れ、末尾に百花の追加吟を添えるスタイルは各月に共通する。図版8は四

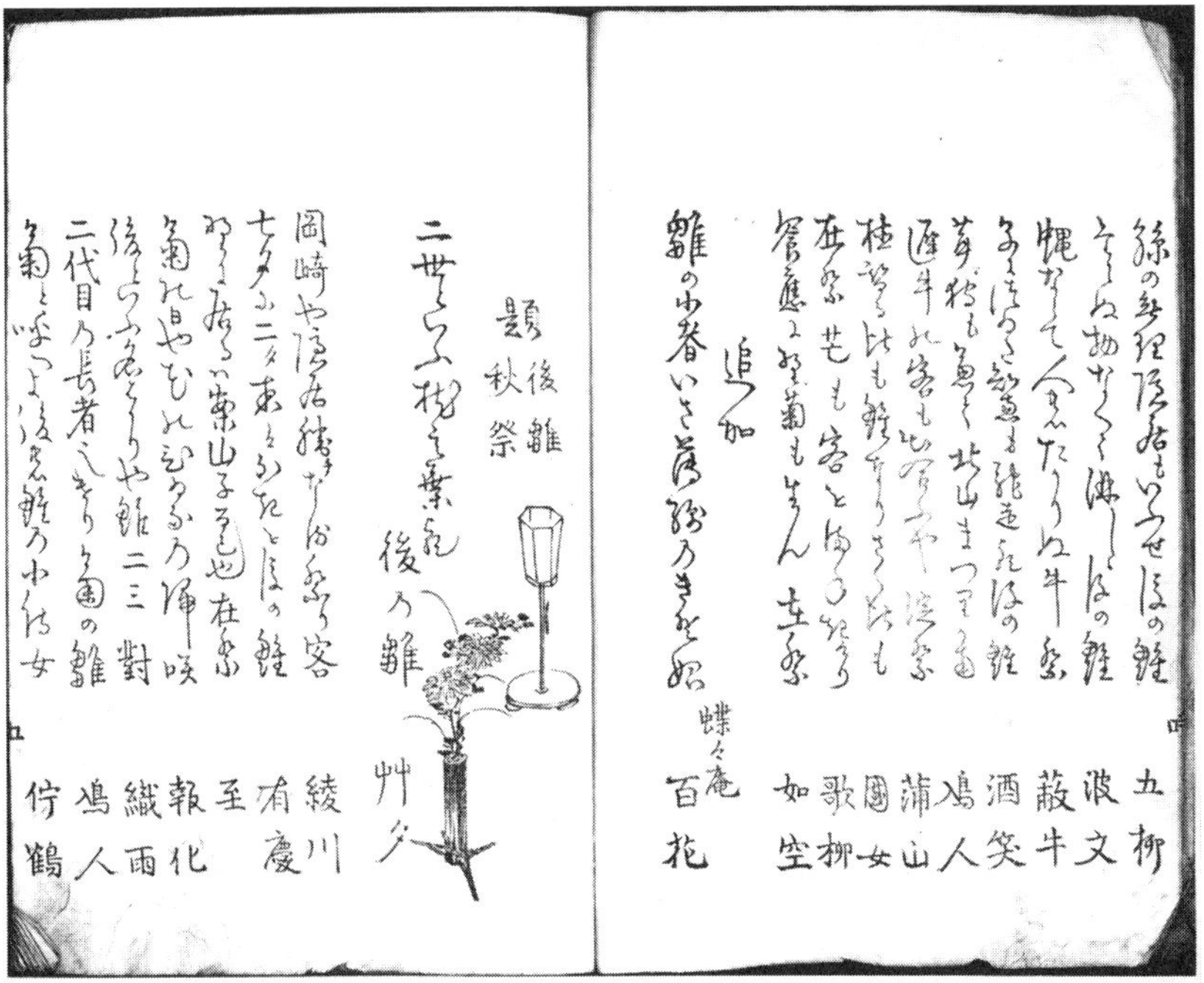

図8　俳諧しをり萩　4ウ・5オ

丁裏と五丁表。後述する『後編』収録の安永六年十二月の巻末句に「軸」とした一例があることを考え合わせると、巻頭（第一位）句を最初に上げて以下高点順に配し、末尾に巻軸（第二位）を置くスタイルであるらしい。

また、自序には「来申の歳より集る処の月並ほ句合、追而後編ともなし侍らん事を希ふものなり」とあるが、その後編に該当するのが、家蔵の逸題本である。これを仮に『誹諧しをり萩　後編』としておく。該書は半紙本一冊。藍色表紙。紗綾形空押し模様あり。縦22×横15・8糎。左肩に題簽貼り跡痕。元表紙か。序跋・刊記なし。丁付は版芯に「後編　初~百廿二」と入るが、八十丁が落丁。こちらは、安永五・六・七の三年三十六箇月、三十六回分の摺物を収録する（但し、安永七年閏七月の興行なし）。なお、安永五年正月分末丁四丁裏に「惣計三百十四連」とし、「此度も賑々敷大慶仕候。尚後会不相替御出精希候。以上」とある。以下、この年十月まで「連」数を表示する。また、安永六年十二月の巻末句には「軸」とする。

以上のように、『誹諧しをり萩』とその『後編』は、蝶々庵百花の判になる明和九年から安永七年まで、ほぼ七年間にわたる月並発句合の興行を伝える資料である。百花は、後編が成って間無く安永八年二月に没しているから、この興行もその後は途絶えたのであろう。因みに、天明二年菊屋安兵衛刊『誹諧都枝折』巻末広告に、『移竹発句集』（安永六年刊）『鬼貫獨吟百韻』（安永八年刊）と並んで、『誹諧栞萩　蝶々庵百花選／月並四季発句集』が見える。

『誹諧しをり萩』及び『後編』収録の月並発句合摺物を興行年月・丁付・季題・勝句数・惣計の項目に分類し、一覧にしてみると表16「『誹諧しをり萩』『同後編』百花月並発句合興行一覧」のようになる。この一覧表に沿って、その興行のあらましを見てみることにしよう。

興行回数　明和九年七月から安永七年十二月までの七十七回で、七十七箇月分。安永二・三年の十二月、安永四年閏十二月、安永七年閏七月の興行は無かったと思われる。

摺物　現存枚数233枚。但し、後編の八十丁（安永六年十二月分のうちの一枚）が抜ける。丁が別の月にまたがることはなく、全て月刊。内訳は、一丁摺りは一例もなく、二丁摺りが14回、三丁摺りが49回（含、安永六年十二月）、四丁摺りが13回、五丁摺りが1回となっている。

季題　普通の当月題をベースに、「月前の雁」（明和九年七月）「森の時雨」（同十月）「閑居雪」（同十一月）というように、趣向の題も混じえる。明和九年中は、各月二題で、安永二年以降は全て四題。但し、安永六年十二月は「十二月之部」として季題が明示されず、入選句に徴するに当季自由題であったらしい。なお、趣向の題は、明和九年は八・十・十一・十二月に各一題、安永二年は九月に一題のみ、同三年は一月を除き各月に一題、同四年は各月に一題、同五年は一・二・八・九・十一月に一題、同六年は一・九月に各一題、同七年は各月に一題というように、年によってもばらつきがあり、必ずしも一定していない。

表16 「誹諧しをり萩」「同 後編」 百花月並発句合 興行一覧 2−1

興行年月		丁付	季題	勝句	惣計
明和9年	7月	初上・下	虫・萩	35	
	8月	3・6	月前の雁・花野	40	
	9月	5・4	後雛・秋祭	40	
	10月	7・8	森の時雨・網代	41	
	11月	9・10	閑居雪・鷹狩	41	
	12月	11・12	寒夜埋火・とし忘	41	
安永2年	1月	13・14	若菜・雪解・薮入・白魚	41	
	2月	15・16	蝶・紅梅・風巾・初雷	41	
	3月	17・18	永き日・雉・春雨・躑躅	41	
	閏3月	19・20	雛・壬生念仏・桑子・桜	41	
	4月	21・22	牡丹・飯鮓・鵑鳩・新樹	42	
	5月	23・24	田植・鵜船・粽・螢	42	
	6月	25・26・27	団扇・葛水・蓮・御祓	65	
	7月	28・29・30	七夕・花火・角力・桐	65	
	8月	31・32・33	名月・雁・鰯雲・毛見	66	
	9月	34・35・36	長夜・霜踏鹿・紅葉・菊合	66	
	10月	37・38・39	落葉・炉開・時雨・亥の子	66	
	11月	40・41・42	髪置・寒菊・雪・鯨船	66	
安永3年	1月	43・44・45	残雪・御忌・椿・春風	67	
	2月	46・47・48	木の芽・燕・涅槃・春の旅	68	
	3月	49・50・51	暖気・花・若鮎・春の野	69	不記
	4月	52・53・54	袷・杜若・夏行・夏の瀧	66	
	5月	55・56・57	樗・富士詣・蚊遣・夏の橋	66	
	6月	58・59・60	納涼・藻刈・壺盧・夏の山	68	
	7月	60・61・62	霧・虫・踊・秋名所	68	
	8月	63・64・65	野分・新酒・鶏頭花・秋の鳥	68	
	9月	66・67・68	茸狩・落し水・野菊・秋の恋	68	
	10月	69・70・71	凩・初雪・炭・冬の月	68	
	11月	72・73・74	神楽・顔見世・氷・冬植物	68	
安永4年	1月	75・76・77	飾縄・東風・柳・春の道	68	
	2月	78・79・80	朧月・初桜・雲雀・春の関	68	
	3月	83・82・81	潮干・出代・棣棠花・春の鳥	68	
	4月	84・85・86	青簾・蚊蝲・麦秋・夏の山	68	
	5月	87・88・89	端午・茄子・蝸牛・夏の船	68	
	6月	90・91・92	泉・土用干・扇・夏の草	69	
	7月	93・94・95	残暑・魂祭・蘭・秋の風	68	
	8月	96・97・98	水辺月・砧・芒・秋の田	69	
	9月	99・100・101	芦花・寄月恋・名木散・秋雨	69	
	10月	102・103・104・105	復花・千鳥・茶口切・冬の寺	100	
	11月	106・107・108・109	冬至・河豚汁・寒さ・冬の旅	100	
	12月	110・111・112・113	早梅・寒声・宝船・冬の星	100	

表 16 「誹諧しをり萩」「同　後編」 百花月並発句合　興行一覧　2-2

興行年月		丁付	季題	勝句	惣計
安永 5 年	1 月	初・2・3・4	年玉・窓前梅・霞・蕗の薹	101	314 連
	2 月	5・6・7・8	苗代・猫妻恋・接木・雨中蛙	101	346 連
	3 月	9・10・11・12	鶏合・茶摘・夕花・暮春	101	330 連
	4 月	13・14・15・16・17	灌仏・葉桜・郭公・短夜	120	485 連
	5 月	18・19・20・21	百合・梅雨・水鶏・藻花	100	392 連
	6 月	22・23・24・25	山鉾・夕立・瓜・川狩	100	359 余連
	7 月	26・27・28・29	初嵐・蜩・露・朝顔	101	330 余連
	8 月	30・31・32・33	色鳥・新蕎麦・薬掘・旅宿月	102	300 連余
	9 月	34・35・36・37	秋寒・寄菊恋・木実・暮秋	102	350 連
	10 月	38・39・40・41	枯野・納豆汁・水鳥・冬籠	103	384 余連
	11 月	42・43・44	子祭・名所の雪・水仙・鷹	77	
	12 月	45・46	寒念仏・煤払・歳の物・厄払	52	
安永 6 年	1 月	47・48	福寿草・余寒・鶯・水辺柳	54	
	2 月	49・50・51	帰雁・蛙・初花・焼野	76	
	3 月	52・53・54	桜鯛・藤・桃・炉塞	76	
	4 月	55・56・57	更衣・罌粟花・若葉・飛蟻	76	
	5 月	58・59・60	夏菊・青冞・宵行・早乙女	77	
	6 月	61・62・63	暑・抱籠・蝉・雲の峯	77	
	7 月	64・65・66	一葉・稲妻・踊・芭蕉	78	
	8 月	67・68・69	蔦・鴫・鹿・稲	78	
	9 月	70・71・72	秋祭・後月・蕈・野山錦	78	
	10 月	73・74・75	初霜・榾・麦蒔・綿	79	
	11 月	76・77・78	茎大根・薬喰・鉢叩・雹	81	
	12 月	79・81	十二月之部（自由題か）	$45 + \alpha$	不記
安永 7 年	1 月	82・83・84	梅・白魚・霞・春の神祇	80	
	2 月	85・86・87	初午・蝶・鳳巾・春の釈教	81	
	3 月	88・89・90	花・若鯵・春雨・春の釈教	80	
	4 月	91・92・93	杜若・郭公・蚊帳・夏の名所	80	
	5 月	94・95・96	若竹・五月雨・鵜飼・夏の旅	81	
	6 月	97・98・99	昼顔・納涼・蝿・夏閑居	81	
	7 月	100・101・102	七夕・踊・蜻蛉・秋水辺	81	
	8 月	103・104・105	花野・秋風・虫・秋山類	81	
	9 月	106・107・108・109	芒・月・雁・秋の在体	111	
	10 月	110・111・112・113	後の雛・紅葉・新酒・秋のふり物	111	
	11 月	114・115・116・117	寒菊・凩・鵆・冬の夜分	111	
	12 月	118・119・120・121	復花・雪・鯊・冬の道	110	

勝句数　初回（明和九年七月）の35句が最少で、五丁摺りとした安永五年四月の120句が最多。

なお、勝句の中には

雁ハ月—前ノ飛—石　西往（明和九年八月、題「月前の雁」）

餹好宜シ二秋—祭一　艸夕（明和九年九月、題「秋祭」）

春雨ハ芽ノ良薬　鳥夏（安永三年二月、題「木の芽」）

成スレ山ヲ茄子市　青鶩（安永四年五月、題「茄子」）

といった漢句が混じる。その数は全部で16句（うち、後編は3句のみ）。艸夕が二句入る他は全て別人。割合としては決して多いとは言えないが、連衆の好み・教養を示す表徴として注意してよかろう。

寄句数　安永五年一～十月には、惣計として「連」数を明記するが、これは句数を言うのではなかろう。例えば一月は、314連で勝句が101句あるが、連が句数を意味するとすれば、寄句三句に一句の割で入選していることになり、入選率が高すぎる。また、参加組連の数とも考えられない。所謂組連の意味で「連」の名が出るのは、安永四年七月の伏水来志連、安永五年三月伏水楽賀連・貞六堂連、安永五年五月の粟中連、安永六年三月の斎宮連、同五月のタカオ連、安永七年二月の松連ぐらいで、上方の万句興行（万句寄）また江戸の万句合のように、連・組を正面に押し立ての興行ではない。おそらく、出題四であれば各題で一句ずつ詠み、四句一組として投句するやりかたで、その一組を「連」と称したもの。そうすると、安永五年一月分314連は×４で、句数としては１２５６句。101÷１２５６で入選率約８％となり、ほぼ妥当な数字が出てくる。連、つまり寄句数は安永五年一～十月以外は示されていないので、全体的な明確な数字を求めることは難しいが、この十ヶ月分の合計が３５９０連×４で寄句数１４３６０句、勝句は１０３１句。１０３１÷１４３６０で、平均入選率約７・２％となる。これは後に取り上げる几董・紫暁の例にくらべると少し高い。当然勝句数も多くなるわけで、摺物に三丁摺りが多いこともそのことと関係している。

点列・点座　安永七年分には「点列」「点座」として、巻末に数名を顕彰する。これは、一連（四句一組）での総合点上位者である。

作者圏　では、この発句合の作者圏をみておくことにしよう。表17『誹諧しをり萩』『同後編』作者圏一覧（除、京）」はその月に見られる作者の所書きを拾い出してみたもの。安永二年二月までは、所書きのない人々、つまり百花滕元の京都市中の門下生が中心であるが、三月以降になると丹波・宇治・近江からも、さらに安永四年六月からは伊勢の人々が参加するようになり、六年二月からは浪華も加わるようになる。明和九年九月から出ていた伏水は安永三年七月以降、ほぼ常連化する。なお、表の右端に示した「その他」の地域は、数こそ少ないものの作者圏の広がりを示す現象として注意してよかろう。なお、主要作者圏の具体的な地名を挙げておくと、次のようになる。

丹波　本梅・園部・福知山・佐切・田原・モノノヘ（物部）・新庄・カイテ・トノタ（殿田）

近江　彦根・矢橋・八幡・大津・万木・長浜・中ヤ（中屋）・鷹飼・トヨノ・膳所・ユルキ・カモ・柳野・途中・別所・トナウ・粟中・大浦・塩津・片木原・ササヂ・イマサト（今里）・スキ（杉）・一寸イソウ・石部・ウメノキ（梅木）・トヨラ（豊浦）・嶋の口・小川・ユマ井・醒ヶ井・エンマ（閻魔）堂・サツマ（薩摩）

伊勢　櫛田川・射和・田丸・祓川・一志小川・東黒部・駅部田・相可・イケ上・松阪・斎宮

さてこの発句合で注目すべきは、旧稿でも触れたように、後に几董門に属することになる紫暁が車蛇の前号で句を寄せていることである。後に取り上げるように、紫暁は几董没後、寛政期に入ると月並発句合を興行するようになるが、その萌芽はすでにここにあった。『誹諧しをり萩』から車蛇の勝句を拾っておこう。最下段の数字は勝句中の点位である。例えば53／68とあれば、勝句68句中53番目に出てくることを意味する。

安永三年七月　笄の芒にも露やをどりの夜　53／68
同　九月　価にもいやしめられず野菊かな　12／68

表17 「誹諧しをり萩」「同　後編」 作者圏一覧 （除、京） 2−1

興行年月		伏水	宇治	丹波	近江	伊勢	浪華	その他
明和9年	7月							
	8月							
	9月	○						
	10月							嵯峨
	11月							
	12月							
安永2年	1月	○						
	2月							
	3月			○				
	閏3月			○				
	4月		○	○				
	5月		○	○				摂州クマタ・福原
	6月		○	○				
	7月		○	○				摂州福原
	8月	○	○	○	○			
	9月	○	○	○	○			
	10月		○	○	○			
	11月			○				
安永3年	1月			○				
	2月		○	○				
	3月		○	○				
	4月		○	○				
	5月		○	○				
	6月			○				
	7月	○	○	○				
	8月	○	○	○	○			
	9月	○	○	○				
	10月	○	○	○				城南サヤマ
	11月	○		○				
安永4年	1月	○	○	○	○			
	2月	○	○	○	○			
	3月		○	○	○			
	4月	○		○	○			
	5月	○	○	○	○			
	6月	○	○	○	○	○		
	7月	○		○	○	○		
	8月			○	○	○		
	9月	○	○	○	○			

表17 「誹諧しをり萩」「同　後編」 作者圏一覧 （除、京）　2−2

興行年月		伏水	宇治	丹波	近江	伊勢	浪華	その他
安永4年	10月	○		○	○	○		
	11月		○	○	○	○		能州カシマ
	12月	○		○	○	○		
安永5年	1月	○	○	○	○	○		松尾
	2月	○		○	○	○		紫野・山科・南都西御門
	3月	○		○	○	○		
	4月	○	○	○	○	○		
	5月			○	○	○		伊予松山
	6月	○		○	○	○		
	7月	○		○	○	○		深草
	8月	○		○	○	○		岡崎・神足
	9月	○		○	○	○		
	10月	○		○	○	○		深草・伊予松山
	11月	○		○	○			鳥羽・伊予松山
	12月	○		○	○	○		
安永6年	1月	○		○		○		
	2月	○		○	○	○	○	
	3月	○	○	○	○	○	○	奥州イワキ
	4月	○			○	○	○	鷹が峰
	5月	○		○	○	○	○	
	6月	○			○	○	○	奥州イワキ
	7月	○		○	○	○	○	鷹が峰
	8月	○	○	○	○	○	○	
	9月	○	○	○	○	○	○	江戸
	10月	○		○	○	○	○	
	11月	○	○		○	○	○	
	12月		○		○	○	○	
安永7年	1月	○	○	○	○	○	○	深草
	2月		○	○	○	○	○	深草
	3月	○	○		○	○	○	江戸
	4月	○	○	○	○	○	○	江戸品川
	5月	○	○	○	○	○		
	6月	○	○	○	○	○	○	
	7月		○	○	○	○	○	
	8月	○	○	○	○	○	○	
	9月		○	○	○	○		
	10月	○	○	○	○	○	○	紫野
	11月		○	○	○	○	○	
	12月		○	○	○	○	○	

同　十月　こがらしや稀にかね聞はなれ嶋　57／68
同　十一月　むすぶとも詠しに砕く氷かな　33／68
安永四年一月　凧の姿障子に透る柳かな　9／68
同　二月　いさゝめに声なを高き雲雀かな　49／68
同　四月　片隅にまだ夜やのこる枕蚊屋　10／68
同　五月　涼しさは帆にあり須磨の机さき　1／68
同　七月　をれそれもなし蓮の葉の一座敷　33／68
同　七月　風烈し名も吹上の浜の秋　34／68
同　七月　蘭咲や蘭草履并ぶ坐舗前　52／68

なお、『後編』には車蛇の名は出て来ない。が、松林堂なる人物の名が見え、次の四句が入選している。

安永五年二月　二代咲継木の花や長者町　松林堂
同　三月　水鏡見るや茶摘のかこしまた　松林堂
同　十月　鴛鴦や鏡の池のうら模様　松林舎
同　十一月　大鷹の羽も直しけり屛風張　松林堂

この人物に拘るのは『俳諧人名辞典』に、紫暁に「松林居」の号ありとするからである。頴原文庫『俳諧聯句集一稿』（百池稿）収録の桃睡・百池・紫暁三吟歌仙前書きに「松林庵興行」ともあり、右四句が紫暁のそれである可能性は捨て切れない。但し、この発句合でも入選している倭泉にも松林庵の号があり、今のところは何れとも確定しがたい。

②『俳諧眉の山』

柿衛文庫蔵（は・168・1210）。半紙本一冊。縦23×横16糎。浅縹色の元表紙で、梅花模様の空押しがある。左肩に単辺白地元題簽「俳諧眉の山　完」。丁付は、版芯下部に「▲序壱、▲序二、▲一～▲五十三終」と入れる。

序一は序文。抄出して次に上げる。

四時題詠序…前有松永翁。後芭蕉才麻呂等。吾藩有潮鼠山人者。為才麻呂学。今茲諸子各作題詠。合二萬句。山人刪以伝之。是為序。時安永庚子二月朔之景定麻呂百一等序

序二は標題と凡例で、次のようにある。

奉納阿州徳島八幡／春日両社四季題発句

入集統載八百六拾句

額上惣計一百二拾八句

一　十二月十二巻にわかち、巻ごとに巻頭都て十二句。

一　入集の句、点階大概三級あり。上座を額上とす。句員月々多少有ゆへに、額上の句、分て是を断はる。上座の外、繁きを芟リて点階をしるさず。組題を二段にわけて、粗点階の差別を明す。

一　十二月四十八題あり。月々是を記す。句席を題の順に随ふ。大旨を交挙して、微細前後を正さず。

続けて、一～四十六丁には正月から十二月までの勝句を半丁十行宛で収録。その形式は、冒頭に月数と普通の季題四を出し、「巻頭」句から順に「上座」「額上」の句を上げ、以下に「上座の外」の句を大まかな「点階の差別」を示すため「組題を二段にわけて」、つまり季題別に勝句を整理し、やや点の高いものと低いものの二組に分けて、配列す

る。図版9は一丁の表と裏。この勝句の部四十六丁を一覧表にしてみると、表18「『俳諧眉の山』丁付・季題・勝句数一覧」のようになる。なお、表では、季題別に整理し二組に分けられた「上座の外」の句を、仮に「甲」（やや点の高いもの）「乙」（低いもの）として示してある。

丁割を見てみると、三月は十〜十四の5丁に、四月は十五〜十八の4丁に、十一月は四十一〜四十三の3丁に、十二月は四十四〜四十六の3丁にそれぞれすっきりと収まり、これらはもともと月刊の摺物であったと考えられる。また、一・二月は一〜九の9丁に、五・六月は十九〜二十五の7丁に収まるのでそれぞれ二箇月分纏めての一括披露、七月〜十月分は二十六〜四十の15丁に収まるので四箇月分一括披露と言う風に見える。が、この一括披露に見える分は、もともとは月刊であった可能性がある。というのは、この勝句収録の丁は半丁十行の版式であるが、一覧表に示したように各月末尾に余白が残されることが多いからである。例えば、一・二月が一括披露であったならば、一月分末尾の五行は余白とせず、二月分をそのまま詰めて行けばよさそうなものである。七・九月分末尾の余白についても同じことが言える。そして、もう一つ注目してよいのは、二箇月以上の一括披露に見える分は、それぞれの月が截然と半丁区切りになっていることであろう。それはつまり、宝暦月並の項で取り上げた『金官城』と同様に、もともとはすべて月刊の摺物であったものを、一冊の本として纏める際に板木を操作し、紙を節約した結果生じた現象と考えられなくもない。

四十七丁表〜五十二丁裏は、句引。ざっと集計してみると、阿州が徳嶋71名481句・撫養24名115句・所々22名58句で、計117名654句、淡州が福良16名39句・須本7名11句・所々8名13句で、計31名63句、讃州が白鳥6名10句・所々4名5句、予州川之江6名13句、大坂15名29句、摂州所々6名19句、河州所々3名13句、勢州1名2句、伯州1名3句、江戸1名1句、奥州仙台1名1句という内訳になる。

続けて五十二丁裏〜五十三丁表には、「追加」として、之景・淇竹・烏巾・定麿・雨栗・巴連・百一、および判者

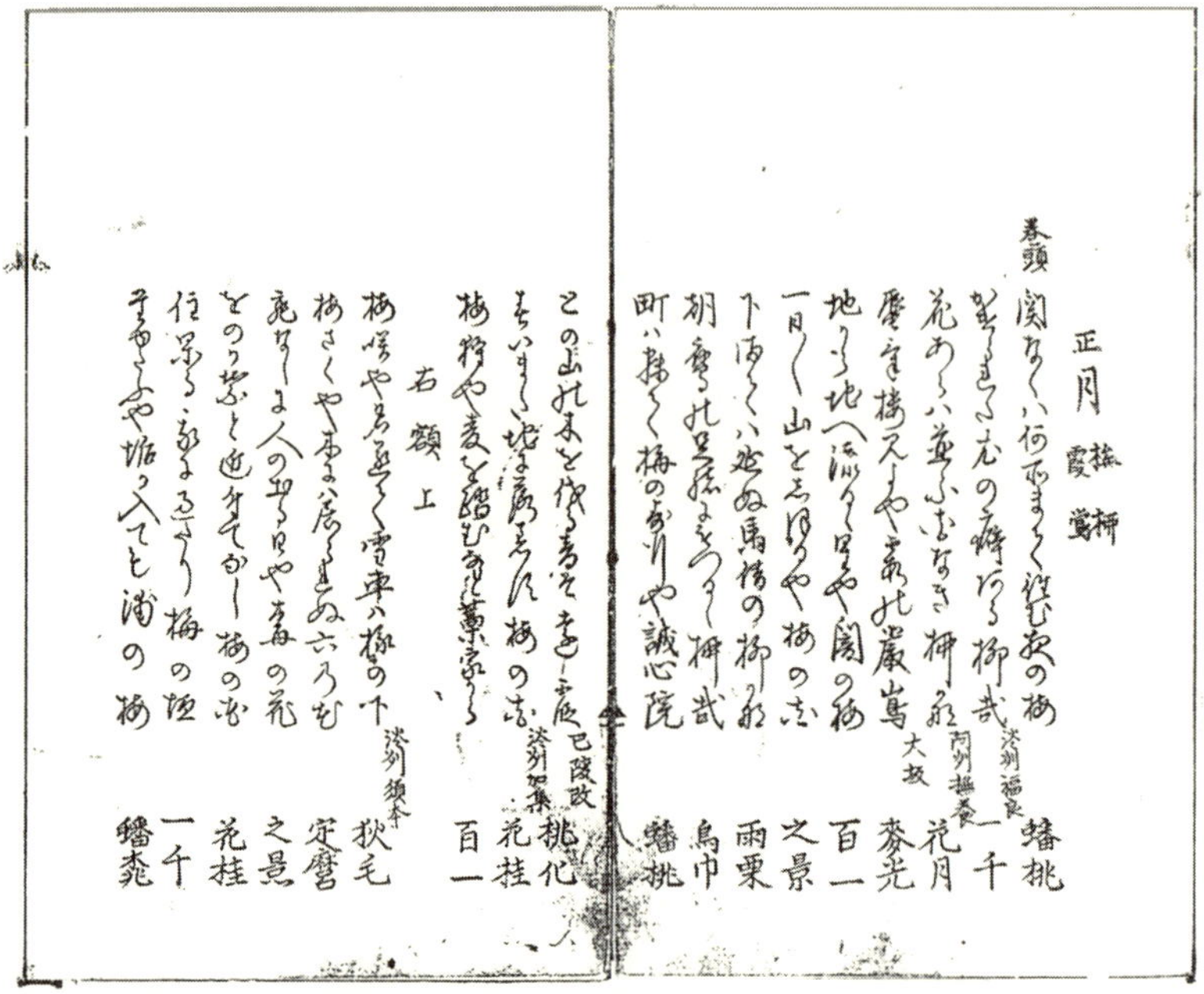

図9　俳諧眉の山（柿衞文庫蔵）　1オ・1ウ

桃花坊潮翁の満尾祝賀の句を収録。句引と照合してみると、判者以外は全て阿波徳嶋の人で、それぞれの勝句数は之景83句・淇竹20・烏巾34・定暦55・雨栗35・巴連19・百一81となっていて、何れも勝句数上位者であることがわかる。なお、定暦・百一は序者でもあった。その序文中に「吾藩有潮鼠山人者」にあるので、判者潮鼠を含めたこの八名は阿波徳嶋藩の武門であったと推察される。

以上によって、この『俳諧眉の山』と題された一冊は、阿波徳嶋の武門連中が才麻呂系の潮鼠を判者に担ぎ、地元の八幡・春日両社奉納を名目に催した月並発句合の勝句を纏めたものであることが分かる。序文は安永庚子（九年）二月に書かれているので、この催しは安永八年のそれのはず。惣句は通年で「合二萬句」（序文）、勝句総計は870句（凡例は860と誤る）、入選率は4・35％となる。

さて、では「追加」の部に見える七名と判者

表 18 「俳諧眉の山」 丁付・季題・勝句数 一覧

丁付	丁数	末尾余白	月	季　題	額上	甲	乙	合計
1 オ～6 オ	5、5	5 行	1	梅・柳・霞・鶯	12	24	67	103
6 ウ～9 ウ	3、5	2 行	2	帰雁・出替・紙鳶・蝶	11	14	41	66
10 オ～14 ウ	5	6 行	3	桜・汐干・蛙・藤	12	18	62	92
15 オ～18 ウ	4	なし	4	杜宇・卯花・初鰹・若葉	12	16	50	78
19 オ～22 オ	3、5	なし	5	田植・五月雨・競馬・藻花	9	9	50	68
22 ウ～25 ウ	3、5	なし	6	暑・青田・白雨・虫干	11	10	47	68
26 オ～29 オ	3、5	7 行	7	星合・萩・蜻蛉・残暑	10	11	40	61
29 ウ～33 オ	4	なし	8	月・鹿・紅葉・渡鳥	13	20	45	88
33 ウ～37 オ	4	6 行	9	菊・霧・裏枯・暮秋	10	18	44	72
37 ウ～40 ウ	3、5	4 行	10	炉開・落葉・時雨・鷹	9	12	43	64
41 オ～43 ウ	3	5 行	11	氷・鉢敲・水鳥・火桶	9	11	33	53
44 オ～46 ウ	3	1 行	12	雪・煤掃・千鳥・歳暮	10	11	36	57

以外はどのような人達であったのか。その答は入選句の中にある。

朝鷹の足緒にもつる丶柳かな　　烏巾
梅折や片手は鷹を居ながら　阿州加茂　如稲
鶯や侍町の裏かこひ　大坂　李康
あの風箏は城から出たる奴かな　　一千
在番の窓に欠やかへる雁　　有世
雲井まで登る出世や奴風箏　阿州撫養　猪孫
若葉して勝色見せつ茶臼山　　春雄
馬に鞭打て売ばや初鰹　阿州北新居　探和
五月雨や三の間さへも茶に合す　　千子
勤学の眼を流したる青田哉　　呉雪
聖廟の御文庫見たし虫払ひ　　百一
鎧脱捨られもせずあつさ哉　　春花
使者の馬脇から見ても暑さ哉　　之景
枝城の堀の流れに青田哉　　之景
一日は陣所に似たり土用干　　素琴
虫干や蚊屋にも匂ふ星兜　　恕笑
下馬札の辺リは淋し萩の花　大坂　風光

末枯や城へ遥に夜の笛　淡州福良　蘆仙
立帰る拳や鷹の枝心　大坂　東朔
本陣へ狐の通ふ落葉哉　夕舎
若殿の御手をあし火や温め鳥　夕舎
鷹狩や拳の痒き雪気色　李四

勘学の筆で炭継ぐ火桶哉　柳雪
劔羽の水にひらめく入日哉　洗耳
列卒杖で砕く野川の氷かな　百一
鉾杉に鞘を着せけり今朝の雪　珠芽

何れも武家の日常生活から生まれたと思われる句である。「追加」の部に出る之景・烏巾・百一の名も見えるが、阿波各地・大坂・淡路の肩書きも目につく。これらの入選句は、この潮鼠判月並発句合の催しが概ね武門によって支えられていたことを物語っているのではないだろうか。それに関連し、

関なくば何所まで往む夜の梅　蟠桃
鶯や折〳〵人の抜る関　雨栗
我侭に若葉の闇や古関所　百一
行秋や毛抜のほしい新関所　鷺白

月ほどはもらざる関のしぐれ哉　雨栗
関淋し火桶にもへる竹の箸　魚文
栗一ッ煙る関所の火桶哉　素長

というように、関所を読んだ句が少なからずあることも連中が武門であることの表徴であろう。また、

伯了に拾はれもせずいかのぼり　同　楼志
苗代に一夜百首のかはづ哉　淡州須本　朶十
一生を一首ばかりのかわづかな　阿州池田　銀江
南朝の名のみ計や山ざくら　柳雪
秋遠し喜撰が耳も時鳥　焕平
養由に行ゐ問ばやほとゝぎす　玉嶺

五月雨や長明に似た非人小屋　定麿
行平の船にもつるゝ花藻哉　百一
虫干や庵にあまる湖月抄　千子
虫干も歌書一冊の庵哉　南畝
能因が寐顔探るや萩の花　終南
徹書記の硯へうつる紅葉哉　百一

重衡の撥おも気也鹿の声　百一
菊の香や万葉集は刎出され　梅七
周の代の尺に余るやきくの花　雨栗

草の戸や火桶の脇に無明抄　百一
良遅も宿を立出る火桶哉　百一

というように、教養レベルの高さを示す句が目につくこともそのことと関係している。では、この発句合が武門を中心に催されたと推測するとして、句引きに見える阿波・淡路・大坂をはじめ讃州・予州・摂州・河州・勢州・伯州・江戸・奥州仙台という作者圏はどこでどのように結びついているのであろうか。この答もやはり入選句から求められる。

鶯や朝ばかり来る因幡堂　百一
鶯や西寺に残るものとては　雨栗
春なしと夕鶯の嵯峨野哉　百一
藤波やたぐひない〳〵奴茶屋　淡州須本　甘筌
修学寺の欠も長し藤の花　烏巾
小原女のかざしの綿歟花卯木　百一
秋の裏見せる高尾の若葉哉　楚山
若葉して目を養ふや老の坂　九蹄舎
愛宕踏越て北野か杜宇　子松
瓜の皮かゝる糺の花藻哉　烏巾
五月雨や蜈蚣の登る東福寺　之景
此暑さ束ねて流せ御祓川　洗耳

練をとる鉾に入日のあつさ哉　之景
舟鉾へ人の浪立あつさかな　千子
星合や花も百箇の池の坊　定丸
雲居寺の昔を問ん萩の花　百一
もの凄き月や横川の杉間より　定麿
永観へ日も見返りの紅葉哉　百一
織色と見む西陣の夕紅葉　江戸　青柳
月清し舟さし登るあらし山　李四
机にも照るや高雄の夕紅葉　烏巾
朝霧の梁をまとふや天龍寺　烏巾
朝ぎりや宇治は見えねど川の音　花桂
裏枯やいよ〳〵嵯峨の味深し　富哉

末枯や先日に障る大覚寺　狄毛
菊谷の流を汲むや下河原　定丸
立登る霧吹払へ嵐山　淡州福良　池月
しる谷や霧のまに〳〵牛の声　花桂
大仏の鐘を撞ばや暮の秋　冠士
日の脚をさらす時雨歟槙の嶋　之景
白雲へ吹込日枝のおち葉哉　之景

時雨にも春の興あり金龍寺　阿州飯尾　榱林
野はかれて鴽へ入日や竜安寺　之景
呉竹の雪を伏見の旅寝哉　百一
杉越に京の雪見る御寺哉　百一
ふる雪やけさはしらふの鷹が峯　百一
北嵯峨や拍子の抜た煤払　百一
足曲てまくらに淀の千鳥哉　定丸

これらは全て京都及びその近郊を詠んだ句で、ざっと拾い出してみただけでも38句ある。何れにも観念性は薄く、これらの句は連中が京都周辺の景に日常的に馴染んでいたことを示して余りある。諸国からの京都勤番侍を想像し、興行地として京都を考えてみると、その繋がりが理解出来るように思われるが如何であろうか。なお、

鑓梅や夜の御幸の先払ひ　千子
明日御幸鳥も寐さゝぬ桜哉　魚文

檜扇に乗せる御溝の花藻哉　百一
参内の沓の高さよ薄氷　鳥巾

というように、内裏関連のことを詠んだ句もあり、これもまた連中の職責を仄めかすものであるのかもしれない。

Ⅲ　天明月並発句合

几董が月並発句合を興行していた同じ時期に、京都での発句合の盛況ぶりを窺わせる資料として、『午のとし詠艸留』『天明二壬寅歳旦集』『題詠句集』の三点を取り上げてみよう。

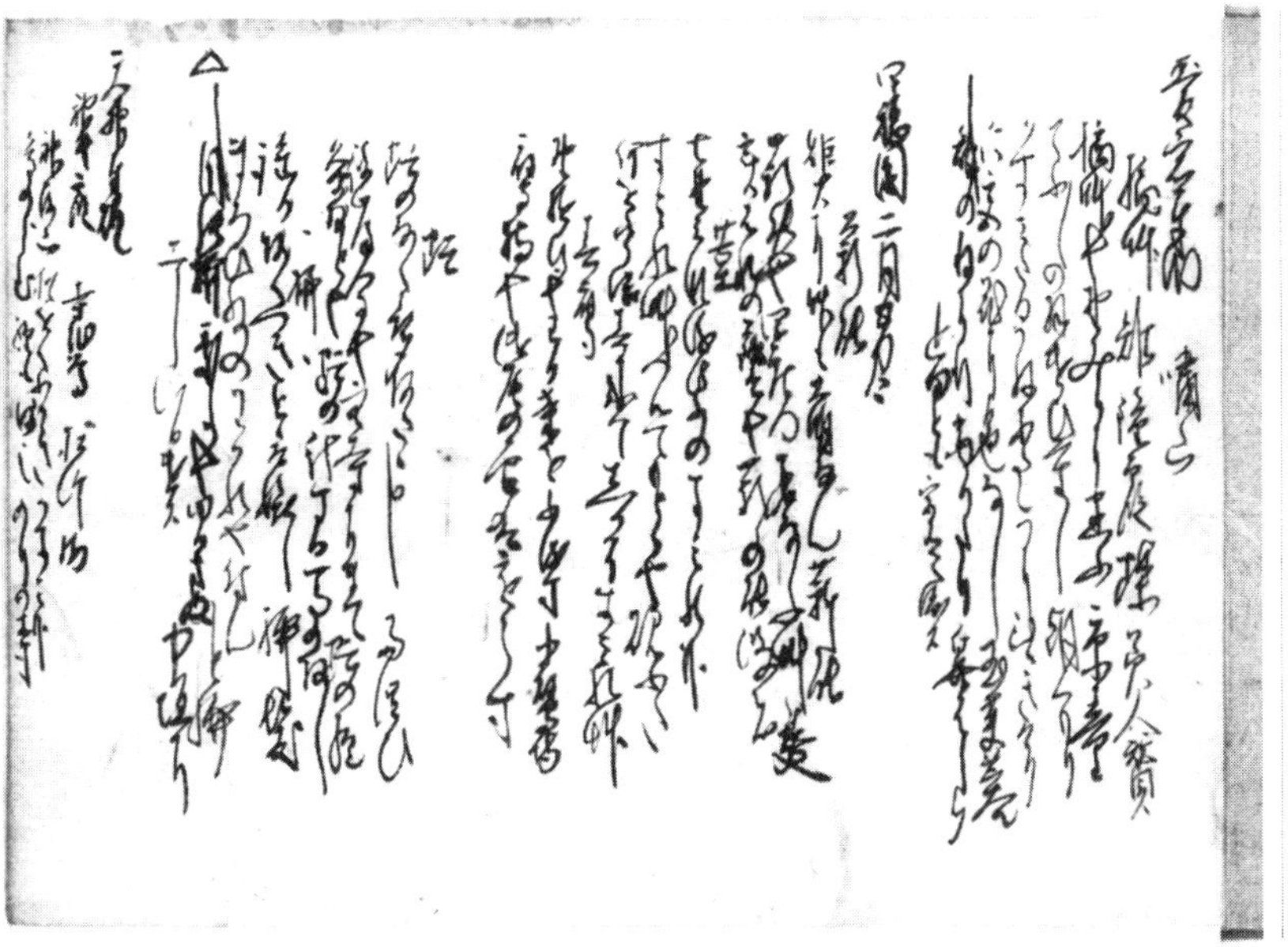

図 10　午のとし詠艸留　1 オ

①『午のとし詠艸留』付『天明二壬寅歳旦集』

『午のとし詠艸留』は家蔵。縦11・6×横17・2糎の横小本一冊。紙縒綴じ。共表紙。本紙十四丁。墨付き十四丁。表紙に「午のとし／詠艸留　雲湖亭」と墨書き。雲湖亭なる人物の投句記録で、興行名・撰者・題・締切日・点料・投句控えなどを雑然と記してある。図版10は一丁表。筆者の雲湖亭については後述するが、中に閏十月の記録が見え、撰者名から考えても、この「午のとし」は天明六丙午年以外にはあり得ない。記録される興行名に仮の通し番号を入れ、撰者・季題を次に列記してみる。なお、同書は文字が極端に小さく、本人の手控えということもあって、極めて読みにくく、難読箇所は□で示した。

1　愛宕奉納　嘯山　　摘草・雉・鐘霞・蝶・美人賛

2　四穂園二月五句合　　薪能・菫・春鷹・虻・柳

3　天神奉燈　　神ギ霞・寺の鶯・松竹梅

4　粘花二月　　春月・朝鶯・干鱈・寺の梅・雪解

5　美濃国洞水追善ほ句合

　菊渓庵評　題　上　□□□・花盛・昼子規・夏月　洞

　　　　　　　　下　寺の虫・山路鹿・庭雪・落葉　水

6　粘花亭三月　　糸桜・御影供・初虹・夕雉・飯蛸

7　四穂園三月　　陽炎・雛・花見・藤・蝶

8　千載堂三月　　庭花・種蒔・雨の蝶・若鮎・海辺霞

9　愛宕張かへ　嘯山　　夏書・合歓花・五月闇・納涼・猿賛

10　糀花亭四月五句合　　余花・夏艸・初瓜・旅窓子規・暁蛍

11　四穂園四月　　葵まつり・笋・若楓・蚤・鮓

12　奉納江州神照寺　四月十五日切

　丈士　　春尺教・鳥巣・山路花

　　　　夏神祇・舟子規・庵五月雨

　　　　秋恋・相撲・寺の月

　　　　冬述懐・麦蒔・野雪

13　眠山寮初裏合

14　巨江　四月　麦秋・苔花・かはふり・蚊屋・卯花

15　五月　巨江　藻花・田歌・橘・若竹・蝸牛

16　五月　只斎　新樹・五月雨傘・船中子規・蚊帳・夏風

17　五月　丈士　筒杜若・枇杷実・蚊遣火・端午幟・川五月雨

18　五月　其梅　夕立・閑居蚊・夏森・祭

19　五月　麦里五句合　鵜川・粽・団扇・蛭・帷子

20　五月　巨江壱句合　（通り句とあり、初裏合の催し）

21　天神五月奉納　黛山　青田・蝙蝠・土用干・富士詣

22　河原尻観音堂ゑ馬□会　麦里　七月朔日切

寺の鶯・柳・焼野・暁子規・楼辺暑

山家踊・月・庭菊・里時雨・冬籠

23　糝花亭六月五句合　洛中蝉・富士詣・鮓・田艸取・蜒

24　巨江六月奉燈　泉・帷子・沢潟・団扇・蓮

25　麦里六月　御祓・蓮・田艸取・醴・瓜

26　衣棚二条奉燈三句合　麦里　一葉・残暑・とんぼう

27　宮田六月通句

28　高観音奉納五句合　麦里　湖辺霞・夕立・月前雁・落葉・鐘

29　十日奉燈　庭初秋・野薄・名所里
30　毘沙門堂七月　一葉・接待・糸瓜・鈴むし・初嵐
31　七月其梅四句合　秋尺教・初嵐・虫狩・踊恋
32　只斎京会七月　芝居踊・三ヶ月・川霧・燈炉・薄
33　丈士七月　残暑・秋野・踊・旅蜩・鉢朝皃
34　麦里七月五句合　刺鯖・朝皃・残暑・蜩・□露恋
35　毘沙門堂奉燈八月　寺の月・芋・鵙・鳴子・花□
36　北野奉納　黛山　薬掘・星月夜・千鳥・冬籠
37　毘沙門堂奉納八月　寺の月・芋〔消去〕・後月・鴨脚・漸寒・裏枯・暮秋
38　糀花亭八月五句合　松間月・秋田・遠山鹿・芭蕉・萩
39　四穂園八月五句合　惜月・薄・落鮎・柿・雁恋
40　其梅九月四句合　秋野・新酒・色鳥・朝鹿
41　丈士九月　出汐月・田刈・色鳥・市柿・下簗
42　愛宕はり替　素行楽評　行秋・露時雨・むし
43　神事奉燈　寺の時雨・洛中時雨・里時雨・山路時雨
44　摺物会　芭蕉庵　上京御幸町西へ入菊や太兵衛　初冬の吟
45　九月四穂園　籠色鳥・菊・茱萸・蕈・礁
46　当山歳暮奉納題　初しぐれ・鉢水仙・鷹狩・大師講・歳暮祝
47　只斎十月五句合　谷川落葉・夷講・冬雲・里時雨・火桶

48　鳥辺山奉納　吹芦追善　閏月廿日切
花　麦里・鳥　五株・月　九□・雪　其梅
49　只斎閏月　終　落葉夥・十夜鉦・綿ぼうし・石花・氷恋
50　其梅十一月　冬神ギ・鯨舟・早梅・霜恋
51　丈士十一月　炭竃・朝雪・船中千鳥・早梅・鉢扣
52　毘沙門堂奉燈十一月　火焼・鷹匠・石花・水仙・暖鳥
53　四穂園十月　霰酒・木枯・布団・鱈・炉恋
54　十一月麦里五句合　納庚申・蕪・夜雪・河豚・氷恋
55　日置村大□大明神奉納
未二月切　都雀評　花・蛙・短夜・風薫・朝皃・鹿・炭竃・雪・神祇四キ
56　其梅□句合
57　祇園蘇武庵　其梅　正月廿日より
植物・生類・降物　四キ
58　綾部西方夜窓庵　丈士　山路花・名所月・湖五月雨・井辺雪
59　御小寺奉納　丈士　上　涅槃雨・帰雁・青柳・永日
下　□□□□・朝鹿・枯野・花
60　北野　黛山　十五日切　□□・出代・畑打・花

右の記録のうち、1～54までは天明六年の興行と見てよい。それ以降の分については、55に「未二月切」と、57に「正月廿日より」とあり、こちらは天明七丁未年興行分に属する記録と考えられる。これらのうち、13「眠山寮初裏合」は表題通り歌仙初裏合の催し。27「宮田六月通句」・57「通り句」も同様で、20「五月　巨江壱句合」・56「其梅□句合」も「通り句」が記されているので、やはり初裏合の催しである。それは控えの投句からも確認することが出来る。次に、5「美濃国洞水追善ほ句合」・12「奉納江州神照寺」・22「河原尻観音堂ゑ馬□会」・28「高観音奉納五句合」・48「鳥部山奉納」・55「日置村大□大明神奉納」・57「祇園蘇武庵」・58「綾部西方夜窓庵」・59「御小寺奉納」は、全て四季混題であり、臨時の発句合と判断してよい。時雨題で趣向を変えて詠む43「神事奉燈」も、臨時らしく思われる。「初冬の吟」の指定のある44「摺物会　芭蕉庵」も当然臨時。残りの催しには、やや判断しかねるものも混じるが、概ね月並発句合と見てよいと思われる。この月並発句合の催しを撰者名・興行名を手掛かりに整理して見ると、次のようになる。なお、中には点料が記録されるものもあり、併せて拾い出してみる。点料は網掛けで示す。

①　四穂園麦里撰

2	四穂園二月五句合	薪能・菫・春鷹・虻・柳
7	四穂園三月	陽炎・雛・花見・藤・蝶
11	四穂園四月	葵まつり・筝・若楓・蚤・鮓
19	五月　麦里五句合	鵜川・粽・団扇・蛭・帷子
25	麦里六月	御祓・蓮・田艸取・醴・瓜
34	麦里七月五句合	刺鯖・朝皃・残暑・蜩・□恋
39	四穂園八月五句合	惜月・薄・落鮎・柿・雁恋
45	九月四穂園	籠色鳥・菊・茱萸・蕈・碪
53	四穂園十月	霰酒・木枯・布団・鱈・炉恋
54	十一月麦里五句合	納庚申・蕪・夜雪・河豚・氷恋

26　衣棚二条奉燈三句合　麦里　一葉・残暑・とんぼう　十二穴

②　糀花亭撰

4　粘花二月　春月・朝鶯・干鱈・寺の梅・雪解

6　粘花亭三月　糸桜・御影供・初虹・夕雉・飯蛸

10　糀花亭四月五句合　余花・夏艸・初瓜・旅窓子規・暁蛍

23　糝花亭六月五句合　洛中蝉・富士詣・鮓・田艸取・蜓　廿穴

38　糀花亭八月五句合　松間月・秋田・遠山鹿・芭蕉・萩

③　千載堂丈士撰

8　千載堂三月　庭花・種蒔・雨の蝶・若鮎・海辺霞

17　五月　丈士　筒杜若・枇杷実・蚊遣火・端午幟・川五月雨　廿三銅

33　丈士七月　残暑・秋野・踊・旅蜩・鉢朝皃

41　丈士九月　出汐月・田刈・色鳥・市柿・下簗

51　丈士十一月　炭竈・朝雪・船中千鳥・早梅・鉢扣

④　巨江撰

14　巨江四月　麦秋・苔花・かはふり・蚊屋・卯花

15　五月　巨江　藻花・田歌・橘・若竹・蝸牛　三穴

24　巨江六月奉燈　泉・帷子・沢潟・団扇・蓮　三穴

⑤　其梅撰

18　五月　其梅　夕立・閑居蚊・夏森・祭　十五穴

31　七月其梅四句合　秋尺教・初嵐・虫狩・踊恋　十五穴

40　其梅九月四句合　秋野・新酒・色鳥・朝鹿　十五穴

50　其梅十一月　冬神ギ・鯨舟・早梅・霜恋　十五銅

⑥　黛山撰

21　天神五月奉納　黛山　青田・蝙蝠・土用干・富士詣

36　北野奉納　黛山　薬掘・星月夜・千鳥・冬籠　二穴

60　北野　黛山　十五日切　□□・出代・畑打・花　二穴

⑦　只斎撰

16　五月　只斎　新樹・五月雨傘・船中子規・蚊帳・夏風

32　只斎京会七月　芝居踊・三ケ月・川霧・燈炉・薄　二穴

47　只斎十月五句合　谷川落葉・夷講・冬雲・里時雨・火桶

49　只斎閏月　終　落葉夥・十夜鉦・綿ぼうし・石花・氷恋　二穴

⑧　嘯山撰

1　愛宕奉納　嘯山　摘草・雉・鐘霞・蝶・美人賛

9　愛宕張かへ　嘯山　夏書・合歓花・五月闇・納涼・猿賛

42　愛宕はり替　素行楽評　行秋・露時雨・むし

⑨　不明氏撰

30　毘沙門堂七月　一葉・接待・糸瓜・鈴むし・初嵐　三穴

35　毘沙門堂奉燈八月　寺の月・芋・鵙・鳴子・花□

37　毘沙門堂奉納八月　寺の月・芋〔消去〕・後月・鴨脚・漸寒・裏枯・暮秋　三穴

52　毘沙門堂奉燈十一月　火焼・鷹匠・石花・水仙・暖鳥　三穴

⑩　不明

3　天神奉燈　神ギ霞・寺の鶯・松竹梅

29　十日奉燈　庭初秋・野薄・名所里

これらのうち、比較的纏まって消息が分かるのは①四穂園麦里撰の発句合である。麦里こと貞也は、『誹諧家譜拾遺集』『誹諧家譜後拾遺』によれば、丈石門。寓舎、烏丸通錦小路下ル（誹諧家譜拾遺集）。また、住居、衣棚押小路上ル（誹諧家譜後拾遺）。永田氏。四穂園と号す。九如館に属し狂歌もよくした。師の小祥忌に貞也と改名。「四穂集」「轍之流」「双葉艸」等の著あり、という。

麦里には、この『午のとし詠艸留』に伝える興行に先行する資料として『天明二壬寅歳旦集』がある。該書は天理図書館綿屋文庫蔵（わ・171・8）。横本一冊で横19・8×縦13・9糎。後補薄茶表紙で題簽は無い。仮題の通り、天明二年の麦里一門の歳旦帖である。内容・丁付は四部に分かれ、△一（但し、丁付欠落）～△廿四には「歳旦吟の部」として冒頭に「天明二壬寅」と入れ、麦里・斧武・鹿住の三ッ物以下一門の歳旦吟を、続けて一～十四に「丑年月次の部」、○一～○廿三に「狂歌の部歳旦」、一～八に「丑年狂歌の部」を収録する。丑年は、言うまでもなく天明二壬寅年の前年天明元辛丑年。「丑年月次の部」は、一オ冒頭に「丑年月次夕陽之印以上／△やすらゐ　●稲垣　○牛祭」と朱摺り。「初夢」として九句併記。最初の六句には印なし。これが「夕陽」印の句であろう。続けて△印（やすらゐ）二句、○印（牛祭）一句あり。点印は、夕陽・やすらゐ・稲垣・牛祭の順に評価が高くなっているらしく、点の低い句から並べてある、ということになる。以下、「初夢」を含め五十題の季題別に同様の形式で入選句収録。月数表示は無いが、季題から容易に推察が出来る。これを一覧表にしてみると、表19①「『天明二壬寅歳旦集』麦里月並

表19① 「天明二壬寅歳旦集」麦里月並発句合興行一覧　2-1

丁割	月	季　題	点印別　勝句数				計	合計
			夕陽	やすらゐ	稲垣	牛祭		
1・2・3	1	初夢	6	2		1	9	34
		人日	4	2			6	
		残雪	2	2			4	
		柳	9	1	1		11	
		春鷹	2	2			4	
	3	糸遊	4	2			6	34
		草餅	2	2	1		5	
		海苔	5	1			6	
		藤	5	1			6	
		野外蛙	7	3		1	11	
4・5・6	4	灌仏雨	5	1	1		7	34
		筍	3	4	1		8	
		青簾	3	2	1		6	
		新茶	2	1	1		4	
		夏蝶	3	4	1	1	9	
	5	照射	8				8	35
		帳子	4	2	1		7	
		苔花	3	2	1	1	7	
		蝙蝠	2	3	1		6	
		寄早苗恋	4	3	1		8	
7・8	6	市中夕立	4	5	1		10	47
		撫子	7	2			9	
		綿花	6	4	1	1	12	
		結清水	5	4	1		10	
		旅寝蚤	3	3			6	

表19① 「天明二壬寅歳旦集」麦里月並発句合興行一覧　2-2

丁割	月	季　題	点印別　勝句数				計	合計
			夕陽	やすらゐ	稲垣	牛祭		
9	7	遊里七夕	4	1	1		6	23
		角力	4				4	
		芭蕉	2	2			4	
		初秋月	5	1			6	
		番椒	2	1			3	
10～14	8	草花露	4	2		1	7	34
		案山子	5	3	1		9	
		朝雁	4	3			7	
		江鮭	4	1			5	
		若莨	3	2	1		6	
	9	垣根菊	3	1			4	23
		秋時雨	3	1			4	
		落水	2	2	1		5	
		金柑		1			1	
		九月尽	5	2	1	1	9	
	10	冬篭	4	2	1		7	24
		霰	2		1		3	
		枯芦	4	2			6	
		鱈	1	2			3	
		落葉悉	3	1	1		5	
	11	報恩講	3	1	1		5	19
		寒垢離	1	1			2	
		湯婆	5				5	
		芝居顔見世	4				4	
		石上雪	2	1			3	

発句合興行一覧」のようになる。二月を除き、天明元年正月から十一月までの十箇月分。各月五題の催しで、通常の季題に「春鷹」（二月）・「野外蛙」（三月）・「灌仏雨」（四月）「寄早苗恋」（五月）といった趣向の題を毎月一、二題交える。丁割を見てみると、一・三月分が一〜三丁に、四・五月が四〜六丁に、六月が七・八丁に、七月が九丁に収まっていて、ここまでは月毎の、また二箇月分纏めての披露。八〜十一月分は十〜十四丁にわたるので、これは四箇月分纏めての一括披露であったと思われる。作者と勝句数を表19②「『天明二壬寅歳旦集』麦里月並作者一覧」として整理しておく。なお、表の右下、山田以下の五箇所は地域を特定することが出来なかった。近江の「彦城連」として出る「虎竹」は彦根藩士に違いない。「彦城連」とはしていないが、彦根の肩書きを持つ「虎声」「繍虎」もおそらくは同連であろう。作者総数99名、内訳は京都が41名・彦根を中心に近江が18名・丹後が田辺を中心に14名・丹波各地が20名・和泉岸和田が1名、不明が5名となる。人数としては全体の四割ほどにあたる点者麦里の膝元の京都連中が、勝句数計307句のうち141句とほぼ半数を占めている。また、表に網掛けで示したのは「歳旦吟の部」にも出る作者であるが、これが99名のうち46名（京15名、その他31名）いて、その勝句数は合計182句に及ぶ。さらに「丑年狂歌の部」「狂歌の部歳旦」との重複者がそれぞれ7名いて、麦里の月並が京都及び周辺地域の門下を中心に興行されていたことを示すことがらである。なお、勝句3句が収録され「狂歌の部歳旦」にも名前が見える吐月は、「歳旦吟の部」に「丹州馬路　雲湖亭吐月」として出ている。この吐月が『午のとし詠艸留』を書き残した雲湖亭なる人物とみて、ほぼ間違いなかろう。同書中、麦里興行の記録が多いのも頷かれるところである。

　話を『午のとし詠艸留』に見える興行に戻そう。こちらに記録される麦里の月並発句合興行は、天明六年二月から十月までの十回。各月五題とし、折々に「春鷹」「雁恋」「籠色鳥」「炉恋」「氷恋」というように趣向の題を交える興行形式は天明元年のそれと全く同じで、麦里の月並興行が何時から始まったかは分からないが、天明元年から天明六年までは連綿と続いていたであろうことを推察させる。なお、26の七月題三題による「衣棚二条奉燈三句合」は撰者

表 19 ② 「天明二壬寅歳旦集」
麦里月並　作者一覧

＊網掛けは「歳旦吟の部」にも出る。　2-1

京	燕子	4
	一畦	6
	謂白	17
	一扇	2
	燕柳	1
	蛙声	2
	鹿住	16
	快山	1
	五百鹿	3
	幸竹	3
	鬼麿	3
	肝之	1
	含玉	1
	菓二	2
	金士	2
	幾風	1
	五風	1
	淇清	3
	山人	4
	寸砂	6
	縄文	16
	車時雨	2
	紫流	1
	鈍要	1
	都雪	2
	斗雪	2
	貞祐	1
	南路	1

京	墨之	8
	蔽牛	1
	巴的	1
	布丈	1
	百節	2
	無流	4
	又可	1
	里月	5
	鷺明	1
	芦子	4
	芦雪	5
	芦川	2
	和水	1

表 19 ② 「天明二壬寅歳旦集」麦里月並 作者一覧 2-2

近江	彦根	雨月	8
		虎声	8
		燕柳	1
		其秋	1
		三来	4
		夕静	4
		繡虎	3
		寿楽	1
		水石	1
		鳥舌	7
		野鶯	3
		里橋	8
		柳交	3
		梨雪	3
		其桃	3
	彦城連	虎竹	1
	彦根松原	其柳	2
	関□□	黄仙	2
丹後	田辺	鷺橋	1
		閑夕	3
		牛里	2
		如月	1
		芝馨	7
		杉峯	3
		踏青	6
		東橋	1
		浦夕	2
		百之	2
		柳下	1
丹後	田辺	鼠百	1
		東塢	1
	河守	余十	3
丹波	福智山	英兎	4
		既酔	1
		士口	3
		自間	1
	古市	狐三	2
		土羊	1
		漁泉	1
		露江	1
		芦江	1
	綾部	川路	1
	梅迫	暁里	9
	亀山	金才	1
	岩崎	鶴里	1
		松波	4
	河原尻	才之	13
	長田	松路	1
		東籬	7
	馬路	思斎	7
		吐月	3
	宮村	芦秀	1
和泉	岸和田	私月	1
不明	山田	川鳥	1
	大野木	千代	1
	立原	梅玉	1
	多保市	芦舟	1
	松尾	蘭江	1

として麦里の名が出ていたためここに含めたが、三句合であること、それにこの会だけ「奉燈」を名目としていることから考えると、これはまた別の催しであったか、あるいは一連の月並興行に加えて、臨時に催したものであったかもしれない。点料が判明するのはこの26の興行だけで、「三句合」で十二文。これは指定の季題三句一組の応募料と思われ、二月から十月までの月並五句合はこれをもとに推算すると、二十文ほどということになろう。

②粘花（粘花・糝花）亭撰は、二・三・四・六・八月分が記録される。やはり、各月五題の催しで、通常の季題に「寺の梅」（二月）「夕雉」（三月）「旅窓子規」「暁蛍」（四月）「洛中蝉」（六月）「松間月」「遠山鹿」（八月）といった趣向の題を交えることも①と同じである。点料は六月五句合の二十文が記録されるのみだが、これもまた指定の季題五句一組の応募料と見るべきで、他の月も同じであったと考えてよい。撰者の粘花（粘花・糝花）亭については未詳。

③千載堂丈士撰は、三・五・七・九・十一月分の興行が記録される。各月五題の催しで、通常の季題に趣向の題を交えること①②に同じであるが、こちらは「雨の蝶・海辺霞」（三月）「筒杜若・川五月雨」（五月）「旅蜩・鉢朝皃」（七月）「出汐月・市柿」（九月）「朝雪・船中千鳥」（十一月）というように、各月二題となっている。点料は五月の二十三文のみ記載。やはり、指定の季題五句一組の応募料。他の月も同じであったと考えてよい。撰者丈士は丈石門。『誹諧家譜後拾遺』によれば、早川氏、字は道一。「千載堂之看主也、点者に非ず」と記す。住居は不明門通下珠数町上ル。

④巨江撰は、何れへかの「奉燈」名目の四・五・六月分の興行を記録。普通の季題五による興行。点料は、15五月・24六月にそれぞれ三文と記録。これは右に見た①②③とは異なり、一句相当の点料であろう。五句一組で出せば、十五文という計算になる。撰者巨江については、未詳。貞徳百回忌追善集『双林寺千句』（宝暦二年、練石ほか編）第三百韻に巨江の付句が一句見える。同一人か。

⑤其梅撰は、五・七・九・十一月分の興行が記録される。こちらは各月四題の四句合で、通常の季題と趣向の題

「閑居蚊・夏森」（五月）「秋尺教・踊恋」（七月）「秋野・朝鹿」（九月）「冬神祇・霜恋」（十一月）各二題を組み合わせる。点料は四箇月分全て十四文と記録。指定の季題四句一組の応募料。『誹諧家譜拾遺集』によれば、其梅もやはり丈石門。野村氏。伴松菴と号す。「能く執筆に達する故に、師家春秋の雅席に斯人を闕くこと無し」と記す。寓舎、高倉四條上ル。なお、『新選俳諧年表』によれば、文右衛門と称し、初め筌石門、後に丈石門。天明八年二月十二日に七十歳で没した、とある。

⑥黛山撰は、三箇月分を記録。北野天神奉納を名目とした興行であったらしい。月数が明示されているのは21の「五月」だけであるが、、36は十二月、60の「十五日切」は天明七年の二月と思われる。通常の季題による四句合である。点料は36・60の興行に二文とあるが、記録されない五月もおそらくは同じで、これもまた一句相当の点料。撰者黛山は、『誹諧家譜後拾遺』によれば黒瀬去舟門。黒瀬氏。住居は日暮下長者町下ル。竹菴また柏漏下と号した。

⑦只斎撰は、五・七・十・閏十月分の興行を記録。各月五題。「五月雨傘・船中子規」（五月）「芝居踊・川霧」（七月）「谷川落葉・冬雲・里時雨」（十月）「落葉夥・氷恋」（閏十月）というように趣向の題が目立つ。点料は、32七月・49閏十月に二文とある。なお、七月標題に「京会」とあることからすると、只斎なる撰者は京の人ではなかったかもしれない。

⑧嘯山撰は「愛宕奉納」「張かへ」三会分の興行を記録する。一応月並に分類したが、季題数にばらつきがあり、また季題の組み合わせから考えると、四季各一会の催しであった可能性もある。点料の記載はない。

⑨不明氏撰は四箇月分。37を「八月」とするのは、題を書き誤り消していることからも分かるように筆録者雲湖亭の誤記で、正しくは九月。よって、七・八・九・十一月分の興行を記録。普通の季題による五句合。点料は、七・九・十一月分に三文とある。

⑩は、①～⑨の何れかと関わりがあるのかも知れぬが、判断材料に乏しく不明とせざるを得ない。

因みに、臨時興行の点料も拾っておくと、

28	高観音奉納五句合	麦里	廿穴
12	奉納江州神照寺	丈士	四穴
58	綾部西方夜窓庵	丈士	四穴
59	御小寺奉納	丈士	三穴
48	鳥辺山奉納　吹芦追善		五銅
55	日置村大□大明神奉納		三穴
57	祇園蘇武庵	其梅	三穴

といった数字が見える。吹芦追善を名目とする48「鳥辺山奉納」の興行が割高なのは、麦里・五株・九□・其梅と四名を撰者に押し立てての催しだったためであろう。

② 『題詠句集』

『題詠句集』は京大潁原文庫蔵（国文　潁原文庫　ＨＳ229）。半紙本一冊。縦20・9×横16・2糎。深緑色後補表紙。左肩に後補白地双辺題簽、「題詠句集」と墨書。全二十七丁、全て月並発句合の摺物。仮に1〜27と通しの丁を付して整理してみると、表20「『題詠句集』収録摺物一覧」のようになる。

この中で、他に残る摺物との照合で、年代が確定出来るものとして、1・2の星池判天明六年一・二月分、9の星池判天明七年七月分、13・14・15の几董判天明七年八・九月分、21・22の几董判天明七年十月分がある。その間に挟まる丁は年代不明である。が、かような冊子は、もともと当時の投句者が摺物を合綴したものがそのまま伝わった例

表20　「題詠句集」収録摺物　一覧

仮　丁	判　者	年　次	月
1・2	星池	天明6年	1・2
3	貞七堂		5
4	几董	天明7年	5
5	楽々庵		5
6	楽々庵		6
7	蘭舎		6
8	楽々庵		7
9	星池	天明7年	7
10	蘭舎		7
11	蘭舎		8
12	楽々庵		8
13・14・15	几董	天明7年	8・9
16	蘭舎		9
17	楽々庵		9
18・19	松林庵		10
20	蘭舎		10
21・22	几董	天明7年	10
23	楽々庵		10
24	蘭舎		11
25	松林庵		11
26	楽々庵		11
27	蘭舎		12

が多く、したがって年代のはっきりしない丁も、概ね天明六・七年のものと見て間違いあるまい。星池判月並発句合とその摺物については、拙稿「夜半亭月並句合の傍流」（『連歌俳諧研究』62号、昭和57年1月）に詳述したが、この『題詠句集』に綴られる三丁も既紹介のもの。この星池判の三丁と次章で触れる几董判の五丁を除く他の十九丁につき、判者別にそのあらましを見てみよう。

○楽々庵評　5・6・8・12・17・23・26の七丁。各月一丁宛。匡郭があり、版芯下部に丁付を入れる。冒頭に季題四を二行書きとし、「秀吟」とそれに因んだ挿絵を入れ、勝句を並べて末尾に判者楽々庵の追加吟を添える。図版11①は十七丁の表と裏。勝句数は「秀吟」を含め各月二十五句。月数は明示しないが季題から判別が可能。以下、一覧にしてみる。

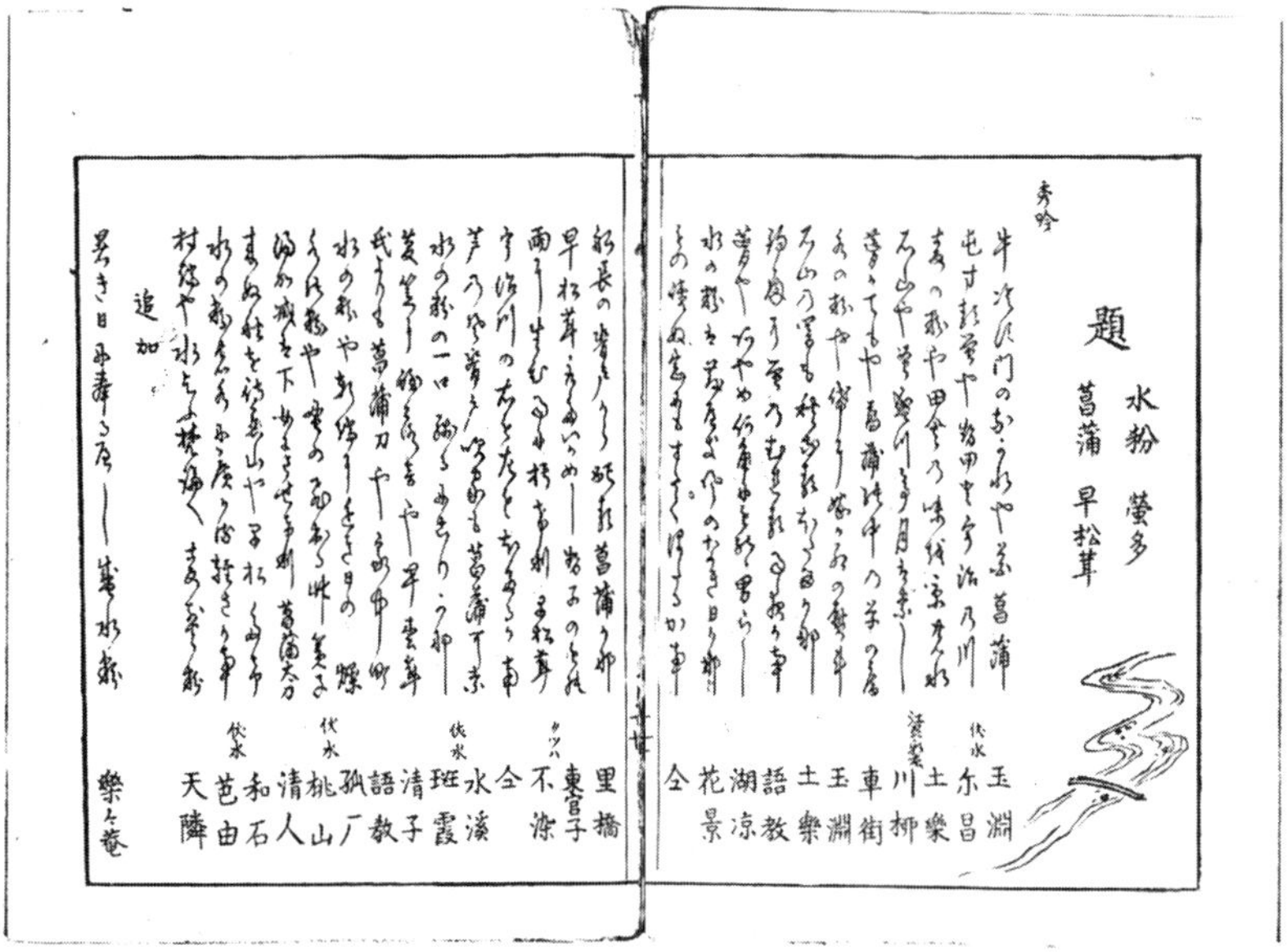
題
水粉　螢多
菖蒲　早松茸

図 11 ①　楽々庵評摺物（京都大学潁原文庫蔵『題詠句集』収録）　17 オ・ウ

仮丁	月	季　題	丁付
5	五月	水粉・蛍多・菖蒲・早松茸	十七
6	六月	漆取・白雨・納涼・紫蘇	十八
8	七月	山粧・桐・夕虫・角力	十九
12	八月	雁・芥子蒔・河鹿・遊里月	二十
17	九月	菊・柚味噌・冬待・豆花	廿一
23	十月	頭巾・散紅葉・埋火・月下鵆	廿二
26	十一月	子燈芯・海辺雪・顔見世・鯋	廿三

なお、二十・廿一・廿二の三丁、つまり八・九・十月分の巻末匡郭外には、「後題」として次の月の題・締切りを挙げている。題は勿論右の一覧のそれに一致するが、締切りは「九月廿日切」「十月十八日限」「十一月十五日限」と必ずしも一定しない。なお、五月分に丁付十七とあり、前年の正月が丁付一であったとすると、勘定が合う。この七丁は丁の並びから見ると天明七年の興行と思われるが、そうすると楽々庵評月並発句合は天明六年正月が初回であったということになろう。楽々庵については素性を明らかにしないが、普通の季題に「蛍多」「夕虫」「遊里月」「月下鵆」「海辺雪」という趣向の題を

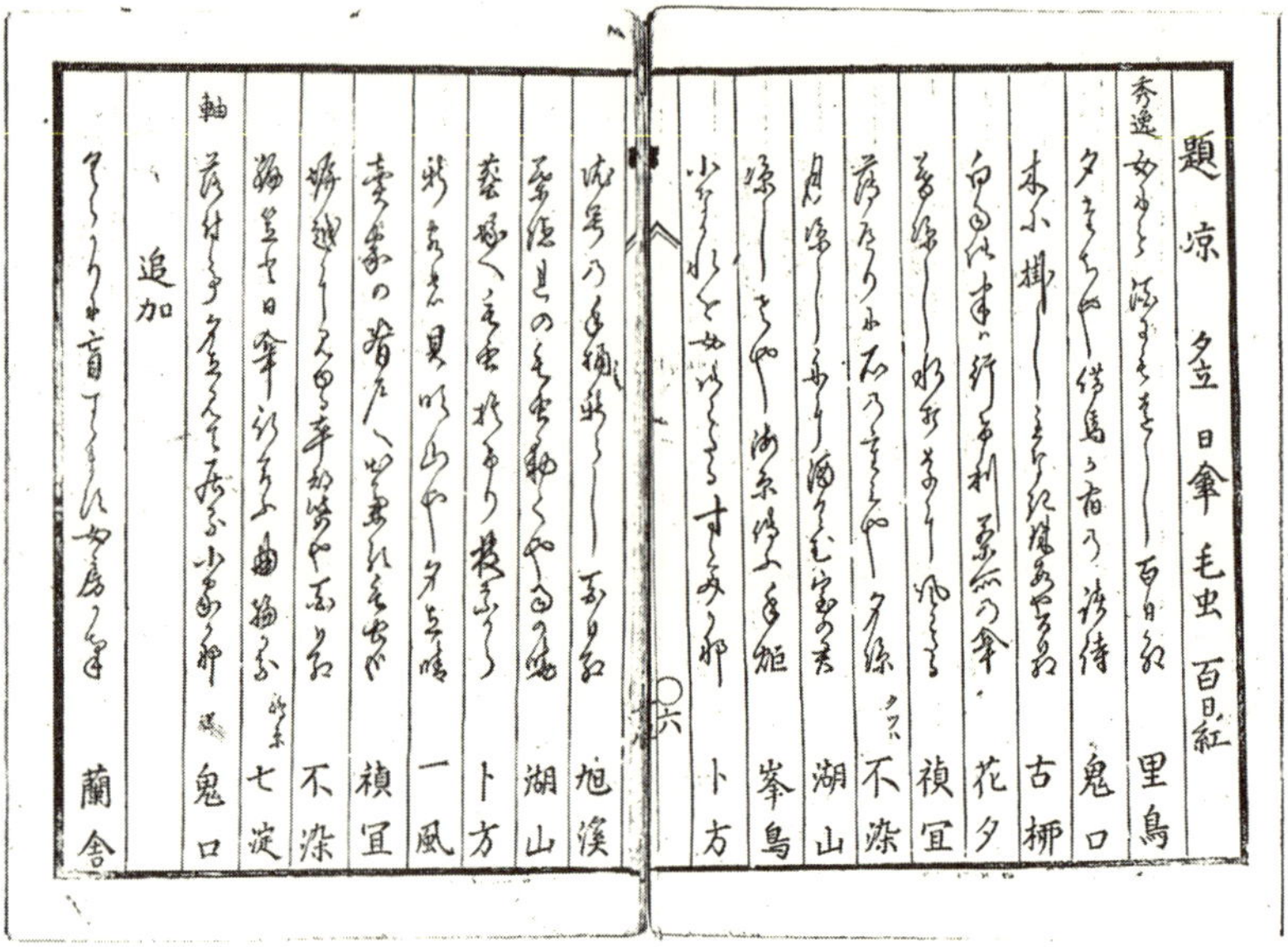

図11②　蘭舎評摺物（京都大学潁原文庫蔵『題詠句集』収録）　6オ・ウ

交える形式、それに巻頭句に因んだ挿絵を添えるスタイルは『誹諧しをり萩』に見た蝶々庵百花の摺物に酷似している。七丁を通じて作者圏は、京を中心に伏水・近江・淀・宇治・楠葉あたりで、それほど大きな拡がりは見られない。

○蘭舎評　7・10・11・16・20・24・27の七丁。各月一丁宛。半丁十行の墨色罫紙使用。版芯は、上部に魚尾があり、下部に「○六〜○十二」と丁付を入れる。この丁付は月数表示にもなっている。冒頭に季題五題を示し、巻頭句に「秀逸」、末尾の句に「軸」として、蘭舎の追加吟を添える。図版11②は六丁の表と裏。勝句は各月十七句。一覧にしてみよう。

仮丁	丁付（月）	季題
7	六	涼・夕立・日傘・毛虫・百日紅
10	七	燈籠・魂祭・霧・萩・蜩
11	八	八朔・月・芋・鴫・案山子
16	九	芦花・茸・後月・夜寒・暮秋
20	十	木枯し・寒菊・十夜・鰒汁・時雨
24	十一	火焚・雪・鉢叩・水仙・薬喰

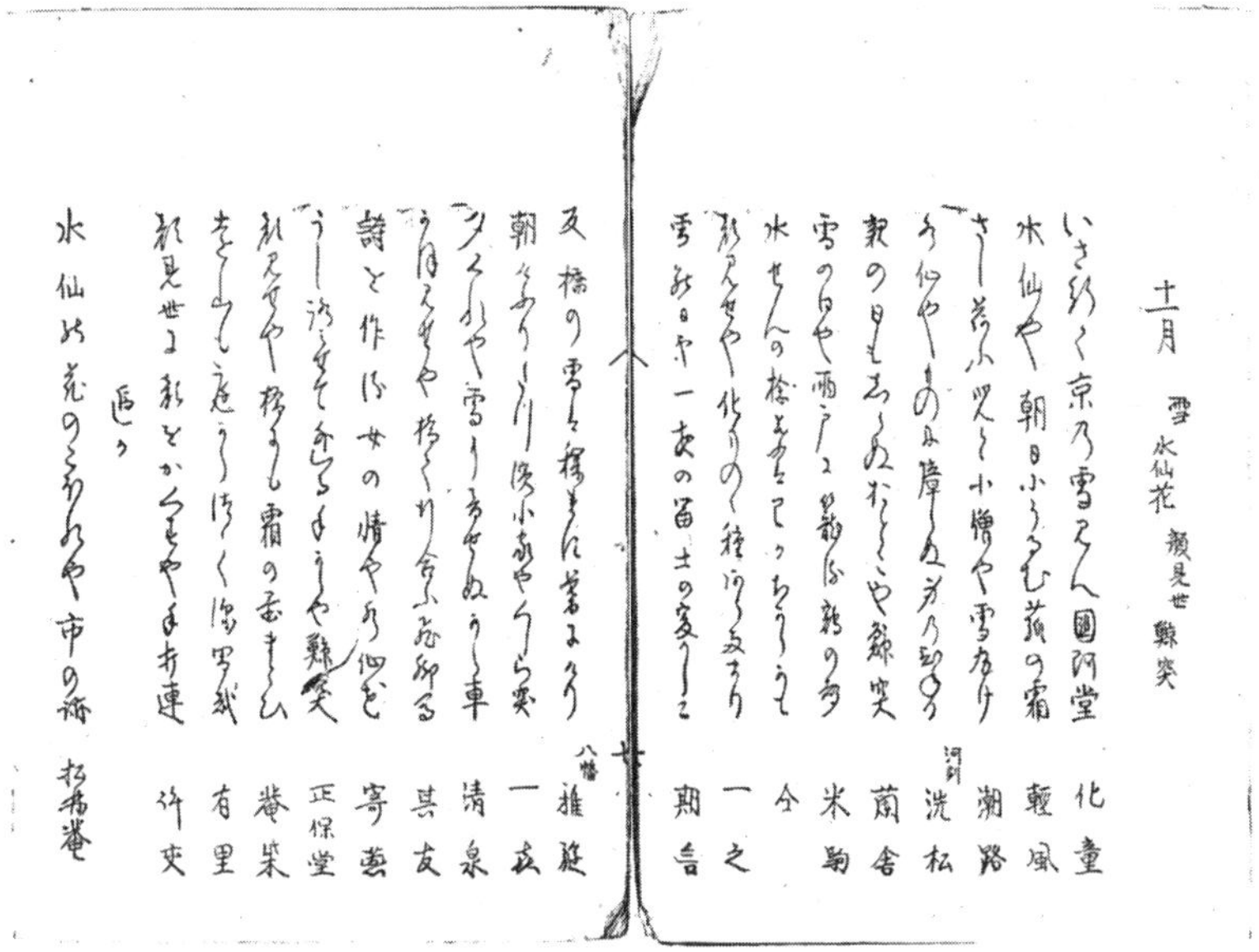

図11③　松林庵評摺物（京都大学潁原文庫蔵『題詠句集』収録）　7オ・ウ

27　十二　　札納・餅搗・寒念仏・早梅・厄払

『題詠句集』の丁の並びから言えば、これも天明七年分。蘭舎については不詳だが、先の楽々庵評の興行にも参加し、五句入選している京都の作者である。半丁十行の罫紙を使用し、通常の季題五題とするところ、几董のそれに似る。作者圏は京都が殆どで、伏水・丹波・近江・楠葉・浪花といった辺りが数名混じる。

○松林庵評　18・19・25の三丁。丁付は版芯下部、五・六・七とあり。五・六は十月分、七は十一月分。冒頭に月数と季題四題を示し、「巻頭」「秀逸」「軸」という表記一切なく、勝句を挙げ、末尾に松林庵の追加吟を添える。図版11③は七丁の表・裏。季題は十月が「枯柳・榾・初時雨・ちどり」、十一月が「雪・水仙花・顔見世・鯨突」。勝句は十月分四十句、十一月分十八句。作者圏は京都が殆どで、河州と八幡が一名混じるのみ。蘭舎が参加し、二句入選する。松林庵については紫暁の可能性も捨てきれないこと、安永月並の項で述べた。

○貞七堂評　3の一丁のみ。丁付は版芯下部に三とあり。月数表示は無いが、題は「粽・五月雨・田植・水

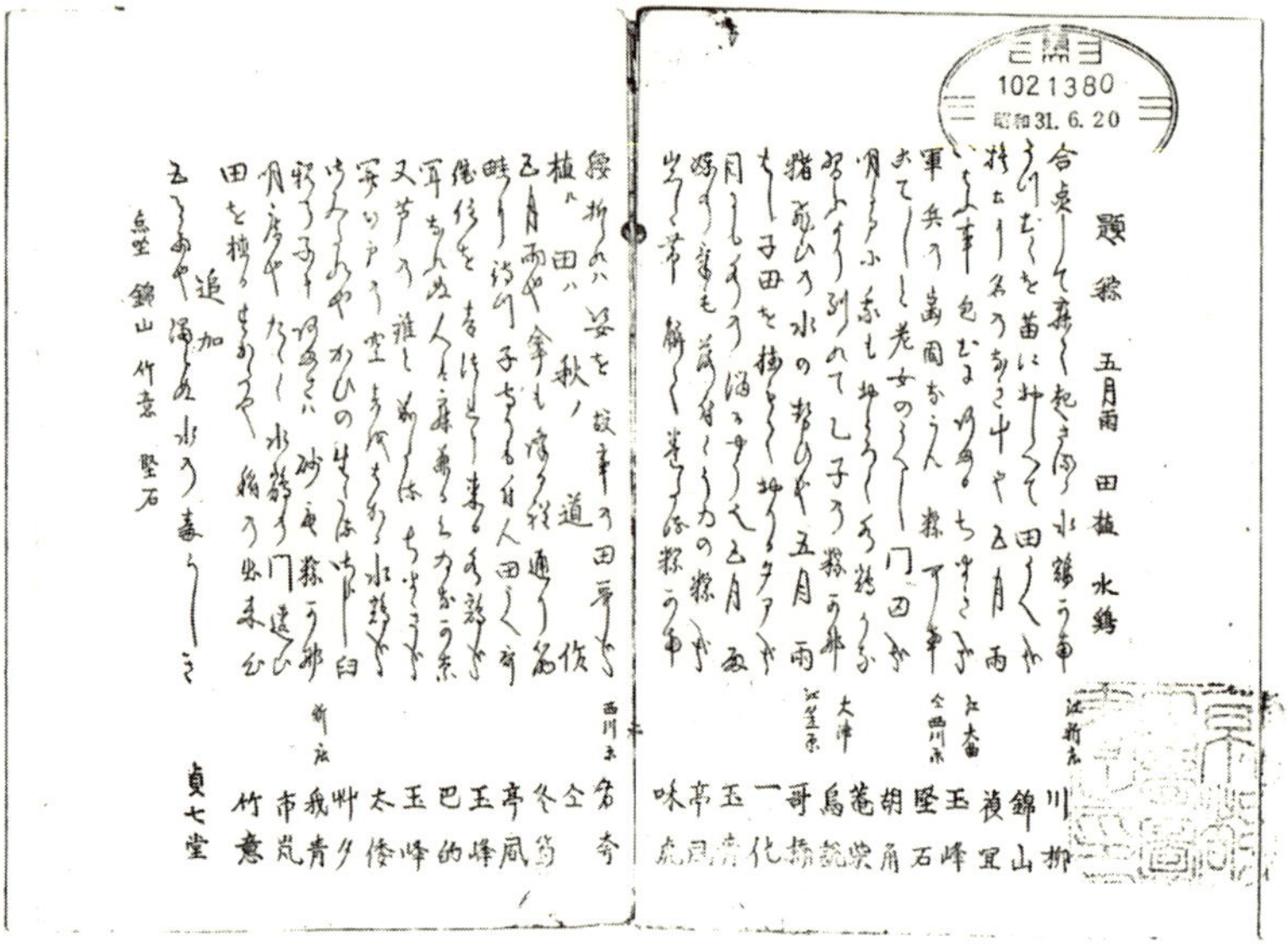

図 11 ④　貞七堂評摺物（京都大学潁原文庫蔵『題詠句集』収録）　3 オ・ウ

鶏」の四題で五月分。やはり「巻頭」「秀逸」「軸」という表記一切なく、勝句二十五句を挙げ、末尾に貞七堂の追加吟を添え、「点坐」として、「錦山・竹意・堅石」の三名を顕彰する。図版11④は三丁の表・裏。丁の並びからすると、こちらは天明六年の可能性が高い。貞七堂は、『新選俳諧年表』によれば、三世乾峰。二世乾峰の男。居初氏、京都人。作者圏は京都が中心であるが、近江からの参加も目立つ。なお、二世乾峰は延享から明和にかけて、近江下之郷の会所梅竹堂と組み、雑俳の万句寄を興行し、多くの会所本を残している。拙稿「梅竹堂会所本の入木撰」（平成8年2月「奈良大学総合研究所所報4号」）参照。

第三章　几董判月並発句合

I　几董判月並発句合の概略

先ずは管見に入った几董判月並発句合の摺物を収める底本について触れた上で、残存状況・発行の形態・清書所・季題・入選率・作者圏・句評等の概略について説明する。

天明四年分　天理図書館綿屋文庫蔵『春夜楼撰集』（わ・173・21）に収録。縦22・1×横16・2糎。薄茶色後補表紙。題簽は無く、表紙中央上部に「春夜楼撰集」と墨書き。第一丁冒頭に「天明四甲辰歳正月並　春夜楼撰」とある。几董判月並発句合の天明四年正月～十二月の摺物十七丁を合綴。料紙は半丁十行の若草色罫紙を用いる。口絵に図版12①②③④⑤として、正月分の一丁表から四月分の五丁表までの図版を上げておく。罫紙の匡郭は一丁が縦18・4×横27・8糎。版芯は上部に○をいれ、下部□欄に一から十七まで通しで丁付を入れる。本文版下の筆跡は正月～三月分と四月～十二月分とは別筆であるが、いずれも几董のそれではない。この『春夜楼撰集』が所謂俳諧撰集ではなく、

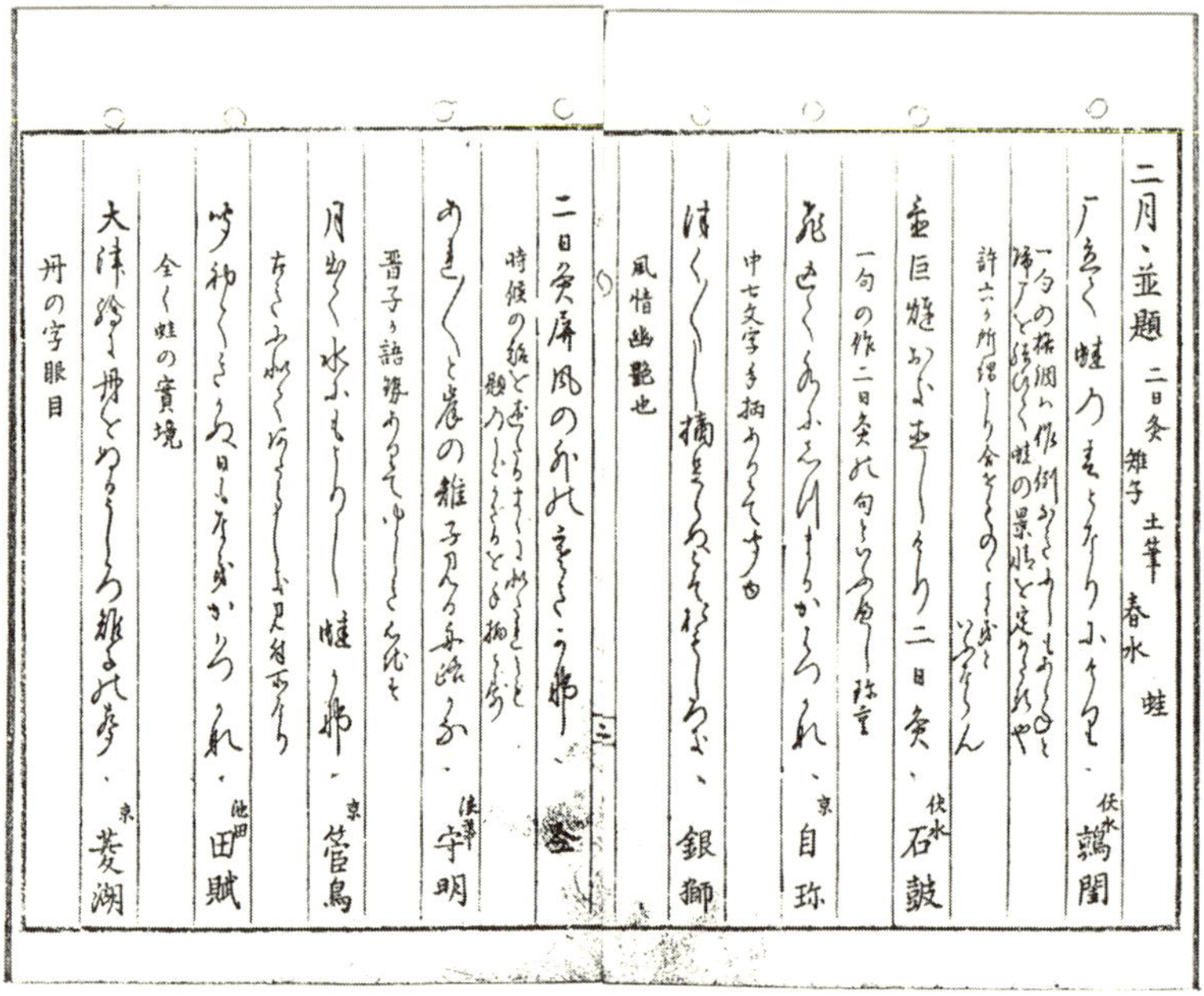

図 13　几董月並摺物（柿衞文庫蔵『花のちから』収録）　天明５年２月分　２オ・ウ

月並発句合の摺物を合綴したものであることについては、拙稿「夜半亭月並句合（二）」（奈良大学紀要9号）参照。

天明五年分　柿衞文庫蔵『花のちから』（は・173・698）に収録。『花のちから』は天明三年の蕪村判月並発句合の摺物十二丁に百池の跋文を添えて、天明四年仲秋に刊行したもの。詳細については、拙稿「夜半亭月並句合（一）」（滋賀大國文18号）参照。香川大学神原文庫・柿衞文庫に各一本を蔵するが、柿衞文庫蔵『花のちから』には、この書と共に旧蔵者の手許にあったと思われる几董判月並発句合の摺物五十二丁が巻末に綴じ合わせてある。この五十二丁の中から、天明五年分の摺物十二丁を拾い出すことが出来る。若草色半丁十行という罫紙の形態・匡郭の寸法・版芯のスタイルなど、天明四年のものにほぼ等しい。版下筆跡は、四年四月〜十二月分のそれと同じである。残念ながら、丁付一とあったはずの正月分、六・七とあったと思われる五月分の計三丁は残らない。丁付二とある二月分を図版13としてあ

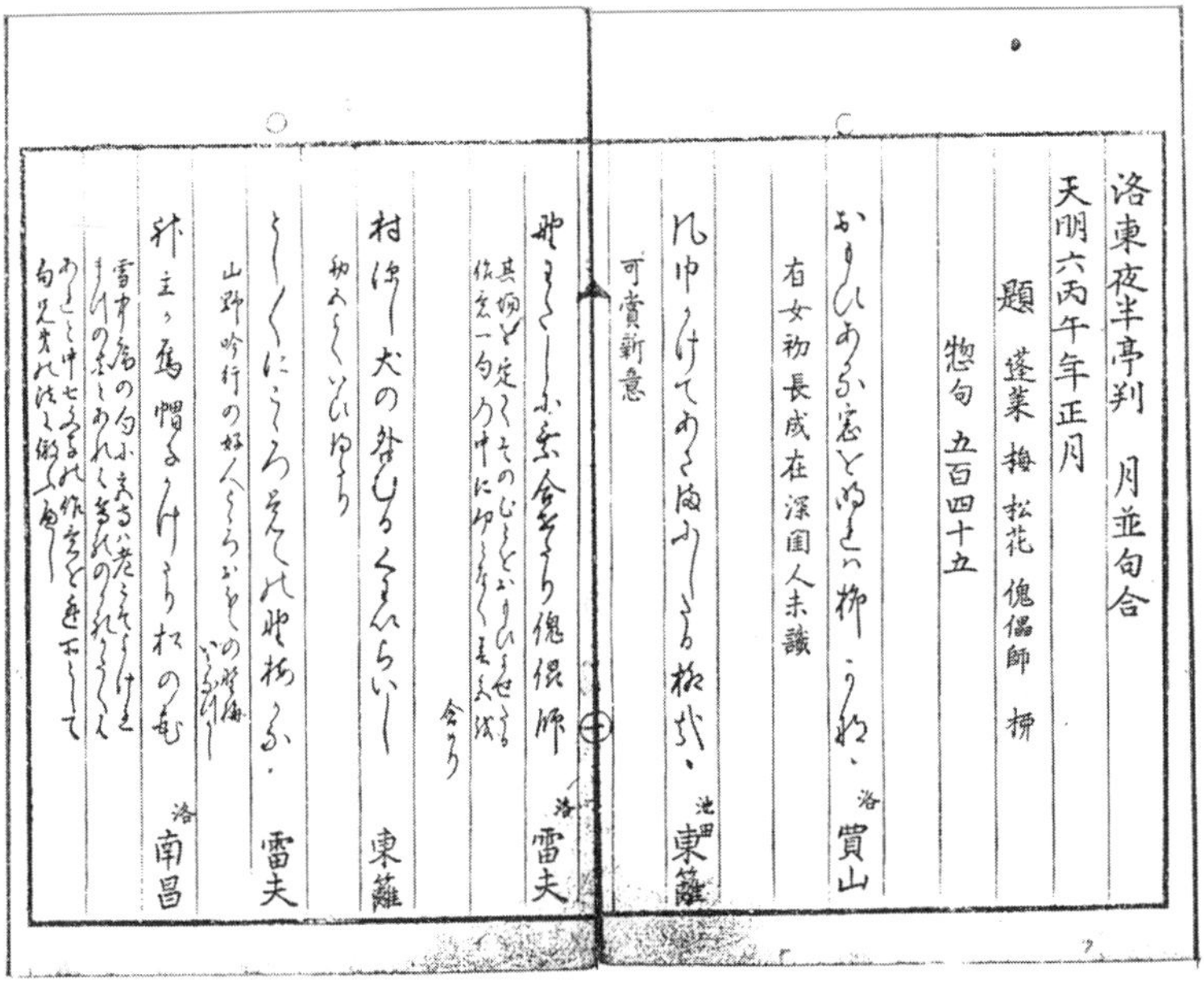
洛東夜半亭判　月並句合
天明六丙午年正月
題　蓬莱　梅　松花　傀儡師　柳
惣句　五百四十五
洛　貫山
右女初長成在深閨人未識
池田　東籬
可賞新意
洛　雷夫
東籬
雷夫
洛　南昌

図14　几董月並摺物（柿衞文庫蔵『花のちから』収録）　天明6年正月分　1オ・ウ

げておく。因みに、匡郭上部欄外の○印は旧蔵者の付したもの。この十二丁を天明五年分とする根拠については、拙稿「夜半亭月並句合（二）」参照。

天明六年・七年分　関西大学図書館蔵『夜半亭撰月並抜萃』（911・44・K2・2）、柿衞文庫蔵『花のちから』（は173・698）、京都大学潁原文庫蔵『題詠句集』（HS229）に収録。『夜半亭撰月並抜萃』は、縦22・6×横15・9糎。茶色後補表紙。縦16・3×横3・9糎の打曇り料紙に「夜半亭撰月並抜萃」と墨書きし、表紙左端に貼付。几董判月並発句合の摺物二十八丁を合綴。内訳は天明六年正月～五月、十月～十二月分計十九丁と、天明七年正月～五月分計九丁である。なお、これらがそれぞれ六・七年分であることは、各年度の第一丁冒頭部に「洛東夜半亭判　月並句合　天明六丙午年正月」「洛東夜半亭判　月並句合　天明七丁未年正月」とあるところから明白。料紙は天明四・五年と同様の半丁十行の若草色罫紙であるが、匡郭は四・五年のものより一回り小さい。また版芯も異なり、上部に▲を入れ、下部の○の中に丁付を入れる。この版芯のスタ

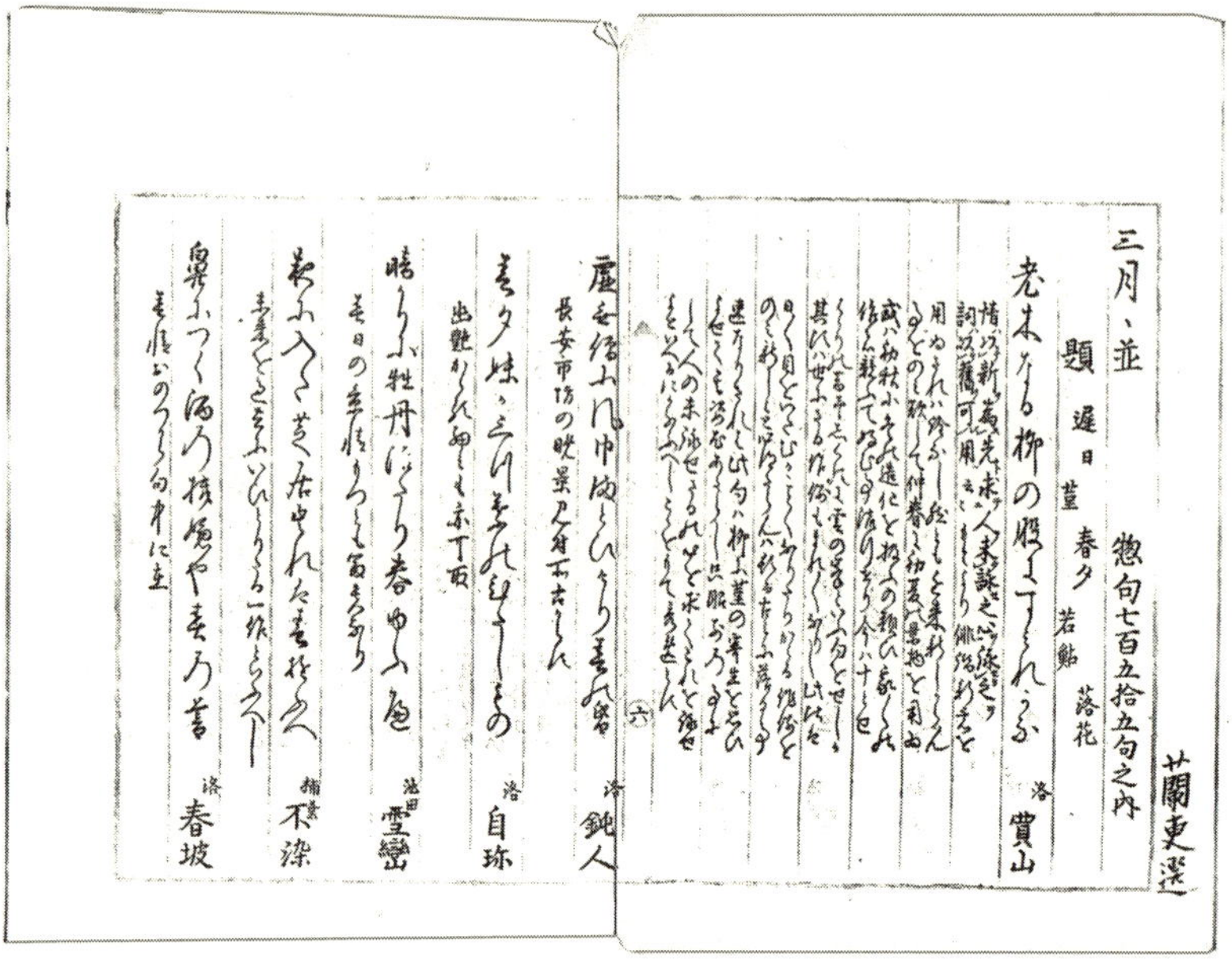

図15　几董月並摺物　天明7年3月分　6オ・ウ

イルを手掛かりに、柿衞文庫蔵『花のちから』巻末合綴分から天明六年六月~九月分九丁を拾い出すことが出来る。したがって、天明六年分はこれで全二十七丁が完備しているということになる。図版14は六年一月分一丁の表・裏である。天明七年分の欠を埋めてくれるのが先述の京大潁原文庫蔵『題詠句集』である。同書収録の几董月並摺物は、天明七年五月分一丁と、同年九月分三丁(八月分の末尾二句を含む)、それに十月分二丁であった。これによって、天明七年の九月・十月分五丁を補うことが出来る。なお、七年三月~五月分四丁は、翻刻編第二章で取り上げる故櫻井武次郎氏旧蔵『発句合』にも収められている。同書により七年三月分六丁の表・裏を図版15に示した。以上六年・七年分の版下筆跡、すべて五年と同筆。なお、丁付十~十四とあったはずの六月(五月分の末尾を含む)・七月・八月分の計五丁は今のところ見つけることが出来ない。同年十一月・十二月の摺物も管見に入らないが、次に取り上げるように天明八年正月分も興行があったことからすると、七年十一月・十二月も発句合は催され、

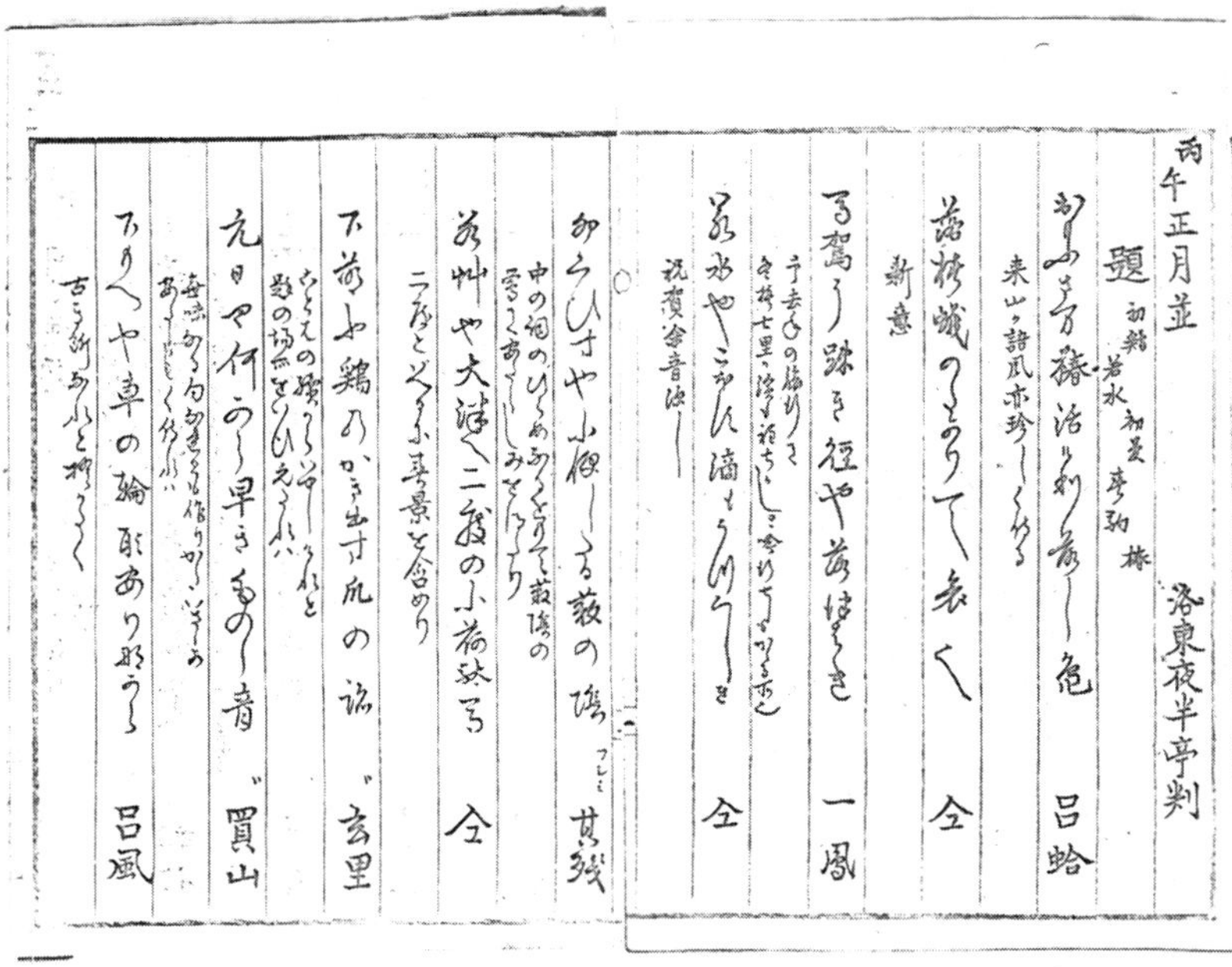

図17①　几董月並摺物　別立て天明6年正月分　1オ・ウ

丁数は不明ながら、摺物はやはり出ていたと考えてよかろう。

天明八年分　家蔵の『月並摺物集』（仮題）に収録。同書は、月並発句合の摺物計五十五丁を綴じ合わせ、浅縹色の表紙をかける。寸法は、縦22・6×横15・2糎。標題は無い。内訳は几董判天明八年分三丁、暁台判寛政三年十二月分一丁、几董門の聴亀庵紫暁撰寛政四年分十四丁・同五年分十八丁、落梅窩星池判寛政五年分十九丁である。几董判のそれは、従来の摺物と同様半丁十行の若草色罫紙で、版下筆跡は天明四年一〜三月分と同筆。版芯は六・七年分と同じ。残存三丁の丁付は三・四・六とあり、一・二・五が抜ける。丁付三の冒頭部に「天明戊辰年月並自二月十二月迠五十五題物評抜萃」とあるところから推測すると、正月分は丁付一・二として摺物を出したものの、以降二月から十二月までの十一箇月分は丁付三〜六の四丁で一括披露となったものらしい。それが天明八年正月晦日に京の街を襲った大火後の混乱に伴なう非常措置であったろうことは想像に難くない。口絵図版16として三丁の

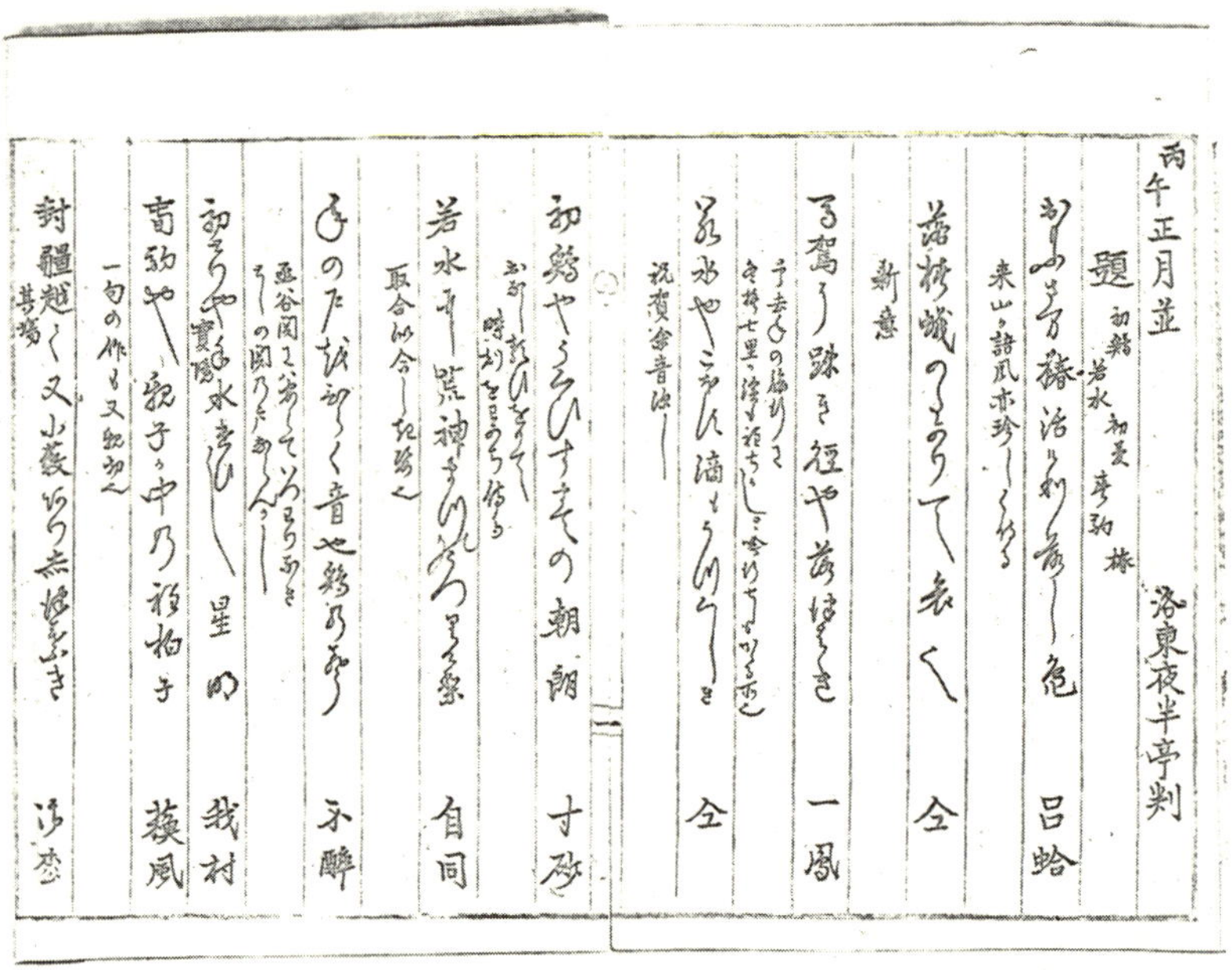

図17②　几董月並摺物　別立て天明6年正月分　1オ・ウ

表・裏を示しておく。

別立て天明五・六年分　奈良大学図書館蔵『丙午／乙巳　夜半亭』に収録。同書は故宮田正信博士旧蔵本。縦21・2×横16・3糎。表紙は前後とも厚手の紙を用い、前表紙一面に「丙午／乙巳　夜半亭」と、後表紙に「曲糊亭友之」と墨書きし、紙縒りで仮綴じする。全十九丁全て几董判月並発句合の摺物で、やはり半丁十行の若草色罫紙を使用する。版芯は先の天明四・五年のそれと同型であるが、匡郭はそれよりも一回り小さい。十九丁の内訳は、天明五年分が十一丁、六年分が八丁である。丁付六とあったはずの天明五年六月分、及び六年五月以降の分は残らない。版下の筆跡は十九丁すべて同じであるが、先の一連の摺物とは別筆。興行も一連のものとは別立て。月毎の字高・字の大きさ・彫り・墨の濃淡など、かなりのばらつきがあり、全体的に雑な感じがする。図版17①は天明五年一月分一丁の表・裏、図版17②が天明六年一月分一丁の表・裏である。なお、拙稿「夜半亭月並句合（二）」参照。

天明四年一月から八年十二月に及ぶ几董判月並発句合を、現存する摺物九十二丁によって、その概略を一覧表にしてみると、表21「几董判月並発句合興行一覧」のようになる。以下翻刻編と併せて参照されたい。

摺物の残存状況　天明四年は一年分完備。但し、この年には正月に閏があり、その月の分が見当たらないが、正月分が丁付一、二月分が二・三と連続しており、閏正月の興行は無かったものと思われる。五年は、丁付一とあったはずの一月分、丁付六・七の五月分を欠くが、二・三・四月、六～十二月の十箇月分が残る。また、併行して催された別立ての五年は、丁付六の六月分を除く一～五月、七～十二月の十一箇月分が残る。六年は、閏十月を含む一年十三箇月分が完備。別立て六年は、一～四月分は完備。但し、五月以降この別立て発句合が継続興行されたかどうかは、判断する手掛かりがない。七年は、一～四月、九・十月の六箇月分は完備するが、五月分の末尾・六月の全て・七月の全て・八月の大部分（丁付十～十四）、それに十一・十二月分（丁数不明、合三丁ほどか）を欠く。八年分は、丁付一・二の正月分、それに丁付三・四・五・六とあった二月～十二月分のうち第五丁を欠く。残存丁数九十二丁、別立て六年の五月以降の興行が無かったとすれば、失われた丁数は十五丁ほどと推測される。

摺物の発行　月刊を原則とするが、数箇月分を纏めての一括披露も見られる。一括披露としているのは、天明五年の六・七月（二丁）、十一・十二月（三丁）、別立て五年の十一・十二月（一丁）、六年の九・十月（三丁）、閏十・十一・十二月（六丁）。年末の十一・十二月を一括披露とする例が目立つが、判者・連中とも繁忙期であり、投句・清書・判も遅れがちとなることは容易に想像されるところ。なお、五年については、十月・十一月摺物の冒頭部にそれぞれ「於東都石丁即考」「於駿府時雨窓客舎判」とあるように、この年几董は夜半亭襲名のための東行があったことも十一・十二月分が一括披露となってしまったもう一つの理由であろう。七年はほぼ半年分が抜けているので分かりにくいが、五月分は末尾の四句（翻刻編、句番号659～662）に句評・点位がなく、六月分にわたっている可能性が高い。八・九月は九月分の頭に八月分が二句（663・664）入っていて、八・九月分が一括披露であることは明らか。但し、それが、

表21　几董判月並発句合　興行一覧　　2-1

年次	月数	丁　付	季　　題	勝句数	惣句数
天明4	1	1	梅・春風・なゝ草・椿・若くさ	18	×
	2	2・3	春雨・陽炎・畑打・燕・接木	10	×
	3	4	永日・さくら・菫・別霜・行春	9	×
	4	5・6	子規・短夜・牡丹・鮓・若葉	12	550句
	5	7・8	幟・田植・鵜・蚊遣・嫋竹	25	600章
	6	9	白雨・涼・雲峰・蓮・団扇	11	×
	7	10・11	舜・稲妻・秋風・星合・相撲	18	×
	8	12	砧・月・暴風・霧・夜寒	8	520句
	9	13	菊・新綿・落鮎・紅葉・暮秋	8	400余句
	10	14・15	時雨・蒲団・忘花・凩・埋火	15	500句
	11	16	雪・水鳥・冬木立・霜夜・鷹	10	×
	12	17	寒月・薬喰・冬籠・寒・煤払	9	×
天明5	（欠）1	〔1〕	（元日・夜寒・初寅・ひだら・蕗薹）	不明	不明
	2	2・3	二日灸・雉子・土筆・春水・蛙	20	×
	3	4	雛・草餅・藤・花・蠶	9	×
	4	5	更衣・卯花・蚊帳・麦・初茄子	9	×
	（欠）5	〔6・7〕	（五月雨・帷子・刈葱・豆花・夏月）	不明	不明
	6	8・9	祇園会・暑・清水・蚤・瞿麦	10	×
	7		身にしむ・接待・鯊釣・をみなへし・糸瓜	8	×
	8	10	初汐・山雀・案山子・秋雨・若煙草	9	×
	9	11	九日・牛祭・夜寒・鴨脚・穭田	10	×
	10	12	亥猪・冬月・炉開・柴漬・枯野	10	×
	11	13・14・15	霜・顔見世・鉢叩・乾鮭・氷	10	×
	12		寒梅・米洗・初鰤・絣・大三十日	10	×
天明6	1	1・2	蓬莱・梅・松花・傀儡師・柳	12	545
	2	3・4	糸遊・紅梅・彼岸・春月・春雨	27	715句
	3	5・6	曲水・桃・山吹・老鶯・壬生念仏	18	685句
	4	7・8	牡丹・若葉・実桜・鳲鳩・夏羽織	21	660句
	5	9・10	蝸牛・早乙女・螢・蚊遣・花樗	18	840句
	6	11・12・13	昼顔・納涼・白雨・葛水・御祓	38	905章
	7	14・15・16	銀河・稲妻・角力・草の花・簑虫	39	775章
	8	17・18	月・渡鳥・落水・放生会・鳫	20	805章
	9	19・20・21	川鹿・新酒・野分・梅嫌・菌	10	860章
	10		夷講・衾・茶花・生海鼠・霰	19	凡810句

表21　几董判月並発句合　興行一覧　2-2

年次	月数	丁　付	季　　題	勝句数	惣句数
天明6	閏10	22・23・24・25・26・27	水鳥・紙子・落葉・炭・河豚	25	915章
	11		雪・里神楽・大師講・葱・麦蒔	15	805句
	12		寒月・古暦・鯨・寒垢離・宝舟	46	×
天明7	1	1・2	遣羽子・下萌・椿・東風・蕗の薹	23	470章
	2	3・4・5	紙鳶・燕・蛙・初桜・海苔	32	1015章
	3	6・7	遅日・菫・春夕・若鮎・落花	21	755章
	4	8	罌粟花・若竹・蝙蝠・短夜・初茄子	10	690章
	5	9	入梅・帳子・水鶏・蟵・田草取	10 + α	550句
	(欠) 6	〔10・11・12・13・14〕	(　不　明　)	不明	不明
	(欠) 7		(　不　明　)	不明	不明
	(欠) 8		秋の暮・鱸・(他不明)	2 + α	不明
	9	15・16・17	菊・朝寒・牛祭・長夜・刈田	38	715章
	10	18・19	玄猪・初霜・十夜・冬篭・凩	22	850句
	(欠) 11	不明	(　不　明　)	不明	不明
	(欠) 12	不明	(　不　明　)	不明	不明
天明8	(欠) 1	〔1・2〕	(　不　明　)	不明	不明
	2〜12	3・4・〔5〕・6	(　略　)	35 + α	×
別立て天明5	1	1	元日・下萌・鶯・霞・若艸	9	×
	2	2	初鮒・椿・山葵・帰雁・薪の能	9	×
	3	3	花・蜂・さくら鯛・艸の餅・春の野	8	×
	4	4	芍薬・夏書・青簾・かんこ鳥・すし	9	×
	5	5	粽・けい馬・百合・帷子・かたつぶり	8	×
	(欠) 6	〔6〕	(　不　明　)	不明	不明
	7	7	初秋・刺鯖・瓢・竃馬・踊	8	×
	8	□・9	鹿・夜寒・芋・鳴子・野菊	17	×
	9	9	初鴨・きく・露しぐれ・茸狩・秋の暮	9	×
	10	10	小春・落ば・神迎・びわの花・千どり	9	×
	11	□	かみ置・雪・納豆汁・鷹・生が掘	5	×
	12		節キ候・凍・しを鱈・松売・年篭	4	×
別立て天明6	1	1	初鶏・若水・初夢・春駒・椿	10	×
	2	2・3・4	苗代・朧月・二日灸・雲雀・初ざくら	25	960句
	3	5・6	雛・暖・蛙・小鮎・ふじの花	25	1115吟
	4	7・8	葵祭・越瓜・杜若・飛蟻・時鳥	18	885吟
合計		92丁		922 + α	

六・七月分にもわたるのかどうかは、分からない。十一・十二月分も残っていないので何とも言えないが、五・六年の例に照らして一括披露の可能性は捨て切れない。八年は、正月分は二丁で出しているが、二月〜十二月は四丁で一括披露となっている。これは、同年正月晦日に京都の街を襲った所謂天明の大火の影響によるものであることは前述した通り。

清書所　序章でも触れた如く、月並発句合の興行で最も重要な役割を果たすのが撰者と投句作者との間に介在する清書所（清書役）である。几董の興行にあってもその存在は当然想定されねばならぬところであるが、その唯一の手がかりは天明七年十二月十五日付雲帯宛几董書簡（『続俳人の手紙』平成7年、青裳堂刊）中の「其外書林かたよりは俳書どもも追々さし下候。又月並の抜華御草稿など栄花堂よりつど〳〵下候」という文言である。「月並の抜華」の「華」は「萃」とも読めなくはないが、何れにせよこれは月並発句合の勝句摺物をさし、「草稿」は投句原稿に点を掛けたものに間違いあるまい。それを雲帯宛に発送した「栄花堂」は几董判月並発句合を捌いていた清書所と見るのが妥当である。現存摺物の中に雲帯の勝句は見当たらないが、草稿を返草されているところからすれば彼も次掲表22に出る呂吹・文兆・柳荘・路人ら善光寺連中とともに几董月並に投句していたことは疑うべくもない。なお、後述の落梅窩星池撰三棲月並発句合の天明六年五月分勝句摺物に「栄花」として、また七年五月に「栄花堂」として各一句が入集しているが、これは時期的に見て几董月並清書所のそれとおそらく同一人物であろう。栄花堂についてはこれ以上詳しいことは分からない。が、天明四年四月以降天明七年分までの几董月並勝句摺物の版下は、彼の筆跡であるのかもしれない。

季題　現存摺物に見る限り、いずれも通常の季題五を出題する。天明五年一月・五月は摺物が残らぬが、旧稿「夜半亭月並句合の傍流―落梅窩星池撰三棲月次―」（連歌俳諧研究62号）で触れたように、この年は星池判月並発句合と季題を統一して興行しており、そこから季題が分かる。天明七年八月は、二句のみ残り、二題のみ判明。八年二月〜十二月分は、表では省略したが、勝句はいずれも通常の季題によるもの。表で「不明」とした摺物の残らぬ月も同様に、出題は通常の季題五であったと考えてよい。

惣句数　これは、各月の寄句である。記す月と記さない月があり、四年は十二箇月のうち五箇月に記載。五年は別立ても含め二十一箇月分、一切記載なし。六年は別立ても含め十七箇月分のうち、二箇月分に記載なし。七年は七箇月分全てに記載。混乱を極めたであろう八年はさておくとして、年によってばらつきがある。四年は惣句数を載せたり載せなかったりしたが、五年は記載しない方針で統一、六年以降は原則記載することにしたという流れは読み取れよう。惣句数の最多は、別立て天明六年三月の１１１５吟、それに次ぐのが七年二月の１０１５章、最少は四年九月の400余句である。なお、「四百余句」（四年九月）「凡八百十句」（六年十月）というやや曖昧な記載も二例見られるが、他は全てきっちりと五の倍数であることは注目して良い。それは、この発句合が五題一組で投句という決まりで興行されていたことを意味している。

入選率　では、惣句数が判明している月を手掛かりとして、年度別に入選率を割り出してみよう。四年は、四・五・八・九・十の五箇月分の惣句が２５７０、勝句が68で入選率約２・６％。六年は、十二月を除く十二箇月（含閏十月）分の惣句９３２０、勝句262、入選率約２・８％。別立て六年は、二・三・四の三箇月分の惣句２９６０、勝句68、入選率約２・３％。七年は、一〜四・九・十の六箇月分の惣句４４９５（除五月550）、勝句146（除五月10＋α）、入選率約３・２％。以上二十六箇月分の惣句合計は１９３４５、勝句合計が544で、平均入選率は約２・８％となる。これはつまり、五題一組で二十組、計百句投句したとしても、勝を取り摺物に載せてもらえる句は三句に満たないということである。惣句数を記載していない月はそれほどに集まっていないことも推測され、この数字を全ての月に当て嵌めることは出来ないにしても、かなりシビアな評であることは疑いを容れない。なお、惣句数が判明している二十六箇月の惣句合計は１９３４５句、月平均にすると約744句、五題一組　と考えると月平均で約149組の投句があったという計算になる。

作者圏　几董月並摺物に出る作者を地域別に分け、年度別の勝句数及びその総計を一覧表にしてみると、表22「几董判月並発句合作者・勝句数一覧」のようになる。

なお表について少し補足をしておくと、天明五年七月207（翻刻編句番号）に出る京の雅竹は同年九月225で「雅竹更自同」と、六年七月401で「自同事　垂翅」と改号。四・五年に出る浪花の芦村は五年八月216に「芦村事　蓼雨」と、五年に出る呉江の蕙洲は七年の几董初懐紙に「蕙洲更　李崠」と見え、それぞれ同一人物。四年の深草の「巴橋」と五・六年別立てに出る「巴喬」、六年に出る京の「鳳眉」と「鳳尾」、それに四年浪花の「七布寐」と六年「七舟」、五年二月末尾172・173の「京　無名」氏は同一人物と見做した。なお、「巴橋」は六年十一月509に「深草巴橋改　半輪」と改号。また、京の楚山は「在江戸」の肩書きで出ることが多い。伏見の買山は天明五・六年は「京」として出ている。五年に出る京の「梅斜」と七年に出る「勢州山田　梅斜」は別人と考えた。

五・六年の別立て興行を除き、勝句作者数は220名。その作者圏は京・伏水・浪花・池田あたりを中心に、嵯峨・深草・淀・楠葉・宇治田原・城南の山城各地に伊丹・兵庫・灘・但馬・丹波・信善光寺を加え、備中・越後からも僅かながらの参加を見る。全体として几董の交流圏に収まり、それほど広範囲に及んではいない。五・六年の別立て興行は作者数65名。京45名・伏見15・深草2・嵯峨1・兵庫2という内訳が示しているように、あくまでも京・伏見を中心とした催しであったらしく、山城圏外へは殆ど及んでいない。因みに、この別立て興行の作者65名のうち22名は四年〜八年の発句合にも名前が見える。

さて、表で勝句欄を網掛けとしたのはその作者が該当年の几董初懐紙に出ていることを示したもの。「0」の印は、月並摺物に勝句は見えないが該当年の初懐紙に出ていることを表わす。八年の初懐紙は現存せず、また収録作者・句数も少ないので省略した。別立ての五・六年分についてはこれを一括して扱い、両年のまたはどちらかの年の初懐紙

表22　几董判月並発句合　作者・勝句数一覧　7-1

地 域	作者名	天明4	天明5	天明6	天明7	天明8	勝句計	別立て 天明5・6
京	春坡	8	3	11	5	5	32	13
	如菊	5	0	2	3		10	1
	亭也	4		2			6	
	佳棠	4	0	0	0		4	
	社燕	4	0				4	
	東圃	4		1			5	
	湖邑	3	0	0	0		3	
	楚山	3	0	5	2		10	
	梅塢	3	1				4	
	金華	3					3	
	舞閣	2	0	0	0		2	
	管鳥	2	1	0	0		3	
	如竹	2					2	
	松洞	1	2	1	1		5	1
	雷夫	1	0	5	0		6	
	杉月	1	0	0	0		1	
	斗雪	1					1	
	松化	1	1	0			2	7
	雪山	1					1	
	自珍	1	1	7	4	2	15	3
	吐文	1					1	
	湖蝶	1					1	
	達知	1					1	
	月波	1					1	
	菱湖	1	3	3	3		7	
	如瑟	1	0	0			1	
	井蛙	1					1	
	繍波	1					1	
	董亭		3				3	7
	雅竹		1					6
	(自同)		2	1			6	6
	(垂翅)			2				
	烏暁		2	1			3	
	無名		2				2	
	冬畑		1				1	
	菊貫		1				1	
	梅斜		1				1	

表 22　几董判月並発句合　作者・勝句数一覧　　7-2

地域	作者名	天明 4	天明 5	天明 6	天明 7	天明 8	勝句計	別立て 天明 5・6
京	三扑		1				1	
	翁丸		1				1	
	一鳳		1		3		4	5
	南昌			11	6	1	18	4
	沙長			7	6		13	
	甫田			6			6	
	呂蛉			4	1		5	4
	一差			3	1		4	
	寸砂			1	2		3	6
	桂月			2	1		3	
	蘿音			2			2	
	暁山			2			2	2
	帰楽			1	1		2	
	奇肇			2			2	
	鳳眉			1	5		8	
	鳳尾			2				
	万佐	0		1	0		1	
	淇竹			1			1	
	唱			1			1	
	太応			1			1	
	帰鳥			1			1	
	綾衣			1			1	
	松雨			1			1	2
	之尺			1	1		2	2
	紫暁			1	0		1	
	登辰			1			1	
	喜與			1			1	
	湖山			1			1	
	花毫			1	0		1	
	其遊			1	0		1	
	駋捔			1			1	
	米久			1			1	5
	芙雀				4		4	
	旭渓				3		3	
	芦月				1		1	2
	鈍人				5		5	
	其答				1		1	
	文門				1		1	
	湖国				1		1	

表 22　几董判月並発句合　作者・勝句数一覧　7–3

地 域	作者名	天明 4	天明 5	天明 6	天明 7	天明 8	勝句計	別立て 天明 5・6
京	薫				1		1	
	亀卜				1		1	
	桐似				1		1	
	朱青				1		1	
	甘古				1		1	
	五彩				1		1	
	机雀				1		1	
	雪閣				1		1	
	我村							9
	呂風							6
	一風							1
	不酔							4
	疎涼							3
	御松							2
	古竜							2
	潑皮							2
	仙木							2
	梅居							1
	縁川							1
	綺山							1
	柳枝							1
	不言							1
	野蚯							1
	鳰浪							1
	歌葉							2
	凸凹							1
	蘇風							1
	晧月堂							1
	一雲斎							1
	春谷							1
	寸長							1
	松堂							1
	俉亭							1
	化山							1
	峰鳥							1
	芦仙							1
	松烏							1
	杜栗					5	5	
洛東	閑雅	1					1	

表22　几董判月並発句合　作者・勝句数一覧　7-4

地 域	作者名	天明 4	天明 5	天明 6	天明 7	天明 8	勝句計	別立て 天明 5・6
在京	谷水	1	0	0			1	
	斗入	1					1	
	夜吟			1			1	
	布舟				2		2	
伏水	買山	2	7	17	7	1	34	12
	賀瑞	6		3	1	1	11	
	春雄	6	1				7	
	祇帆	3	3				6	
	其韵	2	0	0	0		2	
	烏有	2					2	
	兎山	1	0	3	4		8	1
	鬼村	1					1	
	つゆ女	1					1	
	鹿卜	1					1	
	波橋	1		0			1	
	雨止	1					1	
	鶉閨	1	1	3			5	2
	其残	1	0	1			2	3
	石鼓		1	1			2	2
	金井		1				1	
	其水		1				1	
	月荘			3			3	
	胡成			2			2	
	鼠卦			1			1	2
	紫石				1		1	
	左幸							4
	玄里							3
	枕肱							3
	霍宜							1
	之流							1
	対橋			0				1
	羽毛							1
	柳圃							1
	竹下亭							1
嵯峨	魯哉		5	2	4	4	15	1
	里隣		1	1	0	3	5	
深草	谷水	1					1	

表 22　几董判月並発句合　作者・勝句数一覧　7-5

地域	作者名	天明 4	天明 5	天明 6	天明 7	天明 8	勝句計	別立て 天明 5・6
深草	巴橋	1						
	(巴喬)						2	2
	(半輪)			1				
	霞渓							1
	蒲門			1			1	
	希双				1		1	
淀	灌園				2		2	
	維笑				1		1	
楠葉	不染			2	6		8	
宇治田原	毛條	1	0	2	0		3	
	也竺	2	0				2	
城南	下放	2			3		5	
	三木	1					1	
	衣厰				1		1	
	社中	1					1	
城南　ヒロノ	歌蝶	1					1	
城南　佐山	如雪				1		1	
	黄口				1		1	
城南　林	之寂				1		1	
	麦子				1		1	
城南大久保	倚石				1		1	
湖南	蘭巧				4		4	
勢州山田	梅斜				1		1	
浪花	守明	8	4	2			14	
	銀獅	7	3	8	1		19	
	二村	7	2	10			19	
	帋風	4	1	1			6	
	何木	2	1	1			4	
	東車	2					2	
	牧馬	1					1	
	雨凌	1	1	5			7	
	七布寐	1					3	
	(七舟)			2				
	芦村	1	2				4	
	(蓼雨)		1					
	檮室	0	1	8	3		12	
	芦角		1				1	
	南湖		1	1			2	
	京甫		1	1	3		5	

表22　几董判月並発句合　作者・勝句数一覧　7-6

地域	作者名	天明4	天明5	天明6	天明7	天明8	勝句計	別立て天明5・6
浪花	一透			6	3	1	10	
	嘯風		0	7	2	3	12	
	几雪			7	0		7	
	交風			1	4	4	9	
	うめ女		0	5	0		5	
	鳳郷			3	1	2	6	
	つる雄			3			3	
	雲我			3			3	
	百堂			3	0		3	
	可応			2			2	
	甘三			1	3		4	
	梅後			2			2	
	百鳩			2			2	
	魚三			1	1		2	
	由水				2		2	
	岸松				1		1	
	露彦				1		1	
	里橋			1			1	
	仙興				2		2	
	千澄			1			1	
	廿男			1			1	
	菊十	0		1			1	
	野遊			1			1	
	玉国			1			1	
	菅水			1			1	
	鷲目			1			1	
	杜右			1			1	
	峨眉山			1			1	
	眉山				1		1	
	左蓮			1			1	
	富兆			1			1	
	呂律坊			1			1	
	文亭					1	1	
池田	竹外	3	3	10	2	2	20	
	東籬	2	8	4	2		16	
	星府	1	0	0	0		1	
	朶雪		3	1	1		5	
	田賦		2				2	
	如山				1		1	

表 22　几董判月並発句合　作者・勝句数一覧　7−7

地 域	作者名	天明 4	天明 5	天明 6	天明 7	天明 8	勝句計	別立て 天明 5・6
池田	市仙				2		2	
呉江	蕙洲		7	3			12	
	李崠				2			
	雪巒				2		2	
	為律				3		3	
雲水	月渓	1	0	0	0		1	
伊丹	趙舎		4	2	0		6	
	鶉居			2			2	
	東瓦	0	0	1	0		1	
兵庫	鬼彦		3	3			6	
	巴耕			5	1		6	
	其玉							2
	里松							1
灘河原邑	李ィ	1					1	
灘脇の浜	千渓			5			5	
	桃舎			3			3	
	月丘			3			3	
	薗			1			1	
	佳七			1			1	
但馬	柳水	2	0		0		2	
	和且			1			1	
但馬石橋村	如蘿				1		1	
但馬温泉	因山	2	0	0	0		2	
丹波八上	一相庵	1					1	
丹波野垣	芦月	1					1	
丹州大山	翠実		1				1	
信善光寺	呂吹		1	2	0		3	
	文兆		1	3	0		4	
	柳荘		1	2	0		3	
	路人	0	1	1	0		2	
	洞之		1				2	
	(洞芝)			1				
	五什			3			3	
	左文			1			1	
	二葉			1			1	
備中玉島	湖東			2			2	
越後十日町	桃路			1			1	
南山下	花毫	1		0			1	
地域不明	無名		1				1	

入集を基準に網掛けをしてある。几董月並発句合における初懐紙作者の占める割合を見てみよう。天明四年摺り物に出る勝句作者は全部で72名、収録勝句は153句である。このうち網掛け作者、つまり天明四年几董初懐紙に見えるのが25名でその勝句は計70句。作者数で言うと25／72で約35％、勝句数で言うと70／153で約46％が初懐紙作者によって占められていることになる。網掛けを施していない京の舞閣・松洞、浪花の二村・雨凌・七布寐の五名は天明四年の初懐紙には出ないが、それ以前の几董初懐紙に名が見える。この五名の勝句は12句。これを加えて計算すると、四年は作者数で30／72で約42％、勝句数で82／153で約54％とさらに高い割合を示す。同様に五年以降の初懐紙作者の占める割合も計算し、一覧にしてみると次のようになる。

	作者数		勝句数	
天明四	25／72	約35％	70／153	約46％
天明五	18／51	約35％	47／105	約45％
天明六	32／118	約27％	136／308	約44％
天明七	24／74	約32％	63／158	約40％
別立て	13／65	20％	55／173	約32％

別立てを除き、作者数で27～35％、勝句数で40～46％と初懐紙作者の占める割合は高い。別立ては一連の興行より数字は下がるものの、やはり初懐紙作者の占める割合はそれほど低いわけではない。それは、几董の月並発句合が不特定多数を対象とした点料目当ての興行ではなく、主に門下・知己を対象に門下の指導を目的として始まり、その性格が基本的に変らなかったことを示すものである。作者個人の勝句数に注目してみると、四年～八年の一連の興行では伏水の買山34句・京の春坡32句が群を抜いているが、その他の勝句数の多い作者としては、京の南昌18・自珍15・沙長13・如菊10・楚山10、伏水の賀瑞11、嵯峨の魯哉15、浪花の銀獅19・二村19・守明14・檮室12・嘯風12・一透

10、池田の竹外20・東籬16・蕙洲12といったあたりが上げられる。なお、別立てを加えると、買山は46句、春坡は45句という突出した数字を示す。現存する几董判月並発句合の摺物九十二丁に収録される勝句は922句であるから、買山・春坡の二人でその一割近くを占めているということになる。

句評　几董判月並発句合摺物で特筆すべきは、収録する勝句の殆どに句評が添えられているということである。この摺物の背後には、かような催しには必須の、巻頭勝句の作者に褒美として与えられる点帖の存在が想定されるのだが、次項で詳述するように、月並に限らず臨時の発句合の場合も、勝句の殆どに句評を添えるような例は管見の範囲では見当たらない。まして、その点帖をもとに改めて勝句の摺物を出す場合には句評などは省かれてしまうことが多い。月並・臨時を含め几董判発句合の点帖は未だ発見されていないので断定は憚られるものの、恐らくその姿は一般的な点帖の形式を大きく逸脱するようなものではなかろう。もしそうだとすると、几董は点帖に書き込んだ句評をベースに加筆・修正して摺物の原稿を整えているということになる。これについては別項で詳述するとして、ここではいかに綿密に句評が添えられているかを取り敢えず押さえておくことにしよう。なお、ここで句評という時には、「三句とも題をはづさず」（天明五年二月、翻刻編句番号171〜173）というような数句を並べての一括評もそれに含め、「三句無甲乙」（天明四年五月70〜72）といった同位標示はこれに含めていない。

四年一月は句評なしでスタートしたが、同年二月以降別立て分も含め六年二月までは、四年五月に勝句25句中13句に句評を添えなかった以外は、全ての勝句に句評を添えている。五年から発句合が二本立てとなったこと、また寄句数の増加などもあって、几董も捌き切れなくなったらしく、六年三月以降は勝句全句評の原則が崩れて行くが、それに併行して一括評・同位標示が増えていくことには注目してよい。例えば、別立て分も含め合計1675句を捌かねばならなかった六年二月は、「四句おの〱一作あり珍重」（277〜280）、「六句各作を異にすといへども次に出」（281〜286）、「七句おの〱趣を異にすといへども点位甲乙なし」（290〜296）、「四句皆晩景の雲雀を詠ず。されど聊おもむき変りたれば」（851～854）というように十羽一絡げに近い一括評を乱発している。六年三月は別立てを含め寄句１８００に及び、さすがに捌き兼ねたのであろうか、一括評すらなく、「三句同位」（313～315）「右八句同位」（858～865）「右三句同位」（866～868）「右十一句同位」（869～879）というように同位標示でこれを凌いでいるのである。以後七年十月にかけて、この同位標示が頻出するのであるが、それでも六年三月から七年十月まで（含、別六年三・四月。除、七年五月・八月）を通算してみると、勝句458のうち句評無しの句は162句で、ほぼ三分の二には必ず句評があるという結果が出てくる。因みに、現存摺物に見られる句評を、原本の行数で計算してみると、四年が202行、五年が153行、別立て五年が126行、六年が250行、別立て六年が67行、七年が120行、八年が15行で、合計933行に及ぶ。現存摺物収録句は922句であるから、平均すれば一句について一行以上の句評があるという計算になる。中には、四年二月巻末に添えた総評（口絵図版12③④参照）、それに七年三月の巻頭句622の評語（図版15参照）のように共に14行にわたる句評も見られ、評価基準を実に丁寧に示そうとしている。

Ⅱ　点帖と摺物

几董のものに限らず、およそかような月並発句合摺物の背後には、巻頭勝句の作者に褒美として与えられた点帖の存在を想定しなければならない。が、その点帖と対応する摺物が揃って残ることは極めて稀で、従って点帖を基にどのような編集が行なわれて摺物が発刊されたかは分からない場合の方が多い。月並・臨時を含め、几董判発句合の点帖は未だ発見されておらず、その見極めは一層の困難を伴なうが、ここにその問題を考えるのに参照すべき二組の資料がある。その一は、寛政三年四月暁台判月並発句合の点帖とそれに対応する摺物、その二は安永六～八年頃の樗良判月並発句合の点帖とそれに対応する摺物である。

暁台関係のものは何れも名古屋の藤園堂書店蔵で、寺島徹氏稿「暁台の晩年と月並句合」（平成10年2月、連歌俳諧研究94号）に紹介済み。筆者の手許には宮田正信博士の御生前に恵与を受けた複写及びメモがあり、いまそれによる。

①1　点帖『しづのおだまき』

大本一冊。縦24・1×横16・7糎。縹色布目地表紙。表紙左肩に書題簽。剥落が甚だしく、寺島氏は仮題『寛政三年暁台添削』として紹介されたが、「しつのおたまき」と読める。巻頭句「蚤飛て賤かをたまきみたれけり露《サヤ》山」に因んだ書名で、かような点帖類にはよく見られる命名である。墨付六十七丁。第一丁冒頭に「五題混雑」と記し、以下六十一丁裏まで、概ね半丁五句宛で合計607句を清書所が清書して、暁台が点をかける。清書句から拾うと、季題は蚤・若葉・短夜・諫鼓鳥・芥子で、四月の催し。点は、朱○と一棒の長点それに「春艸新生」の点印（朱）による。つまり、ここまでのところ点帖には、何もしるしの無い句、朱○だけの句、長点をかけ「春艸新生」押印句の三種が相混じって出て来る訳である。図版18①に十四丁裏と十五丁表をあげておく。長点＋「春艸新生」押印句は計121句。続けて、六十二丁表に暁台自らが「右僻毫　暮雨周挙印」と記し、六十二丁裏から六十七丁裏まで、「春艸新生」押印句の中から選抜した高点句30句を暁台の手で清書する。暁台清書の高点句は、長点二本に点印「座酔桃李唇」（朱）押印の28句（図版18②は六十二丁裏と六十三丁表）と、長点三本に朱○それに点印「採金蓮擲玉簪」（朱）押印の2句。図版18③はその2句を収める六十七丁裏である。なお、清書所清書部・暁台清書部を通じて句評めいたものは一切無いが、清書所清書部の「春艸新生」押印句121句のうち、暁台が添削書き込みをしたものが30句ある。このうち暁台清書部に転載された高点扱いの句は次の11句である。各句の右に示したのが暁台の書き込み添削である。

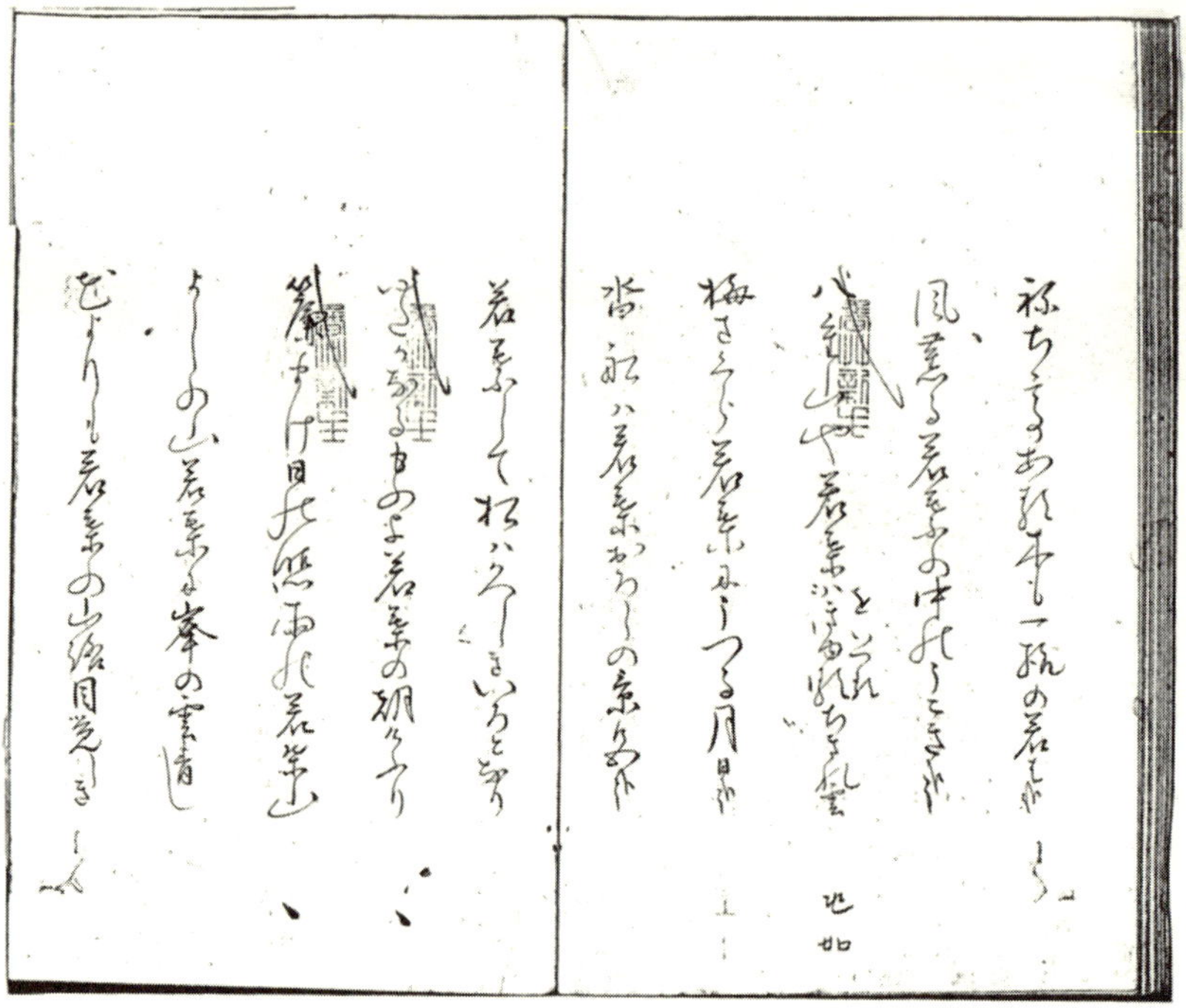

図18① しづのおだまき　14ウ・15オ

なお、以下の引用句には原典にない濁点を私に付し、原典に濁点がある場合は「濁ママ」で示した。句頭の数字は丁数である。

14ウ　八重山や若葉はきゆる《をいづる》ちぎれ雲　兆如
16ウ　明やすき夜すがら蟇の憂や啼《声や》　也梁
17ウ　短夜のつきは《を》袂に入《レ》にけり　兆如
35オ　若葉より《深く》露ひたれなる烏哉《り山烏》　羅城
41オ　村雲の通ふばかりや《ぞ》かんこ鳥　五寅
42オ　それこれの若葉いづれの《を》初紅葉　墨山
43ウ　みじか夜の月もいざよふゆうべ《けしき》哉　木海
44ウ　かんこ鳥谺鳥とも言ふべ《濁ママ》けれ《しや》　庭甫
53ウ　真黒にみゆるは《〔削〕》月《夜》のわか葉哉　魯堂
57ウ　我庵は狐もきゝぬ《けよ》かんこ鳥　五周
61ウ　ほたる《蛍》飛で賤のをだ巻乱けり　露山

この11句、暁台清書部では、全て添削後の句形で転載し、「座酔桃李唇」押印。61ウ露山の句は巻頭に、44ウ庭甫の句は第二位に据えて、「採金蓮擲玉簪」押印。また、20ウに出る「閑呼鳥啼や樗の薄ぐもり　吐虹」の句は清書所清

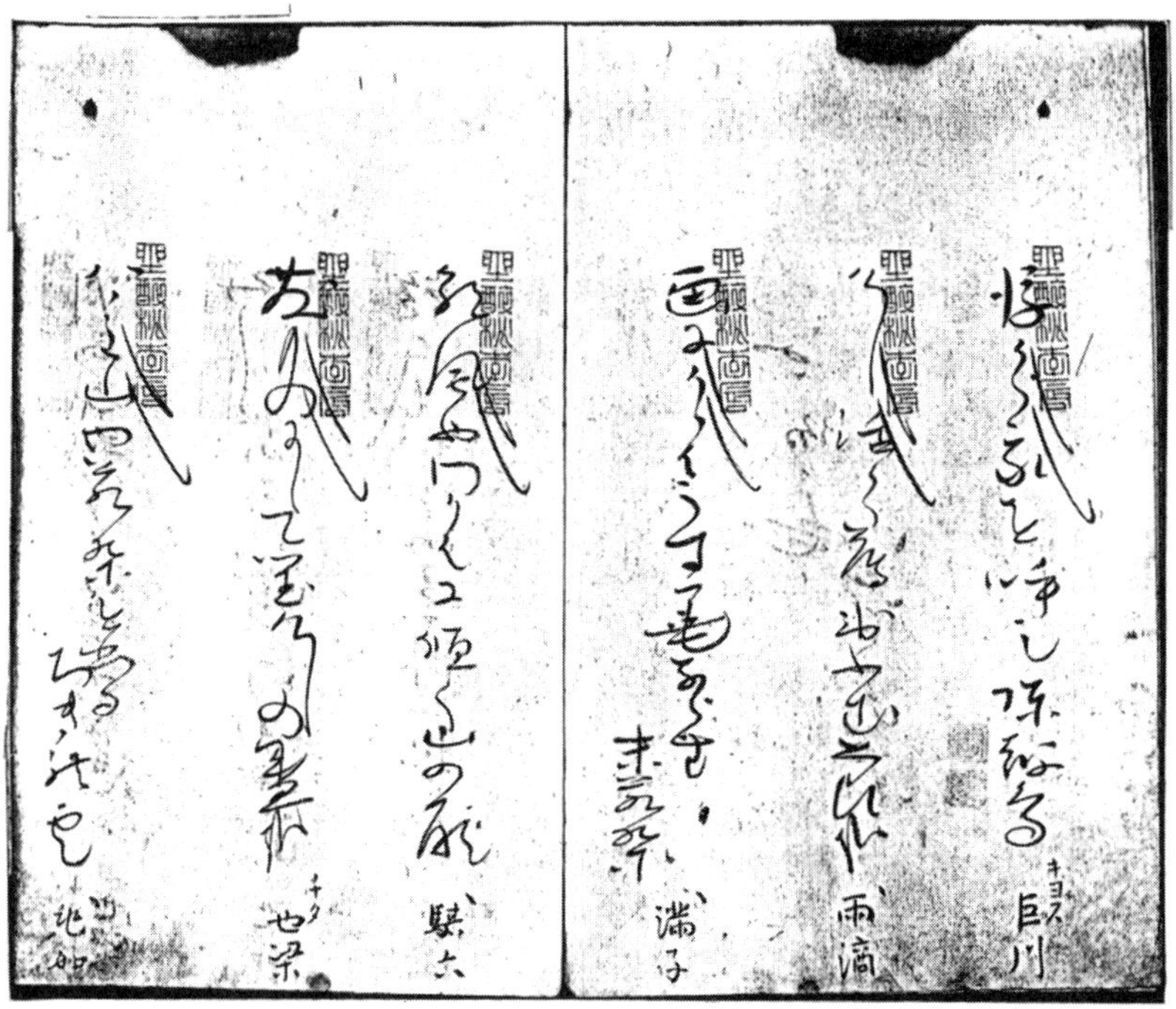

図 18 ② しづのおだまき 62 ウ・63 オ

書部では添削は無いが、暁台清書部には下五を「花ぐもり」と修正して記載する。興味深いのは巻頭に据えられた露山の句で、これは季題が「蚤」であるのに原作は「蛍」で詠み、添削を受けて「蚤」の句に修正され巻頭に据えられているということである。因みにこの句、暁台清書部には中七を「賤がをだまき」として記載。なお、高点には選ばれなかったものの、「春艸新生」押印句で添削を受けたものの中には、

21オ　門たゝく僧も来《帰》らず諫鼓鳥　帯梅
32ウ　蚤飛て《や》枕の山を越にけり《はちと高し》　亀六
36ウ　ふた朝の露《を》見過しぬ《せたり》けしの花　鳳尾

というように、添削によって原作とは句意が正反対になってしまったものも認められる。清書所清書部で「春艸新生」押印句以外の句、つまり何もしるしの無い句・朱○・長点だけの句を見てみると、添削があるのは次の二例だけ。

16オ　朱○　神の山若葉して猶《又》あらたなり
41オ　人考《老か》て迯る蚤追ふ心なし

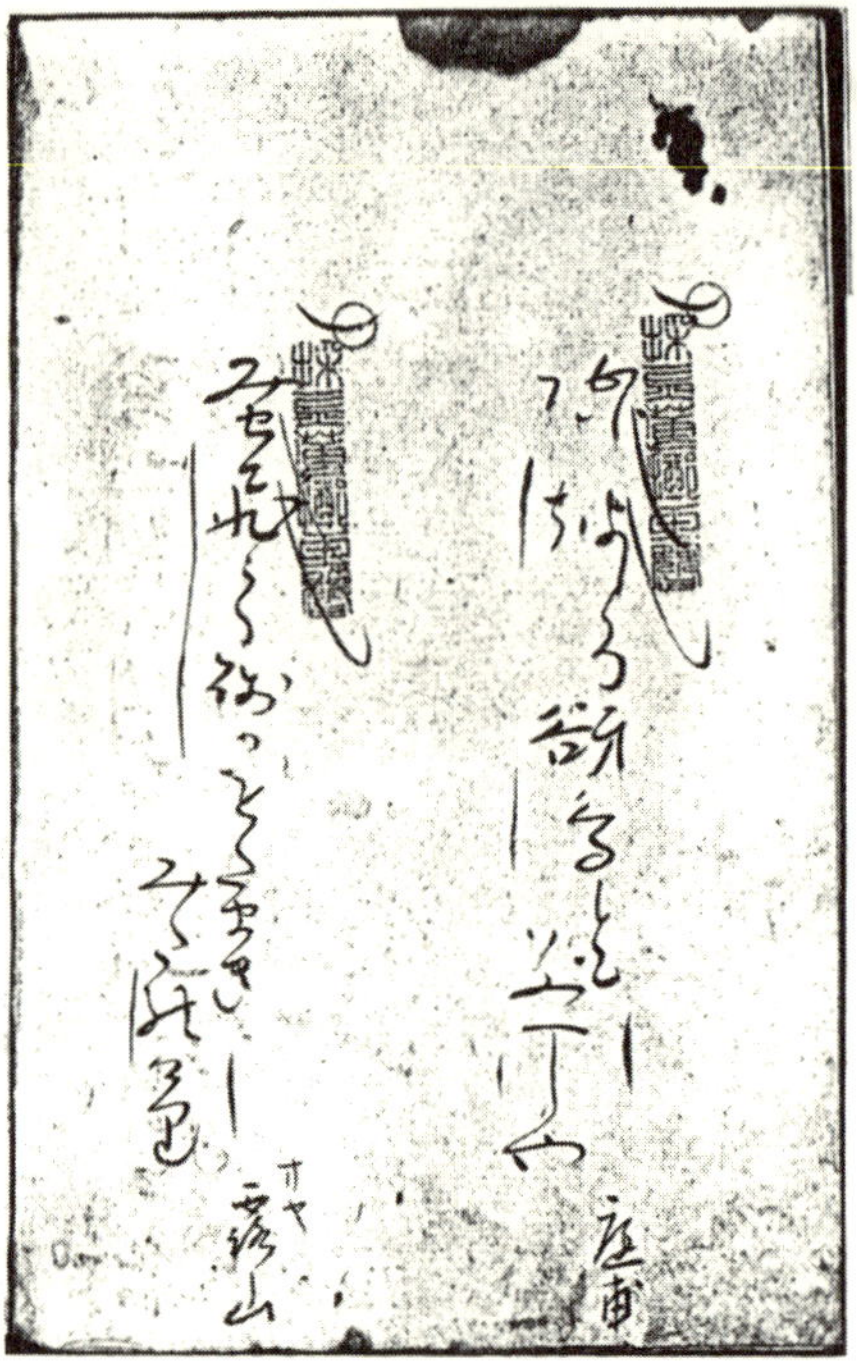

図18③　しづのおだまき　67ウ

これを要するに、「春艸新生」押印句より評価の低い句には原則として添削は加えないという方針であったことが分かる。なお、清書所清書部の「春艸新生」押印句・暁台清書部の高点30句には全て作者の名前が入るが、これは暁台が点を掛けた点帖が清書所へ戻って来た後、清書所が書き入れたものである。

①2　『暮雨巷撰月次秀句』

半紙本一冊。暁台判月並発句合の摺物を綴じ合わせたもの。縦22×横15糎ほど。表紙に「發句春夏　上下」と墨書き。複写からは判らないが、宮田正信博士のメモによれば、後表紙の裏打ちに「暮雨巷撰月次秀句」の墨書き元題簽が存する由。そちらを書名として採用した。後表紙には「横須賀屋／西寿連／金城南衣ヶ浦／柳下亭／楳窓印」と書き込みがある。摺物は、若草色紗綾型模様の囲みのある用紙を使用。全三十二丁を収録するが、丁付は無い。一丁目

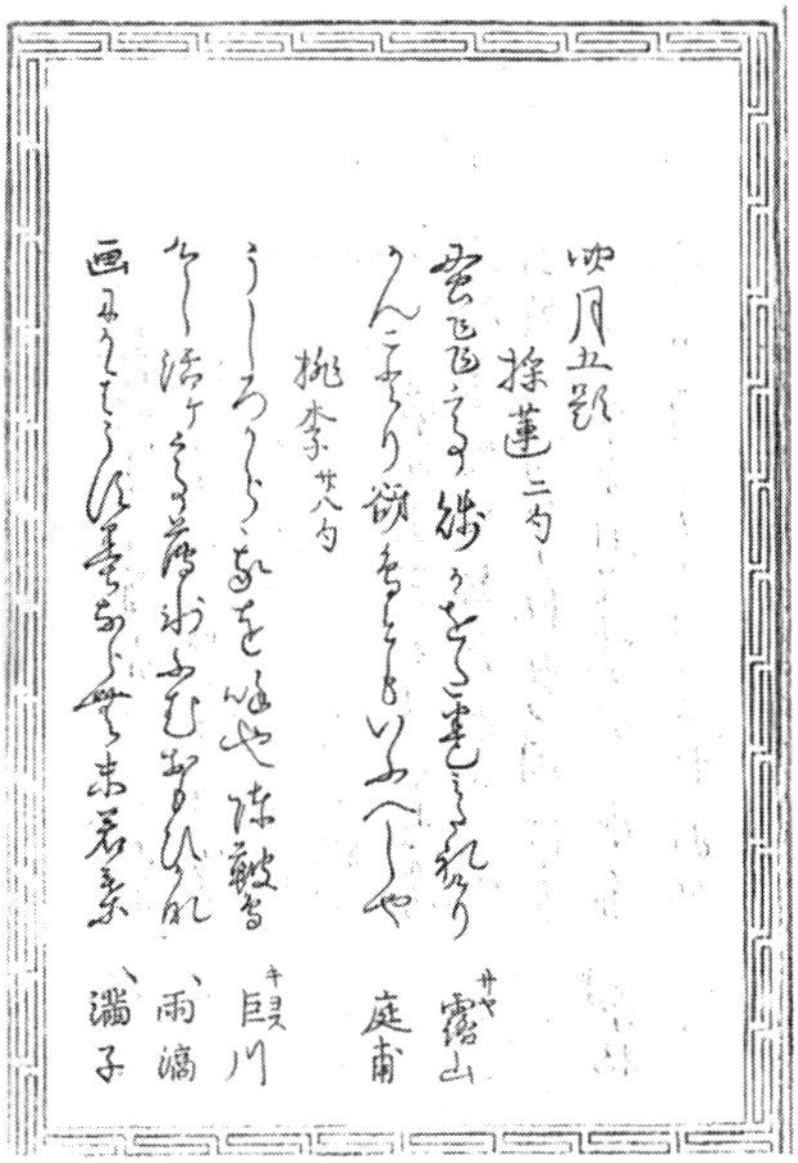

図19①　暁台月並摺物寛政4年4月分
1枚目　オ

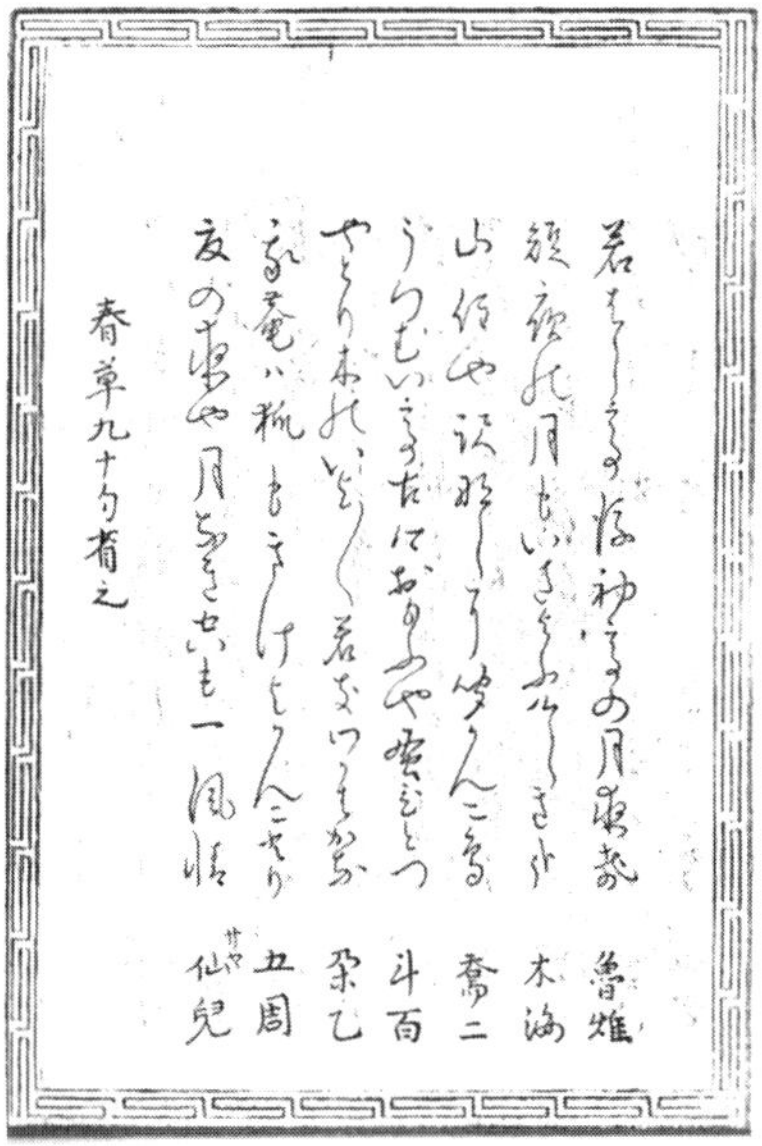

図19②　暁台月並摺物寛政4年4月分
2枚目　ウ

冒頭に、「寛政三正月／暮雨巷撰月次五題」として、各月二丁もしくは一丁宛で、点印別に高点句を収録する。この資料も、寺島徹氏稿「暁台の晩年と月並句合」に、原本不明につき御家蔵の写本に拠るとして紹介済み。季題・入選句などは氏の稿の一覧表に譲り、ここでは省略する。『暮雨巷撰月次秀句』収録の摺物は、収録順に記すと、寛政三年正月・二月・三月・四月・五月・六月・七月・八月（以上、各月二丁）、寛政二年二月（二丁）・三月（三丁）・四月（二丁）・五月（二丁）・六月（二丁）・七月（一丁）・八月（一丁）・九月（一丁）・十月（一丁）・十一月及び十二月（一括で一丁）である。このうち、寛政四年四月の摺物のもとになったのが、寺島氏も触れておられるとおり、先の『しづのおだまき』である。この四月分の摺物は、「採蓮二句」として『しづのおだまき』で「採金蓮擲玉簪」押印の露山・庭甫の2句を冒頭に置き、以下「桃李　廿八句」として「座酔桃李唇」押印句をキヨス（清洲）・チタ（知多）・ツシマ（津島）などと地域別にして掲げたあと、末尾に「春草（「春艸新生」押印句をさす）九十句省之」とする。四月分の摺物の一枚目の表を図版19①、二枚目の裏を図版19②としてあげておく。高点30句は、すべて『しづのおだまき』添削修正形で収録。『しづのおだまき』の「春艸新生」押印句は計121句であった。うち30句が高点の扱いの受けているので、残りは91句となり、その数は摺物に言う「春草九十句省之」とほぼ一致する。因みに、四月分摺物の版下筆跡と『しづのおだまき』清書所清書部の筆跡は同筆で、元禄期の調和の例と同様に、同一人物（臥央か）が寄句清書と摺物の版下清書を務めていたことが知られる。なお、『しづのおだまき』後半の暁台清書部では巻頭句を一番奥に置く形式を採るが、これは俳諧点帖類では最も一般的なスタイル。それを摺物では、点帖とは逆に、巻頭から順に配列していることも留意しておいていただきたい。

②1　樗良撰加点帖『五月会月並』

城陽市歴史民俗資料館蔵堀家文書複写（11－5－29）による。展示図録『南山城の俳諧』（平成十九年十月、京都府立山城郷土資料館）解題によれば、中本一冊、縦19・3×横13・2糎。図版については同図録84を参照されたい。外題なし。全五十九丁。一丁表～五十七丁裏まで半丁四句宛てで、季題別に寄句を清書所が清書する。その内訳は、一丁表～十一丁裏に「若竹」86句、十二丁表～二十三丁裏に「五月雨」94句（三十五丁裏の田植末尾に「此句入違」として収録する一句もここに含める）、二十四丁表～三十五丁裏に「田植」90句、三十六丁表～四十七丁裏に「鵜飼」94句、四十八丁表～五十七丁裏に「印地」78句で、合計442句。季題ごとに句数にばらつきがあるのが不審であるが、一般的な発句合の有りようから考えると、五題一組五句単位で投句する取り決めであったと思われる。そして判者樗良が、殆どの句の右側上部に傍点（朱か）三つ、左側に傍点一つを添え、さらに、◯（朱か）一つ、◯二つで点をかける。点位別にこれを分類してみると、次のようになる。

		傍点のみ	○一つ	○二つ
若竹	86句	38	47	1
五月雨	94句	34	43	17
田植	90句	27	38	25
鵜飼	94句	32	51	11
印地	78句	36	33	9

続けて五十八丁表には、樗良が「即評／甲乙／如印／樗良印（印文不明）印（印文「樗良」）」と書き入れ、五十八丁裏・五十九丁表・五十九丁裏に、樗良の自筆で各一句清書。点印は、それぞれ○一つ・○二つ・縦長の陽刻印（印文不明。朱印か）。これは第三から第一の勝句である。この上位三番は、清書所清書部の傍点のみの句から選ばれている。なお、清書所清書部で○二つの評価を受けた句、及び樗良清書の上位三番には作者名が記入してある。上位三番の勝句を清書所清書部の句形と樗良清書部の句形を並べて示そう。句頭の数字は丁数で、引用句には原典にはない濁点を私に補ってある。

第三	17オ	五月雨や雲よりも白き野べの川	イセ桑名	古也
	58ウ	五月雨や雲よりも白き野辺の川	勢州桑名	古也
第二	24ウ	田を植る手もと見事や水の上	寺田	秦夫
	59オ	田を植る手もと見事や水の上	山シロ寺田	秦夫
第一	43オ	まがり江やならびて見ゆるうの篝	イセクハナ	列樹
	59ウ	曲江やならびて見ゆる鵜の篝	伊勢桑名	列樹

全体を通じて句評は一切なし。また、清書所の訂正と見られる箇所が一箇所あるが、樗良の添削らしきものは認め

られない。右の上位三番にも添削はない。

②2　『無為庵樗良叟月並撰句』

この点帖に対応する摺物が『無為庵樗良叟月並撰句』である。城陽市歴史民俗資料館蔵堀家文書複写（3次・6―7―67）による。図録『南山城の俳諧』解題によれば、半紙本一冊、縦22・5×横16・7糎。表紙に「無為庵樗良叟月並撰句」と墨書。これも図版については同図録85を参照されたい。紙縒り綴じ。全二十五丁。いま、1～25の仮丁とする。版芯上部・下部を彫り残しとする丁が多いが、19・20・21・22には一・二・三・四と丁付が入っている。摺物は、冒頭に通常の季題五を挙げ、「無為庵樗良編」また「無為庵編」として「長点」「重丸」の句を並べ、末尾に「巻納・二・三・四・五」と高得点者を顕彰する形式である。摺物には月数の表示はないが、季題から容易に見当がつく。これを一覧にしてみると、表23「樗良月並撰句摺物」のようになる

収録するのは、一年と一箇月分。前年の十二月から四月までの分、それに七月分は月刊披露で各月二丁宛。五・六月は11～16の六丁にわたる一括披露、加州小松連七月会遅参分それに八・九月分も19～22の四丁にわたる一括披露、十・十一・十二の三箇月も23～25の三丁にわたる一括披露である。興行の年代は確定しがたいが、樗良が没する安永九年以前であることは動かない。「南山城の俳諧」展図録解題では「無為庵京都移転後の安永六年以降」とする。これは『俳文学大辞典』の「樗良」の項（岡本勝氏稿）の「同（安永）五年六月には木屋町三条に無為庵を移す。京や城南寺田の門人らは、このころ入門したものであろう。」という記述を踏まえたものと思われるが、いまそれに従っておきたい。

さて、この摺物五月分の元になったのが、先に見た樗良撰加点帖『五月会月並』で、両書を比べてみると幾つかの

表 23　樗良月並撰句摺物

<table>
<tr><th rowspan="2">仮丁</th><th rowspan="2">月数</th><th rowspan="2">季　　題</th><th rowspan="2">長点</th><th rowspan="2">重丸</th><th colspan="5">総　合　点　顕　彰</th></tr>
<tr><th>巻納</th><th>二</th><th>三</th><th>四</th><th>五</th></tr>
<tr><td>1・2</td><td>12</td><td>落葉・冬の月・雪・鶺鴒・寒念仏</td><td>9</td><td>46</td><td>一斧</td><td>畝波袋布</td><td></td><td></td><td></td></tr>
<tr><td>3・4</td><td>1</td><td>梅・霞・若菜・万歳・鶯</td><td>4</td><td>47</td><td>猪史</td><td>一斧</td><td>甫尺</td><td>季音</td><td>猪史</td></tr>
<tr><td>5・6</td><td>2</td><td>柳・蝶・朧月・春雨・涅槃</td><td>5</td><td>40</td><td>禹月</td><td>猪史</td><td>汀画</td><td>季音</td><td>燕々</td></tr>
<tr><td>7・8</td><td>3</td><td>花・陽炎・蛙・潮干・行春</td><td>7</td><td>44</td><td>康為</td><td>車茎</td><td>玄化</td><td>季音</td><td>甫尺</td></tr>
<tr><td>9・10</td><td>4</td><td>罌粟・時鳥・更衣・短夜・麦</td><td>6</td><td>50</td><td>岩下</td><td>季音</td><td>玄化</td><td></td><td></td></tr>
<tr><td>11・12・13オ</td><td>5</td><td>若竹・田植・鵜飼・印地・五月雨</td><td>7</td><td>64</td><td>秦夫</td><td>列樹</td><td>古也</td><td></td><td></td></tr>
<tr><td>13ウ・14・15・16</td><td>6</td><td>蓮・涼・蝉・夏野・扇</td><td>8</td><td>85</td><td>樗人</td><td>季音</td><td>馬曹</td><td></td><td></td></tr>
<tr><td>17・18</td><td>7</td><td>萩・蜻蛉・霧・七夕・秋風</td><td>6</td><td>52</td><td>箕夫</td><td>禹月</td><td></td><td></td><td></td></tr>
<tr><td>19オ・ウ</td><td>7</td><td>七月会遅参
(加州小松連)</td><td>4</td><td>9</td><td colspan="5" rowspan="6">なし</td></tr>
<tr><td>19ウ・20・21オ</td><td>8</td><td>薄・月・鹿・案山子・蕃椒</td><td>6</td><td>38</td></tr>
<tr><td>21ウ・22</td><td>9</td><td>紅葉・夜寒・落鮎・木の実・秋雨</td><td>4</td><td>31</td></tr>
<tr><td>23・24オ</td><td>10</td><td>枯芦・千鳥・網代・霜・榾</td><td>4</td><td>37</td></tr>
<tr><td rowspan="2">24ウ・25オ</td><td>11</td><td>帰花・水仙・雪の鷹・鰒・枯野</td><td rowspan="2">2</td><td rowspan="2">26</td></tr>
<tr><td>12</td><td>神楽・氷・炭竈・火燵・餅搗</td></tr>
</table>

ことが判ってくる。先ずは、点帖の清書所清書部と摺物の版下は同一筆跡であることが注目される。これは前項で論じた暁台の例と同じで、同一人物が寄句清書と摺物の版下清書を務めていたことが知られる。また、先の一覧表から明らかなように、この五月分の総合点（つまり五句一組の合計点）第一位は秦夫であり、摺物に「巻納」とある如く、点帖はその褒美として彼に与えられたものであったことも判る。次に句を見てみると、点帖の清書所清書部で〇二つの評価を受け作者名が記入してある句は、摺物には「重丸」の評価で出る。句形はその殆どは点帖のそれと一致するが、次の二句に異同が見られる。

点帖13オ　はへのぼる芋の巻葉や五月雨　　山田　古音
摺物12オ　鮎のぼる芋の巻葉やさつき雨　イセ山田　古音
点帖21オ　さみだれや裸で眠る酒の酔　カヾ　鳥跡
摺物12オ　五月雨や裸でぬるゝ酒の酔　カヾ小松　鳥跡

古音の句は点帖には「はへ」に「鰷」と漢字ルビがある。点帖と摺物版下筆跡が同一人物であることを思うと誤写とは考えにくく、摺物で「鮎」としたのは判者樗良の添削の結果と見るべきであろう。

鳥跡の句も摺物の「ぬるゝ」の句形のほうが五月雨の題にふさわしく、こちらも同様に考えてよい。なお、作者名も概ねは合致するのであるが、点帖の名前落ち・摺物での作者の書き換えも八例認められる。うち四例は、点帖で「李音」とあったものを摺物で「玄化」と訂正。清書段階での手違いを摺物にする折に改めたのであろう。

摺物冒頭部に据えられた「長点」の七句は次の通り。

曲《リ》江やならびて見ゆる鵜の篝　イセ桑名　列樹
田を植る手もと見事や水の上　山城寺田　秦夫
五月雨や雲よりも白き野辺の川　イセクハナ　古也

くるしさや柳にかゝる鵜の篝　カヾ小松　汀画
つかふ人に鵜のなじみたる哀かな　テラ田　秦夫
寺の興柱にうつる田うへかな　イセ川崎　一斗
五月雨に濡るゝ里家の煙哉　同四日市　猪史

このうち、第一から第三は先の点帖の樗良清書部に顕彰されていたもので、摺物の句形にも異同はない。問題になるのは第四～第七で、この四句も点帖の傍点句から選出されたもので句形にも異同がないことは確認出来るのであるが、点帖には顕彰されていない。

以上のように、この樗良の場合、点帖に句評がないのは暁台の例と同じであるが、添削句は442句中僅か2句と極めて少なく、この発句合における樗良の指導意識は極めて薄いと言えよう。

次に、対応する摺物は残らずまた臨時の発句合のそれではあるが、句評の見える点帖を見ておくことにしよう。

③『天明四年甲辰発句巻』

この点帖については『江戸書物の世界』（雲英末雄編、平成22年笠間書院刊）に図版入りで紹介したが、一部を補ってここに再掲する。

横本一冊。縦16・7×横24・7糎。薄茶色の打曇り表紙。右端を朱・金の紐で結び綴じにする。左肩に「天明四年甲辰／発句巻」と墨書き。口絵図版20①参照。また、表紙見返しに貼り付けた丁の表に、「甲辰歳／天明四年五月節」と書き入れがある。全七十九丁。料紙、斐紙。墨付七十九丁。一丁表～七十三丁裏までに半丁四句宛てで、題別に

「田家桃」175句「雑」135句「雨中虫」135句「萩」135句と合計580句を清書所が一筆で清書し、判者が点を掛けている。口絵図版20②は一丁裏、口絵図版20③は九丁裏、口絵図版20④は十丁裏。続いて七十四丁表を余白とし、七十四丁裏に印（印文「任吾眞」）管考／孟夏念日／指月庵印（印文「有秀」）印（印文「指月庵」）と判者が書き入れ。また、左端に点印「玉芙蓉」（陰刻緑印）を押し、「前印除之」とする。口絵図版20⑤参照。以下、七十五丁表から七十八丁表にかけて、判者指月庵有秀が第十〜第二・巻軸・巻首の十一句を清書。口絵図版20⑥〜⑫参照。巻首作者は猪水。七十八丁裏には「於指月庵開巻　惣句一千貳百吟余　右上巻也　下巻ハ巻首魚肥丈へ納之　清書　魚肥／琴松」と記す。文脈からして、この奥書は琴松筆。その筆跡は表紙外題のそれ、及び作者名書き入れの筆跡と一致する。一丁表〜七十三丁裏の句の清書（以下、「清書所清書部」と称する）も経緯から見て琴松の筆であろう。ただし、表紙見返し貼り付け丁の筆跡が同一か否かは判然としない。七十九丁表は余白で、裏に「五月雨は傘売のひより也　猪水」と書き入れがあるが、おそらく褒美としてこの点帖を得た巻首作者猪水本人の自筆であろう。さらにその傍らに「伴／嘉吉」とあるが、猪水句と同筆かどうか判断は難しい。さて、この発句合、題からして月並ではなく、四季題による臨時の発句合。外題及び七十四丁裏の判者書き入れによれば、興行は天明四年四月、見返し貼り付け丁の「五月」はこの点帖完成の時期であろうと思われる。清書所琴松の断り書きによれば惣句千二百余で、この点帖には春・秋の句580句が清書されているので、巻首の位を得て魚肥が手に入れたという下巻には夏・冬題の句600余が収められていたはずである。そちらの判者も有秀であった可能性が高い。指月庵有秀は、貞門系の京都宗匠と思われるが、伝不詳。

清書所清書部の580句は、大きく分けて付墨の無い句（21句）と棒二本の長点が掛けられた句（559句）に分けられ、さらに長点が掛けられた句は点印により次のB〜Jの九種に分類することが出来る。その点位別に、次に一覧を示そう。

A　付墨の無い句　21句

B　長点のみの句　3句
C　点印「艸」（陽刻朱印）を押す句　43句
D　点印〔蓼の花図〕（陽刻朱印）を押す句　62句
E　点印「白牡丹」（陽刻朱印）を押す句　33句
F　点印「古求」（陽刻朱印）を押す句　136句
G　点印「玉芙蓉」（陰刻緑印）を押す句　196句
H　点印「茘枝」（陽刻緑印）に加え、点印「丹青尽不成」（陰刻朱印）を押す句　61句
I　点印〔蕪図〕（陽刻緑印）に加え、点印「菜中滋味」（陽刻朱印）を押す句　16句
J　点印「南呂」（陰刻緑印）に加え、点印「玉瞑／兎晝」（「玉兎晝瞑《ねむ》る」、陽刻朱印）
と〔兎図〕（陽刻緑印）を押す句　9句

このうち、Jの「南呂」「玉瞑／兎晝」〔兎図〕押印の9句には十一～十九の勝番を、またI〔蕪図〕「菜中滋味」押印の16句には廿～三十五の勝番を判者がそれぞれ朱で記入し、何れも作者名を後で清書所が書き入れている。H「茘枝」「丹青尽不成」押印の61句には勝番は示されていないが、やはり作者名の書入れがある。なお、長点のみの句は580句中3句のみで、点印の押されたC以降の句より評価は低いはずであるが、これにも作者名の書入れがあり、理由は不明ながら、扱いとしてはHに等しい。

判者清書部の上位11句は、Gの「玉芙蓉」押印196句の中から選ばれたもので、当然作者名も記入され、使用の点印は次の通りである。

第十・九　「黄菊」（陰刻緑印）、「兒楽」（陰刻朱印）、〔蘭図〕（陽刻緑印）
第八・七　右三点に加え「玉芙蓉」（陰刻緑印）

第六・五　「胡家婦」（陰刻緑印）、「水仙自花奇」（陽刻朱印）、〔唐子図〕（陽刻緑印）
第四・三　右三点に加え「玉芙蓉」（陰刻緑印）
第二　「浮戯」（陽刻緑印）、「昨漢宮女」（陽刻朱印）、〔馬上琵琶図〕（陽刻緑印）
巻軸　右三点に加え「古求」（陽刻朱印）
巻首　右三点に加え「玉芙蓉」（陰刻緑印）

なお、七十四丁裏左端に判者有秀が点印「玉芙蓉」を押し「前印除之」としていたのは、この上位句11句が清書所清書部の「玉芙蓉」押印句から選抜したもので以下の判者清書部にはこれを省くことを言っているわけである。以上、点帖全体を通してみると、作者名書き入れの句は合計100句。巻首から第十までは、判者清書部に収録。勝番十一から三十五までは、清書所清書部に明示され、勝番の入らない名前だけ記入の残りの64句（HとB）は番外勝の扱いであったことが判る。判明している作者は、表24「『天明四年甲辰発句巻』作者別勝句数一覧」に示した如く、肩書き無く京都と思われる31名・カモ1名・細川1名・柊ノ2名・江州石部1名、合計36名。「柊ノ」は「柊野」と思われる。現京都市北区、上賀茂神社の北で鴨川左岸の地、上賀茂神社の領地であったところ。すると、「カモ」は上賀茂であろうか。「細川」は、現上京区新猪熊町が宝永・寛保・宝暦頃に「細川丁」と呼ばれていたことがあり、おそらくそこであろう。高点句の多いのは、琴松10句（含、第二・第六）、猪水6句（含、巻首）、和高6句（含、第七）、孤鶴・魚肥・風虎各6句、路評・民橋各5句といったあたりで、この8名で高点扱いの100句のうち、ちょうど半分を占める。高点に至らず名前の出なかった作者も含めてもせいぜい60〜70名というところではないだろうか。有秀門の京都連衆を中心にした小規模の興行であった印象が強い。

さて、この点帖の清書所清書部580句には判者有秀の添削と、短評ながら句評がまめに添えられている。句評のある句は61句、添削句は46句で、計107句。清書句は580句であるから、約5句に1句の割合、つまり概ね半丁に一箇所は句

表 24 「天明四年甲辰発句巻」 作者別勝句数一覧

地域	作者名	季題別勝句数				勝句計
		田家桃	雉	雨中虫	萩	
（京）	玉渕	1		1		2
	孤靏	1	2	1	2	6
	魚肥	2	2	1	1	6
	琴松	3	2 （含、第二）	3	2 （含、第六）	10
	鬼楽	1		1		2
	山水	1				1
	遊子	1				1
	其燕	1	1（第十）			2
	勢人	2				2
	釣月	1		1		2
	和高	3	1		2 （含、第七）	6
	真呂	1	1	1		3
	風虎	2	1	1	2	6
	一山	1	1		2	4
	菊友	1	1			2
	路評	1	1	3		5
	民橋	2	2 （含、第八）	1		5
	猪水		3	2 （含、巻首）	1	6
	志計		1			1
	浅子		2		1	3
	耕水		1	1	1	3
	好琴		1	1		2
	呂水			1		1
	柳志			1		1
	董士			2		2
	長門			1		1
	袖香			3		3
	素靏			1		1
	如全	1（第三）		1（第九）		2
	鳥三			1（第四）		1
	秋虹		1（巻軸）			1
カモ	喜笑				1	1
柊ノ	佳舟	1				1
	鷺舟	1	1			2
細川	不節	1				1
江州石部	可兆	1	1（第五）			2

評か添削があるということになり、二十一種に及ぶ華やかな点印と共に、見ていて飽きない。その句評と添削の有様を詳しく見てみよう。

先ず句評であるが、これは点位の低い句に集中する。例えば最も評価の低い付墨の無い句は全部で21句あるが、その全てに次のように句評が添えられている。なお、以下の引用句には原典にはない濁点を私に補ってある。句頭の数字は丁数である。

2ウ　山家松十帰リもの歟桃の花
　是は山家也　句意も不解

5オ　離レ桃ハ南の里や京まさり
　承り難し

5ウ　けふ御殿難波の里や桃の酒
　うけ給り不得

7オ　裏畑に人こそ桃よ蝶は菜の花
　句の仕立不得其意

7ウ　衣干こなたや桃の花ざかり
　承り得がたし

9ウ　桃咲や恨のたねや志賀の里
　承り得がたし

10ウ　田舎地の境目柆や桃の花
　位か杭か是ハ柆《ハクキ》といふ字也　不解

14ウ　昼舟も乗そゝくれつ桃の花
　田家なし　又先吟に有

15ウ　目隠しハ人にまかせて桃名哉
　不得其意

27オ　雉啼やほろゝや賤がうつし物
　不得其意

30ウ　雉鳴やあはれながらの里の竹
　承り得難し

31ウ　山彦とともに求食寺や雉の声
　承得難し

32オ　けんとうにいとゞ欲も雉の声
　承り得がたし

33オ　雉鳴や雀故なをむしの部
　承り不得

35オ　雉鳴や松から落し小土尾
承り不得

42オ　簑笠で町ハだまつて通る虫売
不得其意

43ウ　虫鳴や夜目遠音欠笠の内
承り得がたし

45ウ　深〳〵と夜雨秀ふ虫のこゑ
落字か不解

46ウ　きへぬ火を蛍は迯て霧の雨
是は傍題

63ウ　毛氈に伽羅の香るやくれの萩
承不得

65ウ　秋の山妻乞鹿の裾模様
いぶかし句作

「不解」「承り得がたし」「承り不得」「不得其意」「いぶかし」というように、句意を解し難いとするものに、「落字か」「傍題」といった基本的な誤りを指摘するものが混じる。つまり判者有秀は、句意の通らない句には点を掛けず、そのことを指摘する句評をまめに書き入れているということである。次に、点印「艸」押印句は全部で43句あるが、うち26句に句評がある。その内訳は、

1ウ　花も実も京を目当や桃林
田家治定し難し

3ウ　あとおしや京へは遠し桃の花
田家治定し難し

4オ　桃咲やひとしほ明し下地窓
田家に不限

5オ　桃折て蝶に追るゝ山路かな
田家の意なし

6オ　大原女が黒木に添つ桃の花
是は山家なるべし

8オ　雛の日も桃は無事なり片山家
是は山家なり

8オ　山里や南北しれぬもゝの花
是も同前

12ウ　桃咲やむかしの京の奈良の里
　是は田家にあらず

13オ　田家にぞ日裏に桃や冬の凬
　是は冬の句なるべし

13ウ　我まゝに折や野守がもゝの花
　田畑と野とは別意也　田家なし

20オ　小原女や柴に摺れちる桃の花
　山家なるべし

40オ　虫の音もともに枯行野路の雨
　是は冬の句成べし

40ウ　雨中にも火の光よき蛍かな
　是は夏也　秋の虫よろし

というように、題意を外しているという指摘が19例。

4ウ　莚ニ京有リ白桃モ
　有レ京トカヱルベシ
　併有白共ニ灰《ママ》ナレバ又不可也

28ウ　雉ノ翯《ハヲト》ハ森ノ雪摺レ
　翯ノ字不心得　ゆへに平灰《ママ》不合

33オ　声ハ似レ狐ニ雉子

42オ　虫鳴《聞》の今宵はゆるせ月の傘
　是はいまだ雨中にならざる句也

43オ　雨音に声失ハぬきゞすかな
　雉子か　是は鳥也

47ウ　むしに舌鼓打けりきり〴〵す
　雨中の意なし

50オ　虫鳴やあかぬ別れをむし声
　雨中の意なし

52ウ　雨しげき中に照たるほたる哉
　蛍別題也

61ウ　散度に錦の凬を見だしたり
　萩如何　紅葉ニても可なるべし

　二四不同せす

33ウ　出テ二蛇穴ヲ一悲二雉羽音ニ二
　平灰《ママ》不合

49ウ　雨夜虫ハ哢レ爰ヲ
　哢　是は鳥のさえずる也
　又二四不同もせず

66オ　宮城野ノ錦ハ萩
錦ハ両韻也

二四不同不レ宜

といった漢句について、誤字・語法の誤り、それに平仄が合わぬとするもの6例。他に

24オ　雉啼や林に近き野山かな
や哉也

と切れ字の重なりを指摘するもの1例となる。判者有秀は、題意を外している句・文字及び語法の誤りある句に点印「草」を押していることが判る。句評の無い「草」押印の17句も、これに準じて考えれば良いということになろう。

次に「白牡丹」押印句であるが、これは全33句中次の6句に句評がある。

6ウ　牛繋ぐ田家に桃のはやしかな
類句残念〳〵

8ウ　桃林に繋がぬ牛や在所道
類句残念〳〵

10オ　追ひはなす牛も背をのせ桃ばやし
類句残念〳〵

14オ　在の桃つないだ牛のちらせけり
類句残念

14オ　牛繋ながら誉けり桃のはな
同前

44オ　雨だりのとぎれ〳〵やむしの軒
類句残念〳〵

うち5句は「牛」と「桃」を取り合わせた句。いずれも「類句残念」とし、それなりに良い句ではあるが類型的発想を出ないところが高い評価が出来ないという意味合いであろう。

「玉芙蓉」押印句は、全196句中次の8句に句評がある。

24オ　旅篭の眠リ覚すや雉の声
おもふ所

24オ　雉啼や蔵のうしろの麦ばたけ
同前

49オ　戸袋に虫の声聞雨夜かな
おもふ所

51オ　秋雨やいとゞ淋しき虫の声
類句残念

51オ　雨だれのとぎれ〳〵や虫の声
類句残念〳〵

60ウ　白萩のいとや墨氏も泣ぬ色
思ふ所

61オ　高台寺きれとハ萩のにしきかも
思ふ所

61ウ　折た跡目だゝぬ萩のさかりかな
類句残念

「類句残念」が3例と、「思ふ所」が5例。この「玉芙蓉」押印句から上位番勝の句が選ばれていることからすれば、この点印は水準以上の句の目安と考えられ、後者の「思ふ所」という句評は「感慨を催すものがありますね」といった意味合いの褒詞にとれなくもない。が、家蔵の滴水点三句付点帖『塵塚』の句評に次のような例がある。

①　酒ゆるす寺は往来《ユキヽ》の春しげく　藤林
山桜なごりをしたふ都人のたちうかるゝ
尾上《ヲノヘ》の寺の夕なるべし。塵塚のけしきも
有べけれど、一句今少おもふ所有。

②　しぶとげに蛙《カハツ》のつらのにくかりし　春
塵塚に蛙《カハズ》あるべき事也。
されど、五もじおもふ所有。

③　京田舎《イナカ》いづれそだちはしられたり　似月
旅《タビ》ねのあひ宿のあしたなるべし。一句、
はなれてよろしけれど、したておもふ

所あり。

①②の前句題は「たまるにはやき背戸《セト》の塵塚《チリツカ》」、③の前句題は「昼《ヒル》までおきぬ蚊帳《カヤ》の寝姿《子スガタ》」である。何れも、「塵塚のけしきも有べけれ」「あるべき事」「よろしけれ」と肯定的要素を示しながら、「ど」「されど」と逆接で「おもふ所あり」に繋がる文脈からすれば、これはどうやら褒詞ではない。「少し考えなければならない点もある」という、マイナス評価と見てよい。

なお、「古求」及び〔蓼の花図〕押印句には、句評は一切認められない。以上のように、句評のある句61句の中で、付墨の無い句が21句、「艸」押印句が26句という数字に歴然と表れているように、句評は概ね点位の低い句に初心指導の意図を以って添えらることが多い。

それに対し、添削句は逆に点位の高い句に集中している。清書所清書部580句中添削句は46句あるが、そのうちわけはJの「南呂」「玉瞑／兎畫」〔兎図〕押印句が3句、I〔蕪図〕「菜中滋味」押印句が5句、H「荔枝」「丹青尽不成」押印句が21句（含、長点のみのB2句）、「玉芙蓉」押印句が7句、「古求」〔蓼の花図〕各4句、「白牡丹」2句となっていて、「玉芙蓉」以上の点位の合計が36句と全体の約八割を占めることから明らか。その添削の有様をもう少し詳しく見てみることにしよう。

判者清書部の上位十一句が清書所清書部「玉芙蓉」押印句の中から選ばれていることは先に触れたが、そのうち次の4句には添削があり、判者清書部には添削後の句形で収録してある。それを並べて示そう。

27オ　　きじ啼や朝日を請し《洩る》片山家
75オ　第十　雉啼や旭の洩る片山家　　其燕
35ウ　　片《下》田舎花《中》にも淋しき《上》じの声《啼や》
75ウ　第八　きじなくや花にも寂し片田舎　　民橋

72オ　　　萩咲やまよハぬ道もうかうか《を二三べん》と

76オ　第六　はぎさくや迷ハぬ道を二三べん　　　琴松

36オ　　　な《下》くや雉《上》乳母に取付童哉《娘の子》

77オ　第二　雉啼や乳母に取付娘の子　　　琴松

第十は添削後の句形にさらにテニハを修正して収録している。これらの例が示すのは、点位は原作に対する評価ではなく、添削後の句形に与えられたものであるということである。つまり判者有秀は、少し触れば良い句になる可能性があるものについては添削という形で指導をしているということになろう。

勝番十一から三十五のうち、次の8句に添削が認められる。因みに句頭の漢数字は勝番である。

9ウ　十五　酒ありと短冊つけし礒家桃《書た家あり在の桃》　　勢人

10ウ　廿五　姫桃の花よ田舎《家》のそだちにも　　釣月

12オ　十九　世盛を桃にも見せつ庄屋の内《家》　　風虎

26ウ　廿一　妻《中》乞や《上》人《下》目思《も》ハず《恥ず》雉の声　　浅子

38オ　三十一　物訪へバ雉のこたふる野山《末》哉　　猪水

40オ　廿七　降出した《しきる》雨音悪し虫の軒　　猪水

45オ　廿二　降雨に《の》しみ込む音やく《下》れ《声》の虫《上》　　真呂

46ウ　十七　雨だれ《り》の太れバ遠しむしの声　　琴松

さらに作者名のみ書き入れの番外勝句に目を転じてみると、64句中21句（含長点のみの2句）に次のように添削がある。

1ウ　小家どちすこ《其》し間あり《々や》桃のはな　　柊ノ佳舟

5オ　藁苞につつむ《の片荷や》嫁菜《〔削〕》や桃の花　柊ノ鷺舟

2ウ　背戸《畑》もうつ頃なれや桃の花　孤鶴

落字なるへし

8ウ　桃咲や田《門》の畔の人となり　可兆

12オ　四五軒の在所におしき《し》桃と《の》鐘《花》　勢人

25オ　載し樽もかたむく《の茶盈す子》雉かな　志計

25ウ　雉啼や土煙たつ小笹原《藪のへり》　真呂

28ウ　き《下》じの声夕《中》ぐれ寂し《上》旅の宿《春さへも》　浅子

31ウ　尾越より高根を《や》こへ《ん》て雉の声　一山

40ウ　馬おひや雨は降るとも《ても》休ミなし　風虎

40ウ　雨の夜やなを森〳〵《と》のむしの声　琴松

44オ　萱葺に《の軒に》虫の《〔削〕》啼た《く》つ雨夜かな　玉渕

46オ　雨しばしとみにも鳴歟《や》虫の声　釣月

50ウ　鳴むしも《の》軒へ這よる雨夜かな　柳志

51ウ　降《〔削〕》雨に《の日ハ》昼もかしまし虫の声　長門

52オ　降や《〔削〕》雨《に》なを夜深なり《の更っ》虫の声　董士

53ウ　吹降《雨の夜》や軒にハ《〔削〕》更《行》るむしの声　路詳

54ウ　簑むしの我もの顔《に啼》な雨夜哉　民橋

57ウ　白萩や置まどはせる萩しろし《露の色》　風虎

60ウ　萩の露硯の海や旅すゞり《に請ん歌まくら》　浅子
60ウ　是《〔削〕》も萩の品に遊ん竹《四花三哉二ぶ一》の春　孤鶴

因みに例示は省略するが、「古求」〔蓼の花図〕各4句は誤字・落字の指摘か、もしくは二字以内の極めて部分的な添削に留まっている。

以上のように、この有秀の点帖には、点位の低いものについては基礎的なことがらを短評によって、点位の高いものについては添削によって作句のありかたを示すという指導意識を明確に汲み取ることが出来る。が、点位の高い句について、その内容にまで立ち入ったような句評は認められない。

④『蕪村自筆加判帖』

では、次に几董の師である蕪村の点帖について触れておこう。その一は、柿衞文庫蔵の『蕪村自筆加判帖』（は・1002・344）である。この書についてはかつて拙稿「『蕪村自筆加判帖』の性格」（平成四年勉誠社刊『俳諧史の新しき地平』収録）に全文の翻刻を添えて詳説したので、ここでは概略を記す。なお、図版については『柿衞清賞』『俳人の書画美術』等を参照されたい。該書は、主に摂西連中を対象とした四季混題による臨時の蕪村判発句合の点帖で、完本ではなく数冊一組であったと考えられるうちの最終冊である。大本一冊で、八十五丁。巻末の四丁は白紙のまま残し、墨付き八十一丁。前半の七十四丁に清書所が合計444句を清書。そのすべてに蕪村が点を掛けて、処々句評を添え、また点印を押してある。付墨は平点を表すと思われる墨書きの一棒、棒二本の長点（柿衞文庫蔵「蕪村自筆点譜」によれば三点）、長点の墨棒二本の間に朱棒を入れた朱点（五点）の三種で、朱点を掛けた句にはその肩に朱で○またはレ（はね）を、もしくはその両方の印を付したものがあり、その殆どに陽刻緑印「路傍槿」（七点）「春尽鳥啼」（十点）のどちらかの点印が押してある。因みに「路傍槿」押印句は計10句、「春尽鳥啼」押印句は計21句で、後者のうち12句には十四・十五・十八・十九・廿六・三十六・四十四・四十七・四十八・五十二・五十三・七十一と勝番が入る。この勝番がとびとびで揃っていないのは、先にも触れたようにこの点帖が完本ではなく数冊一組であったうちの最終冊だからである。七十五丁表に蕪村が「漫考夜半亭」と署名し「襄道」の方形陽刻朱印を押印。七十六丁表から八十一丁にかけて、第十から巻頭・巻軸までの11句を蕪村が清書して点印を押し、句評が添えてある。点印は第十から第七までが陽刻緑印「唐崎松朧於花」（柿衛文庫蔵「蕪村自筆点譜」になし。廿点相当か）、第六以上には陽刻緑印「明月照池上／流光正徘徊」（廿五点）を使用する。蕪村清書部の十一句と書き入れの句評は、次の通りである。

第十　火縄けして入や孤村のもゝの花　　福原　一貫

眼前致景（朱）

第九　山寺や昼寝のかやにあぶの声　　兵庫　里水

眼前致景（朱）

此句新意を得たり

第八　夏河や瀬をしる月ののぼり舟　　大石　士喬

眼前致景（朱）

第七　涼しさやと網投込まのあたり　　福原　芦角

眼前致景（朱）

坐の句置得て可也

第六　花びらの揃ひかねてや雪の下　　同　周次

閑庭（朱）

よく見れバ垣ね花さく薺哉

此句に敵すべし

第五　いなづまやとありかくある雲のあや　今津　樵雨

山外（朱）

第四　手にとれバ陽炎きゆる小石かな　兵庫　清夫

路傍（朱）

第三　張かへて小さくなれる団扇〔図示〕かな　同　里水

老実（朱）

第二　引かゝるものはづし行枯野哉

郊外（朱）

巻頭　白げしに美人たゝずむ夕哉　太布

遺音（朱）

巻軸　負相撲あしの浪花のうわさかな　大石　士喬

風に折レふす流れあし一句の手取也

当時流行の風調にあらずといへども

巻軸の句法を得たり（朱）

このうち、第十・第九・第六の三句は清書所清書部の「春尽鳥啼」押印句から拾うことが出来るが、他の八句は見当たらず、失われた何冊かの中に入っていたはずである。

では、清書所清書部に見られる蕪村の添削・句評を全て取り出してみよう。添削句には次の十七句がある。句頭の数字は丁数、その下の「平」は平点、「長」は長点、「朱」は朱点、「〇」「レ」は朱の書き入れ、「春」「路」はそれぞれ「春尽鳥啼」「路傍槿」の点印を表わす。

2オ　路〇朱　行秋や馬とり放す加茂の町

野分してと有たし

4オ　平　入やすく出がたく考《老》の巨燵哉

11ウ　長　春雨や江戸に《も》も《一度》爰に降し事

12オ　長　蛙《蝶》ともに切て取たき牡丹哉

20オ　春レ朱　接木して蝶の泊るも厭ひけり《ハる、》　山朝

25ウ　平　石女にハ巻かされまじき粧《粽》哉

26ウ　朱　青《ハル》深し巡礼達の酒機嫌

27オ　平　汲て《に》来て先空を見る月見哉

34オ　平　日の行程日車の廻りかな《けり》

34オ　平　市《逸歟》早き小野ゝ若菜や南うけ

34ウ　平　匹《如歟》ぬ身の寒食常と笑けり

38ウ　朱　見えわたるはし《川》のゆがみや雪の暮

39オ　長　羽織着し女も見えつ虫処

の声としてよし（朱）

49ウ　春レ朱　はなびらの揃ひ兼たか《てや》雪のした

66ウ　長　何船もしれず放《敏歟》馬の霞哉

68オ　路〇朱　春草や杖を忘れし置キ所《杖の（朱）》　福原　一貫

69オ　路〇朱　雨振《降（朱）》て子にたハれけり親燕

このうち68オ「路〇朱」の句は勝番四十八を、20オ「春レ朱」の句は勝番五十二を取り、さらに49ウ「春レ朱」の句は添削後の句形で蕪村清書部の第六に収録される。添削が「平」「長」「朱」「路〇朱」「春レ朱」と点位に関わり無く収録句の全般にわたること、先の暁台点帖・指月庵点帖とはやや趣を異にする。

句評の認められるのは次の八句である。

1ウ　路〇朱　川埒《ママ》や中に女の声もあり

おもひものならん歟（朱）

4オ　春レ朱　山寺や昼寝の蚊帳にあぶの声

あぶの声おかしくて

5ウ　路〇朱　楼に肱いづこや春の行処

欲極千里眼更登一層楼

12オ　春レ朱　酢を貰ふ隣さへなし菊の花　大布

黄菊のひたし物

みちのおくもおもひ出られ□□（虫損）

又其隣に買う酢屋もなし（この行、朱）

28オ　朱　から鮭のこじりとがめや年の市

此句は東都の人の句ならん　覚束なし

よき句なれど何とやら古めかしくて

36ウ　〇朱　うき人のふとんつめたき春の雨

几董が句に
昼も見るつれなき人のふとん哉
余情深し（朱）

42ウ　平　かんざしでなぶられて居るなまこ哉

耳ふりて

52ウ　平　笠提てまた立戻る清水哉

耳ふりて

このうち、42ウ・52ウの平点句の「耳ふりて」は、「聞き飽きた句である」という句評で発想・趣向の陳腐なるを指摘したもの。28オの朱点句の句評「此句は東都の人の句ならん、覚束なし。よき句なれど何とやら古めかしくて」も類句の存在を指摘し、新しさが認められないと言う内容。因みに、鳥酔に「増賀像の賛／乾鮭や世を憚らぬ市の中」（鳥酔先師懐玉抄）の句あり、蕪村の言う「東都の人の句」、或いはこれを指すか。この三例は、言うなれば初心指導の評語で、これもまた先の指月庵有秀の点帖にも認められたところである。注目すべきは、右の三例以外の、句の表現内容にも踏み込んだ句評で、それは蕪村清書部に第九として収録された4オ「春レ朱」の句、また勝番十四の評価を受けた12オの大布の句をはじめとして、しかもそれが5ウ「路〇朱」・36ウ「〇朱」といった勝番に入らなかった句にまで及んでいることである。これは指月庵の点帖には見られなかったところ、要するにこの蕪村の点帖では添削・句評とも点位に関わり無く収録句の全般にわたっているのである。それはつまり、蕪村の添削・句評が気侭であることを意味している。因みに引用部には明記しなかったが、蕪村の句評には墨書きと朱書きが相混じり、朱書きは朱点を加える際に後で添えられたものと考えられること前引拙稿「『蕪村自筆加判帖』の性格」に述べたが、そのあたりにも蕪村の気侭さがよく出ている。もちろん、右の句評は蕪村清書部十一句に添えられた句評と併せ、蕪村の俳諧観を考える手掛かりを与えてくれるものではある。たとえば、第九の「山寺や昼寝のかやにあぶの声」について蕪村清書部には「此句新意を得たり」とするが、これだけではどこに「新意」があるのか分からない。が、清書所清書部に「あぶの声おかしくて」とあるのによって、蕪村は「蚊屋で虻を避けるところがいかにも山寺らしくて面白い」という評価をしていたことが読み取れるのである。とは言え、それはほんの一部分で、この点帖に見える句評・添削のみで蕪村のトータルな俳諧観を考えることはもとより不可能に近い。

⑤ 堀家『蕪村評点帖』

城陽市歴史民俗資料館蔵の堀家文書複写（11－5－51）により、展示図録『南山城の俳諧』、藤田真一氏稿「新出・蕪村評点帖」（関西大学国文学会『国文学』93号）を参照した。図版については同図録60に拠られたい。

横本一冊、縦17・6×横24糎。朽葉色（薄茶色）卍つなぎ型押しの後補表紙。表紙見返しを除き、墨付二十二丁。付見返しに点譜と題「春雨　夏木立／秋の蝶　冬籠」。一丁表～十八丁裏に題別に各34句、計136句を清書所が清書。付墨は「長点一」（点譜によれば一点）「長点二」（三点）「朱」（五点）の三種で、朱点句には「路傍槿」（点譜に言う「三字」で七点）「春尽鳥啼」（点譜に言う「四字」で十点）の何れかを押印。「路傍槿」押印句は11句、「春尽鳥啼」押印句は13句。これに続けて十九丁表に蕪村が「漫考／夜半亭印（春星氏）／至印可省」と記して、十九丁裏～二十一丁表に高点句七句を清書し、「春尽鳥啼」と「魚三尾」を押印。この一組の点印が点譜に言う「同（四字）加印　十五点」評価である。なお、この高点評価の七句は何れも清書所清書部の「春尽鳥啼」押印句から選ばれたもの。そして、二十一丁裏の冒頭部に「月並発句合／賞花高低如左」として、二十二丁裏にかけて「寺田秦夫　四十五点」以下の34名の氏名と点数を挙げる。この部分はもとより蕪村の筆ではない。藤田氏の言われるように、34名がそれぞれ題四句一組で投句して、総合点で争う趣向である。題が四季にわたるのでこれは臨時の発句合のはずであるが、「月竝発句合」とする理由はよく分からない。

添削句を取り出してみよう。なお、句頭の番号は藤田氏稿の仮番。付墨・点印は、長一・長二・朱・路・春で示す。

33　朱・春　我春の雨夜明行く惜《恨》さ哉
53　長一　奥深く《き》森の茂け《り》り《や》夏木立
65　長一　涼しさに《ハ》吹しほり凫夏木立
72　朱・春　草の露こぼしぞ《て》廻る秋の蝶　寺田　秦夫
73　朱・路　夢覚て秋に驚くや《歟》草の蝶

添削が高点句に留まらず長一などにも及ぶこと、先の『蕪村自筆加判帖』に同じである。なお、33の句は蕪村清書部に添削修正形で収録。ついでに触れておけば、清書所清書部に

4　朱・春　春の雨得と日暮る景色哉
9　朱・春　はるの雨晴て種売ル翁かな

の二句は、蕪村清書部にはそれぞれ

春雨のとくと日暮るけしき哉　寺田　秦夫
春雨の晴て種売翁哉　淀　泉志

として収録。藤田氏は「改作したのではなく、単純な誤記」と言うが、これまで見てきたように点帖の一般的な在りかたからして、これらは蕪村の添削を経たものと見ねばならない。

次に句評の添えられた句を取り上げてみる。

10　朱・路　古寺や瓦も落て春の雨

しぐれよりハ春雨のかた感ある心地す

15　朱・春　雨つゞく春や野寺の謡講　　美豆　雅笑

晋子が木母寺に哥の会ありけふの月

といへる姿情にも似たり

17　長二　春雨や窓から答ふ渡し守

しぐれにも

22　朱　春雨や心に歩む花の旅

ちと古くさし

25　長一　降レかしな麦痩たりと春の雨

玄旨の御句にも

30　長一　春雨や春失へる嵯峨の宿

今少し

32　長二　春雨や忘んとすれど花の罪

花の罪いさゝか

35　長一　貴も尊からぬも夏木立

実語経

43　長一　一里来て休む一木の茂リ哉

題にかなハず

45　長一　イるおふないぶかし夏木立

解がたし

57　長一　木曽路行木だちの闇や小雨降ル

木だちの闇いかゞ

112　長一　大寺や明放しと見へて冬籠

句づくり今少し浅し

全十二例中十例が長一・長二・朱点といった点位の低い句で、句評も基礎的なことがらについてのもの。そこにはやはり初心への配慮は認められるが、10・15のように点位の高い句の表現内容に立ち入っての褒詞もある。うち、15の句は作者名が書き入れられた番外勝の扱いで点位としては蕪村清書の七句よりは低く、また10の句は番外の勝にも入らない。蕪村が明確な指導意識を持って句評を添えているとすれば、この二句よりも清書の高点七句に評が欲しいところであるが、そちらには一切句評がない。これもまた、蕪村の句評が気侭であることを示す証拠であろう。

⑥ 蕪村点評『秋題点取帖』

講談社『蕪村全集』四巻による。同書解題によれば、都立中央図書館加賀文庫蔵。半紙本一冊。八葉。表紙に「蕪村翁評　発句五十章」とあるが、四十四句しか見られない。一丁分が脱落したものと思われる。句の作者は未詳。句は執筆、点・評は蕪村筆。秋の自由題による句を並べ、蕪村が点を掛けて、奥に「漫考／夜半翁印」とある。付墨は、長一・長二・朱。四十四句中、長一10句、長二10句、朱24句。朱24句のうち、15句に「路傍槿」押印、5句に

「春尽鳥啼」押印、うち1句に「魚三尾」加印。

添削は、点位の低い長二に次の一例のみ見られる。

長二　一夜さは不自由も雅《うれし》なり鹿の声

句評のある句は次の通り。

長二　おふた子の聞なれて寐るきぬた哉

よき句なれども、かの塩辛きといふ趣向ならんか。

長一　古寺や飼ふともなしに紅葉鳥

もみぢ鳥、俳かいには不好。

朱・路　橋よりも梢見颪す紅葉かな

漢画山水をみるがごとし。

長二　さび鮎やまだ起〱の渡し守

起〱の渡し守のきげんには、
渋鮎よりは若あゆのかた、
しかるべからん。

朱・春　爪青き野飼の駒や艸の露

おかしき案じ所、珍重。

朱　娘の子橋にまたせてもみぢ哉

高尾楓橋と成とも題なくては聞えず。

長二　茸狩や花には行ぬ所まで

よき句なれど、趣向古き心地す。

朱・路　牛部やに蓑虫の鳴や後の月

今の世の蕉門の流行体なり。

朱・路　飽までも拾ふ木の実や京の児

蕉流にはあらねど。

この点帖の場合は、長一・長二・朱の点位の低い句は指導的立場から、朱路・朱春という点位の高い句は褒詞といった使い分けの意識は見られるものの、句評が全般にわたること、先の点帖二例とやはりおなじである。

以上のように、蕪村の発句合の点帖には暁台・指月庵のそれとは趣を異にして、句の内容に踏み込んだ句評も少なからず見受けられるものの、その添削と併せて気侭な面があることは否定出来ない。

⑦『蓼太判月並発句合点帖』

それでは、点帖には必ず添削があり、また場合によっては句評も添えられるのかというと、そうとも言えない。その例を家蔵の蓼太の点帖に見てみよう。縦22×横17糎。藍色地に金の雲形模様表紙。表紙中央に鼠色地題簽、下半分ほど剥落。外題の書き込みなし。見返し・第一紙及び後表紙の見返しに金箔を散らした用紙を使用。本文は鳥の子紙で、全十六丁。墨付十四丁。末尾の二丁は余白として残す。一丁表～十四丁表に、半丁四句宛てで「名月・角力・鬼灯・蔦・鹿」の季題別に各20句合計百句を清書所が清書し、点が掛けてある。季題からして、月並発句合八月の催し。清書部奥に「風流翁／空摩[印] [印]」とあるのによって、蓼太の判になることが知られる。清書句は、棒一本を掛けた平点の句、棒二本の長点に「翠蓋」の青印を捺した句、さらにそれに鳥の姿の朱印を加えたものの三種に分けられる。口絵図版21は十三丁裏と十四丁の表。集計してみると、「翠蓋」＋「鳥」が合16句、「翠蓋」のみが21句、平点が63句となる。「翠蓋」以上の37句には、清書所が全て作者名を書き入れている。これを拾ってみると、栖蛙・雪珊・和水・楚琴・青橘・帰場・亀督・文瓜・九鳥・夢里の十名。句の並びなどから推察するに、この十名が五題で二組づつ句を寄せているらしい。十四丁裏に、「三十八、（点）和水／三十四、文瓜／三十二、青橘」と上位三名を顕彰するが、これはおそらく五題一組分の総合得点である。年代は不明ながら、蓼太が没する天明七年以前のものであることは明らか。連中の一人和水は『七柏集』（蓼太編、天明元年刊）に出るその人と同一人物であろう。極めて規模が小さく、しかも前引の暁台点帖・指月庵点帖のような判者清書の部がない。従って、これは組連向けの点帖なのかもしれない。この点帖には「翠蓋」＋「鳥」印の青橘の句「声はまた峰に残りて鹿のおと」の句末「おと」を「影」と手を入れている以外に、判者蓼太の添削・句評は一切認められない。

Ⅲ　几董点帖からの距離

かように、一口に発句合の点帖といっても、添削のみを書き入れるもの、添削をしてかつ初心指導的な意図で句評を添えるもの、気ままに句評を添えるもの、添削・句評とも殆ど無いものと、その有り様は種々様々である。

先にも触れたように、月並・臨時を含め、几董判発句合の点帖は未だ発見されておらず、点帖と摺物の距離の見極めには困難なものがあるが、その点帖の姿は右で見た例の範囲から大きく逸脱するようなものではないと思われる。

そこで先ずは、几董判月並発句合の摺物の背後に点帖があったと考えられる形跡を摺物の中から拾ってみることにしよう。その手掛かりとなるのは、次のような点位表示である。

六年十二月　531〜549「右為抜群」、550〜566「右為屯」

七年　一月　577～589「十印十三章」「右為屯」
　　　四月　632～642「右十一句群出」
　　　九月　675～688「右抜群」、689～702「右為屯」
　　　十月　713・714「群出」、715～724「右為屯」
六年　六月　375～381「右七句十点」、382～392「右十一句九点」

何れも各月の末尾近くの勝句についての点位表示だが、ここに見られる「右、抜群と為す」「右、屯と為す」「右十一句、群出」などとある「抜群」「屯」「群出」は、寄句の清書帖に点を掛ける際に使用される点印の印文に違いない。「屯」は、天明七年一月末尾に577～589の十三句を並べて577の前に「十印十三章」とし、589の後に「右為屯」と入れているので、これが十点評価であることが分かる。さらに、六年十二月・七年九月・十月の点位表示によれば、「抜群」と「群出」は同じで、それは「屯」よりも幾分か評価が高いということになる。なお、几董の点印の一つに「一屯」があること、また几董の発句合にあっては概ね十点以上を勝句とし、最高点は二十点を目安としていたことについては、拙稿「几董の付合指導―『附句稽古艸稿帋』をめぐって―」（連歌俳諧研究80号）に詳述したが、この一連の摺物収録句の評価もそのあたりで考えておけばよい。

　摺物の背後に点帖の存在が想定される根拠は、句評からも拾うことが出来る。例えば、天明四年三月の勝句35の句評を取り上げてみよう。

35　野の池に人影見えてすみれ哉　　京　雪山

　閑雅幽艶、菫にあらずしては句を成さず。
此句、てとおさへずしては座句居りあしゝ。

発句の表現に「見えて」とあるので、句評二行目は謂わば贅言に近い。恐らく原作では「見ゆる」などとあって、点帖で「見えて」と几董が添削し、二行目の句評を添えていたのではないか。一行目は摺物編集段階での加筆、と考えると分かるような気がする。

天明七年二月にも同様の例が見られる。

603　凧あげてなぐさめ申せいもの神　竹外

一句平句の趣向なれば、申すといふべきを
申せと下知して、聊発句の姿を得たり。

「申せ」と言う表現で「発句の姿を得たり」とするが、前引の例と同様、句にはそのようにあって言わずもがなの感がある。これも原作が「申す」とあったものを点帖で「平句の趣向なり」と評して、「申せ」と添削していると考えると、摺物の句評の捩れが理解出来るのではないだろうか。

四年三月には、次のような例もある。

37　暁のすゞろ寒さやわすれ霜　春坡

座《スヾロ》、そゞろ、同意也。こゝにてはかりその
さむさと見るべし。

「そぞろ寒」は秋の季題であるがここでは「仮初めの寒さ」という意味合いで理解するのが良い、という句評。これも点帖には「そぞろ寒は秋なり」という評があったのではないか。それをもとに、句を評価する方向で加筆し摺物の評語としたように思われる。

もう一つ、四年四月の例を見ておこう。

46　鮓桶に魚のあつまる小川かな　社燕

此句は題の意薄し、と難ずる人も

あるべし。されど、時候の景情に
思ひよせて見《みる》べし。全く鮓といふ
題を出デず。

「題の意薄し」は点帖にあった句評で、摺物に収録するに際しての書き換えと読めそうな句評である。以上のように、摺物の背景には点帖があり、その点帖の添削・句評をもとに几董が加筆修正し、摺物を仕立てていることはほぼ間違いあるまい。

では、几董はその点帖にどの程度手を加えているのであろうか。点帖と摺物の距離を測る一つの手掛かりとなるのが、一括評である。一括評は、四年二月に二句一括が一組（27・28）、六月に二句一括が三組（78・79、82・83、84・85）、五年二月に三句一括が一組（171・172・173）、別立て五年四月に二句一括が一組（758・759）、五年九月に二句一括が一組（227・228）、十月に二句一括が一組（234・235）、六年二月に二句一括（272・273）・四句一括（277〜280）・六句一括（281〜286）・七句一括（290〜296）がそれぞれ一組、別立て二月に四句一括（851〜854）が見られる。これらを眺めていて生まれて来る疑問は、これら一括評の句すべてが元の点帖に都合よく並んでいたのだろうか、ということである。恐らく事実はそうでは無く、ここには摺物編集に際して几董による並び替えがあると見ねばなるまい。四年二月の例を挙げてみよう。

27　本陣に武具の雫や春の雨　　帋風
28　春雨や衣干す旅の置巨《ママ》燵　　仝

二句趣をおなじうすといへども、姿をわかつ。
初は、諸侯の旅泊にして威義《ママ》厳なり。
次は、妻娘など供したるよしのはつ瀬の
花見順礼なるべし

27の句については「諸侯の旅泊にして威義（儀）厳なり」と、また28には「妻娘など供したるよしのはつ瀬の花見順礼なるべし」という評が元の点帖にあったとしてもおかしくはない。が、「二句趣をおなじうすといへども姿をわかつ」という評語はこの二句を並べて初めて意味を持つわけで、そこにはもともと点帖では離れた位置にあったこの二句を、摺物では並べて評に加筆したという編集意識を読み取るべきではないか。四年六月には次のような例もある。

78 武さし野や薄摺あふ雲の峰　丹州八上　一相庵
79 夕立に涼しき音や鍛冶か槌　池田　竹外
むさしの丶雲峰は、上手に啌をつきたるといふべし。
鍛冶が槌の音を涼しといひなしたるは、滑稽の利口。

82 おもしろや蓮に雨聞山かつら　賀瑞
83 涼しさや葉をすかしたる松の月　京　自珍
荷葉の雨は、暁天の清閑。
松の月は、晩色の麗景。

84 明くれに来るとしもなし団売　京　吐文
85 松ばらに鑓先見えてくものみね　社燕
はじめの句は、嵐雪が口質に似たり。
後の句は、晋子が語勢あり。

何れも二句を並べて、その趣向の違いを興ずる体の句評で、やはりこの三連が点帖に都合よく並んでいたとは到底思われない。

これについて参照すべきは、次のような句評である。

247　頭巾遣る遊女ゆかしや鉢叩　京　一鳳
かの名を尋たる甚之丞に
ついでたる弟句成べし。（五年十一月）

264　神主が烏帽子かけたり松の花　洛　南昌
雪中庵の句に、宮守は老こそよけれ
まつの花とあれば、等類のがれがたくは
あれど、中七文字の作意を逃所として
句兄弟の法に倣ふべし。（六年正月）

333　みざくらに雨のまたるヽ日和かな　竹外
余が
花過て雨にも疎く成にけりと
いへるに次て、句兄弟なるべし（六年四月）

489　三井寺の鐘よりおとす木葉かな　池田　竹外
三井の仁王の冬木立、といへるに
兄弟めきたり（六年閏十月）

602　稽古矢の射先を通ふつばめかな　魯哉
須磨の蜑の矢先に啼歟、と
翁の古戦場を弔らはれし。それは杜鵑の幽境、

これは乙鳥の実境ならん。（七年二月）

654　片隅を幮はづし皃夕づとめ　浪花　仙興

晋子が幮つるかたに老独、といへる後句にして手柄あり。（七年五月）

これらの例からも明らかなように、几董には其角の『句兄弟』に倣って句評をしようと言う意識が強く見られる。四年二月の一括評には『句兄弟』に倣ったその編集意識を読み取ることが出来、六月に一括評が三組と集中しているのはその顕著な表れと言える。なお、一括評はこの後、「三句とも題をはづさず」（五年二月171・172・173）、「此題など何を得たりともしがたし。先菊に類し牡丹に動かざるをもていさゝか取べし」、（五年別立て四月758・759。いずれも芍薬の句）「二句とも千眼一到の流行」（五年九月227・228）、「いづれも句中に冬景あり」（五年十月234・235）、「二句洒落にして意高華也。晋子が語勢に髣髴たり」（六年二月272・273）というように『句兄弟』的趣向を離れて行く。そしてその後は、「四句おの〳〵一作あり珍重」（六年二月277～280）、「六句各作を異にすといへども次に出」（六年二月281～286）、「七句おの〳〵趣を異にすといへども点位甲乙なし」（六年二月290～296）、「四句皆晩景の雲雀を詠ず。されど聊おもむき変りたれば」（六年別立て二月851～854）、「二句とも深山幽谷の趣を得たり」（六年四月320・321）、「いづれも作を異にすといへども趣を得たり」（六年四月327～330）、「三句ともに発句の姿情を得たり」（六年五月343・344・345）、「二句目にたつ句にもあらねど又題にそむかざるをもて賞す」（六年五月350・351）、「二句作意下手のせぬところ也」（六年六月364・365）、「二句ともにしづか成句作なれども昼がほの景情うごかず」（六年六月373・374）、「三句の罌粟己がさまぐなり」（七年四月650・651・652）というような十羽一絡げ的なものが多数を占めるようになる。ここには既に『句兄弟』的趣向は無いが、それはさておき、五年二月以降の一括評も点帖の句を並び替えているであろうことは容易に想像されるところである。

かように几董は、点帖に書き込んだ句評をベースに大幅に加筆・修正して摺物の原稿を整えていると考えられる。

その典型と見られるのが、天明四年二月摺物の巻末に添えられた次のような講評である。

当世の発句を見るに、多はこと葉をもてあやなし、或はめづらしき道具を出し、一句をまぎらかして人の耳を驚さんとする句すくなからず。予、これをとらず。新意にしてこと葉も屈曲ならず、耳ちかき能句こそあらまほしけれ。さればとて、卑俗にいやしき句は取に足らず。俗にして俗を離るゝを俳諧の大意とす。雅俗に抱（拘）はらずして只俳諧をわするべからず。かりにもこと葉を上手めかして一句の魂なき句は、一点にもならずと心得べし。はた秀逸抜萃といへども、たゞ其一巻の中の甲乙なりとしるべきものなり。

摺物原典では十四行に及ぶこの講評は、特定の句についてのそれではない。そもそもこのような講評が、一人の作者に褒美として与えられる点帖に記載されることはあり得ない。この講評は、この月以降の月並摺物の評語が、それを目にするに違いない数多くの作者連中にとって作句の手引きとなるであろうことを意識して書かれた、謂わば摺物用に作られた文章なのである。同様な句評が天明七年三月巻頭句にも見られる。

622　老木なる柳の股にすみれかな　洛　買山

情ハ以テレ新ヲ為スレ先ト。求テ二人ノ未ダレ詠ゼ之心ヲ一詠ゼヨレ之ヲ。詞ハ以テレ旧ヲ可シレ用ウ云々。もとより、俳諧新意を用ゐざれば詮なし。然ども、近来新しからん事をのみ欲して、仲春に初夏の景物を用ゐ、或は初秋に冬の造化を扱ふの類ひ、家〳〵の作者競ふて好む事流行せり。今は十とせばかりの昔、予しぐれに雲の峰といふ句をせしが、其比は世にさる作例もまれ〳〵なりし。此比は日〳〵目をいたむがごとくなりたり。かゝる作例をのみ新しみと心得たらんは、頓而古ミに落る事速なり。されば此句は、柳に菫の寄生を思ひよせて、其姿尤あたらし。只眼前の事にして、人の未詠ぜざるの心を求てこれを詠ぜよ、といへるにかなふべし。こゝをもて秀逸とす。

原典ではやはり十四行に及ぶこの長文句評も、巻頭句にこと寄せて句作心得を説いたもの。これまた点帖にはふさわしからず、几董判発句合に参加し、毎月句評入りの摺物を目にするであろう多くの作者を想定して、初めて意味を持つ文章である。

このように見てくると、月並発句合の摺物に丁寧に句評を添えた几董の意図も読めて来る。そもそもかような興行に於いて投句作者の興味は、点の高下・勝句の有無に赴きがちである。また、先にも触れたように、もともと巻頭勝句の作者に与えられる褒美という性格をもつ点帖は、それが連中の間で回覧されることはあったかも知れないが、基本的には巻頭勝句作者個人のもので、宗匠側が指導意識をもって書き込んだ句評なり添削なりを投句集団のメンバーが共通の作句手引として認識することは難しい。几董は勝句評価の基準を出来るだけ詳しく摺物に示すことによって、勝ち負けの興味のみに終始しがちな発句合興行に、より強く指導的性格を持たせ、自身が良しとする俳諧の在り方を投句作者達に伝えようとしたのである。それは言い換えれば、几董が残した九十二丁の月並摺物から、実作に沿って彼の俳諧観を知ることが出来るということでもあろう。

Ⅳ　各論

この項では、几董判月並発句合摺物の句評の中から特に注目すべき評語を拾い出し、それらを通じて几董が何に重きをおいて指導しようとしたのか、またどのような句境を高く評価したのかを見て、几董の指導意識・俳諧観を探ってみることにする。

①　題

句評を読んでいると「題」について触れるものが極めて多く、三十二例に及ぶ。これには概ね次のような類型表現がある。なお、出題の季題には傍線を付して示す。

① 動かず

117 落鮎や秋風も行水の隈　湖嵒

秋水の趣を得て題を動かさず。

158 二日灸屏風の外の寒さかな　銀獅

時候の趣を述たるまゝに似たれども、題のうごかざるを手柄とす。

207 葉がくれに徳利の見ゆる糸瓜かな　京　雅竹

さして手柄はなき句なれど、題の働（動）かざるをもて賞す。

233 水かれし施餓餽（鬼）の跡や冬の月　兵庫　鬼彦

冬夜のさまうごかず。

258 寒梅の日を見すまして咲にけん　魯哉

ふつゝか成句なれど、冬の梅の動かざるをもて判ず。

301 老を啼うぐひす深き柳かな　池田　朶雪

深き柳、晩春の鶯うごきなし。

341 雲助にこぼれかゝるやはな樗　二村

雲の字をもてあふちをうごかさず。旅行の意最深し。

441 窮屈な舟をあがりて放生会　嘯風

題うごかず。

② 外さず・そむかず

171 二日灸行燈消せば春ゆふべ　東籬

172 おとなしき唖の娘やふつか灸　京　無名

173 足袋脱て草に踏ゆく春の水　仝

三句とも題をはづさず。

454 二本えてなほ持にくし梅もどき　洛　南昌

猶の字強くあたりて、題をはづさず。

350 岩倉の目疾わりなきかやりかな　竹外

351 蚊遣火にけふも暮行旅路哉　二村

二句目にたつ句にもあらねど、又題にそむかざるをもて賞す。

③ 取りとむ・とどむ

740 舞袖にけぶりの麾（靡）く薪哉〔＊題「薪能」〕　呂風

猿楽の姿を述て題をとりとめたり。

835 行燈の灯も霞けり二日灸　伏ミ　竹下亭

時候を結びて題をとりとむ。

486 鰒喰ふて聞や遠寺の鐘の声　洛　呂蛤

遠くはなれて題をとゞむ。

④ 得たり

786 むつかしき色には咲かぬ野菊哉　皓月堂

題を得たり。

237 うき人の亥猪手伝ふやうしろ向　鬼彦

何をもて題を得たるともみえねども、趣をかしければ。

⑤ その他

24 畑うちや切凧落る鼻の先　ナニハ 帋風

はたうちは体にして凧は客なり。落題の難あるべからず。

25 接木せし小刀ありぬ草の中　城南 三木

此句は故人太祇が口質に似たり。つぎ木などいへる題は、かゝる句作も又可取所なり。

38 とかくして折らぬ気に成ぼたんかな　春雄

躊躇して花を惜しむ人情をもてよく牡丹の形容に対せり。持題の外に物をからずして、一句真率なるを賞して巻首とす。

46 鮓桶に魚のあつまる小川かな　社燕

此句は題の意薄し、と難ずる人もあるべし。されど、時候の景情に思ひよせて見べし。全く鮓といふ題を出デず。

51 留守の戸やあめかぜ募る紙のぼり　因山

風雨の形勢をもて題の意をよく詠ぜし也。紙の字又眼目。

52　蔓草の手や若竹の皮ながら　伏水　つゆ女

幽艶にして題の外に風情を得たり。

133　古庭に散時みたりかへりばな　竹外

古き趣向なれど題に親し。

174　人のゆく方へありけばさくらかな　京　梅塢

上五より七文字発語にして、座句に題をあらはして、しかも深意を明す。珍重。

189　献立に先書てあり初なすび　京　冬畑

句の題を未来より案じ入て、其物を後にし賞を前にす、最。初の字力ありて聞ゆ。

762　帷子にうつり香はやき菖哉　松雨

菖蒲のかた重きに似て却而かたびらの句。意深し。

508　吹れつゝ落葉まひけり里神楽　浪花　交風

七文字の作精工にして、題の詮を立たり。

517　初雪や舟造る江のかんな屑　池田　竹外

はつ霜にも通ひぬべきながら、雪のあしたも捨がたし。

708　紅葉散寺もゐのこのあらしかな　城南大久保　倚石

題をはなれて題にもどる。

①に分類した207の「題の働かざる」は文脈から考えて「動かざる」の誤りであろう。季題の指定のある発句合に於

いて題を「動かさず」「外さず」詠むのは、いわば基本中の基本である。几董はその基本的なところを押さえようとしているわけで、この評語が四年二月から七年十月までほぼ全期間にわたるのも、そのため。三十二例の点位を示せば次のようになる。なお、以下の点位の表示は、たとえば6／10とあれば、その月の全勝句が10句で該当句が6番目に配列されていることを表している。1・2・3といった上位はそのままの点位と考えてよいが、下位のものになってくると「几董判月並発句合の概略」の項で見たように同位配列も少なくはなく、18／20・19／20・20／20の評価は実は同じということも有り得る。従って、下位の点位は一応の目安として御覧いただきたい。

24	四年	二月	6／10
25		二月	7／10
38		四月	1／12
46		四月	9／12
51		五月	2／25
52		五月	3／25
117		九月	6／8
133		十月	14／15
158	五年	二月	5／20
171		二月	18／20
172		二月	19／20
173		二月	20／20
740		別二月	7／9

174		三月	1／9
189		四月	7／9
762		別五月	3／8
207		七月	6／8
786		別八月	11／17
233		十月	5／10
237		十月	9／10
258		十二月	10／10
835	六年	別二月	6／25
301		三月	4／18
341		五月	5／18
350		五月	14／18
351		五月	15／18

441	八月	10／20	508	十一月	3／15
454	九月	3／10	517	十一月	12／15
486	閏十月	6／25	708	七年　十月	6／19

全三十二例のうち、1位が二例、2位が一例、3位が四例、4位が一例、5位が三例で合計十一例。11／32で約34％が高い評価を受けているように見えるが、十一例のうち1位評価一例を含む四例は、勝句10句以下の月のそれ。逆に二分の一以下の評価は十七例あり、17／32で約53％。しかもその十七例のうち、173・258の二例は勝句の末尾に、また25・117・171・172・740・189・207・237・351・517の十例は末尾に近い位置での入選である。38・174の句が巻頭の位を得たのは、「花を惜しむ人情」と「牡丹の形容」が良く詠ぜられ、また「深意」を表現し得ていたからで、発句の基本である題を「動かさず」「外さず」詠んだだけでは高い評価は望むべくもない。いちおう題意は押さえてあるということだけで勝を得た例は、句評が133「古き趣向なれど」（14／15）・158「時候の趣を述たるまゝに似たれども」（5／20）・207「さして手柄はなき句なれど」（6／8）・237「何をもて題を得たるともみえねども」（9／10）・258「ふつゝか成句なれど」（10／10）・351「目にたつ句にもあらねど」（15／18）というように、否定的要素を伴いがちになるのは当然のことであった。

② 場・所

「題」と同様、頻出する評語に「場・所」がある。この評語も四年三月から七年一月までほぼ全期間にわたり、二十七の用例は次の六種に分けられる。なお、出題の季題には傍線を付して示す。

① 動かず

31　よむほどの麦の穂並や別霜　ナニハ　守明

上五文字よりいひくだし、一作あり。麦畠の霜其場うごかず。

169　あたゝかき空の曇やはつかはづ　銀獅

うごかざる場。

194　なでしこに乞食の産家囲ひ凫　呉江　蕙洲

撫子といふ縁にすがりて産家といへる結びは所謂麦林の格調なれど、場のうごかさる、又発句のとりどころ也。

576　鍋炭の水越す溝やふきのたふ　浪華　檮室

場の見付所うごかず。

②　得たり

77　川崎の蚊にせゝられて涼けり　浪花　牧馬

宗祇の縁語を俳諧の作にこなして、納涼の場をもとめえたり。

93　舜や淀よりあけて三栖の口　春坡

場と時分を得たり。

125　わすればな地突見に行寺の門　在京　斗入

場を得て、すがたあたらしき心地す。

170　藪［五丁《道を》］出ればば舟ありきじのこゑ　買山

古き所なれど場を得たり。

232 大仏の前静なりふゆの月　乕風

所を得たり。

731 下萌や鶏のかき出す爪の跡　フシミ　玄里

ことばの続がらいやしけれど、題の場所をいひえたれば。

796 露時雨貴舟見かけて道しれず　菫亭

所を得たり。

274 糸遊や舟引捨し大和川　浪花　檮室

春色所を得たり。

339 まだき日にくれはの里のかやりかな　浪華　うめ女

縁語をもて其所をよくいひ得たり。またかゝる幽艶の体も可取者也。

③ 見出す

725 下萌や嵯峨にころばす杉丸太　松化

下萌の場を見出て丸太転すといふ句作、俳力顕れ侍る。

ことに嵯峨の名も何となく春色あり。珍重。

751 兀山の真向になりぬ諌鼓鳥　フシミ　買山

余が附句に、右に見し山は左にうち霞。是をもて此句を聞べし。布穀の場を見出たる手柄浅からず。

④　見付所

98　いなづまや薮をはなるゝ竹二本　伏見　買山

見付所よし。

744　小社や翠簾のひまより蜂ふたつ　松化

見付所を得て、一句作あれば。

843　苗代へ関の鳥居のうつり鳧　自珍

見付所趣向有。

472　茶の花に靄かゝるなり山の原　浪華　檮室

見付所あたらしゝ。

906　ばせを葉や寺の神垣静なる　フシミ　賀瑞

寺の神垣、見付所あたらし。

⑤　其場

103　灸居えぬ背中に月や辻角力　竹外

其人其場眼中にあり。

765　くらべ馬及ごしなる扇かな　フシミ　柳圃

其場にして其人を見る。

775　瓦焼うしろの垣や生瓢　御松

其場。

261　野わたしに乗合せたり傀儡師　洛　雷夫

其場を定てそのひとをおもひよせたる作意、一句の中に何となく春色を含めり。

829　封疆越て又小薮あり赤つばき　　御松

其場。

308　やま吹をかきわけて汲手鍋かな　　洛　自同

其場。

⑥　その他

736　初鮒やまだはしり井の水寒し　　フシミ　買山

山陰の余寒場をはずさづして、初ぶな又外ならず。

347　馬のうへに二里眠り来て花あふち　　洛　東圃

時候と場をもて句をなす。

項目別に点位を示してみよう。

①　動かず

31　其場うごかず　四年　三月　3／9

169　うごかざる場　五年　二月　16／20

194　場のうごかざる　五年　六月　3／10

576　場の見付所うこかず　七年　一月　10／23

②　得たり

77　場をもとめえたり　四年　六月　3／11

93　場と時分を得たり　四年　七月　8／18

125　場を得て　四年　十月　6／15

170　場を得たり　五年　二月　17／20

232　所を得たり　五年　十月　4／10

731　題の場所をいひえたれば

別五年　一月　7／9
796　所を得たり　別五年　九月　4／9
274　所を得たり　六年　二月　4／27
339　其所をよくいひ得たり　六年　五月　3／18

③　見出す
725　下萌の場を見出て　別五年　一月　1／9
751　布穀の場を見出たる　別五年　四月　1／9

④　見付所
98　見付所よし　四年　七月　13／18
744　見付所を得て　別五年　三月　2／8
843　見付所趣向有　別六年　二月　14／25
472　見付所あたらし、　六年　十月　11／19

906　見付所あたらし　八年　9／35＋α

⑤　其場
103　其人其場眼中にあり　四年　七月　18／18
765　其場にして其人を見る　別五年　五月　6／8
775　其場　別五年　七月　8／8
829　其場　別六年　一月　10／10
261　其場を定て　六年　一月　3／12
308　其場　六年　三月　11／18

⑥　その他
736　山陰の余寒場　別五年　二月　3／9
347　時候と場　六年　五月　11／18

先ず全体的に見てみると、全二十八例のうち、1位が二例、2位が一例、3位が六例、4位が三例で合計十二例。割合としては12／28で約43％となり、高点句が多いように見えるが、725（1／9）・751（1／9）・744（2／8）・31（3／9）・77（3／11）・736（3／9）・194（3／10）・796（4／9）・232（4／10）というように、「題」の場合と同様に勝句の少ない月に高点の評価を受けた例が目立つ。そして、1／2以下の評価も12例あって、その場合は、逆に98（13／18）・103（18／18）・169（16／20）・170（17／20）・843（14／25）・308（11／18）・347（11／18）・472（11／19）というように、勝句の多い月に評価が低くなっている。うち、103・775・829は入選句末尾の評価である。もう少し詳しく項目別に見てみると、

⑤「其場」の評語が添えられる句は、六例のうち103・775・829が何れも勝番が末尾、765は6／8、308は11／18と全体的

に評価が低いのが一目瞭然。これらは例えば829は椿の場として薮を、308は山吹に水辺をというように、類型的発想の域を出ていないことによるもの。「新味はないが、季題に合いそうな無難な場をいちおう押さえてはいますね」というレベルの句評である。逆に、③「見出す」の二例は何れも巻頭の評価で、②「得たり」の例も170（17／20）・731（7／9）二例を除き他の七例は評価が高い。これらは類型的発想を離れ、季題に相応しい場を新しく「見出し得て」いるという評価と言えよう。季題にふさわしい「場・所」を詠み込むことが出来るかどうかはやはり発句の基本なのであるが、それだけでは高点は得られない。類想を脱して新しい句境を表現することを几董は求めているのである。

③　取り合せ・かけ合せ

I　取り合せ

「取り合せ」は、①出題季語とそれ以外の季語を取り合わせた例と、②出題季語と季語ではない語句を取り合わせた例の二つに分けられる。なお、以下の引用では、出題季語を二重傍線で、それ以外の季語及び語句には傍線を引いて示す。

① 季語（出題）と季語

57　蚊やり火に枝の曇や合歓樗　銀獅

取合せものを得たりといふべし

151　鶯の小鍋やからんくすり喰　二村

古歌の詞をかりて薬喰にとり合せたるはいと珍らし。

154　雁立て蛙の春となりにけり　伏水　鶉閨

一句の格調は作例なきにしもあらねど、帰雁を結びて蛙の景情を定めたるや、許六が所謂とり合せもの、よきといふならん。

739　帰雁夜ぶりの上を過にけり　買山

時候のとり合、珍重。

188　うのはなに炭焼竈のかくれけり　浪花　檮室

時候のうつりかはるを色立のとり合せ也。

756　鮒ずしに猟師が宿の祭哉　フシミ　玄里

時候のとり合せものあしからず。

757　花の香もきのふになりぬ青簾　雅竹

きのふとなりぬなど作例あまた侍れど、花の香といふ五文字、題によくとり合り。

209　接待や乞食僧のあつぶるひ　東籬

時候のとり合あしからず。

825　若水に荒神まつのうつりけり　自同

取合、似合しき姿也。

357　涼しさや草をはなるゝ夜の蝶　灘脇ノ浜　千渓

中七文字、作例多くもあれど、風情捨がたし。清夜に胡蝶をとり合せし新意を賞す。

② 季語（出題）と語句

47　堺なる大キな家のぼたんかな　　灘河原邑　李彳

昔は唐船の入津する地にて繁華の一都会なりしも、今は俗に堺の建だをれとかいへる家居のさまにとりあはせて、はなものいはざる懐古の情を含たるおもむき、あはれ深し。

794　つら憎の下部が提しきくの花　　春坡

取合せの作意新し。

302　雨の牛もゝによごれて戻りけり　　買山

桃に牛のとり合せの陳腐なるを、中七文字の作にて一句を新しくせり。

①・②合せて用例は十三。うち、302「とり合せの陳腐なる」209「とり合あしからず」756「とり合せものあしからず」188「色立のとり合せ」を除き、他の九例57「取合せものを得たり」151「とり合せたるはいと珍らし」154「とり合せもの、よき」739「とり合珍重」757「よくとり合り」825「取合似合し」357「とり合せし新意」47「とりあわせて」「あはれ深し」794「取合せの作意新し」は全て褒詞であることからすると、几董は「取り合せ」の作句法を評価していたかにも見える。が、その点位は次の通りである。

57	四年	五月	8／25	739	別二月	6／9
151		十二月	7／9	188	四月	6／9
154	五年	二月	1／20	756	別四月	6／9

757		別四月	7／9
209		七月	8／8
825	六年	別一月	6／10
357		六月	3／38
47	四年	四月	10／12
794	五年	別九月	2／9
302	六年	三月	5／18

1位・2位・3位・5位が各一例あり、4／13で約31％。逆に1／2以下の評価は八例、8／13で約62％となり、全体的に評価は句評の褒詞ほど高いとは言えない。なお、「取り合せ」の用例は六年六月まで認められるが、四年・五年で十三例中十例を占めていることに注意しておきたい。

Ⅱ　かけ合せ

「かけ合せ」も、①出題季語とそれ以外の季語を取り合わせた例と、②出題季語と季語ではない語句を取り合わせた例の二つに分けられる。

①　季語（出題）と季語

304　あかぎれの直る比也壬生念仏　伏水　其残

打ひらめなる趣向のかけ合を新意とす。

323　鮓桶に影のこぼゝるわか葉かな　鶉閨

時候のかけ合せなるべし。

461　祭ある里を過れば川鹿かな　洛　垂翅

時候のかけ合せうごかず。

469　小角力に相伴させつ蛭子構（講）　毛條

かけ合せものをよくす。

507 麦まきや梅と桃とのあひだまて　洛　買山

花の比麦畑をおもひよせたるは作例多かるべきを、冬枯のけしきにかけ合せたるをもて、新しみを得たり。

570 うぐひすのあちらむかしぬ蕗の塔（臺）　東籬

一句に作をもたせて、かけ合せあたらし。

631 若鮎やはまぐりふるき魚の棚　洛　湖国

かけ合せもの、あしからねば。

644 短夜や梅の葉うらに啼く蛙　伏水　兎山

時候のかけ合せ、よく入りたり。

②　季語（出題）と語句

146 芦枯て難波もかるゝ寒さかな　二村

難波江に芦のかけ合せの古きをもて、中七文字の働き手柄あり。

287 春月や野風を帰る騎射の笠　鬼彦

上五音に遣ひたる一句のかけ合、手柄あり。

298 畑守の娘妖たりもゝのはな　嘯風

妖字桃花のかけ合、一句の働新意。珍重々々。

890 来合して飛蟻見付る大工哉　一風

かけ合もの手柄有。

こちらも全十二例中323「時候のかけ合せ」631「かけ合せもの、あしからねば」146「かけ合せの古き」を除き、他の九例304「かけ合」「新意」461「かけ合せうごかず」469「かけ合せものをよくす」507「かけ合せ」「新しみ」570「かけ合せあたらし」644「かけ合せよく入りたり」287「かけ合手柄あり」298「かけ合」「新意」890「かけ合もの手柄有」は何れも褒詞。こちらの点位は次の通り。

304	六年	四月	7／18
323		四月	8／21
461		九月	10／10
469		十月	8／19
507		十一月	2／15
570	七年	一月	4／23

631		三月	10／21
644		四月	2／10
146	四年	十二月	2／9
287	六年	二月	17／27
298		三月	1／18
890		別四月	11／18

十二例のうち、1位が一例、2位が三例、4位が一例ある。5／12で約42％。1／2以下の評価は三例、3／12で25％。「取り合せ」よりは全体に評価が高くなっている。うち、天明四年十二月146の例を除き、他は六年二月以降に限られる。概念としては「取り合せ」に同じで、その替わりに使われるようになったような印象を受ける。「取り合せ」「かけ合せ」とも同概念だとすると、天明四・五年と六・七年では几董の評価基準が少し変わって来たということになる。

なお他に、同概念と思われる例として、別立六年二月収録の「結びて」「結び合せ」がある。

835　行燈の灯も霞けり二日灸　　伏ミ　竹下亭

時候を結びて題をとりとむ。

841　盃のさゝ浪寒し初ざくら　　兵庫　其玉

小細工に落る句なれども、初ざくらの結び合せ外ならず。

点位は、835が6／25、841が12／25。これを含め、「取り合せ」「かけ合せ」「結び合せ」は合計27例。合算してみると、1位～5位が9／27で、約33％。6位以下が18／27で、約67％。1／2以下の評価が11／27で、約40％という数値を示す。全体的に評価はそれほど高くはないと言えよう。1位～5位の高点句の句評に注目してみると、154「一句の格調は作例なきにしもあらねど」・302「桃に牛のとり合せの陳腐なるを」・357「中七文字作例多くもあれど」・146「難波江に芦のかけ合せの古き」というように、マイナス評価を伴なっている。そのマイナス要素をカバーするために、302「中七文字の作にて一句を新しくせり」・146「中七文字の働き手柄あり」・298「一句の働新意」・570「一句に作をもたせて」というように、他のプラス要素が必要だったのである。また、2位のうち794・644・146は、いずれも入選句が十句以内と少ない月の評価。「取り合せ」「かけ合せ」「結び合せ」は伝統的な作句法で、句作りに際しての有効な手立の一つとして几董も認めてはいるものの、それだけで良い句が出来るとは考えていないことが分かる。天明七年三月巻頭句622「老木なる柳の股にすみれかな　洛　買山」の句評

…もとより俳諧新意を用ゐざれば詮なし。然ども、近来新しからん事をのみ欲して、仲春に初夏の景物を用ゐ、或は初秋に冬の造化を扱ふの類ひ、家〳〵の作者競ふて好む事流行せり。今は十とせばかりの昔、予しぐれに雲の峰といふ句をせしが、其比は世にさる作例もまれ〳〵なりし。此比は日〳〵目をいたむがごとくなりたり。かゝる作例をのみ新しみと心得たらんは、頓而古ミに落る事速なり。…

は、安直な「取り合せ」「かけ合せ」に走ることへの戒めとも読むことが出来よう。

④　中七文字・上五・座句

句作りに関わる評語の中で特に注目すべきものに、中七文字・上五・座句の表現についてのそれがある。そのうち最も目立つのが中七文字についての評語である。

Ⅰ　中七文字

中七文字の作意について触れる評語は、次の二つに分類することが出来る。その①は、「中七文字」と明確に指摘する場合、その②は「中七文字」という言葉そのものは使用しないが、中七の表現の全体または一部分を特に取り上げて評をする場合である。

①「中七文字」「中七」などと明確に指摘する例。該当の句と句評を次に挙げる。なお、句評が長文に及ぶものは抄出して示す。

19　燕や聟とりしたる其日より　京　湖嵒
…中七文字俳力つよし

20　春雨や分別かはる橋のもと　タジマ　柳水
…中ノ七文字剛にして俳諧也…

29　散かけて春一ぱいのさくらかな　京　社燕
…中七文字至て力あり

44　翦鞠の落て砕るぼたむかな　帍風
中七字牡丹の句作

48　淀竹田二度に聞けり子規　京　管鳥

…中七文字作意あれば…

53　一手づゝ風植てゆく早苗かな　賀瑞

中七文字精工

61　鵜篝の燃つくばかり鬢の霜　京　楚山

…中七文字作意豪壮也

146　芦枯て難波もかるゝ寒さかな　二村

…中七文字の働き手柄あり

729　うぐひすや小便したる薮の陰　フシミ　其残

中の詞のひらめなる…

741　谷陰に匂ひをつゝむわさびかな　フカ艸　霞渓

中七文字作有

156　飛込て水にしづまるかはづかな　京　自珍

中七文字手柄ありて聞ゆ

752　朝夕に願をわかつ夏書かな　春坡

中七文字工み案じ出たり…

195　海際の砂に火を踏むあつさかな　朶雪

中七文字けやけく聞え侍れど…

241　うすら氷や不時に咲たるかきつばた　東籬

中七文字手づゝにして…却而…新し

245　かほみせや夜の明かはる橋のうへ　浪華　京甫

中七文字作意見え侍る

817　凍る夜や水を貫く月の色　古龍

中七詞強し

264　神主が烏帽子かけたり松の花　洛　南昌

…中七文字の作意を逃所として…

270　舟かりて水かき濁す柳かな　伏陽　兎山

中七字作意あり

302　雨の牛もゝによごれて戻りけり　買山

…中七文字の作にて…

309　鶯の松にも来啼はる闌て　浪華　可応

…中に曲節あれば…

335　かんこ鳥薮に背て寺二軒　月荘

中七文字作意

883　帆ばしらの末は夜明やほとゝぎす　松化

中七文字一句のはしり珍重

357　涼しさや草をはなるゝ夜の蝶　灘脇ノ浜　千渓

中七文字作例多くもあれど

447 蜻蛉もの、数なり放生会　浪華　七舟
中七文字珍重

459 山の端に月を吹出す野分かな　伏水　鼠玣
中七文字一手あり

475 茶の花やすこし戸明て朝烟　浪華　几雪
中七文字に作をもたせて

508 吹れつゝ落葉まひけり里神楽　浪花　交風
七文字の作精工にして題の詮を立たり

645 飽果し雨の中より初茄子　浪花　嘯風
中七文字作意なるかな

②「中七文字」と言う言葉は使用しないが、中七の表現の全体または一部分を特に取り上げて評をした例。句評の該当部分に傍線を付して示す。

23 かげろふや村に一軒帘　春坡
…一軒と限りたる詞…却て手柄あり

26 春雨の小降を啼や籠の鶏　京　佳棠
…小降りを鳴やといへるはいかゞ…

43 ほとゝぎすよ所に寐なれぬ枕かな　銀獅
寐なれぬ枕いさゝか新を得たり

104 名月や蕎麦の花さく屋根もあり　何木

…花蕎麦の名も外ならぬこゝちす

136 もどる手に繕ふ鷹の羽音かな　春雄

…つくらふという詞に趣向をとりとゞめたる…

140 藁火たく軒の曇やふゆこだち　春雄

…軒の曇と詞を工みたる…

730 若艸や大津へ二度の小荷駄馬　フシミ 其残

二度といへるに春景を含めり

164 たけ過て春風さはる土筆かな　池田 竹外

さはるといふ作珍重

183 ほころびた春もむかしに衣がへ　伊丹 趙舎

…きのふの昔と感慨して…

186 昼過て身に思ひあふ袷かな　買山

…身におもひあふ袷と詞のつゞけがら…

190 人を待うしろに広き蚊帳かな　田賦

うしろに…広きとせしが句の手柄…

753 願ある我身はづかし夏百日　春坡

…我と心に意を恥たる趣…

754 鮓出して噂聞ゐる男かな　柳枝

…加減いかゞならんなど窺ゐたるさま…

757 花の香もきのふになりぬ青簾　雅竹

きのふとなりぬなど作例あまた侍れど…

198 清水過て暫く寒し杉ばやし　買山

寒しといへる所句也…

263 とし〴〵にこゝろ覚えの野梅かな　雷夫

…こゝろおぼえの野梅いとなつかし

850 戸を建て妹が家くらし二日灸　一雲斎

妹が家といへるに春色をもたせたり

303 鶯の春をむさぼる高音かな　伏水　月荘

…春を貪るといふ作意力あり

891 家を出て家にとゞまる羽蟻かな　松化

家にとゞまるといふにて句を成せり

337 早乙女やきのふは遠き松のもと　浪華　雲我

…きのふはとほきと光陰の一歩もかへらざる…

348 閼伽桶に角しづかなりかたつぶり　信州善光寺　文兆

静字眼目

356 くず水にうつりごゝろや軒の竹　沙長

…うつり心と働きたる作意…

567 陽炎に花焦したる椿かな　池田　東籬

…花焦したるといふ作意新意…

593　切紙鳶のふたゝびのぼる木ずゑかな　洛　買山

再字眼目

594　凧を見るかほむつかしき西日かな　洛　芙雀

むつかしきといふ言葉にて一句を成せり

603　凧あげてなぐさめ申せいもの神　竹外

…申せと下知して聊発句の姿を得たり

653　草とりの田を顕はれぬ午の貝　洛　呂蛤

…食事に帰らんとす姿情…

709　木がらしの吹や吹るゝ鳶のつら　南昌

吹や吹るゝと語を重ねたる一作珍重

①と②は「中七文字」という言い方をしているかそうでないかという違いだけで、実質は同じである。①と②を合せて全五十六例。点位は次の通りである。

19　四年二月　1／10
20　二月　2／10
23　二月　5／10
26　二月　8／10
29　三月　1／9
43　四月　6／12

44　四月　7／12
48　四月　11／12
53　五月　4／25
61　五月　12／25
104　八月　1／8
136　十一月　2／10

140	十一月	6／10
146	十二月	2／9
729	五年別一月	5／9
730	別一月	6／9
741	別一月	8／9
156	二月	3／20
164	二月	11／20
183	四月	1／9
186	四月	4／9
190	四月	8／9
752	別四月	2／9
753	別四月	3／9
754	別四月	4／9
757	別四月	7／9
195	六月	4／10
198	六月	7／10
241	十一月	3／10
245	十一月	7／10
817	別十二月	2／4

263	六年一月	5／12
264	一月	6／12
270	一月	12／12
850	別二月	21／25
302	三月	5／18
303	三月	6／18
309	三月	12／18
335	四月	20／21
883	別四月	4／18
891	別四月	12／18
337	五月	1／18
348	五月	12／18
356	六月	2／38
357	六月	3／38
447	八月	16／20
459	九月	8／10
475	十月	14／19
508	十一月	3／15
567	七年一月	1／23

593	二月	4／32	645	四月	3／10
594	二月	5／32	653	五月	1／10
603	二月	14／32	709	十月	7／22

年代別に見てみると、天明四年が十四例、五年が別立て分も含め十七例、六年もやはり別立て分を含め十八例、全体の三分の一ほどの摺物が失われている七年が七例と、ほぼ均等の数字が出て来る。それは几董がこの月並発句合の摺物を通じて、常に中七文字の働きに重きを置いて指導する意識があったことを意味するものである。

うち1位の評価を受けたものに、次の七例がある。

19　燕や聟とりしたる其日より　京　湖嵒

田家春社の余情、中七文字俳力つよし。

29　散かけて春一ぱいのさくらかな　京　杜燕

杜律に一片花飛《デ》春減却《ス》といへり。まして山野市中の花の片々と散乱して四隅にみち〳〵たるをや。中七文字至て力あり。

104　名月や蕎麦の花さく屋根もあり　何木

今宵の清光に見出たる屋根の上のこぼれ咲、ことに花蕎麦の名も外ならぬこゝちす。

183　ほころびた春もむかしに衣がへ　伊丹　趙舎

花鳥のために身をはふらかし日々酔如泥といひけん春を、ほころびしといふ衣体の縁語よりきのふの昔と感慨して、更衣の姿情を尽したる一句の治定慥なり。

337　早乙女やきのふは遠き松のもと　浪華　雲我

古人謂る事あり、景に臨て句を作らんとせば、先情より案じ入て後に景をむすぶべしと。都而の句、情より深く案じ入ざれば粉骨あらはれず。此句、如見きのふはとほきと光陰の一歩もかへらざるに観想の意味深くして、田植の景は一句の上におのづから備はれり。よて秀逸とす。

567　陽炎に花焦したる椿かな　池田　東籬

きのふの雨にうつろへる花の、日にあひて葩漸爛れたるを、陽炎に照し合せて花焦したるといふ作意、新意にして粉骨あり。一巻の秀逸たるべし。

653　草とりの田を顕はれぬ午の貝　洛　呂蛤

粒々辛苦なる農業の中にもことに炎熱の田草取、尤怜むべし。午時の貝を聞て食事に帰らんとす姿情、よく一句の上に作意せり。珍重。

傍線部に示したように、中七文字の表現を高く買っての評価である。同様に、2位の六例、3位六例のうち三例を次に示そう。

第二位

20　春雨や分別かはる橋のもと　タジマ　柳水

此句中ノ七文字剛にして俳諧也。いづちの橋の頭ならん、忽花街章台に歩を移したるや、春情限なし。

136　もどる手に繕ふ鷹の羽音かな　春雄

もどる手にと発語をはたらかして、つくらふという詞に趣向をとりとゞめたるや、俳諧は風雅の短刀恐るべし。

146　芦枯て難波もかるゝ寒さかな　二村

難波江に芦のかけ合せの古きをもて、中七文字の働き手柄あり。

752　朝夕に願をわかつ夏書かな　春坡

中七文字工ミ案じ出たり。珍重。

817　凍る夜や水を貫く月の色　古龍

中七詞強し。

356　くず水にうつりごゝろや軒の竹　沙長

葛水に軒端の竹の影をおもひよせて、うつり心と働きたる作意群を出たり。

第三位

753　願ある我身はづかし夏百日　春坡

あるまじき恋路などに深き願ひこめて、我と心に意を恥たる趣、いとおもしろ。

508　吹れつゝ落葉まひけり里神楽　　浪花　交風

七文字の作精工にして、題の詮を立たり。

645　飽果し雨の中より初茄子　　浪花　嘯風

中七文字作意なるかな

これらも傍線部に示したように、やはり中七文字の働き・作意を評価して点位が高くなっている。全五十六例のうち、1～3位が十九例で、19／56となり約34％。三句に一句は3位以上の評価を受けているという計算になる。点位1～5位までひろげてみると三十一例あり、31／56で約55％。中七文字についての評語が添えられる句は概して評価が高いと言っても良い。なお、1／2以下の評価も二十例、20／55で約36％あるが、中七文字の働き・作意を几董が重視していたことは、43（6／12）・48（11／12）・61（12／25）・729（5／9）・741（8／9）・186（4／9）・264（6／12）・270（12／12）・302（5／18）・303（6／18）といった点位のあまり高くない句の評語からも窺うことが出来る。例えば48は、

48　淀竹田二度に聞けり子規　　京　管鳥

淀竹田のほとゝぎす陳腐也といへども、中七文字作意あれば古みをゆるして可珍重。

と言うように、「淀竹田のほとゝぎす」は「陳腐」であるが、「二度に聞けり」という「中七文字」に「作意あれば」という点で「珍重」の評価を得ている。また61は、

61　鵜篝の燃つくばかり鬢の霜　　京　楚山

いひふりたる趣向なれど、中七文字作意豪壮也。

「いひふりたる趣向」とは、鵜飼から老人の連想を言うのであろうが、「中七文字」の「作意豪壮」なるを以っての評価である。同様に、

186 昼過て身に思ひあふ袷かな　買山

更衣の句に昼過といふ詞、近来耳染たれど、身におもひあふ袷と詞のつゞけがらを賞す。

264 神主が烏帽子かけたり松の花　洛 南昌

雪中庵の句に、宮守は老こそよけれまつの花、とあれば、等類のがれがたくはあれど、中七文字の作意を逃所として句兄弟の法に倣ふべし。

302 雨の牛もゝによごれて戻りけり　買山

桃に牛のとり合せの陳腐なるを、中七文字の作にて一句を新しくせり。

303 鶯の春をむさぼる高音かな　伏水 月荘

鶯の高音といふ句耳ふりたれど、老鶯に春を貪るといふ作意力あり。

の四例も、186「近来耳染たれど」・264「等類のがれがたくはあれど」・302「陳腐なるを」・303「耳ふりたれど」といった否定的要素を指摘しながらも、傍線部に示したような中七文字の働きによって評価しようとする姿勢が認められる。また、

43 ほとゝぎすよ所に寐なれぬ枕かな　銀獅

寐なれぬ枕、いさゝか新を得たり。

741 谷陰に匂ひをつゝむわさびかな　フカ艸 霞渓

中七文字作有

270　舟かりて水かき濁す柳かな　伏陽　兎山

中七字作意あり

の三例は、言葉を補いつつ句評を訳してみると、43（夜更けの杜鵑はありふれているが）「寐なれぬ枕」という表現に少し新しみがある、741（谷陰の山葵はありふれているが）「匂ひをつゝむ」という中七文字に作がある、270（舟に柳は陳腐だが）「水かき濁す」という中七文字に作意が認められる、ということになろうか。また、

729　うぐひすや小便したる藪の陰　フシミ　其残

中の詞のひらめなるをもて、藪陰の鶯にあたらしみを得たり。

は、類型的な「藪陰の鶯」を「小便したる」という中七の卑俗な言葉によって「あたらしみ」を表現し得ていることを言う。かように、点位の高くない句の評語からも中七の表現を重要視する几董の意識を読み取ることが出来るのである。

Ⅱ　上五文字

次に「上五文字・初五・初句・初五」の表現について触れた句評を取り上げておこう。中七とは違って、こちらは用例がそれほど多くはない。なお、句評は原典の行替えに従い、全文を引く。

140　藁火たく軒の曇やふゆこだち　春雄

初五何となくいひ出て、軒の曇と詞を工みたるを手柄とす。

141　行ほどに足もとわろし下駄の雪　梅塢

初句風情ありて、座句磊落なるをもて
一句あたらしみをえたり。

166 わるびれぬ土のよごれや土筆　京　烏暁

初五、置得たり。

757 花の香もきのふになりぬ青簾　雅竹

きのふとなりぬなど作例あまた侍れど、
花の香といふ五文字、題によくとり合り。

760 うちつかぬ雨の晴間や百合花　フシミ　兎山

上五文字の詞にて時候の
天色を述、はた此花の形容
を得たり。珍重。

196 毒艸のしげみより湧く清水かな　無名

上五耳立をもて、一句群を出るもの歟。

262 村深し犬の咎むるくわいらいし　東籬

初五、よくいひ得たり。

287 春月や野風を帰る騎射の笠　鬼彦

上五音に遣ひたる一句のかけ合、手柄あり。

885 ふりほどく旭の露や燕子花　一鳳

初五、作意。

442　村ふかくめぐり出けりおとしみづ　　二村
上五文字、置得たり。
666　露はしる瑠璃の火影や菊畠　　浪華　甘三
麗景、露はしるとはいひ裸（果）せて。

この十一例の点位は次の通り。

140	四年	十一月	6／10
141		十一月	7／10
166	五年	二月	13／20
757		別四月	7／9
760		別五月	1／8
196		六月	5／10
262	六年	一月	4／12
287		二月	17／27
885		別四月	6／21
442		八月	11／20
666	七年	九月	2／10

全十一例のうち1～5位が四例で約36％。但し、いずれも入選句が少ない月のそれ。1／2以下の評価が六例で、約55％。中七について触れるものよりも相対的に評価は低い。これは几董が「上五文字」の表現効果をあまり重視していなかった結果と言うより、本来的に「上五文字」では作意の働かせようが無いと考えるべきであろう。「中七文字」の用例中に頻出した「作意」（48・61・245・264・270・335・645・303・567）「作」（741・302・475・508・164）「働き」（146・356）といった語句が、「初五」の用例中には885「作意」のたった一例しかないことが何よりもそのことをよく示していよう。また、140は先の「中七文字」の項目で挙げたように、「何となくいひ出」でた「初五」よりもむしろ「軒の曇と詞を工みたる」中七の働きを評価したもの。141は「初句」の「風情」と「座句」の「磊落」を併せて評価したそれ。757は出題の「青簾」と「花の香」の取合せを、287は「春月《しゅんげつ》」と「騎射《きしゃ》」の音読の「かけ合」せを評価したものであって、

十一例中この四例は初五そのものの働きについての評語ではないこと、十一例のうち評語が一行のもの七例、二行が三例、三行が一例で、中七の例に比べ殆どが短評であるのもそのあたりに起因する。ちなみに、666の「裸せて」は「果せて」の誤りであろう。

Ⅲ　座句

「座句・座の句」についての用例も極めて少ない。こちらも評語は原典の行替えに従い、全文を引く。

56　さり気なき鵜川のあした〳〵哉　守明
　座の句をもて可賞。

91　星合や櫂たてかけし加田の秋　祇帆
　句のむすび、風情あり。

99　稲妻やふし見のり出す仕舞舟　京　梅塢
　坐句俗語を用て、却而句を成せり。

132　こがらしやしのゝめ凄き月の弓　東車
　寒夜の景情、月の弓置得たり。

141　行ほどに足もとわろし下駄の雪　梅塢
　初句風情ありて、座句磊落なるをもて
　一句あたらしみをえたり。

204　隣から糸瓜のたりと萩のうへ　菫亭
　一句しほりなき姿なれど、座句に
　働きあれば新意とす。

252　家中衆の胼いさましき弓手かな　　信善光寺　柳荘

座句、得たりかしこし。

300　曲水や皆下戸ならぬをのこ達　　呂蛤

座句の働にて、女より指たる言語と聞ゆ。

こゝをもて一句の趣向を発明す。

703　こがらしや暮て大河の水明り　　洛　之尺

冬景全く句中に備ふ。就中座句妙哉。

九例のうち、評語一行が六例、二行が三例で、全て短評であること「初五・上五文字」の場合と同じであるが、点位は次のようにやや異なっている。

56	四年	五月	7／25
91		七月	6／18
99		七月	14／18
132		十月	13／15
141		十一月	7／10

204	五年	七月	3／8
252		十二月	4／10
300	六年	三月	3／18
703	七年	十月	1／22

全九例のうち1～6位が五例あり、約56％。逆に1／2以下の評価は三例に留まり、約33％。九例のうち二例に204「座句に働きあれば」300「座句の働にて」とあるように、「初五」に較べれば、「中七」ほどではないにしても「座句」には「初五・中七」で述べたことがらを受けての働かせようがある。座句表現のほうが上五表現よりも評価が高くなっているのは、やはり几董の志向と言うよりも、発句表現の本来的なところに起因すると見たほうが良い。

⑤ 真率

正しくは「真率」であるが、摺物では多くの場合「真卒」と記す。真率の用例には次のようなものがある。

22 陽炎や這入ばくらき台所　フシミ　春雄

春日の実境、真卒にして俳諧あり。

38 とかくして折らぬ気に成ぼたんかな　春雄

躊躇して花を惜しむ人情をもて、よく牡丹の形容に対せり。持題の外に物をからずして、一句真率なるを賞して、巻首とす。

101 年問へば我より若しすまひとり　春坡

真卒。

112 朝寒も昼になりけりくれの秋　伏水　鶉閨

一句粉骨もなけれども、よく秋景の趣を述たるや

真卒にして珍重。

126 寐ながらに伏見へ返す蒲団哉　梅塢

真卒。

201 取持ばいよく暑し料理の間　京　菊貫

真卒にして暑気の実を述べたり。

778 障子越に月誉てゐる夜寒哉　自珍

真率。

231 ひとの来て炉開きくれし庵かな　守明

真卒、珍重。

276 かれこれとついたつ春や彼岸まで　洛 甫田

真卒。去来が胸中をうつし出たり。

840 人の来て誉てゐる也二日灸　米久

真卒。

436 子を抱てゐる夕ぐれや渡り鳥　雲我

真率にして、却而新奇。

471 しづかさに桶一ぱいの海鼠かな　洛 呂蛤

真卒。

620 あげしまヽに預けて帰る鳳巾　菱湖

真卒にして新らしみを得たり。都而作者の輩、自己の胸懐をうつし出て他の口質に倣ふべからず。なまじひなる言葉を飾り、事を求めて他を驚かさんとせしはいとあさましく見ゆるものなり。作者に限らず、かり初の事にも猿が人真似したらんやうなるは、却而見おとす心地すぞかし。

右の用例に沿って几董の言う「真率」の意味合いを探ってみると、22「春日の実境」・201「暑気の実」・38「持題の外に物をからず」・112「粉骨もなけれど」とはほぼ同概念で、436「新奇」・620「言葉を飾り事を求めて他を驚かさん」などとは反対概念ということになる。天明四年二月の摺物末尾の講評に「こと葉をもてあやなし、或はめづらしき道具を出し、一句をまぎらかして人の耳を驚さんとする句」は「これをとらず」とし、「新意にしてこと葉も屈曲ならず、耳ちかき能句こそあらまほしけれ」とするが、後者の概念に近い。日本国語大辞典によれば、「真率」とは「ありのままでつつみかくしのないこと。正直で飾り気のないこと。」とあるが、ほぼその意でよい。要するに「変に作意を凝らさない飾り気の無い表現内容」の意。右の用例も分かりやすい句が殆どである。つまりくだくだしい句評は必要ないわけで、結果的に短評となるのである。なお、右の例以外にも、

803　大仏へ這入ば寒き小春哉　我村

趣意細工にはしらずして可也。

275　仏檀（壇）にしらぬ客ある彼岸かな　洛 烏暁

作に抱（拘）はらずして趣あり。

855　あたゝかき日暮の空と成にけり　春坡

うちきゝ粉骨もなき句に似たれども、上より春暖の実境をいひにて、下に詞の工をかざらずいひ流したるや、一句の余情あらはれて、巻頭の句位をのづから備はれり。是全、素堂が高華なる語勢也。

856　草臥た足に行当る蛙かな　自珍

一句いひくだし打ひらめにて、句柄を飾らずして新意を

得たり。

525　家〳〵や人鎮つてたからぶね　　洛　自珍

一句作に拘らずして、除夜の風情を得たり。

などに見られる803「細工にはしらず」・275 525「作に拘らず」・855「粉骨もなき」「実境」「詞の工をかざらず」・856「句柄を飾らず」といった評語も「真率」とほぼ同意と見て良い。ちなみに、855の句評二行目「いひにて」の「に(耳)」はおそらく「下」の誤刻で、正しくは「いひ下《くだし》て」と解すべきであろう。

では、この「真率」という評語が添えられた句の評価はどうなのであろうか。その点位を一覧表にしてみると次のようになる。

「真率」の点位

22	四年	二月	4／10
38		四月	1／12
101		七月	16／18
112		九月	1／8
126		十月	7／8
201	五年	六月	10／10
778		別八月	3／17
231		十月	3／15
276	六年	二月	6／27
840		別二月	11／25
436		八月	5／20
471		十月	10／19
620	七年	二月	31／32

「かざらず」など類概念の点位

803	五年	別十月	2／9
275	六年	二月	5／27
855		別三月	1／25
856		別三月	2／25

525　十二月　5／46　―

類概念も含めた全十八例のうち、1位が三例（38・112・855）、2位が二例（803・856）、3位が二例（778・231）、4位が一例（22）、5位が三例（436・275・525）で1～5位が全十八例のうち合計十一例となる。割合で言うと11／18で、約61％が極めて高い評価を受けている。しかもそれは全体的に入選句が多い月の評価である。逆に1／2以下の評価は五例のみで、約28％に留まる。これによって、「真率」という短評で評価された表現内容は、几董がそれなりに重視した概念であったことが判るのである。

⑥　精工・詞の作

「真率」とほぼ反対の意の評語に「精工」がある。その用例は次の通り。

53　一手づゝ風植てゆく早苗かな　賀瑞
中七文字、精工。

116　新綿に煤こぼしけり窓の風　東圃
精工、得たりかしこし。

127　ぬすみ得し伽羅をかたしくふとんかな　東圃
精工。

168　うき旅や居風呂近う啼蛙　菱湖
精工。

769　刺鯖や親あり子ある内の体　寸砂

精工。

779 仕負たる木太刀の音や夜を寒ミ　呂風

精工にして、秋夜の殺気をふくみたり。

805 傘に闇の落葉や音寒し　菫亭

精工。

331 光して月かげせばき若葉かな　二村

332 子狐の葉にかくるゝやぼたん畑　檮室

二句精工。

438 手負猪に流れかはすやおとし水　浪華　何木

精工。

498 鴨飛て地震ふるあとの木立哉　洛　春坡

精工。

508 吹れつゝ落葉まひけり里神楽　浪花　交風

七文字の作精工にして、題の詮を立たり。

528 浦波の背に打よする鯨かな　在江戸　楚山

一句精工にして、実を述るもの也。

「精工」はその意味合いから二つに大別出来る。①は「表現がきめこまやかで巧み」の意で、53・116・168・769・805・331・332・508がこれに該当する。②は構成的な句作りをさす場合で、127・779・438・498・528がこれに当て嵌まる。その評価が決して高くないことは、次の点位から明白であろう。

53	四年	五月	4／25
116		九月	5／8
127		十月	8／15
168	五年	二月	15／20
769		別七月	2／8
779		別八月	4／17
805		別十月	4／9
331	六年	四月	16／21
332		四月	17／21
438		八月	7／20
498		閏十月	18／25
508		十一月	3／15
528		十二月	8／46

十三例のうち、2位・3位が各1例、4位が3例で、割合としては5／13で約38％となり、一見それほど評価は低いようにも見えないが、2位の769・4位の805は入選句が十句以下という極端に少ない月のそれで、実質的に点位ほどには評価は高くない。1位の評価を受けた句は一例もないこと、それに1／2以下の評価が十三例のうち六例という事実もそのことをよく表していよう。

この「精工」と類概念の評語に「詞の作」がある。

96　あさがほや咲そこなひし花一つ　　春坡

詞の作。

460　水底に秋を答ふるかじか哉　　浪華　檮室

詞の作をもて句をなす。

480　此ごろの寒さこぼるゝあられかな　　灘脇ノ浜　千渓

詞の作。

なお、次の三例も「詞の作」とほぼ同意と見てよかろう。

122　凩に念仏吹るゝ乞食かな　銀獅

詞のあたらしみ。

140　藁火たく軒の曇やふゆこだち　春雄

初五何となくいひ出て、軒の曇と詞を工みたるを手柄とす。

215　山雀や籠いつぱいの身のひねり　京　梅斜

詞のこなし。

以上六例の点位は次の通り。

96	四年 七月	11／18		215	五年 八月	6／9
122	十月	3／15		460	六年 九月	9／10
140	十一月	6／15		480	十月	19／19

122に3位が一例認められるものの、全体として極めて評価は低いこと一目瞭然であろう。几董は表現の巧みさ・目新しさに走りがちな句には高い評価は与えていないのである。

⑦　幽艶・幽玄

先ず「幽艶」であるが、これには次の十一例がある。

35　野ゝ池に人影見えてすみれ哉　京　雪山

閑雅幽艶、菫にあらずしては句を成さず。此句、てとおさへずしては、座句居リあしゝ。

52 蔓草の手や若竹の皮ながら　伏水　つゆ女

幽艶にして、題の外に風情を得たり。

157 つく〳〵し摘足らぬこそおもしろき　銀獅

風情幽艶也。

743 夜は明て昼の曇りや遠ざくら　フシミ　対橋

幽艶。

808 日あたりをちからなふ散落ば哉　買山

幽艶。

896 越瓜の市に出るや露ながら　我村

幽艶。

339 まだき日にくれはの里のかやりかな　浪華　うめ女

縁語をもて其所をよくいひ得たり。また、かゝる幽艶の体も可取者也。

353 うすぎぬに螢おもたき光かな　銀獅

幽艶。

494 水鳥の猶むつまじく雨の中　買山

幽艶。

590 ぬしや誰空に行あふ鳳巾　嵯峨　魯哉

空行月のめぐりあふまで、と詠けん古歌の俤をかりて、ぬしや誰といふ発語、幽艶かぎりなし。

624　春夕妹が三つ葉のひたしもの　　洛　自珍

幽艶、か丶る細ミも亦可取。

点位を示そう。

35	四年	三月	7／9
52		五月	3／25
157	五年	二月	4／20
743		別三月	1／8
808		別十月	7／9
896	六年	別四月	17／18
339		五月	3／18
353		五月	17／18
494		閏十月	14／15
590	七年	二月	1／32
624		三月	3／21

十一例のうち、1位が二例、3位が三例、4位が一例あるが、743を除き、何れも入選句の多い月の高点である。それに対し、あとの五例35・808・896・353・494は評価が極端に低い。「優艶」という評語が添えられる場合は、このように評価が分かれるのであるが、それはどのように考えればよいのであろうか。これはその意味合いに関わって来る問題である。几董が「優艶」と評する時、その意味は、①やさしく美しいこと（35・52・157・808・896・353・494・624。うち、157・353・624は女性的なイメージが強い。）、②奥ゆかしく美しいこと（743・339）の二つに大別出来るようである。これは右に見た点位にほぼ対応し、①の意味で使用される時は評価が低く、②の意味で使われるケースは評価が高いということになる。几董の俳諧観に深く関わってくると思われる②についてもう少し立ち入ってみると、743の句には「曇り」「遠ざくら」と、また339の句には「まだき日」「かやり」という表現が認められ、何れにも視界が遮られる感じが付き纏っている。どうやら几董はそのあたりの微妙な奥行きのある句境を「優艶」と評し高点を与えているかのようであ

る。

これについて参考になるのが、『新雑談集』に見える次の文章である。

一、戊戌春、夜半叟と難波にまかりしに、旧国に誘ハれて網島の辺に遊びて帰さ、桜のゝ宮のはつ花見過しがたく、春の日の夕暮もいとおぼつかなく、心いそがれ侍りけれど、しばらく花の下にいこひて、各句作をうかゞひ侍りしに

薄曇けだかき花のはやし哉　　信徳

此句の優艶長高く、まぼろしのごとくたち隔たり。とにかく其境を出る事あたハず。時を移してむなしく帰侍りぬ。

ここで几董が「長高く」「其境を出る事あたはず」とした信徳の句にも「薄曇」という視界を遮る感じの表現が用いられ、その奥行きのある句境を几董は「優艶」と評している。いま一つ『新雑談集』の一節を引いて見よう。

一、或時夜半叟其外同志のものと清水寺に詣侍りて、閣上より眺望し侍りけるに、菜花黄金を敷たるごとく、淀川・八幡やまの辺りうち霞て、春色えもいわれぬ詠めなりけるに、忽かの言水が

菜の花や淀もかつらもわすれ水

かゝる景情の不易なるを、をの〳〵感じあへりしが、一人曰、昔の句は何となく手厚く、時代蒔絵をみるやう也。今の流行とハいさゝか違へるハいかにと。予いふ、今の人とても、菜の花に淀も桂もとまでハおもひよるべし。忘水と慥に置事難し。よしわすれ水といふ趣向うかびたりとも得置侍らず。只、淀もかつらも夕がすミなど優艶めかして、句をまぎらかし侍るが今の流行なり。

ここでは「時代蒔絵をみるやう」な厚みのある言水の句と「今の流行」である「優艶めかして」「まぎらかし」た句が比較対照して論じられているのであるが、やはり「夕がすみ」と「優艶」が関連して用いられていることに注意

せねばならない。几董は視界を遮るかのような表現を伴なう奥行きのある句を「優艶」という評語で高く評価しようとした。が、その表現は一歩間違えれば「優艶めかして、句をまぎらか」す結果にも陥りがちである。35・808・896・353・494の評価が極端に低いのは、「優艶めかして、句をまぎらかし」た例とみることも出来よう。

なお一言付け加えれば、「幽艶」と評された句は全体に人事臭が薄い。そのことに関係し、五年九月に次のような例もあることを指摘しておきたい。

221　埒（埓）明し男世帯の夜寒かな　京　翁丸

当流の幽艶体をはなれたる
あたらしみを手柄とす

この句は、幽艶とは反対内容の人事臭の濃い句で、その「あたらしみ」を以って3／10にランクされている。ここで言う「当流の幽艶体」こそが「優艶めかして、句をまぎらか」す風の作風なのであろう。

「幽艶」と関連し見るべき評語に「幽玄」がある。類似表現の「幽なる」も含めて次の四例がある。

726　霞日や麦の中なる家二軒　フシミ　鼠⿰王卜

一句幽玄にして姿情備れり。されど、句体の耳染たるをもて第二とす。

192　寝て聞ば夜も流るゝしみづかな　趙舎

幽なる所に余情あり。全く秀逸といふにはあらねど、句体しづかなれば第一位とす。

394　たづぬればみの虫なりぬよべの声　兵庫　巴耕

幽玄

521　松竹に風わたる夜やたから舟　　洛　買山

一句長高にして幽玄也。除夜の句の秀逸と謂つべし。

394・521とも、幽かな音に耳を澄ます感じがある。192は「幽玄」という言い方はしていないが、やはり幽かな音に耳を澄ます感じを「幽なる所」と評しており、「幽玄」と同意と考えてよい。726は「霞」という語句が生み出す表現の奥行きを「幽玄」と評しており、「幽艶」と概念は重なる。この四句、点位は次の通りで、評価は極めて高い。

726	五年	別一月	2／9	394	六年	七月	2／39
192		六月	1／10	521		十二月	1／46

なお、『安永十年初懐紙』に見える几董の句「夕されば千鳥とぶなり春の水」には、「川風寒みちどり啼也といへば、人をして炎暑に寒からしむとかや。あるは蛙飛込と水音を観じて、寂寥たる春景言外の幽情、これらの妙境は及ぶべくもあらねど」という前書きが添えられている。「川風寒みちどり啼也」は、『無名抄』に「六月廿六日寛算が日も是を詠ずれば寒くなる」と評された貫之の歌「思ひかね妹がり行けば冬の夜の川風寒みちどり鳴くなり」（拾遺集）をさす。「蛙飛込」は言うまでもなく芭蕉句のそれ。この几董の句は『晋明集二稿』にも同文の前書きで収録されているが、『井華集』ではそれが「川風寒み千鳥鳴也といへば、人をして炎暑にも寒からしむとかや。あるは蛙飛込と水音を観じたる言外の余情、それらの妙境は及ぶべくもあらねど」と一部を改めてある。『安永十年初懐紙』『晋明集二稿』の「寂寥たる春景言外の幽情」、『井華集』の「言外の余情」が芭蕉句を指していることは間違いない。そしてそれらのフレーズが、「水音を観じて」「水音を観じたる」を受けたものであることからして、「幽情」「余情」にはやはり音に耳を澄ます意味合いが籠められていることが分かる。几董は時に「幽玄」「幽情」と言いまた「余情」と言うのであるが、それは何れも几董が高く評価する句境の奥ゆきを意味する評語なのである。

⑧ 意味深長・深意

几董が拘った句境の奥ゆきという問題を考える際に注目しなければならないのが、「意味深長」「深意」という評語である。その類概念も含めて次に用例を挙げてみよう。

75 白蓮やこゝろにも吹朝あらし　在京　谷水

意味深長、述んとせば尽ざるべし。かの盧山の社友もおもひやらるゝ心地ならんかし。

89 舜の朝日に向ふわりなさよ　金華

坐句意味浅からず。

121 ふとん着て人待ふりをかくしけり　浪花　東車

意味深長。

174 人のゆく方へありけばさくらかな　京　梅塢

上五より七文字発語にして、座句に題をあらはして、しかも深意を明す。珍重。

762 帷子にうつり香はやき菖哉　松雨

菖蒲のかた重きに似て、却而かたびらの句、意深し。

776 暁や己にうとき鹿のさま　寸砂

深意有感。

253 ねもごろに胼問あふや下司女　信善光寺　路人

同病相あはれむの意味深し。

337 早乙女やきのふは遠き松のもと　浪華　雲我

古人謂る事あり、景に臨で句を作らんとせば、先情より案じ入て後に景をむすぶべしと。都而の句、情より深く案じ入ざれば粉骨あらはれず。此句如見、きのふはとほきと光陰の一歩もかへらざるに観想の意味深くして、田植の景は一句の上におのづから備はれり。よて秀逸とす。

341 雲助にこぼれかゝるやはな樗　二村

雲の字をもてあふちをうこかさず。旅行の意最深し。

366 葛水やものしづかなる人づかひ　雨凌

意味深長。

433 我おもふかたへは行かじ放し鳥　洛　帰鳥

意味深長。

457 青き柚を陶の口やことし酒　洛　菱湖

作ありて、意旨深し。

465 はづかしや君にしらるゝ古衾　宇治田原　毛條

深長。

524 有て過て物の悲しき鯨かな　洛　羅音

一句意味深長、可解不可解。

594　凧を見るかほむつかしき西日かな　　洛　芙雀

むつかしきといふ言葉にて一句を成せり。この意味俳諧の深長なる境也。一句の主、いと頼もしく覚ゆ。

「深長」とは、奥深く含蓄のあること、またそのさまを意味する語で、日国には「あるは風姿の優艶なる、あるは意味の深長なる」（国歌八論）などの用例が示される。「深意」も「意味深長」と同意と見て問題ない。几董の「意味深長」「深意」の意味合いは多様で、ほぼ四つの類型に分けられる。その①は、恋の情が感じられる句をそのように評する場合である。寝たふりをして恋人の訪れを待つ体を詠んだ121、夜もすがら雌鹿を求めて彷徨い明け方は茫然自失たる雄鹿の様を「己にうとき」と表現した776、放生会の放し鳥に恋の思いを託した風の433、茅屋に恋人を泊める女の情を詠じた465の例がこれに該当する。②としては、366・457のような上品さ・ゆかしさの感じられる句。そして、③が表現に重層性が読み取れる句について言うもので、75の句評がその典型である。この句、表面上は「白蓮をわたる朝風に心まですがすがしくなるようだ」ということを言いながら、廬山の白蓮社の故事を仄めかしたとも読めるところを「意味深長」と評している。因みに、「意味深長」「深意」という評語は使用していないが、

299　桃咲や死だと聞し人に逢ふ　　買山

新意抜群。武陵桃源の意味も下心にあるに似たり。

という例も、75に準じて考えることが出来よう。337も、表面上は「昨日は遠くの松の下で田植えをしていた早乙女が、今日はもうこんな所まで植えて来ているよ」という「田植の景」を描きながら、「きのふは遠き」という表現に「光陰の一歩もかへらざる」「観想」の意味合いをも読み取っての句評である。89・524も観想的意味合いの強い句である。この「観想」という評語については、

881　ちりぐ〵になる身をいそく飛蟻哉　　暁山

観想

という例もある。なお、174・253・341・594の四例は右の①〜③には含めにくい。174は、上五・中七を発語として下五に題を持って来た表現形式を賞したもの。253は「同病相あはれむ」という諺を底意として含んでいると読めるという評であろう。341は旅行の情がよく表現されていることを言ったに留まる。594は、西日を受けて眩しいのか難しげな顔つきで凧を見上げている様で、本来楽しいはずの凧揚げを「むつかしき」という言葉で表現したのを意味深長と評したのである。

以上のように、几董の「意味深長」「深意」はかなり多様な意味合いで用いられているが、これに関連して次の評語にも注目しておきたい。

219　坂本の低きを見れば節句かな　　蕙洲

登高を句中にもたせたる働きこざかしけれど、一作なれば秀逸とす。

414　うつくしうすはればをかしすまひ取　　うめ

豪壮をいはずして、却而意味有。

435　馬借てさらしな出つ十六夜　　一透

月をいはずして、月句中在。

219は、陰暦九月九日に小高い山に登って、頭に茱萸を挿し菊酒を飲んで遊ぶという中国の「登高」の風習を、「低きを見れば」という表現に籠めたところに一工夫あるという意味の評語である。句の表面ではそのことを直接言わずに裏に仄めかす作意を評価したもので、414・435も同様の句評である。これらの評は253のそれにも通じるところがあり、「意味深長」「深意」とはやや色合いは異なるものの、スタンスとしては同じであるように思われる。

以上、この項目で取り上げた二十例の句の点位を示してみると次のようになる。

75	四年	六月	1／11
89		七月	4／18
121		十月	2／15
174	五年	三月	1／9
762		別五月	3／8
776		別八月	1／17
219		九月	1／10
253		十二月	5／10
299	六年	三月	2／18
881		別四月	2／18
337		五月	1／18
341		五月	5／18
366		六月	12／38
414		七月	22／39
433		八月	2／20
435		八月	4／20
457		九月	6／10
465		十月	4／19
524		十二月	4／46
594	七年	二月	5／32

1位が五例、2位が四例、3位が一例、これで全二十例のうちの半分を占める。これに4位四例、5位三例を加えて十七例となり、用例の85％が極めて高い評価を受けていることになる。逆に勝句全体の二分の一以下の評価は、414・457の二例しかない。75・337を典型として、句に重層性が読み取れる表現を、几董は「意味深長」「深意」またはそれに類した言い方で、極めて高く評価しているのである。

⑨ 余情・余韻

優艶・幽玄・意味深長・深意などとの関連で見ておくべき評語に余情・余音（韻）がある。類似内容の評語も含めて次に上げる。

19 燕や聟とりしたる其日より　京　湖嵒

田家春社の余情、中七文字俳力つよし。

190 人を待うしろに広き蚊帳かな　田賦

うしろに暗きなどいふべきを、広きとせしが句の手柄にて、余情多し。

192 寝て聞ば夜も流るゝしみづかな　趙舎

幽なる所に余情あり。全く秀逸といふにはあらねど、句体しづかなれば第一位とす。

823 若水やこぼす滴もうつくしき　一鳳

祝賀、余音深し。

834 為にする酒をたのみて二日灸　春坡

人情をもて句の余音を見する。

855 あたゝかき日暮の空と成にけり　春坡

うちきゝ、粉骨もなき句に似たれども、上より春暖の実境をいひにて下に詞の工をかざらずいひ流したるや、一句の余情あらはれて、巻頭の句位をのづから備はれり。是全素堂が高華なる語勢也。

363 葛水やよし島原の夜のいろ　二村

嵐雪が口質にして、言外に情深し。

うち二例を取り上げて、少し詳しく見てみよう。19は、聟取りをしたちょうどその日から燕の姿が見られるようになった、というのが一句の意味するところ。句評に言う「春社」は春の社日。「春分の前後に近き戊日也。或、立春の後、第五戊日」（増山井）で、「つばめ、此社日よりわたる」（同）と言う。人が「聟とりした」ことを句の表面で述べながら、渡って来た燕もそろそろ営巣を始めるという余意が感じ取れるところに「余情」があるというのが几董の評である。855の「いひにて」はおそらく「下」を「に（耳）」と彫り誤ったもので正しくは「いひ下《くだし》て」であろう。句評は、ちょっと読んだところは「日暮の空」の「実境」を描いたに過ぎない「粉骨もなき句」に見えるが、ぼんやりとしたまま何ということもなく過ぎた暖かい春の一日の有様を思わせる点を「余情あらはれて」としたのであろう。

他の例についても省略するが、「余情・余韻」もやはり句境に奥ゆき・広がりがあることを評価した評語で、次に示すように点位は高い。

19	四年二月	1／10
190	五年四月	8／9
192	五年六月	1／10
823	別六年一月	4／10
834	別六年二月	5／25
855	別六年三月	1／25
363	六年六月	9／38

1位が三例あり、190を除き何れも上位に据えられている。

⑩ 古典・故事・古句

摺物に収録された勝句の中には、古典・故事・古句（以下、一括して「古典等」という）を踏まえた句、また判者几董がそのような作意があると読んだ句が数多く収録されている。そういった句についての評価・評語、また作者の作意と判者の受けとめ方のずれを見ていくと、先述の幽艶・幽玄、意味深長・深意、余情・余韻に関わる問題が浮かび上がってくる。そのあたりの問題を、

① 古典等を踏まえる作意は無いのに、几董が古典等を踏まえていると読んだ句。
② 踏まえた古典等の指摘にずれがあるもの。
③ 古典等を踏まえてはいないが、古典的世界によせて評するもの。
④ 古典等を踏まえた句で、几董がそれを正確に指摘しているもの。
⑤ 古典等を踏まえた句で、几董がそれを指摘していないもの。

の五つに分類して考えてみることにしよう。

① 古典等を踏まえる作意は無いのに、几董が古典等を踏まえていると読んだ句。

41　みじか夜や加茂の堤のくさの露　　田原　也竺

猿みの集に、

堤より田の青やぎていさぎよき

加茂のやしろはよき社なり
此連歌を一致して短夜の句をなせり。

「猿みの集に」として引用するのは『猿蓑』収録の「灰汁桶の巻」中の凡兆・芭蕉の付合。「一致して」は「一つの情景にまとめて」の意であろう。が、作者也竺に果たしてその作意があったのだろうか。也竺の発句を几董の周辺から拾ってみると、次のようなものがある。

合点して傾城買ふやあきの夕　（五車反古）
篝火の消て鵜川の水の音　（花のちから・五月）
たつ秋や門めづらしき朝ぼらけ　（　同　・七月）
畑打てもどるうしろや二日月　（天明四年几董初懐紙）
むら雨や若葉がくれに猿の声　（几董月並・四年四月45）
山里や真昼時のほとゝぎす　（桃のしづく）

後で述べるように、几董月並四年四月に出る45の句には芭蕉句を意識した節がないわけではないが、他には特に趣向を凝らした風の句は見えず、41について几董が指摘したような意図があったかどうかは疑わしいと言わざるを得ない。

75　白蓮やこゝろにも吹朝あらし　在京　谷水
意味深長、述んとせば尽さるべし。
かの盧山の社友もおもひやらるゝ心地ならんかし。

句評一行目に「この句には奥深い意味があり、解説しようとしてもし切れるものではない」と言う。その深意の因って来るところ、盧山の白蓮社の故事を仄めかしたところにあり、というのが二行目の句評である。谷水の句を拾ってみよう。

海にある物とは見へぬ海鼠かな　（俳諧新選）
葉桜や雲と見かはす寺の壁　（左比志遠理）
落るまでしらぬ葉うらの椿かな　（几董月並・四年正月8）
乗合の舟しづか也ぎやう〴〵し　（桃のしづく）
たんぽゝや青柳うたふ岸に咲　（天明五年几董初懐紙）
春雨や蚕ならべる男の子　（天明六年几董初懐紙）
夜ざくらや一木の松に鴉啼　（続一夜松後集）

右の作例、いずれも平明で特に作意を構えるところは無い。75の句においても、谷水は白蓮をわたる朝風に心まですがすがしくなるようだと言ったまでと解すべきであるが、几董はそこに白蓮社の故事を読み取っているわけで、明らかに深読みである。

77　川崎の蚊にせゝられて涼けり　浪花　牧馬

宗祇の縁語を俳諧の作にこなして、納涼の場をもとめえたり。

蚊屋と宗祇は縁語。「宗祇の縁語を俳諧の作にこなして」がどのようなことを指しているのか判然としないが、宗祇に関わる故事を踏まえているという指摘であることは間違いなかろう。牧馬の発句は

涼しさや名も吹上の松のかぜ　（続一夜松後集）

という作例以外に見つけられなかったが、この例からしても77の句に几董が言うような作意があったかどうか、やや疑問とせざるを得ない。

182　あと先になりて女夫の花見かな　　祇帆

晋子が子であるかる、といへるを反転して、花の辺を徘徊せる夫婦のさま、いとなつかし。

句評に言う其角の発句は「花ざかり子であるかる、夫婦哉」（延命冠者）をさす。几董はこの句を「反転して」の作意を指摘する。祇帆の発句を拾ってみると次のようなものがある。

朝ざむやもえやすきもの焚てゐる　（花のちから・十月）
桑名より白魚来たりえびす講　（　同　）
水上へ火かげ流るゝ鵜川かな　（几董月並・四年五月68）
星合や櫂たてかけし加田の秋　（几董月並・四年七月91）
初雪やきのふ植たる藪柑子　（几董月並・四年十一月142）
ほろ〳〵と山吹ちりて藤のはな　（几董月並・五年三月178）
虚無僧と連に成行枯野かな　（几董月並・五年十月236）
元日や二見へくれば昼さがり　（三棲月次・五年正月）
市中や甍はづれておぼろ月　（天明五年几董初懐紙）
此頃の夜も飛ごとし杜鵑　（桃のしづく）

後で触れるように几董月並五年三月に出る178の句には芭蕉句を踏まえた作意も見られるが、全体的には古典等に拠る傾向は見られず、その作風は平明であると言える。几董月並四年十一月に出る142に添えられた「粉骨もなき句なれど云々」の句評は祇帆の作風をよく捉えているわけで、182の几董の句評はやはりずれているのではないだろうか。

745　山人も提てもどるやさくら鯛　　梅居

薪に花を折そへし姿の古みを反転して、山家の人の鮮魚
を携し趣向、新意もつとも珍重すべし。

この句評も「大伴のくろぬしは、そのさまいやし。いはば、たきぎおへる山人の、花のかげにやすめるがごとし。」（『古今集』仮名序）「道のべのたよりの桜折り添へて薪や重き春の山びと　大伴黒主」（雲玉集）「不思議やこれなる山賤を見れば、重かるべき薪になほ花の枝を折り添へ、休む所も花の陰なり。これは心ありて休むか。ただ薪の重さに休み候か。」（謡曲『志賀』）「足引の山より通ふ折ごとに、薪に花を折添へて、手向をなして帰らん。」（謡曲『忠度』）といった古典的世界に見られる黒主の姿を反転したと言うが、

雑喉寐して聞や横川の鐘の声　（三棲月次・天明四年十二月）
橋護の火おけ張居夜寒かな　（三棲月次・天明五年九月）
牛まつりみしや大工の月まいり　（　同　）

という梅居の作例からすると、やや無理がある。

219　坂本の低きを見れば節句かな　蕙洲

登高を句中にもたせたる働き、こざかしけれど、一作なれば秀逸とす。

陰暦九月九日に小高い山に登って頭に茱萸を挿し菊酒を飲んで遊ぶという中国の「登高」の風習を、「低きを見れば」という表現に籠めたところに一工夫あるという意味の評語である。句の表面ではそのことを直接言わずに裏に仄めかす作意と几董は受け止めている。几董月並摺物から蕙洲の勝句を拾ってみると、次のようなものがある。

194　なでしこに乞食の産家囲ひ皃　（五年六月）
223　薮かげの闇を出るやうしまつり　（五年九月）

224　一もとの高き鴨脚や寺林　（五年九月）
230　毒水に垣ゆふてある枯野かな　（五年十月）
248　干残す軒のたばこや今朝の霜　（五年十一月）
255　初鰤や誰が聟いはふ年のもの　（五年十二月）
286　暖に紙衣ふくる、ひがんかな　（六年二月）
375　露の間に扇しめりぬ御祓川　（六年六月）
422　みの虫の音もなつかしや墓参　（六年七月）

255には「歯朶に餅負ふの俤にかよひて」という句評があるが、これは芭蕉の「誰が聟ぞ歯朶に餅おふうしの年」（野ざらし紀行）を思わせるものがありますねという意味で、その芭蕉句を踏まえているということではない。223の句評「一字の手柄」は、牛に縁のある「闇」という一字を上手に使ったところに手柄がある、の意。その指摘通り223の句では蕙洲に「暗闇へ牛を引き出す」「暗がりから牛」という俗諺を踏まえる意識はあったかもしれないが、それ以外の句には特に作意らしいものは感じられない。194「場のうごかざる」・224「実景」といった句評は蕙洲の作意のなさを裏付けるものであろう。「健に山は老けりあきの松　イケダ蕙洲」（続一夜松後集）といった作例から見ても、219の句に几董が言うような「こざかしさ」「一作」を読み取ることは少し無理があるのではないだろうか。

288　来る音を女としるや春の月　洛　亭也
　花の宴の巻の俤をもて一句を成せる作意、なつかし。

几董は『源氏物語』「花宴」の巻の、二月二十日余り南殿の桜の宴が催された夜に、酔心地の光源氏が弘徽殿の細殿あたりで、「いと若うをかしげなる声の、なべての人とは聞えぬ、朧月夜に似る物ぞなきとうち誦して、こなたざまに来る」女の袖をふととらえる場面の俤とする。が、288の句の表現と「花宴」の巻とは少し遠い感じがする。ま

た、几董月並摺物から亭也の句を拾ってみても、

2　なゝ草のひゞきにゆるむこほり哉　（四年正月）

11　三日月のかげより落る椿かな　（同）

16　若草や淀から上るざうり道　（同）

18　日のたかきふしみどまりや梅花　（同）

488　鴨啼や煮たものほしき舟の中　（六年閏十月）

というように、極めて平明で素直。488の句に、几董が「実情」という評を与えていることも故無しとしない。288の句に「花宴」の巻の俤を読み取るのはやはり無理がある。

299　桃咲や死だと聞し人に逢ふ　買山

新意抜群。武陵桃源の意味も下心にあるに似たり。

陶潜の「桃花源記」に見える架空の地武陵桃源を「下心」に含んでいると言うのが几董の理解である。著名な故事でもあり、この時期の発句に桃と桃源郷を結んだ例も少なくはなく、几董の句評は納得が行くもののようにも思われるのであるが、買山の作風から見た場合どうなのであろうか。実は、天明四年から八年にかけての几董月並発句合で入選句が最も多いのがこの買山の45句で、それに次ぐのが春坡の44句、其の次が南昌の22句で、その数は群を抜いている。以下、299以外の買山の勝句を列記してみよう。

98　いなづまや薮をはなるゝ竹二本　（四年七月）

150　寒月や小便ちかき供のもの　（四年十二月）

170　薮［五丁］道を出れば舟ありきじのこゑ　（五年二月）

186　昼過て身におもひあふ袷かな　（五年四月）

198 清水過て暫く寒し杉ばやし （五年六月）

198 とし若き女使やきくの侘 （五年九月）

234 落て行水音尽てふゆの月 （五年十月）

250 寒梅に光かはすやあまの川 （五年十二月）

256 頭巾着た人しづかなり大三十日 （　同　）

732 元日や何から早きものゝ音 （別五年正月）

735 仏の日寺から囉ふ椿かな （別五年二月）

736 初鮒やまだはしり井の水寒し （　同　）

739 帰雁夜ぶりの上を過にけり （　同　）

748 草の餅花の嵐に乾きけり （別五年三月）

751 兀山の真向になりぬ諫鼓鳥 （別五年四月）

771 はつ秋や藤の棚もる二日月 （別五年七月）

798 二人来た人酒のまず秋の暮 （別五年九月）

808 日あたりをちからなふ散落ば哉 （別五年十月）

811 関札を一里過れば鷹野かな （別五年十一月）

259 おもひある窓を明れば柳かな （六年正月）

269 けふ一日雨にもならず梅曇 （　同　）

278 鮎釣の竿に彼岸の夕日かな （六年二月）

302 雨の牛もゝによごれて戻りけり （六年三月）

315 山吹や普請過たる寺二軒　（同）

317 どこやらで川に別れてかむこどり　（六年四月）

888 衣着たる酢売も見たしあふひの日　（別六年四月）

895 あさふりや石に堰す鴨の水　（同）

411 稲妻やから尻過る鈴鹿やま　（六年七月）

420 みのむしの鳴樹をとへばさくら哉　（同）

443 わたり鳥引ぬ鳴子のうごきけり　（六年八月）

487 市人の胯を潜らすふぐとかな　（六年閏十月）

494 水鳥の猶むつまじく雨の中　（同）

495 みづとりや志賀を飛越す山かづら　（同）

507 麦まきや梅と桃とのあひだまて　（六年十一月）

511 麦蒔やうしろ向間の入日影　（同）

521 松竹に風わたる夜やたから舟　（六年十二月）

573 やり羽子に風声の児もまじり鳧　（七年正月）

593 切紙鳶のふたゝびのぼる木ずゑかな　（七年二月）

599 半日の雨のひまより初ざくら　（同）

622 老木なる柳の股にすみれかな　（七年三月）

655 我が宿によき宿とりて蚊帳かな　（七年五月）

679 ませ垣に萩の青葉や菊ばたけ　（七年九月）

723　はつしもや畠の中のさゞれ石　（七年十月）

924　舟にのるこゝろに成ぬ暮の春　（八年）

299を含む四十五例の中で、明確に古典等を踏まえていると断定出来るのは「韓信の股くぐり」を踏んだ487の一例のみ。几董の句評も、170「古き所」・186「耳染たれど」・227「千眼一到」・732「無味なる句」・811「実境」・302「陳腐なる」・317「実境」・622「只眼前の事」・655「巧まず」と言うように作意の無さを指摘するものが目立つ。またそれと同時に、98「見付所よし」・170「場を得たり」・736「余寒場をはずさづ」・751「布穀の場を見出たる」・487「見付所あたらし」といった初心指導の要諦である「場」についての評が多いことにも買山の作風を示すものとして注目してよいであろう。因みに、翻刻編第三章で取り上げる寛政四年正月から八年七月にかけての紫暁判月並発句合興行に於いても買山は常連で、その入選句総数は南昌の129句・遅日（春坡）85句についで73句に及ぶ。参考までにそのうちの十句ほどを拾い出してみよう。

あたらしきものゝはじめや古暦　（寛政四年十二月）

てふ〳〵のふり落されし柳哉　（寛政五年正月）

おさるゝも縁のはじめや御忌の場　（　同　）

恋猫やふり出し雨に鳴わかれ　（　同　）

取入る傘の裏這ふ毛虫哉　（寛政五年六月）

鯛提て戻る女や磯ちどり　（寛政五年十月）

一畑の接木せし夜を月の暈　（寛政六年二月）

漬種もみゆる門辺のかきつばた　（寛政六年四月）

宵暗を時雨てもどる頭巾かな　（寛政六年十月）

葉と成リて月にはうとき桜哉　（寛政七年四月）

長閑さや裏町過る艾うり　（寛政八年正月）

これ以外に買山の句を拾ってみると、

木綿織窓へもうめのにほひけり　（几董初懐紙・安永九年）

鶯や小ざゝが中をゆきもどり　（同　・安永十年）

春を得て水に親しむ川辺哉　（同　・天明二年）

青柳に伏見の小舟いざからん　（同　・天明三年）

みだれ筥に梅が枝あまる使かな　（同　・天明四年）

春風に吹れごゝろの川辺哉　（同　・天明五年）

春の夜や酒の気を吹みなみ窓　（同　・天明六年）

下萌や寐ればふくるゝ鹿の腹　（同　・天明六年）

柴漬のつからぬ枝に木芽哉　（新雑談集）

梅を得て駕に乗んと思ひけり　（続一夜松後集）

などがあるが、これらの例からも分かるように、買山の作風は驚くほど生活実感の域を出ておらず、そこには古典等を踏まえて虚を構える意図は殆ど感じられない。299の句に於いても桃源郷の故事は意識していなかったのではないだろうか。

358　まてど来ぬ夜は涼風も吹ぬかな　如菊

我せこが来べき宵也、とよみけんを反転して、待人の約をたがへし夜、胸のほむらも暑かりなん。

評は衣通姫の歌「わが背子が来べきよひ也さゝがにの蜘蛛の振舞ひかねてしるしも」（古今集）を反転した作意を読み取る。如菊には、後で取り上げる86「秋風の戸に兼好がねざめかな」（天明四年七月）といった『徒然草』を踏まえたと思われる句、また97「朝皃の宿に老たり白拍子」（天明四年七月）・600「海苔につく鼠追るゝ尼前かな」（天明七年二月）というような古典的世界を思わせる句もあるが、特にそういった傾向が強かったわけではないことは次の作例が示していよう。

たれ灰汁に椿の落花うかびけり（几董月並・天明四年正月7）
ことし又切らで二本のぼたんかな（几董月並・天明四年四月42）
三日の粮ぬらし行時雨かな（几董月並・天明四年十月134）
露しめる通夜の扇に螢かな（几董月並・天明六年五月344）
散らんとす時見つけたりはつ桜（几董月並・天明七年二月617）
若鮎や山吹の里さくらの瀬（几董月並・天明七年三月640）
啼ながら山踏かへつ鹿の声（几董月並・別天明五年八月790）
蓮に誰小舟漕来るけふも又（五車反古）
秋風や松吹落て小松ふく（続一夜松後集）
紅梅を垣の見こしや雪の日枝（天明七年几董初懐紙）
剱うつこゝろ定る余寒かな（寛政元年几董初懐紙）

358の句評は作意に合致せず、ずれている感じは否めない。

右のように、作者側にその意図はないのに几董が古典等を踏まえていると解したケースが九例あるのだが、次に示すようにこれらの点位は全体に高い。

41	四年四月	4／12
75	四年六月	1／11
77	四年六月	3／11
182	五年三月	9／9
745	別五年三月	3／8
219	五年九月	1／10
288	六年二月	18／27
299	六年三月	2／18
358	六年六月	4／38

九例のうち、182・288を除き他は全て4位以上に評価されている。かように几董には、作者側に古典等を踏まえる作意はないのに、深読みをする傾向が認められる。この問題を考える際、天明六年五月の巻頭句の評語が参考になる。

337　早乙女やきのふは遠き松のもと　浪華　雲我

古人謂る事あり、景に臨て句を作らんとせば、先情より案じ入て後に景をむすぶべしと。都而の句、情より深く案じ入ざれば粉骨あらはれず。此句、如見きのふはとほきと光陰の一歩もかへらざるに観想の意味深くして田植の景は一句の上におのづから備はれり。よて秀逸とす。

この句は普通に読めば、「昨日は遠い松の下辺りで田を植えていた早乙女が、今日はもうこんなところまで植えて来ているよ」といったところであろうが、几董は「きのふはとほき」という中七の表現に「光陰の一歩もかへらざる」「観想の意味」を籠めた作意を読み取り、「情より深く案じ入」って「景をむす」んだ句であると絶賛する。雲我の句を拾ってみると、

葛みづや笄ぬいて馬のうへ　（几董月並・六年六月380）

子を抱てゐる夕ぐれや渡り鳥　（几董月並・六年八月436）

春の雨御溝に梅の匂ひあり　（続一夜松後集）

小壱町夏には遠し松の陰　（　同　）

といったものがある。几董月並六年八月に出る436に、几董が「真卒にして却而新奇」という句評を加えているように、雲我の句は概ね真率と言って良く、337の句でも几董が言うような作意があったとは思われず、これもまた深読みである。以上①から言えることは、一見平明と見える句に几董は古典等を踏まえた深い意味を読み取ろうとする傾向が顕著であるということになろう。それは、「幽艶・幽玄」「意味深長・深意」「余情・余韻」の項で見たように、句境の奥ゆきに拘る几董の心情の極端な反映であると言える。そして、「読み方」は当然「詠み方」でもあって、几董の句を解する場合、その視点を外してはいけないということにもなる。

② 踏まえた古典等の指摘にずれがあるもの。

86 秋風の戸に兼好がねざめかな　如菊

欧陽子謂ラク二童子ニ一、此レ何ノ声ゾ也、汝出テ視レ之ヲ。童子ノ曰、星月皎潔ニシテ明河在レ天ニ。四モニ無二人ノ声、声ハ在二樹間ニ一云々。されば、かの命松丸が傍に打ねぶれるありさまもおもひやらるゝにや。

几董は、欧陽修「秋風賦」（古文真宝後集）の一節「予童子に謂らく、此何の声ぞや、汝出て之を視よ。童子の曰く、星月皎潔にして明河天に在り、四もに人の声無し、声は樹間に在り。」に寄せて評するのと同時に、兼好が摂津阿倍野辺にしばらく住んで弟子寂閑や命松丸と莚を作って売ったという俗伝に拠ったか、とする。が、如菊の作意としては、『徒然草』十九段の「物のあはれは秋こそまされ…又、野分の朝こそおもしろけれ」を考えるほうがこの句境には近いのではないだろうか。

249　金くれぬ友の狂歌やおほ三十日　　東籬

三友の益あるも、貧福の変化はうき世の常なるや。心に任せぬとしのくれを、いかにをかしくよみこしけん。聞まほし。

几董は、『論語』の「益者三友」による『徒然草』百十七段の文「よき友、三つあり。一つには物くるゝ友。二つには医師。三つには智恵ある友」を踏まえると解したのであるが、句中に「狂歌」とあるところからすると、兼好が頓阿に米と銭が欲しいと無心をしたところ、頓阿が米は無いが銭を少しと折句歌でやり取りをしたという故事（続草庵集）を反転した作意と見るほうがよかろう。

590　ぬしや誰空に行あふ鳳巾　　嵯峨　魯哉

空行月のめぐりあふまで、と詠けん古歌の俤をかりて、ぬしや誰といふ発語、幽艶かぎりなし。

几董は、橘忠基の歌「忘るなよほどは雲ゐになりぬとも空ゆく月のめぐり逢ふまで」（拾遺集・伊勢物語）を踏まえた作意と解している。つまり、「ぬしや誰」を空の凧どうしが「お前は誰じゃ」と問い交わしているさまとこの句を読んだのであるが、「ぬしや誰」という表現は、「主やたれ問へどしらたまいはなくにさらばなべてやあはれと思はむ　河原左大臣」（古今集）「山吹の花色衣ぬしやたれ問へど答へずくちなしにして　素性法師」（同）などの古歌に拠るものと見るのが妥当であろう。この語を用いた作例は多く、「主は誰山吹いはず六味丸　其角」（星会集）「ぬしや誰花の枝なる小脇差　旧国」（連句会草稿）「主や誰明けゆく橋のぬれ扇　孤桐」（俳諧新選）「若草に根附落せしぬしや誰　子曳」（天明三年几董初懐紙）「ぬしや誰垣よりうちも菫のみ」（半化房発句集）などがあり、魯哉は凧を上げている人が空で交錯する別の凧を見て、あの凧の持ち主は誰だと問うている様を表現しようとしたのだと思われる。

658　三井寺の門にも通ふくひなかな　　洛　帰楽

月下門を反転して。

几董は、賈島の「李疑の幽居に題す」（三体詩）中の詩句「僧は敲く月下の門」を反転した作意を読み取るが、表現の重なりから考えて、この句は芭蕉の「三井寺の門たゝかばやけふの月」（雑談集）を下敷きにしているのではないだろうか。

以上、四例の点位は次の通りである。

86	四年七月	1／18	590	七年二月	1／32
249	五年十二月	1／10	658	七年五月	6／10

二分の一以下評価の6位が一例あるが、他は全て1位で、評価は極めて高い。この四例、几董は作者の作意とずれがあることは認識しておらず、几董自身の受け止め方で右に見たような古典等を踏まえていると読んだわけで、その意味では基本的に①と同様、句境の奥ゆきに拘る余り「一見平明と見える句に古典等を踏まえた深い意味を読み取ろうとする」几董の傾向を示すものと考えてよかろう。

③　古典等を踏まえてはいないが、古典的世界によせて句評するもの。

これには、Ⅰ古典等の一節を引用しその世界に寄せて評をするものと、Ⅱ古典等の一節をそのまま句評として使用するものの二つの型がある。先ずⅠ型の用例を次に示そう。

29　散かけて春一ぱいのさくらかな　　京　社燕

杜律に、一片花飛デ春減却スといへり。まして、山野市中の花の片々と散乱して四隅にみち〳〵たるをや。中七文字至て力あり。

45　むら雨や若葉がくれに猿の声　　　也竺

山猿叫デ山月落といへる巴峡の趣にはあらで、ほとゝぎす聞まほしき人の、一樹の陰に雨をしのぎゐたる折なるべし。

50　雨の日は雲にとゞくやことし竹　　　南山下　花毫

詩歌の上には白髪三千丈といひ、或は血の涙落てぞ瀧（滾）つなどの類にて、所謂俳諧に上手に啌をつくとあるは如此の句なるべし。一句の作意全く調へり。

90　秋風にうごかぬものは心かな　　　在江戸　楚山

有レバレ動ヿ乎中ニ一必ズ揺ス二其情ヲ一といへるを、秋風に動かぬ鉄石の意気、一句豪壮也。

97　朝皃の宿に老たり白拍子　　　如菊

いづれか秋にあはではつべき、のこゝろばえにや。

118　渋鮎や乾したくわへぬ家毎に　　　佳棠

韓退之進学解、牛溲馬勃敗鼓之皮、供収並蓄待用云々。山家之用意、蓄《タクハヘ》之字珍重。

145　草の戸や留主のふりして冬籠　楚山

桜のとがとよみけん歌人の心にも似たりや。半日の閑をいとふ詩客の冬籠ならんかし。

147　わがかげの故人に似たりふゆ籠　賀瑞

暗風吹テレ雨ヲ入ル二寒窓ニ一といひけん、朋友の信あるさまなるべし。

175　ふぢの花三十日は雨に成にけり　浪華　二村

いせ物がたりに、やよひの卅日雨ふりけるに藤の花を折て、といへるに意通ひて、暮春の景情をよく述たり。

183　ほころびた春もむかしに衣がへ　伊丹　趙舎

花鳥のために身をはふらかし、日々酔如泥といひけん春を、ほころびしといふ衣体の縁語よりきのふの昔と感慨して、更衣の姿情を尽したる一句の治定、慥なり。

193　蚤ふるふ其子の母も寝ざりけり　東籬

古歌を拠とし侍るや。一句新しくはあらねど、又可取。

255　初鰤や誰が聟いはふ年のもの　蕙洲

歯朶に餅負ふの俤にかよひて。

393　洪水に橋はながれてあまの川　春坡

雨後水接天。

506 古郷のなほへだゝりぬ雪二日　楠葉　不染

郷信日応疎と歎じたる客情の趣ならん。猶の字ちからありて聞ゆ。珍重。

599 半日の雨のひまより初ざくら　買山

孫敬が戸を閉、杜五郎が門を鎖せしにはあらで、長嘯子が所謂、客は半日の閑を得、主は半日の閑を失ひし不用意の設ものならんかし。初の字手柄あれば。

600 海苔につく鼠追るゝ尼前かな　如菊

かの松下の禅尼の倹約にはあらねど。

643 わか竹に道を譲るや牛の角　洛　菱湖

此句故事古語を引て釈せば、筆を採るに余有。只郊外の実境と見て珍重たるべし。

901 暮の春留主遣はれて戻りけり　洛　南昌

あたら桜の科にぞ、と歎じけむ人にや。

903 物おもふ癖の付たるふとん哉　魯哉

閨のひまさへつれなかりける、とうちうらみたる風情なるべし。

904 皆に鬢のしらがや今朝の秋　洛　自珍

李白が三千丈といひし白髪か。予が句に、

馬鹿づらに白き髭みゆけさの秋。

905　神風や松を枕のとし篭　ナニハ　一透

千とせの杉を抱あらし、のおもむきにかよへるや。

このI型の点位は次の通りである。

29	四年三月	1／9	255	五年十二月	7／10
45	四年四月	8／12	393	六年七月	1／39
50	四年五月	1／25	506	六年十一月	1／15
90	四年七月	5／18	599	七年二月	10／32
97	四年七月	12／18	600	七年二月	11／32
118	四年九月	7／8	643	七年四月	1／10
145	四年十二月	1／9	901	八年	4／35＋α
147	四年十二月	3／9	903	八年	6／35＋α
175	五年三月	2／9	904	八年	7／35＋α
183	五年四月	1／9	905	八年	8／35＋α
193	五年六月	2／10			

二十一例中、1位が七例、2位が二例、3位・4位が各一例で計十一例。ほぼ二つに一つが高点の評価を受けているということになる。二分の一以下の評価は四例で、約19％に留まり、几董が古典的世界によせて評をする場合は全体的に評価が高いということが言える。そのわけを具体例に沿って見てみよう。

29　散かけて春一ぱいのさくらかな　京　社燕

杜律に、一片花飛デ春減却スといへり。まして、山野市中の花の片々と散乱して四隅にみち〳〵たるをや。中七文字至て力あり。

「杜律に云々」は、杜甫の七律「曲江二首」の一の第一連「一片花飛んで春を減却す。風は万点を飄へして正に人を愁へしむ。」をさす。「春一ぱい」には花びらの散り乱れる様に春という季節の終わりの意味が掛けてあると見て「中七文字至て力あり」という評になったものであろう。杜律の一節に寄せての解釈が可能な、広がりがある句ということになる。

145　草の戸や留主のふりして冬籠　　楚山

桜のとがとよみけん歌人の心にも似たりや。半日の閑をいとふ詩客の冬籠ならんかし。

「桜のとが」は、西行の詠歌「しづかならんと思ける頃花見に人々まうできたりければ　花見にと群れつゝ人の来るのみぞあたら桜の科には有ける」（山家集）をさす。「半日の閑」は、長嘯子「山家記」の一文「やがて爰を半日とす。客はそのしづかなることを得れば、我はそのしづかなるを失ふに似たれど、おもふどちのかたらひはいかでむなしからん」（『挙白集』）を踏まえた芭蕉の文「長嘯子の曰、客は半日の閑を得れば主は半日の閑をうしなふ。」（嵯峨日記）による。西行・芭蕉といった隠遁者の心情にも通じる奥行きがあると几董はこの句を読んだのである。なお、几董は901の句評にも西行のこの歌を引用している。

175　ふぢの花三十日は雨に成にけり　　浪華　二村

いせ物がたりに、やよひの廿日雨ふりけるに藤の花を折て、といへるに意通ひて、暮春の景情をよく述たり。

「やよひの廿日云々」は『古今集』に出る業平の詠歌「ぬれつゝぞ強ゐておりつる年の内に春は幾日もあらじと思へば」の前書「弥生の晦日の日、雨の降りけるに、藤の花を折りて人に遣はしける」をさす。なお、この歌は『伊勢物語』にも見えるが、その前書きは「三月のつごもりに、その日雨そぼふるに、人のもとへおりて奉らすとてよめる」とあり、評語の文章は『古今集』の方に近い。「いせ物がたりに」としたのは几董の勘違いであろう。句評に「暮春の景情をよく述たり」とあるように、二村は藤の花も開き初め、雨になった弥生尽の様を平明に詠んだのみであるが、業平の歌の世界をも思わせる余情を汲み取っての評である。

643　わか竹に道を譲るや牛の角　洛　菱湖

此句故事古語を引て釈せば、筆を採るに余有。只郊外の
実境と見て珍重たるべし。

「余有《あまりあり》」は「…してもまだ及ばない」「…しきれない」の意。「筆を採るに余有」は、筆を採ってもとても書き切れないことを言う。几董がどのような「故事・古語」を連想していたのかは定かではないが、「実境」を描きながら様々な「故事・古語」を思わせる句の奥行きを高く評価しているのである。

かように古典等に寄せて几董が評をする場合、その句に古典的世界に繋がる広がり・奥行きを読み取っての評であることが多い。

次に、Ⅱ古典等の一節をそのまま句評として使用している例を見てみよう。

34　行春の凧は破れて仕舞けり　京　松花

可レ憐ム伊ン紅顔ノ美少年。

74　田を植て何やら広きゆふべかな　佳棠

可憐農業辛苦。

105　此秋も留主ちからなききぬたかな　京　東圃

妾ガ心正ニ断‐絶ス。

728　若草や犬に追る、鶏の声　春坡

犬吠深巷中、雞鳴桑樹顛。

180　雛立し宿にもねたる旅路かな　伏水　金井

天地者万物之逆旅、光陰者百代之過客。

750　春の野に船を上りて遊びけり　ミス　鶉閨

江東日暮雲。

809　我背戸に咲をしらずや枇杷花　伏ミ　玄里

人目も草もかれぬと思へば。

246　顔見せや灯の油煙空に近し　善光寺　文兆

月落烏啼。

816　とし篭る夜の尊しや杉の闇　寸砂

かたじけなさに涙こぼる、。

259　おもひある窓を明れば柳かな　洛　買山

有女、初長成在深閨、人未識。

336　寐たる子の皃に着するや夏羽織　雨凌

人の親のこゝろはやみにあらねども。

591　祟（祟）なす石もかくれてなくかはず　洛　一鳳

春水満四沢。

Ⅱ型の点位は次のようになる。

34	四年三月	6／9
74	四年五月	25／25
105	四年八月	2／8
728	別五年一月	4／9
180	五年三月	7／9
750	別五年三月	8／8
809	別五年十月	8／9
246	五年十一月	8／10
816	別五年十二月	5／12
259	六年一月	1／12
336	六年四月	21／21
591	七年二月	2／32

十二例中、1位が一例、2位が二例で計三例。3／11で約27％。二分の一以下の評価は七例で、約58％。この割合はⅠ型とは逆で点位は高いとは言えない。が、このⅡ型に属する例も、基本的には古典的世界によせての句評であることは動かない。例えば六年一月の1位に据えられた259を例に取ってみると、その句評「有女、初長成在深閨、人未識」は白居易「長恨歌」中の一節「楊家に女有り、初めて長成し養われて深閨に在り、人未だ識らず」に拠ったものであるが、259の句に描かれるようやく恋を知り染めた深窓の伶人を「長恨歌に謡われる楊貴妃を思わせるものがありますね」と評している如くである。

Ⅰ型・Ⅱ型合わせて二十九例。1位が八例、2位が四例、3位が一例で十三例。13／29で約45％となる。二分の一以下の評価も二十九例中十一例（うち、末尾が三例）約38％あるが、几董が古典的世界に寄せて評をする場合は概して評価が高くなるということは言えよう。そしてそれは、それらの句に古典的世界に寄せて評をなし得る広がり・奥行きがあると几董が読んだからに他ならない。

④　古典等を踏まえた句で、几董がそれを正確に指摘しているもの。

151　鶯の小鍋やからんくすり喰　　二村

古歌の詞をかりて薬喰にとり合せたるは、いと珍らし。

「鶯の小鍋」という表現が、「鶯の笠に縫ふてふ梅花折てかざさむ老かくるやと」（古今集）「青柳を片糸によりてうぐひすの縫ふてふ笠は梅のはながさ」（同）などによる造語と見ての句評である。「鶯の小瓶やほしき飴をこし　許六」（柴橋）などの例もあり、考えられることであろう。二村は几董月並の天明四年から六年にかけての常連で、入選句も次掲の十八句に及ぶ。

17　わかくさや一鋤入し土の跡　（四年正月）
55　篝していくつにもなる鵜舟かな　（四年五月）
59　若竹やはさまれて住家二軒　（　同　）
119　昼しばし暑き日なたやことし綿　（四年九月）
143　狐火の燃もえやらぬ霜夜かな　（四年十一月）
146　芦枯て難波もかるゝ寒さかな　（四年十二月）
175　ふぢの花三十日は雨に成にけり　（五年三月）
205　魦舟やひそめきあふて行違ふ　（五年七月）
319　しのびゆく夜やうば玉の夏羽織　（六年四月）
331　光して月かけせばき若葉かな　（　同　）
334　棹さして若葉うちゆく小舟かな　（　同　）
341　雲助にこぼれかゝるやはな樗　（六年五月）

351　蚊遣火にけふも暮行旅路哉　（同　）
354　花樗ほつ〳〵散て仕舞けり　（同　）
363　葛水やよし島原の夜のいろ　（六年六月）
373　昼がほに暮るゝ花ありけふの雨　（同　）
395　稲妻に打あふ鐘のひゞきかな　（六年七月）
442　村ふかくめぐり出けりおとしみづ　（六年八月）

119「眼前」205「実境」354「実を述」という評も見られるが、55「句作のこなし」143「口かしこき句作」146「中七文字の働き」319「作意」331「精工」395「工得たり」442「置得たり」という句評がよく表しているように、二村には作意を凝らす傾向がある。151の几董の句評は的を得たものと見てよい。

178　ほろ〳〵と山吹ちりて藤のはな　伏水　祇帆

蕉翁の句を半とりて、しかも等類ならず。換骨奪胎の句法といふべし。

芭蕉の句は「ほろ〳〵と山吹ちるか滝の音」（笈の小文）をさす。その表現の重なりから言っても、几董の指摘は至当。

755　枕にと腕まいらすや青すだれ　フシミ　羽毛

かゐなく立ん名こそ惜けれ、などしたる女房の、すきめける人と見て、たはぶれたるにや。

「二月ばかり月のあかき夜、二條院にて人々あまたゐあかして物語などし侍りけるに、内侍周防よりふして枕をがなと忍びやかにいふを聞きて、大納言忠家是を枕にとてかひなをみすの下よりさし入れて侍りければ、よみ侍りける春の夜の夢計なる手枕にかひなくた丶む名こそをしけれ　周防内侍」（千載集）を踏まえたとする。これもその通りであろう。羽毛には、

一日は帋が涙やさつきあめ　（三棲月並・五年五月）

さかづきに夫婦別在たまご酒　（新雑談集）

というように、古典等を踏まえた句が他にも見られる。なお、几董に「かひなく立ん名こそおしけれ」と前書きをした「手枕の夢や破れて朧月」（発句集巻之三）の句がある。翻刻編592参照。

212　わかたばこそれも雨夜の品さだめ　浪華　芦角

箒木の巻の俤を借れるや。

「雨夜の品定め」とあるから、『源氏物語』帚木の巻を踏まえていることは間違いない。

307　山ぶきや小町が子ある沙汰はなし　つる雄

みのひとつだになき、といへるより、花の艶容なるを小町とおもひよせたるにや。

山吹には実がないと言うが、美人として知られた小町にも子供があったという話は聞かないなあ、というのがこの句の言うところ。山吹の花と小町の取り合わせには飛躍があるが、几董は兼明親王の歌「小倉の山に住み侍る頃、雨の降りける日簑かる人の侍りければ、山吹の枝を折りてとらせ侍りけり。心も得でまかり過ぎて、又の日山吹の心もえざりしよしいひおこせて侍りける返事にいひ遣はしける　七重八重花はさけ共山吹のみの一つだになきぞかなしき」（後拾遺集）が発想の契機になったのではと指摘したのである。なお、この歌は当時、狩の途中に雨に遭って蓑を借りに百姓家へ寄った太田道灌に答えた女の歌に付会されていた（安永七年刊『雨中問答』）。307の句の直接の典拠ではないが、作意に沿った評と言えよう。

397　簑虫やいせが古家のまつの枝　　浪華　百堂

いせが家作例多しといへども、かの能因が車より下りて過りし松の枝こそいとゆかし。

能因が車に乗って歌人伊勢の家の跡を通りかかった時、敬意を表して車から降り、前栽の松の梢が見えなくなるまで歩いたという『袋草紙』の説話を踏まえているという評であるが、説話内容と397の句の表現の重なりから考えて、これは動かないところ。なお、几董にも「売家の伊勢が軒ばや猫の恋」（井華集）の作がある。

515　雪に払ふ袖やむかしの人のさま　　浪花　几雪

佐野のわたりのとよめるおもかげにも通ひて。

定家の歌「駒とめて袖打はらふかげもなしさののわたりの雪の夕暮」（新古今集）を踏まえているという指摘であるが、これはその通りであろう。几雪には「くず水を命なりけりはこね山」（几董月並・六年六月384）という、西行歌「年たけて又こゆべしと思ひきやいのちなりけりさ夜の中山」（新古今集）を踏まえた作もある。

656　雷止んて明石の入梅の夕日かな　　浪花　甘三

須磨の巻のおもかげをかりたる入梅の夕晴、一句の栄えあり。

句評は『源氏物語』「須磨の巻」に三月一日の風雨・雷鳴・津波の天変のことあるのを踏まえたという。『源氏物語』にこの句にそのままあてはまる文はなく、また季節もずれるのでやや遠い感じは否めないが、甘三には次の710の例もあることから考えて、几董の指摘は当っているのではないか。

710　木々の葉もみつかひとつかゐのこ空　　浪花　甘三

源氏に所謂、ゐのこのもちひはみつかひとつか、と。

『源氏物語』「葵の巻」に、光源氏が二条院の人々から届けられた亥の子餅を見て惟光を召し、新婚間もない紫の上へ三日夜餅（愛敬餅）を参らせよとほのめかしたところ、惟光が亥の子餅を洒落て、「ねの子はいくつ仕うまつらすべう侍らむ」と聞いたのに対して、源氏が「三つが一つにてもあらむかし（三分の一でもよかろうよ）」と答える場面がある。それを踏まえての作意であり、また句評であること動かない。ただし、句意から考えて、作者甘三・評者几董とも「三つが一つ」を「三つか一つ」と理解していたと思われる。

711　師の眉の霜ぞ置そふ冬ごもり　　洛　鳳眉

かうやうの人の眉に霜の置そふを、とは素龍が筆妙。

『おくのほそ道』の素龍跋文「只なげかしきは、かうやうの人のいとかよはげにて、眉の霜のをきそふぞ。」を踏まえた表現で、几董の評語もその作意を汲んでいると見てよい。

902　白川の関越る日やはつ袷　　鳳郷

彼古曽部入道が装束引つくろひたるおもかげなるべし。

「古曽部入道」は平安時代の歌人能因法師のこと。『袋草子』に見える著名な説話「竹田大夫国行ト云者、陸奥ニ下向之時、白川関スグル日ハ、殊ニ装束ヒキツクロヒムカフト云々、人問云、何等故哉、答云、古曽部入道ノ、秋風ゾフク白河ノ関ト読レタル所ヲバ、イカデケナリ（褻形）ニテハ過云々、殊勝ノ事歟」を踏まえた作意であること疑いを容れない。ただし、『袋草子』に言う「秋風ゾフク白河ノ関」は能因の歌「みちのくにゝまかり下りけるに白川の関にてよみ侍りける　都をば霞とともにたちしかど秋かぜぞふくしら川の関」（後拾遺集）なのであって、装束を引つくろって白川の関を通ったのは能因ではなく竹田大夫国行である。そこに几董の誤解はあるものの、『袋草子』を踏まえた作意は汲み取れている。

点位は次の通りである。

151	四年十二月	7/9	397	六年七月	5/39
178	五年三月	5/9	515	六年十一月	10/15
755	別五年四月	5/9	656	七年五月	4/10
212	五年八月	3/9	710	七年十月	8/22
219	五年九月	1/10	711	七年十月	9/22
307	六年三月	10/18	902	八年	5/35＋α

十二例のうち、1・3・4位が各一例あるが、何れも入選句の少ない月のそれ。逆に二分の一以下の評価が五例あり、それほど評価が高いとは言えない。これは①②③の例が高い評価を得ていたのとは対照的であるが、何れも古典等の踏まえ方が分かり易く、句の奥行き・広がりが乏しいからではないだろうか。

⑤　古典等を踏まえた句で、几董がそれを指摘していないもの。

45　むら雨や若葉がくれに猿の声　也竺

山猿叫デ山月落といへる巴峡の趣にはあらで、ほとゝぎす聞まほしき人の、一樹の陰に雨をしのぎゐたる折なるべし。

句評から考えると、几董は「若葉がくれ」の主体を「猿」ではなく「人」と取っている。つまり、時鳥を聞きに来た人が「一樹の陰に」村雨を避けた折しも猿の声が聞こえたと解する。が、もともと也竺には「若葉がくれ」の主体を「猿」とする作意があったのではないだろうか。そうすると、この句は芭蕉の「初しぐれ猿も小蓑をほしげ也」を踏まえた形跡が感じ取れるのだが、几董はそこに及んでいない。

384　くず水を命なりけりはこね山　几雪

この句は「右十一句九点」という点位標示があるのみで、句評はない。が、西行の「年たけて又こゆべしと思ひきやいのちなりけりさ夜の中山」（新古今集）を踏まえていることは明白であるが、そのことには触れていない。

483　よき人のよくも召れし紙子かな　　浪華　梅後

句作のあたらしみ

天武天皇の御製「よき人のよしとよく見てよしと言ひし吉野よく見よよき人よく見」（万葉集）の表現を借りていること、やはり明白であるが、評では触れない。

487　市人の胯を潜らすふぐとかな　　洛　買山

見付所あたらし

韓信が若年の時、町で無頼の徒に辱められ、その股をくぐらされたが、よく忍んで後年大人物となったという故事「韓信の股くぐり」を踏まえるが、やはり触れない。

535　寒ごりや木のはしくれの荒法師　　自珍

「思はん子を法師になしたらんこそ心ぐるしけれ。ただ木のはしなどのやうに思ひたるこそいといとほしけれ。」（『枕草子』七段）を踏まえるが、「右為抜群」という点位標示のみ。

685　何事のおはすかしらすうしまつり　　城南佐山　黄口

西行の歌と伝えられる「何事のおはしますをば知らねどもかたじけなさに涙こぼるる」（版本『西行法師家集』）の表現を借りる。これも「右抜群」という点位標示のみ。因みにこの歌、謡曲『巴』では「おはしますとは」の形で収録し、行教和尚の歌とする。

右六例の点位は次の通り。

45　四年四月　8／12　―　384　六年六月　30／38

483	六年閏十月	3／25	535	六年十二月	15／46
487	六年閏十月	7／25	685	七年九月	21／38

3位が一例あるものの、全体に点位は高くない。踏まえ方がストレートすぎて指摘するまでもなく、④と同様に句の奥行き・広がりが乏しいというあたりの評価と考えてよかろう。

⑪ あはれ

几董の評語に見える「あはれ」は、①「しみじみとした情趣がある」と、②「同情に値する」の二つの意味に大別することが出来る。

①「しみじみとした情趣がある」意。

30　病る身のうしろめたくも暮の春　　京　社燕

病に臥て世の春色をもみざる人の、春の行ゑををしみたる情、あはれふかし。

32　禁酒する日あり暮行春一夜　　京　舞閣

一刻千金の宵を斎《モノイミ》に引こもりたるや、暮春の情ことさらにふかし。

47　堺なる大キな家のぼたんかな　　灘河原邑　李イ

昔は唐船の入津する地にて繁華の一都会なりしも、今は俗に堺の建だをれとかいへる家居のさまにとりあはせて、はなものいはざる懐古の情を含たるおもむき、あはれ深し。

49　鮓を圧石や夜を守る枕上　但馬温泉　因山

鼠を気づかひて明やすき夜をねざめがちなる洒落の数奇人、風情あはれに覚え侍る。

107　舟人に問へば橋本のきぬたかな　下放

舟中のつれ〳〵、秋のあはれも浅からず。

134　三日の粮ぬらし行時雨かな　如菊

旅意あはれ深し。

749　春の野や京へ暮行人多し　綺山

七日ばかりの月の朦朧たる夕暮のけしき、あはれむべし。

185　うのはなにしほじむ君がねまきかな　趙舎

一句の姿情も塩じみたれど、卯のはなの宿のわびしき女あるじなど、又えんに哀深し。

208　身にしむや島原いづる駕の内　守明

送り挑灯の火もうちしらけたる暁の空の心ぼそきに、別を呼ぶ声の、野を行過るまで聞えけるが、ほどなく大門の木戸をとざす音の響きに寺〳〵の鐘の声さへ添ひて、いとあはれ深し。

32は「暮春の情ことさらにふかし」とあり「あはれ」という評語は見えないが、30・47・134・185・208には「あはれふかし」とあり、また30「情」47「懐古の情」49「風情」185「姿情」というように「あはれ」は「情」という言葉との絡みで使用されることが多く、32の「暮春の情」「ふかし」を「あはれ」の類似表現と判断してここに含めた。

点位は次の通りである。

30	四年	三月	2／9
32		三月	4／9
47		四月	10／12
49		四月	12／12
107		八月	4／8
134		十月	15／15
749	五年	別三月	7／8
185		四月	3／9
208		七月	7／8

九例中1位はなく、2位が一例、3位が一例、4位が二例あるが、いずれも入選句の少ない月のそれ。他の五例は、49・134は末尾、47・749・208は末尾近く、というように点位は極めて低い。几董が「しみじみとした情趣がある」意での「あはれ」に重きを置いていなかったことがはっきりしている。なお、九例のうち天明四年が六例を占め、また五年七月以降には用例がない。

②「同情に値する」意。

74　田を植て何やら広きゆふべかな　佳棠

可憐農業辛苦

150　寒月や小便ちかき供のもの　買山

老たる僕の、水涕をすゝりながらみやづかへの身はわりなくて、哀れに聞ゆ。

458　盲児のほつ〳〵拾ふ梅もどき　浪華　銀獅

哀れなるを一句の感とす。

653　草とりの田を顕はれぬ午の貝　　洛　呂蛤

粒々辛苦なる農業の中にも、ことに炎熱の田草取尤怜むべし。午時の貝を聞て食事に帰らんとす姿情、よく一句の上に作意せり。珍重。

657　昼ちかき已が日影や田くさとり　　池田　為律

可憐。

712　こがらしや塩荷持こむ山二日　　沙長

可憐、この辛苦を。

六例のうち、74・653・657は、いずれも農事を詠んだ句で、評語は李紳の五言古詩「農を憫む」（古文真宝前集）の中の「誰か知らん盤中の飧　粒々皆辛苦なるを」の転用。712も、その転用である。この②の例は几董の俳諧観を考える際あまり参考にならないので、点位については省略する。

⑫　力あり・強し

「あはれ」と対照的な評語として「力あり・強し」に注目する必要がある。類似表現も含めて該当箇所に傍線を施し、次に示す。

19　燕や聟とりしたる其日より　　京　湖嵒

田家春社の余情、中七文字俳力つよし。

20　春雨や分別かはる橋のもと　タジマ　柳水

此句、中ノ七文字剛にして俳諧也。いづちの橋の頭ならん、忽花街章台に歩を移したるや、春情限なし。

29　散かけて春一ぱいのさくらかな　京　社燕

杜律に、一片花飛デ春減却スといへり。まして山野市中の花の片々と散乱して、四隅にみち〳〵たるをや。中七文字至て力あり。

725　下萌や嵯峨にころばす杉丸太　松化

下萌の場を見出て、丸太転すといふ句作、俳力顕れ侍る。ことに嵯峨の名も何となく春色あり。珍重。

167　しづかさの黄昏てなほ蛙かな　伏水　春雄

猶の字強し。

189　献立に先書てあり初なすび　京　冬畑

句の題を未来より案じ入て、其物を後にし賞を前にす、最。初の字、力ありて聞ゆ。

195　海際の砂に火を踏むあつさかな　朶雪

中七文字けやけく聞え侍れど、こゝをもて句作の強ミともいふべし。

250　寒梅に光かはすやあまの川　買山

寒夜の光景、寒梅の二字力あり。

817　凍る夜や水を貫く月の色　古龍

中七詞強し。

303　鶯の春をむさぼる高音かな　伏水　月荘

鶯の高音といふ句、耳ふりたれど、老鶯に春を貪るといふ作意力あり。

454　二本えてなほ持にくし梅もどき　洛　南昌

猶の字強くあたりて、題をはづさず。

506　古郷のなほへだゝりぬ雪二日　楠葉　不染

郷信日応疎と歎じたる客情の趣ならん。猶の字ちからありて聞ゆ。珍重。

点位は次の通りである。

19	四年	二月	1／10	195		六月	4／10
20		二月	2／10	250		十二月	2／10
29		三月	1／9	817		別十二月	2／4
725	五年	別一月	1／9	303	六年	三月	6／18
167		二月	14／20	454		九月	3／10
189		四月	7／9	506		十一月	1／15

全十二例のうち、1位が四例、2位が三例、3位・4位が各一例あり、合計九例。評価が極めて高いことが分か

る。十二例のうち三例は、167「猶の字強し」・454「猶の字強くあたりて題をはづさず」・506「猶の字ちからありて聞ゆ」というように、「猶」の表現効果について述べたもの。これについては『附合てびき蔓』に見られる几董自身の解説に耳を傾けるべきであろう。

　我あとへ来る人の声寒
　彳《タヽズメ》ば猶ふる雪の夜路かな

発句は、ひたすらに降つのる雪の夜の歩行《ホカウ》体也。さすがにあゆみ労れて、しばし彳て見れば、いよ〳〵降まさる心地して、立休らひもあへず、又わりなく行んとするさま也。雪の夜道といふたが趣向で、猶といふ字が一句の眼目《マナコダマ》じや。

これによって「猶」という言葉の表現効果を几董が重要視していたことが知られるが、167・454・506の句評は謂わばその表れである。195は、「砂に火を踏む」という「けやけき」（異様で際立った）表現について「句作の強み」と評したもの。817も「水を貫く」という印象的表現を「詞強し」と評す。とりわけ注目すべきは、19「聟とりしたる」を「俳力つよし」と、20「分別かはる」を「剛にして俳諧」と、29「春一ぱい」を「至て力あり」と、725「ころばす杉丸太」を「俳力顕れ」と、303「春をむさぼる」を「力あり」というように、いずれも直截的な俗語表現を高く評している例で、303はやや点位が低いものの、他はすべて1位・2位に据えられている。「あはれ」とは逆に、几董が俗語的表現を重視していたことが知られるのである。

⑬ 俳諧性

「力あり・強し」と関連して見るべき評語に、「俳諧」がある。但し、几董が「俳諧」という場合には、「俳諧という文芸」を指す場合と、「俳諧性」を意味する場合の両義がある。「俳諧という文芸」を指す例として、次のようなものが上げられる。

50　雨の日は雲にとゞくやことし竹　　南山下　花毫

詩歌の上には白髪三千丈といひ、或は血の涙落てぞ瀧（滾）つなどの類にて、所謂俳諧に上手に啌をつくとあるは、如此の句なるべし。一句の作意、全く調へり。

78　武さし野や薄摺あふ雲の峰　　丹州八上　一相庵

むさしのゝ雲峰は上手に啌をつきたるといふべし。

77　川崎の蚊にせゝられて涼けり　　浪花　牧馬

宗祇の縁語を俳諧の作にこなして、納涼の場をもとめえたり。

136　もどる手に繕ふ鷹の羽音かな　　春雄

もどる手にと発語をはたらかして、つくらふという詞に趣向をとりとゞめたるや、俳諧は風雅の短刀、恐るべし。

338　でゞむしや葉ををちこちの電光　　檮室

俳諧は風雅の短刀といへれば、かほど作意工みならずしては、当世のぬめらかし発句に落て群を出る事難し。

440　一貫が罪ほろぼさん放生会　　巴耕

俳諧の自在、又可取。

594　凧を見るかほむつかしき西日かな　洛　芙雀

むつかしきといふ言葉にて一句を成せり。この意味俳諧の深長なる境也。一句の主いと頼もしく覚ゆ。

78の句評には「俳諧」という言葉そのものは見えないが、50に「俳諧に上手に咥をつく」とあり、78「上手に咥をつきたる」も「俳諧という文芸」に言及するものと考えて用例に入れてある。右以外に、天明四年分二月末尾の講評に「新意にしてこと葉も屈曲ならず、耳ちかき能句こそあらまほしけれ。さればとて、卑俗にいやしき句は取に足らず。俗にして俗を離るゝを俳諧の大意とす。」というのも、「俳諧という文芸」の意。

「力あり・強し」と関連して見るべきは、「俳諧性」を意味する評語である。その例を左に上げてみよう。

19　燕や聟とりしたる其日より　京　湖嵒

田家春社の余情、中七文字俳力つよし。

20　春雨や分別かはる橋のもと　タジマ　柳水

此句、中ノ七文字剛にして俳諧也。いづちの橋の頭ならん、忽花街章台に歩を移したるや、春情限なし。

22　陽炎や這入ばくらき台所　フシミ　春雄

春日の実境、真卒（率）にして俳諧あり。

725　下萌や嵯峨にころばす杉丸太　松化

下萌の場を見出て丸太転すといふ句作、俳力顕れ侍る。ことに嵯峨の名も何となく春色あり。珍重。

767　弁慶の色に似たりや麦粽　不言

俗諺をもて俳諧のおかしみに作なせり。

368　ゆふだちやかてゝくはへて舛おとし　嘯風

新意、俳諧なる哉。

456　妖されたやうに醒けり今年酒　信州善光寺　二葉

所謂俳諧のをかしみ有て、作のあたらしきを賞す。

630　大和路やすみれの中の馬の糞　浪花　一透

はいかいなるかな。

20は「分別かはる」という「中七文字」を「剛にして俳諧也」（表現として力強く、俳諧性が豊かである）という。「力あり・強し」の項目でも触れたように、「分別かはる」が直截的な俗語表現であることに注意する必要があろう。19は「聟とりしたる」という「中七文字」を「俳力つよし」（俳諧の表現力・俳諧性が遺憾なく発揮されている）と評す。この「聟とりしたる」も、やはり直截的な俗語表現。「俳力」という評語は725にも見られるが、こちらも「丸太転す」という俗語表現を高く評価してのそれである。630の句評はやや具体性を欠くが、「すみれ」に「馬の糞」を取り合わせた作意を「はいかいなるかな」（俳諧性が豊かである）と評したものであろう。なお、天明四年分二月末尾の講評に「雅俗に抱（拘）はらずして只俳諧をわするべからず」と言うのも俳諧性の意味で、几董がそのことを強調した月に19・20・22の三例が含まれていることは注目してよいのかも知れない。

右八例の点位は次の通りである。

19　四年二月　1／10
20　四年二月　2／10

22　四年二月　3／10
725　別五年一月　1／9

767　別五年五月　8／8　――　456　六年九月　5／10
368　六年六月　14／38　――　630　七年三月　9／21

1位が二例、2位・3位が各一例、他も767を除き、何れも点位は低くない。几董が俗語表現に重きをおく「俳諧性」を重視していたことがこの評語からも知られよう。

なおこれに関連し、「滑稽」「おかしみ」「打ひらめ」「俗語」などの評語にも目を配っておく必要がある。

○「滑稽」「おかしみ」

79　夕立に涼しき音や鍛冶が槌　　池田　竹外

鍛冶が槌の音を涼しといひなしたるは滑稽の利口。

109　露飛で淀へ落ゆく暴風かな　　京　月波

滑稽の利口

495　みづとりや志賀を飛越す山かづら　　買山

一句のこなし、利口なり。

754　鮓出して噂聞ゐる男かな　　柳枝

都而おのれが心用ひたる事は、代の評を聞まほしきものなり。かのすし漬しおのこの、加減いかゞならんなど窺ゐたるさま、いとおかし。

491　したゝかに薪をさしくべつふぐと汁　　浪華　雨凌

をかしみ。

668　雛の兄拭へとてしも菊の露　　湖南　蘭巧

滑稽ではあるぞ。

○「打ひらめ」

729　うぐひすや小便したる藪の陰　　フシミ　其残

中の詞のひらめなるをもて、藪陰の鶯にあたらしみを得たり。

304　あかぎれの直る比也壬生念仏　　伏水　其残

打ひらめなる趣向のかけ合を新意とす。

856　草臥た足に行当る蛙かな　　自珍

一句いひくだし打ひらめにて、句柄を飾らずして新意を得たり。

○「俗語」「磊落」

99　稲妻やふし見のり出す仕舞舟　　京　梅塢

坐句俗語を用て、却而句を成せり。

141　行ほどに足もとわろし下駄の雪　　梅塢

初句風情ありて座句磊落なるをもて、一句あたらしみをえたり。

因みに「ひらめ」とは、変化に乏しく平板であること。平凡であること。また、卑俗であること。729の例は、風雅な季題である鶯に「小便したる」という卑俗な表現の取り合わせが句に「あたらしみ」を齎したことを言っているのである。

これらの点位は次の通り。

79	四年六月	6／11
99	四年七月	14／18
109	四年八月	6／8
141	四年十一月	7／10
729	別五年一月	5／9
754	別五年四月	4／9
304	六年三月	7／18
856	別六年三月	2／25
495	六年閏十月	15／25
491	六年閏十月	11／25
668	七年九月	4／38

全体的に点位は高いとは言えないが、全十一例のうち2位が一例、4位が二例あり、754・304・856・495・491・668の六例は二分の一以上の評価を受けている。何れも俗語の使用・俗語的表現を以って句を評価しようとした形跡が見える例として、注意しておいてよかろう。

⑭ 景と情

① 景色・光景・風景

先ずは「景色」「光景」「風景」及びその類似内容の評語を拾ってみよう。

83 涼しさや葉をすかしたる松の月　京　自珍

松の月は晩色の麗景。

113 野の池と石とる山のもみぢかな　柳水

いづちと指ずして地景の妙を得たり。奇工可賞。

163 松明のかげに鳴止むかはづかな　丹州大山　翠実

闇夜に雨を帯たる光景、聞え侍る。

749 春の野や京へ暮行人多し　綺山

七日ばかりの月の朦朧たる夕暮のけしき、あはれむべし。

184 麦秋や降とげぬ雨のひとしきり　浪華　雨淩

山ほと〻ぎすなど啼つべき村雨の雲のた〻ずまゐ、初夏の風景いはんかたなし。

214 藁一把牛に被せてあきの雨　京　松洞

何となく秋雨のけしきあれば。

793 初鴨やあしたか山に雲か〻る　不酔

原よし原の光景、眼中に有。

233 水かれし施餓鬼（鬼）の跡や冬の月　兵庫　鬼彦

冬夜のさまうごかず。

250 寒梅に光かはすやあまの川　買山

寒夜の光景、寒梅の二字力あり。

839 苗代に薄雲か〻る山田かな　自同

景色。

851 暮る〻日をなく〳〵下る雲雀かな　呂蛤

852 下りさまは夜に入そうな雲雀哉　春谷

853 西山に日は沈ミつゝ夕ひばり　自同

854 日は腹に反リ照らすや夕雲雀　兵庫　其玉

四句、皆晩景の雲雀を詠ず。されど、聊おもむき変リたれば。

312 曲水やゆく盃に蝶ひとつ　伏水　胡成

小細工に似たれども、景色外ならず。

367 夕立や花のちり行風車　千渓

よき景色の句といふべし。

490 市中やみやこは寒きくらま炭　灘脇浜　桃舎

平安致景。

507 麦まきや梅と桃とのあひだまで　洛　買山

花の比麦畑をおもひよせたるは作例多かるべきを、冬枯のけしきにかけ合せたるをもて、新しみを得たり。

569 遣羽子や三日月かゝる門のまつ　洛　春坡

早春黄昏の景色。

575 下もえや伏見はなれてわすれ水　洛　旭渓

尋常の景気句なれど。

623 虚無僧に凧まとひけり春の昏　洛　鈍人

長安市坊の晩景、見付所古からず。

666　露はしる瑠璃の火影や菊畠　　浪華　甘三

麗景。露はしるとはいひ裸（果）せて。

705　はつ霜や紅茸きゆる小芝原　　浪花　京甫

原野荒蕪の光景、まのあたりに見ゆ。

点位は次の通りである。

83	四年	六月	9／11
113	四年	九月	2／8
163	五年	二月	10／20
749	別五年	三月	7／8
184	五年	四月	2／9
214	五年	八月	5／9
793	別五年	九月	1／9
233	五年	十月	5／10
250	五年十二月		2／10
839	別六年	二月	10／25
851〜854	別六年二月		22／25〜25／25
312	六年	三月	15／18
367	六年	六月	13／19
490	六年閏十月		10／25
507	六年十一月		2／15
569	七年	一月	3／23
575	七年	一月	9／23
623	七年	四月	2／21
666	七年	九月	2／38
705	七年	十月	3／22

二十三例のうち、1位が一例、2位が六例、3位が二例と点位が高いものも九例あり、その割合は少なくはない。が、793は「眼中に有（目に見えるようだ）」、507は「新しみ」、250は「力あり」、666は「露はしるとはいひ裸（果）せて」（「露はしる」という言葉で充分に表現し尽くせている、の意）、623は「見付所古からず」というように、単なる景色の句に留

まっていない所を評価したもの。残りの十四例のうち十一例は二分の一以下の評価に留まり、工夫のない単なる景色の句は概して評価が低いことが知られる。それは、景色・光景などと概念の重なる他の評語についてみても同じである。以下、その例を見てみよう。

② 実境・実景

実境

22 陽炎や這入ばくらき台所　フシミ　春雄

春日の実境、真卒（率）にして俳諧あり。

54 若竹に一里過たりあさの月　京　如竹

夏日夜をこめて出たる旅行の実境ならんかし。

80 涼しさや淀からありく人ふたり　浪花　雨夌

舟中実境。

161 聞初てきかぬ日もなきかはづかな　池田　田賦

全く蛙の実境。

766 乗越へて勝負あやふき競馬哉　我邑

実境のみ。

205 魦舟やひそめきあふて行違ふ　二村

魦釣の実境、作意もよく聞え侍る。

785 さし寄セし戸の透間より鳴子哉　自同

実境。

226 月に皃背ける人や牛まつり　魯哉

其夜の実境也。

811 関札を一里過れば鷹野かな　買山

駅路の実境。

827 初とりや手水遣ひし星明　我村

実境。

836 旅人の通り合せてはつ桜　我村

工まずして実境を得たり。

311 ひと日見ぬ間に桃咲ぬ梢まで　浪花　守明

桃花の実境。

855 あたゝかき日暮の空と成にけり　春坡

うちきゝ粉骨もなき句に似たれども、上より春暖の実境をいひに（下し）て下に詞の工をかざらずいひ流したるや、一句の余情あらはれて、巻頭の句位をのづから備はれり。是全素堂が高華なる語勢也。

317 どこやらで川に別れてかむこどり　買山

峡中の実境

342 燃たがる火を押へつゝかやりかな　脇ノ浜　薗

灰打きせて念仏哉、とせし鬼貫が句より出たるに似たれども、是全く蚊遣火の実境。

467 庭鳥も家鴨もかへる霰かな　灘脇ノ浜　佳七

実境。

602 稽古矢の射先を通ふつばめかな　魯哉

須广の蜑の矢先に啼歟、と翁の古戦場を吊らはれし。それは杜鵑の幽境、これは乙鳥の実境ならん

643 わか竹に道を譲るや牛の角　洛　菱湖

此句、故事古語を引て釈せば筆を採るに余有。只郊外の実境と見て珍重たるべし。

706 京中を寺かと思ふ十夜かな　洛　沙長

此実境、不用意にして得たる成べし。

実景

773 初秋と空に見ゆれど暑かな　松化

実景。

224 一もとの高き鴨脚や寺林　蕙洲

実景にして、又不易。

243 両側に親子ならびぬはちたゝき　自同

させる手柄もなけれど、洛陽城中の実景。

604 紙鳶提し被の君や丸太町　洛　其答

地名をさして花洛の実景を述。

点位を示せば次のようになる。

実境

22	四年	二月	5／10
54		五月	5／25
80		六月	6／11
161	五年	二月	8／20
766		別五月	7／8
205		七月	4／8
785		別八月	10／17
226		九月	8／10
811		別十一月	1／5
827	六年	別一月	7／10
836		別二月	7／25
311		三月	14／18
855		別三月	1／25
317		四月	2／21
342		五月	6／18
467		十月	10／19
602	七年	二月	13／32
643		四月	1／10
706		十月	4／22

実景

773	五年	別七月	6／8
224		九月	6／10
243		十一月	5／10
604	七年	二月	15／32

実境十九例と実景四例で計二十三例あるが、855・342・602・643を除き、全て一行の短評で、うち、「実境」（785・827・467）、「実景」（773）という一言だけの評が四例ある。点位は1位が三例、2位が一例、4位が二例、5位が三例で、合計九例。9／23で、約40％と評価は高いように見えるが、極端に勝句の少ない811・205・22・243を除くと、5／23で約22％となり、数値はがくんと下がる。855は、「余情あらはれて」という点で、また643は「故事古語」を連想させる余

地があるという点で評価が上がっているのであって、「実境」そのものの評価ではない。「実境・実景」も評価は概して高くはない。「させる手柄もなけれど」(243)まあまあ「実境・実景」が読めているから、というあたりの評価基準であろう。

③ 春景・秋景・冬景

33 足はやき駕に見て行すみれ哉　フシミ　鬼村

旅中の春景、句中にあり。

112 朝寒も昼になりけりくれの秋　伏水　鶉閨

一句粉骨もなけれども、よく秋景の趣を述たるや、真卒(率)にして珍重。

730 若艸や大津へ二度の小荷駄馬　其残

二度といへるに春景を含めり。

777 夜寒さや澄月の色水のいろ　古龍

秋景。

234 落て行水音尽てふゆの月　買山

235 ふし漬や水の下なるみづのおと　鬼彦

いづれも句中に冬景あり。

466 茶の花に冬の日よりのつゞきけり　浪華　帋風

冬景まのあたり。

512 麦まきや翌降雪を峰の雲　信州善光寺　呂吹

冬景まのあたり。

703　こがらしや暮て大河の水明り　　洛　之尺

冬景全く句中に備ふ。就中座句妙哉。

898　春雨の降しづめけり海の音　　ナニハ　鳳郷

春景かぎりなし。巻中秀逸。

点位は次の通り。

33	四年	三月	5／9	235	五年	十月	7／10
112	四年	九月	1／8	466	六年	十月	5／19
730	別五年	一月	6／9	512	六年十一月		7／15
777	別五年	八月	2／17	703	七年	十月	1／22
234	五年	十月	6／10	898	八年		1／35＋α

1位の112は「真卒（率）」、703は「冬景全く句中に備ふ（冬景色が句の中に完璧に表現されている）」、また898は「春景かぎりなし（春景がこの上なくすばらしく描かれている）」故を以っての点位。他の六例のうち四例は、やはり二分の一以下の評価である。

④　景情

「景」と「情」を考える際、紛らわしい評語として「景情」がある。「景情」は「世の中や自然界のありさま。情景。」の意。几董も「情景」の意で用いていて、次の十例がある。

46　鮓桶に魚のあつまる小川かな　　社燕

此句は題の意薄し、と難ずる人もあるべし。されど、時候の景情に思ひよせて見べし。全く鮓といふ題を出デず。

132　こがらしやしのゝめ凄き月の弓　東車

寒夜の景情、月の弓置得たり。

154　雁立て蛙の春となりにけり　伏水　鶉閨

一句の格調は作例なきにしもあらねど、帰雁を結びて蛙の景情を定めたるや、許六が所謂とり合せもの、よきといふならん。

175　ふぢの花三十日は雨に成にけり　浪華　二村

いせ物がたりに、やよひの卅日雨ふりけるに藤の花を折て、といへるに意通ひて、暮春の景情をよく述たり。

880　月と雨川に隔ちつほとゝぎす　菫亭

子規など鳴出べき夜なり、といへる景情もまのあたりにや。

893　はや水にうつり心や燕子花　伏ミ　枕肱

初夏の景情。

373　昼がほに暮るゝ花ありけふの雨　二村

374　ひる皃の盛やとほき人のかげ　女　うめ

二句ともにしづか成句作なれども、昼がほの景情うごかず。

446　おとし水月に向ふてながれけり　　洛　寸砂

其景情、きら〳〵と見ゆ。

625　暗がりに牡丹活たり春ゆふべ　　池田　雪巒

春日の景情、もつとも富貴なり。

右十例の点位は次の通り。

46	四年	四月	9／12	893	別六年	四月	14／18
132	四年	十月	13／15	373	六年	六月	19／36
154	五年	二月	1／20	374	六年	六月	20／36
175	五年	三月	2／9	446	六年	八月	15／20
880	別六年	四月	1／18	625	七年	四月	4／21

154・880が1位の、175が2位の評価を受けているが、154は「蛙」に「帰雁」を「とり合せ」て「景情を定めたる」作意を褒めているのであり、また175は「いせ物がたりに」「意通ひて」というあたりを、880も「山はわか葉にくろみかゝりて、ほとゝぎす鳴出べきしのゝめも、海のかたよりしらみそめたる」（笈の小文）を思わせる句風を買ってのそれで、単なる「景情」の評価ではない。この三例を除く七例のうち六例が二分の一以下で、単に「景情」について言う場合は評価は決して高くはないのである。

⑤　春色・秋色

21　かげろふや午時の鐘鳴西ひがし　　春坡

村里閭巷の春色、きら〳〵と見ゆ。

30　病る身のうしろめたくも暮の春　　丶

病に臥て世の春色をもみざる人の、春の行ゑををしみた
る情、あはれふかし。

119　昼しばし暑き日なたやことし綿　二村

眼前の秋色。

725　下萌や嵯峨にころばす杉丸太　松化

下萌の場を見出て丸太転すといふ句作、俳力顕れ侍る。
ことに嵯峨の名も何となく春色あり。珍重。

165　春の水海の隣をながれけり　池田　東籬

春色。

737　雨に倦て落る椿や咲ながら　フシミ　之流

雨中春色。

179　ひとり来て尻のすはらぬ花見かな　魯哉

春色言外に余りて、其人の形容を見る。

181　菊苗も摘や交らん草の餅　魯哉

春色に対して秋情を感ず。

261　野わたしに乗合せたり傀儡師　洛　雷夫

其場を定て、そのひとをおもひよせたる作意、一句の中
に何となく春色を含めり。

269　けふ一日雨にもならず梅曇　買山

春色かぎりなし。

274 糸遊や舟引捨し大和川　浪花 檮室

春色、所を得たり。

831 坂ひとつ越て道也おぼろ月　其残

旅情、且春色を帯る。

832 白川の水さゝ濁せはつ桜　松化

洛東の春色、をのづから眼中に在。

850 戸を建て妹が家くらし二日灸　一雲斎

妹が家といへるに春色をもたせたり。

621 切凧や家路にかへる鍬のさき　在江戸 楚山

村里春色、在眼中。

点位は次の通り。

21 四年 二月 2／20
30 四年 三月 2／9
119 四年 九月 8／8
725 別五年 一月 1／9
165 五年 二月 12／20
737 別五年 二月 4／9
179 五年 三月 6／9

---

181 五年 三月 8／9
261 六年 一月 3／12
269 六年 一月 11／12
274 六年 二月 3／27
831 別六年 二月 2／25
832 別六年 二月 3／25
850 別六年 二月 21／25

621　七年　二月　32／32　—

「春色」「秋色」は春・秋の景色、また春・秋のようすを言う語。「秋色」は一例あるものの、評価は末尾。「春色」十四例のうち1位が一例、2位が三例、3位が三例あり、半分は高い評価が与えられている。二分の一以下の評価も六例あるものの、先述の景色・光景・風景・春景・秋景・冬景・景情とはやや異なり、几董が「春色」と言うときは評価がいくぶんか高くなる傾向が認められる。

次に「情」についての評語を拾ってみよう。

⑥　春情・秋情

「春情」は、春の景色・春めいた様子。「秋情」は、秋の風情を意味する。類似表現を含めて次の六例がある。

20　春雨や分別かはる橋のもと　タジマ　柳水

此句、中ノ七文字剛にして俳諧也。いづちの橋の頭ならん、忽花街章台に歩を移したるや、春情限なし。

32　禁酒する日あり暮行春一夜　京　舞閣

一刻千金の宵を斎《モノイミ》に引こもりたるや、暮春の情ことさらにふかし。

181　菊苗も摘や交らん草の餅　魯哉

春色に対して秋情を感ず。

747　春の野やうか〱越し川二ツ　春坡

是全く春日の情。

791　鳴度に月の曇や鹿の声　　潑皮

秋情。

627　鼻につく酒の機嫌や春の暮　　洛　春坡

春情おのづから句中に在。

点位は次の通り。

20	四年	二月	2／20	747	別五年	三月	5／8
32	四年	三月	4／9	791	別五年	八月	16／17
181	五年	三月	8／9	627	七年	三月	6／21

「中の七文字剛にして俳諧也」という点を評価され2位に据えられた20以外は、点位はやはりそれほど高いとは言えないが、この20を含め32・747・627の四句は極めて人事臭が強いことには注目して良い。先述の景色・光景・風景・春景・秋景・冬景・春色・秋色といった「景」に関する評語が添えられた句に人事臭が薄いのとは好対照である。

⑦　姿情

人事臭との関連で取り上げておくべき評語に「姿情」がある。

139　若鷹に老の拳のよはりかな　　東籬

若鷹といひて老の拳とうけたるは今少し無念なれど、姿情ひたれば捨がたし。

726　霞日や麦の中なる家二軒　　フシミ　鼠玔

一句幽玄にして姿情備れり。されど、句体の耳染たるをもて第二とす。

748　草の餅花の嵐に乾きけり　　フシミ　買山

嵯峨野ゝ辺リを徘徊してもちゐめせよとすゝむる女商人の姿情ならん。

183　ほころびた春もむかしに衣がへ　　伊丹　趙舎

花鳥のために身をはふらかし、日々酔如泥といひけん春を、ほころびしといふ衣体の縁語よりきのふの昔と感慨して、更衣の姿情を尽したる一句の治定、慥なり。

185　うのはなにしほじむ君がねまきかな　　趙舎

一句の姿情も塩じみたれど、卯のはなの宿のわびしき女あるじなど、又えんに哀深し。

238　人妻に紙子の似合ふ猪子かな　　趙舎

其人の姿情を見付たり。

806　遠騎の鞭に小春の嵐かな　　董亭

一句姿情。

653　草とりの田を顕はれぬ午の貝　　洛　呂蛤

粒々辛苦なる農業の中にもことに炎熱の田草取、尤怜むべし。午時の貝を聞て食事に帰らんとす姿情、よく一句の上に作意せり。珍重。

「姿情」は、姿とおもむき。このうち726は叙景の句であるが、他は139「老鷹匠」、748「草餅売りの女商人」、183「更衣の風流人」、185「女あるじ」、238「人妻」、806「遠騎の武者」、653「田草取の農夫」というように、全て人物の姿が明確に描かれていると読んでの句評である。

点位は次の通り。

139	四年十一月	5／10		185	五年 四月	3／9
726	別五年 一月	2／9		238	五年 十月	10／10
748	別五年 三月	6／8		806	別五年 十月	5／9
183	五年 四月	1／9		653	七年 五月	1／10

何れも勝句の少ない月の評語であるが、八例のうち四例は1・2・3位の評価。また、天明五年のものが六例ある。人事臭の強い句の方が景色の句よりも評価が高めになる傾向は留意すべきことがらであろう。

⑮ 盗作

かような興行につきもののことがらとして、「はめ句」の問題がある。几董の月並発句合は指導意識の強い真面目な催しで、点者側からはめ句を奨励するかの如き観のある雑俳興行のそれとは基本的に性質が異なるが、やはりこの問題を引きずっていることは否めない。目についた範囲で「はめ句」らしきものを拾ってみよう。通し番号を付し、几董月並摺物収録句とそのもとになったと思われる句を併記して示す。

1　5　七種や隣は観世新九郎　フシミ　賀瑞（天明四年一月）
　　　梅が香や隣は荻生惣右衛門　珪琳（安永二年刊・俳諧新選）

2 25 接木せし小刀ありぬ草の中　城南 三木（天明四年二月）
小刀のそれから見えぬ接木かな（元禄十三年刊・東華集）

3 38 とかくして折らぬ気に成ぼたんかな　春雄（天明四年四月巻頭）
とかくして一把に折ぬ女郎花　蕪村（宝暦八年刊・噺相人）

4 40 短夜に狐のくれし小判かな　池田 星府（天明四年四月）
みじか夜に狐のくれし小判かな（安永九年刊・夜半叟句集）

5 46 鮓桶に魚のあつまる小川かな　社燕（天明四年四月）
すし桶を洗へば浅き游魚かな（安永六年成・新花摘）

6 49 鮓を圧石や夜を守る枕上　但馬温泉 因山（天明四年四月）
枕上秋の夜を守る刀かな　蕪村（安永二年刊・俳諧新選）

7 61 鵜篝の燃つくばかり鬢の霜　京 楚山（天明四年五月）
狐火の燃つく斗枯尾花（安永三年九月蕪村書簡）

8 84 明くれに来るとしもなし団売　京 吐文（天明四年六月）
朝夕に来るともなしや田螺売（安永五年・丙申之句帖）

9 129 しぐるゝや二度に降行加茂と鴨　春雄（天明四年十月）
冬枯や遠く成行加茂と鴨　水翁（安永二年刊・俳諧新選）

10 736 初鮒やまだはしり井の水寒し　フシミ 買山（天明五年別立二月）
走井に生行鮒の栬かな　尚白（貞享四年刊・孤松）

11 187 物に飽く人のかたよりはつ茄子　春坡（天明五年四月）

物に飽くこゝろはづかし茄子汁　太祇（安永二年刊・俳諧新選）

12　216
秋雨や晴るゝかたより菌うり　蓼雨（天明五年八月）
ゆふだちや晴ゆく方へ茄子うり　芦村事　峨眉（明和七年成・夏より）

13　776
暁や己にうとき鹿のさま　寸砂（天明五年別立八月巻頭）
行春やおのれにうとき蟇の類　野菊（天明三年・花のちから）

14　781
芋売や少のこれば宿の月　松雨（天明五年別立八月）
芋売は銭にしてから月見かな　（明和三年刊・蘿葉集）

15　797
いろ〳〵の名もわりなしや菊の花　潑皮（天明五年別立九月）
いろ〳〵の名もむつかしや春の草　珍碩（元禄三年刊・ひさご）

16　236
虚無僧と連に成行枯野かな　祇帆（天明五年十月）
虚無僧の物いいかける枯野哉　瓜流（明和九年刊・其雪影）

17　852
下りさまは夜に入そうな雲雀哉　春谷（天明六年別立二月）
二つ三つ夜に入さふな雲雀かな　素園（安永二年刊・俳諧新選）

18　357
涼しさや草をはなるゝ夜の蝶　灘脇ノ浜　千渓（天明六年六月）
涼しさや鐘をはなるゝ鐘の声　（天明四年刊・蕪村句集）

19　306
山吹や蛙のつらへ散かゝり　洛　其遊（天明六年三月）
山吹やかはづのつらに散ながら　嵐蘭（元禄十四年刊・杜撰集）

20　322
散と見し夢や杜（牡）丹をまくら上　竹外（天明六年四月）
夜ををしむ筒のぼたんや枕上　（安永六年刊・春泥句集）

21　364　幮を出て再び涼むひとりかな　　賀瑞（天明六年六月）
蚊屋を出てもう一度涼む戸口哉　　土芳（元禄八年刊・笈日記）

22　432　三声鳴て忽とほき雁のこゑ　　洛　菱湖（天明六年八月巻頭）
三度啼て聞えずなりぬ鹿の声　　（天明四年刊・蕪村句集）

23　452　旅僧よ宵に申せし川鹿啼　　浪華　つる雄（天明六年九月巻頭）
客僧よ宵に申せし鹿の声　　明五（安永二年刊・あけ烏）

24　486　鰒喰ふて聞や遠寺の鐘の声　　洛　呂蛤（天明六年閏十月）
出代りて聞や遠寺の鐘の声　　嵐山（安永二年刊・俳諧新選）

25　556　人ごゑの市にあまるや初くぢら　　浪花　甘三（天明六年十二月）
人声の小寺にあまる十夜かな　　（安永六年刊・春泥句集）

26　687　長きよや夢想の発句覚束な　　蘭巧（天明七年九月）
長き夜や夢想さらりと忘れける　　（明和九年刊・太祇句選）

4は蕪村句そのままで、偶然にこのような句が出来たとは思われず、明らかに「はめ句」である。他の例も傍線で示した表現の類似、また句境の重なりから考えて「はめ句」である可能性が高い。そしてそれらの「はめ句」が几董周辺の資料から取られていることは、当然と言えば当然なのであるが、注意しておいてよい出来事であろう。4・5・7・12・13・18・22・25は『蕪村句集』をはじめとする蕪村関係のものに、3・8・16・23は几董関係の著書に原句が認められる。うち3・13・22・23は巻頭を得ていることからすると、几董もそれらを見抜けなかったものらしい。また、二十六例のうち1・6・9・11・17・24の六例の原句が『俳諧新選』にあることも興味深い。

翻刻編

第一章　几董判月並発句合

凡例

・解題の便宜上、収録句に通し番号を付した。
・句の理解に供するため、頭注を添えた。論考編「各論」と併せて参照されたい。
・翻刻に際して、旧字・異体字・俗字・略字などは原則として通行の字体に改めた。ただし、一部「寐」「華」「皃」「艸」「鶯」などは原典の俤を残すため、そのままにしてある。
・漢字などの誤りは「ママ」と表記し、頭注で誤りを正した。
・評語の行替えも概ね原典に従ったが、組版の都合上、一部そうなっていないところもある。
・原典に濁点がある場合は「濁ママ」の表記で示した。
・書き入れによる訂正がある場合は訂正形で翻刻し、「　」内にもとの句形を示した。
・摺物原典の年月の表示及び季題は判り易いようにゴシック体で示してある。また、原典にはない年度の大見出しを

《　》で示した。

・丁移りは翻刻下部に1オなどと示した。1オとあれば、原典摺物の一丁表であることを意味する。

・「天明四年分」＝天理大学附属天理図書館本翻刻第一一三八号。

《天明四年分》

天明四甲辰歳正月並

春夜楼撰　題　梅　春風　なヽ草　椿　若くさ

1　烏帽子着ぬ禰宜は老たりうめの花　京　春坡
2　なヽ草のひヽきにゆるむこほり哉　ヽ　亭也
3　雨もちてはなの崩るヽつはきかな　城南　下放
4　枯臥や一えた横にうめの花　フシミ　兎山
5　七種やとなりは観世新九郎　ヽ　賀瑞
6　梅かヽや嚔ひとつ障子こし　京　松洞
7　たれ灰汁に椿の落花うかひけり　ヽ　如菊
8　落るまてしらぬ葉うらの椿かな　フカクサ　谷水
9　七くさや家にめてたき親ふたり　如瑟
└1オ
10　春風や痘の子いとふ紅頭巾　ナニハ　銀獅
11　三日月のかけより落る椿かな　亭也
12　わかくさにくろきからすの歩哉　京　雷夫
13　あらたまる年の寒さやはるの風　ヽ　杉月
14　牛馬をとほさぬみちやおち椿　ヽ　斗雪
15　わかくさや加茂の堤のわすれ水　フシミ　其韵

「天明四」の部分、入木。口絵図版12①参照。

1『新雑談集』（几董著、天明五年刊）に同句形で収録。

5参考「梅が香や隣は荻生惣右衛門　珪林」（俳諧新選）。

10○痘　いも。疱瘡のこと。○いとふ　いたわる。大事にする。○紅頭巾　紅色に染めた頭巾。疱瘡よけのまじない。疱瘡見舞いとして、赤い目無し達磨・赤色の絵草子などをおくる風習もあった。

15○加茂の堤　鴨川の土手。参考「菜の花や淀も桂もわすれ水」（初心もと柏）。

16○淀　京都市伏見区の地名。鴨・桂・宇治三川の合流点にあり、淀川水運の河港として繁栄。○ざうり道　草履道。『日本国語大辞典　第二版』（小学館）に「草履で歩ける道」の意の方言として出る。青森県三戸郡・山形県・米沢市などで「春、雪解け後の乾いてきた道」の意味で使われるとする。参考「古寺や新樹こぶかき草履道」（戊戌之句帖）「遅き日やひとへからげる草履道」（井華集）。
17○ふしみ　京都市伏見区。淀川乗合船の発着点。
19○春社　春の社日。「社日《シャジツ》　春分の前後に近き戊日也。或、立春の後、第五戊日也。…つばめ、此社日よりわたるといへり。」（増山井）。
20○橋の頭　橋頭。橋のほとり、たもと。○章台　中国漢代、長安の花柳街。転じて、賑やかな街。遊廓。参考「舛買て分別かはる月見かな　翁」（笈日記）「暮てから分別かはる花見かな　芙雀」（荒小田）「行先の分別かわる時雨かな　祇丞」（反古衾）。
21○閭巷　村里の通り。また、村里。
22○真卒　正しくは「真率」。この几董判月並発句合の摺物では「真卒」と記すことが多い。
23○帘　さかばやし。杉の葉を束ねて球状にし、軒先にかけた酒屋の看板。奈良三輪山山麓鎮座の大《おお》神《みわ》神社の祭神のはたらきの一つが酒神で、杉を神

16　若草や淀から上るさうり道　　亭也
17　わかくさや一鋤入し土の跡　　ナニハ　二村
18　日のたかきふしみとまりや梅花　　亭也
∟1ウ

二月ゝ並

春雨　陽炎　畑打　燕　接木

19　燕や聟とりしたる其日より　　京　湖嵒
田家春社の余情中七文字
俳力つよし
20　春雨や分別かはる橋のもと　　タシマ　柳水
此句中ノ七文字剛にして俳諧也いつちの橋の頭ならん
怱花街章台に歩を移したるや春情限なし
21　かけろふや午時の鐘鳴西ひかし　　春坡
村里閭巷の春色きら〳〵と見ゆ
22　陽炎や這入はくらき台所　　フシミ　春雄
春日の実境真卒《ママ》にして俳諧あり
∟2オ
23　かけろふや村に一軒帘　　春坡
此句一軒と限りたる詞つまりたるやうなれと却て
手柄あり陽炎の形勢は帘をもてみるへし
24　畑うちや切凧落る鼻の先　　ナニハ　乕風

木とすることによるという。
24〇落題　和歌・連歌・俳諧などで、題意を読み落すことを言う。
25『東華集』（支考編、元禄十三年刊）に「小刀のそれから見えぬ接木かな」という句が出ている。参考「菜畠にきせるわするゝ接木哉」（夜半叟句集）。〇故人太祇　太祇は明和八年没。
26〇をの字句中を廻りて　助詞「を」が一句の中でよく働いて、の意。
27・28〇本陣　江戸時代、宿駅で参勤交代の大名などが宿泊する大旅館。〇巨燵　正しくは「炬燵」。〇諸侯　諸大名。〇威義　正しくは「威儀」。

はたうちは体にして凧は客なり
落題の難あるへからす

25　接木せし小刀ありぬ草の中　城南　三木

此句は故人太祇か口質に似たりつき木なといへる題はかゝる句作も又可取所なり

26　春雨の小降を啼や籠の鶏　京　佳棠

此句意あまりて詞足らす
小降を鳴やといへるはいかゝなととかむるものも有へしされとをの字句中を廻りて句をなす也

〔一行余白〕

27　本陣に武具の雫や春の雨　芾風

28　春雨や衣干す旅の置巨《ママ》燵　仝

二句趣をおなしうすといへとも姿をわかつ
初は諸侯の旅泊にして威義《ママ》厳なり
次は妻娘なと供したるよしのはつ瀬の花見順礼なるへし

∟2ウ

〔一行余白〕

当世の発句を見るに多はこと葉を

○あやなし　美しい言辞で技巧的に表現し。
○まぎらかして　ごまかして。
○屈曲　かがまりまがること。
○耳ちかき　聞きなれてわかりやすい。親しみやすい。
○俗にして俗を離るゝを俳諧の大意とす　「俳諧は俗語を用て俗を離るゝを尚ぶ」（『春泥句集』蕪村序）。
○抱はらず　「拘はらず」を誤る。

29『新雑談集』（几董著、天明五年刊）に同句形で収録。○杜律に云々　杜甫の七律「曲江二首」の一の第一連「一片花飛んで春を減却す　風は万点を飄へして正に人を愁へしむ」を踏まえた句評。参考「一片花飛減却春　さくら狩美人の腹や減却す」（蕪村句集）。○片々　ひらひらと漂うさま。

もてあやなし或はめつらしき道具を
出し一句をまきらかして人の耳を驚
さんとする句すくなからす予これをとらす
新意にしてこと葉も屈曲ならす　└3オ
耳ちかき能句こそあらまほしけれ
されはとて卑俗にいやしき句は取に足らす
俗にして俗を離るゝを俳諧の大意
とす雅俗に抱《ママ》はらすして只俳諧を
わするへからすかりにもこと葉を上手
めかして一句の魂なき句は一点にも
ならすと心得へしはた秀逸抜萃
といへともたゝ其一巻の中の甲乙
なりとしるへきものなり
判者述　└3ウ

三月ゝ並　題　永日　さくら　菫　別霜　行春

29 散かけて春一はいのさくらかな　京　社燕
杜律に一片花飛テ春減却スといへりまして
山野市中の花の片々と散乱して四隅に
みち〳〵たるをや中七文字至て力あり

30 病る身のうしろめたくも暮の春　ゝ

31○いひくだし　言ひ下し。滞ることなく、すらすらと言うこと。また、文章などをそのように表現すること。「ほ句は頭よりすらすらと謂くだし来るを上品とす。」（去来抄）。

32『新雑談集』（几董著、天明五年刊）に同句形で収録。○一刻千金の宵　蘇軾「春夜詩」の詩句「春宵一刻価千金」を踏まえる。○斉　正しくは「斎」。

33参考「難波女の駕に見て行しぐれ哉」（井華集）。

34○可レ憐ム云々　劉廷芝の七言古詩「代悲白頭翁」（唐詩選）中の詩句「此翁白頭真に憐むべし　伊《こ》れ昔紅顔の美少年」を踏まえる。原本の「伊ン」は「伊レ」の書き誤り、または誤刻か。

35○此句てとおさえずしては　原作に「見ゆる」「見えし」などとあって、几董が「見えて」と添削を加えたか。

36参考「けふ限の春の行衛や帆かけ船　許六」（目団扇）「遅うくるる日もけふぎりの別哉　杉風」（続別座敷）「けふ限の春に駈騎武士よ」（蘆陰句選）。

37○こゝにては云々　「すゞろ寒さ」が秋の季語であることを踏まえての句評。

病に臥て世の春色をもみさる人の春の行ゑをしみたる情あはれふかし

31 よむほとの麦の穂並や別霜　ナニハ　守明

上五文字よりいひくたし一作あり
麦畠の霜其場うこかす

32 禁酒する日あり暮行春一夜　京　舞閣

一刻千金の宵を斉《モノイミ》に引こもりたるや
暮春の情ことさらにふかし

33 足はやき駕に見て行すみれ哉　フシミ　鬼村

└4オ

旅中の春景句中にあり

34 行春の凧は破れて仕舞けり　京　松花

可レ憐ム伊ン紅顔ノ美少年

35 野ゝ池に人影見えてすみれ哉　ヽ　雪山

閑雅幽艶菫にあらすしては句を成さす
此句てとおさへすしては座句居リあしゝ

36 けふ限の橋の普請やわすれしも　銀獅

三春を経て新に成就せし橋に
春暁の霜を見出たる句なるへし

37 暁のすゝろ寒さやわすれ霜　春坡

座《スヽロ》そゝろ同意也こゝにてはかりそめの
さむさと見るへし

∟4ウ

四月ゝ並

題　子規　短夜　牡丹　鮓　若葉

物句五百五十句之抜萃

38　とかくして折らぬ気に成ほたんかな　　春雄

躊躇して花を惜しむ人情をもて
よく牡丹の形容に対せり持題の
外に物をからすして一句真率なるを
賞して巻首とす

39　蜘のいと若葉にうつす朝日かな　　湖嵒

弱葉に移す蜘のふるまひ朝日の光に
見出たるや一句の趣向もきら〱とみゆ

40　短夜に狐のくれし小判かな　　池田　星府

是晋子之活作得たりかしこし

41　みしか夜や加茂の堤のくさの露　　田原　也竺

猿みの集に
堤より田の青やきていさきよき
加茂のやしろはよき社なり

∟5オ

38参考「とかくして一ツとめけり花茄子　琴風」（焦尾琴）「とかくして一把に折ぬ女郎花　蕪村」（嘶相人）「とかくして笠になしつる扇かな　蕪村」（句稿屏風）「とかくして夜とはなりけり天の川」（春泥句集）。

39○うつす　作者は「映す」の意のつもりか。几董はそれを「移す」意に取っている。

40○晋子之活作　晋子は晋其角。其角先生風の働きのある句だ、の意。○得たりかしこし　うまくいったね。但しこの句は、安永九年刊『夜半叟句集』に出る蕪村の句。参考「蘭夕狐のくれし奇南を炷む　蕪村」（句稿屏風）。

41○猿みの集に云々　引用するのは『猿蓑』収録の「灰汁桶の巻」中の凡兆・芭蕉の付合。○一致して　一つの情景にまとめて。

42『新雑談集』（几董著、天明五年刊）に同句形で収録。

44○蒴鞠　きれまり。蹴鞠の鞠が逸れたのである。

45この句、芭蕉の「初しぐれ猿も小蓑をほしげ也」を意識した作意あるか。○山猿叫テ山月落　「声かれて猿の歯白し岑の月　晋子…是こそ冬の月といふべきに、山猿叫ンデ山月落と作りなせる物すごき巴峡の猿によせて、岑の月とは申たるなり」（其角編『句兄弟』）。○巴峡　中国湖北省西部、巴山が揚子江に臨んでつくる峡谷。巴峡の哀猿は古来有名。「巴峡秋深し　五夜の哀猿月に叫ぶ　清賦」（和漢朗詠集）。○ほとゝぎす聞まほしき人の云々　几董は「若葉がくれ」の主体を「猿」ではなく「人」と取っている。

46参考「すし桶を洗へば浅き游魚かな」（新花摘）。

此連歌を一致して短夜の句をなせり

42 ことし又切らて二本のほたんかな　如菊

富貴にして貧しく貧しくして
富貴也これ一句の作意

43 ほとゝきすよ所に寐なれぬ枕かな　銀獅

寐なれぬ枕いさゝか新を得たり

44 蒴鞠の落て砕るほたむかな　芾風

中七字牡丹の句作

〔一　行　余　白〕

45 むら雨や若葉かくれに猿の声　也竺

山猿叫テ山月落といへる巴峡の
趣にはあらてほとゝきす聞まほし
き人の一樹の陰に雨をしのき
ゐたる折なるへし

〔一　行　余　白〕

46 鮓桶に魚のあつまる小川かな　社燕

此句は題の意薄しと難する人も
あるへしされと時候の景情に
思ひよせて見へし全く鮓といふ

└5ウ

題を出テす

47　〔一　行　余　白〕

堺なる大キな家のほたんかな　灘河原邑　李イ

昔は唐船の入津する地にて繁華
の一都会なりしも今は俗に
堺の建たをれとかいへる家居の
さまにとりあはせてはなもの
いはさる懐古の情を含たるおもむき
あはれ深し

∟6オ

48　〔一　行　余　白〕

淀竹田二度に聞けり子規　京　管鳥

淀竹田のほと、きす陳腐也と
いへとも中七文字作意あれは古みを
ゆるして可珍重

49　〔一　行　余　白〕

鮓を圧石や夜を守る枕上　但馬温泉　因山

鼠を気つかひて明やすき夜を
ねさめかちなる洒落の数奇人
風情あはれに覚え侍る

∟6ウ

47〇堺　大阪府堺市。室町時代には対明・対南蛮貿易が盛んで、富商を中心とする自由都市を形成したが、近世に入って衰えた。西鶴の『本朝二十不孝』巻三の二・『日本永代蔵』巻四の五・『世間胸算用』巻三の四などにその風俗が描かれる。〇建だをれ　『日本国語大辞典　第二版』に「むやみに建築工事をして財産を失うこと。建築道楽にふけり、破産してしまうこと。」の意とするも、用例を挙げず。〇はなものいはざる　「誰か謂つし花ものいはずと　軽漾激して影脣を動かす　菅原文時」（和漢朗詠集）を踏まえる。

48〇淀　16参照。淀は子規の名所。〇竹田　京都市伏見区の地名。

49参考「枕上秋の夜を守る刀かな　蕪村」（俳諧新選）

五月ゝ並

題　幟　田植　鵜　蚊遣　嫋竹

惣句六百章之抜萃

50　雨の日は雲にとゝくやことし竹　　南山下　花毫

詩歌の上には白髪三千丈といひ或は血の涙落てそ瀧《ママ》つなとの類にて所謂俳諧に上手に啌をつくとあるは如此の句なるへし一句の作意全く調へり

51　留守の戸やあめかせ募る紙のほり　　因山

風雨の形勢をもて題の意をよく詠せし也

紙の字又眼目

52　蔓草の手や若竹の皮なから　　伏水　つゆ女

幽艶にして題の外に風情を得たり

└7オ

53　一手つゝ風植てゆく早苗かな　　賀瑞

中七文字精工

54　若竹に一里過たりあさの月　　京　如竹

夏日夜をこめて出たる旅行の実境ならんかし

55　篝していくつにもなる鵜舟かな　　二村

50○白髪三千丈　李白の五絶「秋浦歌」（唐詩選）中の詩句。○血の涙落てぞ瀧つ　素性法師の歌「ちのなみだおちてぞたぎつ白川は君が世までの名にこそありけれ」（古今集）による。「李白が白髪三千丈といひ、素性が血の涙落てぞ瀧津白河はといへるたぐひなるべくや」（『続明烏』道立序）。

55○こなし　表現をわかりやすいものにすること。

56○さり気なき　そのような様子がない。前夜、鵜を遣ったことなど嘘のような。参考「初雪の空さりげなき朝ぼらけ　几董」（発句集巻之三）「こがらしの跡さりげなき入日哉　湖嵐」（左比志遠理）。

58○ふし見　17参照。○耳染たれど　耳に染み付いているが。聞きふるしているが。参考「月にまけ竹のふしみのみすの里　夕翁」（崑山集）「行春や竹の伏見と成りにけり　冊魚」（耳たむし）。

59参考「五月雨や大河を前に家二軒　蕪村」（安永六年句稿）「燕や流のこりし家二軒」（井華集）。

61『新雑談集』（几董著、天明五年刊）に同句形で収録。○いひふりたる趣向　参考「狐火の燃つく斗枯尾花　蕪村」（安永三年九月十六日付柳女・賀瑞宛蕪村書簡）。

63○小塩　京都大原野にある大原山の別称。○鳥羽　京都市南区と伏見区にまたがる地域名。

句作のこなし珍重

56　さり気なき鵜川のあした〳〵哉　　守明

座の句をもて可賞

57　蚊やり火に枝の曇や合歓樗　　銀獅

└7ウ

取合せものを得たりといふへし

58　かやり火や竹のふし見の草の宿　　賀瑞

竹のふしみ耳染たれと草の宿捨かたけれは

59　若竹やはさまれて住家二軒　　二村

60　蚊やり火や夜の汐まつ船の中　　宇治田原　毛條

61　鵜篝の燃つくはかり鬢の霜　　京　楚山

いひふりたる趣向なれと中七文字

作意豪壮也

62　幟見て嶋の名を問ふ舟路かな　　伏見　鳥有

63　田や植ん小塩の曇鳥羽の雨　　同　鹿卜

64　田植見て其処の舎にとまりけり　　金華

風流

└8オ

65　うき恋を女夫になれは田植かな　　雲水　月渓

66　幟立し門に又見るつはめかな　　守明

67 蚊やり火の見えて遠さよ暮の旅　金華

68 水上へ火かけ流るゝ鵜川かな　伏見　祇帆

69 一しきり雨ふり止めは蚊やりかな　如竹

70 田を植て遠くなりけり志賀のまつ　鳥有

71 里々やむかしわすれぬ紙のほり　守明

72 酒屋同士蔵をへたてゝのほりかな　銀獅

三句無甲乙

73 蜘の囲に露うつくしや今年竹　仝

74 田を植て何やら広きゆふへかな　佳棠

可憐農業辛苦

└8ウ

六月ゝ並　題　白雨　涼　雲峰　蓮　団扇

75 白蓮やこゝろにも吹朝あらし　在京　谷水

意味深長述んとせは尽さるへし

かの盧山の社友もおもひやらるゝ心地ならんかし

76 間ひとつに夫婦別ある団かな　伏水　波橋

一句作意一字も遊はす

77 川崎の蚊にせゝられて涼けり　浪花　牧馬

宗祇の縁語を俳諧の作にこなして

70・71原本、この二句を罫紙一行に詰めて書く。○志賀　滋賀県南西部。

72原本、この句と次の句評を一行に詰めて書く。

73参考「蜘のゐにはかなや留る露の玉　呑雲」（庭竈集）「蜘の囲に槙の白露かかりけり　芝秀」（左比志遠理）。

74この句、『甲辰三棲集』五月にも中七「何所やら」の句形で入選。○可憐農業辛苦　李紳の五言古詩「農を憫む」（古文真宝前集）の中の「誰か知らん盤中の飧　粒々皆辛苦なるを」を踏まえる。

75『新雑談集』（几董著、天明五年刊）に同句形で収録。ただし、谷水の肩書き「東奥」とあり。○盧山の社友　東晉の慧遠が盧山で結んだ宗教結社を白蓮社という。往生浄土の念仏三昧を修したもので、浄池に白蓮を植えたところからその名を生じた。

76○夫婦別ある　「夫婦に別有り」（『孟子』滕文公）。親しい夫婦の間でもおのずから遠慮があり、礼儀があるべきであることを言う。参考「さかづきに夫婦別在たまご酒　羽毛」（新雑談集）「養生の夫婦別在鹿のこゑ」（井華集）。○団　「団扇《うちわ》」の省略表記。

77○川崎　神奈川県東北部の地名。東海道五十三次の一。○宗祇の縁語　宗祇と蚊屋は縁語。『西鶴名残の友』巻五の一に、ある山家通いの商人が東海道岡部の宿で宗祇法師と相宿となり、同じ蚊屋に寝たという話が出ている。

79〇滑稽の利口　俳諧の巧言。

80〇淀　16参照。

81〇有声画　ゆうせいのが。詩のこと。画を無声詩《むせいのし》と言う。

82〇山かづら　明け方、山の端にかかる雲。

84参考「朝夕に来るともなしや田螺売」（丙申之句帖）。〇団　76参照。

86参考「物のあはれは秋こそまされ…又、野分の朝

納涼の場をもとめえたり

78　武さし野や薄摺あふ雲の峰　丹州八上　一相庵

79　夕立に涼しき音や鍛冶か槌　池田　竹外

むさしのゝ雲峰は上手に咥をつきたるといふへし

鍛冶か槌の音を涼しといひなしたるは滑稽の利口

∟9オ

舟中実境

80　涼しさや淀からありく人ふたり　浪花　雨凌

有声画

81　飛かぬる雀のさきへ白雨かな　城南ヒロノ　歌蝶

82　おもしろや蓮に雨聞山かつら　賀瑞

83　涼しさや葉をすかしたる松の月　京　自珍

荷葉の雨は暁天の清閑

松の月は晩色の麗景

84　明くれに来るとしもなし団売　京　吐文

85　松はらに鑓先見えてくものみね　社燕

はしめの句は嵐雪か口質に似たり

後の句は晋子か語勢あり

∟9ウ

七月丶並　題　　舜　稲妻　秋風　星合　相撲

86　秋風の戸に兼好かねさめかな　如菊

こそおもしろけれ」（『徒然草』十九段）○欧陽子云々　欧陽修「秋風賦」（古文真宝後集）の「予童子に謂らく、此何の声ぞや、汝出て之を視よ。童子の曰く、星月皎潔にして明河天に在り、四もに人の声無し、声は樹間に在り。」に拠る。○命松丸　兼好は摂津阿倍野辺にしばらく住み、弟子寂閑や命松丸と莚を作って売ったという俗伝がある。

90○中に動くこと有れば云々　86と同じ「秋風賦」に拠る。

91○櫂たてかけし　紀州加太では夫が漁に出ている間、妻が櫂をたてかけておいて目印とする風習があった。参考「春雨や見えずなりたる加太の櫂」（夜半叟句集）。

92○母の日　亡き母の命日。参考「母の日と順礼たちに宿かして　梅塵」（梅塵抄録本）。

欧陽子謂ラク二童子ニ一此レ何ノ声ソ也汝出テ
視レ之ヲ童子ノ曰星月皎潔ニシテ明河在レ天ニ
四モニ無二人ノ声声ハ在二樹間ニ一云々
されはかの命松丸か傍に打ねふれる
ありさまもおもひやらるゝにや

87 傾城のよき歌よみぬほしむかへ　守明

いやしき遊女の身にしいかなる
秀歌をや詠出けんいとなつかし

88 いなつまや消れはあとをまつこゝろ　伏見　雨止

一句あた〱しき所にして
又新意奇工

89 舜の朝日に向ふわりなさよ　金華

坐句意味浅からす

90 秋風にうこかぬものは心かな　在江戸　楚山

有レハレ動ヿ乎中ニ一必ス揺ス二其情ヲ一といへるを
秋風に動かぬ鉄石の意気一句豪壮也

91 星合や櫂たてかけし加田の秋　祇帆

句のむすひ風情あり

92 母の日と精進やさし角力取　ナニハ　何木

└10オ

93〇淀　16参照。〇三栖　京都市伏見区の地名。

95〇金気　秋の気配。

97〇いづれか秋に云々　「萌出づるも枯るゝも同じ野べの草孰か秋に逢はで果つべき　妓王」（平家物語）に拠る。妓王は京堀川の白拍子。

98参考「君見よや藪をはなるる梅の月　長炊」（左比志遠理）。

99〇仕舞舟　その日最後の便船。〇ふし見　18参照。

101『新雑談集』（几董著、天明五年刊）に同句形で収録。

性善

93　舜や淀よりあけて三栖の口　春坡

場と時分を得たり

94　草吹て梢うこくやあきのかせ　井蛙

作意手柄見え侍る

└10ウ

95　朔日も過て三日や秋のかせ　春坡

金気発動

96　あさかほや咲そこなひし花一つ　仝

詞の作

97　朝皃の宿に老たり白拍子　如菊

いつれか秋にあはてはつへきのこゝろはえにや

98　いなつまや藪をはなるゝ竹二本　伏見　買山

見付所よし

99　稲妻やふし見のり出す仕舞舟　京　梅塢

坐句俗語を用て却而句を成せり

└11オ

100　星合や夜半の川瀬のふり違ふ　城南　社中

題の趣を得たり

101　年問へは我より若しすまひとり　春坡

真卒《ママ》

102 小男の上手に見ゆるすまひかな　京　湖蝶

もつとも上手なるへし

103 灸居えぬ背中に月や辻角力　竹外

其人其場眼中にあり

〔二行余白〕

⌊11ウ

八月ゝ並

題　砧　月　暴風　霧　夜寒

惣句五百二十句之抜萃

104 名月や蕎麦の花さく屋根もあり　何木

今宵の清光に見出たる屋根の上のこほれ咲ことに花蕎麦の名も外ならぬこゝちす

105 此秋も留主ちからなききぬたかな　京　東圃

妾カ心正ニ断絶ス

106 しらぬ家へ馬牽入るゝ野分かな　管鳥

駒牽の暴風に驚きし趣向もつともおかし

107 舟人に問へは橋本のきぬたかな　下放

舟中のつれ〳〵秋のあはれも浅からす

⌊12オ

105 ○妾が心云々　郭振の五絶「子夜春歌」（唐詩選）中の詩句。

107 ○橋本　京都府綴喜郡八幡町の地名。淀川の左岸、男山の麓にあり、京街道の一駅。

109○滑稽の利口　79参照。

110○猫比丘　参考「古寺にねう《猫》比丘といふおはしけり　太祇」（『平安二十歌仙』「花火売」の巻）「猫比丘は眠りおはすよ猫の恋」（丁酉之句帖）。

112『新雑談集』（几董著、天明五年刊）に、上五「朝寒の」として収録。

108 鍋ひとつ洗のこして月見かな　京　達知

やさしき田家のおもむきなつかしき
月の夜なるらん

109 露飛て淀へ落ゆく暴風かな　京　月波

滑稽の利口

110 猫比丘のふとんとり出す夜寒哉　京　菱湖

能睡るなるへし

111 夜寒さや炭刻傍にきり〳〵す　賀瑞

九月在戸

〔一行余白〕

九月ヽ並

題　菊　新綿　落鮎　紅葉　暮秋

惣句四百余句抜萃

112 朝寒も昼になりけりくれの秋　伏水　鶉闌

一句粉骨もなけれともよく秋景の趣を
述たるや真卒《ママ》にして珍重

113 野の池と石とる山のもみちかな　柳水

いつちと指すして地景の妙を得たり

奇工可賞

└12ウ

114参考「梅が香やおもふ事なき朝朗　闌更」（続一夜松後集）。

117○隈　道や川などの折れ曲がっている所。「隈　クマ　水曲也」（色葉字類抄）。

118○韓退之進学解　『古文真宝後集』に収録の韓退之の文「進学解」をさす。引用の文章は良医の手抜かりのなさを述べた部分。

114　隠逸をたのしむ菊のあるしことに

菊の香やおもふ事なき朝のうち　守明

115　此人の閑雅うらやむへし

船着やた丶ど《濁ママ》さくさと暮のあき　東圃

∟13オ

116　唯の字句中の眼目

新綿に煤こほしけり窓の風　仝

117　精工得たりかしこし

落鮎や秋風も行水の隈　湖嵒

118　秋水の趣を得て題を動かさす

渋鮎や乾したくわへぬ家毎に　佳棠

韓退之進学解牛溲馬勃敗鼓之皮供

収並蓄《タクハヘ》待用云々山家之用意　之

字珍重

119　眼前の秋色

昼しはし暑き日なたやことし綿　二村

∟13ウ

十月丶並

題　時雨　蒲団　忘花　凩　埋火

物句五百句之抜萃

120 うつみ火や医師むかへるくさの宿　春雄
趣向句作とも珍重

121 ふとん着て人待ふりをかくしけり　浪花　東車
意味深長

122 困に念仏吹る、乞食かな　銀獅
詞のあたらしみ

123 雲助の行ゑさためぬ時雨かな　洛東　閑雅
雲の字一句の趣向
└14オ

124 思案なく先引かふるふとんかな　伏水　其残
思無邪

125 わすれはな地突見に行寺の門　在京　斗入
場を得てすかたあたらしき心地す

126 寐なからに伏見へ返す蒲団哉　梅塢
真卒《ママ》

127 ぬすみ得し伽羅をかたしくふとんかな　東圃
精工

〔一　行　余　白〕
└14ウ

128 地震して寐られぬうちに時雨かな　守明
新意

121参考「傾城の人まつふりをかくし合」（続五論）。

124○思無邪　思うことをそのまま言い表して、偽り飾らないこと。『詩経』「魯頌・駉」及び『論語』「為政」に見える語句。

125○地突　地搗。地築。家を建てる前に、土台の地面をならしてつき固めること。

126○伏見　18参照。

129　しくるゝや二度に降行加茂と鴨　　春雄

作意

130　こも僧の走りもやらぬしくれかな　　浪花　七布寐

形容うつし得たり

131　わすれ花庵のあるしはしらぬかな　　守明

冠よりして下の哉慥也

132　こからしやしのゝめ凄き月の弓　　東車

寒夜の景情月の弓置得たり

└15オ

〔一　行　余　白〕

133　古庭に散時みたりかへりはな　　竹外

古き趣向なれと題に親し

〔一　行　余　白〕

134　三日の粮ぬらし行時雨かな　　如菊

旅意あはれ深し

〔四　行　余　白〕

└15ウ

十一月ゝ並　題　雪　水鳥　冬木立　霜夜　鷹

135　しつまりて御法聞ゐる霜夜かな　　池田　東籬

一句の首尾心詞調ひたれは一巻中の

秀逸たるへし

129○加茂　上加茂。京都市北区、鴨川の上流左岸の地名。上加茂神社がある。○鴨　下鴨。京都市左京区の地名。鴨川と高野川にはさまれた地域で、下加茂神社がある。参考「冬枯や遠く成行く加茂と鴨　水翁」（俳諧新選）。

132○月の弓　弦を張った弓のような形をした月。弓張月。ここは、下弦の月。

133参考「古庭に鶯啼きぬ日もすがら　蕪村」（寛保四年歳旦帖）「古庭に茶筌花さく椿かな」（蕪村句集）。

135『新雑談集』（几董著、天明五年刊）に同句形で収録。参考「盆の月しづまりて法の光り哉」（樗良発句集）。

136〇俳諧は風雅の短刀　『俳諧古選』序文中にも見える語。参考「詩は鑓長刀。歌は打もの。誹諧は短刀なりと。」（明和二年『五文字附千人的』）。338参照。

137『新雑談集』（几董著、天明五年刊）に同句形で収録。〇案じ　思案。工夫。〇場　境地。

138〇けやけく　著しく普通とは異なって。異様で際立って。

142この句と次の句評、原本では罫紙一行に詰めて書く。

136　もとる手に繕ふ鷹の羽音かな　　春雄
もとる手にと発語をはたらかしてつくらふという詞に趣向をとりと、めたるや俳諧は風雅の短刀恐るへし

137　足もとに鳥の影や冬木たち　　舞閣
理をはなれたる案しなれは自然のよき句も此場より出へし

138　潮の声うしろに添ふて冬木立　　佳棠
潮の声けやけく聞ゆれと人をして寒からしむ

139　若鷹に老の拳のよはりかな　　東籬
若鷹といひて老の拳とうけたるは今少し無念なれと姿情調ひたれは捨かたし

140　藁火たく軒の曇やふゆこたち　　春雄
初五何となくいひ出て軒の曇と詞を工みたるを手柄とす

141　行ほとに足もとわろし下駄の雪　　梅塢
初句風情ありて座句磊落なるをもて一句あたらしみをえたり

142　初雪やきのふ植たる藪柑子　　祇帆

└16オ

144『新雑談集』（几董著、天明五年刊）に同句形で収録。
145『新雑談集』（几董著、天明五年刊）及び『きくの宿』（几董著、天明七年刊）に同句形で収録。〇桜のとが　西行の詠歌「しづかならんと思ける頃花見に人々まうできたりければ　花見にと群れつゝ人の来るのみぞあたら桜の科には有ける」（山家集）をさす。〇半日の閑　長嘯子「山家記」の一文「やがて爰を半日とす。客はそのしづかなることを得れば、我はそのしづかなるを失ふに似たれど、おもふどちのかたらひはいかでむなしからん」（『挙白集』）を踏まえた芭蕉の文、「長嘯子の曰、客は半日の閑を得れば主は半日の閑をうしなふ。」（嵯峨日記）による。参考「半日の閑を榎やせみの声」（蕪村句集）。
146〇かけ合せ　かけあい、に同じ。俳諧で語句に二通りの意味を持たせること。ここでは単に「難波江」と「芦」の取り合わせをいう。
147〇故人　几董は「古くからの友人」の意にとって句評を加えるが、賀瑞の作意としては「物故者」のつもりか。〇暗風云々　元稹の七絶「聞白楽天在降江州司馬」（唐詩選）中の詩句。〇朋友の信ある　友人の間では信《まこと》を大切にするのが人の道であること。五倫の一。「夫婦に別有り、朋友に信あり」（『孟子』滕文公）。

粉骨もなき句なれともしほらしき風情あれは捨かたし

143 狐火の燃もえやらぬ霜夜かな　二村

口かしこき句作にして狐なといへる道具を判者の好むにはあらねと霜夜の風情も外ならねは

144 つもるへき心つもりや夜の雪　繡波

古き趣向なれと積といふ字を重ねたるを一句の作意といふへし

└16ウ

十二月ゝ並

題　寒月　薬喰　冬籠　寒　煤払

145 草の戸や留主のふりして冬籠　楚山

桜のとかとよみけん歌人の心にも似たりや半日の閑をいとふ詩客の冬籠ならんかし

146 芦枯て難波もかるゝ寒さかな　二村

難波江に芦のかけ合せの古きをもて中七文字の働き手柄あり

147 わかかけの故人に似たりふゆ籠　賀瑞

暗風吹テレ雨ヲ入ル二寒窓ニ一といひけん朋友の信あるさまなるへし

148 煤掃の隣しつかに朝ゐかな　伏水　其韵

148○おもひもの　妾。愛人。○又寝　一度目覚めてからまた寝ること。

149『新雑談集』（几董著、天明五年刊）に同句形で収録。

151○古歌の詞をかりて「鶯の小鍋」という表現が、「鶯の笠に縫ふてふ梅花折てかざさむ老かくるやと」（古今集）「青柳を片糸によりてうぐひすの縫ふてふ笠は梅のはながさ」（同）などによる造語と見ての句評。参考「鶯の小瓶やほしき飴をこし許六」（柴橋）。

153○鳥羽　63参照。○四塚　京都市南区唐橋羅城門町の地名。参考「初午や鳥羽四塚の鶏の声」（安永七年一月二十二日付几董宛蕪村書簡）。○壳車「壳」は「殼」の略字。空車《からぐるま》の意。

隣家は誰かおもひものやらん

又寝の夢をむすへるや

└17オ

149　寒月に二度歯をかみてとさしけり　丹波野垣　芦月

寒風毛髪をそらにす

150　寒月や小便ちかき供のもの　買山

老たる僕の水涕をすゝりなから

みやつかへの身はわりなくて哀れに聞ゆ

151　鶯の小鍋やからんくすり喰　二村

古歌の詞をかりて薬喰に

とり合せたるはいと珍らし

152　煤掃や捜しあたりし蓑と笠　浪花　芦村

又来る春の旅こゝろもうかへるやらん

153　寒月や京をはなるゝ牛車　深草　巴橋

鳥羽四塚の辺りに帰る

壳車の音いと寒けし

└17ウ

《天明五年分》

〈一月分一丁　欠〉

└

二月ゝ並　題　二日灸　雉子　土筆　春水　蛙

154 雁立て蛙の春となりにけり　伏水　鶉闉

一句の格調は作例なきにしもあらねと

帰雁を結ひて蛙の景情を定めたるや

許六か所謂とり合せものゝよきと

いふならん

155 置巨《ママ》燵おき直しけり二日灸　伏水　石鼓

一句の作二日灸の句といふへし珍重

156 飛込て水にしつまるかはつかな　京　自珍

中七文字手柄ありて聞ゆ

157 つく〱し摘足らぬこそおもしろき　銀獅

風情幽艶也

158 二日灸屏風の外の寒さかな　仝

時候の趣を述たるまゝに似たれとも

題のうご《濁ママ》かざ《濁ママ》るを手柄とす

└2オ

159 あれ〱と岸の雉子見る舟路かな　浪華　守明

晋子か語勢ありてゆかしき心地す

160 月出て水にもとりし蛙かな　京　管鳥

古きに似てあたらしき見付所なり

154○許六が所謂とり合せもの　取合せは、素材と素材を取り合わせて発句を仕立てる手法。許六は、「江東の俳諧は常に取合第一とす。」（宇陀法師）「師説云、惣別発句は取合物と知るべし。」（同）などとこれを強調している。参考「ほ句は取合せ物也。先師曰、是ほど仕よきことのあるを人はしらず。」（去来抄）。

155この句三棲月並天明五年二月分にも同句形で入選。○巨燵　正しくは「炬燵」。○珍重　連歌・俳諧で用いるほめことば。

156『新雑談集』（几董著、天明五年刊）に同句形で収録。参考「飛込で古歌洗ふ蛙かな」（落日庵句集）「飛こんで脚ふみ伸す蛙かな　為文」（俳諧新選）。

159○晋子　其角のこと。

161 聞初てきかぬ日もなきかはつかな　池田　田賦
全く蛙の実境

162 大津絵に丹をぬるうしろ雉子の声　京　菱湖
丹の字眼目
└2ウ

163 松明のかけに鳴止むかはつかな　丹州大山　翠実
闇夜に雨を帯たる光景聞え侍る

164 たけ過て春風さはる土筆かな　池田　竹外
さはるといふ作珍重

165 春の水海の隣をなかれけり　池田　東籬
春色

166 わるひれぬ土のよこれや土筆　京　烏暁
初五置得たり

167 しつかさの黄昏てなほ蛙かな　伏水　春雄
猶の字強し
└3オ

168 うき旅や居風呂近う啼蛙　菱湖
精工

169 あたゝかき空の曇やはつかはつ　銀獅
うこかさる場

170 薮「五丁《道を》」出れは舟ありきしのこゑ　買山

161『新雑談集』（几董著、天明五年刊）に同句形で収録。

162『裏富士集』（重厚編、天明六年刊）に同句形で収録。参考「丹をべた〱と大津絵の鬼　田福」（『五車反古』「曲水や」の巻）「大津絵に丹の過たる暑さ哉」（蓼太句集）。

170〇薮五丁　原本「五丁」を墨消しして「道を」と傍書する。

173参考「足袋脱で小石振ふや菫草」（蘆陰句選）。

175○やよひの丗日云々　『伊勢物語』『古今集』に出る業平の詠歌「ぬれつゝぞ強ゐておりつる年の内に春は幾日もあらじと思へば」の前書。但し、「三月のつごもりに、その日雨そぼふるに、人のもとへおりて奉らすとてよめる」（伊勢物語）よりも、「弥生の晦日の日、雨の降りけるに、藤の花を折りて人に遣はしける」（古今集）の方が、几董引用の形に近い。

176○判者の云々　春坡の句の軍談調の仕立に、「戦ならぬ発句合で高点を狙っていますね」と洒落て応じた句評。○勝つ事を千里の外にとる　「されば籌策を帷帳のうちにめぐらし、かつ事を千里の外にゑたり」（曽我物語）による。もともとは『史記』「高祖紀」に「勝ちを千里の外に決す」として出る語で、陣営にあって策略を練り、遠方の敵に対して勝利をおさめる意。

古き所なれと場を得たり

171 二日灸行燈消せは春ゆふへ　東籬

172 おとなしき唖の娘やふつか灸　京　無名

173 足袋脱て草に踏ゆく春の水　仝

三句とも題をはつさす

⌊3ウ

三月ゝ並題　雛　草餅　藤花　蠶

174 人のゆく方へありけはさくらかな　京　梅塢

上五より七文字発語にして座句に題をあらはしてしかも深意を明す珍重

175 ふちの花三十日は雨に成にけり　浪華　二村

いせ物かたりにやよひの丗日雨ふりけるに藤の花を折てといへるに意通ひて暮春の景情をよく述たり

176 陣取の工夫を底にはな見かな　京　春坡

判者の変化流行を謀ﾘて勝ｯ事を千里の外にとる作者の勇気末たのもし

177 朝ゐせし雨戸あくれはふちの花　ゝ　松化

花鳥におほれし人の朝寝《ヰ》の枕を

驚かせし風流いとおもしろ

178 ほろ〳〵と山吹ちりて藤のはな　伏水　祇帆

蕉翁の句を半とりてしかも等類ならす
換骨奪胎の句法といふへし

└4オ

179 ひとり来て尻のすはらぬ花見かな　魯哉

春色言外に余りて其人の形容を見る

180 雛立し宿にもねたる旅路かな　伏水　金井

天地者万物之逆旅光陰者百代之過
客

181 菊苗も摘や交らん草の餅　魯哉

春色に対して秋情を感す

182 あと先になりて女夫の花見かな　祇帆

晋子か子てあるかるゝといへるを反転して花の
辺を徘徊せる夫婦のさまいとなつかし

└4ウ

四月ゝ並　題　更衣　卯花　蚊帳　麦　初茄子

183 ほころひた春もむかしに衣かへ　伊丹　趙舎

花鳥のために身をはふらかし日々酔如泥と
いひけん春をほころひしといふ衣体の縁語より
きのふの昔と感慨して更衣の姿情を尽し

---

178 〇蕉翁の句「ほろ〳〵と山吹ちるか滝の音」(笈の小文)をさす。〇等類　連歌・俳諧で、素材・表現の字句・趣向が他人の作品と似通っていること。

179 参考「独来て友選びけり花のやま　冬松」(阿羅野)。

180 この句、『おくのほそ道』出立の吟「草の戸も住替る代ぞひなの家」を意識するか。参考「雛の日や翌旅にたつ客もあり」(井華集)。〇天地者云々　李白の「春夜宴桃李園序」(古文真宝後集)冒頭の文章。『おくのほそ道』冒頭にも引用。

182 この句三棲月並天明五年二月分にも同句形で入選。また、『新雑談集』(几董著、天明五年刊)に同句形で収録。〇晋子が子であるかるゝといへる　其角の発句「花ざかり子であるかるゝ夫婦哉」(延命冠者)をさす。〇反転して　祇帆にその作意があったかどうか疑問。参考「跡先に遠き山路や遅桜　涼菟」(百曲)。

183 『新雑談集』(几董著、天明五年刊)に中七「春を」の句形で収録。〇日々酔如泥　李白の五絶「内《つま》に贈る」中の詩句。〇衣体　服装。〇治定　連歌・俳諧で句の表現を完結すること。

たる一句の治定慥なり

184 麦秋や降とけぬ雨のひとしきり　浪華　雨凌

山ほと丶きすなと啼つへき村雨の雲のた丶すまゐ初夏の風景いはんかたなし

185 うのはなにしほしむ君かねまきかな　趙舎

一句の姿情も塩しみたれと卯のはなの宿のわひしき女あるしなと又えんに哀深し

186 昼過て身におもひあふ袷かな　買山

更衣の句に昼過といふ詞近来耳染たれと身に思ひあふ袷と詞のつ丶けからを賞す

└5オ

187 物に飽く人のかたよりはつ茄子　春坡

飲食に珍を好むともから必其新に移ﾘ古きを廃す

188 うのはなに炭焼竃のかくれけり　浪花　檮室

時候のうつりかはるを色立のとり合せ也

189 献立に先書てあり初なすひ　京　冬畑

句の題を未来より案し入て其物を後にし賞を前にす最。《句点ママ》初の字力ありて聞ゆ

190 人を待うしろに広き蚊帳かな　田賦

184参考「ふりとげぬ雨に合羽を着あるきてかねほしさうに見ゆる人かな　風国」（菊の香）「降遂ぬ雨をかこつや内花見　瓜流」（俳諧新選）「降遂ぬ雨を誘へる野分哉　瓜流」（同）「降とげぬ雪におかしや簑と笠　太祇」（続明烏）。

186○身におもひあふ　身の上に思いあたる。○耳染たれど　58参照。○つゞけがら　ことばなどの続け方、つづけよう。

187参考「物に飽くこゝろはづかし茄子汁　太祇」（俳諧新選）「ものに倦顔にわか葉の嵐かな　汀鵝」（春秋稿）「黄鳥のものに倦日か竹の奥」（千代尼句集）。

188○色立　いろだて。俳諧之連歌の付合で、前句に対して色彩の取り合わせで付ける手法。支考の説く七名八体の一。ここは、「卯の花」の白と「炭焼竃」の黒との取り合わせ。

189○先　先ず。作者冬畑はこの語を「献立紙の冒頭に」の意で用いるも、几董は「初茄子が膳に乗るにはまだ間があるが、とりあえず」の意にとる。参考「献立になうてはならぬ近江鮒　史庭」（市の庵）「献立にもれて寂しやつばの花　百花」（名の兎）「献立に入筆したる土筆かな　夏朶」（渭江話）。

うしろに暗きなといふへきを広きとせしか
句の手柄にて余情多し

191 袷着ていせの下向をまつ日かな　池田　朶雪
家居掃きよめなとして快晴の日を
よろこふ人妻の風情ならんかし

〈 五月分二丁　欠 〉

└　└5ウ

六月ゝ並

題　祇園会　暑　清水　蚤　瞿麦

192 寝て聞は夜も流るゝしみつかな　趙舎
幽なる所に余情あり全く秀逸といふには
あらねと句体しつかなれは第一位とす

193 蚤ふるふ其子の母も寝さりけり　東籬
古歌を拠とし侍るや一句新しくは
あらねと又可取

194 なてしこに乞食の産家囲ひ鳧　呉江　蕙洲
撫子といふ縁にすかりて産家といへる結ひは所謂麦林の
格調なれと場のうこかさる又発句のとりところ也

195 海際の砂に火を踏むあつさかな　朶雪
中七文字けやけく聞え侍れとこゝをもて

191『新雑談集』（几董著、天明五年刊）に同句形で収録。参考「神風やいせの下向を待迎」（時勢粧）。

192参考「山寺や縁の下なる苔清水」（井華集）「寝て聞ば西へ過けりはち扣　佳則」（五車反古）。

193○古歌　憶良の「憶良らは今は罷らむ子泣くらむそを負ふ母も吾を待つらむぞ」（万葉集）を指すか。参考「蚤ふるふ袖行合ぬ今朝の秋」（青蘿発句集）「蚤ふるふ願人坊や花木槿」（暁台句集）「子やなかん其子の母も蚊の喰ン　嵐蘭」（猿蓑）。

194○麦林の格調　伊勢の麦林（乙由）に指導を受けた一派の風調を言う。

195○けやけく　138参照。

196 毒艸のしけみより湧く清水かな　無名

上五耳立をもて一句群を出るもの歟

句作の強ミともいふへし

∟8オ

197 馬柄杓へ十一分にしみつかな　伏水　其水

日々の変にかける只新しみをもて賞す

198 清水過て暫く寒し杉はやし　買山

寒しといへる所句也杉のむら立

尤鬱蒼たるへし

199 蚤二疋一度にとりぬ身のひねり　浪華　芦村

晋子か斬れたる夢は誠か蚤のあと丶いへる

句を去来抄に評せし類ひなり

200 屋根こしに見る月鉾や宵錺　朶雪

此題十句にして七八は月鉾をもてすよて作例多く

古ミに落る也されとたま〳〵風情を得るも又月鉾にあり

201 取持はいよ〳〵暑し料理の間　京　菊貫

真卒《ママ》にして暑気の実を述へたり

∟8ウ

202 せつたいやむかしを捨ぬ松の中　烏暁

一句の趣向何となくなつかしき

七月丶並　題　身尓之無　接待　鯋釣　乎美奈閉之　糸瓜

196○耳立　耳ざわりに聞える。聞いて心にとまる。ここは、後者。

197参考「馬柄杓を岩にわり込清水哉　野径」（半化坊句集）「馬柄杓の錫そ丶ぎ行清水かな」（笈日記）「うしろから馬の面出す清水哉　一鼠」（続明烏）「馬の耳動き出したる清水哉　直生」（俳諧新選）。

199○晋子が云々　其角のこの句について、去来が「わずかにのみの喰ひつきたる事、たれかかくは謂ひつくさん」とほめたのに対し、芭蕉は「さしてもなき事をこと〴〵しくいひつらね」ただけだと評したことが、『去来抄』に見える。参考「うぐひすや小太刀佩たる身のひねり」（井華集）。

200○月鉾　祇園会に四条新町東入月鉾町から出る鉾の名。天王（真木に取り付けた人形で、鉾の神様とする）は月夜見尊、竿頭（真木の頂の飾り）は三日月。○宵飾。宵宮《よみや》飾。祇園会の山鉾巡行の前夜、各町で山鉾を本飾りすること。多くの提燈をつけ、鉾の上では囃子を行なう。

201○真卒　正しくは「真率」。

202○せったい「接待　茶を往来の人にのましむる事也。玉祭の月なれば其心ざし也」（『増山の井』七月）。

風情有珍重
203 夜は白うなりてしのふや女郎花　魯哉
忍の字眼目

204 隣から糸瓜のたりと萩のうへ　菫亭
一句しほりなき姿なれと座句に
働きあれは新意とす

205 鯋舟やひそめきあふて行違ふ　二村
鯋釣の実境作意もよく聞え侍る
」9オ

206 大名の駕に手折やをみなへし　芦村
ありふれたる案し場なれと
弱きかたにはあらす

207 葉かくれに徳利の見ゆる糸瓜かな　京　雅竹
さして手柄はなき句なれと題の働《ママ》かざ《濁ママ》る
をもて賞す

208 身にしむや島原いつる駕の内　守明
送り挑灯の火もうちしらけたる暁の空の
心ほそきに別を呼ふ声の野を行過るまで
聞えけるかほとなく大門の木戸をとさす音の
響きに寺〳〵の鐘の声さへ添ひていとあはれ深し

204 参考「隣から時々覗く柳かな　貞甫」（俳諧其傘）。

205 ○ひそめきあふ　ひそひそと話し合う。参考「行違ふ船の言伝ほととぎす　有貲」（俳諧其傘）「行違ふ船にものいふしぐれかな」（枇杷園句集後編）。

207 ○働　「動」の誤り。参考「葉がくれに瓜のころびし夕かな　紫白女」（染川集）。

209〇あつぶるひ　一日おき、または毎日一定の時間に発熱する病気。おこり。〇とり合　取り合せ。154参照。

210〇立臼　たてうす。地上に据えて餅などを搗く臼。たちうす。参考「事繁く臼踏む軒や掛煙草」（太祇句選）「立臼も打かさなりて長がかど　馬耳」（続一夜松前集）。

211〇初汐　初潮。陰暦八月十五夜の満潮をいう。〇趣向　句の構想。句案。「予が趣向は、猶二三等もくだり侍りなん」（去来抄）。参考「名月や犬のねてゐる町の中　長虹」（橋守）。

212〇雨夜の品さだめ　『源氏物語』帚木の巻で、夏の雨の夜に光源氏・頭中将・左馬頭・藤式部丞が女性の品評をし、理想像を論じ合ったのを言う。参考「雨はれて品定たる柳かな　露底」（金竜山）「雨に猶宵の雛の品さだめ」（麦林集）。

213参考「耳立て虫も聞らん人の音　赤羽」（俳諧新選）。

214参考「旅行　痩馬の鞍つぼあつし藁一把　史邦」（芭蕉庵小文庫）。

215参考「うぐひすや小太刀佩たる身のひねり」（井華集）。

216参考「ゆふだちや晴行方へ茄子うり　峨眉」（夏より）。

217〇弓矢の趣向至て古し「一俵も取らで案山子の

209 接待や乞食僧のあつふるひ　東籬
時候のとり合あしからす

└9ウ

八月ゝ並題　初汐　山雀　案山子　秋雨　若煙草

210 立臼も物いれてありわかたはこ　菫亭
田家の趣を得たり珍重

211 初汐や犬の寝てゐる辺まて　竹外
趣向の見付所聊群を出

212 わかたはこそれも雨夜の品さため　浪華　芦角
箒木の巻の俤を借れるや

213 やまからや人の音して二度にたつ　浪華　南湖
作意

214 藁一把牛に被せてあきの雨　京　松洞
何となく秋雨のけしきあれは

└10オ

215 山雀や籠いつはいの身のひねり　京　梅斜
詞のこなし

216 秋雨や晴るゝかたより菌うり　芦村事　蓼雨
いさゝかあたらしみを得たり

217 梟のつらを案山子の矢先かな　浪華　何木

弓矢哉　支考」（桃盗人）「退屈に見ゆる案山子の小弓かな　正秀」（初蝉）「弓落ていづれ案山子の前後ろ」（羅葉集）などがある。

218参考「たばこ干す寺の座敷に旅寝かな」（晋明集二稿）。

219○坂本　滋賀県大津市の地名。比叡山の麓に位置し、延暦寺の門前町として、また北陸街道に沿う琵琶湖東岸の港町として発展。○登高　陰暦九月九日に小高い山に登って、頭に茱萸を挿し菊酒を飲んで遊ぶという中国の風習。○一作　一趣向。ひとくふう。

221○埓　「埒」の誤り。○当流　当代流行の作風。当世風。参考「節板で男世帯の仮湯殿　几山」（春秋関）「寒月や男世帯の水かがみ　虹竹」（瘤柳）。

223○一字の手柄　牛に縁のある「闇」という一字を上手に使ったところに手柄がある、の意。「暗闇へ牛を引き出す」「暗がりから牛」という俗諺あり。

224○寺林　寺の林。寺有林。参考「遊清水寺　人の世やのどかなる日の寺林　其角」（いつを昔）「し

弓矢の趣向至て古しされと
梟のつらのをかしきを取所とす

218　旅人の目利めさるやわかたはこ　菱湖

あるへき体なり

└10ウ

〔一行余白〕

九月〻並題　九日　牛祭　夜寒　鴨脚　穭田

219　坂本の低きを見れは節句かな　蕙洲

登高を句中にもたせたる働きこさかし
けれと一作なれは秀逸とす

220　乗うつる神はおもたし牛まつり　京　三扑

一句のしたて諂はぬ句調又新意と
いふへし

221　埓《ママ》明し男世帯の夜寒かな　京　翁丸

当流の幽艶体をはなれたる

あたらしみを手柄とす

222　買ふて来てかほちや重たし牛祭　東籬

流行に前駆するもの

223　薮かけの闇を出るやうしまつり　蕙洲

一字の手柄

└11オ

ぐるるや漁村つづきの寺林　一草」（春秋稿）「わたり鳥ここをせにせん寺林」（蕪村句集）「紙子着てはる〴〵来たり寺林」（太祇句選）。○不易　不変の姿、の意。○鴨脚　いちょう。寺に鴨脚はつきもの。「北は黄に銀杏ぞ見ゆる大徳寺」（春泥句集）「稚子の寺なつかしむいてう哉」（蕪村句集）「銀杏踏みて静かに児の下山かな」（蕪村遺稿）。参考「一もとのひとめに余る紅葉哉」（井華集）。

225○ひつぢ田　穭《ひつじ》田。穭は、稲刈りが済んだあとの切り株にまた新しい茎が生じたもの。一面にそれの出た田が穭田である。参考「昼狐ねぢむく跡や田植謳　仙木」（陸奥鵆）。

227○女使　中古、春日大社・賀茂神社の祭に朝廷から勅使として遣わされた内侍。ここは、単に女の使いの意か。参考「桃の日や女使のつきづきし琴風」（続の原）「梅さくや女使のきのふけふ　此椎」（秋風記）。

227 228○千眼一到　「千眼」は千の眼、非常に多くの眼。「千眼一到」の評語は845にも「もとめ過たる趣向ながら一句千眼一到ならず」として見え、高い評価を示す語ではない。「誰もが思いつくような趣向」といった意味合いか。

229参考「炉開や壁に馴染みて菊の色　支考」（きれ〴〵）「彝やまだ片づかぬやけ瓦」（文化句帖）。

232○大仏　ここは、京都東山方広寺のそれ。

224　一もとの高き鴨脚や寺林　　蕙洲

実景にして又不易

225　ひつち田や稲木のかけの昼狐　　雅竹更　自同

今は古き所なれと

226　月に皃背ける人や牛まつり　　魯哉

其夜の実境也

227　とし若き女使やきくの侘　　買山

228　ひつち田の中を流れつ雨後の水　　守明

二句とも千眼一到の流行

十月〻並　亥猪　冬月　炉開　柴漬　枯野　於東都石丁即考

229　炉開やまた片付ぬ菊はたけ　　春坡

数奇人のさまよくいひ出たり

230　毒水に垣ゆふてある枯野かな　　蕙洲

凄ミをよくせり

231　ひとの来て炉開きくれし庵かな　　守明

真卒《ママ》珍重

232　大仏の前静なりふゆの月　　乕風

所を得たり

└11ウ

233 水かれし施餓餽《ママ》の跡や冬の月　兵庫　鬼彦
冬夜のさまうこかす
└12オ
234 落て行水音尽てふゆの月　買山
235 ふし漬や水の下なるみつのおと　鬼彦
いつれも句中に冬景あり
236 虚無僧と連に成行枯野かな　祇帆
あたらしくはあらねと
237 うき人の亥猪手伝ふやうしろ向　鬼彦
何をもて題を得たるともみえねとも
趣をかしけれは
238 人妻に紙子の似合ふ猪子かな　趙舎
其人の姿情を見付たり
└12ウ

十一月ゝ並　於駿府時雨窓客舎判

題　霜　顔見世　鉢叩　乾鮭　氷

239 たつぬるはとの傾城そ鉢たゝき　信善光寺　呂吹
朝またき廓中を廻る犰《ママ》行者のさすか岩木には
あらで《濁ママ》井筒大橋なといへる名たゝる遊君のゆかしくて
其名を尋しや弥兵衛には似気なくて

233○施餓餽　「施餓鬼」の誤り。

236参考「虚無僧の物いいかける枯野哉　瓜流」（其雪影）。

237参考「めかしさよ夏書を忍ぶ後ロ向」（太祇句選）。

239○犰　ケキ。獣の名。近世期には「執」の略字として用いる。○弥兵衛　蟻道の句「弥兵衛とはしれど憐れや鉢叩」に出る人物。○甚之丞　越人の句「月雪や鉢たゝき名は甚之丞」に出る人物。なお、両句についての芭蕉評が『去来抄』に見える。参考「鉢叩き今はむかしの忍び路や」（暁台句集）「暁の一文銭やはちたゝき」（太祇句選）。

240○塩鯛の歯茎　「塩鯛の歯茎も寒し魚の店　芭蕉」（薦獅子集）による。参考「乾鮭の歯斗白きむかしかな　沾緑」（梨園）。

241○不時　予定以外の時季・時刻であること。思いがけない時であること。○手づつ。拙劣なこと。下手なこと。

242○梁上の君子　梁の上の盗人。後漢の陳寔《ちんしょく》が室の上に盗人が潜んでいるのを知り、子・孫を呼んで、人の本性は善なることを教えて盗人を悔い改めさせた故事による。転じて、鼠の意。

243参考「兄第歟同じ声なるはちたゝき」（樗良発句集）「にが〱しおのれ二代の鉢たゝき」（暁台句集）。

244○かの古き瓢覃　「瓢覃」は「瓢箪」の誤り。参考「そのふるき瓢箪みせよ鉢たゝき　去来」（いつを昔）。

246参考「旅立つや皃見世の火も見ゆるより」（蕪村遺稿）。○月落烏啼　張継の七絶「楓橋夜泊」（唐詩選）の初句「月落ち烏啼て霜天に満つ」による。

247○甚之丞　239参照。

甚之丞なといへる若をのこなるへし

240　乾鮭の牙あらはるゝ寒さかな　東籬

塩鯛の歯茎におもひよせし乾鮭の
牙もまた寒し

241　うすら氷や不時に咲たるかきつはた　仝

七文字手つゝにして却而句の姿新しき心地す

242　から鮭に昼のねすみの尿かな　菫亭

家にかくるゝ梁上の君子ならん

└13オ

243　両側に親子ならひぬはちたゝき　自同

させる手柄もなけれと洛陽城中の実景

244　此冬もまた見る老や鉢たゝき　竹外

かの古き瓢覃《ママ》持たる老人にや

245　かほみせや夜の明かはる橋のうへ　浪華　京甫

中七文字作意見え侍る

246　顔見せや灯の油煙空に近し　善光寺　文兆

月落烏啼

247　頭巾遣る遊女ゆかしや鉢叩　京　一鳳

かの名を尋たる甚之丞に
ついてたる弟句成へし

└13ウ

248 干残す軒のたはこや今朝の霜　　蕙洲

玄古といへる沙門の種そめし

一村の軒つゝきならんかし

〔七行余白〕

└14オ

十二月ゝ並

題　寒梅　米洗　初鰤　餅　大三十日

249 金くれぬ友の狂歌やおほ三十日　　東籬

三友の益あるも貧福の変化はうき世の

常なるや心に任せぬとしのくれをいかに

をかしくよみこしけん聞まほし

250 寒梅に光かはすやあまの川　　買山

寒夜の光景寒梅の二字力あり

251 寒梅に障る袂はなかりけり　　松洞

可解不可解して春のんめに

あらさるをしるへし

252 家中衆の餅いさましき弓手かな　　信善光寺　柳荘

座句得たりかしこし

└14ウ

253 ねもころに餅問あふや下司女　　同　路人

同病相あはれむの意味深し

248○玄古　未詳。「だだくさに広いばかりの田舎寺　泰里　玄古た葉こを冬かけて干　几董」（『続一夜松前集』「紅梅に」の巻）。参考「夕されや軒の煙草に野分ふく」（太祇句選後篇）。

249○金くれぬ友の狂歌　兼好が頓阿に米と銭が欲しいと無心をしたところ、頓阿が米は無いが銭を少しと折句歌でやり取りをしたという故事（続草庵集）を反転したか。○三友の益　『論語』の「益者三友」による『徒然草』百十七段の文「よき友、三つあり。一つには物くるゝ友。二つには医師。三つには智恵ある友」を踏まえる。

250参考「ほし舎る冬木の梅のたち枝かな」（俳懺悔）「咲梅にひかりあはすや貝のから」（成美家集）「ひとつ灯にひかりかはすやふゆの月」（同）。

253○下司女　下衆女。下仕えの女。下女。参考「競べあふ胝の手先や寮の尼」（春泥句集）。

254 しろ水に烏のかけや米あらひ　嵯峨　里隣

理に似て理にあらすいさゝか風情あり

255 初鰤や誰か聟いはふ年のもの　蕙洲

歯朶に餅負ふの俤にかよひて

256 頭巾着た人しつかなり大三十日　買山

市中にかくるゝ大隠の人にはあらて風塵のかたはらに在商家の長者成るへし

257 なふらるゝ無事な男や米洗ひ　善光寺　洞之

無病息災にしてよくつとむる正直者なるへし

∟15オ

258 寒梅の日を見すまして咲にけん　魯哉

ふつゝか成句なれと冬の梅の動かさるをもて判す

∟15ウ

〔七行余白〕

《天明六年分》

254○しろ水　白水。米のとぎ汁。○米あらひ　米洗。「餅を造るの前日、洗ひ浄む。これを米洗ひといふ。」（年浪草）。

255○初鰤　十二月初旬初めて漁獲した鰤。出世魚として関西では歳晩の贈り物にする。参考「ここに桔梗屋とて纔かなる染物屋の夫婦、渡世を大事に正直の頭をわらして、暫時も只居せずかせげども、毎年餅搗おそく、肴掛に鰤もなくて、春を待つ事を悔みぬ。」（『日本永代蔵』巻四の一）。○年のもの　年取物（年の暮れに用意する正月用の必需品）の意か。○歯朶に餅負ふ　芭蕉句「誰が聟ぞ歯朶に餅おふうしの年」（野ざらし紀行）をさす。

256○市中にかくるゝ大隠の人　「大隠は市中に隠る」（大悟した隠者は山中などには住まず、市中にあって俗人の中で超然としている）を踏まえる。○風塵　俗世間。世上の雑事。ここは大晦日の金銭上の繁忙の意。

257参考「もちつきや上戸一日なぶらるる」（葎亭句集）。

258参考「折〳〵の日のあし跡や冬のむめ」（千代尼発句集）。

洛東夜半亭判　月並句合
天明六丙午年正月
題　蓬莱　梅　松花　傀儡師　柳
惣句　五百四十五
〔一行余白〕

259 おもひある窓を明れは柳かな　洛　買山
有女初長成在深閨人未識

〔一行余白〕

260 凧かけてあたまにしたる柳哉　池田　東籬
可賞新意

261 野わたしに乗合せたり傀儡師　洛　雷夫
其場を定てそのひとをおもひよせたる作意一句の中に何となく春色を含めり

262 村深し犬の咎むるくわいらいし　東籬
初五よくいひ得たり

263 とし〳〵にこゝろ覚えの野梅かな　雷夫
山野吟行の好人こゝろおほえの野梅いとなつかし

└1オ

259○有女云々　白居易「長恨歌」中の「楊家に女有り、初めて長成し養われて深閨に在り、人未だ識らず」による。参考「おもひある心おもげや雪の笠　かしく」（其袋）

261天明六年几董『初懐紙』に中七「乗合せけり」の句形で収録。○野わたし　野中の川の渡し場。また、その渡し舟。「はつ霜や野わたしに乗馬の息」（井華集）。

262○村深し　村の奥まったところを言うか。参考「村深し燕つるむ門むしろ」（井華集）。この句、陶淵明の五言古詩「田園の居に帰る」（古文真宝前集）中の詩句「狗は深巷の中に吠え、鶏は桑樹の顛に鳴く」を踏まえる。参考「夜興引や犬のとがむる塀の内」（蕪村句集）。

263参考「川音やこころ覚えの山ざくら　祇峰」（新雑談集）「梅咲や心覚のある小家」（文化句帖）。

264天明六年几董『初懐紙』に同句形で収録。○雪中庵の句　雪中庵は蓼太のこと。該当句、出典不明。○等類　178参照。○『句兄弟』　其角編、元禄七年自序。その上巻は古今の秀句三十九章に自句を合わせて兄弟とし、自ら判詞を加えたもので、等類を逃れる工夫を示そうとした。

266参考「梅が香や片枝は伽羅に朽ながら　柳居」（俳諧新選）。

268参考「鳥たつて雨のこぼるる柳哉」（瓢箪集）「蓮の香や水をはなるる茎二寸」（蕪村句集）。

264　神主か烏帽子かけたり松の花　洛　南昌

雪中庵の句に宮守は老こそよけれ
まつの花とあれは等類のかれかたくは
あれと中七文字の作意を逃所として
句兄弟の法に倣ふへし

∟1ウ

265　蓬莱や手にとりそむる海と山　在江戸　楚山

一句のこなし狭からす

〔一　行　余　白〕

266　雷に片枝はさけて松のはな　兵庫　鬼彦

変にして不変を述る尤一句の作意
手柄あり

〔一　行　余　白〕

267　さし木せし小僧か柳老にけり　洛　喜與

さし木のやなきあたらしくはあら
ねと木もひとともに長成せる趣感あり

∟2オ

〔一　行　余　白〕

268　鳥立て水をはなるゝ柳かな　深艸　蒲門

古き句なれと一句の工ミ
深けれは又捨かたし

269参考「面白のはつ神鳴やうめ曇　柳荘」（続一夜松後集）「梅林によるのほこりや薄ぐもり」（暁台句集）「雨にもならずやがて灯ともす　蕪村」（続明烏「菜の花や」の巻）。

270参考「舟かりて春見おくらん柳陰　北枝」（草刈笛）。

271○彼岸者云々　「彼岸の説…龍樹菩薩の天験記といふ書に曰、耶魔天といふ所に於て二月八月おの〳〵七日の間、魔醯首羅を首として冥官冥衆聚り一切衆生の善と悪とを記す故に、彼岸の間は寺院に参詣し非人等に物を施し善事をなすべしと謂り。」（天保十三年『大雑書』）。○一子出家の功徳出家の功徳を説くに「一子出家すれば七世の父母成仏す」とか「九族天に生ず」などと言う。

272・273○二句洒落にして　両句に遊蕩の気分を汲んでの評。○高華　高尚ではなやかなこと。○晋子其角のこと。

274○舟引捨し　舟が岸に繋ぎ捨ててあるさま。○大和川　初瀬川を上流とし、佐保川・飛鳥川などの支流を合わせ河内平野を流れて、堺市で大阪湾に注ぐ。宝永元年までは淀川に合流していた。大坂から出はずれた所、というイメージ。

275○仏檀　「仏壇」の誤り。○抱　「拘」の誤り。

〔一　行　余　白〕

269　けふ一日雨にもならす梅曇　買山

春色かきりなし

〔一　行　余　白〕

270　舟かりて水かき濁す柳かな　伏陽　兎山

中七字作意あり

〔二　行　余　白〕

二月ヽ並　題　　糸遊　紅梅　彼岸　春月　春雨

惣句七百十五句内

271　弟子にする児囉ひたる彼岸かな　池田　竹外

彼岸者諸天尊及八神衆会注一切善悪とかや

一子出家の功徳余の及ふへきにあらす巻中の秀逸たるへし

272　春の月や耳にもかけす鐘のこゑ　買山

273　我駕の挑灯かすむはるのあめ　伊丹　趙舎

二句洒落にして意高華也

晋子か語勢に髣髴たり

274　糸遊や舟引捨し大和川　浪花　檮室

春色所を得たり

275　仏檀《ママ》にしらぬ客ある彼岸かな　洛　烏暁

└2ウ

作に抱《ママ》はらすして趣あり

∟3オ

276　かれこれとついたつ春や彼岸まで　洛　甫田

真卒《ママ》去来か胸中をうつし出たり

277　花苗の奉加すゝむるひかんかな　、　沙長

278　鮎釣の竿に彼岸の夕日かな　買山

279　春雨や酒に難面宿のつま　浪花　南湖

280　いとゆふや船に居眠る舟大工　雷夫

四句おの〳〵一作あり珍重

281　野馬や踏はつしたる丸木橋　伏水　鶉閭

282　夜に入れと同し音なり春の雨　鬼彦

283　子三人連て彼岸の乞食かな　兎山

∟3ウ

284　松杉に加茂はかくれてはるの月　洛　呂蛤

285　洒しゐる座敷はつして春の月　、　自珍

286　暖に紙衣ふくるゝひかんかな　池田　蕙洲

六句各作を異にすといへとも次に出

287　春月や野風を帰る騎射の笠　鬼彦

上五剖に遣ひたる一句のかけ合手柄あり

288　来る音を女としるや春の月　洛　亭也

花の宴の巻の俤をもて一句を成せる

276参考「彼是と小の晦日の師走也　此筋」（『後の旅』「青柳に」の巻）「つゐたつとをとこのいはふ十二月哉」（塵塚誹諧集）。

279○宿のつま　家の妻。一家の女房。

281参考「下やみの覚束なきや丸木橋」（葎亭句集）。

283天明六年星池編『春曙帖』に同句形で収録。参考「子三人いまだ稚し敷ぶとん」（葎亭句集）「袷着て見合す貌や子三人」（同）。

284○加茂　上加茂神社。

286○次に出　280の次行の「珍重」を受けた句評。「珍重」の次点とするという意味あい。

288○花の宴の巻の俤　『源氏物語』「花宴」の巻に、二月二十日余り南殿の桜の宴が催された夜に、酔心地の光源氏が弘徽殿の細殿あたりで、「いと若うをかしげなる声の、なべての人とは聞えぬ、朧月夜に似る物ぞなきとうち誦して、こなたざまに来る」女の袖をふととらえる場面がある。参考「起きて待ち来る音なひに引《ひつか》ぶり　羅人」（春秋関）。

289 よらて過る仁和寺の門や春の月　洛　鳳尾　趙舎
作意なつかし
夜半一派の口質得たりといふへし
∟4オ

290 春雨や二夜聞ぬる初瀬の鐘　ヽ　湖山

291 なまぬるき宿屋の風呂や春の月　浪華　つる雄

292 水鳥のまた立去らてはるの月　伏水　石鼓

293 紅梅やきのふもけふも女客　浪華　嘯風

294 とり入る湯屋の灯や春の雨　雷夫

295 紅梅や金物光る本願寺　浪華　里橋

296 寺町に花のこほるゝひかんかな
七句おの〳〵趣を異にすといへとも
点位甲乙なし

297 春雨の浦見て過る瀬田廻り　雷夫
浦見て恨ミてに意味通へりかゝる一作も
又可取
∟4ウ

三月ゝ並

題　曲水　桃　山吹　老鶯　壬生念仏

惣句六百八十五句

298 畑守の娘妖たりもゝのはな　嘯風

289○夜半一派の口質　たとえば、蕪村の「よらで過る藤沢寺のもみぢ哉」（自筆句帳）「鮎くれてよらで過行夜半の門」（同）など。参考「仁和寺の辺りにくるる春もあらん　我則」（続明烏）「仁和寺や門の前なる遠砧」（井華集）。

290○初瀬　大和の長谷寺。参考「冴る霜もしもや鳴らば初瀬の鐘」（葎亭句集）。

293参考「嵐山　網打や花にまぶれし女客」（瓢箪集）。

295参考「鰹木のかなもの光れ御代のはな　露川」（二人行脚）。

296○寺町　ここは大坂のそれか。

297○瀬田廻り　大津・矢橋間を舟にのらないで陸路を瀬田経由で迂回すること。急ぎの旅人は舟路をとった。「仕合の・あの波をみや瀬田廻り」（『削かけ』）。○浦見　浦を見に行くこと。多く「恨み」に掛けて用いる。「浜千鳥跡のとまりを尋ぬとて行方も知らぬうらみをやせむ」（蜻蛉物語）。

298○畑守　桃畑また桃園の番人か。

299天明六年星池編『春曙帖』に、中七「死だとおもふ」の句形で収録。参考「けふの秋死とも聞し人にあふ」（暁台句集）。〇武陵桃源　陶潜の「桃花源記」に見える架空の地で、秦の乱を避けた人々の子孫が住んでいたという俗世間を離れた別天地。〇下心　他の物事にかこつけて、その文などの中にこめられている意味。かくされている意味。参考「死ンだとも留主ともしれず庵の花　丈草」（初蟬）。

301 〇深き柳　深々と繁った柳。参考「鶯や竹の子藪に老を鳴　芭蕉」（別座敷）「鴬や既に土用と老を啼　正秀」（夏の月）。

302 〇桃に牛のとり合せ　『書経』に「牛を桃林の野に放つ」とあるところから、牛の異名を桃林と言う。「喰ふて寝て牛にならばや桃花」（蕪村句集）「桃咲や牛のよだれのやまと歌」（蓼太句集）のごとく、桃に牛を取り合わせた句は多い。

303 参考「鶯の日枝をうしろに高音哉」（蕪村句集）。

304 三棲月並天明六年三月分に同句形で入選。〇打ひらめ　ありきたりの平凡なもの。また、平易にしたもの。

305 〇盗人　壬生狂言の演目の一に『花盗人』（男が桜の枝を折ろうとして捕らえられ、木に縛り付けられるが、「この春は花の下にて縄つきぬ烏帽子桜と人やいふらん」という歌を詠んで許されるという話）がある。

妖字桃花のかけ合一句の働新意珍重々々

299 桃咲や死たと聞し人に逢ふ　　買山

新意抜群武陵桃源の意味も下心に
あるに似たり

300 曲水や皆下戸ならぬをのこ達　　呂蛤

座句の働にて女より指たる言語と聞ゆ
こゝをもて一句の趣向を発明す

301 老を啼うくひす深き柳かな　　池田　朶雪

└5オ

深き柳晩春の鶯うこきなし

302 雨の牛もゝによこれて戻りけり　　買山

桃に牛のとり合せの陳腐なるを
中七文字の作にて一句を新しくせり

303 鶯の春をむさほる高音かな　　伏水　月荘

鶯の高音といふ句耳ふりたれと老鶯に
春を貪るといふ作意力あり

304 あかきれの直る比也壬生念仏　　〃　其残

打ひらめなる趣向のかけ合を新意とす

305 盗人の戯もはなの念仏かな　　洛　花毫

一句のこなし初心ならす

306参考「山吹やかはづのつらに散ながら　嵐蘭」（杜撰集）。

307○小町　平安初期の女流歌人小野小町。恋の歌にすぐれ、美人の代表として伝説化された。○みのひとつだに　兼明親王の歌「小倉の山に住み侍る頃、雨の降りける日簑かる人の侍りければ、山吹の枝を折りてとらせ侍りけり。心も得でまかり過ぎて、又の日山吹の心もえざりしよしいひおこせて侍りける返事にいひ遣はしける　七重八重花はさけ共山吹のみの一つだになきぞかなしき」（後拾遺集）による。ただし、この歌は当時、狩の途中に雨に遭って蓑を借りに百姓家へ寄った太田道灌に答えた女の歌に付会されていた（安永七年刊『雨中問答』）。○艶容　女性のなまめかしく美しい様子。

309○打まかせては　普通一般では。一通り聞いたところでは。○第三　連句の第三番目の句。「て」留めとするのが通例。○曲節　技巧の変化やおもしろみ。

〔一行余白〕

└5ウ

306　山吹や蛙のつらへ散かゝり　ヽ其遊

さしたる手柄もなく又新らしくも
あらねと山吹の句なり

307　山ふきや小町か子ある沙汰はなし　つる雄

みのひとつたになきといへるより
花の艶容なるを小町とおもひよせたるにや

308　やま吹をかきわけて汲手鍋かな　洛　自同

其場

309　鶯の松にも来啼はる闌て　浪華　可応

打まかせては第三の句ふりなれと中に
曲節あれは発句なるへし

310　曲水や亀の生るゝ砂の中　嘯風

見付所あたらし

└6オ

311　ひと日見ぬ間に桃咲ぬ梢まて　浪花　守明

桃花の実境

312　曲水やゆく盃に蝶ひとつ　伏水　胡成

小細工に似たれとも景色外ならす

313　山吹の裙流るゝや雨の水　浪華　雨凌

314参考「名を呼てけふも暮けり蝉の声　孤山」（俳諧新選）。

315○普請過たる　伽藍の建築また修理が滞りなく終わった。

316○いとひ皃　厭い顔。いやがっているような顔つき。いやがっている様子。ここは、牡丹の花・葉が痛まぬようかばう様。

318○鐘鋳　鐘を鋳造すること。ここは、鐘供養（新しく鐘を鋳造した時に行なう撞き初めの式）の意か。参考「鐘《かね》鋳《ヰ》ある花のみてらに髪きりて　うき世の中にもあき果て、我身の罪《ザイ》障《シヤウ》消滅《サウメツ》のため、鐘の供養に参りて、髪をおろして尼に成といふ意也。」（几董編、天明六年刊『附合てびき蔓』）。

319○うば玉の　黒・闇・夜などにかかる枕詞。ここは、「黒い」といった意味合いか。

322○杜丹　「牡丹」を誤る。○余が句　『花鳥篇』『新雑談集』などに同句形で収録。後者によれば、安永七年春蕪村と難波行の折の作。参考「夜ををしむ筒のぼたんや枕上」（春泥句集）。

314　おなし事にけふも暮けり壬生念仏　深艸　巴喬

315　山吹や普請過たる寺二軒　買山

三句同位

〔二行余白〕

四月ゝ並　題　杜丹《ママ》　若葉　実桜　鳴鳩　夏羽織

惣句六百六十句之内

316　提直しく〳〵ゆくほたんかな　沙長

花をも葉をもいとひ皃なるや

317　とこやらて川に別れてかむことり　買山

風情あたらしく聞えはへる

318　うち曇鐘鋳のあとの若葉かな　浪華　銀獅

峡中の実境

319　しのひゆく夜やうは玉の夏羽織　ゝ　二村

はなのなこりもとほからす

320　菅笠に蛭落かゝるわか葉かな　伏水　賀瑞

作意

321　近道は藤の橋ありかんことり　洛　駋撝

二句とも深山幽谷の趣を得たり

322　散と見し夢や杜丹《ママ》をまくら上　竹外

└7オ　└6ウ

余か句に

ちると見し夢もひとゝせ初さくらとはあれと

323 鮓桶に影のこほゝるわか葉かな　鶉閨

時候のかけ合せなるべ《濁ママ》し

324 うす羽織団のうへの袖たゝみ　檮室

325 蝶の羽のせはしや風の薄羽織　楚山

326 僧正のかたみに曬ふほたんかな　洛　一差

三句同位

└7ウ

327 実さくらや踏はつめたき敷瓦　銀獅

328 昼過て啼出しけりかんことり　竹外

329 朔日のすこしは寒し夏はおり　但馬　和且

330 実さくらや留主に成たる草の庵　守明

いつれも作を異にすといへとも
趣を得たり

331 光して月かけせはき若葉かな　二村

二句精工

332 子狐の葉にかくるゝやほたん畑　檮室

333 みさくらに雨のまたるゝ日和かな　竹外

余か

---

324 ○団「団扇《うちわ》」の省略表記。○袖だゝみ　着物の略式のたたみ方。背を内側へ二つに折り返し、両袖を合わせて揃え、それを更に袖付けの辺で折り返してたたむやりかた。

327 ○敷瓦　土間や地面などに石畳のように敷き並べるよく焼いた固い瓦。中国から伝わり、禅寺などに見られる。

331 ○光して　光がさして。

332 参考「子狐のかくれ皃なる野菊哉　蕪村」（新五子稿）。

333 ○花過て云々　几董の句。『晋明集二稿』『井華集』などに同句形で収録。前者によれば、天明三年以前の作。

334 ○古夜半翁　亡くなられた蕪村先生。○山に添ふて云々　『そのしをり』（安永八年刊）に同句形で収録。○同巣　連歌・俳諧で、先人の句と言葉や表現は似ているが、趣向や作意の異なる句をいう。○等類　264参照。

336 ○皃に着する　陽よけ、また蚊よけとして。○人の親云々　兼輔朝臣の歌「人の親の心は闇にあらねども子を思ふ道にまどひぬるかな」（後撰集）による。この歌は『大和物語』にも出る。

337 ○観想の意味深くして　作者の側にその意図があったか疑問。参考「昨は遠きよしはらの空　其角」（続虚栗「啼々も」の巻）。

花過て雨にも疎く成にけりと
いへるに次て句兄弟なるへし

334 棹さして若葉うちゆく小舟かな　二村

古夜半翁の句に
山に添ふて小舟漕ゆくわか葉哉
同巣より案して等類を遁たり
└8オ

335 かんこ鳥薮に背て寺二軒　月荘

中七文字作意

336 寐たる子の皃に着するや夏羽織　雨凌

人の親のこゝろは
やみにあらねとも

〔一行余白〕
└8ウ

五月ゝ並　惣句八百四十句之内

題　蝸牛　早乙女　螢　蚊遣　花樗

337 早乙女やきのふは遠き松のもと　浪華　雲我

古人謂る事あり景に臨て句を作らんと
せは先情より案し入て後に景をむすふ
へしと都而の句情より深く案し入されは
粉骨あらはれす此句如見きのふはとほきと

338○俳諧は風雅の短刀　136参照。○ぬめらかし発句　平凡で見所のない和歌・連歌・俳諧を「ぬめり」と言う。しまりのない発句、の意。

339○くれはの里　「くれは」に「暮端」（暮れ際、日暮れ時）と「呉服の里」（摂津の国の古名）を掛ける。参考「虎雄が世を早うせしをいたむ　雨の日やまだきにくれてねむの花　蕪村」（とら雄遺稿）「ひぐらしのまだきに啼て合歓花　葛狐」（左比志遠理）「見よや今呉服の郷の花に鳥　田福」（続一夜松後集「名月や」の巻）。

341○雲の字をもて云々　雲と樗は縁語。「樗…異名を雲見草といふ。瑞雲多くは紫なるゆゑに花を呼びていふなり。」（滑稽雑談）。

342○鬼貫が句　「雑百韻　独住む僧の庵に行て　燃る火に灰打きせて念仏哉」（仏兄七久留万）。

光陰の一歩もかへらさるに観想の意味深くして田植の景は一句の上におのつから備はれりよて秀逸とす

338　て丶むしや葉ををちこちの電光　　檮室

俳諧は風雅の短刀といへれはかほと作意工ミならすしては当世のぬめらかし発句に落て群を出る事難し

339　またき日にくれはの里のかやりかな　　浪華　うめ女

縁語をもて其所をよくいひ得たりまたか丶る幽艶の体も可取者也

⌞9オ

340　女夫かとおもふもをかしかたつふり　　仝

新しミをもて賞す

341　雲助にこほれか丶るやはな樗　　二村

雲の字をもてあふちをうこかさす旅行の意最深し

342　燃たかる火を押へつ丶かやりかな　　脇ノ浜　薗

灰打きせて念仏哉とせし鬼貫か句より出たるに似たれとも是全く蚊遣火の実境

343　ほとちかき鐘を隔つる蚊遣かな　　一差

344○露しめる　露に涙の気分を持たせた表現。
345○爪はじき　指先を親指の腹にあてて弾いたその爪先でものを打つこと。ここは指先で露を弾いて螢に与えるさま。「葛水やうかべる塵を爪はじき　几董」（五車反古）。
346○平懐体　和歌・連歌・俳諧で、作品の発想や表現の平凡なものの称。俳諧では特に卑俗なものをさして言う。参考「茶屋どもの婦夫いさかふ雨の月　越人」（花の市）。
348○閼伽桶　仏に供える閼伽水を汲み入れて持ち運ぶための手桶。
350参考「啼蝉の岩くらたどる目疾哉」（春泥句集）。
351参考「浪あらくけふも暮行船のうへ　大魯」（『幣ぶくろ』「夕風や」の巻）。
352○舟頭　正しくは「船頭」。○向上体　「向上」は最高、最上。ここは出来の良い句といった意味合い。

344 露しめる通夜の扇に螢かな　洛 如菊

⌊9ウ

345 露くる丶螢や妹か爪はしき　在京 夜吟

三句ともに発句の姿情を得たり

346 その中に女夫いさかふ蚊やりかな　一差

平懐体又可取

347 馬のうへに二里眠り来て花あふち　洛 東圃

時候と場をもて句をなす

348 閼伽桶に角しつかなりかたつふり　信州善光寺 文兆

静字眼目

349 蚊やりたく中へもて来る米屋哉　自珍

此哉発句の姿にあらすといへとも
案し所新意なり

⌊10オ

350 岩倉の目疾わりなきかやりかな　竹外

351 蚊遣火にけふも暮行旅路哉　二村

二句目にたつ句にもあらねと又題に
そむかさるをもて賞す

352 舟《ママ》頭のつかみ合ふ手にほたるかな　月荘

向上体にはあらすといへとも
一句の作捨かたし

354○無味　おもしろみがないこと。趣に乏しいこと。

355○暴雨　ゆうだち。

356○うつりごゝろ　己の姿を映したげに見える、といった意味合い。893参照。

357○中七文字作例多く　「涼しさや鐘を離るゝ鐘の声」（安永六年五月二十五日付正名宛蕪村書簡）「更る夜や草をはなるるむしの声　桐雨」（続明烏）など。○清夜　涼しくさわやかな夜。

358○我せこが来べき宵也　「衣通姫《そとほりひめ》の独り居て帝を恋ひ奉りて　わが背子が来べきよひ也さゝがにの蜘蛛の振舞ひかねてしるしも」（古今集）による。○反転して　作者にその意図があったか、疑問。○胸のほむら　恋慕や嫉妬などで燃え立つ心を火にたとえていう語。参考「待恋　まてど来ぬ人や遠音になく蛙」（青々処句集）。

359○糸鬢　月代を左右後方まで広くそり下げ、鬢を

353 うすきぬに螢おもたき光かな　銀獅

幽艶

354 花樗ほつ〳〵散て仕舞けり　二村

無味にして実を述

〔一行余白〕

└10ウ

六月ゝ並　惣句九百零五章之内

題　昼顔　納涼　白雨　葛水　御祓

355 夕立の間を漕ぬける小舟かな　灘脇之浜　桃舎

一句の形勢誠に暴雨の趣を得たり珍重々々

356 くす水にうつりこゝろや軒の竹　沙長

葛水に軒端の竹の影をおもひよせて
うつり心と働きたる作意群を出たり

357 涼しさや草をはなるゝ夜の蝶　灘脇ノ浜　千渓

中七文字作例多くもあれと風情捨かたし
清夜に胡蝶をとり合せし新意を賞す

358 まてと来ぬ夜は涼風も吹ぬかな　如菊

我せこか来へき宵也とよみけんを反転して
待人の約をたかへし夜胸のほむらも暑かりなん

359 糸鬢に烏帽子かけつゝみそき哉　洛女　万佐

└11オ

額の方向に細く糸状に残して結うもの。元和・寛永の頃から行なわれ、初めは中間や小者、後にはいきな奴、侠客、役者などに好まれた。もとより、神主にはふさわしからぬ風俗。

364 参考「蚊屋を出てもう一度涼む戸口哉　土芳」（笈日記）「月影の蟵に寝て居るひとり哉　芦雄」（加佐里那止）。

365 ○形代　「御祓するに人形を作りて、身の災難をはらへて川に流すことあり。これをいふなり。」（増山の井）。

366 ○人づかひ　人の使い方。また、召使。参考「茶の花を折行人の物静」（葎亭句集）。

御祓に烏帽子の趣向いひ古したれと糸鬢と作りたるをかしみをもて一句の手柄とせり

360 昼かほに風なき塵のかゝりけり　浪華　几雪

炎暑に田野を過りて此句を
おもひ合すへし

361 熱きもの喰ふて出けり門すゝみ　信州善光寺　五什

門すゝみ外ならすして一句のしたて古ミを
のかれたる也

362 夕立のあとに降けりなつの雨　几雪

急雨と霖雨を分ちて句の趣を得たり

363 葛水やよし島原の夜のいろ　二村

嵐雪か口質にして言外に情深し

364 蟵を出て再ひ涼むひとりかな　賀瑞

365 形代や夏のしるしの瓜の皮　洛　淇竹

二句作意下手のせぬところ也

366 葛水やものしつかなる人つかひ　雨凌

意味深長

367 夕立や花のちり行風車　千渓

よき景色の句といふへし

⌞11ウ

368○かて丶くはえて　あることの上にさらにことを加えて。さらにその上に。ふつう望ましくないことが重なる場合に用いる。「かててくはへて雨がふり出す　几董」（『其雪影』「雪になる」の巻）。

371○本阿弥四郎次郎　未詳。

376参考「鵁鶄《あをさぎ》の火ともす松のはやし哉　イケダ朶雪」（続一夜松後集）「青鷺の火ともしごろを鼠が関」（曙庵句集）。

377○かたびらの辻　地名「帷子ヶ辻」（京都市右京区太秦の地名。嵯峨天皇の后、檀林皇后の帷子が落ちていたところから起こったという。）に衣類の帷子を掛けた作意か。

368　ゆふたちやかて丶くはへて𡚴おとし　嘯風

新意俳諧なる哉

［一行余白］

∟12オ

369　暗かりの人を尋るす丶みかな　浪華　一透

370　昼かほや昼を過たる昼のかね　洛　米久

曲節又加取

371　納涼まて京に本阿弥四郎次郎　信州善光寺　路人

手をはなつ場又一作

372　うき草を扇にもとす涼ミかな　同　洞芝

尋常の作意

373　昼かほに暮る丶花ありけふの雨　二村

374　ひる皃の盛やとほき人のかけ　女　うめ

二句ともにしつか成句作なれとも

昼かほの景情うこかす

∟12ウ

375　露の間に扇しめりぬ御祓川　蕙洲

376　青鷺の火ともす森やゆふ祓　洛　春坡

377　かたひらの辻からぬる丶白雨かな　嵯峨　里隣

378　葛水や御前を下るしら拍子　浪華　鶩目

379　くす水や是もよし野丶流より　同　魚三

380 葛みつや笄ぬいて馬のうへ　　雲我

381 葛ときてきよけなる水濁しけり　　うめ

右七句十点

382 ひそ〳〵と嫁見てもとる御祓かな　　竹外

383 御祓川あふき流してもとりけり　　洛　唱

⌞13オ

384 くす水を命なりけりはこね山　　几雪

385 よんへ見し人に又逢ふ夕納涼　　仝

386 あたふたと更て涼しき夫婦かな　　嘯風

387 昼かほや馬の上にて大あくひ　　甫田

388 懐へ月のさし入すすみかな　　雨淩

389 しらゆふの藻にうちあふて御祓哉　　甫田

390 ゆふたちや連はむかふの松の陰　　洛　奇肇

391 夕立のはるれは暮るゝ月夜かな　　春坡

392 尻かるにゐかはるひとや涼床　　浪華　京甫

右十一句九点

⌞13ウ

七月ゝ並

惣句七百七十五章之内

題　銀河　稲妻　角力　草の花　簑虫

〔一行余白〕

382参考「ひそひそと向の後家をそしり出し　青蘿」（『骨書』「杯の」の巻）。

384○命なりけり　西行の歌「年たけて又こゆべしと思ひきやいのちなりけりさ夜の中山」（新古今集）による。

385参考「よんべ見し人若かりしうかひ哉　松化」（新雑談集）。

389○しらゆふ　白木綿。楮の皮をさらしたりして白い紐状にしたもの。幣帛として榊、注連縄などにつける。

392○ゐかはる　居替る。居場所をかわる。「客あれば居かはる窓のすずみ哉　蕉雨」（左比志遠理）。

393○雨後水接天　うごのみずてんにまじわる。蘇子瞻「前赤壁賦」（古文真宝後集）の「白露江に横たわり、水光天に接わる」による。

394○みの虫　「みの虫いとあはれなり。…八月ばかりになれば、ちちよちちよとはかなげに鳴く、いみじくあはれなり。」（枕草子）。参考「簑虫の音を聞に来よ艸の庵　芭蕉」（続虚栗）。

395○打あふ　二つ以上のものごとがうまく適合する。相呼応する。○語路　言葉や文章の続き具合。言葉の調子。

396○洒々落々　物事にこだわらないさま、さっぱりしているさま。

397○いせが古家　伊勢は平安前期の女流歌人。三十六歌仙の一人。能因が車に乗って伊勢の家の跡を通りかかった時、敬意を表して車から降り、前栽の松の梢が見えなくなるまで歩いたという説話が清輔の『袋草紙』に見える。参考「松かざり伊勢が家買人は誰　其角」（阿羅野）「売家の伊勢が軒ばや猫の恋」（井華集）「伊勢が家はきのふうれたり蝸牛」（枇杷園句集）。

398○埒　「埒」の誤り。○奇　「寄」の誤り。

402○西に流れて　天の川は夏の末頃から東北に起き上がって来て、仲秋にはほぼ北から南へ反橋をかけ、更けるにつれて西へ向きを変える。

403○糸による「江家次第に云、乞巧奠、西北の机上

393　雨後水接天
洪水に橋はなかれてあまの川　春坡

394　幽玄
たつぬれはみの虫なりぬよへの声　兵庫　巴耕

395　一句工得たり語路鈍からす
稲妻に打あふ鐘のひゞきかな　二村

└14オ

396　一句のしらへ洒々落々
しらてゐぬ我みのむしは鳴ものを　洛　太応

397　いせか家作例多しといへともかの能因か車より下りて過りし松の枝こそいとゆかし
簑虫やいせか古家のまつの枝　浪華　百堂

398　埒《ママ》もなうとしの奇《ママ》たりすまひとり　鳳郷

399　ひと日見ぬ相撲ゆかしき咄かな　南昌

400　実情
いなつまの終に引裂くはせを哉　魯哉

401　またほしき雨の晴間やあまの川　自同事　垂翅

402　あかつきは西に流れて天の川　灘　月丘

└14ウ

403　糸による女こゝろのねかひかな　浪華　杜右

404　いなつまや月の出しほに行あたり　文兆

五句同位

405 稲妻やいくつにをれし草の原　百堂

作意

406 水戸殿の庭へ傾くやあまのかは　信州善光寺　左文

407 しはらくも明とゝまらす天の川　甫田

408 涼かせはまた地におちす天のかは　竹外

三句同位

〔一　行　余　白〕

∟15オ

409 天の川臼にさらしのわすれ水　百堂

上手の手際といふへし

410 あまの川都の川のすかたかな　楚山

よくなすらへたるを手柄とす

411 稲妻やから尻過る鈴鹿やま　買山

412 稲妻や芦の丸屋の戸のひつみ　胡成

413 いなつまの裙やちらりと萩すゝき　浪華　峨眉山

此句は麦林調にして桂琳時代なとは

金玉といふへし

414 うつくしうすはれはをかしすまひ取　うめ

豪壮をいはすして却而意味有

∟15ウ

に金針七・銀針七を挿す。件の針別に七孔あり、五色の糸をもって縒り合わせ、これを貫く。」（滑稽雑談）。表現としては、貫之の歌「糸による物ならなくにわかれ路の心ぼそくも思ほゆる哉」（古今集）による。

404 ○出しほ　出潮。出る頃あい、おり。

406 ○水戸殿　水戸公の江戸屋敷か。参考「小石川・小日向かけての真景　水戸殿で飼れたやうに杜宇」（蔦本集）。

408 ○地におちず　地上までとどかない。参考「半天やいざよふ雲の地に落ず　伽竹」（『金竜山』「仁和寺や」の巻）。

409 ○臼にさらし　布を臼に入れて杵で搗き、白くさらす。参考「一とせや餅つく臼の忘水　万子」（喪の名残）。

411 ○から尻　空尻。軽尻。江戸時代の宿駅制度で本馬・乗掛に対する駄賃馬。本馬の積荷量（三十六～四十貫）の半分と定められ、駄賃も半額を普通とした。人を乗せる時は、蒲団・中敷・小附のほかに五貫目の荷物を上乗せできた。また、荷物を乗せないで旅人だけを馬にのせること、馬に積むべき荷物のないことをも言う。○鈴鹿やま　鈴鹿山脈南端、鈴鹿峠付近の山々の称。鈴鹿峠は東海道の難所。参考「稲づまや浮世をめぐる鈴鹿山越人」（続猿蓑）「どろどろとすはや夕だつ鈴鹿山史邦」(芭蕉庵小文庫)。

412○芦の丸屋　芦の屋。芦で屋根を葺いた粗末な小屋。また、貞徳がその晩年に方広寺の南の広大な柿園の中に建てた草庵の名。ここは、後者か。参考「春雨やあらしも果ず戸のひづみ　嵐蘭」(猿蓑)。

413○麦林調　194参照。○珪林時代　意、不明。参考「かなしさのちらりと見ゆる萩の花」(成美家集)。

416○十日まで「安永七年三月廿八日、深川八幡社内にて角力興行、晴天十日。今までは晴天八日なりしに、十日と定るはこれを始とす。」(半日閑話)。「天明元年本所回向院に於て角力興行あり。当年より晴天十日相免され候。今までは八日なり。」(天明紀聞)。

417参考「山ぶきや草にかくれて又そよぐ　斗囿」(三韓人)。

418参考「新田や隣もなくてほととぎす　八桑」(別座鋪)。

419参考「梅従亭　一色に千種のはなや後の月」(野坡吟艸)「一色にいろいろ草の青きかな」(しら雄句集)。

421○父の喪に聞　394参照。

423参考「負てこそ人にこそあれ角力取」(あがたの三月よつき)。

426○舟　七夕に彦星が乗って織女を迎えに行くとい

415 静さや角力のあとのよひ月夜　南昌

416 十日まてよくもまけたりすまひ取　春坡

あたらしき案し場

417 花のなき草にかくれつ艸の花　浪華 左蓮

418 痩畠の隣もなくてくさのはな　鳳郷

419 一いろに分れは淋し草のはな　左文

420 みのむしの鳴樹をとへはさくら哉　買山

421 みの虫や父の喪に聞秋悲し　賀瑞

422 みの虫の音もなつかしや墓参　蕙洲

423 負てからまけぬ手をしる角力哉　巴耕

└16オ

424 相撲取の子の名をとへはおはつ哉　松洞

425 いなつまや馬洗ひゐる赤裸　鳳郷

426 夜もすから舟のあゆみや天の川　春坡

427 くさ花や水田のわきの捨土俵　浪華 富兆

428 病る眼をかゝへてうれし草の花　春坡

429 みのむしの我か秋を鳴風のひま　仝

430 角力取贔屓のかたへ転にけり　浪華 呂律坊

431 負すまふ我か身の秋と成にけり　奇肇

〔一行余白〕

└16ウ

う妻迎え船を暗示する。参考「牽牛の嬬迎へ船漕ぎ出らし天の河原に霧の立てるは　山上憶良」(万葉集)。参考「段々に舟の歩ミを投わたす　仙化」(『後の旅』「墨の梅」の巻)。

429○我が秋　431参照。

430参考「贔負相撲にくたびれが出る　梅渓」(『渭江話』「きさらぎや」の巻)「見ずしらぬ角力ニさへもひいき哉」(文政句帖)。

431○我が身の秋　「秋」に「飽き」を掛けて、我が身が人に飽きられ捨てられること。和歌以来の常套句。

432参考「三度啼て聞えずなりぬ鹿の声」(蕪村句集)「ほととぎすまたずも在ば三声啼　几董」(『続一夜松前集』「口切の」の巻)。

433○意味深長　味わい深い句である、といった意味。この句に恋情を読み取っての句評。

436参考「門すずみ子を抱て居ぬ嚊もなし」(葎亭句集)。

437○うき草のわすれ花　「浮草の花」は夏の季語。また、「忘れ花」は冬の季語。参考「蒲公のわすれ花有り路の霜」(夜半叟句集)。

438参考「手負猪旅僧静に身をかわし　几董」(『紫狐庵聯句集』「紅梅や」の巻)。

439○吹きられ　「吹き切る」は、風が激しく吹いてものをちぎる。

八月ゝ並　　惣句八百零五章之内

題　月　渡鳥　落水　放生会　鳫

432　三声鳴て忽とほき雁のこゑ　　洛　菱湖
粉骨ありて聞ゆ一巻中の秀逸

433　我おもふかたへは行かし放し鳥　　同　帰鳥
意味深長

434　ひと田行ふた田めくりて落し水　　同　桂月
上手の口質

435　馬借てさらしな出つ十六夜　　一透
月をいはすして月句中在

436　子を抱てゐる夕くれや渡り鳥　　雲我
真率にして却而新奇

437　うき草のわすれ花あり池の月　　東籬
作意

438　手負猪に流れかはすやおとし水　　浪華　何木
精工

439　吹きられふたつになりぬわたり鳥　　魯哉
語勢をもて一句の趣を成

440　一貫か罪ほろほさん放生会　　巴耕

∟17オ

440○一貫　ここは、一千文の意か。放生のために買い入れた鳥また魚などの代金であろう。

442○村ふかく　262参照。

444○月こよひ　旧暦八月十五夜の月。名月。○古風調　古風の調べ。『おくのほそ道』種《いろ》の浜の条「十六日、空霽たれば、ますほの小貝ひろはんと、種の浜に舟を走す。」を連想しての句評か。

445○平句　連歌・俳諧で、発句・脇句・第三以外の句の称。

448○しるたに越　渋谷越《しぶたにごえ》。京都市東山区の山路。東大路から、清水寺と阿弥陀が山との間の渋谷を経由して、大津市に至る。「梅早ししる谷越への畠中」（五老文集）。

449参考「雪の江の大舟よりは小舟かな　芳川」（阿羅野）。

俳諧の自在又可取

441 窮屈な舟をあかりて放生会　嘯風

題うこかす

442 村ふかくめくり出けりおとしみつ　二村

上五文字置得たり

443 わたり鳥引ぬ鳴子のうこきけり　買山

句作のこなしにて古ミを遁れたり

444 月こよひ行て拾はんさくら貝　千渓

古風調

445 鳥放つ君も日陰の御身かな　月丘

平句の趣向なから

446 おとし水月に向ふてなかれけり　洛 寸砂

其景情きら〳〵と見ゆ

447 蜻蛉ものゝ数なり放生会　浪華 七舟

中七文字珍重

448 照つゝくしるたに越やおとし水　桃舎

449 大舟を下りて月見る小舟かな　巴耕

二句同位

450 明かたの風歟あらぬかわたり鳥　千渓

└17ウ

└18オ

451　鳴子曳は聾なりけり渡り鳥　　鶉闉

〔一行余白〕

∟18ウ

九月ゝ並　　惣句八百六十章之内

題　川鹿　新酒　野分　梅嫌　菌

452　旅僧よ宵に申せし川鹿啼　　浪華　つる雄

風雲の漂客をとめたる其夜のあるし
ふりもゆかしき心地す

453　ほろ酔てあとの淋しき新酒哉　　深草　巴喬

是全新酒の句といふへし珍重

454　二本えてなほ持にくし梅もとき　　洛　南昌

猶の字強くあたりて題をはつさす

455　紅茸や一日消えぬ露の中　　浪華　一透

荒蕪の中に見出たる菌の最うるはしく
且寂しく紅茸の外あるまし

456　妖されたやうに醒けり今年酒　　信州善光寺　二葉

所謂俳諧のをかしみ有て
作のあたらしきを賞す

∟19オ

457　青き柚を陶の口やことし酒　　洛　菱湖

作ありて意旨深し

452○漂客　放浪の旅人。参考「客僧よ宵に申せし鹿の声　明五」（あけ烏）。

453参考「ばつたりと跡の淋しき花火かな　可幸」（俳諧新選）。

455参考「紅茸やうつくしきものと見て過る」（井華集）。

456参考「我もらじ新酒は人の醒めやすき　嵐雪」（あらの）。

457○青き柚　柚子の青い実。「その小青円子を採りて皮を刮り、片を作し酒に浮ぶときは、酒盃にすなはち芳気あひ和して最も佳なり。」（本朝食鑑）。参考「青き柚やあいより染しすきの物　安之」（崑山集）○意旨　趣旨。○陶　とくり。「陶器《トクリ》に味噌詰るやうな人じや。」（譬喩尽）「陶の穴も霞たなびく　文東」（『茶翁聯句集』「かい曲り」の巻）「陶の側へはねる若鮎　露谷」（梅塵抄録本「二時雨」の巻）。

458参考「めくら子の端居さびしき木槿哉」（しら雄句集）。

459○一手　ひとて。ひとつの手口。ひとつのやり方。ここは、ひと工夫といった意味合い。参考「松風の吹出し吹出し月今宵　羽人」（左比志遠理）。

460○秋を答ふる　秋の訪れに答えて鳴く。

461参考「里過て古江に鴛を見つけたり」（蕪村自筆句帖）。

462参考「思ふことといはぬさまなる生海鼠かな」（落日庵句集）「憂きことを海月に語る海鼠かな」（春泥句集）「声あらば鮎も鳴らん鵜飼舟　越人」（阿羅野）。

464○早打来たり　「早打《はやうち》」（馬などを馳せて急用の使いをすること、またその使者）がやって来た、の意か。「早打の先へはれ行しぐれ哉　子曳」（其雪影）はその用例。あるいは、早くも網を打ってとって来た、の意か。

465参考「はづかしや朝ゐの蝲を覗く人」（春泥句集）。

458 盲子のほつ〳〵拾ふ梅もとき　浪華　銀獅
哀れなるを一句の感とす

459 山の端に月を吹出す野分かな　伏水　鼠卟
中七文字一手あり

460 水底に秋を答ふるかしか哉　浪華　檮室
詞の作をもて句をなす

461 祭ある里を過れは川鹿かな　洛　垂翅
時候のかけ合せうご《濁ママ》かず《濁ママ》

└19ウ

十月ゝ並　題　夷講　衾　茶花　生海鼠　霰　凡八百十句之内

462 声あらは悲しかるへき海鼠かな　兵庫　巴耕
形容をもて情を起す作意最巧也

463 茶のはなや朝はつめたき日の光　浪華　銀獅
つめたき日の光といへるをもて虚実の境を述

464 白魚の早打来たりゑひす講　洛　沙長
詞巧にして意卑からず《濁ママ》

465 はつかしや君にしらるゝ古衾　宇治田原　毛條
深長

└20オ

466 茶の花に冬の日よりのつゝきけり　浪華　帇風

468参考「苗代やある夜見初し稲の妻　几董」（其雪影）「ある夜ひとり鹿の鳴音も六かしや」（暁台句集）。

469○蛭子構　正しくは「蛭子講」。参考「小角力が物荷ひ売師走哉　丑二」（其雪影）。

470この句と次の句評、原本では一行に詰めて書く。

471参考「静さに堪て水澄む田にしかな」（蕪村自筆句帳）。

472○山の原　山の中の平地。

473参考「槿のはかなさを知る衣かな　文長」（庭竈集）「蕣やはかなさいふは跡の事　太祇」（石の月）。

474参考「身にそはぬ借着さびしや柿もみぢ」（青々処句集）「むさし野や合羽に震ふ露の玉」（春泥句集）。

475○朝烟　朝、立ち上る炊事の烟。

冬景まのあたり

467　庭鳥も家鴨もかへる霰かな　灘脇ノ浜　佳七

実境

468　我かふすまある夜狸に踏れ覓　沙長

作意

469　小角力に相伴させつ蛭子構《ママ》　毛條

かけ合せものをよくす

470　ひと寝入寝ておもひあふ衾かな　伏水　兎山

∟20ウ

一句の調不足なし

471　しつかさに桶一はいの海鼠かな　洛　呂蛤

真卒《ママ》

472　茶の花に靄か丶るなり山の原　浪華　檮室

見付所あたらし、

473　朝かほのはかなさ残す霰かな　洛　綾衣

手をはなつ場

474　身に添はぬ合羽にはちくあられ哉　浪華　可応

旅意

475　茶の花やすこし戸明て朝烟　同　几雪

中七文字に作をもたせて

∟21オ

476 闇かりを探り出しぬ紙衾　洛　南昌
衾にあらては

477 降もの丶中に抱れぬあられかな　信州善光寺　文兆
理に似たれと

478 九年母の作り小判や夷講　銀獅
一句も作りおほせて

479 奥嶋に酒あひせけりゐひす講　仝
其人を見る

480 此ころの寒さこほる丶あられかな　灘脇ノ浜　千渓
詞の作

閏十月丶並　惣句九百拾五章之内

題　水鳥　紙子　落葉　炭　河豚

481 留主つかふ音の聞ゆる紙子かな　洛　松雨
新意珍重群を出るもの也

482 ふく汁を約せし鞍馬法師かな　同　羅音
縄墨をはなれたる案し場に手柄を得たり

483 よき人のよくも召れし紙子かな　浪華　梅後
句作のあたらしみ

∟21ウ

477○降物　連歌・俳諧で、雨・露・霜・雪・霰など空から降る物をさして言う。参考「降物のふりもそろはぬ冬至哉　此筋」（渡鳥集）。

481参考「留主つかふ背中小憎し胴紙衣」（続蔦本集）。

483○よき人のよくも　天武天皇の御製「よき人のよしとよく見てよしと言ひし吉野よく見よよき人よく見」（万葉集）の表現を借りる。参考「よき人のよき中に似し春の風」（蔦本集）。

484参考「三つ五つまではよみたる千鳥哉」（千代尼句集）「五六日雪つむ上や朝日かげ　梧人」（俳諧新選）。

485○巧言　言葉を飾って巧みに表現すること。参考

「梅ちりてしばらく寒き柳かな」（夜半叟句集）。

486 ○遠寺の　遠方にある寺。中国の瀟湘八景より起こった八景の一つとしての「遠寺の晩鐘」を踏まえた用例が多い。ここもその一例と見るべきか。参考「秋淋しため息やつく遠寺の幽水」（東日記）「つき出す遠寺の鐘を霧間哉　一笑」（西の雲）「出代りて聞や遠寺の鐘の声　嵐山」（俳諧新選）「ひとつ家に遠寺の鐘や冬の月　雲和」（加佐里那止）。

487 ○市人の胯を潜らす　「韓信の股くぐり」を踏まえる。韓信（中国前漢の武将。張良・蕭何とともに漢の三傑。）が若年の時、町で無頼の徒に辱められ、その股をくぐらされたが、よく忍んで後年大人物となったという故事。参考「白犬の股をくぐるや江戸の雁　紀達」（正風彦根体）「胯へくぐる寒さや大根引　似水」（秋風記）「むら燕牛の胯ぐら潜りけり」（井華集）。

489 ○三井の仁王の冬木立　其角の句「遊二園城寺一からびたる三井の仁王や冬木立」（いつを昔）をさす。

491 参考「したたかに炭こぼしけり雪の上　銀獅」（五車反古）「露寒き頃より榾をさしくべて　太祇」（『平安二十歌仙』「明ながら」の巻）。

492 ○治遊　芸妓遊び。参考「梅さくや老の身も又花ごころ　イ舟」（華月一夜論）。

484 句作おたやかならすして却而句をなす
三ついつゝ葉の落かねて五六日　洛　之尺

∟22オ

485 巧言
炭次てしはらく寒し懐手　同　南昌

486 遠くはなれて題をとゝむ
鰒喰ふて聞や遠寺の鐘の声　同　呂蛤

487 見付所あたらし
市人の胯を潜らすふくとかな　同　買山

488 実情
鴨啼や煮たものほしき舟の中　同　亭也

489 三井の仁王の冬木立といへるに
兄弟めきたり
三井寺の鐘よりおとす木葉かな　池田　竹外

∟22ウ

490 平安致景
市中やみやこは寒きくらま炭　灘脇浜　桃舎

491 をかしみ
したゝかに薪をさしくへつふくと汁　浪華　雨凌

492 感慨
老の身の治遊哀なる紙衣かな　同　廿男

493参考「時鳥真一文字のきおひ哉　徐刁」（韻塞）「羽を干すや小島の松にはなれ鴛　斗文」（五車反古）「うかうかと日に照れ居るやはなれをし」（暁台句集）。

494参考「水させば猶むつまじき氷かな　里吟」（左比志遠理）。

495○志賀　70参照。ただし、ここは志賀の山越（志賀の里から北白川へ通じる山道）の意か。○山かづら　82参照。参考「志賀の山深入しては鳴千鳥」（梅室家集）。

496○巨燵　正しくは「炬燵」。

499○句拍子　同じ調子の語句をリズミカルに続けること。この場合は、「うなゐ子」と「かみこ」を続けたことをさす。

500参考「朝夕や鶴の餌まきが橋の霜」（しら雄句集）。

493　あさ風や真一もんしに放鴛　洛　紫暁

語勢

494　水鳥の猶むつましく雨の中　買山

幽艶

└23オ

495　みつとりや志賀を飛越す山かつら　同

一句のこなし利口なり

496　かしましき巨《ママ》燵の上の紙衣かな　南昌

古き所なれと

497　吹れ来て落葉音ある妻戸哉　洛　帰楽

其夜の寒さも思ひやられて

498　鴨飛て地震ふるあとの木立哉　同　春坡

精工

499　うなゐ子に袖引れたるかみこかな　同　甫田

このやうな句拍子有たやうなれと

└23ウ

500　水鳥の足跡さむしはしの霜　春坡

501　をし鳥や思はぬかたへ吹れゆく　洛　暁山

502　月寒し背戸には炭の明たわら　南昌

503　雪の門這入れは鰒を煮夜かな　洛　登辰

504　水鳥や月うこかして夜もすから　鳳眉

505　鴛の羽にしはらく眠る胡蝶かな　甫田
右六句同位
└24オ

〔三　行　余　白〕

十一月ヽ並　惣句八百五句之内
題　雪　里神楽　大師構《ママ》　葱　麦蒔

506　古郷のなほへたヽりぬ雪二日　楠葉　不染
郷信日応疎と歎したる客情の趣ならん
猶の字ちからありて聞ゆ珍重

507　麦まきや梅と桃とのあひたまて　洛　買山
花の比麦畑をおもひよせたるは作例多かるへきを
冬枯のけしきにかけ合せたるをもて新しミを得たり

508　吹れつヽ落葉まひけり里神楽　浪花　交風
七文字の作精工にして題の詮を立たり

509　昼過ておもひ出しけり大師講　深草巴橋改　半輪
人情世態

510　夜芝居の果はねふかのにほひかな　洛　沙長
葱の句十にして八九は洗ひあけたる寒さ哉といふ廓を
出る事あたはさるをかヽる新意にはしりたるを手柄とす
└24ウ

511　麦蒔やうしろ向間の入日影　買山

○大師構　正しくは「大師講」。
506○郷信日応疎　出典未詳。○客情　旅先での心情。○猶の字ちからありて　参考「彳《タ、ズメ》ば猶ふる雪の夜路《ミチ》かな…発句は、ひたすらに降つのる雪の夜の歩行《ホカウ》体也。さすがにあゆみ疲れて、しばし彳てみれば、いよ〳〵降まさる心地して、立休らひもあへず、又わりなく行んとするさま也。雪の夜道といふたが趣向で、猶といふ字が一句の眼目《マナコダマ》じや。」（几董編、天明六年刊『附合てびき蔓』）。
508○まひけり　上下に掛かる。
510○洗ひあげたる寒さ哉　芭蕉句「ねぶかしろく洗ひあげたる寒さかな」（芭蕉翁発句集）をさす。○廓くるわ。俳諧で、俳人共通の季題についての知識の限界、発句の題材の常識的な範囲を言う。「ほ句は題の曲輪《くるわ》を飛出て作すべし。廓の内にはなき物なり。」（去来抄）。
511○短景　短い日。昼が短いこと。参考「つたかづら後むく間に杖を巻　山峰」（『末若葉』「あの上は」の巻）。

514『きくの宿』（几董著、天明七年刊）に同句形で収録。○雪の袖　参考「八人の八乙女、五人の神楽男、雪の袖を返し、白木綿花を捧げつつ」（謡曲『蟻通』）。なお、舞衣の袖を巧みに翻して舞うことを「雪をめぐらす」という。「いづれも妙なる舞の袖、玉の髪ざし、桂の眉墨、月も照り添ふ花の姿、雪を回らす袂かな。」（謡曲『玉井』）。

515○佐野のわたりの　藤原定家の歌「駒とめて袖打はらふかげもなしさののわたりの雪の夕暮」（新古今集）をさす。参考「袖払ふ雪の往来や別座敷太祇」（俳諧新選）。

516『おの、ちぐさ』（嘯山・青蘿選、天明八年刊）に中七「志賀へ船さす」の句形で入選。○志賀　70参照。○有声画　81参照。

517参考「船造る江に匠ミ酔伏」（芭蕉批点「とはなしに」の巻）「蓬莱や舟の匠のかんなくず　湍水」（阿羅野）。

518『きくの宿』（几董著、天明七年刊）に同句形で収録。○一抱　「一把《いちわ》」の誤り。参考「釣合ぬ棒に芋茎と熊の皮　鳳宿」（『七柏集』「宝引や」の巻）。

短景

512 麦まきや翌降雪を峰の雲　　信州善光寺　呂吹

冬景まのあたり

513 麦蒔や追かけらるヽ影法師　　洛　暁山

冬の日の緩かならさるを述たる句〳〵

おほき中にも

514 雪の袖なほひるかへせ里かくら　　在江戸　楚山

句の姿をえたり

∟25オ

515 雪に払ふ袖やむかしの人のさま　　浪花　几雪

佐野ヽわたりのとよめる

おもかけにも通ひて

516 ゆき晴て志賀へ棹す月夜かな　　灘脇ノ浜　月丘

有声画

517 初雪や舟造る江のかんな屑　　池田　竹外

はつ霜にも通ひぬへきなから雪のあしたも

捨かたし

518 つりあはぬ桶の片荷や葱一抱《ママ》　　洛　春坡

葱の句の趣向にとりて群を

出たれは

519 神主も麦まく時はつきんかな　同　菱湖

古き趣向なれと

∟25ウ

520 馬うりて淋しき雪のあしたかな　伊丹　鶉居

雪の暮といふへきをいさゝか古ミをのかれたり

十二月ゝ並　題　寒月　古暦　鯨　寒垢離　宝舟

521 松竹に風わたる夜やたから舟　洛　買山

一句長高にして幽玄也除夜の句の秀逸と謂つへし

522 宝ふね我は非を積む物にせん　信州善光寺　柳荘

一句作意凡ならす珍重

523 いつとなく巻をさめけりふる暦　備中玉島　湖東

一句和平にして他のものを借用ゐす

524 有て過て物の悲しき鯨かな　洛　蘿音

一句意味深長可解不可解

∟26オ

525 家〳〵や人鎮つてたからふね　同　自珍

一句作に拘らすして除夜の風情を得たり

526 宝ふね春へなかるゝこゝろかな　同　南昌

一句言葉をもて作り得たり

527 寒こりの背中にさむき日影かな　伊丹　鶉居

520 この句、次の句評と罫紙一行に詰めて書く。

521 ○松竹　正月の松飾り。○長高　和歌で、格調高く壮大な感じを伴なう歌の体を「長高体」と言う。参考「比叡愛宕風渡るなり花の春　子曳」（明和辛卯歳旦帳）。

524 参考「有て過て背戸の水仙咲にけり　之房」（其雪影）「有て過て踊召れぬ上つ方　呉雪」（俳諧新選）「くり舟やもののかなしき明の霜　草居」（春秋稿）。

525 参考「家々や銚子のきくの咲さかぬ」（太祇句選後篇）「水鶏啼や人静りて月寒み　五草」（左比志遠理）。

527 参考「森一つ背中にさむき若菜哉　洒堂」（住吉物語）。

一句人をして寒からしむ

528 浦波の背に打よする鯨かな　在江戸　楚山

一句精工にして実を述るもの也

529 よみ安うなる時ふるき暦かな　柳荘

一句時の字眼目とすへし　∟26ウ

530 古されて家に収まる暦かな　浪花　嘯風

一句人倫の上にも比して聞へし

531 懐にわすれて寝たりたから舟　自珍

532 並へたる翌の小袖やたからふね　一透

533 としの浪しつまるころや宝ふね　越後十日町　桃路

534 たから舟やり手か夢の聞まほし　洛　鳳眉

535 寒こりや木のはしくれの荒法師　自珍

536 寒垢離の足地につかぬ風情かな　池田　竹外

537 寒こりの過し跡なるこほりかな　一透

538 汐を吐く鯨の下の入日かな　浪華　几雪　∟27オ

539 巻返しゆかしき日あり古こよみ　同　菊十

540 物おもふ人やまた見ん古こよみ　同　百鳩

541 元服の日は過にけりふるこよみ　一透

542 寒月やことに廿日の出しほかな　信州善光寺　五什

529『きくの宿』（几董著、天明七年刊）に同句形で収録。

530○古されて　使い古されて。○人倫　人。人間一般。参考「ふるされて月も恨る後の朝　子曳」（『其雪影』「ゆくゆくの」の巻）。

533○年の浪　年の暮、年の瀬。

534参考「除夜遊青楼　年かくすやりてが豆を奪ひけり　几董」（五車反古）。

535『きくの宿』（几董著、天明七年刊）に同句形で収録。○木のはしくれ　「思はん子を法師になしたらんこそ心ぐるしけれ。ただ木のはしなどのやうに思ひたるこそいといとほしけれ。」（『枕草子』七段）。「木の端の坊主の端や鉢たゝき　蕪村」（平安二十歌仙）。

536参考「寒苦　霜さむや小鳥の足も地につかず」（樗良発句集）。

543 寒月や帰るさ遠き君かかけ　自珍
544 寒月やなほおもはるゝ室の梅　南昌
545 たか〳〵と夢にわらふや宝ふね　浪華 野遊
546 売人もむかし声なりたから舟　春坡
547 何気なう夜は明にけり宝ふね　浪華 七舟
548 夜の明た所へ着やたからふね　洛 沙長
└27ウ
549 寒こりの走つて出たり己かいへ　浪華 梅後

右為抜群

550 寒垢離や見あけて凄き天の川　同 玉国
551 寒こりや白魚の漁きゆるころ　湖東
552 かんこりや浴て後なほはしり行　浪華 檮室
553 寒垢離や行としなから人たかり　洛 桂月
554 かんこりのあとなほ寒しうしろ影　伊丹 東瓦
555 寒垢離や水玉はしく耳のうへ　信州善光寺 呂吹
556 人こゑの市にあまるや初くちら　浪花 甘三
557 かはかりの海の濁りやくちら突　楠葉 不染
└28オ
558 やま二日越えて見に行鯨かな　百鳩
559 煤掃の夕めし早しくちら汁　自珍
560 くちら売市中寒し朝の月　南昌

546参考「春もやゝあなうぐゐすよむかし声」（蕪村自筆句帳）。

556参考「人声の調子高也としのくれ　知足」（寂照庵初懐紙）「人声の小寺にあまる十夜かな」（春泥句集）。

559〇くぢら汁　鯨の白肉を実にした味噌汁。煤払いの夜に食べる。「をの〳〵の喰過がほや鯨汁」（井華集）。

560参考「鯨売市に刀を鼓《ナラ》しけり」（蕪村句集）。

561 いろ〳〵の望も過てふるこよみ　　檮室
562 月雪に積るほこりやふるこよみ　浪華　銀獅
563 雨何〳〵終にはとしをふる暦　池田　東籬
564 盗人のとらて行けり古こよみ　浪華　千澄
565 跡も見すあしの早さよふる暦　同　管水
566 ふる暦三日のこりて失にけり　五什

右為屯

∟28ウ

《天明七年分》

洛東夜半亭判　月並句合

天明七丁未年正月　　物句四百七拾章之内

題　遣羽子　下萌　椿　東風　蕗の臺《ママ》

567 陽炎に花焦したる椿かな　池田　東籬

きのふの雨にうつろへる花の日にあひて葩
漸爛れたるを陽炎に照し合せて花焦し
たるといふ作意新意にして粉骨あり一巻の
秀逸たるへし

568 下萌や朝日にあてる鉢の蘭　洛　芙雀

562参考「茶やが碁盤ほこりつもるや年の昏　尹雪」（東日記）。

564参考「盗人の返してゆきぬ涅槃像」（枇杷園句集）。

565参考「行春や我を叱りてあとも見ず　道立」（新雑談集）。

○蕗の臺　正しくは「蕗の薹」。

567○うつろへる　花が散ってしまった。○葩　はなびら。

568参考「はつゆきや居所替る蘭の鉢」（瓢箪集）。

569参考「やり羽子に長《オトナ》ばかりの日暮哉　亀翁」（雑談集）。

570○蕗の塔　正しくは「蕗の薹」。参考「鴬や一声啼てあちらむき　秋之坊」（染糸）「末摘のあちら向ひてもおどり哉」（太祇句選）。

572 ○蕗のうてな　蓮台（はすのうてな）に倣った造語。参考「水仙の台に三世のほとけ哉　吾仲」（三千化）「草花の台は広し善光寺　露川」（北国曲）「芍薬はかよはき花のうてなかな」（青蘿発句集）。

574 ○朝東風　朝に吹く東風。○はしりもと　流しもと。台所。参考「情なふ蛤乾く余寒かな」（太祇句選）「朝東風の北にかハりし余寒哉　湖陸」（新雑談集）「火をうてば蛙啼なるはしりもと　蕪村」（耳たむし）。

575 ○伏見　17参照。○わすれ水　野中などを絶え絶えに流れている水。参考「菜の花や淀も桂もわすれ水」（初心もと柏）「水茶屋をはなれて吹や青嵐　桂露」（誹諧有の儘）「市中をはなれて長き柳かな　可松」（左比志遠理）。

576 参考「山吹や鍋炭流す人は誰　竹也」（あけ烏）「鍋炭の川上よりぞはつ時雨」（葛三句集）「陽炎や鍋ずみ流す村の川　一茶」（希杖本句集）。

577 ○日の脚　雲などの切れ目や物の間から差し込んでくる日光。○蕗の臺　正しくは「蕗の薹」。参考「日の脚の竿に残るや桃の花　湘雨」（渭江話）「日のあしを洗ふてのばせ春の雨　斗文」（其雪影）「折々の日のあし跡や冬のむめ」（千代尼句集）。

578 ○魚荷　魚荷飛脚の略。江戸時代、大坂・堺と京

蘭を育るに四時の心得あれは春暖を待得たる数奇人のこゝろ遣ひ思ひやらるゝさま也

569 遣羽子や三日月かゝる門のまつ　同　春坡

早春黄昏の景色

└1オ

570 うくひすのあちらむかしぬ蕗の塔《ママ》　東籬

一句に作をもたせてかけ合せあたらし

571 やり羽根やみとり子抱てふたつ三ツ　伏水　兎山

人情世態工ミ得たり

572 土龍蕗のうてなをくつしけり　同　紫石

新意

573 やり羽子に風声の児もましり鳬　洛　買山

趣向あたらしけれは

574 朝東風や蛤かわくはしりもと　兎山

余寒の趣眼中にあり

└1ウ

575 下もえや伏見はなれてわすれ水　洛　旭渓

尋常の景気句なれと

576 鍋炭の水越す溝やふきのたふ　浪華　檮室

場の見付所うこかす

十印十三章

都の間を往復した飛脚。魚荷を運搬するかたわら飛脚も兼ねたところから言う。「京の御状の御返事と魚荷がせがめども」（好色敗毒散）「昼顔や魚荷過たる浜の道　桃妖」（そこの花）。参考「東風吹とかたりもぞ行主と従者」（太祇句選）「京へきて息もつきあへず遅ざくら」（太祇句選後篇）。

579○矢橋　滋賀県草津市、琵琶湖西岸の小港。大津との間を往復する矢橋船の発着点。297参照。参考「真直に矢橋を渡る胡てふかな　木導」（韻塞）。

580○須磨　現、神戸市。六甲山地が大阪湾に迫る地域。○反　和船の帆の大きさの単位。参考「朝東風や人は岡ゆく帆かけ船　晴嵐」（俳諧難波曲）「朝がすみ須磨をみてとる舟の上　助童」（菊の香）。

584参考「居りたる舟あがりけり春の暮」（落日庵句集）「若草や人の裾ふむ舟上り　樊川」（俳諧新選）「はつ午や小旗をつかむ舟上り」（しら雄句集）。

585参考「きくかれぬ枝の莟はそれながら」（葎亭句集）。

586参考「水鳥や枯木の中に駕二挺」（蕪村句集）。

587参考「あと足も地におちつかず猫の恋　若芝」（泊船集）。

589○膳所　ぜぜ。滋賀県大津市の地名。江戸時代は東海道に面し、本多氏七万石の城下町。

590○ぬしや誰　持ち主は誰だ、の意。「主やたれ問

577　日の脚のさはる垣根や蕗の臺《ママ》　洛　寸砂
578　東風吹と息もつきあへぬ魚荷哉　同　沙長
579　こちふくや矢橋をわたるむら烏　同　松洞
580　朝東風や須磨を放るゝ十反帆　浪華　鳳郷
581　藪陰の宮も丹塗に赤つはき　洛　自珍
└2オ
582　杉垣を右へ這入れは椿かな　兎山
583　鏡鋳る背戸に椿の落花かな　浪華　銀獅
584　下もえや二三日ふりの舟あかり　嵯峨　魯哉
585　した萌や下駄の歯かたの夫なから　洛　亀卜
586　下もえや都はなるゝ駕二挺　同　南昌
587　したもえや地に落つかぬ日の光　池田　李崠
588　やり羽根を遣り過したる男かな　在江戸　楚山
589　遣羽子や馬の背越る膳所の町　浪華　露彦

右為屯

〔一行余白〕
└2ウ

二月ゝ並　惣句一千零十五章之内

題　紙鳶　燕　蛙　初桜　海苔

590　ぬしや誰空に行あふ鳳巾　嵯峨　魯哉

空行月のめくりあふまてと詠けん古歌の俤を

へどしらたまいはなくにさらばなべてやあはれと思はむ　河原左大臣」（古今集）「山吹の花色衣ぬしやたれ問へど答へずくちなしにして　素性法師」（同）などの古歌により、この語を用いた作例は多い。「ぬしや誰レ野やしき囲ふ早山吹　松濤」（東日記）「主は誰山吹いはず六味丸　其角」（星会集）「ぬしや誰花の枝なる小脇差　旧国」（連句会草稿）「主や誰明けゆく橋のぬれ扇　孤桐」（俳諧新選）「若草に根附落せしぬしや誰　子曳」（天明三年几董初懐紙）「ぬしや誰垣よりうちも菫のみ」（半化房発句集）など。○空行月のめぐりあふまで　橘忠基の歌「忘るなよほどは雲ゐになりぬとも空ゆく月のめぐり逢ふまで」（拾遺集・伊勢物語）をさす。この引用歌からすると、几董は「ぬしや誰」を、空の凧が「お前は誰じゃ」と問い交わしている様と解しているか。

591
○崇　正しくは「崇《たたり》」。○春水満四沢　春水四沢に満つ。陶淵明の五言古詩「四時」（古文真宝前集）の初句。参考「崇なす樹もえだかはす若葉哉」（井華集）。

592
○駕　「駕籠」の省略表記。○夢ばかりなる春の夜　周防内侍の歌「春の夜の夢計なる手枕にかひなくたたむ名こそをしけれ」（千載集）の表現を借りる。なお、755参照。○黄物　黄金、金貨の意であろう。参考「侘声に蛙の中のたにしかな　存

かりてぬしや誰といふ発語幽艶かきりなし

591 崇《ママ》なす石もかくれてなくかはす　洛　一鳳

春水満四沢

592 鳴たつる蛙の中やはしり駕　浪花　京甫

夢はかりなる春の夜をいそく遊客の走駕

褒美には黄物を擲つへし

593 切紙鳶のふたゝひのほる木すゑかな　洛　買山

再字眼目

⌞3オ

594 凧を見るかほむつかしき西日かな　洛　芙雀

むつかしきといふ言葉にて一句を成せりこの意味

俳諧の深長なる境也一句の主いと頼もしく覚ゆ

595 切凧の夜を吹るゝやうめの月　池田　竹外

一句のこなし功者の手際成へし

596 戸を明る袖の下よりつはめかな　浪花　交風

燕の風情を述たるや句作

鋼鉄を延たるかことし

597 新海苔に面目もなき豆腐かな　池田　李踈《ママ》

海苔に対して面目を失ひしは都辺の製

よからぬ豆腐なるへしまらうとの袖の土産は

義」（俳諧新選）。
593○かほむつかしき　西日のまぶしさに顔をしかめるさま。
596○鋼鉄を延たる　「先師、ほ句は汝が如く二つ三つ取集めする物にあらず。こがねを打のべたる如く成べし、と也。」（去来抄）を踏まえた評語。
597○色をも香をも　紀友則の歌「きみならで誰にか見せむ梅花色をも香をもしる人ぞしる」（古今集）の表現を借りる。なお、同じ表現は『拾遺集』17・『新古今集』1445などの、やはり梅花を詠んだ歌にも見える。
598○御寺の鼓返りうて　其角の発句「ある寺の興行に　燕も御寺の鼓かへりうて」（あらの）をさす。参考「うぐひすや小太刀佩たる身のひねり」（井華集）。
599○孫敬が云々　芭蕉の俳文「閉関之説」（芭蕉庵小文庫）中の一文「人来れば無用の弁有。出ては他の家業をさまたぐるもうし。尊敬《ママ》が戸を閉て、杜五郎が門を鎖むには。」を踏まえる。なお、この文、諸書に出るが「孫敬」と正しく表記するのは『芭蕉文集』（風徳編、安永二年刊）のみ。几董はこれによるか。孫敬は漢、信都の人。戸を閉じて読書し、眠くなれば首に縄をかけ梁上につないで眠らぬようにした。閉戸先生と呼ばれた。杜五郎は宋、穎昌の人。門を鎖し外出せぬこと三十年

色をも香をも愛すへきものを

598 つはくらや追れてはおふ身のひねり　洛　春坡

形勢乙鳥の外あらし晋子か
御寺の鼓返りうてといふ作意に髣髴たり

∟3ウ

599 半日の雨のひまより初さくら　買山

孫敬か戸を閉杜五郎か門を鎖せしにはあらて
長嘯子か所謂客は半日の閑を得主は半日の
閑を失ひし不用意の設ものならんかし
初の字手柄あれは

600 海苔につく鼠追るゝ尼前かな　如菊

かの松下の禅尼の倹約にはあらねと

601 塗盆に螺鈿うつすや炙海苔　芙雀

光沢一句の工も亦

602 稽古矢の射先を通ふつはめかな　魯哉

須磨の蜑の矢先に啼歟と
翁の古戦場を吊らはれしそれは杜鵑の幽境
これは乙鳥の実境ならん

∟4オ

603 凧あけてなくさめ申せいもの神　竹外

一句平句の趣向なれは申すといふへきを

に及んだ。○長嘯子が云々　145参照。○不用意の設もの　用意・つもりをしていなかったもてなし、供応。参考「枕朽《クチ》ん半日《ハンシツ》の雨ほととぎす　松翁」（談林功用群鑑）「山見えて半日ふりぬ秋のあめ」（曙庵句集）「芝居見む花にと云し雨のひま　李井」（『反古衾』「柳ちり」の巻）。

600○尼前　あまぜ。尼御前の略。尼に対する尊敬語。○松下禅尼　北条時氏の妻。時頼の母。『徒然草』百八十四段にその倹約ぶりが描かれている。参考「田作に鼠追ふよの寒さ哉　亀洞」（阿羅野）。

602○須磨の蜑の矢先に啼歟　芭蕉の発句「須磨のあまの矢先に鳴か郭公」（笈の小文）○翁の古戦場を吊らはれし　翁は芭蕉。「きすごといふうを、網して、真砂の上にほしちらしけるを、からすの飛来りてつかみ去る。是をにくみて弓をもてをどすぞ、海士のわざとも見えず。若古戦場の名残をとゞめて、かゝる事をなすにやと、いとゞ罪ふかく、猶むかしの恋しきまゝに」（笈の小文）。参考「稽古矢の先に女やつくづくし　沾洲」（俳諧新選）。

603○いもの神　疱瘡神。疱瘡をつかさどる神。この病を軽くするために祈る。○平句　445参照。○下知　連歌・俳諧で命令的な表現を使って詠むこと。

申せと下知して聊発句の姿を得たり

604　紙鳶提し被の君や丸太町　洛　其答

地名をさして花洛の実景を述

605　切爪のかゝるや三輪の帘　浪花　檮室

606　燕やいかにうき世を軽はつみ　洛　文門

607　初さくら咲や嵯峨野の小てうちん　仝　南昌

608　海苔干すや初雷のひとくもり　仝　菱湖

609　日の昼や水の曇になくかはす　仝　寸砂

610　麦めしに海苔もて来たりかしこ顔　交風

└4ウ

太祇か口質をうつし出たり

611　留川も今朝明ゆくや初さくら　京甫

612　たゝくさに寝る夜となりぬはつ蛙　池田　朶雪

613　燕二羽しつかに見たり雨の中　洛　芦月

614　友なりししぽ《濁ママ》ちに逢へり初桜　一鳳

此新発意かむかししのはる、心地す

615　しのゝめやあさか上野ゝさくらのり　深草　希双

616　海苔の香や品川ちかき朝ほらけ　洛　旭渓

617　散らんとす時見つけたりはつ桜　如菊

└5オ

618　舟に見る明石の町やいかのほり　洛　一差

604○被　かずき。きぬかずき。被衣。公家や武家の婦女子が外出の際、顔を隠すためにかぶり両手をあげて支えた単《ひとえ》の衣。室町時代中期から小袖被衣も出来、近世に及んだ。○丸太町　京都市の東西通りの一。鹿ケ谷道から右京区花園まで。沿道には大宮御所がある。

605○三輪　奈良県桜井市の地名。○帘　さかばやし。23参照。なお、帘のことを「三輪の杉林」とも言う。ここも、「三輪の帘」で単に「帘」のことをさすか。

606○軽はづみ　言動の軽々しいさま。ここは、燕がいかにも軽やかに飛翔する様子を掛けて、かく言う。

607○嵯峨野　京都市右京区嵯峨付近一帯の称。名所・旧跡が多く、桜・虫・秋草の名所。

609○日の昼　昼日中をきどって言う。参考「日の午《ひ》ルは水の負たる暑さかな　来山」（俳諧古選）。

610○太祇が口質　具体的には、太祇の巧みな人事の詠みぶりをさす。参考「かしこ顔なる姥にく気也雨什」（『続一夜松前集』「雨しのぐ」の巻）。

611○留川　魚を取ることを禁じた川。参考「留川の人せく月のおぼろ夜に　買山」（『続一夜松後集』「紅梅を」の巻）。

612○だゞくさ　雑然として整理の行き届かぬさま。ぞんざい。

619　さしもなき凧こゝろよく上りけり　浪花　由水

620　あけしまゝに預けて帰る鳳巾　菱湖

真卒《ママ》にして新らしミを得たり都而作者の輩自己の胸懐をうつし出て他の口質に倣ふへからすなましひなる言葉を飾り事を求めて他を驚かさんとせしはいとあさましく見ゆるものなり作者に限らすかり初の事にも猿か人真似したらんやうなるは却而見おとす心地すそかし

621　切凧や家路にかへる鍬のさき　在江戸　楚山

村里春色在眼中

〔一行余白〕

三月ゝ並　惣句七百五拾五句之内

題　遅日　菫　春夕　若鮎　落花

622　老木なる柳の股にすみれかな　洛　買山

情ハ以テレ新ヲ為スレ先ト求テ二人ノ未タレ詠セ之心ヲ一詠セヨレ之ヲ詞ハ以テレ旧ヲ可シレ用ウ云々もとより俳諧新意を用ゐされは詮なし然とも近来新しからん事をのみ欲して仲春に初夏の景物を用ゐ

└5ウ

614○しぼち　しんぼち。新発意。新たに発心して仏道に入ること。また、その人。
615○あさか　東京都文京区駒込浅嘉町。青物市・魚市が立った。○上野　東京都台東区の地名。ここにある東叡山寛永寺は、古くから桜の名所として知られる。
616○品川　東京都品川区の地名。江戸から東海道へ踏み出す場合、第一の宿駅となる。「品川　此浦より名物の苔《のり》出ける。」（一目玉鉾）。参考「品川は海苔の海なり東海寺」（葎亭句集）。
618○明石　兵庫県南部、播磨海岸東端の地名。淡路島への港。
620○都而云々　以下は句作りについての全体的な講評。○なまじひなる　しいて望んでいないのであるから、いい加減なことをしない方がむしろよい、の意。○見おとす　見貶す。接してみて劣っていると思う。見下げる。「平句にのびたる句あれば、発句見おとさるる也。」（宇陀法師）。参考「松島へ預けて帰る袷かな　貞雨」（俳諧其傘）。
621参考「ほたる飛ブや家路にかへる蜆うり」（夜半叟句集）「雉子なくや畑うつ人の鍬の先　捲雨」（骨書）。
622○情は云々　「情《こころ》は新しきをもって先となす。人のいまだ詠ぜざるの心を求めてこれを詠ぜよ。詞は旧きをもって用うべし。」定家の『詠歌大概』

或は初秋に冬の造化を扱ふの類ひ家〳〵の
作者競ふて好む事流行せり今は十とせ
はかりの昔予しくれに雲の峰といふ句をせしか
其比は世にさる作例もまれ〳〵なりし此比は
日〳〵目をいたむかことくなりたりかゝる作例を
のみ新しミと心得たらんは頓而古ミに落る事
速なりされは此句は柳に菫の寄生を思ひ
よせて其姿尤あたらし只眼前の事に
して人の未詠せさるの心を求てこれを詠せ
よといへるにかなふへしこゝをもて秀逸とす

623　虚無僧に凧まとひけり春の昏　洛　鈍人
長安市坊の晩景見付所古からす

624　春夕妹か三つ葉のひたしもの　洛　自珍
幽艶かゝる細ミも亦可取

625　暗かりに牡丹活たり春ゆふへ　池田　雪巒
春日の景情もっとも富貴なり

626　夜に入た芝居出れは春ゆふへ　楠葉　不染
未来を過去にいひとりたる一作といふへし

627　鼻につく酒の機嫌や春の暮　洛　春坡

└6オ

冒頭の一節。○しぐれに雲の峰といふ句　「しぐる丶や南に低き雲峰　几董」（五車反古）。参考「青柳や一すじ三筋老木より　柳居」（其雪影）。

623○長安市坊　平安京の市街。京の町なか。

624○細み　「しほりは句の姿にあり。細みは句意にあり。…鳥共も寐入て居るかよごの海　路通　先師、此句細みありと評し給ひしと也。」（去来抄）。

626○未来を過去にいひとりたる　「ゆうべ」の現在からは「夜」は未来であるが、それを「夜に入た」と過去形で表現したことを言う。参考「芝居出て吹るる人や春の風　季遊」（俳諧新選）。

627参考「菊の香も鼻に付たる醒　几董」（『続一夜松後集』「蝉の音に」の巻）「酒の機嫌に渋柿を喰　几董」（『あけ烏』「ほととぎす」の巻）。

629○晋人　『世説新語』の中、「任誕」（放埒にして勝手なもの）、「誹調」（滑稽なるもの）などに挙げられた人物、殊に晋人が多い。「前夜おもひの外更候而、労れ中候。しかし、貴子の口あひ、扨〳〵絶倒いたし候。実ニ晋人の語風、おどろき入候。」（正月廿一日付百池宛蕪村書間）。

630参考「梅咲や馬のくそ道江の南　無腸」（続一夜松後集）。

639○よし野盆　吉野絵を描いた盆。吉野絵は、黒漆地に朱で、または朱漆地に黒で、芙蓉と称される五弁の花枝を描いたもの。必ずしも吉野地方の作

春情おのつから句中に在
628 猿楽の古き錦に落花かな　浪華　岸松
落花といはすしては
└6ウ

洒落晋人之雅趣
629 春夕酢の漏りつくすとくりかな　池田　為律

630 大和路やすみれの中の馬の糞　浪花　一透
はいかいなるかな

631 若鮎やはまくりふるき魚の棚　洛　湖国
かけ合せもの丶あしからねは

632 永き日や猫にものいふ君か声　洛　芦角

633 遅き日や傾城町の昼の月　洛　南昌
└7オ

634 鹿の角拾へはそこにすみれかな　浪華　交風

635 にしき丶のあとやいつしか菫咲　洛　桂月

636 人ふえて酒たらぬ宿や春夕　淀　灌園

637 南門の人払ひけり春のくれ　同　維笑

638 若鮎の網うちあけぬ鳶尾草の上　雪巒

639 わか鮎やまた四ツ五つよし野盆　浪華　幬室

640 若鮎や山吹の里さくらの瀬　洛　如菊

641 日にうつる落花のうへのかたつふり　交風

とは限らない。参考「四ツ五つ空から繋ぐ雲雀かな」（葎亭句集）。
642○踏わびぬ　「わぶ」は、他の動詞の連用形について、その動作や行為をなかなかしきれないで困る意。…しあぐむ。○蕊草履　しべぞうり。藁しべで作った草履の意か。参考「どちへ行雲とも見えず春一日」（暁台句集）。
643○余有　あまりあり。…してもまだ及ばない。…しきれない。「筆を採るに余り有り」は、筆を採ってもとても書ききれない、意。
646○小かしこき　こざかしい。参考「かしこくも羯鼓学びぬ鉾の児」（春泥句集）。
647○橋本の遊女ありやなし　蕪村の発句「わかたけや橋本の遊女ありやなし」（続明烏）をさす。橋本については、107参照。
648参考「蝙蝠やけいせい出る傘の上」（太祇句選後篇）。
649○舛落し　鼠捕りの仕掛け。枡をふせて棒でささえ、その下に餌を置き、鼠が触れると枡が落ちてかぶさるようにしたもの。「宵のまゝなる」は、短夜ゆえ鼠がかかる暇もないのである。参考「春の灯油盛りたる宵の儘」（春泥句集）。

642　春一日落花踏わひぬ蕊草履　伏水　賀瑞

右十一句群出

惣句六百九十章之内

∟7ウ

四月ゝ並

題　瞿粟花　若竹　蝙蝠　短夜　初茄子

643　わか竹に道を譲るや牛の角　洛　菱湖

此句故事古語を引て釈せば《濁ママ》筆を採るに

余有只郊外の実境と見て珍重たるへし

644　短夜や梅の葉うらに啼く蛙　伏水　兎山

時候のかけ合せよく入りたり

645　飽果し雨の中より初茄子　浪花　嘯風

中七文字作意なるかな

646　かしこくも花柚そへたり初茄子　洛　自珍

小かしこき句と謂べ《濁ママ》し

∟8オ

647　若竹や尋ね出たるわたし舟　浪花　一透

橋本の遊女ありやなしといふ其場を去らねと

648　かはほりや宿とり迷ふ笠の上　洛　薫

旅中黄昏の趣見ることし

649　みしか夜や宵のまゝなる舛落し　兵庫　巴耕

功者の手際

650 山もとや曇につゝくけしの花　洛　春坡

651 ちる芥子につらかくしたる鼬かな　同　旭渓

652 罌粟咲て網戸もうつる潦　同　鈍人

三句の罌粟己かさま〱なり

└8ウ

五月〻並　惣計五百五十句之内

題　入梅　帳子　水鶏　蟵　田草取

653 草とりの田を顕はれぬ午の貝　洛　呂蛤

粒々辛苦なる農業の中にもことに炎熱の
田草取尤怜むへし午時の貝を聞て
食事に帰らんとす姿情よく一句の上に
作意せり珍重

654 片隅を蟵はつし蒀夕つとめ　浪花　仙興

晋子か蟵つるかたに老独といへる後句
にして手柄あり

655 我か宿によき宿とりて蚊帳かな　伏水　買山

一句のさま巧ますして巧を尽す

└9オ

656 雷止んで明石の入梅の夕日かな　浪花　甘三

須磨の巻のおもかけをかりたる入梅の

652 ○網戸　土蔵の入り口の、内側に金網を張った戸。○潦　にわたづみ。雨が降ったりして地上に溜まった水。水たまり。

653 ○午の貝　正午を知らせる法螺貝の音。参考「午の貝田うた音なく成にけり」（新花摘）「午の貝吹やむあとの稲雀　成三」（左比志遠理）。○粒々辛苦なる農業　74参照。参考「粒々皆身にしる露のかゝしかな」（夜半叟句集）「草取し笠の辛苦をかがし哉」（井華集）。

654 ○晋子　其角のこと。○蟵つるかたに老独　『桃の実』に「かやり火や蚊屋釣かたに老ひとり」と、『温故集』『五元集』には「蚊遣火に蚊屋つる方ぞ老独」として出る。○後句　ごく。後に続く句。次の場面を構成する句。

655 参考「蚊やり火やよき宿を取後れたり　路曳」（続明烏）。

656 ○明石　618参照。地名と梅雨が明ける意を掛ける。○須磨の巻のおもかげ　『源氏物語』須磨の巻に、三月一日の風雨・雷鳴・津波の天変のことあり。ただし、この句にそのままあてはまる文はない。○入梅の夕晴　梅雨の期間中は夕方に晴れ間を見せることがあるのを言う。参考「雷止んで太平簾ひく涼かな」（太祇句選）。

657○可憐　74・653参照。参考「入相をまたから聞や田草とり　木導」（水の音）。

658この句、芭蕉の発句「三井寺の門たゝかばやけふの月」（雑談集）を下敷きにするか。○月下門　賈島「李疑の幽居に題す」（三体詩）中の詩句「僧は敲く月下の門」をいう。ただし、作者にそれを「反転」する意図があったか疑問。

660参考「大船に坐敷もありて春の宵」（鳳朗発句集）。
663 664この二句は八月分の巻末部分。
663参考「魚折々光すずしや水の色　夕口」（其袋）。
665○はづれ〳〵　ところどころ。「田にならぬはづれはづれやかきつばた　超波」（俳諧新選）「椎柴のはづれ〳〵やあきの霜　維駒」（五車反故）。○秋の句に云々　622参照。

夕晴一句の栄えあり

657 昼ちかき己か日影や田くさとり　池田　為律

可憐

658 三井寺の門にも通ふくひなかな　洛　帰楽

月下門を反転して

659 一ところはつれて暑し蚊やの内　楠葉　不染

660 大船の蚊屋なつかしく宵月夜　洛　沙長

661 蚊屋つりて再ひ明る雨戸かな　浪花　魚三

662 痘神の機嫌もわろし入梅しめり　不染

〈五~八月分　五丁　欠〉

└　└9ウ

663 月もやとれあらひ鱸の水の色　在京　布舟

664 おしあふて舟に乗けり秋の暮　洛　南昌

〔一行余白〕

九月ゝ並

惣句七百拾五章之内

題　菊　朝寒　牛祭　長夜　刈田

665 はつれ〳〵陽炎もゆる刈田かな　洛　沙長

秋の句に春のものを用ゐ春の景を
述て秋の情を尽せり可謂句作之自在

666参考「露淡く瑠璃の真瓜に錫《スズ》寒し　素堂」（『武蔵曲』「錦どる」の巻）「物おもふゆりの袂や露走る」（葎亭句集）「菊の香や花屋が灯むせぶ程」（太祇句選）。○裸せて　「果せて」の誤り。

668参考「若葉して御めの雫ぬぐはばや」（笈の小文）。○雛　ここは九月九日の「後の雛」（菊の雛、とも）の意。「和国の女児、雛遊びをなすこと古き物語にも出でたり。…今また九月九日に賞する女児多し。」（滑稽雑談）。「大坂にては今日（九月九日）も女子ら雛を祭る者あり。…京都にもかくのごときか。江戸にはさらにこの行なし。」（守貞漫稿）。

669○精進　ここは朝精進の意。朝精進は、朝食に生臭いものを食べないこと。朝食はさっぱりしたものを食べるのが普通であることから、実行しやすいとされる。参考「今朝の秋朝精進のはじめ哉」（蕪村自筆句帳）「鴬に精進料理の旦かな　怒風」（後の旅）。

670参考「紙衾かさねむとさへおもひける」（葛三句集）。

672○ほの　動詞・形容詞などの上に付けて、かすかに、またわずかに知覚されるなどの意を添える。参考「酒の香に蒸されて赤し梅の花　露川」（北国曲）「流る丶も酒の泉か菊の奥」（半化坊発句集）。

666 露はしる瑠璃の火影や菊畠　浪華　廿三

麗景露はしるとはいひ裸《ママ》せて

⌐15オ

667 雨の音あるひはたえて夜長かな　池田　如山

句の仕やうが《濁ママ》功者な

668 雛の皃拭へとてしも菊の露　湖南　蘭巧

滑稽てはあるぞ《濁ママ》

669 あさ寒や精進続く台ところ　淀　灌園

いかにも朝さむで《濁ママ》あらう

670 長き夜や寝てゐるうへの紙袋　城南林　下放

是洒落可解不可解

671 朝さむや鼻に露おく犬のつら　洛　春坡

露のおきところが《濁ママ》おもしろい

⌐15ウ

672 酒の香もほのわたるなり菊の園　勢州山田　梅斜

一句のいひこなしにて

673 なかき夜に泊りし瞽女の鼾かな　洛　鈍人

瞽女にて句に成た

674 朝寒やゐほし着てゐる禰宜二人　浪華　一透

何とはなしに一句に成た

〔一　行　余　白〕

673この句、芭蕉発句「一家に遊女もねたり萩と月」（おくのほそ道）を意識するか。参考「秋の夜を徒者の舡かな　駒門」（俳諧新選）。

675参考「しら露や月のこぼるる沙の上　富水」（俳諧新選）。

676○さればこそ　予想が的中した時などに発する語。やはりそうだったよ。だからこそ。参考「腰のしてけふは山見ん菊作り　布門」（俳諧新選）。

679○ませ垣　竹や木などで作った低く目のあらい垣。「ませ垣は菊の匂ひのふせご哉　親重」（犬子集）「笆籬《ませがき》やいろいろひかる菊の露　芦風」（国の花）。

682参考「春風や動くともなき鳶の羽」（葎亭句集）。

683参考「卯の花やどこの祭のもどり笠　朱拙」（小柑子）。

685○何事のおはすかしらず　西行の歌と伝えられる「何事のおはしますをば知らねどもかたじけなさに涙こぼるる」（版本『西行法師家集』）の表現を借りる。この歌、謡曲『巴』では「おはしますとは」の形で収録し、行教和尚の歌とする。

686○明石　618参照。地名と、夜が明ける意を掛ける。

687参考「長き夜や夢想さらりと忘れける」（太祇句選）「うたた寝の夢想書とる団かな」（井華集）。

688○男世帯　おとこじょたい。男ばかりで暮しを営

675 月照や菊の影見る砂のうへ　城南　衣厰
676 されはこそ疝気もしらす菊作　洛　鳳眉
677 菊折し手もなつかしき匂ひかな　同　自珍　⌊16オ
678 菊の園外から見れはうしろかな　楠葉　不染
679 ませ垣に萩の青葉や菊はたけ　伏水　買山
680 朝寒や箒はなれぬいとの屑　鈍人
681 あさゝむや淀より広き舟の中　下放
682 朝寒やうこくともなき池の鯉　洛　桐似
683 長き夜に何所の祭の太鼓かな　鈍人
684 一番に老の登城やあさゝむみ　不染
685 何事のおはすかしらすうしまつり　城南佐山　黄口
686 なかき夜の明石へ遠きねさめかな　鳳眉
687 長きよや夢想の発句覚束な　蘭巧　⌊16ウ
688 なかき夜や男世帯の内の体　洛　一鳳

右抜群

〔一　行　余　白〕

689 孤家に近道付しかり田かな　浪華　仙興
690 柴の戸へ入日のとゝく刈田かな　同　眉山
691 くるゝまて鳥はなれぬ刈田かな　洛　朱青

む状態。参考「秋風や男世帯に鳴千鳥　来山」（仏兄七久留万）「寐て起て長き夜に住むひとり哉」（太祇句選）「長き夜や目覚ても我影ばかり」（半化坊発句集）。

689参考「一ツ家の枯残りたる野末哉　貞漁」（俳諧其傘）「かたちして孤屋までぞ水の色」（太祇句選後篇）「麦刈ぬ近道きませ法の杖」（蕪村句集）。

692参考「喰ふて寝る身の不性さよ浪の鴨」（野坡吟草）。

693参考「ほととぎす大竹原を漏る月夜　翁」（笈日記）。

694○日和まん　好天に恵まれること。「日和まん綿につれけり老の秋」（野坡吟草）。

695○衛士　えじ。士丁を誤って呼んだ名。平安時代以降、貴族の家などで雑役に使われた下男。下僕。参考「夜ざくらや衛士が焼火の遠あかり　李天」（骨書）。

696この句、芭蕉発句「一家に遊女もねたり萩と月」（おくのほそ道）を踏まえる。参考「おきわかれとむるものなし女郎花　文鱗」（続虚栗）「朝寒や旅の宿立つ人の声」（太祇句選後篇）。

698○ちらばふ　散らばう。散りぼう。散り乱れる。

700参考「露結ぶ夕あしたのつるべなは」（蘆陰句選）。

701参考「をちこちや梅の木間のふしみ人」（井華

692 喰ふて寝る客よあるしよ牛祭　不染

693 うし祭大竹原の月夜かな　城南林 之寂

694 朝さむや旅に出たる日和まん　嵯峨 魯哉

695 あさ寒や衛士か篝の燃しさり　蘭巧

└17オ

696 朝寒や旅の遊女に起わかれ　仝

697 あさゝむや味噌汁うすき旅の宿　在京 布舟

698 朝寒や木屑ちらはふあかり口　浪華 嘯風

699 菊の香のおちて匂ふや市の後　洛 甘古

700 さくまての夕あしたや菊はたけ　同 芙雀

701 朝市や菊商へるふし見ひと　城南林 麦子

702 我か庭やいさゝかきくの花盛　浪華 由水

右為屯

〔二行余白〕

└17ウ

十月ゝ並

物句八百五十句之内

題　玄猪　初霜　十夜　冬篭　凩

703 こからしや暮て大河の水明り　洛 之尺

冬景全く句中に備ふ就中座句妙哉

704 冬籠り猶おもはるゝ君か事　仝 南昌

集）。

703〇水明り　水面に星や月、また街の燈などが映って、何となく明るいこと。また、その明り。「東風吹や入日の跡の水明り　一茶」（佐分利氏蔵句帖）。参考「こがらしやすぐに落付水の月」（千代尼発句集）「木がらしや大河の水の鳴てたつ」（葎亭句集）。

704〇寒燈　寒い夜のともしび。火影のものさびしい燈火。〇狘　239参照。〇こころの鬼　恋慕愛着の妄念。〇あとより責来る「枕よりあとより恋のせめくればせん方なみぞ床中にをる　よみ人しらず」（古今集）による。元歌の「あとより」は「足元の方から」の意であるが、几董は「忘れようとするすぐそのあとから」の意味で用いる。参考「捨られぬものはこゝろよ冬籠」（白雄句集）「なき妻の名にあふ下女や冬籠」（太祇句選）。

705参考「紅茸やうつくしきものと見て過る」（井華集）「鴬や鳴た顔せぬ小芝はら　知足」（枕かけ）。

706〇不用意　参考「句を得ることは専ら不用意を貴ぶ」（『春泥句集』蕪村序）。参考「方々に十夜の内のかねの音　芭蕉」（炭俵「むめが香に」の巻）「下京の果のはてまで十夜かな」（五老井発句集）「祖父祖母の京にも多き十夜哉」（麦林集）「人声の小寺にあまる十夜かな」（春泥句集）。

707〇離落　離れ落ちること。そむき去ること。ここ

寒燈に対して愛狘《ママ》をわすれんとすれはこゝろの鬼のあとより責来るならんかし

705 はつ霜や紅茸きゆる小芝原　浪花　京甫

原野荒蕪の光景まのあたりに見ゆ

∟18オ

706 京中を寺かと思ふ十夜かな　洛　沙長

此実境不用意にして得たる成へし

707 こからしに吹れて村へ這入けり　但馬石橋村　如羅

離落

708 紅葉散寺もゐのこのあらしかな　城南大久保　倚石

題をはなれて題にもとる

709 木からしの吹や吹るゝ鳶のつら　南昌

吹や吹るゝと語を重ねたる一作珍重

710 木々の葉もみつかひとつかゐのこ空　浪花　甘三

源氏に所謂ゐのこのもちひはみつかひとつかと

∟18ウ

711 師の眉の霜そ置そふ冬こもり　洛　鳳眉

かうやうの人の眉に霜の置そふをとは素龍か筆妙

は、落武者の境涯などを暗示するか。参考「凩に吹れてたつやかがみ山　北枝」（干網集）「木がらしにふかれてゐても柳かな　十丈」（泊船集）「木がらしやふかれて竹のゆり違へ」（誹諧句選）。

708○ゐのこのあらし　亥の子の日前後に多い荒れ模様の天候を、「亥の子の荒れ」と言う。

710○源氏に云々　『源氏物語』葵の巻に、光源氏が二条院の人々から届けられた亥の子餅を見て惟光を召し、新婚間もない紫の上へ三日夜餅（愛敬餅）を参らせよとほのめかしたところ、惟光が亥の子餅を洒落て、「ねの子はいくつ仕うまつらすべう侍らむ」と聞いたのに対して、源氏が「三つが一つにてもあらむかし（三分の一でもよかろうよ）」と答える場面がある。作者甘三・几董とも、「三つが一つ」を「三つか一つ」と理解していたか。

711○眉の霜ぞ置そふ　『おくのほそ道』の素龍跋文「只なげかしきは、かうやうの人のいとかよはげにて、眉の霜のをきそふぞ。」を踏まえた表現で、几董の評語もその作意を汲む。

712○可憐この辛苦を　74・653・657参照。

714参考「修行者に雪間の御宿まいらせて　竹郎」（『渭江話』「一しきり」の巻）「目覚して旅僧坐し居ル夜寒哉」（蘆陰句選）。

716○里はづれ　人里から少し離れたところ。

712　こからしや塩荷持こむ山二日　沙長

可憐この辛苦を

713　かの狐来て戸を叩くふゆ籠　仝

714　旅僧に宿まゐらせて冬こもり　池田　市仙

群出

715　寺町や裏は十夜の竹の月　同　為律

716　初霜や芝居の有た里はつれ　洛　五彩

717　鶏頭の花も老けりけさの霜　城南佐山　如雪　└19オ

718　木からしや有明かたに月ひとつ　洛　机雀

719　花囉ふ山路いつれは十夜かな　市仙

720　はつ霜の冬を定めて明わたる　鳳眉

721　初しもや浅瀬をわたる石の上　洛　雪閣

722　初霜の菊を木はたの便かな　鳳眉

723　はつしもや畠の中のさゝれ石　伏水　買山

724　おもひ来て故郷寒き玄猪かな　城南林　下放

右為屯

〔二行余白〕　└19ウ

〈十一・十二月分　数丁欠〉　└

720参考「月の情冬を定めり樫木原」（暁台句集）。
722○木ばた　木幡。宇治市の北部にある地名。奈良街道の道筋にあたる。
724参考「笈の菓子古郷寒き月見哉」（五元集）「思ひ来て思ふて帰るさくらかな　湖流」（俳諧新選）。
725天明六年几董『初懐紙』に、「下萌や丸太ころばす嵯峨の町　松化」の句形で、几董との半歌仙の発句として収録。几董の脇句は、「水の日なたの壁にかげろふ」。○嵯峨にころばす杉丸太　嵯峨は607参照。丹波奥山で伐り出した丸太を筏に組んで大堰川を流し、嵯峨で陸揚げする。これを、嵯峨丸太という。「丹波　山国榾丸太　是を嵯峨に出す故にさが丸太とも云」（毛吹草）「筏にしても嵯峨丸太哉　盤谷」（『江戸廿歌仙』「明星と」の巻）。
726○耳染たる　58・186参照。参考「さみだれや大河を前に家二軒」（蕪村句集）。「燕や流のこりし家二軒」（井華集）「行春や麦の中なる三軒家　雪峁」（株番）。
727○金毘羅舟　江戸時代に流行した讃岐の金刀比羅参詣のため、大坂から丸亀に就航した乗合船。播磨灘を通って室の津に至り、牛窓・下津井を経由して丸亀に至る。○ひゞきの灘　播磨灘のこと。参考「波風のひびきの灘や播磨舟　維舟」（『時勢粧』「消て悲し」の巻）「あかがりやひびきの灘の

《別立て・天明五年分》

乙巳正月ゝ並　題　元日　下萌　鶯　霞　若艸

判者春夜先生

725 下萌や嵯峨にころはす杉丸太　松化

下萌の場を見出て丸太転すといふ句作俳力顕れ侍る
ことに嵯峨の名も何となく春色あり珍重

726 霞日や麦の中なる家二軒　フシミ　鼠卧

一句幽玄にして姿情備れりされと
句体の耳染たるをもて第二とす

727 灘こしの金毘羅舟や夕かすみ　々　雈宜

ひゝきの灘の夕凪をわたる金毘羅舟
いさゝか難あるまし

728 若草や犬に追るゝ鶏の声　春坡

犬吠深巷中雞鳴桑樹顚

729 うくひすや小便したる藪の陰　フシミ　其残

中の詞のひらめなるをもて藪陰の
鶯にあたらしみを得たり

∟1オ

舟子共　吉章」（続境海草）「並蔵はひびきの灘や寒作り」（五元集）「大魯とひゞきの灘に遊びし時水飲みに岡かけ上る夏野哉」（『晋明集』三稿）。

728○犬吠云々　262参照。

729この句、芭蕉の発句「鶯や餅に糞する椽（縁）のさき」（葛の松原）を意識するか。○中の詞のひらめなる「ひらめ」は、変化に乏しく平板であること。平凡であること。また、卑俗であること。ここは、中七の「小便したる」という表現が卑俗であることを言う。

730○小荷駄馬　小荷駄を運ぶ馬。荷物を運ぶ馬。なお、大津の宿駅で使われていた荷物運送用の馬を「大津馬」と言った。

731参考「はつ霜や犬の土かく爪の跡　北鯤」（続猿簑）「下萌や土かく鶏の蹴爪より」（律亭句集）「下萌や土の裂け目のものの色」（太祇句選）。

○癸「山葵」の誤り。

734○関の清水　大津の逢坂の関付近に湧き出ていた清水。歌枕。○有明かけて　都の朝市に間に合わすため、であろう。○水飼けん　馬や牛などに水を飲ませるのを「水飼う」という。参考「馬の便りに初鮒をこす　月居」（『寺村家蔵連句稿』「さゝら井に」の巻）。

735○仏の日　涅槃会の日。○妙蓮寺　「妙蓮寺椿の事とおぼえけり」（『晋明集』四稿）「侘介の接穂も

730 若艸や大津へ二度の小荷駄馬　仝
二度といへるに春景を含めり

731 下萌や鶏のかき出す爪の跡　々 玄里
ことはの続からいやしけれと
題の場所をいひえたれは

732 元日や何から早きもの丶音　々 買山
無味なる句なれとも作りかたいさ丶か
あたらしく侍れは

733 下もへや車の輪形ありなから　呂風
古き所なれと捨かたく

二月ゝ並

題　初鮒　椿　癸《ママ》　帰雁　薪の能

734 初鮒に関の清水や朝の月　呂風
湖上を出て都にはしる初鮒の有明かけて
関の清水に水飼けんいとい さきよし

735 仏の日寺から囉ふ椿かな　フシミ 買山
かの妙蓮寺なと賞る花のにほひも
ことにすせうにおほゆ

└1ウ

見ゆれ妙連《ママ》寺　土師」（紫暁判月並発句合摺物寛政六年二月）「雪に嬉し去年の接穂の妙蓮寺　池田不二丸」（同　十二月）○すせう　殊勝。

736 ○はしり井　走井。大津市大谷町逢坂の関の西方に湧く清水。古来名水とされる。辺に茶屋があり、走井餅を売った。参考「走井《はしりゐ》に生行《いけゆく》鮒の栬《もみぢ》かな　尚白」（孤松）。

737 参考「雨に倦く人もこそあれかきつばた」（太祇句選後篇）。

739 ○夜ぶり　夜振。夜に松明を点じ、魚を獲るを言う。夏の季語。

740 ○麾く　「靡く」の誤り。

742 ○江尻　静岡県清水市の地名。東海道の宿場町。○好事　こうず。珍しいことや変わったことに興味を持つこと。

736 山陰の余寒場をはすさつして
初ふな又外ならす
初鮒やまたはしり井の水寒し　仝

737 雨中春色
雨に倦て落る椿や咲なから　々 之流

∟2オ

738 閑雅
したゝりに葉を動かせる山葵かな　呂風

739 時候のとり合珍重
帰雁夜ふりの上を過にけり　買山

740 猿楽の姿を述て題をとりとめたり
舞袖にけふりの麾《ママ》く薪哉　呂風

741 中七文字作有
谷陰に匂ひをつゝむわさひかな　フカ艸 霞渓

742 料理好事の人の時節の景物を
なつかしむ趣尤さもあらんかし
江尻からことしは遅きわさひ哉　春坡

∟2ウ

三月ゝ並　題　花　蜂　さくら鯛　艸の餅　春の野

743 幽艶
夜は明て昼の曇りや遠さくら　フシミ 対橋

745○薪に花を折そへし　「大伴のくろぬしは、そのさまいやし。いはば、たきぎおへる山人の、花のかげにやすめるがごとし。」（『古今集』仮名序）。「道のべのたよりの桜折り添へて薪や重き春の山びと　大伴黒主」（雲玉集）。「不思議やこれなる山賤を見れば、重かるべき薪になほ花の枝を折り添へ、休む所も花の陰なり。これは心ありて休むか。ただ薪の重さに休み候か。」（謡曲『志賀』）。「足引の山より通ふ折ごとに、薪に花を折添へて、手向をなして帰らん。」（謡曲『忠度』）。「思ふままにはいはれざりけり／山人の薪に花を折添へて」（犬つくば）。○反転して　作者にその作意があったか、疑問。

746○嗔声　いかりごえ。「西光法師を一時睨んで、嗔声《イカリゴヘ》にて」（寛永版本『源平盛衰記』）。

747参考「涼しさやうかうか行ば行どまり　里東」（笈日記）。

748○嵯峨野　607参照。

749○京へ暮行　夕暮れになって京の町へ帰って行く、意。

750○江東日暮雲　杜甫の五律「春日李白を憶ふ」中の詩句。

744　小社や翠簾のひまより蜂ふたつ　松化
見付所を得て一句作あれは

745　山人も提てもとるやさくら鯛　梅居
薪に花を折そへし姿の古みを
反転して山家の人の鮮魚を携し
趣向新意もつとも珍重すへし

746　落し巣を廻るや蜂の嗔声　縁川
一句の詞つゝきおたやかならねとも
蜂の本情を著せり

747　春の野やうか〳〵越し川二ツ　春坡
是全く春日の情

748　草の餅花の嵐に乾きけり　フシミ　買山
嵯峨野ゝ辺リを徘徊して
もちゐめせよとすゝむる女商人の
姿情ならん

749　春の野や京へ暮行人多し　綺山
七日はかりの月の朦朧たる
夕暮のけしきあはれむへし

750　春の野に船を上りて遊ひけり　ミス　鶉閭

└3オ

751○真向　まむき。正面。○余が附句に云々　『五車反古』（維駒編、天明三年刊）収録の「栗に飽て」几董・維駒両吟歌仙に「雁ゆく比を松しまの旅／右に見し山は左にうちかすみ」の付合がある。ただし、同書では、前句・付句とも作者は維駒とする。○布穀　ふこく。郭公《かっこう》の異名。参考「兀山に影は隠れぬ雲雀哉　仙行」（渭江話）「柳後園の身まかりし時　仏手柑も真向になりて秋暮ぬ」（麦林集）。

753参考「願有る身のせはしさよ後の月　史邦」（初便）「夏百日墨もゆがまぬ心かな」（蕪村自筆句帳）。

754○代の評　世の評。世間の評判、評価。

755○かゐなく立ん云々　「二月ばかり月のあかき夜、二條院にて人々あまたゐあかして物語などし侍りけるに、内侍周防よりふして枕をがなと忍びやかにいふを聞きて、大納言忠家是を枕にとてかひなをみすの下よりさし入れて侍りければ、よみ侍りける　春の夜の夢計なる手枕にかひなくたゝむ名こそをしけれ　周防内侍」（千載集）。なお、几董に「かひなく立ん名こそおしけれ」と前書きをした「手枕の夢や破れて朧月」（発句集巻之三）の句がある。592参照。参考「枕にときぬたよせたるたはれかな」（夜半叟句集）「いざ歌承んと　事よせて蚊屋へさし出す腕かな　太祇」（俳諧新選）。

江東日暮雲

〔一行余白〕

四月ゝ並　芍薬　夏書　青簾　かんこ鳥　すし

751　兀山の真向になりぬ諫鼓鳥　フシミ　買山

余か附句に右に見し山は左にうち霞是をもて此句を聞へし布穀の場を見出たる手柄浅からす

∟3ウ

752　朝夕に願をわかつ夏書かな　春坡

中七文字工ミ案し出たり珍重

753　願ある我身はつかし夏百日　仝

あるましき恋路なとに深き願ひこめて我と心に意を恥たる趣いとおもしろ

754　鮓出して噂聞ゐる男かな　柳枝

都而おのれか心用ひたる事は代の評を聞まほしきものなりかのすし漬しおのこの加減いかゝならんなと窺ゐたるさまいとおかし

755　枕にと腕まいらすや青すたれ　フシミ　羽毛

∟4オ

かゐなく立ん名こそ惜けれなとしたる女房のすきめける人と見てたはふれたるにや

757参考「茶摘　手始も昨日になりぬ初昔　蘭丈」（俳諧新選）「花鳥もきのふと過てはつ鰹　芙蓉花」（続明烏）「着心のきのふと過し紙衣哉」（蘆陰句選）「けふの春きのふと過し初若な」（暁台句集）。

758参考「藁葺に寺号ほしがるや椶櫚の花」（麦林集）「わら葺のうら門傾ぐゆふすずみ　文郷」（春秋稿）。

759○別荘「しもやしき」と読む。「別荘法師が花も隣也」（安永五年十二月十八日付東菑宛蕪村書簡）「下やしき僧都の花も隣けり」（蕪村遺稿）。参考「日の入や舟に見て行桃の花　一髪」（阿羅野）。

760○うちつかぬ雨「うちつく」は、物事が解決する。ある点に帰着する。ここは、降ったり止んだりする雨を言う。○天色　空模様。天気。

761○蝸牛　ででむし。参考「客ぶりや居処かゆる蝉の声　探志」（猿蓑）「五月雨や居所かへぬ鷺一羽　雁歩」（左比志遠理）「水鳥の居所替フる凍《コホリ》かな　蕪村」（新五子稿）。

756 鮒すしに猟師か宿の祭哉　々 玄里

時候のとり合せものあしからす

757 花の香もきのふになりぬ青簾　雅竹

きのふとなりぬなと作例あまた侍れと
花の香といふ五文字題によくとり合り

758 芍薬や藁葺なから門かまへ　呂風

759 芍やくや舟に見て行別荘　雅竹

此題なと何を得たりともしかたし
先菊に類し牡丹に動かさるをもて
いさゝか取へし

五月ゝ並

題　粽　けい馬　百合　帷子　かたつふり

760 うちつかぬ雨の晴間や百合花　フシミ 兎山

上五文字の詞にて時候の
天色を述はた此花の形容
を得たり珍重

761 蝸牛の居所替へし曇リ哉　々 石鼓

龍吟起雲の理あれはにや

762 帷子にうつり香はやき菖哉　松雨

└4ウ

菖蒲のかた重きに似て
却而かたひらの句
意深し

763 粽干竿に六日の朝日かな　雅竹

└5オ

竿に旭と作意有

764 てゝむしの落る旭の梢より　フシミ　左幸

雨後

765 くらへ馬及こしなる扇かな　々　柳圃

其場にして其人を見る

766 乗越へて勝負あやふき競馬哉　我邑

実境のみ

767 弁慶の色に似たりや麦粽　不言

俗諺をもて俳諧のおかしミに作なせり

└5ウ

〈六月分　一丁欠〉

└

七月ゝ並

題　初秋　刺鯖　瓢　竃馬　踊

768 初秋や宿屋の店にすまひ取　野蚯

見付所の新しきを取て秀逸とす

769 刺鯖や親あり子ある内の体　寸砂

764参考「蝸牛の葉裏へ回るあつさ哉　珍志」（俳諧新選）「登りつめて落たり竹の蝸牛」（半化坊発句集）。

767参考「弁慶が舞かや色のくろき蝶　時征」（崑山集）「麦粽恥がはしげに持来たり」（葎亭句集）。

768〇宿屋　原本、虫損あり。推読。

769〇刺鯖　鯖の背を開いて塩漬けにし、二枚重ねたものを一刺しとした乾物。江戸時代、七月十五日に両親の寿を祝う生身魂の式の膳に蓮の葉に包んで供したり、盆の贈答品に用いたりした。参考「刺鯖や棟数多ふる子福人」（律亭句集）「初午や飯綱使の内の体　嘯山」（俳諧新選）。

772○鳴やむいとゞ　ここの「いとど」は竃馬。江戸時代には、竃馬はこおろぎと混同して鳴く虫とされた。

775○生瓢　なりひさご。瓢箪のこと。参考「あさがほや垣の後は昏の花　丁分」（末若葉）。

776○己にうとき　放心状態をいうか。夜通し妻恋いをして鳴いた鹿の、暁のさま。「行春やおのれにうとき蔓の頬　野菊」（花のちから）「をのれのみとかなしく鹿のなく音哉　樗良」（我庵集）。

精工
770　転んかす墻にそこゝ瓢かな　疎涼

句作のこなし出レ群ヲ
771　はつ秋や藤の棚もる二日月　買山

└7オ

春秋のうつり行さま感慨あり
772　蕣によれは鳴やむいとゝかな　鳰浪

やわらかなる案し場又可取
773　初秋と空に見ゆれと暑かな　松化

実景
774　昼勝た角力取出る踊哉　サカ　魯哉

新意
775　瓦焼うしろの垣や生瓢　御松

其場

〔二行余白〕

└7ウ

八月ゝ並

題　鹿　夜寒　芋　鳴子　野菊

776　暁や己にうとき鹿のさま　寸砂

深意有感
777　夜寒さや澄月の色水のいろ　古龍

778参考「障子ごし月のなびかす柳かな　素龍」（炭俵）「欠して月誉て居る隣かな」（井華集）。

779○仕負たる　争って負けた。

780参考「夜を寒みから鮭つたふ鼠哉　乙州」（藤の実）。

781○芋売　仲秋の名月に供える里芋を売り歩くこと、またその人。「芋売は銭にしてから月見かな」（蘿葉集）。

782参考「山うばと貌見あはしてきぬた哉」（春泥句集）「鴬と貌見合する折戸哉」（暁台句集）。

783○雨意　雨の降りそうな様子。雨もよい。ここは、雨中の情意といった意味合いか。

784○あら気なき　ひどく荒い感じの。荒々しい。「関のあらしのあらけなき音　徳元」（『誹諧独吟集』「をのが名の」の巻）○詞あらくして　表現が洗練されていないが。

秋景

778 障子越に月誉てゐる夜寒哉　自珍

真率

779 仕負たる木太刀の音や夜を寒ミ　呂風

」□オ

精工にして秋夜の殺気をふくみたり

780 干鰷に鼠の通ふ夜寒かな　疎涼

いひふりたる所なれと

781 芋売や少のこれは宿の月　松雨

あたらしみ

782 鹿と皃見合す暮の山路哉　之尺

同

783 重たけにかへる鳴子や雨の中　菫亭

寂寥雨意

784 あら気なき音の淋しき鳴子哉　芦月

」□ウ

詞あらくして聞所あり

785 さし寄セし戸の透間より鳴子哉　自同

実境

786 むつかしき色には咲かぬ野菊哉　皓月堂

題を得たり

787 山下リて里ちかく成野きくかな　歌葉
山川の野路に成行穂蓼哉　春夜

788 いつ咲ていつ盛なるのきく哉　フシミ　左幸
工なくして又工あり

789 我山をよ所とおもふや鹿の声　疎涼
無難

└8オ

790 啼なから山踏かへつ鹿の声　如菊
作意いさゝか可取

791 鳴度に月の曇や鹿の声　潑皮
秋情

792 旅人の引て通るや鳴子綱　芦月
中品

〔四　行　余　白〕

└8ウ

九月ゝ並

題　初鴨　きく　露しくれ　茸狩　秋の暮

793 初鴨やあしたか山に雲かゝる　不酔
原よし原の光景眼中に有

794 つら憎の下部か提しきくの花　春坡
取合セの作意新し

787○山川の野路に云々　几董の発句。「山川の野路になり行や蓼の花」（『晋明集』三稿）。参考「里ちかくなる馬の足跡　玄哉」（『八重桜集』「「半日は」の巻）。

788参考「茶の花やいつ咲たやらつぼむやら　卮言」（国の花）。

790参考「ほととぎすふみ返しみる山路哉」（蓑虫庵小集）。

791参考「啼度に草の露ちる鶉かな　魯文」（続明烏）。

793○初鴨　暮秋、その年にはじめて尾の上を越えて渡り来る鴨を「尾越の鴨」という。「旭さす尾越のかもや羽の光」（葎亭句集）。○あしたか山　愛鷹山。足高山。富士山の南東にある死火山。「息つけよ足高山に飛ちどり　菊匀」（其袋）。○原　静岡県沼津市の地名。五十三次の一。○吉原　静岡県富士市の地名。五十三次の一。原から吉原にかけての道中、右手に愛鷹山を仰ぐ。

794○つら憎　見るからに憎たらしい。小癪である。「懸乞といへば若衆も頬悪し　亀洞」（正徳六歳旦帖）。

795参考「名月やこころの松の梢より　灡月」（誹諧

句選）「傘の上は月夜のしぐれ哉」（春泥句集）「本道へ出れば月あり露しぐれ」（草根発句集）。
796○貴舟　貴船神社。京都市左京区の貴船山の中腹にある。ここは、貴船山そのものの意にもとれる。「蝉なくや見かけて遠き峰の寺　二柳」（俳諧新選）「むら雨や見かけて遠き花楞」（しら雄句集）「大仏を見かけて遠き冬野かな」（井華集）「貴船鞍馬南に見たる寒哉」（葎亭句集）。
797この句、「いろ〳〵の名もむつかしや春の草　珍碩」（ひさご）を意識するか。なお、享保版『ひさご』『芭蕉袖草紙』『一葉集』には中七を「名もまぎらはし」とする。「茶の花やいろいろの名は葉にいへり　如皐」（左比志遠理）。○嵐雪が云々『其袋』に出る嵐雪の発句「菊九章」のうち、其三「百菊を揃けるに　黄《キ》菊白《シラ》菊其外の名はなくも哉《がな》」をさす。
798○酒のます　酒飲まず。○好人　こうじん。人柄のよい人。善良な人。
799参考「逢坂は足もとすずし蝉の声　舒子」（鶉だち）。
800○欠　欠伸《あくび》の省略表記。参考「兄弟が顔見合すや蜀魂　去来」（韻塞）。
801○忘優　忘憂（憂いを忘れること）の誤り。参考「梅が香やおもふ事なき朝朗　闌更」（続一夜松後集）。

795 梢より上は月夜や露時くれ　フカ艸 巴喬

秋深き夜のおもむき也

796 露時雨貴舟見かけて道しれす　菫亭

所を得たり

└9オ

797 いろ〳〵の名もわりなしや菊の花　潑皮

嵐雪か其外の名はなくも哉といへるも宜哉

798 二人来た人酒のます秋の暮　買山

詩文章に疎き喫茶の好人ならんかし

799 茸狩や足のもとなる鐘の声　凸凹

秋の日のくれ安くて

800 欠して皃見合すや秋のくれ　我村

寂寥

801 思ふ事わするゝ菊の盛哉　自同

忘優《ママ》

└9ウ

十月ゝ並

題　小春　落は　神迎　ひわの花　千とり

802 秋かせの吹納つて小春かな　フシミ　鼠玣
一字眼目

803 大仏へ這入は寒き小春哉　我村
趣意細工にはしらすして可也

804 水絶し水碓の落葉かな　仙木
三輪の山もと冬かれて

805 傘に闇の落葉や音寒し　菫亭
精工

∟10オ

806 遠騎の鞭に小春の嵐かな　仝
一句姿情

807 仏には無沙汰の宿や神迎　フシミ　左幸
我国つふりを守るまめ人ならん

808 日あたりをちからなふ散落は哉　買山
幽艶

809 我背戸に咲をしらすや枇杷花　伏ミ　玄里
人目も草もかれぬと思へは

810 爰吹し風の行ゑや啼鵆　不酔
其夜の寒さも思ひやらるゝ心地す

∟10ウ

803○大仏　ここは、京都東山の方広寺のこと。

804○水碓　みずからうす。人が踏むかわりに、流水の力で杵を動かすようにしたからうす。水車仕掛けのうす。参考「身にこたふ水から臼や秋の風之園」（たびしうゐ）。

805参考「傘に畳んで来たる落葉かな　巡々」（梨園）。

806参考「遠乗の袖打払ふさくらかな　似山」（渭江話）。

807参考「長閑さに無沙汰の神社回りけり」（太祇句選）。

808参考「ちからなふ入かかる日や須磨の秋　涼菟」（新雑談集）。

809○人目も草も云々　源宗于《むねゆき》の歌「山里は冬ぞさびしさまさりける人目も草もかれぬとおもへば」（古今集）を借りる。

810参考「帆にあまる風の行衛を柳哉　呉舟」（渭江話）。

十一月ゝ並　題　かみ置　雪　納豆汁　鷹　生か掘

811　関札を一里過れは鷹野かな　買山
駅路の実境

812　遊ふほと雪も降ぬる都かな　仙木
平安の風流

813　鷹立て腕に覚ゆる嵐かな　自同
豪壮

814　髪置や先朝起の家のかせ　一鳳
長久

815　好れたる仏の日也納豆汁　自同
懐旧

∟□オ

十二月ゝ並　題　節キ候　凍　しを鱈　松売　年篭

816　とし篭る夜の尊しや杉の闇　寸砂
かたしけなさに涙こほるゝ

817　凍る夜や水を貫く月の色　古龍
中七詞強し

818　節季候や門によせくる年の浪　歌葉
当時の風調にはあらねとも
かゝる句も又可取

811○関札　江戸時代、公家・武家・大名・役人などが宿駅に泊まった時、その称号・宿泊の旨を記し、宿駅の出入り口、宿舎の前に立てた立札。「関札やどなたのとまり春夕」（井華集）。○鷹野　鷹狩りのこと。

812参考「初雪じや大きな雪じや都かな」（蘆陰句選）。

814○家のかぜ　家の威風。「子祭や黒う光れる家の風　赤羽」（俳諧新選）。

815○仏の日　故人の命日。

816○かたじけなさに云々　685参照。参考「月もなき杉の嵐や年籠」（春泥句集）。

818○門によせくる　上下に掛かる。○年の浪　年の暮。年の瀬。「近江路や軒端によする年の波　蕪村」（遺草）。

819○片だより　ここは、返事を期待しない便り。歳暮の挨拶。「津の国のなにはの秋も片便り　完芳」（『董草』「山路来て」の巻）。
820○来山が語風　来山の其角追悼句「霞けり消けり富士の片相手」（いまみや草）の表現をさすか。参考「待恋　侘つつも椿をながめ落しけり　瓜流」（俳諧新選）「鼠追ふや椿生ケたる枕上　田福」（五車反古）。
822○駕　駕籠の省略表記。○経　こみち。○去年の旅行　几董は天明五年九月に中仙道経由で東行、江戸滞在後、冬に東海道を通って帰洛している。○冬椿云々　この几董発句、他に所見なし。『井華集』には「鎌倉の袖が浦にて」の前書きを添えた「裾ぬる丶浪や七里がはまちどり」の句が見える。○七里が浜　袖が浦とも。鎌倉の稲村が崎から江の島対岸の小動《こゆるぎ》が崎に至る間の砂浜。富士山・箱根山・大島・三浦半島を遠望出来る景勝地。参考「馬駕にわかれてふたり秋のくれ　千那」（鎌倉海道）。
825○まつ［の］　原本、「の」を墨で書き入れる。柿衞本にも。○荒神まつ　かまどの神である荒神に鶏の絵馬と共に供える松。胡粉を松の小枝にまぶしたり、蕨粉の糊で染め固めたりする。「正月や荒神松に梅の花　媒之」（新雑談集）。
826○函谷関　中国の華北平原から渭水盆地に入る要

819　塩鱈や難波へ贈る片たより　南昌
としのいそきの音信心深し
∟□ウ

《別立て・天明六年分》

丙午　正月並　洛東夜半亭判
題　初鶏　若水　初夢　春駒　椿

820　おもふさま椿活けり落し帛　呂蛤
来山か語風亦珍しく侍る

821　落椿蟻のたかりて哀也　仝
新意

822　馬駕に疎き径や落つはき　一鳳
予去年の旅行に
冬椿七里か浜も程ちかしと吟行せしもか丶る所也

823　若水やこほす滴もうつくしき　仝
祝賀余音深し
∟1オ

824　初鶏やうくひすまての朝朗　寸砂
おなし類ひをもて
時刻をわかち侍る

衡にある関。日暮れには閉じ、鶏鳴とともに開かれた。孟嘗君が秦の国を脱出する際に、供の者が鶏の鳴きまねをして関門をあけさせた故事は有名。○としの関　大晦日のこと。

827 原本、この句と次の句評を罫紙一行に詰めて書く。

828 ○程拍子　程よく拍子をとること。また、その拍子。「鶯や庭に来てなく程拍子　蘆本」（砂つばめ）。

829 原本、この句と次の句評を罫紙一行に詰めて書く。○封彊　どて、と読む。「大名に逢よしはらの封彊《ドテ》　嵐雪」（『其便』「青嵐」の巻）「封彊《ドテ》の馬くはんを無下に菜摘哉　其角」（銭龍賦）「星ありて封彊《ドテ》八丁のむら時雨　東潮」（『陸奥衡』「人形の」の巻）「散て出る花のはづみの封彊《ドテ》高み　東鷲」（『金龍山』「強酌や」の巻）「渡シ待封彊の下道うし牽て　キ董」（『新雑談集』「垣青く」の巻）。

830 ○穿得たり　「穿つ」は、隠れた事情や細かい事実、また世態・人情の機微を指摘すること。参考「苗代や二王のやうなあしの跡」（野坡吟草）「苗代や種のしきりに足の跡　怒風」（花の市）「籾蒔やかろくはふめど足の跡　白雪」（志津屋敷）。

831 参考「坂ひとつ越えて平地や花の春　蘆本」（一幅半）。

832 ○白川　京都市左京区を流れる川。比叡山と如意

825 若水に荒神まつ［の］うつりけり　自同
取合似合しき姿也

826 年の戸をひらく音也鶏の声　不酔
函谷関にはあらていつわりなき
としの関の戸ならんかし

827 初とりや手水遣ひし星明　我村
実境

828 春駒や親子か中の程拍子　蘇風
一句の作も又親切也

829 封彊越て又小薮あり赤つはき　御松
其場

二月並　惣句九百六十句

題　苗代　朧月　二日灸　雲雀　初さくら

830 苗代に五日過けり足の跡　米久
穿得たり此趣向

831 坂ひとつ越て道也おほろ月　其残
旅情且春色を帯る

832 白川の水さゝ濁せはつ桜　松化

└1ウ

が岳と源を発し、北白川から岡崎を流れて、祇園付近で鴨川に合流する。参考「をしをしも白川ざくら民の袖　臥石」（其角十七回）「梅さくや淀川筋のささ濁り　尺布」（俳諧新選）。

834〇為にする　ある目的を遂げようとする下心をもって事を行なう。ここは、事後の酒をあてにして灸を据えるのである。「寝て戻る為にして置花の宿　蕪村」（『双林寺千句』「中垣の」の巻）。

837参考「除夜遊青楼　年かくすやりてが豆を奪ひけり　几董」（五車反古）「是にさへ身の毛立けり蛇の衣」（律亭句集）。

838参考「けふもまた野につもられて鳴雲雀　野紅」（若草）「原駅　富士に添て富士見ぬ空ぞ雪の原」（井華集）。

洛東の春色をのつから眼中に在

833　黄金の仏拝ミつ初さくら　春坡

└2オ

豪壮にして作群を出珍重

834　為にする酒をたのみて二日灸　仝

人情をもて句の余音を見する

835　行燈の灯も霞けり二日灸　伏ミ　竹下亭

時候を結ひて題をとりとむ

836　旅人の通り合セてはつ桜　我村

工ますして実境を得たり

837　是にさへやり手か慾や二日灸　一鳳

洒落々々

838　けふも又富士に添日や啼雲雀　呂蛤

└2ウ

快晴

839　苗代に薄雲か丶る山田かな　自同

景色

840　人の来て誉てゐる也二日灸　米久

真卒《ママ》

841　盃のさ丶浪寒し初さくら　兵庫　其玉

小細工に落る句なれとも初さくらの

842〇贋侍　にせのさむらい。侍と偽っている人。「畠踏む似せ侍や小鳥狩」（太祇句選）。

843〇関の鳥居　逢坂の関付近にある関蝉丸《せきのせみまる》神社の別称。

844参考「夕貌や寝るにも誘ふ隣どし　沙月」（俳諧新選）。

845〇千眼一到　227 228参照。

846〇五日帰り　結婚式後、五日目に新婦が実家を訪ねる江戸時代の里帰り習俗の一つ。「五日帰りの事。婚礼の日より第五日にあたる日、早朝より娶親里へ行く事なり。翌日聟の方の親類より、里へ人を遣し安否をとふなり。里見舞などいへり。」（女諸礼集）。

847〇古き所　参考「田にし取烏は全く俳諧也」（三冊子）。

848参考「地蔵会やちか道を行祭客」（蕪村自筆句帳）。

849〇鶯の身を逆　其角の発句「鶯の身を逆《さかさま》にはつね哉」（去来抄）をさす。『初蝉』『五元集』などにも出る。参考「さかさまに落るひばりや悲想《ヒサウ》天菊阿」（正風彦根体）「さかさまに落る雲雀や鶴の中　如行」（初蝉）。

結ひ合せ外ならす

842　舟呵る贋侍やおほろ月　菫亭

附句の趣向なれと新意捨かたし

843　苗代へ関の鳥居のうつり皃　自珍

見付所趣向有

∟3オ

844　隣同志互に二日灸かな　南昌

互にといへるにて平常の灸に類へす

845　朧月花盗人に逢夜かな　フカ艸　巴喬

もとめ過たる趣向なから一句千眼一到ならす

846　嫁入の五日帰りやおほろ月　伏ミ　鶉闌

あたらしくはあらねと

847　苗代の田螺窺ふ鴉かな　松洞

古き所なれと作意捨かたし

848　苗代や近道を行もめむうり　不酔

是も附合の趣向なれと一句に作あれは

∟3ウ

849　さかさまに下りて啼止ひはり哉　春坡

鶯の身を逆といへる作には

くらへかたけれと雲雀の

形容捨かたし

850〇建て　正しくは「閉て」。

851参考「啼々も凧に流るるひばり哉　孤屋」（続虚栗）。

852参考「をりざまに吹立られし草の蝶　蕉笠」（笈日記）「二つ三つ夜に入さふな雲雀かな　素園」（俳諧新選）。

853〇西山　京都盆地の西を限る山なみ。北は愛宕山から南は天王山まで。

854参考「返照らす有明の月や小便所」（井華集）。

855〇うちき丶　一見。〇いひにて　「に（耳）」は「下す」の誤刻か。「言ひ下して（滞ることなく、すらすらと表現して）」か。〇素堂が高華　素堂は芭蕉門。「高華」は、高尚ではなやかなこと。けだかくてみやびやかなこと。

850 戸を建て妹か家くらし二日灸　一雲斎

妹か家といへるに春色をもたせたり

851 暮る丶日をなく〳〵下る雲雀かな　呂蛤

852 下りさまは夜に入そうな雲雀哉　春谷

853 西山に日は沈ミつ丶夕ひはり　自同

854 日は腹に反リ照らすや夕雲雀　兵庫　其玉

四句皆晩景の雲雀を詠す

されと聊おもむき変リたれは

└4オ

〔十行余白〕

三月並　惣句千百十五吟

題　雛　暖　蛙　小鮎　ふしの花

855 あた丶かき日暮の空と成にけり　春坡

うちき丶粉骨もなき句に似たれとも

上より春暖の実境をいひに《ママ》て

下に詞の工をかさらすいひ流したるや

一句の余情あらはれて巻頭の句位をの

つから備はれり是全素堂か高華

└4ウ

856○打ひらめ　ありきたりで平凡なこと。また、平易なこと。○句柄　連歌・俳諧などの句の出来栄え、品格。参考「草臥た脚をちよつちよつと折まげて　正秀」（『笈日記』「へたへたと」の巻）。

857参考「雛酒や汐干を語る国家老」（井華集）。

859参考「ほのめけるはし居の君や夏の月」（春泥句集）。

862参考「ふれふれと伊駒ながめて啼蛙　孟遠」（正風彦根体）。

863参考「惣門や鑓たてかけし山ざくら　琴風」（句兄弟）。

866参考「雛の主や嫁に行のと来て居ると　孤桐」（俳諧新選）。

868参考「日の入や舟に見て行桃の花　一髪」（阿羅野）「朝顔や夜舟の着し人の背戸　寛留」（俳諧新選）。

なる語勢也

856 草臥た足に行当る蛙かな　自珍

一句いひくたし打ひらめにて句柄を
飾らすして新意を得たり

857 君か代や雛酒に酔ふみさふらひ　枕肱

作酒落にはしりて実をうしなはす

⌊5オ

858 売そめて五日になりぬ小鮎うり　春坡
859 暖かに病後の妻のはしゐ哉　枕肱
860 若あゆの舟の下行ひかり哉　我村
861 わか鮎に高根の雲は流れたり　寸砂
862 降れ〳〵と雲動かすや田の蛙　春坡
863 鑓持か鎗たてかけし藤の花　フシミ 左幸
864 若あゆや飛かさなれる朝日影　暁山
865 暖や机の上の体たらく　我村

右八句同位

866 酒の坐へ這ふて出るや雛の主　之尺

⌊5ウ

867 花生て贈る僧あり雛まつり　寸長
868 紙ひいなや舟に見て行人の背戸　我村

右三句同位

869 夕日もるゝ女のかをや雛祭り　米久
870 酔はれたは母の声也ひいな祭り　仝
871 あたゝかな夜は明に凫降にけり　松堂
872 雨雲の中に山田の蛙かな　自同
873 鳴止て月にかわすの真向哉　俉亭
874 野ゝ池にうつる月夜やなく蛙　春坡
875 藤咲や火炎の兀〔元〕し石不動　化山
└6オ
876 三日月の水にうこくや藤の花　松化
877 とひ込て月に乗たる蛙かな　峰鳥
878 旅僧も橋にとゝまる小あゆ哉　芦仙
879 最春も藤にとゝまる盛かな　寸砂

右十一句同位

〔五行余白〕
└6ウ

四月并　　　　　　　　　　惣句八百八十五吟

題　葵祭　越瓜　杜若　飛蟻　時鳥

880 月と雨川に隔ちつほとゝきす　菫亭

子規なと鳴出へき夜なりといへる
景情もまのあたりにや

881 ちり〳〵になる身をいそく飛蟻哉　暁山

870 参考「田家楽　酒あたためて兄やと呼や母の声　嘯山」（俳諧新選）。
871 ○明に凫降にけり　820参照。参考「雪と波岩に打けり降にけり　赤羽」（俳諧新選）「さみだれの夜は音もせで明にけり」（井華集）。
875 ○〔元〕し「兀」を「元」と誤り、上の一画を朱で消す。柿衞本も同じ。
877 参考「飛込で水にしづまる蛙かな　自珍」（新雑談集）。156参照。
878 参考「頽簗旅僧笑ふて行れけり」（葎亭句集）。
879 参考「春も最ふ小酒屋に咲つつじ哉」（続蔦本集）。
880 ○子規など鳴出べき夜なり　「山はわか葉にくろみかゝりて、ほとゝぎす鳴出べきしのゝめも、海のかたよりしらみそめたる」（笈の小文）を踏まえるか。参考「月と水の中を隔る落葉哉　亀友」（あけ烏）。

観想

882 越瓜や二ツ見せたる夕あらし　若年 松烏

夕嵐珍重

883 帆はしらの末は夜明やほと丶きす　松化

中七文字一句のはしり珍重

⌊7オ

884 傘に持そへにくしかきつはた　菫亭

其風姿を備へたり

885 ふりほとく旭の露や燕子花　一鳳

初五作意

886 比叡下リて先問ふ葵祭かな　伏ミ 石鼓

先の字眼目

887 家主の皃に行当る羽蟻かな　自同

俳諧なる哉

888 衣着たる酢売も見たしあふひの日　買山

翁の夷講に似て似ぬもの也

⌊7ウ

889 葵見る日にはつかしや旅衣　兵庫 里松

旅客の人情

890 来合して飛蟻見付る大工哉　一風

かけ合もの手柄有

883 ○一句のはしり　一句の調子がなめらかですらっとしていること。「句のはしりよく、心のねばりすくなからん」（去来抄）。参考「帆柱の木やりと月のほととぎす　炉竹」（己光）。

884 参考「傘にかがやく色やかきつばた　木導」（韻塞）「傘にひともじ一把持添へて　自笑」（『寺村家蔵句稿』「耳目肺腸」の巻）。

885 参考「ふりほどく力見せけりあやめ草　りん女」（田植諷）。

888 ○翁の夷講　「ゑびす講酢売に袴着せにけり　芭蕉」（続猿蓑）の句をさす。参考「素袍着た酢売出こよ花の春」（春泥句集）。

891 家を出て家にとゝまる羽蟻かな　松化
家にとゝまるといふにて句を成せり
892 ほとゝきす水の中なる月夜哉　米久
古めきたれと時鳥の句也
893 はや水にうつり心や燕子花　伏ミ 枕肱
初夏の景情
894 浅うりや蟻の道きる雨雫　南昌
作意
895 あさふりや石に堰す鴨の水　買山
奇麗
896 越瓜の市に出るや露なから　我村
幽艶
897 京に居てまた見ぬあふひ祭哉　南昌
か ゝる人もま ゝある者にや

└8オ

〔二　行　余　白〕

└8ウ

《天明八年分》

〈　一月分　二丁　欠　〉

└

893○うつり心　356参照。
897参考「京中の未見ぬ寺や遅桜」（太祇句選）。
898参考「はる立やさすが聞よき海の音　牧童」（卯辰集）「一朝に降しづめけり麦ぼこり　平水」（有磯海）。
899○［とは］いとなつかし　原本「とはなつかし」と誤刻。朱で「は」を消し、「と」の上に「い」と書き入れて訂正する。参考「みどり子の頭巾眉深きいとおしみ」（蕪村自筆句帳）。
900○百首　百首歌のこと。ここは、一人で、一日また一夜かけて詠み終えたというおもむき。○三神　和歌三神。近世は、住吉明神・玉津島明神・柿本人麻呂とするのが一般的。
901○あたら桜の科にぞ　西行の詠歌「しづかならんと思ける頃花見に人々まうできたりければ　花見にと群れつゝ人の来るのみぞあたら桜の科には有ける」（山家集）を踏まえる。145の句評にも引く。同歌は『玉葉集』にも収録されるが、下の句はやはり「可惜桜の咎には有ける」とある。
902○白川の関　白河の関。古代、東山道の陸奥国への関門として、下野国との境に置かれた関所。勿来関《なこそのせき》、念珠《ねず》ヶ関とともに、奥州三関の一。○彼古曽部入道が云々　「古曽部入道」は平安時代の歌人能因法師のこと。「竹田大夫国行ト云者、陸奥ニ下向之時、白川関スグル日ハ、殊ニ装束ヒキツクロヒムカフト云々、人問云、何等故哉、答云、古曽部入道ノ、秋風ゾフク白河ノ関ト読レタル所ヲバ、イカデケナリ（褻形）ニテハ過云々、殊勝ノ事歟」（袋草子）。『袋草子』に言う「秋風ゾフク白河ノ関」の歌は、能因の「みちのくに、まかり下りけるに白川の関にてよみ侍りける　都をば霞とともにたちしかど秋かぜぞふくしら川の関」（後拾遺集）をさす。装束をつくろって白川の関を通ったのは竹田大夫国行であって、能因ではない。参考「卯の花をかざしに関の晴着かな　曽良」（おくのほそ道）。

903 ○閨のひまさへ云々　「終夜もの思ふ比は明けやらぬ閨の隙さへつれなかりけり　俊恵法師」（千載集）による。○うちうらみたる　恨みの気持を表した。参考「ふとん丸げてものおもひ居る　芭蕉」（『炭俵』「空豆の」の巻）「物おもふひまに手をやく火桶かな　百男」（骨書）。

904 ○李白が三千丈といひし白髪　50参照。○予が句「馬鹿づらに白き髭見ゆけさの秋」（井華集）。参考「鬢のしらがを今朝見付たり　翁」（『既望』「安々と」の巻）「眶《まぶち》にかかる白髪ひとすじ　魚赤」（『あけ烏』「灰汁桶の」の巻）「野行　皆に比叡のはなれぬ寒かな」（井華集）。

天明戊辰年月並自二月十二月迠五十五題惣評抜萃

898 春雨の降しつめけり海の音　ナニハ　鳳郷

春景かきりなし巻中秀逸

899 おほろ月頭巾あさくも召れける　サガ　魯哉

よき人のしのひありきに

春夜のおもむき［とは］いとなつかし

900 百首よむ月の明かたほと丶きす　洛　春坡

三神も納受ありけん歌人の本懐

901 暮の春留主遣はれて戻りけり　同　南昌

あたら桜の科にそと歎しけむ人にや

902 白川の関越る日やはつ袷　鳳郷

彼古曽部入道か装束引つくろひたる

おもかけなるへし

└3オ

903 物おもふ癖の付たるふとん哉　魯哉

閨のひまさへつれなかりけると

うちうらみたる風情なるへし

904 皆に鬢のしらかや今朝の秋　洛　自珍

李白か三千丈といひし白髪か

予か句に馬鹿つらに白き髭みゆけさの秋

905○神風　神の威徳によって吹き起こるという風。○千とせの杉云々　芭蕉の伊勢外宮での発句「みそか月なし千とせの杉を抱あらし」をさす。参考「神風や元恋風の松の風　了重」（『金龍山』「其苗や」の巻）。

906この句「伊勢にて　神垣やおもひもかけず涅槃像　芭蕉」（阿羅野）を意識するか。参考「神垣は禰宜を山田の僧都哉　治安」（続山井）。

907○階前　庭先。庭前。○萋々　せいせい。草木などの生い茂るさま。

910参考「山ぶきのいわぬ色あり衣配」（太祇句選後篇）。

911参考「かたはらに童手をきる甜瓜哉」（蘆陰句選）。

912○こなす　稲・麦・豆などの穀類を穂から落として粒にする。「麦こなしたるわらを重置ける所」（好色二代男）。参考「桜がりは桜の馬場の手綱哉」（塵塚誹諧集）。

914参考「大津絵に糞落しゆく燕かな」（蕪村自筆句帳）。

915参考「瀬田降て志賀の夕日や江鮭」（蕪村自筆句帳）。

916○仕舞　仕事などの片付くこと、またその処置。暮らし向きを言う場合もある。「野仕事の仕舞嬉しき月夜哉　羽律」（俳諧新選）「百姓の板戸負行

905 神風や松を枕のとし篭　ナニハ　一透

千とせの杉を抱あらしの
おもむきにかよへるや

906 はせを葉や寺の神垣静なる　フシミ　賀瑞

寺の神垣見付所あたらし

907 かれ是と春かくれ行杜《ママ》丹畑　ナニハ　嘯風
└3ウ

階前春草萋々

908 ひとりつゝ畑打人のかすみけり　サガ　里隣
909 法螺出し山のかひよりひはり哉　春坡
910 菜の花のいはぬ匂ひや朧月　ナニハ　交風
911 かたはらに接木してみる童かな　春坡
912 麦こなす桜の馬場と成にけり　里隣
913 宿とりて先たつねけり郭公　嘯風
914 玉むしの糞おとしたる扇かな　交風
915 さゝ波や虹の裙よりあめの魚　嘯風
916 仕舞よき百姓衆や年こもり　里隣
└4オ
917 角力取の世にかくれけり寒造　魯哉
918 水仙や人に逢さる一間あり　仝
919 さよふけて声かさなるや原の虫　ナニハ　文亭

しはすかな」(暁台句集)。

917○寒造　かんづくり。寒の水で酒を寒中に醸造すること。また、その酒。「碓の十挺だてや寒づくり」(春泥句集)。参考「口切や世にかくれたる器和流」(俳諧新選)。

923参考「夜は既卯月にちかき星の空　几董」(『宿の日記』「イば」の巻)。

924参考「病後　すまふとる心になりぬ秋のくれ　尚白」(其袋)。

927参考「星一つ鳴うしなふやほととぎす　涼菟」(砂川)。

928○愛宕まいり　京都市北西端にある愛宕山の愛宕神社(火除けの神)にお参りすること。普通は、陰暦六月二十四日の千日詣をさしてかく言うが、ここはその意ではない。

930参考「梅いろむ木の下闇に手習子　桃仙」(渭江話)。

920 鎰かりて囉ふて来たりかきつはた　イケ田　竹外
921 旅人にそとみせ申かひこかな　仝
922 猫の恋からすの暁と成にけり　春坡
923 梨ちるや卯つきに近き朝月夜　交風
924 舟にのるこゝろに成ぬ暮の春　フシミ　買山
925 いとゆふに動き心の蚕かな　交風
926 都女の鯛を見たかる汐干哉　自珍 └4ウ
〈　二丁欠　〉 └
927 星ひとつ明残る空のひはり哉　春坡
都合五十章
〔　一行余白　〕
遅来追考
928 足よはの愛宕まいりや暮の春　洛　杜栗
929 小原女も葵かさしぬ加茂まつり　丶
930 青梅に半弓引や手習子　丶
931 客の蚤亭主の方へ飛にけり　丶
932 茶のほしき夏の旅路や綿の花　丶
〔　一行余白　〕
└6オ

〔十行余白〕

」6ウ

第二章　落梅窩星池撰三棲月並発句合

概略

落梅窩星池撰三棲月並の摺物は、故下村福氏旧蔵『甲辰三棲集』『三棲月並集』、故櫻井武次郎氏旧蔵『発句合』、某文庫蔵『呉竹集』の四点に収録されている。『呉竹集』を除く三点に収録される摺物及びそれらが伝える落梅窩星池撰三棲月並発句合については、かつて「夜半亭月並句合の傍流—落梅窩星池撰三棲月次—」と題する拙稿（連歌俳諧研究62号、昭和57年1月）で取り上げ、その成り立ち・几董判月並発句合との関係・両句合の性格の違いなどについて論述したので、詳しくはそちらを参照されたい。その後、故櫻井武次郎氏の御教示によって所在を知ることを得た『呉竹集』も含めて今回翻刻するに際し、底本を改めて解説し、星池撰三棲月並発句合のあらましに触れておく。

『甲辰三棲集』は、半紙本一冊。縦22・9×横15・7糎。原装茶色表紙の左肩に双辺白地元題簽「甲／辰三棲集」と墨摺り。なお、題簽下部の余白に「書声／英韻」の方形陽刻朱印を捺すが、出版時のものかどうか判断がつきかねる。刊記はない。全二十三丁の内訳は、序文二丁（天明四年十二月星池記）、発句合の摺物二十丁、跋文一丁（米寅子帍

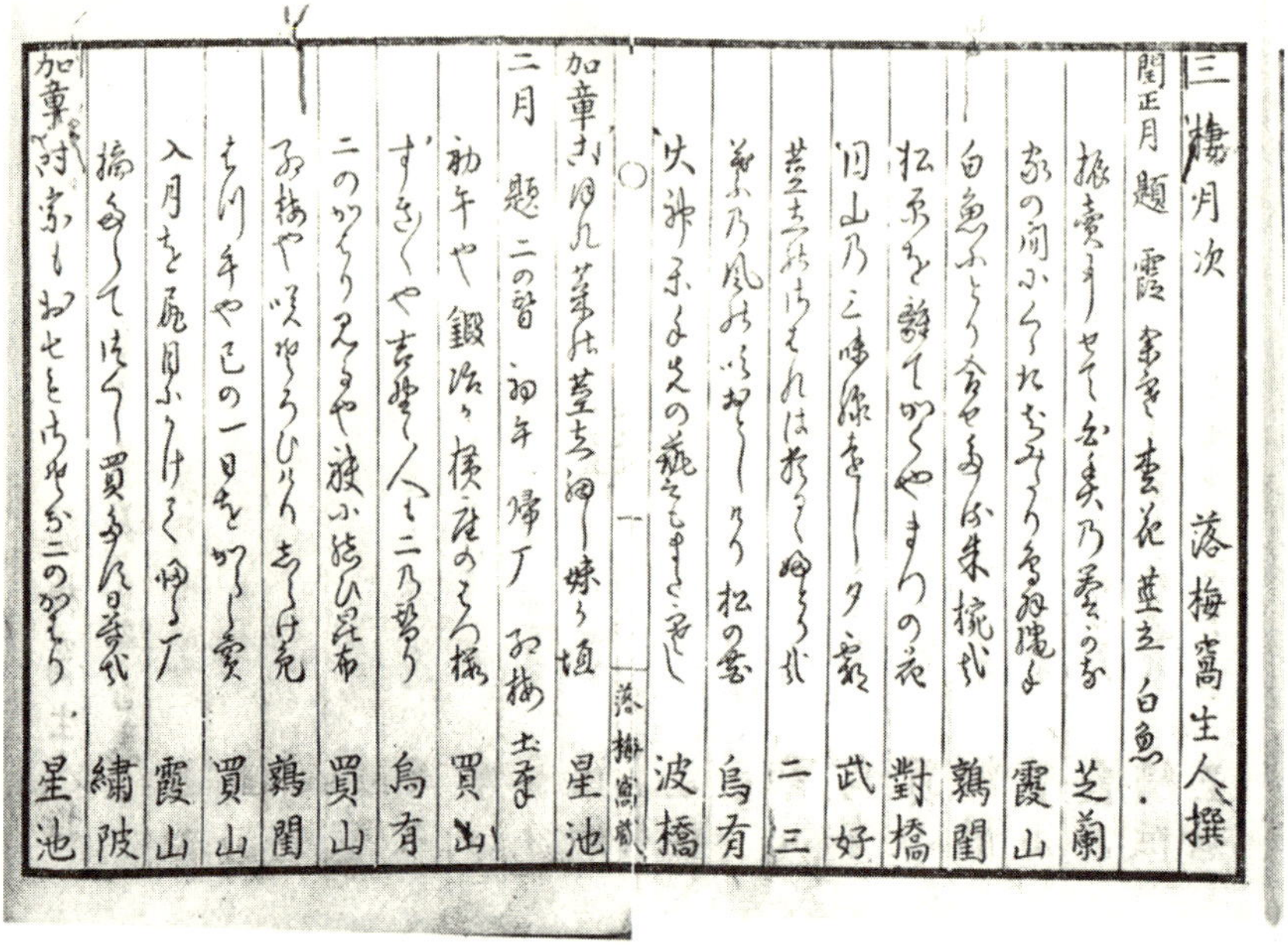

図22　三棲月並摺物　天明４年閏月正月・２月　１オ・ウ

記）。何れも墨色の罫紙仕立てであるが、序文は半丁九行、発句合の摺物は十行、跋文は七行と規格が異なる。版芯にも違いがあり、序文二丁は版芯下部に、跋文は版芯上部に「落梅窩蔵」と彫りこみ、丁付はない。発句合の摺物は、版芯下部に「落梅窩蔵」として、版芯中央やや上に「一〜十九」と通しで丁付けを入れるが、二十丁目には丁付がない。「一〜十九」が天明四年閏正月から十二月まで一年分の月並発句合摺物で、丁付のない二十丁は我笑追悼を兼ねた秋季臨時発句合の摺物である。月並発句合摺物は、第一丁冒頭部に「三棲月次　落梅窩主人撰」と入れ、以下月毎に通常の季題五つを挙げ、勝句を並べる。図版22に閏正月と二月の一部を納める一丁の表・裏を示した。月数・丁割・季題・勝句数などを分かりやすいように一覧表にしてみると、表25①「三棲月並発句合興行一覧」のようになる。閏一月〜四月分は一〜四丁にわたり四箇月分纏めての一括披露であるが、五月から十一月は各月二丁の、十二月は一丁の月刊披露である。なお、三棲月並の摺物は「加章」として撰者星池の追加吟を添えるのを例とする。それは発句合の点帖類・摺物にもごく普通に見られるところで、この催しでは閏一月分は勝句末尾に一句を添えるのみであるが、二月以降は各丁裏終行に入れる異例の形式を採る。その理由については先に触れた拙稿を参照されたい。

『三棲月並集』は、縦19・4×横15・5糎。濃藍色表紙無題簽。やや寸詰りな感じがするが、これは月並発句合の摺物の上下の余白を裁断し、寸法を揃えて合綴したことによる。全六十六丁のうち、几董判月並発句合天明六年正月分二丁と来始判「秋の部」発句合一丁を除き、他の六十三丁は全て三棲月並の摺物で、該書を仮に『三棲月並集』と題した由縁である。六十三丁の内訳は、天明四年分が十三丁、五年分が十九丁、六年分が二十一丁、七年分が十丁である。

うち、四年分は『甲辰三棲集』に収録された五月・七月〜十二月分と同一の摺物であるが、版芯部が異なり、『甲辰三棲集』では「落梅窩蔵」とある部分がこちらでは彫り残してある。丁付にも一丁のずれがあり、『三棲月並集』合綴の摺物は五月分を丁付四・五とし、七月〜十二月分を八〜十八とする。が、両者同一板木であることは明白で、これらの相違はもとは月刊の摺物を『甲辰三棲集』として合綴刊行するに際し、手を入れたその結果である。なお、これ以外にも手を入れた箇所を拾ってみると、『甲辰三棲集』では七月分第二紙裏に出る「其残」の肩に「烏有改」と入木があり、また十一月分第二紙裏の一笑の句「石花やむしろからもる二日月」の「石花」を「蠣割」と入木訂正してある。

五・六年の摺物は四年のそれと全く同型の墨色罫紙仕立てで、版芯は五年正月から四月までが彫り残しスタイル、五年五月から六年十二月までは下部に「落梅窩蔵」と入れる。丁付は各年ごとに通しとしてある。五年は四月の後半部を収める七丁と、七月の冒頭部を収める十二・十三丁を欠く。冒頭部を欠く七月分は収録句から季題四を拾うこと

表25① 三棲月並発句合 興行一覧

年次	月数	丁割	季　題	勝句数
天明4	閏1	1・2・3・4	霞・余寒・松花・茎立・白魚	8
	2		二の替・初午・帰雁・紅梅・土筆	8
	3		曲水・永き日・桜鯛・山吹・炉塞	23
	4		更衣・杜若・かんこ鳥・若竹・すし	31
	5	5・6	粽・五月雨・蛍・田植・樗	37
	6	7・8	蓮・土用干・葛水・毛虫・御祓	37
	7	9・10	七夕・初あらし・虫・朝顔・踊	37
	8	11・12	野分・鹿・擣衣・案山子・月	37
	9	13・14	三棲祭・菊・夜寒・茸狩・新酒	37
	10	15・16	時雨・頭巾・落葉・あじろ・冬牡丹	37
	11	17・18	鷹・雪・水仙・冬至・鱅	37
	12	19	寒声・早梅・ざこね・餅搗・年籠	18
	秋の吟		混題	16
			我笑遺吟、巴笑・買山・星池追善句	
天明5	1	1	元日・余寒・初寅・ひだら・蕗薹	17
	2	2〜6	雉子・春水・二日灸・つくつくし・蛙	40
	3		上巳・草餅・藤・花・かいこ	37
	4	（7、欠）	更衣・卯花・蚊帳・麦・初茄子	$15+\alpha$
	5	8・9	五月雨・帷子・刈葱・豆花・夏月	37
	6	10・11	祇園会・撫子・暑・清水・蚤	37
	7	（12・13、欠）	（女郎花・糸瓜・接待・身にしむ・鯊釣）	$6+\alpha$
	8	14〜22	はつ潮・山雀・案山子・秋雨・若烟草	40
	9		九日・牛祭・夜寒・いてふ・ひつぢ田	33
	10		玄猪・冬月・炉開・柴漬・かれの	34
	11		霜・顔みせ・鉢叩・から鮭・氷	37
	12		寒梅・ひび・初鰤・米あらひ・大三十日	16

表25① 三棲月並発句合　興行一覧　2-2

年次	月数	丁割	季　題	勝句数
天明6	1	1～10	万歳・鶯・下萌・青海苔・のどか	22
	2		朧月・薪能・蜂巣・山葵・菜花	35
	3		紙びな・壬生念仏・桜・春雨・菫	39
	4		子規・若葉・みじかよ・飛蟻・夏木立	34
	5		競馬・百合・田うた・蝸牛・青山椒	22
	6		夕立・扇・心太・百日紅・かけ香	31
	7	11・12	一葉・日ぐらし・燈篭・秋風・唐がらし	35
	8	13・14	花野・眼白・鬼灯・引板・すすき	37
	9	15～17	後の月・紅葉・長夜・栗・芦花	56
	10	18・19	初時雨・山茶花・納豆汁・麦蒔・炭竈	37
	閏10	20	帰花・衙・冬籠・わた・海鼠	18
	11	20～22	髪置・みぞれ・鉢叩・冬至梅・暖鳥	35
	12		寒艸・鶏卵酒・雪車・寒念仏・年内立春	20
天明7	1	1～5 (6)	年玉・初芝居・雪解・百千鳥・柳	22
	2		涅槃・鳥巣・種まき・しじみ・わらび	23
	3		落花・つつじ・上梁・茗荷竹・暮春	20
	4		麦秋・生ぶし・夏花・実桜・美人艸	26
	5		夏至・梔花・鵜川・あさ瓜・五月闇	20
	6	7	川狩・苦熱・夕皃・蝿・住吉踊	18
	7	8	霧・棚経・蟷螂・荻・逆峰	23
	8	9	駒迎・野菊・江鮭・鳴子・渋あゆ	18
	9	10	綿打・団栗・紅葉鮒・うら枯・露しぐれ	18

が出来、一題が不明であるが、旧稿で触れたようにこの年は几董判月並発句合と同一の季題で催しているため、そちらから判明する。いま一度、表25①を参照されたい。一・五・六月は月刊披露であるが、二〜四月、七〜十二月は丁がわたりそれぞれ一括披露である。六年は一月の後半と二月の大部分を収める二・三丁を欠くが、これは論考編第二章Ⅲ②で触れた京大頴原文庫『題詠句集』によって拾うことが出来る。したがって、六年分の摺物は全部揃う。なお六年分は、閏十月分と十一月分の第一紙を共に丁付「二十」としている。表25①に示したように、六年分は一〜六月、十一・十二月がそれぞれ一括披露、七〜閏十月の五箇月は月刊披露である。

七年分の十丁は趣を改め、几董判発句合のそれと類似の半丁十行の若草色罫紙を使用する。丁付は一〜十の通しとするが、六丁目の丁付を落とす。また、撰者星池の加章は四年から六年までは各丁裏終行に入れていたが、この七年分は各丁表終行に入れてある。表25①に示したように、この七年分は一月から五月までが一括披露、六月以降は月刊である。なお、一・二・三丁裏欄外に、それぞれ「外五章第二紙にいだす」「外十章第三紙にいだす」「外十章第四紙に出す。作者花塘繍陂余は再出」という断り書きがある。勝句が次丁へわたることを言ったものであるが、六年までの摺物には見られなかったもの。また、次の三箇所に朱訂がある。

三丁表　種まきや背戸は女の朝仕事　兵庫　鱗大

→所書きの「兵庫」に朱線を引き、左に「伏水」と朱書き。

三丁表　鳥の巣やする城の木のしげり　洛　甘古

→「城」の右上に「トキ」と朱書き。「する時」の誤脱を補う。

三丁裏　蚊ひとつにねられぬ宵や暮の春　洛　其悦

→句の頭に「古句乁」と朱書き。

何れも摺物が作者の手許へ届けられる前に、誤りを正すべく朱が入れられたのであろう。特に其悦の句は『春の日』に出る重五の句「蚊ひとつに寐られぬ夜半ぞ春のくれ」（安永三年刊『類題発句集』・天明七年刊『俳諧故人五百題』にも収録）に酷似し、撰ののち剽窃と見做して抹消の意味で朱を入れたものと思われる。以上三箇所、翻刻該当部には＊を付し、注として示す。

この天明七年分の摺物十丁は、故櫻井武次郎氏旧蔵『発句合』にも合綴されている。『発句合』は半紙本一冊、縦24・4×横17・3糎。前後表紙とも普通の和紙を用いて紙縒で仮綴してある。前表紙左肩に「発句合」と、後表紙見返しに「天明七未とし　鱗大」と墨書き。全十九丁全て発句合の摺物で、最初の十丁が天明七年三棲月並、次の四丁が同年几董判月並発句合三月～五月分、終りの五丁が来始判句合「夏部」四丁と「秋の部」一丁である。三棲月並摺物の一丁裏・三丁表・五丁裏、及び来始判「夏部」一丁裏に鱗大宛の名書きが見られるので、『発句合』の一冊は、天明七年にばらばらで届けられた発句合の摺物を鱗大が手許で綴じ合わせたものであることがわかる。なお、『三棲月並集』合綴の摺物に見られた三丁表裏の訂正箇所は、『発句合』合綴のものでは鱗大の所書きと其悦句全体及び名前を墨で塗りつぶしてある。

以上、天明四～七年の三棲月並摺物に勝句の見える作者を一覧にして見ると、表25②「『三棲月並』作者一覧」のようになる。「伏水」「洛・その他」に大別してみると、伏水作者が119名、洛・その他が115名と人数としてはほぼ拮抗するものの、勝句数で見てみると全勝句１３０５句のうち伏水作者が合計796句で全体の約61％を占める。それはもともと、この三棲月並が地元伏水を中心に始まったことからすれば当然の帰結であった。そのことは個人別の勝句数にもよく現れていて、いま仮に20句以上の勝句上位者を取り上げてみると、伏水では鶉閨（凡鳥）98句・二三（石鼓）91句・買山89句・烏有（其残）53句・繍陂40句・兎山38句・八鳥（鼠卜）36句・波橋24句・対橋21句・胡成20句と九名に及ぶが、洛その他では楠葉の不染69句・洛の霞山34句・兵庫のいち女20句の三名に留まる。この伏水作者九名の勝句数合計は510句で、全勝句１３０５句の約39％を占めている計算になり、この数字にも興行のベースが伏水にあって、

表25② 「三棲月並」作者一覧 伏水の部　洛・その他の部　　3-1

伏水の部

＊網掛けは几董判月並との重複者。

作者	天明4	天明5	天明6	天明7	勝句
芝蘭	1				1
鶉閴	29	20	31		98
（凡鳥）			6	12	
対橋	11	3	5	2	21
武好	1				1
二三（亭）	5			3	91
（石鼓）	15	19	32	17	
烏有	5				53
（其残）	11	13	21	3	
波橋	10	6	4	4	24
買山	30	25	21	13	89
繍陂	10	11	15	4	40
八鳥	2				36
（鼠卦）	14	7	6	7	
鹿卜	8				8
鬼村	1				1
賀瑞	12	2			14
巴大	1				1
流霞	3			1	4
兔山	6	11	13	8	38
我城	1				1
聞笛	4				4
其韻	1				1
如菊	2				2
枝声	2				2
楚尺	1				1
湖陸	1				1
冷石	3	1			4
文素	1				1
近山	5	1			6
玉至	3				3
我笑	4				4
鬼丸	2				2
一葦	3				3
移山	1				1
鬼洞	1				1
寄又	1				19
奇又		12	6		
春車	1	1	2		4
麦翅	1				1
無銭斎	3	1			4
涛朝	1				1

洛・その他の部

＊網掛けは几董判月並との重複者。

地域	作者	天明4	天明5	天明6	天明7	勝句
平安（洛）	其山	2		1		3
	佳棠	5				5
	冠紫	1				1
	吐春	1				1
	梅居	1	2			3
	春坡	1	11	4		16
	南昌		4	3		7
	霞山	5	12	11	6	34
	雅竹		2			11
	自同		3	1		
	垂翅			5		
	松花		1			1
	女　その		1			1
	御松		3			3
	里橋	4	2		1	7
	花朝		1			1
	埜蚯		1			1
	一雫斎		2	4		6
	暁山		1	5		6
	松洞		1	1		2
	湖山			1	1	2
	雅山			1		1
	峯鳥			2		2
	巴橋（喬）			2	1	3
	歌葉			1		1
	九鮒			1		1
	呂風	2		9		11
	松雨			1		1
	徳亭			2		2
	又笑			3	1	4
	不酔	1		1		2
	亀涎			2	3	5
	米久			1		1
	沙長			11	8	19
	孤蝶			3		3
	折斧			1	1	2
	可濤			1		1
	半子			1		1
	芦仙				1	1
	蘭舎			1	2	3
	湖国				6	6
	甘古				5	5

伏水の部

作者	天明 4	天明 5	天明 6	天明 7	勝句
井蛙	2				2
左幸	4	8	3		15
一笑	5	1		1	7
雀宜	7	5			12
雪居	4	1	3		8
金井	2	1			3
琴糸	2				2
浮艸	1				1
幽篁	1				1
壺月	1				1
正風	6	1			7
可連	1				1
雷童	1				1
流止	2				2
楚邦	1				1
瓦光	1	1			2
竹下亭	2			3	5
烏川	1				1
玉芝	2	2			4
湖旭	1	1			2
霞々	1				1
徐来	2	1			3
畾丈	2				2
申々	1	1			2
歌柳	1				1
女　信雄	1	3	1		5
霞亭	1				1
東里	1				1
祇帆		2			2
其水		3			3
左琴		1			1
巴十		1			1
房風		1			1
春慶		1			1
柳圃		3	3	1	7
羽毛		1			1
芭水		1			1
尓昌		1			1
蓬亭		1			1
翅帆		2			2
鳩祇（祗）		2	2		4
柳橋		1			1

洛・その他の部

3-2

地域	作者	天明 4	天明 5	天明 6	天明 7	勝句
平安（洛）	かつ女				2	2
	其悦				1	1
	相鼠				3	3
	布尺				1	1
	蘭止				1	1
	きく女				1	1
	旭渓				2	2
宮川町	浅野		1			1
深艸	流止	2				2
	梅竜		1			1
	柏葉		2		2	4
嵯峨	呂幸				1	1
淀（澱）	雨柳	1	4			5
	君山	1				1
	花翠		1			1
	公木		1			1
	維則		1			1
	一閑			1		1
	鏡山				1	1
六地蔵	春雄	4	2			6
	闇礫斎	1				1
田原	馬蓼	1	1			2
宇治	雀觜		1			1
醍醐	桂下		1			1
	破鞋		4			4
楠葉	不染		6	47	16	69
亀山	求己	1				1
	貴泉	1				1
	女　楚雀	2				2
清水谷	魯山				1	1
浪花	嘯風	6	1			7
	芦村	2				2
	何木	1	1			3
	河木	1				
	厤風	3	1			4
	杜右	1				1
	二村	8	1			9
	銀獅	6	1			7
	鳳卿	2				2
	花蝶	1				1
	京甫			1		1
	素後			2		2

伏水の部

作者	天明４	天明５	天明６	天明７	勝句
魯山			1		1
不明氏			1		1
胡成			16	4	20
帰楽			2		2
左立			2		2
栄花			1		2
栄花堂				1	
禎宜			2		2
少年吉次郎			8		8
安七			2		2
閨月			1		1
柳雅			3		3
台路			1		1
保帋			1		1
李喬			1		1
山市			1		1
遠道			1		1
峨月			1		1
竹毛			1		1
少年雪机			4	7	11
絲蝉			1		1
来芝			1		1
西山			1		1
仙之			1		1
雷子			1		1
柳女			1		1
山鳥				1	1
亀遊				1	1
一虚				1	1
鱗大				2	2
少年花塘				2	2
素竹				3	3
都柳				1	1
宗化				1	1
指城				1	1
紫石				2	2
政清				1	1
喜蔵				1	1
フミ				1	1
古都				1	1
湖柳				1	1
二喬				1	1
佐幸				1	1

洛・その他の部

地域	作者	天明４	天明５	天明６	天明７	勝句
浪花	志好			1		1
	甘三				1	1
兵庫	関山		3	2		5
	無名氏		1			1
	葉司		8			8
	不二彦		5	6		11
	其玉		11	3	1	15
	市東	4	3	1		8
	几席		3			3
	白桃		1			1
	孤朗		2			2
	十雞		3			3
	いち女		15	5		20
	一交		1			1
	夜蝶		1			1
	川烏		2			2
	蘭香		2			2
	士由		5	1		6
	帋洞		1			1
	林遊（游）		3	1		4
	支鳩		5			5
	岬亭		3	3	1	7
	南岡		3	1		4
	烏月		4	7	1	12
	里計		3			3
	巴耕			12	2	14
	其水			1		1
	雲車			4		4
	菊生			1		1
	里月			1		1
淡海	文山			1		1
湖南	青々			1		1
尼崎	琴台			1		1
奈良	通介	1				1
東都	雷兎			2		2
備中松山	友鹿	1	2	2	1	6

特定作者によってかなりの部分が支えられていることがはっきりと出ている。なお、表25②に網掛けで示したのは、併行して興行された几董判月並との重複作者であるが、これが49名いる。三棲月並勝句作者は全234名のうち、五人に一人は几董月並にも参加をしていたということになる。また49名の勝句総計は774句、全勝句１３０５句のうちほぼ60％がこれらの作者によって占められている。

『呉竹集』は某文庫蔵。半紙本一冊、縦22・3×横16・4糎。原装水縹色表紙（以上の書誌は故櫻井武次郎氏の調査メモによる）。中央上部に題簽貼付痕。表紙見返しに「をとこせ」と墨書き。覆表紙に「呉竹集」と墨書き。いま、その覆表紙の外題による。全四十一丁。丁付なしの序文一丁。以下、版芯上部に「俳諧」とし、下部に一～十一、三十三・三十四、十二～三十八と丁付を入れる。通しの丁付け一～三十八は落梅窩星池判の月並発句合摺物。途中に挿入される三十三・三十四の二丁は古硯斎柳圃の辞世句と墓所図及び錦圃の追悼句。買山の序文中に「ことしとや翁の百年にめぐりあはせて」とあり、また正月分冒頭に「癸丑」とあるところから、これは寛政五年の月並摺物一年分を合綴刊行したものであることが知られる。正月分の第一紙である一丁の表・裏を図版23として示した。刊記は後表紙見返しに「発起　久花堂買山／補助　秋花園金兎／仝　猿簑園錦圃／仝　秋風亭蘆丸／書林　嘯月堂蔵／八幡屋新太郎」とある。これを、月数・丁割・季題と季題別の勝句数・勝句計の項目に分類し一覧表にしてみると表26「寛政五年三棲月並興行一覧」のようになる。一・二月は勝句のみを収録するが、三月は勝句と一・二・三月後撰勝句の間に挿入する形式で8ウに挿絵入りで買山の述懐句を、以下四月以降は勝句に続けてそれぞれの月の最終丁ウラのほぼ半丁に挿絵入りで数名の作者の句と、月によっては星池の追加吟を添えている。ここに収録される句は当月題で詠まれてはいるものの発句合出題の季題とは合致せず、勝句ではない。作者も必ずしも一定していないことからすると、おそらくは各月の開巻日にうち寄った連中の余興の句であろう。

月並摺物は各月とも季題別に並べる形式で、その季題ごとの高点順になっているものと思われる。そのように考え

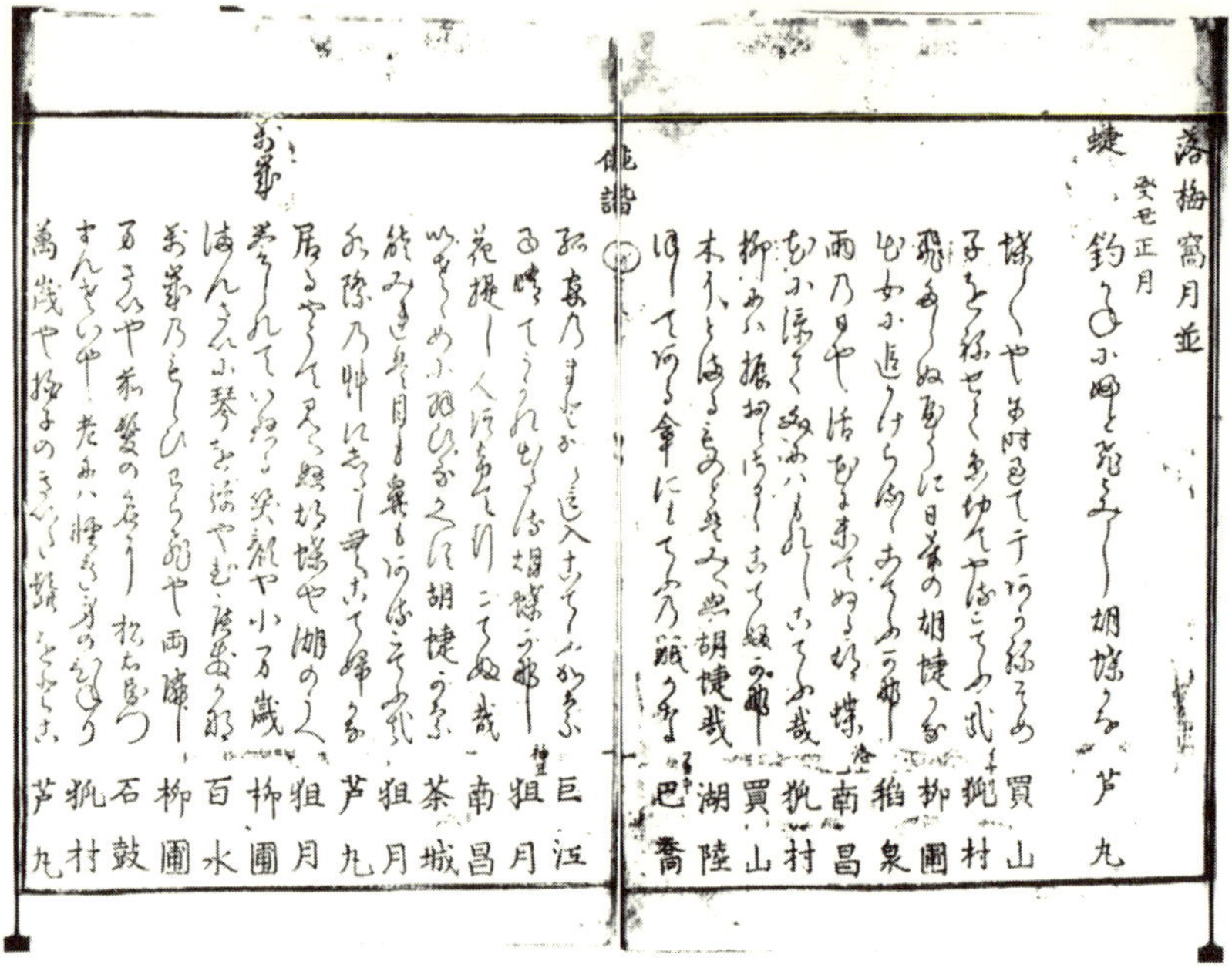

図 23　三棲月並摺物（某文庫蔵『呉竹集』収録）　寛政 5 年正月分　1 オ・ウ

られる根拠として、次のことが上げられる。九月の「花埜」及び十月の「小春」の冒頭句の欄外に、それぞれ「軸」の標示があるが、これはその月の入選句の中での「巻軸」評価を示すものに他ならない。つまりこの二つの冒頭句は、その月の「巻軸」句でもあり、その季題の中での高点句でもあるのである。なお、臨時の催しである「冬ノ部」では冒頭句ではなく二つ目の句に「軸」の標示があるが、これはその催しが混題であったためであろう。この三箇所以外に「軸」の標示は見当たらないが、他も九月・十月の例に準じて考えてよい。

なお、家蔵の『月並摺物集』に『呉竹集』として合綴される前の三月〜八月分摺物十九丁を収録するが、版芯・丁付それに本文の一部に相違が見られる。『月並摺物集』収録摺物の版芯は、下部に丁付を入れ上下を彫り残しとしてあるが、『呉竹集』では下部の彫り残しを削り、上部に「俳諧」と入れる。丁付は、『月並摺物集』で八丁を空白として残し次丁を「八」とする誤りがあったため、『呉竹集』

表 26　寛政五年三棲月並興行一覧

月数	丁割	季題別勝句数	勝句計
1	1・2	蜨（16）・万歳（8）・春雨（9）・若艸（9）・椿（5）	47
2	3・4・5	彼岸（11）・燕（13）・春月（17）・桜（22）・凧（11）	74
3	6・7	春風（14）・躑躅（9）・苗代（12）・陽炎（9）・雲雀（6）	50
	8オ	買山述懐句	
	8ウ	1、2、3月後撰　春月（2）・燕（1）・桜（1）・ 陽炎（2）・苗代（2）・躑躅（1）・雲雀（3）	12
4	9・10・11オ	麦秋（13）・子規（7）・短夜（5）・更衣（5）・牡丹（25）	55
		後撰題混雑　麦秋（3）・更衣（2）・牡丹（1）	6
	11ウ	古硯斎小集　孤山・芦丸・布山・柳圃句、星池追加	
臨時	33	古硯斎柳圃辞世句	
	34	古硯斎柳圃墓碑・柳下坊錦圃追悼句	
5	12・13・14オ	五月雨（18）・百合（7）・幟（6）・田植（8）・蛍（22）	61
	14ウ	八鳥・蚕肆・花樵・竹里・孤山・峨村句、　星池追加	
6	15・16・17オ	夏月（10）・納涼（19）・清水（12）・夕立（11）蝉（12）	64
	17ウ	峨村・吟路・孤山・錦圃・芦村句、星池追加	
7	18・19・20オ	銀河（9）・秋雨（19）・虫（19）・萩（13）・角力（5）	65
	20ウ	吟路・錦圃・芦丸・花樵更市泉句、星池追加	
8	21・22ウ	散柳（10）・露（11）・名月（6）・肌寒（7）・雁（8）	42
	22ウ	孤松・峨村・竹里句、星池追加	
9	23・24・25オ	鹿（5）・花野（13）・后月（11）・長夜（8）・菊（19）	56
		7・8月並後撰、 肌寒（1）・雁（1）・銀河（1）・秋雨（1）・角力（1）	5
	25ウ	芦村画、里喬・市泉・吟路・狙月句	
10	26・27ウ	初雪（6）・小春（13）・玄猪（6）・冬月（7）・帰花（9）	41
	27ウ	芦村画、綱二・芦丸・芦村・古光・吟路句	
11	28・29ウ	初氷（4）・薬食（5）・榾（14）・水鳥（12）・鉢叩（5）	40
	29ウ	芦村画、竹里・孤松・芦村句	
12	30・31・32オ	寒月（17）・霙（13）・年市（14）・古暦（5）・寒声（8）	57
		10・11月後撰、水鳥（1）・玄猪（1）・寒月（1）	3
	32ウ・33・34	狙月・花月・斗孝・岩好・市泉・里春・桐林・友 親・芦村・芦丸・錦圃・孤山・買山句、星池追加吟	
冬の部	35〜38ウ	冬混題	91
	38ウ	買山・金兔句、星池追加	

計 678 句

表25③「呉竹集」作者一覧　除、臨時「冬の部」

＊網掛けの作者は三棲月並にも出る。　2−1

伏水の部

作者	勝句
芦丸	16
買山	28
柳圃（古研斎）	18
稲泉	1
湖陸	6
巨江	6
茶城	2
百水	2
石鼓	5
月荘	2
松之（春峯）	13
竹里	11
里春	4
一笑	6
木兆	12
凡鳥	2
奇又	2
左立	3
其流	3
布山	4
綱二	3
八鳥	4
杯（盃）遊	5
峨村	10
化口	1
左流	1
兎山	1
幾行	2
逸好	4
鬼柊	1
礒水	1
柳水	2
春東	1
もと女	1
一鏡	4

作者	勝句
杉月	1
佳中	1
聴雨	1
風月	2
孤山	15
花吹	1
ます女	1
春艸	1
歌談	1
大仏菴	1
栄歌	1
河月	6
孤松	5
蚕肆	2
へん女	1
仙女	1
錦圃（柳下坊）（猿蓑菴）	34
普化	1
仙女	1
岩好	2
鳩祇	1
市泉	1
一化	1
武松	1
いく女	1
友親	4
素竹	1
千代女	4
烏形	1
芦村	12
山肆	2
圭女	1
里喬（橋）	3
梅枝	1

その他の部

地域	作者	勝句
洛	南昌	12
	鈴山	2
	羅上	3
	沙長	4
	枝高	1
	枝遷	1
	亀卜	2
	許来	5
	鵡石	2
	掬亭	1
	飛泉	2
	紀氏	1
	普石	1
	一睡	3
	龍山	1
	魚泡	1
	未鳴	5
	楊志	1
	文林館	1
	棋価	5
	愛山	3
	尼倭泉	9
	古硯	1
	机夕	2
	梅斜	9
	無名氏	2
	桃李	4
	梅径	1
	湖夕	1
	几碩	2
稲荷	狐村	9
東福寺	呂水	1
深草	巴喬（橋）	6
	柏葉	1
梅谷	魯山	8
上鳥羽	何況	2
鳥羽	維少	1
	芦錐	1

表25③ 「呉竹集」作者一覧 2−2

その 他 の 部

地域	作者	勝句
淀	釜月（富月）	5
	春慶	1
神足	狙月	18
	其柳	8
	由枝	2
	仙光	1
河内	卞士	1
河内コウツ	古光	38
	如水	1
	友楽	10
	竹枝	6
河内　寺村	其亭	2
河内フチサカ	加友	14
河内　交野	花ト	1
河内クラジ	加東	2
河内ナカヲ	路平	3
河内上シマ	浣砂（沙）	5
浪花	歌関	5
	古裾	1
	交風	6
	奥州	4
	玉萩	3
	馬郷	1
	東車	1
	杪二	1
	芦水	1
	蟻行	1
	梅邦	2
池田	ア柳	2
	竹露	1
	左竹	1
芹川	紫柳	1
	吟路	11
	芹水	1
	素柳	1

地域	作者	勝句
兵庫	春更	6
	渡鴻	7
	市東	1
	志由	4
	巴耕	8
	芝誰	1
	浦雀	6
	雲車	2
播磨加古川	一楓	3
尼崎	三毛面	1
大ホウシ	戸口	2
	九花女	1
	九合	1
岸ノワタ	御ト	1
	公直	1
	左達	1
	起雲	1
	崎風	1
	口十	1
	里冬	1
	矙芳	1
	事天	1
イノヲカ	戸口	2
長イケ	花月	20
和州高山	巨石	1
高槻	嵐山	1
ヒハノ庄	吟江	1
	縁綺堂	3
	一虎	2
	鬼笑	3
泉南	太一	1
タキ木	桐林	2
サワイ	玉里	1
楠葉	夏石	2
	金毛	3
	紫桂（圭）	3
	可方	2
尾州	春花	4
	嵐桂	2

ではそれを丁付が通しになるように修正してある。また、『呉竹集』で途中挿入の三十三・三十四丁は『月並摺物集』では丁付が十二・十三とあり、十二丁表欄外に「伏水下風呂（虫損）墓（虫損）」と古妍斎柳圃の墓碑の所在を示すと見られる記事が、また十三丁裏欄外には「御興に追悼の御句（虫損）方々（虫損）並の詠艸に御添可被下候」と柳圃追悼摺物の企画らしき通知が読み取れる。これ以外に、『月並摺物集』と『呉竹集』の異同を拾ってみると次のようなものがある。

・『月並摺物集』では三月分の季題表示「躑躅」「苗代」「陽炎」「雲雀」を落とし、『呉竹集』でこれを補う。

・『月並摺物集』で「河内コウツ」の竹枝・友楽・古光の所書きを「河内カタノ」とする誤りがあり、『呉竹集』でこれを修正。また、蘆村の所書きを「ナニハ」と入れる誤りが一箇所あり、『呉竹集』でこれを消去。

・五月分「五月雨」の冒頭句、『月並摺物集』で「五月や海に遠のく御塩殿　買山」とあり、『呉竹集』で「五月雨や」と「雨」を入木で補う。

・『月並摺物集』で七月分「虫」の部に「萩」の句が混入。『呉竹集』でこれを修正。それに伴い、前後の数句も並べ替える。

なお、四月分第一紙、『月並摺物集』の八丁（『呉竹集』の九丁）表欄外右下に、「集句二千（虫損）」とあり、これは四月の寄句総数に違いあるまい。四月分の入選句総計は「後撰」も含め61句であるから、入選率は約3％ということになる。天明四年以降、三棲月並において寄句総数が明示されることは殆どなく、わずかに『甲辰三棲集』序文中に「凡そ三四月を経て撰する所凡そ七百」とあり、該当する天明四年閏正月から四月までの入選句が七十章であることから入選率は10％に及び、几董判月並に比べてずいぶんと高いことを旧稿で述べたが、この寛政五年四月分の入選率3％は几董のそれに近い。おそらく回を重ねるごとに寄句数も増し、入選率も厳しくなって行ったのであろう。

表25③が「『呉竹集』作者一覧」である。作者数で見ると、伏水が69名、洛その他が112名となるが、勝句計678のう

ち300句を伏水作者が占め、伏水中心の催しであることは動かない。また、表に網掛けで示したのは三棲月並との重複者で、これが20名いる。作者総数183名の約11％、20名の勝句数は116句で全勝句678句の約17％に留まり、占める割合はさほど高くはない。『呉竹集』は三棲月並から六年後の寛政五年の催し、それなりに作者の入れ替わりがあって当然であろう。

凡例

・翻刻に際して、旧字・異体字・俗字・略字などは原則として通行の字体に改めた。ただし、「莽」「楳」「屮」「艸」「埜」「鶯」「旹」「華」「皃」「寐」「鴈」「隺」「[illegible]」「槑」「絲」などは原典の書き癖を尊重し、そのままにしてある。

・漢字などの誤りは「ママ」と表記した。

・摺物原典の年月の表示及び季題は判り易いようにゴシック体で示してある。また、原典にはない年次の見出しを《 》で示した。

・丁移りは翻刻下部に1オなどと示した。1オとあれば、原典摺物の一丁表であることを意味する。

・摺物との異同は該当句の左に＊を付して示した。

『甲辰三棲集』

夫誹諧国風之一体而百家通用之鄙語也余退食之暇風詠者五一国謌也二誹諧也三狂歌也四連歌也五詩賦也而国歌連歌則有源孟張藤子素詩則加米子乕至於誹諧狂歌則未得其友也原買山者余相識於伏水十年而一語未及誹諧也一日與会落梅窩剽談数刻言及」オ誹諧大得古人之趣而後毎語輙至以忘食余以為伏水中言誹諧者是其雋也而後我世可知焉買山謂曰中誹諧之廃於伏水也久矣余所識機内丹江善誹者無慮数百今集其之詠出而足下撰之庶幾蕉翁之余風可振矣余辞曰余雖好風詠然非有師伝妄撰之豈可乎」ウ買山曰不然作者有誤則撰者言之撰者有誤則作者言之則相共琢磨此道何其不可也余伏其言乃与其二三諸友相與較量及稍然又及他国凡経三四月而所撰凡七百監事物之広大慮人情之幽遠而始知撰之不容易也買山乃雀躍曰向後足下辞之則悪有今日之快吏哉余曰是」オ子力何有於我以文会友以友輔仁其買山之謂也乎

天明四甲辰年冬十二月　　落梅窩星池　印　印」ウ

《天明四年》

三棲月次　　**落梅窩主人撰**

閏正月　霞　余寒　松花　茎立　白魚

振売にせて白魚の誉かな　芝蘭
家の間にくゝたちみたり鳥羽縄手　霞山
白魚にとり合せたる朱椀哉　鶉閨
松原を離てかくやまつの花　対橋
円山の三味線遠し夕霞　武好
茎立のさはれはおるゝふとり哉　二三
葉の風の吹おとしけり松の花　烏有
大神楽手先の芸もまた寒し　波橋
加章
こほれ菜の茎立細し妹か垣　星池

二月　題　二の替　初午　帰雁　紅梅　土筆

初午や鍛冶か横座のはつ桜　買山
すき〳〵や吉野ゝ人も二の替り　烏有
二のかはり見るや袂に結ひ昆布　買山
紅梅や咲そろひけりしらけ皃　鶉閨
はつ午や巳の一日をからし売　買山
入月を尻目にかけて帰る雁　霞山

└1オ

摘たらてつくし買たす日暮哉　繍陂
時宗もお七もさそな二のかはり　星池 ∟ウ
加章　二の替り見た夜を更す女かな　二三

三月　題　曲水　永き日　桜鯛　山吹　炉塞

山吹の咲やいつれの御所の跡　八鳥
遅き日や但馬を出る牛はくろ　鹿卜
永き日に御乞の能のしらへ哉　ヽ
炉塞や添乳の宵の拍子ぬけ　八鳥
長き日や馬におくれて鑓三すし　鬼村
炉塞やけふに心のかたゝかへ　買山
ふさかんとけふも暮鳧炉の名残　賀瑞
鯛に文猶〳〵書のさくらかな　鶉閨 ∟2オ
海も山もおなし世界や桜鯛　二三
桜鯛ちり行花の鱗かな　買山
山吹や山路はなれて家二軒　鶉閨
炉塞て何やら淋し此ゆふへ　平安　呂風
寐て起てけふを忘るゝ長さ哉　巴大
なかき日と花散過て覚けり　流霞
長き日や践ても見たる塔の影　兎山

曲水のあとに残るやみかの月　二三
海にさへ春の名乗やさくらたい　我城
加章　炉塞に哀や炭のたち残り　星池 ∟ウ
長き日や午時から二度の貝覆　鹿卜
長き日やさらしの乾く小芝原　聞笛
曲水や亀もうかれて二つ三つ　鶉閨
曲水や大内山の日の行ゑ　鹿卜
山吹や菴から流すかしき水　其韵
やま吹や鼬つら出す垣の隙　聞笛

四月　題　更衣　杜若　かんこ鳥　若竹　すし

桜から二度の便や釣瓶すし　平安　里橋
若竹の梢に届く曇かな　賀瑞
鮓鯖やいくのゝ道の文のつて　鹿卜 ∟3オ
参勤の道の紀もありかきつはた　聞笛
蚊帳釣て昼ねる寺やかんこ鳥　買山
湖と京見おろすやかんことり　不酔
立石は廿五丁やかんことり　八鳥改　鼠玣
石臼の鮓にわかるゝ一夜哉　平安　其山
鮒鮓や猟師か宿に雨三日　買山

閑古鳥啼や桧原の雨しつく　如菊
かんこ鳥なくや横川の後堂　兎山
夏痩とおもひはしめや更衣　枝声
等閑に畳む布子やころもかへ　星池 ∟ウ
加章
袷着てかはるや帯の結ひ様　亀山 求己
京へ出て氷室の人やころもかへ　楚尺
鷲の声の曇やことし竹　鶉閨
新竹や此うろくらき経机　兵庫 市東
山越て行隣ありかんこ鳥　丶
法螺て汲谷間の水や閑居鳥　湖陸
若竹や終に嵯峨野ゝ秋の風　冷石
下機の明リ勝手やことし竹　平安 里橋
馬つなく立場にくらし今年竹　鹿卜
若竹の風に囁く小やふかな　聞笛 ∟4オ
五日路の山の半や鮎のすし　如菊
浴室の水の余リやかきつはた　奈良 通介
兎角して渡らぬ橋や杜若　文素
うしろから日のさす池や杜若　烏有
脱かへてまた提て見る布子かな　流霞

二三軒事とひに皂はつ袷　波橋
四五人の中にふたりや初袷　買山
かたつける枕屏風や衣かへ　鹿卜
嶋からも夫婦別あり衣かへ　亀山女 楚雀
加章
若竹の烟に動くゆふへ哉　星池 ∟ウ

五月　題　粽　五月雨　蛍　田植　樗

五月雨や駕篭にねて行宇都の山　賀瑞
五月雨や庭に大工とあふら売　浪花 銀獅
此家も戸はさし寄て田植哉　鼠玣
さみたれの中にも汐の干潟かな　亀山女 楚雀
解捨し粽の笹のそよき哉　銀獅
麦藁のけふるかまとや五月雨　近山
萍や漂ふほたる飛ほたる　玉至
三宝につたふ雫やあし粽　買山
隣にも子のせかんたる蛍哉　烏有 ∟5オ
苅て来し秣に光る蛍かな　鹿卜
露うては一先おつる蛍哉　我笑
さきて散る雨の日数や花樗　賀瑞
にこしては湖へひろける田植哉　鬼丸

山田植る中にひとりは男哉　対橋
五月雨やけふも琴柱の立所　一葦
蚊帳のうちに放して蛍二夜哉　流霞
ひるなから蛍見に鳬釣しのふ　買山
常は舟さゝぬ小川や蛍取　冷石
加章
五月雨や尾をたくりたる八瀬の馬　星池 ∟ウ
一わたし乗おくれたる蛍かな　波橋
夜はすてに明て樗の曇哉　兎山
島原を中にはさむて田植哉　田原　馬蓼
昼めしを男のはこふ田植かな　兵庫　市東
越路へた状のしめりや五月雨　冷石
さみたれや此比鋳たる鐘の錆　鶉閨
五月雨はしくるゝ程も晴間哉　亀山　貴泉
田を植て何所やら広き夕哉　平安　佳棠
四つ五器の畴に揃はぬ田植哉　二三
早乙女やゆふへは水のまふけ事　移山 ∟6オ
日盛や樗こほるゝ菴の屋根　枝声
花樗にほふ塘のあらし哉　対橋
降ふともさためぬ空や花樗　鬼洞

傘もたぬ雨間身軽き五月哉　寄又
五月雨や縄のあまりし振釣瓶　我笑
うちきせしふくさも露の粽哉　銀獅
ちまき巻家へ粽のつかひ哉　春車
風情なく男の植る田面かな　賀瑞
田をうへて野川の末の濁かな　買山
加章
かたひらにふらぬ雫やほたる狩　星池 ∟ウ

六月　題　蓮　土用干　葛水　毛虫　御祓

樟脳のかゝと計や土用干　麦翅
芙蓉池や密にあまる水の音　平安　佳棠
土用干や無事な両親瘂娘　無銭斎
下手のさす船面白し蓮の中　隺宜
幣に毛虫うつりぬ森の宮　浪花　銀獅
捨るとて団扇にのせし毛虫哉　仝　嘯風
葉うら行毛虫の影や涸清水　涛朝
半蔀をゝろせは落る毛虫哉　買山
流れ来て茅の輪かゝるや漂澪　井蛙 ∟7オ
葉桜に秋をみせたるけむしかな　買山
加茂衆の瓜求たるみそき哉　近山

葛水や夫の昼寐を起す時　鶉閨
葛水や中にひとりは心太　左幸
一日は能きぬ而巳そ土用干　一笑
葛水の手元涼しき雫かな　二三更　石鼓
土用干や蠹の出て行本簞司《ママ》　波橋
虫干や年にふたゝひ涅槃像　鶉閨
小鼓や万歳村の土用ほし　鬼丸
加章　中二日夫の留主や土用干　星池　∟ウ
妹かりや人には見せぬ土用干　買山
柴の戸や居士衣一つを土用干　浪花　嘯風
きす篭に瓜の包や土用干　繍陂
葛水に目出度高麗の茶碗哉　平安　佳棠
飯台に居れはあつし蓮の花　井蛙
所化寮は蚊帳おしやつて蓮見哉　鶉閨
底ぬけて蓮咲けり捨小舟　烏有
川つたひ行はまた見る御祓哉　浪花　芦村
御祓見て帰るさ遅し黒木売　雪居
さらし搗男もけふやせし御祓　鼠玣　∟8オ
一壺に事たる菴のはちす哉　買山

此国も女にさゝせ芙蓉見船　石鼓
入梅晴の旭めつらし蓮の花　金井
此比の夜は蓮より明に鳧　琴糸
湧水の清きに痩し蓮の花　浮艸
葛水や玉の器の薄くもり　雪居
一村は庄屋に任す御祓かな　石鼓
古銭干土用の風のにほひ哉　浪花　銀獅
三日月に小枝蠢毛むし哉　平安　佳棠
加章　両敬の使者葛水を乞にけり　星池　∟ウ

七月　題　七夕　初あらし　虫　朝顔　踊

親と子の踊しらけて山かつら　一笑
むし鳴や小雨なからの二日月　鶉閨
早稲の穂を置直しけりはつ嵐　買山
横まとに艸の雫や初あらし　対橋
槿はちいさふ成て九月哉　我笑
釣竿の糸もふくむやはつ嵐　賀瑞
妹か歌に下の句つけて星祭　雪居
片隅におやのない子の踊かな　浪花　何木
稲妻は丹波の空やあまの川　鶉閨　∟9オ

七夕を長者の庭に明しけり　佳棠
よの星の名も聞しるや天の川　浪花 帍風
蔦の戸に蕣のほるいほりかな　鼠玣
竈馬なく昼のねさめや草の宿　賀瑞
朝顔や月落かゝる普請小屋　平安 冠紫
朝かほや手水に残る星ひとつ　浪花 杜右
蕣やのみ取て居る蚊帳の外　賀瑞
雨水のつたふ柱やきり〳〵す　一笑
枯槹吹戻しけり初あらし　幽篁

加章

柴買て背戸にむしきく夕哉　星池 ∟ウ
はつあらし吹や昨日のすゝみ床　壺月
一里来て槿見たる旅路哉　我笑
たなはたに老も研を洗けり　金井
いつとなく更てぬる夜や銀河　正風
ほし合や露にかたふく三寸の口　浪花 銀獅
漁火のまたゝく闇や初あらし　賀瑞
琉球へいぬる舟ありはつあらし　雀冝
竹椽に番椒落ぬはつ嵐　浪花 二村
白鷺のたゝよふ草や初あらし　鶉閨

垣結ふや手にもこたへて初嵐　可連 ∟10オ
朝顔や牝牛引出す垣の外　買山
駕篭の戸や明て又さす初あらし　琴糸
更しとて見に行親も踊かな　鶉閨
蕣に蜘の巣みゆる朝日かな　浪花 二村
むしの音を聞流したる夜舟哉　近山
葛城やおりて麓のはつ嵐　鼠玣
貰子の友も出来たるおとり哉　雷童
槿やまたなまぬるき茶やかさゆ　流止
船宿のしつまりに㒵はつ嵐　楚邦

加章

取いれぬ竿のつらしや初嵐　星池 ∟ウ

八月　題　野分　鹿　擣衣　案山子　月

昼なから鹿なく秋の小雨哉　鶉閨
湖を吹くほめたる野分かな　瓦光
客留て米つく宿や鹿の声　一笑
夜あらしの舟まて送る砧かな　近山
明る戸や風に成行遠きぬた　浪花 二村
聟入の一夜とまりや鹿の声　一葦
宿坊の天井高ししかの声　浪花 嘯風

油灯は仏檀《ママ》のみそ鹿のこゑ　石鼓
稲刈て西山高きかゝし哉　買山 ∟11オ
かた町は留主の様なるの分哉　鶉閨
蚊帳やめてねよけになれは碪哉　流止
必も隣の出来しつき見ふね　浪花　鳳卿
持あみをあくれは月の雫かな　仝　二村
鹿の音を添て直の成旅籠哉　仝　花蝶
秋雨や晴れは背戸に鹿の声　其残
大津女の客呼なからきぬた哉　鶉閨
待わひのあくひもあらん鹿の声　備中松山　友鹿
埜分して軒にたゝすむ家鴨哉　霞山

加章

居惑や野分の翌のむしろ織　星池 ∟ウ
とく〳〵と案山子造ぬ小百姓　春坡
菅笠の露にかたふくかゝし哉　鶉閨
名月やまねけは届く渡し舟　鼠玣
雨雲のちきれて遠し秋の月　対橋
橋守の戸におとつるゝつき見かな　石鼓
名月や初夜も過たる豆腐売　竹下亭
更行や野分の跡のあめの音　浪花　嘯風

一しきり雨ふり止は野分哉　波橋
埜分して大工の見舞あしたかな　石鼓
夜歩行の子にはてしなき砧哉　浪花　鳳卿 ∟12オ
松の灯のもへ細りけり鹿の声　洛　呂風
衣擣家にねふたき灯かな　玉至
野鼠の案山子をつたふ夕かな　石鼓
艸刈の午時の景見るかゝし哉　烏有更　其残
うき秋のいのちなりけりけふの月　繍陂
若子ねせて御乳も手伝ふ砧哉　鼠玣
雨滴の隣へ落る野分哉　烏川
野分して澱の水屋のさゝ濁　玉芝
鹿鳴て木まくら痛し艸の宿　浪花　乕風

加章

手をつけは月のしめりや蒲筵　星池 ∟ウ

九月　題　三棲祭　菊　夜寒　茸狩　新酒

咲きくの黄はきに戻る夜明哉　六地蔵　春雄
霧はれて小きくに残るしつくかな　其残
白菊に障子明たる月夜哉　買山
百姓に根くち乞けり菊の花　湖旭
垣つゝる足軽町やきくはたけ　浪花　二村

背戸へ出て船さす客や三栖祭　雀宜
茸狩や杣か薬鑵につゝみ銭　繍陂
松明に月のしらみや三棲まつり　春雄
蕎麦売の軒に湯を呑夜寒哉　霞山
㇗13オ
留主守て広さ居まとふ夜寒哉　春雄
梟の家根に居て啼夜さむ哉　正風
そほふるや夜寒をかこつ船の中　左幸
消る灯をかゝけもやらぬ夜寒哉　洛　里橋
菊さかす薬店あり間の宿　霞々
そよ風のむし歯にひゝく夜寒哉　近山
白菊に紅さすあきの日数哉　浪花　帍風
酒醒す九日の背戸や菊畠　波橋
葭の穂の散込家や三棲祭　鶉閨

加章

松明に三栖の薄のかり穂哉　星池
㇗ウ
柴垣を一尺さつて小菊かな　兎山
居仕事に寐残る妹や夜を寒み　雀宜
蓮池に太鼓移や三棲祭　霞山
松明を月の出汐や三栖祭　買山
移徙は冬へ延たりきくの花　徐来

小舟にも毛氈敷や三栖まつり　左幸
飼犬の戸におとつるゝ夜寒哉　買山
斎米に添てあけゝり菊の花　其残
三棲祭済て乗出す夜舟哉　浪花　芦村
山崎を立て池田の新酒哉　鼠玣
㇗14オ
中買の袖の薫りや今年酒　一葦
新酒や先松の尾の三寸徳利　玉至
茸狩やくすほりくさき秋の山　雪居
名のしれぬ茸も取たる女哉　正風
二階からしらぬ猫来る夜寒哉　浪花　二村
宿替て寐つかぬ程を夜寒哉　石鼓
ねたふりを見れは短きよさむ哉　仝
川魚を都の土産や三栖まつり　兵庫　市東
傾城のむさと酔たる新酒哉　対橋

加章

大かたはしらぬ人也菊の客　星池
㇗ウ

十月　題　時雨　頭巾　落葉　あしろ　冬牡丹

初時雨灯を掻立て聞夜哉　洛　呂風
置床の武具に隣や冬牡丹　賀瑞
小夜時雨北斗は雲にこほれ凫　畾丈

聞なれぬ鐘も鳴けり小夜しくれ　繍陂
散残る柳ちりけりゆふしくれ　鶉闔
埋火に砂のしめりやあしろ守　買山
網代木を打やよしの丶山おろし　波橋
片店は銭の小売や冬ほたん　鶉闔
枝炭のにほふ夕やふゆほたん　買山　∟15オ
火にかける徳利わひしや網代守　買山
朽る迄所さためぬおち葉かな　繍陂
時雨して晴れは白こし路哉　其残
横町は西へはれ行しくれかな　鼠卝
高塀から継たす軒や冬牡丹　繍陂
ちる時は畳の上やふゆほたん　鶉闔
かた隅にきくの憐やふゆ牡丹　其残
冬牡丹猫は雀をねらひけり　畾丈
後からあしろに移る朝日かな　鼠卝
加章　邂逅にあくる戸尻の落葉哉　星池　∟ウ
ひさもとに鐘聞夜半やあしろ守　鼠卝
日のあしの生駒は見せて時雨哉　無銭斎
松風の止とおもへはしくれかな　鶉闔

秋くれて出て行菴の落葉哉　仝
落葉して三日月見たる山家哉　波橋
宵の霜命なからのおちはかな　正風
地につかぬ日影ちら〳〵おち葉哉　洛　吐春
たれ灰汁に沈もやらぬ落葉哉　鼠卝
風やんて頭巾の匂ふ日なたかな　波橋
剃立にきれはつめたき頭巾哉　正風　∟16オ
脱度に寒さ重る頭巾かな　兔山
酒入れぬ寺の小庭や冬牡たん　石鼓
こしみのに月のつら丶や網代守　浪花　嘯風
時雨丶や入日の残るひかしやま　対橋
能程のみの丶しめりや初しくれ　正風
真春ほすむしろの上の落葉哉　買山
水かれて落葉に埋む野川哉　浪花　嘯風
脱ときの心易さよまる頭巾　対橋
草の屋の寝覚つめたき頭巾哉　春雄
加章　小原女の詩て通るしくれ哉　星池　∟ウ

十一月　鷹　雪　水仙　冬至　蠣

風やんて藪に声あり夜の雪　鶉闔

十分にたまれは雪の夜明哉　雀宜
是程のからにも石花のひとつ哉　深艸 流止
いもかりに琴かたつけて雪見哉　繍陂
イはた丶すむかたへふ丶きかな　賀瑞
浮桶に浮て見せたり今朝の雪　鼠玣
鷹一羽目を配りたるかれ野哉　雀宜
澱舟の火鉢に蠣の鳴音哉　鶉閨
旭影おき直したる冬至かな　其残
└17オ
町人の遊はて過し冬至かな　賀瑞
水仙に干ぬ花かめの雫かな　浪花 二村
肴籠二重に蠣のしつく哉　其残
蠣割やむしろからもる二日月　一笑
＊摺物に上五「石花や」。入木訂正。
水仙やつら丶の動く山かつら　其残
南天の実はこほれけり水仙花　仝
寒菊に隣畠や水仙花　石鼓
蕗の薹に事かく菴の雪見哉　鶉閨
すさりては谷に谺や松のゆき　雀宜
加章　手にとりて水仙誉ぬ葉のひねり　星池
└ウ

鷹狩や烟を立てぬ一在所　対橋
かき割の軒に居直るゆふ日哉　買山
蠣わりやうしろの家のかし家札　石鼓
石花割の買人に問し寒の入　仝
生なから蠣のいてつく岩根哉　六地蔵 闇礫斎
記録所に冬至の日影ゆるみけり　浪花 二村
二番目の碁に日は落る冬至哉　買山
見台の正月めきし冬至かな　浪花 河木
入相の鐘に気のつく冬至哉　其残
水仙や朝日計の塀のした　鶉閨
└18オ
水仙や枯蔓かつくかきの縁　深艸 流止
雪の日にす丶めの覗くかまと哉　石鼓
二日ふる雪見ふるして炬燵哉　買山
船人の薪掘出すゆきのあさ　繍陂
風呂焚て人まつ雪の夕へかな　竹下亭
鷹匠のたか見失ふ入日かな　波橋
たか狩としらて梟のひるね哉　石鼓
あら礒を鷹のそれ行嵐哉　淀 雨柳
はし鷹の羽風に寒きこふし哉　左幸

加章　父親も酒ゆるしけり雪のあさ　星池 ∟ウ

十二月　題　寒声　早梅　さこね　餅搗　年籠

早梅や医者送リ行駕の上　無銭斎

早梅や昼暫の春けしき　鶉閨

もちつきやたらて嬉しき荒むしろ　買山

隣から留主を預しとし籠　対橋

燈はよいのまゝなり年こもり　仝

もちつきや烟に曇あけの月　繍陂

是何と座頭にかゝす早梅かな　申々

早梅の匂ふや背戸の薄月夜　歌柳

隠し子はふたつに成ぬとし籠　其山 ∟19オ

早梅や藁たく軒の干かふら　兎山

早梅や寺へ使の手ならひ子　淀 君山

老独梢に明しぬ雑候《ママ》寐の夜　鼠卦

常燈の揃て明しとしこもり　女 信雄

しわふきの踵にひゝくさこねかな　徐来

内に居るおやもさこねのはなし哉　東里

雑候《ママ》寐して聞や横川の鐘の声　洛 梅居

寒声を覗はそれかいもとかな　玉芝

ぬり立の竈伝ふや餅の湯気　霞亭

加章　起て見て身は後つれのさこね哉　星池 ∟ウ

落梅窩撰　秋の吟　発起　買山／我笑

傾城のひとりと成て月見哉　洛 寸砂

舟を解此浦里や秋寒み　汲古堂

乗たらて人待ふねや散柳　春車

便なけに牛うられ行花埜かな　鬼丸

茸狩や三弦箱の花すゝき　其残

猪とねた皃もなし女郎花　兎山

楽書の半分消し苔かつら　石鼓

さは桔梗鄙のくすしの構かな　買山

初あらし名残の風呂に吹にけり　玉芝 ∟オ

有明を萩にみせけり初あらし　洛 雅竹

初夜過てつれにわかるゝ夜寒かな　鶉閨

うら町へ秋を追こむおとりかな　深艸 流止

まくらたこ暁いたし漸さむみ　淀 雨柳

昼なから背戸の葉うらやむしの声　霞山

野からすはしらぬ皃なるなるこかな　木之

根にかへるものとも見へし葛の花　繍陂

秋の句々を集ものせしか半に病て
死んとす弟なる巴笑に買山子を助け
予か志をとけよかしと言おきて
おもふ事はたさて秋は暮にけり　我笑
兄の志をつきなく〳〵艸稿とも一巻に
書あつめ今は手向むと泪をおさへて
さし鯖のかたしも秋の別哉　巴笑
常〳〵加養をすゝめしも甲斐なく
墳に来てまたくり言の灸花　買山
新しき塚に偃すゝきかな　星池」ウ
追加せんと巧しにはからさる手向とはなりけらし」ウ欄外

跋
友人源子長風気豪邁而多芸能誹諧者乃其緒余耳然而
其鑑裁遠出凡庸所臨選者相皆中千里云乃謂伯楽一過
冀北之野而馬群遂空其是選之謂乎」オ余不知誹諧而知
源君之為人且聞人之評其選而謂必当有此也是以書
宓水　米寅子甫　印　印
梅居主人書　印」ウ

《天明五年》

天明乙巳月次　三棲　落梅窩撰

正月　題　元日　余寒　初寅　ひたら　蕗薹

元日や二見へくれは昼さかり　祇帆
春寒き色を嫁菜の古葉哉　石鼓
七艸にもれけり花のふきの薹　女 信雄
初とらや鞍馬の梅は人とわす　買山
芝居出て四条河原の余寒哉　繍陂
元日の万歳村やかけのせん　其残
水仙は葉計のひて蕗の薹　波橋
麦飯の弁当もありふきの薹　対橋」1オ
一里来て帯しめ直す余寒哉　買山
元日や麻上下にまつのつゆ　繍陂
雲わたは雪と消たる干鱈哉　石鼓
元日やねふたふもあり寝もおし　鶉閨
横雲のよこにきれたる余かん哉　鼠卝
万歳の都をそしる余寒かな　左幸
初とらや土産に去年の木芽漬　徐来
元日やひるも過れははなこゝろ　買山

切時にまな板せはき干鱈かな　兎山
加章　夕霞雨にもならぬさむさ哉　星池　∟ウ

二月　題　雉子　春水　二日灸　つく〳〵し　蛙

ふし漬は竿立てあり春の水　買山
午時過は鮎のにほひや春の水　其残
置炬燵おき直しけり二日灸　石鼓
板壁にきしの谺や杣かやと　仝
ならを出て蛙きゝたる旅寐哉　兎山
籾つけて背戸に蛙を聞夜哉　繍陂
傾城にすゝめられけり二日灸　買山
蛙なく埜守か家のはしり哉　仝
加茂川を野風呂へ盗はるの水　玉芝　∟2オ
きし鳴や眠なからの通し駕　洛　春坡
雉子なくや麓の畑のちから石　買山
くれかけて長き野道や啼蛙　ナニハ　二村
土を取丘の崩やつく〳〵し　洛　春坡
肩ぬけはまた肌寒し二日灸　田原　馬蓼
汲かけて見はつめたし春の水　ナニハ　虎風
きし飛て雉のかくれし麦の中　洛　南昌

朝戸出に山の近さやきしの声　無銭斎
若艸に声をぬらして啼蛙　波橋
加章　旅なれや三里はかりの二日灸　星池　∟ウ
谷川や古葉の下を春の水　洛　南昌
初旅の寐くるしき夜を蛙かな　繍陂
日記には曇とつけて蛙哉　其水
戸をしめて二日灸の八重葎　冷石
牛除て塘のはらのつくし哉　雈宜
雉子なくや心まとひの別みち　鼠玣
一里来てしらむ山路やきしの声　深艸　梅竜
能竹を切出す薮や雉子の声　淀　花翠
養父入をかけて二日のやいと哉　女　信雄
春の水よしのゝ末を茶に汲む　鶉閨　∟3オ
瀬と見へて渡れは深し春の水　兎山
窓の灯の水にゆらめく蛙かな　洛　雅竹
二三町駕におくれてつく〳〵し　鼠玣
柳吹く杪とゝくやはるの水　左幸
雉子啼て脚元くらき坡かな　鶉閨
捨舟にかはつ漂ふゆふへかな　湖旭

酔さめて枕に近き蛙かな　左琴
継〱のこよりもつれぬ土筆　ナニハ　嘯風
二日降し雨のあしたやつく〱し　深艸　柏葉

加章

水鳥の身すほらしさや春の水　星池　∟ウ
鰒食し我身なからや二日灸　宇治　雀觜
雉子なくや朝日の透る藪の中　〻　破鞋
雨しけく石蕗に蛙のなく夜哉　六地蔵　春雄

三月　題　上巳　草餅　藤　花　かいこ

花の春くれて嬉しき蚕かな　左幸
二度の温泉に馴染の宿の蚕哉　買山
旅寝して寐まとふ宵のかいこ哉　平安　霞山
本尊は黒き仏やふちの花　兎山
朝市の独活に明行上巳哉　買山
雛たてゝ炬燵をしまふ小家哉　石鼓　∟4オ
なまぬるきあらしにすくむ蚕哉　信雄
ふり向は夕月かゝるさくらかな　鶉閨
寺の花みつとし玉のつゝみ銭　石鼓
雫かとおもへははなの散夜哉　其水
短冊に昨日の雨やふちの花　対橋
水茶やをかゝゐて藤のねしれ哉　買山
国かへや子にせかまるゝ雛まつり　繍陂
蛤の松露にましるしほ干哉　仝
ほと〱のひなにかしつく童かな　澱　公木

加章

なくさみの蚕やせけりちかひ棚　星池　∟ウ
一対のひなあたらしゝ妹か宿　石鼓
桜から駕篭の寐覚や茶屋か藤　巴十
一日は雨にこそるやはなのやと　浪花　何木
桑二本植て寡のかいこかな　雪居
雨はれて静に藤のしつく哉　雀冝
朔日の朝めしはやし艸の餅　買山
あと先に成て女夫の花見哉　祇帆
へつらはぬむかし覚ぬ母の雛　房風
蚕飼中に一人や針仕事　波橋
あらためぬ家の勝手や蚕棚　春慶　∟5オ
仰向は漂ふ蜂や藤の花　雀冝
桑はたけ添てかいこを預けり　鶉閨
雨の日やかた隅くらき蚕たな　浪花　銀獅
草餅の盆に残りぬひしの跡　兵庫　関山

嫁取て今年はふへし蚕哉　雀宜
藤さくやこやに臼ひく水車　一雫斎
花に酔て研をねきる夕かな　鶉関
爰かしこ酒売はなの山路かな　金井
雛酒によしの丶連を定め皃　兎山
加章　供なしに京や花見の何の守　星池 ∟ウ
蒼天に夕日か丶ゆるさくら哉　洛　春坡
ことしより通す道あり藤の花　仝
長松か客振おかしひなのめし　丶　松花

四月　題　更衣　卯花　蚊帳　麦　初茄子

かや釣と木幡の乳母か便哉　石鼓
卯の花や牛にせかる丶水の音　左幸
借リ蚊屋に去年を忍ふ小家哉　鼠卝
蚊帳つれは按摩こと丶ふ旅寐哉　其水
夕暮の羽二重薄し初あはせ　兵庫　無名氏
二段目の幕やさしきの更衣　柳圃 ∟6オ
初なすひ登城の武士の手篭哉　買山
はつ茄子なりて二夜の小雨哉　洛女　その
亡父へ半分すへぬはつなすひ　澱　雨柳
渡し場へ出る砂道や小麦畑　石鼓
むき秋や嵯峨にはさかの人はかり　宮川町　浅野
麦刈て落着て雨きく夜かな　破鞋
相宿や蚊やをもれくる江戸吪　鶉関
むき秋や編笠茶屋のやね普請　洛　御松
西国の半戻リやむきの秋　丶　春坡
加章　はら立て釣たるかやのひつみ哉　星池

〔七丁目　落〕

五月　五月雨　帷子　刈葱　豆花　夏月

かけ隠す菴の狸や夏の月　鶉関
五月雨やけふもふしみの片便　兵庫　不二彦
牛捜野の人おとや夏の月　奇又
菽の花咲や晩稲の二番艸　石鼓
行牛の口篭あたらし豆の花　仝
紫陽花は垣に老たり菽の花　醍醐　桂下
す丶しさや月の居らぬ水の上　兵庫　其玉
本堂に傘ほすや五月雨　繍陂
さみたれに煙の丶かぬ小家哉　洛　御松 ∟8オ
ぬつと出る裸身黒し夏の月　兵庫　市東

裏門は仕丁か宿や萩の花　買山
夕風や井出を流る丶豆の花　奇又
細きには是もいとはぬ豆のはな　買山
垣越に刈葱もらひぬ朝ほらけ　柳圃
かたひらのはつかに去年の掛香哉　繍陂
木曽路行帷子寒し雨三日　六地蔵　春雄
五月雨をしめり加減やむしろ織　洛　里橋
一張の弓にあくみし五月雨　霞山
加章
あるとしは恋しかられよ五月雨　星池
└ウ
五月雨や畳の上に蝸牛　石鼓
蚯蚓なく溝の匂や夏の月　洛　春坡
夏の月水にしらけし山かつら　霞山
夏の月おもふ顔見ん橋の上　柳圃
涼しさや湖水に月のまる裸　兵庫　其玉
活かへる艸のそよきや夏の月　仝
豆の花美豆のに続く御牧かな　賀瑞
昼船に見て行嶋や豆の花　兎山
刈葱買て船におくれし夕間暮　鶉閨
一株の刈葱かりけりひやし汁　石鼓
└9オ

京へ出るかりき美し朝の月　霞山
降雨に括目しまるかりきかな　兵庫　葉司
帷子の女をなふるあらし哉　丶　其玉
さみたれや晴て山産ひかし山　波橋
塵塚に二葉のむきや五月雨　繍陂
一日は帋か涙やさつきあめ　羽毛
さつき雨しと〳〵と夜に入に梟　兵庫　几席
五月雨やなしみの出来る懸リ船　丶　白桃
ひた〳〵と碁石居つくや五月雨　丶　葉司
加章
和らけと刈葱に置ぬ月の霜　星池
└ウ

六月　題　祇園会　撫子　暑　清水　蚤

祇園会の二義に落たるみこし哉　奇又
蝶〳〵の艸に居つかぬあつさ哉　兵庫　其玉
撫子やとても陰なき川原道　芭水
のみに侘て船へ寝に行男かな　兵庫　孤朗
白壁の楽書うこくあつさかな　丶　十雛
傾城の昼ねさもしき暑かな　丶　いち女
まるやまは留主の様なり祇園の会　其残
なてしこやまたかたまらぬ新坡　一笑

中庭や暑をほとく今年竹　尓昌　∟10オ
背あはせに蔵のならひし暑哉　蓬亭
舟橋の砂についたる暑かな　奇又
付髪のしり〳〵さかる暑哉　左幸
孤家のたそかれおそき暑哉　賀瑞
越人の京あつかるや祇園の会　鶉閨
撫子を薄〳〵月に見つけ㒵　奇又
なてしこや陰へと廻る牛のつら　仝
撫子や埜に人はなし午時下り　其残
なてしこや蛇篭干破る丶石の音　洛　雅竹

加章

夏痩の心にくさやのなてしこ　星池　∟ウ
門前の狂女しつまるあつさ哉　兵庫　孤朗
なてしこや野守か家のうら表　丶　一交
撫子に葛水こほすつほね哉　丶　いち女
母の日と蚤見のかせし女かな　石鼓
のみ取てねよけになれは夜明哉　其残
抱籠を蚤のとひ出る朝日かな　鶉閨
蚤のくふ度に座を立むすめ哉　兵庫　其玉
負れすに女のわたる清水哉　霞山

柴刈かおしへて其所に清水哉　近山
なさけなふ草鞋踏込しみつかな　備中松山　友鹿　∟11オ
斧研て清水呑たる樵かな　左幸
立しなに又結ひ行しみつかな　兵庫　几席
折角の夏書をこまるあつさ哉　丶　不二彦
盛砂の乾てすへるあつさかな　丶　葉司
撫子を露の撓るゆふへかな　澱　雨柳
辻〳〵に日傘あまるや祇園の会　兵庫　夜蝶
なてしこや布に水打高河原　深艸　柏葉
祇園会は扇のかせの盛かな　鼠玐
祇園会や京を誉たる京の人　兵庫　川烏

加章

蚤や見る添乳の蚊やをすへり出　星池　∟ウ

〔十二丁目　落〕

〔十三丁目　落〕

女郎花や宇治から戻る狙公　洛　買山
雪水の糸瓜に替る徳利哉　丶　丶
しのはしの切戸の外やおみなへし　丶　自同
割木積軒に添たるへちまかな　丶　春坡
接待や隣は広き大工小屋　丶　丶

身にしむや朝日さす戸に猫の影　ゝ　花朝

八月　題　はつ潮　山雀　案山子　秋雨　若烟艸

初汐や月のゆりこむ淡路嶋　翅帆
秋雨によこれかゝるや蕎麦の花　洛　買山
力なふ降かゝりけりあきの雨　兵庫　蘭香　∟14オ
初汐に七里のわたし八里かな　其残
たれそには似よと造りしかゝし哉　兵庫　士由
はつしほや二見か浦の目八分　ゝ　十雞
秋雨や都を倦し角力とり　左幸
啼なからきへて行蚊や秋の雨　兵庫　支鳩
初しほや神酒を買置船の長　其残
山からやくゝりぬけたる杣か家　醍醐　破鞋
ふところにむしの鳴居かゝし哉　兵庫　蘭香
室の津に貢のふねや秋の雨　奇又

加章

捨案山子弓箭を執て九十日　星池　∟ウ
はつ汐や艸の馴染た岸の上　兵庫　帍洞
廓にも秋の入みむ雨夜かな　ゝ　いち女
親猿の子になく声や秋の雨　鶉闌
牛を買談合もあり若烟艸　ゝ　いち女

漁火の燃ても白しあきのあめ　ゝ　林遊
初汐のひけは寂しきうらの秋　鶉闌
山からや枝に馴たる身のひねり　兵庫　林遊
鋳かけやを寐て居て見るや秋の雨　石鼓
手障を先誉にけりわかたはこ　兵庫　不二彦
埜道して火をかる軒や若烟艸　霞山　∟15オ
初汐に鹿の逃たるうらへかな　兵庫　士由
山からに今日もくれけりおもひもの　ゝ　いち女
一箱は貢なるへし若たはこ　其残
暮ゝ日のうしろ淋しきかゝし哉　兵庫　十雞
わか烟艸おもはす酔て待夜哉　淀　雨柳
山からに木曽のやま田の鳴子哉　楠葉　不染
呑そむる田舎祭や若烟艸　鶉闌
初汐や居ついたものは石はかり　兵庫　葉司
山からや鳥羽から見たる小塩山　兎山

加章

ぬりはてぬ壁をしそ思ふ秋の雨　星池　∟ウ
若たはこのすや藁火の燃すさり　繍陂
孤家の灯細しあきのあめ　兵庫　其玉
たはれ女の酒の稽古や秋の雨　翅帆

初汐や星見うしなふかゝり舟　兵庫　いち女
青嗅《ママ》き軒のあらしや若たはこ　〃　几席
はつしほや入江に動く捨小船　洛　里橋
二日降て蚊や止にけり秋のあめ　〃　埜蚯
作あけて我呑程や若烟艸　〃　春坡
能宿を取おくるゝや秋の雨　〃
∟16オ

九月　題　九日　牛祭　夜寒　いてふ　ひつち田

よは〳〵とひつちに届くゆふ日かな　兵庫　岬亭
鍬鍛冶の仕事はか行夜寒哉　霞山
夜をさむみ鼠這入ぬ琴のはら　奇又
宿かへる隣本意なき夜寒かな　兵庫　支鳩
穭田やこかれし水のいぬる音　〃　関山
ふところに海士の子寐さすよさむ哉　〃　南岡
一枚もあたにはそめぬいてふかな　〃　支鳩
幸に嵯峨の秋みんうし祭　楠葉　不染
疾おきて葉の繕やけふの菊　兵庫　烏月
加章　京を出て酢売にあひぬうし祭　星池
∟ウ
ひつち田やしつかに暮る宇治の町　兵庫　其玉
橋護の火おけ張居夜寒かな　洛　梅居

山里の節句や菊の莟かち　兵庫　不二彦
菊活て宿立旅の節句かな　〃　いち女
柿うりは丹波の人やうし祭　兎山
穭田や余所に流るゝ水のおと　兵庫　市東
九日やたひの竹輿にも菊の花　〃　川烏
昇月に漁火やせる夜寒かな　〃　関山
ひつち田や其身ひとつの親雀　〃　葉司
穭田や耳にさはらぬ秋の風　〃　其玉
∟17オ
戸の透を二度見てねたる夜寒哉　兵庫　葉司
一里きて我寺みたるいてふかな　洛　買山
戻りには西恋ふる児や牛祭　兵庫　支鳩
夜をさむみ壁にすれたる芭蕉哉　〃　不二彦
酔醒て寝所かゆる夜寒哉　淀　雨柳
貴は埜菊折らんうし祭　兵庫　葉司
茱萸売の酔て戻りし節句哉　楠葉　不染
手ならひの隙を揃るいてふかな　兵庫　林遊
牛まつりみしや大工の月まいり　洛　梅居
加章　ひつち田やこそくる程の露時雨　星池
∟ウ
ひつち田や薮に居て鳴むら雀　其残

能ふみに女のはさむいてふ哉　其玉
十分にさかぬ手からやけふの菊　備中松山　友鹿
豊年の噂をきくの節句かな　波橋
菊好や礼者の外の人出入　洛　自同

十月　題　玄猪　冬月　炉開　柴漬　かれの

人買の舟も行覧冬の月　兵庫　いち女
京そめやいの子の餅の小風呂敷　奇又
宿かさぬ町の長さやふゆの月　兵庫　烏月
しくれては風か琢なりふゆの月　〻　士由
⌊18オ
二つ目に隣へ戻すいのこ哉　石鼓
炉開や日半にたらぬ大工手間　其残
老僧の児残し行かれ野かな　兵庫　支鳩
塩鯛の若狭を出る枯埜哉　霞山
ふくかせの地にからひつくかれの哉　兵庫　いち女
入方の樗も散て冬の月　霞山
やまふしに行ちかふたる枯野哉　兵庫　里計
人皃に寒さのとゝくいのこ哉　〻　烏月
つなきれて鳴子吹るゝかれのかな　玉芝
加章　冬されや女をいれぬてらの月　星池
⌊ウ

寂しさに京を見かへる枯の哉　楠葉　不染
紅売の声つかひ行かれ野哉　兵庫　岬亭
石山や越路はくもる冬の月　鶉閨
結ふしめは宮の引地や枯の原　洛　御松
柴漬や日に〳〵ひくき澱の水　兵庫　いち女
ふし漬やそなたに移る月の痩　〻　士由
炉ひらきやいの子も過て天赦日　洛　買山
夕くれの行列なかきいの子かな　兵庫　葉司
青〳〵と水菜わかりぬ冬の月　〻　岬亭
獺ならん江の水音や冬の月　左幸
⌊19オ
大根に味も付たる玄猪かな　兵庫　士由
ふしつけや芦より低い孤家　〻　烏月
炉ひらきや障子に移るつるし柿　〻　南岡
ひるまてに菊かた付ていのこ哉　洛　買山
橋詰にねきの夜店や冬の月　鶉閨
残るもの残して置てかれの哉　兵庫　市東
柴漬に蟹のつら出す日和哉　洛　一雫斎
炉ひらきやものゝ勝手のちかひ棚　芭水
我かけを守て行や冬の月　兎山

加章　三つある中の玄豬や春けしき　星池　∟ウ
柴漬に日脚残やゆふしくれ　兵庫　里計
我ひとり枯野ゝかけや二日月　洛　春坡

十一月　題　霜　顔みせ　鉢叩　から鮭　氷

舟はしのあしにひゝくや厚氷　洛　買山
顔見世や三日月かくす炭俵　奇又
もの音の絶ぬ都や鉢叩　瓦光
児見世や夜のうちぬるき酒のかん　鶉閨
はちたゝき妻やまつ夜の鶏卵酒　其残
から鮭の背中を出して氷けり　兎山
凩の星吹出すしも夜かな　鶉閨　∟20オ
からさけの力いつはいからひ鳬　兵庫　いち女
から鮭の身に固たる寒かな　仝
からさけや鹿とる里の薬喰　石鼓
干さけや尾かしらあまる小風呂敷　奇又
から鮭の石にもならすはてにけり　兵庫　其玉
堀川を隔て遠しはちたゝき　澱　維則
頭巾にもおくとこたゑし霜夜哉　石鼓
隣にも聞は木を割霜夜かな　兎山

雪晴てから鮭の水にほひけり　買山
加章　ほたしあるこそ床しけれ鉢叩　星池　∟ウ
島原へある夜は来たり鉢叩　奇又
児みせの留主守人もねぬ夜かな　春車
掃除して居た男なりはちたゝき　洛　霞山
からさけを引鋸のにふさかな　正風
相阪や蹄のあとのうす氷　鳩祇
落つかぬおち葉の上や朝の霜　洛　南昌
から鮭をならへて寒し市の門　楠葉　不染
顔みせや余所に夜深き犬の声　鳩祇
児見せや桟敷は桜薄紅葉　柳橋
水かへてから鮭日々にあらた也　洛　暁山　∟21オ
朝霜や道〳〵見るうしの息　兵庫　いち女
嫁入は行過にけりはち叩　仝
ねさめして夜着の裾おる霜夜哉　洛　自同
鐘ついた手を吹て居る霜夜哉　対橋
船つくる浜さき広し今朝の霜　兵庫　里計
枯芦のからひついたるこほり哉　鼠玣
干鮭のはらに書たる直段哉　波橋

松かへに烏居なをる霜夜哉　中々
船去て氷調ふ入江かな　買山
加章　片隅に小船のあかやはつ氷　星池　∟ウ
静なるけいせい町の霜夜かな　鶉閨
頭巾とれはなか〳〵若し鉢叩　崔宜

十二月　題　寒梅　ひゝ　初鰤　米あらひ　大三十日

寒梅や米ふむ窓のうしろ向　洛　買山
ひゝの手に取みたしたる真綿哉　ゝ　南昌
雀たつ羽音さむしや米洗　鼠卦
小百姓の炬燵を明し大三十日　石鼓
寒梅を捻つふしてにほひけり　洛　買山
ひゝきれて根芹売子の哀なり　鶉閨
かん槑に嬉しも届く旭かな　楠葉　不染　∟22オ
白梅や山里さむき反古まと　兵庫　南岡
ひゝの手や我ものならぬ物障　ゝ　いち女
夕なへにかゝれはひゝの噂かな　其残
初鰤の状はおくれて届けり　洛　松洞
妹か手にいかきのそけや米あらひ　繍陂
旅籠やの門口広し大三十日　其残

はつ鰤や大江の山の雪けしき　醍醐　破鞋
はつふりをみるや市場の懐手　洛　霞山
米あらふ隣や老のほし大根　仝
加章　伽羅くさき廓の質や大三十日　星池　∟ウ

《天明六年》

天明六丙午　三棲月次　落梅窩撰

正月　題　万歳　鶯　下萌　青海苔　のとか

青のりの岩にとゝまる日和哉　楠葉　不染
長閑さや女はかりのわたし船　兵庫　いち女
下萌や寐れはふくるゝ鹿のはら　買山
したもへの中に痩たる蝶ひとつ　霞山
鶯や雨にはならぬ朝くもり　春車
うくひすや隣に啼はねたましき　楠葉　不染
万歳や京のもとりに梅の花　鶉閨
長閑さやうら町を売すはまくり　ゝ　∟1オ
まんさいの雨を止たる芝居かな　鶉閨
まんさいにとはゝや寧楽の初桜　対橋
万歳やいつ尋ても親は無事　繍陂

万さいや旅とも見えぬ雪踏掛　魯山
黄鳥の遠慮かましきはつね哉　暁山
まんさいの淡海路あるく二月かな　春車
青のりをかき／＼歩行小僧哉　石鼓
鶯に掃のこしたる垣根かな　楠葉　不染
青海苔や草に先たつ春の色　練陂
加章
青海苔やもめはたま／＼桜貝　星池　∟ウ
下萌やおのれと落る岨の土　兵庫　不二彦
下もへや二日降たるあめのはれ　彫残し
長閑さや聟を見送る長縄手　不二彦
青海苔や春の届し海の底　兵庫　烏月
青海苔や家ことに薫るいせの春　不二彦

二月　題　朧月　薪能　蜂巣　山葵　菜花

生鯛を安ふ買夜やおほろ月　鶉閨
公達の忍ひ歩行や朧月　楠葉　不染
出所は八百やもしらぬ山葵かな　ゝ
菜の花やくたり次第の高瀬舟　其残　∟2オ
蜂の巣や舟のとふらぬ橋の裏　胡成
若草の居り心やたきゝの能　洛　買山

ならにさへ朝寐の家や薪の能　石鼓
うしろには石切おとやわさひ掘　其残
巣の蜂や飛も得やらぬわすれ霜　練陂
なの花に蝶のきへ行日暮哉　兵庫　いち女
砂生のわさひ肥たり雨三日　洛　湖山
鯉はねて山葵ころひぬ砂の上　兎山
養父入や今四五丁をおほろ月　練陂
加章
狐釣野もなつかしやおほろ月　星池　∟ウ
翌こよと花に覆や朧月　兵庫　其玉
菜のはなやうそよこれたる梅一木　洛　雅山
落着て巣を守はちや雨の軒　兵庫　巴耕
なの花や旅人多きさかの町　其残
草鞋のぬるゝ山路のわさひかな　対橋
菜の花の麦におしかつ二月哉　巴耕
酢のたらぬ鱠にむせふ山葵哉　洛　買山
蜂の巣や二王の腕の力こふ　石鼓
物いへはしらぬ人なり朧月　其残
ほんのりと明そふな夜や朧月　洛　峰鳥　∟3オ
人に酔戯場の果やおほろ月　兎山

西陣は宵からねたり朧つき　鶉閨
巣の蜂や枝くち落す庭作　繍陂
蝶も来て舞や薪の能舞台　楠葉　不染
蕎麦切に有合せたるわさひ哉　兵庫　其水
灯移ﾘは若艸山や薪能　鶉閨
薪能寧楽の春とは成にけり　巴耕
なの花や入日の低き西の岡　鶉閨
菜の花もさくや出茶やの流し元　石鼓

加章

酢徳利に添て持うき山葵哉　星池　∟ウ
何気なく山葵おろして涙哉　鼠玣
舞中を烟も通ふ薪かな　左幸
爪紅もついておりたる山葵哉　楠葉　不染

三月　題　紙ひな　壬生念仏　桜　春雨　菫

売家の背戸見廻れは菫哉　不染
はる雨や春を遊はぬ水車　兵庫　林游
かみひなや障子明れは麦はたけ　兎山
さかさまに夜着着て寐たり春の雨　不染
塊と小田にうたるゝすみれかな　ヽ
一鋤の芝に乗行すみれかな　帰楽　∟4オ

のし包添てかさりぬ紙ひゝな　洛　一雫斎
蝶ふたつ壁につきけり春の雨　兎山
暮またて戸をさす尼や春の雨　呂風
あかきれのなをる比なり壬生念仏　其残
大和路や畠の中の山さくら　不二彦
壬生ねふつみしや日暮の樽拾ひ　石鼓
紙ひなやかた寄花の小くらかり　買山
峨々とせし岩に和らく菫かな　春坡
提重に蟻の来て居るさくらかな　左立

加章

妹か手に凋て戻る菫かな　星池　∟ウ
にほふかと座頭にみせる桜かな　帰楽
寐ていれはねに来る友や春の雨　不染
筍をみそめし藪やはるの雨　左幸
錬酒に酔て寐日や旹の雨　ヽ
紙子干て小僧留主守桜かな　松洞
傾城の朝風呂遅し春のあめ　鶉閨
しのゝめに客を送れはさくら哉　柳圃
被きて孤村を過るすみれかな　兵庫　烏月
艸刈の鎌にもれたる菫かな　其残

芽烟草の匂ふ楽屋やみふ念仏　丶　∟5オ
紙ひなや去年の柳の雫うき　買山
山門の敷居は高しはつさくら　石鼓
麓から夜は明てくる桜かな　いち女
瀬を登る鮎の光や山さくら　鶉閨
菜の花を左に見るや壬生ねふつ　左立
小屛風の江戸絵覆やかみひゝな　石鼓
笠にする桧もにほへやまさくら　買山
余所の茶の呑心よし遅桜　兵庫　市東
なの花のしらけぬうちや壬生念仏　対橋
加章
春雨や泊る気になる西淡海　星池　∟ウ
幸に養父入とめんはるのあめ　不染
春雨や遊もあそひ降もふる　不二彦
早ふ明て遅ふ日の入さくら哉　自同
初さくら我折枝の音かなし　不染
花咲て植かへらるゝすみれかな　鶉閨

四月　題　子規　若葉　みしかよ　飛蟻　夏木立

吹となき風の添たるわか葉かな　烏月
雨わひつ夜に入たひやほとゝきす　一雫

時鳥またねる程の夜もあらし　不染
心よき杣か寐顔や夏木立　丶　∟6オ
檀林の灯はやし夏木立　一雫
蛇の居所憎し夏木立　其残
鶯のそよかして行わか葉かな　買山
わかはして何やら匂ふ山路かな　其残
青石に若葉うつるや雨の後　柳圃
射損して若葉貫く吹矢哉　浪花　京甫
うか〱と通るよし野や夏木立　洛　春坡
みしかよや入おくれたる星の色　烏月
斧いれぬ山のくらさや杜宇　不染
加章
短夜をねたるや室の雨つゝき　星池　∟ウ
振袖の杖つく旅や若葉そら　石鼓
順礼の子をねさせけり夏木立　其残
土運ふ坂道せはしなつ木立　浪花　素後
駅の外に泊やほとゝきす　其玉
短夜や聟をもふけの台所　雪居
上京ははや田舎なり不如帰　洛　巴橋
松杉の峰をこゆれはわか葉哉　丶　歌葉

杉山の杉ゑらふ間やほとゝきす　買山
宮守の寐たらぬ皃や夏木立　素後
家主へ家守の告し飛蟻かな　石鼓
└7オ
灯をけせは面のしろみや子規　不染
髪洗ふ日和を出たる飛蟻かな　鶉閨
みしか夜や日枝から出る旭かけ　其残
案内して大工に見せる飛蟻哉　不染
されはとて宵からもねぬ短夜哉　巴橋
日にうとき杣か家あり夏こたち　鶉閨
ほとゝきす一里叫や杉の上　柳圃
十分に出て羽なきはあり哉　春坡
みしか夜や狐の叩く背戸の口　兎山

加章

飛脚荷は鳥羽へ別て杜宇　星池
└ウ
開帳も今四五日や若葉かけ　不染
灯をけして蚊に出る背戸や時鳥　石鼓

五月　題　競馬　百合　田うた　蝸牛　青山椒

巻鮓の又此ころや青山椒　霞山
姫百合や秋に咲へき花の色　不染
十分にのひけりゆりの花一つ　鶉閨

ぬり桶に雨のしふきやかたつふり　霞山
関越てきけともおなし田唱哉　石鼓
さるのなく丹波の道や青山椒　鶉閨
姫百合に其人おもふゆふへかな　仝
└8オ
鉢植や前うしろなき百合の花　石鼓
蝸牛や何所まて行ても己か内　徳亭
そは切の辛味にもれし青山椒　栄花
売家の雨戸はいけりかたつふり　兎山
競馬見て若狭へいぬる人もあり　其残
樗からも声を添たるけいはかな　兵庫　巴耕
姫百合や酒はゆるさぬ寺の庭　石鼓
案内する人も未た見ぬ競馬哉　鶉閨
己か身の有たけ出たりかたつふり　雪居

加章

ひまいれて直にも行かす蝸牛　星池
└ウ
灰汁桶の輪はきれてあり蝸牛　鶉閨
媒をつれて立きく田うたかな　一雫斎
塘越たうた聞行船路かな　石鼓
眼をさます窓のしのふや蝸牛　奇又
日は志賀の松にかたふく田唱哉　其残

酒を売店に人なき競馬かな　洛　九鮒

六月　題　夕立　扇　心太　百日紅　かけ香

夕立や本意なく晴て野ゝにほひ　洛　呂風
百日紅十日は秋にうつり皃　浪花　志好
夕立や木辻の君か茄子かふ　買山　∟9オ
一口は水の味なりところてん　兵庫　岬亭
ぬけ出て扇つかふや人群集　不染
恋病の掛香捨たる雨気哉　禎宜
とこまての此砂道そところてん　雪居
宿坊の紛わしさや百日紅　不染
順礼に扇ほとこす家は誰　其残
傍に施水やところてん　兵庫　烏月
白雨やよい程降て松の月　呂風
同行の揃ふ峠やところてん　不染

加章
鶴亀の扇も春の記念哉　星池　∟ウ
忽然と葵はけたる夕立かな　兵庫　巴耕
入相の鐘につみなし百日紅　石鼓
ゆふたちに鷺立沢のくらさ哉　鳩祇
米ふみの堂に昼寐や百日紅　買山
ゆふ立や茶所へ入こむ堂の鳩　蘭舎
撫なから風まつ陰や百日紅　洛　垂翅
ふは〳〵と掛香薫や袖たゝみ　仝
百日紅夏有たけの盛かな　巴耕
はしり井や馬の上から心太　鶉閨
二三間滝のしふきやところてん　呂風　∟10オ
しめりたる扇ひらふや宵の月　兎山
夕立に見うしなふたる女かな　洛　松雨
峠まてあふきつめたる扇かな　垂翅
借て来た簑に日のさす夕立哉　烏月
ふり切て袂から出る掛香哉　兵庫　雲車
春は艸の餅売家や心太　鳩祇
秋の色近よせにけり百日こう　買山
小原女の傘買ていぬ夕立哉　烏月
花のちるひるま痩けり百日紅　対橋

加章
あみ打のさかろふて行夕立哉　星池　∟ウ

七月　題　一葉　日くらし　燈篭　秋風　唐からし

動かすにねた夜明れは一葉哉　巴耕
おとり子の撰て通る燈籠かな　仝

かし鳥の踏はつしたる一葉かな　洛　徳亭
草刈の髪なてゝいる秋の風　繍陂
なからへは紅葉すへきを一葉哉　不染
初夜四つとおひ〳〵消るとふろ哉　仝
腹あしき隣の寺やきりの秋　洛　春坡
無造作に落て涼しき一は哉　雷兎
とりおけと簾吹や秋のかせ　不染
⌞11オ
片寄ておくや待夜の釣燈籠　其残
小家には細工過たるとふろかな　洛　垂翅
かたしろに流こしたる一葉哉　少年　吉次郎
蜩や楠によこたふ蟻のみち　買山
日くらしや遊へはあそふ子をあんし　繍陂
ひくらしや日あしのしれぬくたり坂　石鼓
落る日を落てみせたる一葉哉　買山
ちる程のあらしもふかて一葉かな　不染
蜩の日を鳴つめて月夜かな　鶉閨
加章　唐からし花に盛はなかりけり　星池
⌞ウ
髪あらふ妹か手軽し秋の風　兵庫　岬亭
花守のおもふ事なしあきのかせ　鶉閨

蜩や門はかりなる武家やしき　繍陂
一葉おちて窓をさしたる湯殿哉　其残
蓋すれはふたに一葉や筒井つゝ　不染
ちらぬかと見る皃へひと葉かな　石鼓
聖霊の備にもれし唐からし　繍陂
日くらしや笠の荷に成戻ﾘ道　不染
ひくらしやとほして廻る常夜燈　仝
秋かせの細ふさはるや釣しのふ　巴耕
⌞12オ
起きぬ間に落ているなり桐一葉　兵庫　菊生
能ほとに柳動やあきのかせ　石鼓
秋かせやうなついてゐる艸の原　安七
雨の夜は火の出る墳や高燈篭　少年　吉次郎
一葉ちる間から出たりひかし山　洛　呂風
釣かへし杣かあんとの唐からし　鶉閨
二三尺背戸のあき地や番椒　不染
加章　吹風をこたへもやらて一葉哉　星池
此比さかに旅寐す社中より例の梓にせん
書てよとあるに畾をふさいて途中の吟をそふ
刈て行草にもやとせ秋の風
⌞ウ

八月　題　花野　眼白　鬼灯　引板　すゝき

鬼灯や物数いはぬ小傾城　不染
引板守て彼岸の入日拝みけり　繍陂
狼の夜は人送る華埜かな　沙長
秋かせに雨もそふたり引板の音　鼠玣
ひた打の傍に憐や手負猪　関山
ひたうちや山田へ落る二日月　洛 南昌
釣あくる鱸も白し船の霜　兎山
とんみりと雨持月やひたの音　呂風
祭とて芝居建たる花埜かな　仝
└13オ
こほれては蕎麦も咲たる花の哉　石鼓
かゝり子もなくてひた打親父かな　繍陂
おし合てめしろのこほす賽珊瑚　胡成
秋かせや故郷の鱸なつかしき　孤蝶
稲つまの手にこたへけり鱸つり　呂風
引板かける人かけ寂し藪の間　沙長
出代りの在所いとふやひたの音　胡成
鬼灯のほしさに見するいろは哉　関山
恋病のあたに飼たるめしろ哉　霞山

加章
夕されは花の背けて石仏　星池
└ウ
神の田にひた守禰宜の欠哉　繍陂
気違の駕篭を出たる花の哉　霞山
すゝきつる舟へ飛こむ鱸哉　石鼓
狐火の夜は人こぬはな野かな　胡成
ひたかけて我も淋しき夕哉　孤蝶
かこ舁に起されて見るはなの哉　不染
折得ぬは根くち引たる花の哉　石鼓
鳥籠のうちと外とのめしろかな　兎山
鬼灯に秋を告や老のさか　淀 一閑
└14オ
柿の木の一枝かれてめしろかな　買山
能医師と一日歩行花の哉　巴耕
しらぬ人も名を言当る眼白かな　閨月
ほふつきも見へて庵の痩はたけ　霞山
色鳥の中に知よきめしろ哉　柳雅
見しりしは野菊計の花野かな　波橋
捨てまた折かへて行はなの哉　淡海 文山
鶯の雌を伴ふめしろかな　暁山
引板聞て寐所替る乞食かな　不染

桜にも此道来しを花のかな　兵庫　雲車

加章

嵯峨より人に言伝て

子をもたぬ人鬼灯を潰なよ　星池

∟ウ

九月　題　後の月　紅葉　長夜　栗　芦花

月を見て木曽路戻や後の月　洛　又笑

栗を食て芝居きらひの娘かな　鶉閨

染さして秋におくるゝもみちかな　兵庫　巴耕

長夜や見ちらす埜分みをつくし　霞山

なかき夜や縫事ならふ室の君　洛　呂風

筏士のめしこほしけりあしの花　ゝ　不酔

十分に染て寂きもみちかな　買山

酒樽にへはり付凫散もみち　洛　南昌

長夜を短ふねたる恋路かな　暁山

∟15オ

頼れて手をさゝれけりくりの毬　買山

ついゝらふ手をさする手や栗の毬　洛　南昌

朝露のほと〳〵おもしあしの花　尼崎　琴台

抱籠も恋しき夜のなかさ哉　買山

くるゝ日を見届にけりもみち狩　岬亭

なかき夜を田舎廻りの芝居かな　鶉閨

ねんとして髪なふる夜の長さ哉　兵庫　いち女

あみも打樋守か軒やあしの花　台路

落栗のつるへにかゝる山家かな　不染

加章

二季目の礼奉公やのちの月　星池

∟ウ

禅僧の袖へふきこむ紅葉かな　其残

小娘の風呂にもいらておし楓　鶉閨

栗めしやとちらへ出ても五里七里　兵庫　士由

柿の葉のちる音もあり后の月　買山

碍けぬ梧のこすへや後のつき　不染

芝くりやおとゝいみたるはしこ売　洛　亀涎

寐入子の手から転や丹波くり　兵庫　雲車

落くりやほつ〳〵秋のくれかゝる　奇又

芦の花都を越てみそろいけ　波橋

なかき夜に畳直せし枕かみ　買山

∟16オ

片道は栗をいれたる財布哉　鶉閨

風呂敷をふるふきのふの紅葉哉　不染

みさひ江のかたち残して芦の花　不二彦

稲刈て海つら遠し後の月　保帍

寝言かと問へは咄しの長夜哉　洛　米久

望の夜のまつははつれて後の月　鶉閨
落くりの又袂からおちにけり　兵庫　其玉
所化寮や机の上にくりの毬　石鼓
山寺に味噌する音やはつ紅葉　少年　吉次郎

加章

雉鳩にねらひ付れは紅葉哉　星池　∟ウ
たはふれの風に添よし芦のはな　李喬
焼栗の飛はとひのく女かな　不染
ふるくさき頭巾かし鳧后の月　鶉閨
横まとへ吹こむ霧や後のつき　繍陂
一合の栗もてあますわらへかな　吉次郎
ちり紅葉背門へせきとる谷の水　呂風
筝にむかふ気のおさまりや後の月　いち女
船人の擲て見るやあしの花　吉次郎
一日は栗によはる丶山家かな　鼠卧
二度おきて月の動かぬ長夜哉　兎山　∟17オ
追出して門うつ寺の紅葉かな　不染
ほし網の暮かた白しあしの花　兵庫　南岡
やきくりや小屋に樵と山の番　胡成
つめたけな水を隔て紅葉かな　洛　沙長

見る度にうしろ向なりあしの花　湖南　青々
木の下に寐人はなきもみちかな　胡成
旅僧にくりを施す山家かな　波橋
児の文みれは横川のもみち哉　胡成
吹まくる葉は柳なりあしの花　仝

加章

身のうきに寝る子誉たる長夜哉　星池　∟ウ

十月　題　初時雨　山茶花　納豆汁　麦蒔　炭竈

山茶花の葉に残したるちから哉　鼠卧
朔日の風呂を出れは時雨かな　鶉閨
麦まきやか丶しの果も夕けふり　洛　又笑
さ丶ん花に門より背戸の小春かな　山市
炭かまやゆふ日に背く杣か顔　兎山
山茶華や庭に釣瓶のはつ氷　波橋
有かたき御法聞夜や納豆汁　兎山
さ丶む花や雪にもならぬ星月夜　少年　吉次郎
麦蒔や小塩の曇鳥羽の雨　仝　∟18オ
寄そへは柱つめたしはつ時雨　東都　雷兎
元の地に田も落つきぬはつしくれ　遠道
色はゑてうるめも見れ初しくれ　洛　沙長

山茶花のちり凫客のいなぬうち　鶉閨
邂逅に巫女をたつねてはつ時雨　洛　其山
おなし事いふて通るやはつしくれ　雲車
橋番の銭ぬらしけりはつしくれ　沙長
さゝむ花や枝に枯行釣しのふ　胡成
麦蒔の一畝のこして日くれかな　其残

加章

雫にもならすあしたの時雨かな　星池　∟ウ
松明の消ともなしはつしくれ　不染
留主守りつ背門に麦蒔女かな　禎宜
むきまいて塘の上のさむさかな　鼠卦
さゝん花や御室を過て藪の中　胡成
炭竈や鞍馬は雪の山かつら　吉次郎
麦まきや頭巾のうへの頬かふり　兎山
始末とも奢ともなし納豆汁　兵庫　里月
ぬれたらぬかれの、石や初時雨　鶉閨
麦まきのうしに乗こす埜川哉　石鼓
むきまきや藁たく畑の朝朗　不染　∟19オ
山茶花に蝶のこぬこそうらみなれ　峨月
さゝん花や誰か毀たる家のあと　鶉閨

梅と寝た移かもなし納豆汁　洛　孤葉
炭かまや烟吹きる雪しまき　胡成
ふとん着て舟を揚るや初しくれ　仝
椀売のよしの出るや初時雨　兵庫　巴耕
里人に問はすみやく煙かな　石鼓
喰てもみす嫌にしたる納豆汁　仝
朔日に律義過たるしくれ哉　洛　暁山

加章

山茶花や風のなき日を散こゝろ　星池　∟ウ

閏月　題　帰花　鵆　冬籠　わた　海鼠

寄波にまくらはつれて鵆かな　繍陂
あらいそに身はそれなりの海鼠哉　洛　折斧
千鳥啼やのしむく家の灯の細り　洛　沙長
関のやの蒲団は薄し小夜鵆　不染
うしろには柴たく家やいそ千鳥　霞山
礒千鳥なくや月夜のあわひ売　買山
霧はれて背戸に綿摘女かな　竹毛
小玄関の取次遅し冬こもり　不染
角觝とりをかしこまらせて冬篭　鶉閨更　凡鳥　∟20オ
前たれのつゝむにあまる実綿哉　石鼓

味へは水に成たるなまこかな　霞山
綿積て沖の三ヶ月かくし鳬　鼠卧
室の津に按摩雇ひぬ小夜衙　少年 雪机
綿とつて仕廻へは寒きはたけ哉　其残
さゝん花とゝもに散けりかゑりはな　石鼓
四五日は時雨もうとし帰花　其残
浦淋し一羽啼たる千鳥かな　備中松山 友鹿
万歳の村あたゝかしわたはたけ　其残
加章　まな板に海鼠のねちの戻りけり　星池
└ウ

十一月　題　髪置　みそれ　鉢叩　冬至梅　暖鳥

気違の引する衣にみそれかな　沙長
うかれ女に瓢取られな鉢たゝき　洛 又笑
院中をいつる文箱や冬至梅　奇又
冬至梅なますの中にかほりけり　仝
己か名に戻るや明のぬくめ鳥　洛 峰鳥
松柏の北を覆や冬至梅　奇又
水仙の花も曇りしみそれかな　洛 可濤
降なから物にしみこむみそれかな　絲蝉
ぬくめ鳥かなしむ声や初瀬のかね　凡鳥
└20オ

夕くれは雪を七分のみそれ哉　買山
おきて居る質屋か門や鉢叩　石鼓
連歌して戻にあいぬはちたゝき　不染
旅人の梢にものほすみそれかな　洛 亀涎
ぬくめ鳥霧にきへ行あしたかな　安七
鉢たゝき廓のけんくはわけにける　奇又
植木やか仮名て書けり冬至梅　胡成
船人の舟をあかりしみそれかな　雪机
みそれして丸太の動く入江かな　対橋
加章　力ある医者にみせけり冬至梅　星池
└ウ
剰風のそふたるみそれかな　不染
堀川を中にはさんてはちたゝき　沙長
放されて見なれぬ山やぬくめ鳥　不染
心にもあらぬ添ねやぬくめとり　胡成
傾城のひとりぬる夜をみそれ哉　凡鳥
冬至梅咲そろはぬもなかめかな　石鼓
三つ四つの莟にたりぬ冬至梅　不染
おのか名をしらするまてや冬至梅　洛 半子
たま〳〵に宵寐をすれは鉢叩　胡成

鶯のしらぬ色香や冬至梅　柳雅　∟21オ
絵にかいて見てはわからぬ霙かな　洛 暁山
市中や髪置の子を抱直す　沙長
順てゆるさぬはたやぬくめとり　柳雅
山樵のあしたにみしや暖鳥　雪机
うへかゑて四五日遅し冬至梅　石皷
へた〳〵と市の小判にみそれ哉　沙長
夜に入て白ふ成たるみそれ哉　胡成
加章　みそれ降日や午時過のあふら売　星池

十二月　題　寒艸　鶏卵酒　雪車　寒念仏　年内立春

一生をふかれ〳〵てかれ尾はな　不染　∟ウ
寒草や八瀬を出て行駕二丁　霞山
艸かれぬ小笹にとゝく夕あらし　不染
妾宅の夜は更やすし玉子さけ　来芝
寝ていぬる心の友や鶏卵酒　沙長
葱あらふ九条の月や寒念仏　凡鳥
こけなりに動かぬ草の寒さかな　友鹿
傘持は朧としらて寒ねふつ　繍陂
枯艸やうし売に行小百姓　凡鳥
帚にもならぬ哀そかれすゝき　不染　∟22オ
かれ草や犬の嗅出す土竜　石皷
艸枯て何を命の蝶ひとつ　西山
寒艸やところ〳〵の水の月　のふを
枯草やそむきなからのまつ一木　仙之
城跡や廻向して居る寒念仏　雷子
門まつをきり出す山のかすみ哉　雪机
枯艸や火桶かゝゑし渡し守　石皷
夕月に雪車牽捨し家根の上　柳女
乗せたるは都の人か雪車　凡鳥
道つれに罪あかし鳧寒念仏　霞山
加章　青柳に餅花つくることし哉　星池　∟ウ

《天明七年》

天明丁未三棲月次　落梅窩撰

正月　題　年玉　初芝居　雪解　百千鳥　柳

うとまるゝ人の門にも柳かな　凡鳥
降ものゝ雨に戻リて柳かな　洛 芦仙
梟に昼寝はさせし百千鳥　霞山

灰吹の青きもあるやはつ芝居　繍陂
世の事をまた操かへて初しはい　淀　鏡山
百千鳥寺の男はつんほかな　凡鳥
雨の柳何ともなしにくれにけり　買山
蛇になれと雨降つゝく柳哉　星池　└1オ
加章
橋ひとつそふて柳のなかめ哉　石鼓
大原女の一つれもありはつ芝居　山鳥
雪解やあした〳〵の背門の麦　洛　折斧
廻つては見られぬきしの柳哉　胡成
とし玉やふしにつけたる紅の色　石鼓
雪とけや丹後の人の里こゝろ　伏水　亀遊
賑かにもの換《ママ》けりもゝちとり　楠葉　不染
うつり気の女は早し初芝居　石鼓
慰に引延したるやなきかな　買山
木戸口に小松も見へてはつ芝居　霞山　└ウ
青柳や風まつ船の大あくひ　少年　雪机
かくれ住軒端のはるや百千鳥　楠葉　不染
啼中にわらふもあるやもゝちとり　嵯峨　呂幸
三日月も動く様なるやなきかな　鼠卪

雪解や鞍馬の杉の薄くもり　胡成

二月　題　涅槃　鳥巣　種まき　しゝみ　わらひ

鷲の巣の下にたけゆく蕨かな　洛　沙長
端ちかくねはん掛たる埜守哉　ゝ　蘭舎
種蒔や手もと追くる雨くもり　一虚
加章
ひろけても招く手はなき蕨哉　星池　└2オ
たね蒔や弓矢持たる啞むすめ　石鼓
種まきや伊勢へあす立聟舅　洛　沙長
汐まちの間をわらひ取岸根哉　甘古
みをさきに朝日きらつくしゝみ哉　兵庫　岬亭
鳥の巣に糊ひぬきぬをとられ鳬　巴喬
種まきや水を離れて啼蛙　鼠卪
天人を横にもかゝぬねはんかな　洛　沙長
焼残る茨手をさすわらひかな　ゝ　湖国
さわらひや登るともなき山の上　楠葉　不染
巣なからの鳥売坂の小家かな　洛　沙長　└ウ
筋むかふ関の鳥居や蜆汁　兎山
八景をしらぬ男やしゝみとり　胡成
涅槃会や小僧寄そふ槙はしら　仝

くゐもせぬもの種蒔や園のはた　洛　沙長
種まきや背戸は女の朝仕事　伏水　鱗大
＊所書「兵庫」を「伏水」と朱訂。
兀山のうしろからみるわらひかな　凡鳥
つまつきて後堂行ねはんかな　花塘
しほたれた梅の花見る涅槃哉　鱗大
鳥の巣やするとき城の木のしけり　洛　甘古
＊「城」の右上に「トキ」と朱書き。「する時」の誤脱を補う。
加章
涅槃会や鳥もなき〳〵雲にいる　星池
└3オ
涅槃会やまた青雲のあらし山　洛　かつ女

三月　題　落花　つゝし　上梁　茗荷竹　暮春

蚊ひとつにねられぬ宵や暮の春　洛　其悦
＊句の肩に朱で「古句」と書き入れ、抹消。
兀山のはけ残たるつゝしかな　買山
献立になすひも見えてくれの春　沙長
うか〳〵と落花見て居るおとこかな　楠葉　不染
閑にもちる日は花はちりにけり　仝
川下の訴訟もすみぬのほりやな　凡鳥
庭守のみる日となれは落花かな　石鼓
山賎にもらふて長きつゝし哉　亀涎
└ウ
橋守も酒に酔けりのほり梁　竹下亭
打網をのかれ〳〵て上りやな　石鼓
水茶屋にわすれていぬる躑躅哉　凡鳥
蕗の葉に雨しる庵や茗荷竹　繍陂
川岸の杭にぬれ鵜や上りやな　二三亭
手折手を岩にあやまつゝし哉　買山
風に遠き庭の小隅や茗荷竹　兵庫　烏月
日枝に来て鶯聞つ暮の春　少年　花塘
むしかれも竿に掛つゝくれの春　石鼓
加章
確に隣のさくらちりにけり　星池
└4オ
温泉戻リのかこに色能つゝし哉　鼠卦
陽炎に水をかゝゐしのほりやな　兎山
ゆく春や仕廻て戻る出開帳　繍陂

四月　題　麦秋　生ぶ《濁ママ》し　夏花　実桜　美人艸

実桜や杣かわらへの人形はこ　素竹
起されて夏花摘けり小傾城　石鼓
麦秋や四五日狭き須磨の町　兵庫　巴耕

むき秋や夜明にも来るあふら売　霞山
常ならぬ身を囲れの夏花かな　仝
麦あきや八月のはらはたれか妻　流霞　└ウ
蝿いらすや生ふし匂ふ夜の雨　買山
手に取て見れは凋し美人艸　少年　雪机
蝙蝠の寐所ちかき夏華かな　洛　相鼠
摘や夏花其手に直す釣しのふ　石鼓
朝日にも落てわりなし美人艸　二三亭
麦秋やうしろに高き小塩やま　兎山
麦秋のはしかき中に恋路かな　凡鳥
広沢もなかは曇てむきのあき　洛　相鼠
燕の背戸へ廻リし麦の秋　都柳

加章

案するに桜の実社ちいさけれ　星池　└5オ
九重や九条へ出れは麦の秋　宗化
夏花ともしらてや過しかたつふり　竹下亭
蕗の葉にもたれかゝるや美人草　少年　雪机
物うさや障子明れはむきの秋　鼠玣
夏花摘や人にすけなきやせ女　柳圃
美人草そうしはぬれはちりにけり　洛　亀涎

麦あきや持仏にみゆる枯つゝし　楠葉　不染
生ふしに伊勢の下向をまつ日哉　波橋
裏道にひとり麦かつ老女かな　洛　布尺
姫百合につゝくはたけや美人草　鼠玣　└ウ
摘花や一葉ちるまて一葉つゝ　備中　友鹿

五月　題　夏至　梔花　鵜川　あさ瓜　五月闇

あしきなき鵜飼の宿のあさね哉　指城
梅売て戻る家路や五月やみ　兵庫　巴耕
釘うたぬ橋のひゝきやさつき闇　雪机
おくれつゝ夏至に麦刈宇治の里　其残
あさふりやならを離るゝうす曇　霞山
等閑に夏至の日暮となりにけり　凡鳥
くちなしはねちれたなりの雨気哉　霞山

加章

もへはてぬ茶毘の烟や五月やみ　星池　└(6)オ
夏至といふ峠や合歓のはな盛　洛　里橋
鵜かゝりの消てしらむや天の川　兎山
いつふりし雨のしつくそ五月闇　兵庫　其玉
五月雨のふり止けらしさつきやみ　雪机
旅人をねせて出たる鵜かひかな　相鼠

冬至より賑ふ夏至や長か家　石鼓
夏至と聞て昼寐して行旅路哉　兎山
水引てあさふりよこすはたけかな　栄花堂
あさ瓜に夕かせわたるはたけかな　買山
月かけにのみふるひ居鵜川かな　石鼓
あさふりもけにや十日の雨つかひ　紫石
柿の花ふかて落けりさつきやみ　洛 蘭止
口なしやあたりにみつの音もなし　不染
└ウ

六月　題　川狩　苦熱　夕皃　蝿　住吉踊

夕顔の咲まてねたり宇治飛脚　凡鳥
子はせかむ蚊遣は燃る暑かな　石鼓
川かりや撫子むしる料理船　政清
船荷つむ門に住吉おとり哉　洛 湖山
関守の行儀崩さぬ暑かな　雪机
ほそき手にのかる丶蝿の命哉　楠葉 不染
河かりや柳の陰の施餓鬼棚　二三亭
板の間に客の居リし暑かな　不染
加章 はい群て牛の振尾のいとまなみ　星池
引捨し車に残るよるのはい　喜蔵
└7オ

行水の二度目も濁る暑哉　洛 甘古
はねとれは見憎き蝿の歩哉　兎山
川かりや夏花打こむ細なかれ　波橋
瓦師の門に残しうしのはい　紫石
夕皃や家賃てくらす艸の菴　繍陂
川越て蝿に別る丶山路かな　洛 又笑
ゆふ顔や車大工のかんなくつ　丶 湖国
夕顔や路地の奥なる女医者　フミ
河かりや瓜の流る丶夕月夜　竹下亭
└ウ

七月　題　霧　棚経　蟷螂　荻　逆峰

戸明れは霧のにほひや谷の坊　買山
逆の峰覚悟の外の寒さかな　楠葉 不染
蟷螂のなかてそねたき姿かな　鼠玣
棚経や屏風のそとの老夫婦　深艸 柏葉
をきの葉のしめらぬ音や夜の雨　洛 湖国
たな経や茶を汲うちに経の声　丶 甘古
棚経や布施も短きつ丶み銭　石鼓
たなきようやせはしき中にかしこまり　一笑
加章 荻の葉のさ丶やいている小雨かな　星池
└8オ

荻ふくや松にはうとき風の音　清水谷　魯山
かつらきの入日はちかし逆の峰　洛　きく女
棚経や庭から拝む草履とり　不染
入月と丶もにやみけり荻のおと　洛　沙長
川船のみそする音やきりの中　鼠玣
身のけたつ杉のあらしや逆の峰　不染
きよろついた水主のね覚や荻の音　甘古
かまきりや艸の庵のつり燈篭　凡鳥
川霧やよとより明て帆かけ舟　丶
逆の峰や法螺にこもれる秋のかせ　丶
痩をきの一本見へし萩の中　石鼓
たな経にも丶尻したる小僧かな　古都
朝霧や島原かこの杖のおと　買山
草刈の鎌に蟷螂の一期かな　湖柳
菅笠に雲の雫や逆の峰　二喬　⌊ウ

八月　題　駒迎　野菊　江鮭　鳴子　渋あゆ

夕顔の宿からも引なるこかな　凡鳥
さひ鮎や鵜舟のかれて秋の水　佐幸
埜分にも寐顔はみせぬのきくかな　買山

村雨のなるこ引手にこたへけり　洛　旭渓
札つけて哀夜みせのあめのうを　石鼓
落つかぬ出むらの軒の野菊哉　洛　沙長
馬かたも評判したり駒むかへ　丶　湖国
いなつまにぬれいろみせつ江鮭　其残

加章

日はしたの大津とまりや駒迎　星池　⌊9オ
賑に咲て寂しき野きくかな　対橋
かふて行関の清水やこまむかへ　兎山
さひ鮎のあそふともなきよとみ哉　湖国
稲茎にあすをもしらぬ野菊哉　波橋
なるこ引は背戸の小藪も動けり　買山
さひあゆと成てはかなき命かな　楠葉　不染
さひるまて鮎うりとふす親父かな　亀涎
我ひきし鳴子淋しき夕かな　深艸　柏葉
渋あゆや猟師かやとのた丶き鉦　素竹
さひ鮎やきのふのかせにけふの雨　雪机　⌊ウ

九月　題　綿打　団栗　紅葉鮒　うら枯　露しくれ

綿二本打ひろけたる住居かな　買山
うら枯や苫屋を廻る古手うり　其残

ゆかしさよ尾花かつとに紅葉鮒　対橋
わたうちや舟をあかりて下河内　楠葉 不染
土橋やうらにむし鳴露しくれ　兎山
団栗や雨のあとふく小夜あらし　波橋
うらかれや態つれなき蝶ひとつ　不染
とん栗にあしとられたる山路かな　浪花 甘三
加章
死きらぬ眼のいろ寒し紅葉鮒　星池 ㇗10オ
野ゝ宮の別ひや〳〵露しくれ　洛 湖国
うらかれや池はすみきる雲の色　ゝ 蘭舎
とんくりやいてふも見る在のてら　石鼓
ふし漬に柳は散て紅葉ふな　仝
わた打や布子のうへの寧楽さらし　買山
ちいさきも秋の色なりもみち鮒　かつ女
走井の水はかれけりもみちふな　買山
団栗のとんて鐘うつあらし哉　不染
わた打やしのゝめ寒き窓のおと　洛 旭渓
わた打や障子に移るねこのかけ　素竹 ㇗ウ

『呉竹集』《寛政六年》

蓬莱にきかはやいせの初便　〔芭蕉像〕 ㇗序オ

落梅主人三栖にある日より〳〵にそゝなかして集句の評を乞侍るかあるはたへあるはつゝきしつゝとし已にとゝせにあまりぬ今やはいかいの世に盛なるつゝうら〳〵いたらぬ処なしさるからやつかれか発起の集句も月々にいやまし也それに集外の余興ともとりそへ一年に冊となすまてにそなりぬことしとや翁の百年にめくりあはせて幸に手向の一くさとなし侍ると

久花堂買山志　印 ㇗序ウ

落梅窩月並

癸丑正月

蜨　釣かねにふと飛こみし胡蝶かな　芦丸

〔一行分余白〕

蝶々や午時過て干あかねそめ　買山
子をねせて糸切てやるこてふ哉　イナリ 孤村
飛たらぬやうに日暮の胡蝶かな　柳圃

出女に追かけらるゝこてふかな　稲泉
雨の日や活花に来てぬる胡蝶　洛　南昌
花に添て文にはもれしこてふ哉　孤村
柳には振おとさるゝこてふかな　買山
木にとまるものとはみへぬ胡蝶哉　湖陸
ほしてある傘にもてふの眠かな　フカ屮　巴喬
∟1オ
孤家のまとから這入こてふかな　巨江
雨晴てうかれ出たる胡蝶かな　神足　狙月
花提し人つけて行こてふ哉　南昌
いさゝめに羽ひるかへす胡蝶かな　茶城
能みれは目も鼻もあるこてふ哉　狙月
水際の艸にしたしむこてふかな　芦丸
居るやうて見へぬ胡蝶や湖のうへ　狙月

万歳

誉られていぬる笑顔や小万歳　柳圃
まんさいに琴を弾やむ座敷かな　百水
万歳のもらひわらひや両隣　柳圃
万さいや前髪の名に松右衛門　石鼓
まんさいや老には軽き身のひねり　孤村
万歳や拍子のきいた髭をとこ　芦丸
∟1ウ
万さいのしらかみゆるそ殊勝なれ　月荘
まんさいや片はら町の廿日過　松之

春雨

春雨に絵図引て居る大工かな　孤村
はる雨や子に逢に来る田舎人　竹里
放やる鳥もとりけり春の雨　巴喬
講中のなか勘定や春のあめ　里春
荷おろせは湯気たつ馬や春の雨　一笑
春雨や画にかく家を旅の宿　ヽ
春雨や妾かむかし忍ひこま　孤村
春雨や馬遊はしてくらま口　南昌
はる雨にたまりし老のうみ苧哉　木兆

若艸

わか艸や寐転てゐる水菜売　狙月
若艸や錦木たつる窓の下　巴喬
∟2オ
わか草に名札の散し菴かな　凡鳥
若くさや築地の崩のそかるゝ　南昌
わか艸や雨後の朝日のうす煙　柳圃
若草や十日の春に機の音　奇又
わか草や野へのろ〳〵と町の鹿　湖陸
若くさや村のはつれの盈麦　左立

椿

わか艸にすら〳〵と日の歩かな　其流
一つ落ふたつおちたる椿かな　一笑
誉てゐる言葉の下や落つはき　柳圃
くる客の拾てはいるつはきかな　河内 古光
開ても葉のかくしたるつはきかな　狙月
咲重り落かさなりし椿かな　湖陸

〔一行分余白〕

└2ウ

二月ゝ並　落梅窩評

彼岸

彼岸中富士をみて行日和哉　買山
みかいたる杣か薬罐もひかんかな　布山
ことはらて寺のめし喰彼岸かな　洛 南昌
山寺の鐘鋳はあとにひかむ哉　綱二
しる谷も道のかたまる彼岸かな　巨江
鵜つかひの親もひかんに当り皃　河内 古光
中日の夕くれ寒き彼岸かな　茶城
親の日に子の生れたるひかん哉　南昌
巫町にかつきをみたる彼岸かな　ナニハ 歌関
山家から餅かひに出るひかむ哉　芦丸
宮は宮て又賑しきひかんかな　其流

燕

乙鳥のふんにあやまつかしふとん　八鳥

└3オ

黄昏にあつち横きるつはめ哉　買山
燕の子先飛ならふ小みせかな　柳圃
つはくろや巣にも外にも長居せす　杯遊
風待の船へ来てみるつはめかな　孤村
店かりの家持かほや乙鳥の巣　峨村
燕のこほれ出たる巣たちかな　湖陸
白黒と成て燕の往来かな　ナニハ 古裾
つむしふく中を乙鳥の浮世かな　竹里
生壁をかいて通りしつはめかな　八鳥
燕やうらへ抜れはあらし山　左立
暖簾をくゝり覚し乙鳥かな　化口
いとゆふをすくふて通るつはめ哉　イケタ ア柳

春月

音なしに流るゝ水や春のつき　神足 狙月

└3ウ

植こみにつかへし空や春の月　一笑
元船に風呂の煙やはるの月　イナリ 孤村
人に酔て芝居を出れは春の月　ナニハ 交風
はるの月落るともなく更にけり　凡鳥
酔さめの野はまた寒し春の月　木兆

独活の香のほめき出凫春の月　芹川　紫柳
月影に角ひろひけりならの春　左流
打とけぬ忍ひ女やはるの月　トハ　何況
春の月つるのねくらを見付けり　竹里
彳て居る橋もなしはるの月　ヨト　春慶
浮れ出る狂女ゆかしや春の月　フカ艸　柏葉
もてあます旦那の酔や春の月　一笑
月を見るこゝろになりぬ春の風呂　古光 ∟4オ
下駄かけて牛引こむや春の月　洛　鈴山
桃山の雲のにほひや春のつき　兔山
釜洗ふ野鍛冶かせとやはるの月　狙月
野狐の官あかるへきはるの月　柳圃

桜

一つかみ釣仏檀《ママ》のさくらかな　芹川　吟路
きぬ〳〵に月の移ふさくらかな　花月
下駄さけて見直す雨後の桜哉　柳圃
乗ものに盈かゝりしさくらかな　幾行
つり台にのせて戻リし桜かな　逸好
はな紙をかさして通る桜かな　巴橋
裏門へ出てしつかなるさくらかな哉　鬼柊
二軒からさそふ桜のさかりかな　洛　羅上
盃に星浮ふまてさくらかな　カハチ　卞士 ∟4ウ
大仏へかたけて這入さくらかな　ナニハ　交風
梢まで蝶のとゝかぬさくら哉　カハチ　其亭
乗替た駕籠の中なる散桜　トハ　維少
かこからは谷のさくらや目八分　奇又
一口に呼れてわひし山さくら　魯山
酒肴ある家すきて桜かな　花月
磨の目をきるやうしろの散桜　礒水
さく桜ちるさくら能日和かな　松之
物見から眼の行町のさくら哉　柳水
近よれは雲を離るゝ桜かな　春車
はんなりとこゝろの匂ふさくらかな　もと女
ちり〳〵て蝶〳〵残るさくら哉　月荘
のつほりと杉一本に桜かな　一鏡 ∟5オ

凧

傾城にあやなく凧をとられ凫　柳圃
落る日にいか悠然とあかりけり　ゝ
三日月にならんて凧の居リけり　一笑
海士の子の紙鳶のほすへき小船哉　巨江

わたし船いかあけなからこへにけり　石鼓
いか切れて舞子見てくるうらやかな　ヨト　釜月
はゝ木々のかたにあやなし鳳巾　買山
雀去てあとへなをるや紙鳶　杉月
白雲の一たんひくしいかのほり　綱二
旅人のよそめなからや凧　芦丸
八専の雨もこほさすいかのほり　許来

〔二行分余白〕

└5ウ

三月〻並　落梅窩評

春風

行列の薄着をふくや春の風　洛　沙長
雨ちかき鳰のうねりや春のかせ　カハチ　古光
春かせや礒菜つむ子のみたれ髪　湖陸
やふ入の顔につめたしはるの風　カハチ　加友

＊摺物に所書き「カハチカタノ」とする。

能きぬの借着寒けしはるの風　ナニハ　交風
春風や曇なからのあらひきぬ　佳中
鹿の角吹おとしけむはるのかせ　聴雨
鯛生けておしきる舟や春の風　洛　羅上
酔さめに君かはし居やはるのかせ　魯山

隣からみよとて花にはるの風　竹枝

＊摺物に所書き「カタノ」とあり。

はるかせに被の紐をふかれけり　風月
おもひなき人の通るや春のかせ　洛　枝高
午時過し桜の庭や春のかせ　花月

└6オ

湯あかりのふかれこゝろや春の風　洛　枝遷

躑躅

＊摺物に標題「躑躅」なし。

二人とはよせぬ岩根のつゝしかな　其流
投入の気をはなれたる躑躅かな　古光
杣小屋にねなから雨のつゝし哉　柳水
金仏へへはり付たる躑躅かな　羅上
夕日照めまつの中や紅つゝし　兵コ　春更
其下に狐のあるや岩躑躅　巨江
山へ手のとゝく窓あり花つゝし　歌関
つゝしおる児にまはゆき入日かな　孤山
旅籠やの背戸から続くつゝし哉　花吹

苗代

＊摺物に標題「苗代」なし。

苗代やしはをよせたるかせのいろ　洛　亀卜
なはしろやせき入る水のおとぬるむ　兵コ　一楓

└6ウ

片隅を泥鰌のにこすのしろかな　松之
苗代や日半ほとつゝさへかへる　ます女
なはしろや秋の案山子に似もつかす　カタノ　花卜
降ほとはなかれても出る苗代哉　魯山
苗代に氏神の灯のうつりけり　洛　南昌
旅立や見おく苗代一二寸　カハチ　友楽
＊摺物に所書き「カハチ」なし。
苗代や山崎の家真正面　春艸
なはしろや越の狂女の村おくり　尼カサキ　三毛面
苗代や寺の門田は花のつゆ　大ホウシ　戸口
なはしろや真ひるの水の美しき　カウタリ　狙月

陽炎

＊摺物に標題「陽炎」なし。
かけろふや鶏つるむかこの中　丶
陽炎や着なから乾くみのとかさ　ナニハ　交風
陽炎や滝ほとはしる不動尊　魯山
└7オ
かけろふや花にさはらぬ風そよく　友楽
陽炎や味わふてゐるうしの舌　歌談
かけろふや蛇籠をつゝる雨の後　鈴山
陽炎をあいさに見せて小松原　松之

かけろふや水よりうへに波の色　東フクジ　呂水
陽炎や糊摺かけて針仕事　ヨト　釜月
かけろふや柳動かぬ午時下り　石鼓

雲雀

＊摺物に標題「雲雀」なし。
三日月に会釈して見る雲雀哉　トハ　芦錐
見るうちについと落たるひはりかな　大仏菴
啼〱て魂迷ふひはりかな　栄歌
老か身に腰そらせとや舞雲雀　キシノワタ　御卜
落しなの霞に遠き雲雀かな　河月
雨ちかきそらを抱て啼雲雀　百水
└7ウ

《法師行脚姿の図》余俳諧にこゝろさして蕪村几董の袖にすかる二子世を去また星池子によりて昼夜をわすれされと筆つたなくて聞なかす事も多けれは奥旨をあきらめすされと此癖のやみかたく新逸の句々を集きゝて道に便せんと津々国々に句をもとめ遂に星池子か評をこふ事になりぬるか集句月々にいやまし也年を重て冊ともなし四方の高看に備へは山川万里をへたてゝ道の友にとほしからすと喜にたへす或は他日遠遊をおもひたゝん時また諸君の顧を希

蒔種の世にさかへよと花むしろ　買山
└8オ

正二月　後撰

白梅の枝にはらむやはるの月　フチサカ　加友

あちらむく采女の宮や春の月　ヽ

散そめし枝から暮るさくらかな　ヽ

手打するくらを廻リし燕かな　里春

三月　陽炎や石場をすくるつゝら馬　イナリ　狐村

苗代や仁兵衛の北は弥次右衛門　木兆

大根の花はよこれてつゝし哉　竹里

仰向は下に鳴たる雲雀かな　左立

澄水に日食寒しなはしろ田　許来

野からすはとまり定てひはりかな　芦丸

乗物に首つき出して雲雀かな　峨村

陽炎や矢橋の家はにほの中　一鏡
└8ウ

＊摺物欄外右下に「集句二千（虫損）」とあり。

四月月並　落梅窩評

麦秋　麦秋やめしくふ背戸の竹の月　買山

むき秋や遊行上人通らるゝ　洛　許来

麦秋や生鯛直きる艸のうへ　柳圃

麦あきの中に塵なき菴かな　布山

小社へはむしろ踏行麦のあき　孤松

むきあきや径へ廻る木綿売　洛　鵡石

余所へ往てめし喰犬や麦の秋　幾行

巫町を中にはさんて麦の秋　洛　沙長

麦あきやまた内にゐる角力取　一鏡

むき秋や鼬の覗く壁の穴　巨江

麦秋やむしろのうへを飛蛙　松之

麦あきや月かけて出る豆腐売　蚕肆
└9オ

児狐の留主うかゝふやむきの秋　竹里

ほとゝきす啼やひはらの雲ちきれ　柳圃

子規　吉原も夜は夜になつてほとゝきす　ヽ

城山や堀の底行ほとゝきす　許来

杜宇残して入れや二日月　芦丸

かけみせてなかすにゐるや子規　へん女

実となりし梅にはつねや杜宇　河内フチ坂　加友

ほとゝきす啼や茶船の薄煙　浪花　歌関

短夜　みしか夜を狐のおこすふせ家かな　柳圃

短夜の灯はまなしりにかすみ皃　浪花　奥州

みしかよに呼はぬ禿の返事哉　　盃遊
みしかよや枕をゆする礒のなみ　　孤山
短夜や松に残りしほしの色　キシノハタ　ロ十
∟9ウ
短夜や紀の関守は鶏きらひ　　買山

更衣　板鋪を撫て居るやはつ袷　　盃遊
立膝のつら杖もよしはつあはせ　　八鳥
衣かへ行儀に座してみたりけり　　柳圃
釣艸に水もかけたりころもかへ　岸ノハタ　里冬
更衣帯をむすんてもらひけり　浪花　玉萩

牡丹　むさときる牡丹に動く夕日哉　洛　掬亭
小門からのそけは見る牡丹かな　　古妍斎
夕暮を蟇の尻目にほたんかな　洛　飛泉
つゝしむて提て通りし牡丹哉　　花月
むさんにも藁で括しほたん哉　河内コウツ　古光
＊摺物に所書き「河内カタノ」。
ちらふとはおもひもよらぬ牡丹かな　浪花　交風
麁忽なりほたんに虻の遊ふ事　　盃遊
∟10オ
蝶にかすふところ広きほたん哉　河内フチサカ　加友
金蔵をこたてに取てほたんかな　　盃遊
散花に香盆清し牡丹かな　芹川　吟路
植木やの売てみに行牡丹かな　コウツ　友楽
＊摺物に所書き「河内カタノ」。
寂として寺は入日の牡丹かな　洛　亀卜
白壁に入日難面きほたんかな　河内フチ坂　加友
牡丹見や次座に着たる女医者　　湖陸
水犬のくゝりぬけたるほたんかな　　木兆
姿鏡へうつりし床の牡丹かな　洛　鵡石
もらはんと和尚酔はせしほたん哉　　古光
花ちりしあとへのつしり牡丹かな　　ヽ
垣こしに誰やら誉るほたむかな　岸ノハタ　皭芳
すつかりとおもひ切たる牡丹かな　コウツ　竹枝
＊摺物に所書き「河内カタノ」。
おふやふに散てみせたる牡丹哉　洛　紀氏
∟10ウ
雨をもつ空にほたんの力かな　　柳圃
うつろひし牡丹顰る美人かな　河内クラジ　加東
傾城のくせつにむしる牡丹かな　　峨村
尼君の牡丹にけふもはし居かな　梅谷　魯山

後撰題混雑

麦秋や行列崩すかせのすし　河内ナカヲ 路平
いちはやき妻のこゝろやころもかへ　ゝ上シマ 浣砂
むき秋もとこやらゆかし須磨の浦　神足 狙月
卯の花に忍んてぬれしはつ袷　イケタ 竹露
橋本の遊女も出しむきのあき　ゝ ア柳
一株は江戸へ分リし牡丹かな　木兆
導師して牡丹にあそふ仏かな　仙女

∟11オ

古妍斎小集〘女性聞香の図〙

橋かけぬ澗の流や花うつ木　孤山
くらかろと隣おもふや夏木立　芦丸
まねる程きゝもとゝめすよし雀　布山
風炉の茶やいさゝめもよき朝朗　柳圃

追加

笋をくゝれは抜る手もと哉　星池

∟11ウ

有ものはなきと自悟リて四季の題を探リ辞世十二句を吟せしか程なふ若気の病におかされていつの月いつの日ともわかす遂にかへらぬ道に旅立す

古妍斎柳圃

西むきを今は我身の恵方哉
二日灸すへて帰らぬたひ出かな
よき道のありとて今や呼子鳥
卯の花や経帷子を夢こゝろ
出る息や黄鳥の音をいるゝ時
侭にして喰せる蚕も別かな
人々の水かけ艸と成にけり
おもひ出に箸とる迠そ今年米

∟33オ

菊の香のおとろへて行枕哉
極楽はかねてもおもへ神無月
死んた日は下戸も祝へよ鶏卵酒
寒声のついてを頼む念仏哉

＊摺物欄外に「伏水下風呂（　虫損　）墓（虫損）」

∟33ウ

〘柳に古妍斎柳圃碑の図〙

過を改るに憚ることなしとは前聖の語四十九年の非をしるとは賢達の詞しやけな柳圃再生して前車の覆を戒慎せんとその辞世の句を木にのほすねかはくは諸君子亡人柳圃をあはれみ再来柳下坊をかへりみたまへ

∟34オ

孑孑のあたなりし身をかへてけり〘法師、拳の図〙
柳下坊錦圃
＊摺物欄外に「御輿に追悼の御句（　虫損　）方々（虫損）並の詠艸に御添可被下候」
∟34ウ

五月ゝ並　落梅窩評

五月雨　五月雨や海に遠のく御塩殿　買山
＊摺物に上五「五月や」とあり。「雨」を入木で補う。
藤橋を行人ひくし五月雨　ゝ
いつはつて晴る夕日や五月雨　河月
富士川や雪解さそふて皐雨　河内　古光
さみたれや打草臥た波の音　洛　普石
白雲のよこれて動くさつき雨　布山
五月雨東雲もなく明にけり　錦圃
松杉は夢こゝろなり五月あめ　買山
いやらしき蝶見つけたり五月雨　錦圃
さみたれにまた召れたり白拍子　花月
掛鯛にぬれいろみたりさつきあめ　岸ノワタ　事天
牧方は低き在所やさつき雨　洛　沙長
∟12オ
五月雨や簑に吸つく恋ころも　買山
五月雨やうき世の嵯峨は杉の皮　洛　南昌
さみたれや声のとみたる明烏　ナニハ　奥州
五月雨しつかにはてる芝居かな　竹里
さみたれやけふもひはらの雲の脚　峨村
さみたれや裾のぬれたる不二山　ナニハ　馬郷
五月雨や皆淀までの黒牡丹　東車
百合　咲百合を鉢へ植たり戻したり　錦圃
御簾あけてさゆりさし出す局哉　晋花
百合の花あそふ日またてしほれけり　買山
ゆりわけて今朝の手水の所せき　松之
はちあまの提て出けり百合の花　ナニハ　玉萩
夕やけの野はくれかねて百合の花　イノヲカ　戸口
∟ウ
たつに横に置まとはせる百合の花　ナニハ　杪二
幟　門ふかき竿に七日の幟かな　八鳥
熊野路の桧原の中にのほり哉　綱二
みぬふりやさられた門のはつ幟　長イケ　花月
雨の日やつく〳〵寂し幟竿　魯山
朝はらの事わすれたるのほり哉　ナニハ　芦水
見入けり幟にいたきくひのほね　一鏡

田植

母ひとり残て背戸の田植かな　洛　一睡
船の茶を貰ふて嶋の田うへかな　兵コ　渡鴻
もりも出てうたふ門田の田うた哉　和州高山　巨石
水おとのいくつにもなる田植かな　上トハ　何況
早乙女を分てのせたる小船哉　渡鴻
むかしおもふ尼も出たる田植かな　仙女

└13オ

菅笠に遠山ならふ田うへかな　セリ川　吟路
早乙女や京の油のつとにほふ　錦圃

蛍

蛍見の船やふしみのかし蒲団　岩好
小雨する材木町や飛ほたる　高ツキ　嵐山
裸身をふとてらし行蛍かな　池田　左竹
野臥りの袖打はらふほたるかな　ナニハ　歌関
杓の柄をつたふ雨夜のほたるかな　洛　龍山
降たせは傘に訪よるほたる哉　飛泉
行ほたる江口のきみかねつみ鳴　錦圃
虚木をほとはしり出る蛍かな　洛　沙長
暁に夜干の衣のほたるかな　ナニハ　奥州
人しれす飛きて闇のほたるかな　ヒハノ庄　吟江
団扇にはかせをかゝゐて蛍かな　孤山

└ウ

なかれきて飛や蛍の水はなれ　ヒハノ庄　縁綺堂
逃のひて光て見せるほたるかな　鳩祇
水の月さかし出さるゝほたる哉　河内フチサカ　加友
柴売にうらるゝ昼のほたる哉　巨江
ほたるとる児飛あかり〳〵　蚕肆
しゝむさき猟師か蚊帳に蛍かな　兵コ　市東
篭さけてつかむて戻るほたる哉　孤松
照月にやせて蛍の行ゐかな　ハリマ加コ川　一楓
竹植て蛍のきたる小庭かな　大ホウ寺女　九花
船かりてひそかにほたるみる夜かな　ゝ　九合
行ほたる打はつしてし君か顔　兵コ　春更

〔二行分余白〕

└14オ

《海老図》

親と子のかはりあふたる田艸かな　八鳥
河骨や踏かふりたる大和尚　蚕肆
真帆みゆる鳥羽の野すへの青田哉　一鏡更　花樵
猿の子のむしりやすらんくりのはな　竹里
手折むとしたれは夜の茨哉　孤山
一たひは捨てもみたり早松茸　峨村

追加　市もたつ城下の町に水鶏哉　星池　∟ウ

六月月並　落梅窩評

夏月

涼しさになかむる月のまるさかな　岩好

ふるされし恋もとはれし夏の月　キシノワタ　公直

月涼し化ぬ狐のあからさま　ヽ　左達

二三里はくらすつもりや夏の月　ヒワノ庄　一虎

はたかにて砧うちけり夏のつき　ナニハ　交風

何となふ更行夏のつき夜かな　キシノワタ　起雲

湖や干藻のかほるなつの月　洛　魚泡

艸はまたひるのにほひや夏の月　錦圃

石橋てわら打人や夏の月　峨村

取付た蚊も酒くさし夏の月　カワチ ナカヲ　路平

納涼

振袖も衣もうこくすゝみかな　ヽ寺村　其亭

今ついた筏に乗て納涼かな　ヽフチ坂　加友　∟15オ

繋たる船うこかしてすゝみけり　兵コ　春更

翌おろす舟に子ともの納涼かな　石鼓

門なみや石屋はいしに夕すゝみ　ヒワノ庄　縁綺堂

車座は下戸から崩す納涼かな　カワチ ナカヲ　加東

一本の棹せりあふやすゝみ舟　ヒワノ庄　鬼笑

ちつとの間すゝむ女やはしのうへ　カワチ コウツ　古光

涼しさや船の通リし背戸の川　洛　未鳴

門叩く納涼もとりや天の川　錦圃

水音もきかて涼しや奥の坊　逸好

孤家の門に夫婦のすゝみかな　市泉

舟きらひ乗ても見たり夕納涼　竹里

戻リ荷やすゝみかてらの高瀬船　梅谷　魯山

涼しさや船に柳とまつのかけ　石鼓　∟ウ

影なかす箱てうちんや夕すゝみ　布山

涼しさや月影まねく竹の色　セリ川　芹水

此比のひまんをみよと夕納涼　兵コ　志由

涼しさや海みたはては雲の峰　ナニハ　蟻行

清水

あし元の艸にせかるゝ清水かな　洛　未鳴

人の来る迠は先わかしみつ哉　一化

松杉を藤のからみし清水かな　武松

はしり井は清水の中のしみつ哉　錦圃

蝌出て一寸濁したるしみつかな　峨村

一口の清水に申す念仏哉　古光

石仏の下くゝり出る清水哉　洛　楊志

馬かたはまたかつてゐるしみつかな　峨村
公達の御手にこほるゝ清水哉　洛　文林館　⌙16オ
馬ひしやくて駕籠からすくふ清水哉　コウタリ　其柳
羇旅や清水を穢す早はくろ　洛　楳価
足弱のあとへ下つてしみつかな　木兆

夕立

ゆふたちや晴てものとふ軒の人　セリ川　吟路
白雨や湊に迷ふ舟ひとつ　ハリマ加東　一楓
夕立や晴て夕日のさりけなき　ナニハ　梅邦
ゆふたちや老を預て戻リけり　松之
夕立や晴て外山のほし月夜　女　いく
ゆふたちや門を流るゝふりの皮　ヒハ庄　鬼笑
ゆふたちや川をへたてゝ葛籠馬　風月
溝蓋を追かけて行夕立かな　木兆
人の傘抜つくゝりつ白雨かな　松之
夕立の中を火けしの通リ皃　友親　⌙ウ
夕立や三日の旅路に三日なから　未鳴

蝉

せみなくやうつの山辺の独旅　孤山
けふも又雨はもてこぬせみの声　芦丸
有たけの樹にひゝき皃蝉のこへ　カハチ　加友
あとへ飛先へもとふや蝉時雨　花月
蝉の雨そほふる庭の木立かな　河月
野鳥の口にあはれや蝉の声　カワチ上シマ　浣沙
飛しなに一声なきぬ雨のせみ　ムメタニ　魯山
雨の日は蝉なつかしき菴かな　峨村
白雲の動かす消て蝉のあめ　洛　愛山
せみ落てしり／＼舞や石のうへ　錦圃
楼にのほりて低しせみの声　キシノワタ　崎風
足もとに蝉はなきけり九折　洛　倭泉　⌙17オ

〔放下鉾図〕

ひる皃の這かゝりけり捨草鞋　峨村
植こみの蚊は鳴やみて軒の月　吟路
杉むらはあとに成けりところてん　孤山
祇園会や京の衣裳をきた娘　錦圃

卯月のはしめより双親のいたはり
小子も又病にしていかにすへくも
なかりしか諸君子の恵に力を得漸
皆こゝろよし

汗をかくゆめは覚けり夏の月　芦村

追加
おせはあく戸に夕皃の盛かな　星池
∟ウ

七月月並　落梅窩評

銀河
逸早き児の目かとや天の川　洛　梅価
なつかしや鶏目を病て銀河　錦圃
独寝や更て見に出るあまの川　兵庫　渡鴻
冬ならは雪に成夜や天の川　其柳
銀河橋までおくる遊女かな　芦丸
乳もらひのイ軒や天の川　素竹
折鶴の橋もあるらん天の河　泉南　太一
宿ひとつ行越僧や天の川　神足　狙月
水上はとちら成らむあまの河　千代女

秋雨
着直してひやつく簑や秋の雨　錦圃
続松の友たちはなし秋のあめ　其柳
むく犬の身ふるひわひし秋の雨　芹川　吟路
∟18オ
秋雨やさられていぬる水のおと　コウツ　友楽
＊揩物に所書き「河内カタノ」とあり。
秋雨や裾に付たる稲のはな　ヒワノ庄　鬼笑
秋雨や日暮まきれの鮎の市　錦圃
秋雨や山臥ひとりやとを乞　渡鴻
椋とりの羽むし取けり秋の雨　吟路
秋雨や灸すへむとおもひけり　兵コ　巴耕
針立の手はあたゝかしあきのあめ　其柳
こゝろよき牛の寐息や秋の雨　兵庫　志由
秋雨や酔てふらつく新田はこ　木兆
秋雨や片町通る梓巫女　洛　古碩
つなかれて猫も寂しや秋のあめ　ナニハ　梅邦
高機や明りのきかぬあきの雨　鳥形
兀かゝる東寺の門や秋の雨　柳下坊
∟ウ
きりこふく蚊帳の釣手や秋の雨　梅価
秋雨や旅によこれし琵琶法師　洛尼　倭泉
黄昏や稲妻誘ふあきのあめ　河内　古光

虫
ひそ〳〵と物とふ連やむしの声　吟路
むしなくや枕かはりてねられぬ夜　木兆
市の夜や一荷の菊にむしの声　イノヲカ　戸口
妓王寺の看経細し虫の声　千代女
むし啼やこかぬ小船に枕かや　梅価
虫の音や宵から更し小のゝ奥　渡鴻

忍ふ夜や足の痒きむしのこへ　千代女
むしの音や厠をまつる灯かけ　ナニハ　歌関
立されは今の処や虫の声　錦圃
虫のこゑきくや野臥の郷情　ビワノ庄　一虎　∟19オ
むしの音の浮しつみある嵐かな　兵庫　芝誰
徒然を尋て来しかむしひとつ　芹川　素柳
学寮の灯は消にけりむしの声　古光

＊摺物ではここに三句後の「山萩」の句入る。

ここは「虫」の部で、入れ間違いを合綴本で修正。

梧の葉の落て止みけりむしのこへ　タキ木　桐林
来てきけは川のあちらや虫の声　河内カタノ　竹枝

＊摺物ではここに三句前の「学寮」の句入る。

萩

山萩をしこいて行や荷付馬　倭泉
下露に文箱ぬらせり萩の花　洛　机夕
起ふしを風のとかむる小はきかな　丶　未鳴
猪も萩も起けりあさ日かけ　古光
鉢うへやとりしまりなき萩の花　狙月
行水の雫なかけそ萩のはな　机夕
ちりかゝる夕をはきのさかりかな　兵庫　春更

いとはきに糸のやうなる小雨哉　未鳴　∟ウ
見るゑみと共にこほれし萩の花　サワイ　玉里
はきのうねり露を受たり盈したり　其柳
萩のつゆこほれて月を踏にけり　竹枝
野ゝはきや兎追出す里わらは　戸口
萩さくや女の結しませのうち　古光

角力

負にけり可愛からるゝ角力とり　千代女
角力とりのちいさう居る揚屋哉　洛　梅斜
人声に松かせ誘ふすまふかな　古光
傾城につき出されけり角力取　仝
相撲とりの親に力はなかりけり　淀　釜月

〔三行分余白〕　∟20オ

《老婆引杖図》

酔たんほの踊らぬ町におとりけり　吟路
梶の葉や光みかはす日記墨　錦圃
みぬうちも床しき名也女郎花　あし丸
酔なから我門はつるおとり哉　花樵更　市泉

追加

見るとなく更て戻リぬ盆の月　星池　∟ウ

八月月並　落梅窩評

散柳
散過し枝を柳のうらわかみ　兵庫　浦雀
ちる柳一目見おくるはや瀬かな　〃　雲車
横町へ花屋の柳散にけり　錦圃
湯豆腐に柳散こむ出茶やかな　孤山
けふもまたむしろに二はい散柳　浦雀
貰たる小鮒の中や散やなき　アシ丸
かせのなき日も散そむる柳かな　浪花　玉はき
隣から散てみせたる柳哉　洛尼　倭泉
渋鮎に流れこしけりちり柳　兵庫　巴耕
秋の色またて柳の散にけり　倭泉

露
白露やむくらの宿の髪のおち　巴耕
捨鶏のぬれ身光るや森の露　洛　無名氏
∟21オ
草刈の露をかりこむ曇かな　柳下坊
露なから文箱さし出す禿かな　浪花　奥州
馬の尾の露をしはいて通リけり　錦圃
藪主の鬢にこほれし竹の露　猿簑菴
生壁にしら露みたりあさの月　アシ丸
信濃路や昼も露けき松かしは　洛　梅斜
釣燈籠ひとり消つゝ竹の露　巴耕
更行や露の置たるさらし臼　竹里
みちとはん人さへもなし槙の露　兵庫　志由

名月
海船や蒲団きなからけふの月　錦圃
名月や酢屋もまたねぬものゝ音　洛　無名氏
名月や蒔残したるけしのたね　芹川　吟路
風待の船に客ありけふの月　河内　古光
＊摺物に所書き「河内カタノ」とあり
名月や更て宿とる軽井沢　洛　梅斜
∟ウ
名月やひるからきたる泊リ客　河内　友楽
＊摺物に所書き「河内カタノ」とあり。

肌寒
はた寒や妹か気まゝの針仕事　神足　其柳
肌寒や待人おそき女人堂　錦圃
はた寒や烟のみゆるおとし水　神足　狙月
貰よりやりに行乳の肌さむし　古光
はたさむや東雲ならぬ星あかり　吟路
傾城の言葉にあますはた寒み　木兆
肌さむみ朝けの蚊やのうねりかな　仝

雁
漕出す宿かへ船やかりの声　洛　梅価

ひや〳〵と目に入む風や天津雁　錦圃
はつかりや見おくる沖の飛脚船　河月
船を出て澱野ゝやみやかりの声　芦村
＊摺物に所書き「ナニハ」とあり。
越人の夜を寐まとふや雁のこへ　ヨト 釜月更　富月
∟22オ
竹縁をふみはつしけり雁の声　松之
夕虹やわたしを過るかりのこへ　狙月
過去帳を操ゆふ暮や雁の声　倭泉
《盆に葡萄図》
幽霊も招く手はあり花すゝき　孤松
舟宿の午時飯過をきぬたかな　峨村
八朔や盆にして置京のまち　竹里

追加
名月や今まて桐の一葉つゝ　星池
∟ウ

九月月並　落梅窩評

鹿
ふち橋をすこ〳〵越ぬ暁の鹿　友親
鹿啼や直にはゆかぬ水の音　洛 南昌
鹿聞や中にふたりは寧楽の客　竹里
燈を鹿にみられてけしにけり　アシ丸
木まくらに小笹の雨や鹿の声　孤松

花埜
親の手を駕籠から引て花野哉　コウツ 友楽
＊この句欄外に「軸」とあり
川ひとつ越て移ふはなのかな　里喬
酒うらぬ家おり〳〵に花野哉　買山
秋終に鐘鋳のあとも花野哉　ゝ
山門へ登れはみゆる花埜かな　孤山
嫁入の荷物も過るはなのかな　猿簑菴
飼鳥を放してみたき花のかな　ゝ
∟23オ
こし元のかこにおくれし花のかな　浦雀
てふ〳〵のふたゝひくるふ花野かな　洛 梅斜
あし元に入日をふんてはなの哉　猿簑菴
美しき水の流るゝ花野かな　ヨト 富月
辻堂に取ちらしたるはな野哉　芹川 吟路
蛇のはかまひろひし華埜かな　木兆

后月
種になる瓢簞《ママ》みたり后の月　古光
のちの月車大工のよなへかな　孤山
明らけき漆紅葉や后の月　古光
更行や冬へかたふく後のつき　ゝ
后の月端居にふとんすゝめけり　ヒハノ庄 縁綺堂

東雲の水猶白しのちのつき　コウツ　竹枝
転寝に風ひきそへつ後の月　洛　桃李　∟ウ
後の月また面白きひつみかな　里喬
后の月長者静にふけにけり　猿簑菴
かとさして背戸へ出て見る後の月　松之更　春峰
松原に寒きなかれやのちのつき　孤山

長夜

なかき夜に名もなき雨のふりに凫　古光
長き夜や売うし吼る八日市　峨村
長き夜やまつ風やんて海の音　南昌
豆腐やと共に起たるなか夜かな　兵コ　巴耕
なかきよや聾相手に自しんはむ　、
なかきよや川のむかひに風呂の貝　カウタリ　由枝
なかき夜や鼓きこゆる下屋鋪　一睡
長き夜のあはれや杓のしつむ音　花月

菊

朋友やそへくしひらふ菊の庭　猿簑菴　∟24オ
ひそ〳〵と酒酣にきく見かな　兵コ　志由
しら菊に雛の世帯の古ひけり　買山
薮ひらく日南に菊のさかりかな　峨村
詩もつくる女さそひて菊の花　古光

てふちむのあかりに匂ふきくの花　孤山
客殿の左はきくのさかりかな　、
掃除から先へほめたり菊の客　古光
鶏はよせぬ日南やきくのはな　洛　梅径
雨催ひほのかに菊の匂ひかな　兵コ　渡鴻
むさき程菊作リたる小家かな　洛　南昌
てゝら干す隣も見へてきくのはな　芦村
紫の菊一色にあさ日かな　買山
あそふ日をあそはぬ菊の主かな　、　∟ウ
菊の客ゑならぬ衣の香かな　友親
はたこやのうちを通リて菊の花　猿簑菴
咲までを待すに菊のかほりかな　春峰
蝶の来る日は客もあり菊の花　フチサカ　加友
分登る山に寺ありきくのはな　洛　愛山

七八月並後撰

肌寒や日のてる窓に蝿のかけ　洛　湖夕
捨舟に羽ふるふ雁や雨の暁　、　一睡
秋きぬと見あけて涼し天の川　上シマ　浣砂
秋雨や鵜の乗てゐるわたし船　クツハ　夏石

親のある人とは見へし角力取　ゝ
∟25オ

〔二行分余白〕

『松茸図』芦村画

染あける埜山の色やあきゆふへ　孤山
菊はたけ廻りてもとのなかめかな　里喬
吹かぬ日もおつるや栗のひとつつゝ　市泉
ひるめしを忘し菊の主哉　芹川　吟路
枯かゝる野路の夕日や暮の秋　神足　狙月
∟ウ

十月月並　落梅窩評

初雪

はつ雪やせかぬしかまのかちんそめ　買山
初雪や塩やく浜のおもてふせ　コウツ《カワチ》　如水
はつゆきや消て露けき枯かつら　タハラ《ウチ》　金毛
かれこれと暮におよひてはつ深雪　尾州　春花
初雪の終には雨となりにけり　孤山
はつ雪や築《ママ》波の山の薄くもり　山肆

小春

本堂へあかれは寒き小はる哉　洛　南昌
＊この句欄外に「軸」とあり
蝸牛に水かけて見る小はるかな　買山
日の影に孔雀を廻す小春かな　タハラ《ウチ》　紫圭
にきわひも小春たけなりひかし山　コウツ《カワチ》　古光
傾城の野をなつかしみ小はるかな　兵庫　巴耕
さつはりと瘧も落て小春かな　仝
∟26オ
袖垣の枯つるむしるこはるかな　洛　倭泉
灸すへて畑を見に行小はるかな　あし丸
うき雲の漂ひくきこはるかな　買山
名のしれぬ艸青〳〵と小春かな　仝
なまくさき小春の宵の礒辺哉　孤松
閑なるこはるの空やひるの月　圭女
雲遠し小春の庭の片日南　買山

玄猪

公達の余所〳〵しくも玄猪かな　古光
渡しもり猪子のあれをほやき皃　仝
ほのぬくき初手の玄猪や置炬燵　コウツ《カワチ》　竹枝
百姓の半日やすむいのこかな　兵庫　雲車
片町に灸すへてゐる玄猪かな　石鼓
重箱て時雨をしのくいの子哉　花月
∟ウ

冬月

漁火のしらけてさむし冬の月　洛　几碩
一里塚一里見る野やふゆの月　春峰
化物の出そくれけりふゆのつき　竹里

捨に行狗子なくや冬の月　古光
冬の月六部か笈の高さかな　孤山
見わたしに長き細江や冬のつき　山肆
冬の月下駄はいて行女かな　買山
見る程の事哀なりかへりはな　里喬

帰花

梨子の木の片枝寒し帰花　洛 桃李
帰リはな一りん生し徳利哉　吟路
小さかしや鉢植にさく帰花　古光
嵯峨を出てほと能道や帰花　孤山
いそかしき日を背戸口のかへりはな　仝
∟27オ
草紙ほす菴の籬や帰はな　古光
山はなの馬借か背門やかへり花　芦村
落かゝる岸の岩根やかへりはな　買山

『大根曳の図』芦村画

寺の名はとはすに出るや帰花　綱二
鷹狩はきのふと暮てつる一羽　アシ丸
朝寒や薮のうしろになく土鳩　芦村
鱧叩くかとに葱うる声高し　古光
町中の寺に気疎し冬木立　吟路
∟ウ

十一月月並　落梅窩評

初氷

枝川のよそほひ深しはつ氷　アシ丸
野からすのふみ破リけりはつ氷　カワチ コウツ 古光
池水にあるかなきかやはつ氷　桐林
初氷とけてないたる子ともかな　カウタリ 仙光

薬食

角力とりにけなりからすやくすり喰　洛 梅斜
おもひ切て一口くひぬくすり喰　尾州 春花
世を捨た身にはわりなしくすり喰　峨村
くすり食のあとははけ物はなしかな　カワチ フチサカ 加友
薬喰のあと浅ましきあしたかな　洛 倭泉

榾

ほたの火や焼塩けつるたひの僧　、 桃李
板壁に天狗つふてや榾あかり　友親
ほたの火にちらりと斧の光かな　古光
∟28オ
山姥のあたりにくへきほた火かな　、
燈をほたにとられし山家かな　里橋
榾の火や東雲はやき山おろし　竹里
うしろむき糸引老のほた火かな　春峰
仏とも下駄ともならて榾火かな　加友
ほたの火や真向のまとの朝あらし　買山

水鳥

野仕事は埜に残したる榾火かな　孤松
破れ壁に牛の眼ひかるほた火かな　几碩
榾の火に投たすあしの黒きかな　梅斜
花のさく木をとふよくに榾火かな　カワチ コウツ　友楽
弱〳〵と蝿の立けり榾あかり　兵コ　浦雀
みつとりや芦よりひくき漁村の火　ウチ タハラ　金毛
夜はふけて水とり動く水のおと　ヲハリ　春花　∟ウ
水とりや空も遠のくひるのつき　花月
みつとりや宵から淋し二日月　河月
水鳥や啼鎮つて三井の鐘　カウタリ　其柳
みつとりのあたゝかいほとならひけり　古光
朝風や岩に身をうつ浮寐鳥　桃李
水とりの波にかくるゝあらしかな　尾州　嵐桂
みつとりや比良にまむかふ膳所の城　里春
水とりや雨をもて来る山かつら　竹里
水とりの身は軽からぬ風情かな　花月
水鳥や戻る笘家の薄けふり　里橋

鉢叩

広き野に二人つれなりはち叩　孤山
うたひ講はてゝ来にけり鉢たゝき　カウタリ　狙月
嶋原のゆめなやふりそはちたゝき　カワチ カミシマ　院《ママ》砂　∟29オ
拍子木に打けされけりはちたゝき　加友
京の夜も寂しくなりぬ鉢叩　兵コ　春更

『煎茶炉図』芦村画

河豚喰ふておそわるゝゆめ見る夜かな　竹里
木の下に僧の哀やぬくめ鳥　孤松
傘叩くおとは隣か夜のゆき　芦村　∟ウ

十二月月並　落梅窩評

寒月

寒月のかたふきもせす更にけり　カワチ コウツ　古光
寒月や北へ流るゝみつのうへ　芦村
かん月や美しそふな水の音　花月
寒月や戸に鈴つけし隣あり　芦村
かん月に八坂の塔をみたりけり　ヲハリ　春花
寒月や竹動かせは雨のおと　芦村
寒月や背門のたらひに梅の影　仝
かむ月や海へかれ行松の風　タワラ　可方
寒月や南はひろき梅のはな　逸好
かん月やちきれていそく雲のあし　由枝
寒月や門田なかるゝ水すこし　芦村

霙

寒月や豆腐凍らす峰の寺　兵コ　浦雀　⌞30オ
寒月や移るものなきにわたすみ　紫桂
かん月に鍛冶の灯もる丶扉かな　錦圃
寒月や松より高きすみやくら　兵コ　春更
寒月や澱をひかへし雄やま　錦圃
かん月に烏は黒きこすへかな　花月
柳にもしはしとまつて霙かな　仝
馬口労の旅にわつらふみそれ哉　可方
みそれして獺とらへけり沢の暮　洛　孤村
霙して鼬の出たるかれかつら　芦村
紙漉のけふもおこたる霙かな　紫桂
塩はつを引すりまはす霙かな　買山
牛の尾のしなひてさふきみそれ哉　花月
霙して流したいのいかたかな　芦村　⌞ウ
さふき空のくたけて落る霙かな　花月
ふる程はしみこむ様にみそれ哉　逸好
山鳥の尾を引岡のみそれかな　金毛
霙する宵庚申も更にけり　アシ丸
酒のまぬ供つれて来て霙かな　買山

年市

としの市穂長に鰯かへにけり　尼　倭泉
銭さしを捨て去けり年の市　花月
塵功記買て戻リぬとしの市　コウタリ　狙月
足袋をぬふ男もあるや年の市　古光
片店は女房まかせやとしの市　花月
買物に水ものはなし年の市　芦村
立よれは梅の匂やとしのいち　梅斜
勘当の子にも逢けりとしの市　コウツ《カワチ》　友楽　⌞31オ
子をつれた商人もあり年の市　兵コ　渡鴻
としの市桶に目つける桶や哉　河月
くはへたるきせる捜すや年の市　浦雀
年のいち頭巾落して戻リけり　友楽
としの市七里出て来る山路かな　嵐桂
静さや年の市場の隣町　芦村

古暦

古暦裏をかへして見たりけり　花月
ふるいとて捨られもせぬ暦かな　錦圃
寺子さへいらぬといひぬふる暦　其柳
古暦目鏡かけすに見る日かな　梅枝
こし高き在の障子やふるこよみ　狙月

寒声

寒声の一人前なり捨小舟　仝 ⌞ウ
寒声やたかいにやめし行ちかひ　錦圃
かんこへや心覚のきつね塚　買山
寒声を笑〳〵や横少路　錦圃
かむこゑや鳥の目覚す凬の筋　花月
かん声に茶漬乞れしすいか元　柳下
寒声のはたかの跡を念仏哉　仝
寒声や江戸を望の白拍子　愛山

十十一月後撰

水とりや嵐にはなれなみにそふ　カワチナカヲ　路平
市中に松の声すむいの子哉　洛　梅斜
冬の月砕てうつれ柳より　仝

〔二行分余白〕 ⌞32オ

《猿引き図》
猿引はさるや舞せてとし忘　由然亭狙月
鬼よりもさす手つかれし柊かな　花月
ふとみたる窓の寒さや梅のはな　斗孝 ⌞ウ

《乾鮭図》
うつふけておくや春待寒の紅　東谷堂岩好

冬ノ部

いく度も命のありてふくと汁　喜春亭市泉
雪の日や黒ううねりし川のなり　里春 ⌞33オ

《季節候図》
梅にほふなりに三冬の尽にけり　桐林
一日は悠然として年忘　友親
煤をはく隣の梅はさきにけり　芦村 ⌞ウ

《寒垢離図》
精進を嘉例に落て年わすれ　秋風亭あし丸
黄昏をことにほしなの匂ふかな　さるみの菴錦圃 ⌞34オ

《茅屋図》
鴨たつてしはらく水の光かな　孤山
有明のはしこをのほる煤払　買山

集冊の末に題
近みちと雪につくはの跡しるし　落梅窩星池 ⌞ウ

落梅窩評
降雪の波にとらるゝ磯辺かな　錦圃
遊ふ日の冬へあまりて初時雨　洛　南昌
＊この句欄外に「軸」とあり。
十夜講松と鐘とのふくるおと　布山

鍋ふたて人おし分ぬとしの市　洛　春艸
わたし呼声吹もとす寒さ哉　芹川　吟路
茎菜洗ふ門にふた瀬の小川哉　峨村
のら猫の狐にくるふ冬の月　芦丸
雪の恋月は廿日の兵部卿　凡鳥
うき人や煤掃にさへ美しき　錦圃
人にやる物ぬふてゐる炬燵哉　洛　化山
水鳥や水をはなるゝみつの音　ゝ　松洞
家根葺のおりる間にやむ霰かな　浪花　交風
└35オ
朝よりの曇ほとけて時雨かな　松之
手に取てみれは水なりはつ氷　高槻　紫石
ほたの火に縫目ほしけり洗もの　芦村
寒垢離やあらしにむかふ骼　洛　春艸
羽二重につれなくひゝを覚けり　竹里
売て行荒神松やはつ時雨　奇又
こからしや乾鮭の目を行抜る　兵庫　侘助
おしそふに照れはおしけに時雨凫　湖南　浪音
茶の花やねても起ても眼八分　孤山
貧僧の着なからつゝる紙子哉　セリ川　吟路

炭をうる翁賓頭盧拝みけり　湖陸
はつ雪に遅く出てきし大工かな　ナニハ　交風
一二把の葱うりけりふつかつき　湖陸
└ウ
罔両とうなつき合や丸頭巾　洛　思成
心よふ宿かす門のさふさかな　浪花　貫数
さほてんになんなく雪の積リ凫　河内　古光
竹垣の中に麦まくいほりかな　洛　南昌
狗子の重てねるさふさかな　神足　詩鴻
ひそやかに咲てみせけり冬牡丹　河内　加友
見るうちに角の出来たるあられ哉　幾行
浜風のしみこんてあるふとんかな　錦圃
鞋ぬかす馬嘶やゆふしくれ　加友
我軒を離れぬ犬やよるの雪　幾行
夜の雪入歯にさはるおもひかな　神足　狙月
人の来てぬれ手をあふる火桶哉　錦圃
動くかと水入て見るなまこかな　布山
└36オ
困や煎餅吹ちるひるのつし　呑舟
年の市ふるき若衆の小風呂敷　一吹
萁をくへつゝ夜半の榾火かな　凡鳥

年の市夜番は時をわすれけり　吟路
拾たる銭よんで行枯野かな　錦圃
麦蒔やさくらの木の間梅の下　峨村
転にきと人に語な雪こかし　加友
禰宜の手にあはぬ雄鹿や神無月　淀　石窓
傘かせは名をなのり鳬鉢叩　峨村
かせの音降うつみけりよるのゆき　神足　詩鴻
鎌倉の冬枯みたりしほかつを　浪花　杪二
こからしや風呂にこいとの法螺の貝　凡鳥
寒梅や酒も売家のみなみ窓　孤村
∟ウ
菊の名をかた付る日やはつ時雨　峨村
から鮭は山に住かと問にけり　詩鴻
きぬ〳〵のうしろに冬のほたん哉　兵コ　侘助
茶の花や仏事の果る槙の嶋　奇又
納豆汁きらひといふも無念也　錦圃
うつくしき石からぬるゝ時雨かな　洛　窓破
床の間の有明高しすゝはらひ　布山
茶の花にあちら向たる小家かな　洛　南昌
関屋からみその無心や鰒汁　浪花　柳女

出酒やの飲て戻リしふゝきかな　洛　春艸
まやはれて時雨は須磨へ戻リ鳬　幾行
猪の鼻に吹雪や志賀の山　湖南　二対
落る葉に夕日かゝへて帰リ花　南昌
∟37オ
こからしや西寺へもとる夕からす　洛　亀屋
江にあらふ障子の骨にみそれ哉　美芹
外からはのそかぬまとや冬牡丹　化山
みそさゝい鼠のあなをとふりけり　洛　下物
早打の抜身のさきや柿紅葉　峨村
胸あける間に頭ぬくわらへ哉　錦圃
一本の鰤に二人のかひてかな　仝
寒声や日本橋の山かつら　峨村
煤掃にとまり合せし座頭かな　凡鳥
雪車引てとりあけつゝの迎哉　幾行
狐火の消てはもゆる時雨かな　兵庫　之園
川かせに片頬はさふし鴨の声　洛　可学
寒念仏浪人夫婦出にけり　湖陸
∟ウ
遠山の雪みる雪のはれ間かな　湖南　嵐渓
寒月やものゝたらはぬ海のうへ　化山

朝霜やねて居る家に鶏の声　交風
ほた焼や小猿の覗く菴のまと　詩鴻
火桶うる小店やならの角屋鋪　湖南 百萌
はつ雪はあたこ残して降に梟　錦圃
二度くれは二度たけ淋し鉢叩　芦丸
行みちのふたすしありて吹雪哉　池田 露竹斎
積雪や皃のきたなき又五郎　竹里
宿かへた夜や車座のおき炬燵　峨村
時雨からそつと抜出て入日かな　河内 加友
鮟鱇やはらにとちたる薄氷　錦圃
宵闇の雪にもならて初しくれ　仝
└38オ
鼬なく脇本陣の寒さかな　湖陸

開巻の日

人と日の恵にさきぬ冬牡丹　買山
積雪につもるはなしや筒井筒　金兔

追加

わけかねてたゝみているや雪の梅　星池
└ウ

発起　久花堂　買山
補助　秋花園　金兎
仝　猿簑菴　錦圃
仝　秋風亭　芦丸

書林　嘯月堂蔵
八幡屋新太郎

└後表紙見返し

第三章　聴亀菴紫暁撰月並発句合

概略

聴亀菴紫暁撰月並発句合の摺物、及びその興行の概略について解説する。なお、紫暁の俳歴と月並発句合を含む点業については、かつて拙稿「夜半亭門下の月並句合」（奈良大学紀要第10号、昭和56年12月）に詳述したことがある。月並発句合摺物について、その後寓目した資料も含めてその全貌を伝えることを目途とし、以下の翻刻を思い立った次第であるが、紫暁の俳歴と月並発句合以外の点業についてはその後とりわけ新しい資料を得ていないので、旧稿を参照されたい。

寛政四年から八年に及ぶ聴亀菴紫暁撰月並発句合の摺物をもっとも包括的な形で残しているのは、某氏蔵の『五年物』である。原寸複写によれば、同書は縦24×横16・6糎の半紙本一冊。原本を見ていないので、表紙の色は判らない。表紙中央に白地と見られる無辺後補題簽を貼り付け、「五年物」と墨書き。内容は、寛政四年正月から同八年七月まで五十七箇月分（含、寛政四年閏二月・六年閏十一月分）の聴亀菴紫暁撰月並発句合の摺物合計八十九丁を綴じ合わせたもの。摺物は、几董のそれに似る半丁十行の若草色罫紙を使用。本文版下は五十七箇月分計八十九丁全て一筆、紫暁の筆跡である。各年正月分の冒頭に、それぞれ

・平安聴亀莽撰　　　月並句合抜萃
　寛政四年壬子年正月　　惣句三百八十章之内
・平安聴亀莽撰　　　月並句合抜萃
　寛政五年癸丑正月　　惣句二百七十章之内
・平安聴亀莽撰　　　月並句合抜萃
　寛政六甲寅正月　　惣句四百二十章之内
・平安聴亀庵撰
　寛政七乙卯正月、並　　惣句六百四十章之内
・平安春宵楼撰
　寛政八年丙辰正月々並　　惣句三百九拾五章之内

と標示し、月毎に季題を示して、高点順・点印別に入選句を掲載する。

摺物は版芯上部に▲があり、下部の○の中に丁付を入れる形式を基本とするが、丁付を落とすものも何枚かある。

なお、翻刻底本とした『五年物』以外で紫暁月並摺物を綴じ合わせた資料として、家蔵本『月並摺物集』、天理図書館綿屋文庫蔵『月並句合』（わ173・37）、柿衞文庫蔵『月並抜句集』（は・184・1397）の三点がある。『月並摺物集』は、几董月並摺物底本天明八年分の項に解説済み。几董・暁台・星池の摺物と共に、紫暁判月並摺物寛政四年分十四丁・同五年分十八丁が綴じ合わせてある。『月並摺物集』によって口絵図版24に寛政四年正月分第一丁（丁付なし）の表・裏を挙げておく。『月並句合』は、紫暁判月並摺物寛政四年六月分・七月分の初丁・八～十二月分、それに寛政

五年の正～五月分のうち丁付一・三～六の合計十二丁を合綴したもの。旧稿「夜半亭門下の月並句合」ではこれを全て寛政五年分と見誤ったが、ここに訂正しておきたい。『月並抜句集』は、寛政六年春鷗舎来之評月並句合の摺物二十二丁と、同年の紫暁月並摺物二十五丁を合綴したものである。以上三点に収録する紫暁月並摺物、全て『五年物』に含まれる。

『五年物』収録の摺物によって、興行年月・丁付・季題・惣句数・勝句数・点印別勝句数・総合点顕彰者を一覧表にしてみると、表27「紫暁判月並発句合興行一覧」のようになる。

丁付は、寛政四年分は正・六・七（二丁）・十・十一・十二月の計七丁は○の白抜きのまま残し、また八月分に「十」と、九月分に「九」と入るなど些かの混乱はあるが、五年～八年分はそれぞれの年度毎に全て通しで入る。また、寛政八年五・六月分を二箇月一括披露とした以外は、全て月刊。寛政四年は七月分を二丁摺りとする他は一丁摺りであるが、五年以降は惣句数・勝句数の増加に伴ない、二丁摺り・三丁摺りとする月も多くなって行く。集計してみると、五十七箇月分のうち、一丁摺りが二十六箇月（二箇月分を一括披露とした八年五・六月分を含む）、二丁摺りが二十七箇月、三丁摺りが三箇月となる。季題は几董の場合と同じく、通常の当月題五で統一。惣句が全て五の倍数になっているのも几董の場合と同じで、五題一組として投句する決まりであったことは明らか。なお、寛政五年正月以降は全ての月の摺物の末尾または欄外に「三十四、吟路・二十九、至幸・二十七、南昌、沙長」（五年二月）というように二三名の高得点者の顕彰があるが、これは摺物掲載勝句がその一句のみの評価であるのとはまた別の、五題一組での総合点評価である。

惣句は全ての月に明示され、四年十二月の160句がもっとも少なく、七年八月の920句が最多。年度別に集計してみると、寛政四年が十三箇月で３４１０句、月平均約262句。寛政五年が十二箇月で４９３５句、月平均約411句。寛政六年が十三箇月で８２９５句、月平均約638句。寛政七年が十二箇月で８４０５句、月平均約700句。寛政八年が七箇月で２

点印別勝句数													顕彰
20	19	18	17	16	15	14	13	12	11	10	9	8	
							5			10			
							5			11			
								5		11			
					1			4		6			
							1	4		6			
								5		11			
					5			11					な　し
					10		10			12			
							7			9			
					5			11					
				7				9					
					4			3		3			
					3			2		2		2	
			1		4		5		5	12			36点南昌・34点買山・（　　）
							8			8			34点吟路・29点至幸・27点南昌、沙長
					7					9			37点仲亭・35点南昌・34点□□、寄燕
						8				8			41点雀村・40点逸水・38点菊水
					10		10		11				46点一透・43点南昌・39点許来
					9				7				35点椿平・33点一透、雀村
			1		9			10		11			33点孤松、孤秀・31点買山、飛雀
								16					35点孤松、沙長、巴喬
1					14			18					42点沙長・41点一透・38点孤秀
					22		12						51点買山・41点許来、椿平・39点南昌、孤松
			3			13		18					39点自懐・33点至幸、暁子
					16								45点南昌・3□点蛾山
					15			15					42点遅日・40点南昌・38点几渓、雀村
			5			15			13				41点買山・32点南昌
							5			11			27点あし丸・26点雀村
								7		9			35点南昌・29点買山
										17			31点絮雪・29点芦村

表 27　紫暁撰月並発句合　興行一覧

年次	月数	丁　付	季　　題	惣句数	勝句数
寛政 4	1	○	鶯・万歳・梅・霞・若草	380	15
	2	2	春雨・燕・彼岸・椿・畑打	390	16
	閏 2	3	陽炎・雲雀・春風・桃・苗代	375	16
	3	4	雛・花・永き日・雉子・春の暮	170	11
	4	5	更衣・麦秋・牡丹・短夜・郭公	250	11
	5	6	五月雨・蛍・田植・百合・若竹	245	16
	6	○	昼皃・蝉・清水・扇・蓮	205	16
	7	○・○	稲妻・萩・燈籠・角力・虫	255	32
	8	10	初雁・露・朝寒・礁・田刈	240	16
	9	9	後の月・菊・長夜・茸狩・野分	255	16
	10	○	時雨・復花・寒・麦蒔・茶の花	310	16
	11	○	氷・水鳥・火燵・薬喰・鉢叩	175	10
	12	○	寒念仏・古暦・年忘・餅搗・大三十日	160	9
寛政 5	1	1・2	七種・柳・凍解・御忌・猫恋	270	27
	2	3	朧月・凧・養父入・土筆・蛙	350	16
	3	4	汐干・菫・わか鮎・藤・壬生ねぶつ	275	16
	4	5	若葉・蚊帳・鮓・けしの花・鞨鼓鳥	210	16
	5	6・7	幟・夏の月・蝸牛・なでしこ・青田	285	31
	6	8	夕立・葛水・夏木立・団・毛虫	365	16
	7	9・10	露・朝顔・秋風・踊・蜩	430	31
	8	11	月・案山子・蔦・鹿・落し水	420	16
	9	12・13	紅葉・色鳥・木の実・新酒・暮秋	505	33
	10	14・15	衛・落葉・炉開・十夜・水僊	715	36
	11	16・17	冬の日・雪・鷹狩・納豆汁・冬篭	700	34
	12	18	衣配・煤払・冬之梅・事始・宝舟	410	16
寛政 6	1	1・2	宝引・松の華・春の雪・白魚・東風	420	30
	2	3・4	帰雁・焼野・飯蛸・接木・春の水	645	33
	3	5	新茶・御影供・鳥の巣・菜の花・行旹	525	16
	4	6	葵祭・飛蟻・卯の花・笋・杜若	375	16
	5	7	五月暗・藻の花・水鶏・樗・夏川	495	17

点印別勝句数													顕彰
20	19	18	17	16	15	14	13	12	11	10	9	8	
					17			18					48点至幸・40点無名氏
					8			12		12			34点南昌・33点遅日
								9		24			37点沙長、魯哉、南昌・36点如山
					7			12		6			43点千雪・42点南昌
		13			8			12					49点沙長・□□金兎
					10			10		13			38点南昌・37点二川
					20			30					46点二川・45点鹿卜・44点南昌
		15			20			20					51点寒洞・46点如璋、椿平
					10		10			13			38点一透・其渓・巴流
					15					15			41点沙長、遅日・40点二三貫
1		9			12			11					51点其渓、余盈・45点弄丸
					15			20					45点几渓・44点二三貫、はる女
					15			21					44点青峨・43点其渓
					12			9		12			41点遅日・40点月橋、沙長連
					20			12					47点其汀・44点無名氏
				18			12			23			49点南昌・45点遅日
		6			12			15					45点几渓・42点桃雨、五竜、金芽
					3			12					46点其汀・40点孤秀
					8			12		9			45点鈍来・40点交風・38点亀徳
					9			12		12			47点芳枝、月丘・42点買山
					10		10			10			55点再宝・44点南昌
							15		18				41点賀若・40点遅日
								16					46点至幸・32点再宝、芳枝
										16			36点再宝、士流、東富
										6			31点晒柳・30点一透
										6			31点其渓・30点雨水、春暁
							7			9			38点ア柳・35点竹三

表 27　紫暁撰月並発句合　興行一覧

年次	月数	丁　付	季　　題	惣句数	勝句数
寛政 6	6	8・9	麻・納涼・蝿・茄子・雲の峰	645	35
	7	10・11	七夕・秋の蝶・番椒・送り火・女郎花	625	32
	8	12・13	初潮・鶉・秋雨・夜寒・若烟屮	650	33
	9	14・15	露時雨・柿・裏枯・牛祭・落鱍	540	25
	10	16・17	大根曳・頭巾・夷講・寒菊・木枯	760	33
	11	18・19	火焚・氷・炭・鴛・冬木立	815	33
	閏 11	20・21・22	雹・鶏卵酒・鱈・蒲団・枇杷の花	890	50
	12	23・24・25	寒声・冬椿・春待・厄払・歳篭	910	55
寛政 7	1	1・2	遣り羽子・若菜・干鱈・傀儡師・蕗の薹	640	33
	2	3・4	二日灸・紅梅・蝶・蕨・朧月	830	30
	3	5・6	出代り・山吹・永日・雉子・炉塞	780	33
	4	7・8	袷・牡丹・夏書・行々子・葉桜	765	35
	5	9・10	粽・花菖蒲・入梅・鵜川・田草取	630	36
	6	11・12	暑・土用干・冷麦・蚤・夕皃	740	33
	7	13・14	立秋・芒・接待・蟋蟀・捨団	630	32
	8	15・16・17	放生会・野菊・鳴子・河鹿・種瓢	920	53
	9	18・19	九日・銀杏・秋水・新綿・紅葉鮒	865	33
	10	20	小春・枯芦・紙衣・鰒汁・埋火	685	15
	11	21・22	神楽・冬雨・葱・皃見世・初鰤	485	29
	12	23・24	氷柱・寒垢離・餅花・火桶・節分	435	33
寛政 8	1	1・2	立春・残雪・鶯・長閑・下萠	395	30
	2	3・4	涅槃・陽炎・雀子・初桜・海苔	705	33
	3	5	草餅・春雨・桜鯛・躑躅・吉野	570	16
	4	6	更衣・短夜・蝙蝠・芍薬・青簾	490	16
	5	7	競馬・浅瓜・蚊・田歌・萍	260	6
	6		祇園会・日傘・清水・西瓜・昼皃	205	6
	7	8	稲妻・魂祭・初嵐・簑虫・桔梗	315	16

９４０句、月平均420句。次に、勝句を点印別に分類し全体を集計してみると、最高点の20点評価は寛政五年九月と寛政七年三月の二例のみで、その扱いは殆ど特例に近い。以下18点43例、17点10例、16点25例、15点365例、14点36例、13点158例、12点401例、11点54例、10点342例、８点２例、19点と９点は該当句なしである。勝句の合計が１４１４句であるから、10点342例＋12点401例＋15点365例というあたりの評価が全体の八割近くを占めていることになる。最高を20点、入選の目安を10点としているところも几董の場合と全く同じである。８点の２例は五十七箇月中惣句が160句ともっとも少なかった四年十二月に見られるもので、これも謂わば特例措置である。因みに、寛政五年正月以降の摺物の末尾または欄外に顕彰される総合点高得点者の最高は、寛政八年正月の再宝の55点である。これは先に触れたように五題一組での総合評価と考えられるのであるが、この再宝の場合は一句平均11点の評価であったことになる。

　入選率は月によってばらつきがあり、四年七月の約12・５％（惣句255、勝句32）・五年五月の約10・１％（惣句285、勝句31）あたりが高く、逆に低い例になると七年十月の約２・２％（惣句685、勝句15）・八年五月の約２・３％（惣句260、勝句６）という数字も見える。八年五月の例は惣句が260で、この年の月平均惣句420句の約六割しか無く、いきおい勝句も少なくなったという要因も考えられないわけではないが、七年十月の例は惣句が685でこの年の月平均700句に近い数があるのに入選率が極端に低い。逆に、五年五月の例は、惣句285でこの年の月平均411句の七割ほどに留まるが、入選率が高い。こういった入選率のばらつきは必ずしも惣句に左右されるわけではなく、その月に入選の目安となる10点以上の句がどれほど出るかによるものであろう。年度別に入選率を平均化してみると、次のようになる。

	勝句計	惣句計	入選率（約）
四年	200	３４１０	５・９％
五年	288	４９３５	５・９％
六年	408	８２９５	４・９％

七年	395	8405	4・7%
八年	123	2940	4・2%
総計	1414	28615	4・9%

このように平均化してみると、四年から八年まで入選率にさほど大きなぶれは認められない。入選率総平均4・9%というのは、百句、つまり五句一組で計二十組投句して、入選は五句弱という割合になる。几董の場合は惣句が明示されている月が全体の半分にも及ばず、厳密な比較は困難であるが、惣句が示されている二十六箇月分の平均入選率は約2・8%であった。それに比較すると、紫暁の催しは選句基準がいくぶんか緩いということになろう。

作者圏を一覧表にしてみると、表28「紫暁判月並発句合作者一覧」のようになる。なお、改号している場合、または表記は異なるが同一人物と見做される場合は作者名欄に両方を併記した。改号の場合は前号を（　）で括った。七年に「六条沙長連」として勝句が10句あるが、便宜上一名として扱ってある。六年に6句、七年に2句の「無名氏」が出るが、こちらも便宜上一名とした。また表には示さなかったが、八年に伏見として入る「一蜂」は七年には「在紀州」として出ている。

作者総数は計300名。京122名・伏水38・浪華46・池田29・灘（大石・脇浜・敏馬浦）20といったあたりを中心に、六条・芹川・洛東・山科・城南林・大津・神足・西宮・但馬・丹州亀山・尾陽・備中・東都・越後十日町といった地域が含まれる。山科・神足・西宮・尾陽・東都を除けば、概ね几董月並発句合の興行圏と重なる。勝句多数者としては京の南昌129句・遅日（春坡）85・春峰38・沙長36・至幸29・二三貫25・其渓24、山科の雀郎23、伏水の買山73・石鼓20、浪華の一透39、在尾陽の春花28がいる。勝句総計が1414句であるから、勝句数上位の三名、南昌129・遅日85・買山73の合計が287句となり、この三名で全体の約20%を占めているという計算になる。なお、右のうち南昌・遅日・沙長・買山・一透は几董月並の常連でもあった。勝句数は多くはないが、他にも、京の大椿（呂蛤）8句・甘古

表 28　紫暁撰月並発句合　作者一覧　＊網掛けは几董月並にも出る。

地域	作者名	4年	5年	6年	7年	8年
京	南昌	18	31	42	26	12
	一吹	3	2			
	至幸	9	4	8	4	4
	万菊	3				
	素好	1				
	（呂蛤）大椿	8				
	遅日	6	15	39	19	6
	歌声	1				
	呂計	2				
	笘烏	1				
	金蝉	1				
	枝雪	1				
	沙長	6	15	13	2	
	左長	1				
	泉流軒	2				
	黛露	6		1		
	孤蝶	1				
	逮璐	1				
	里龍	1				
	一艸	1				
	禎宜	1				
	末鳴	2				
	堅固斎	2				
	幸成	2				
	祐水	1				
	涼圃	1				
	李紅	2				
	文揚	1				
	甘古	1				
	如竹	2		4	1	2
	橘仙	1		2	3	
	辨口	1				
	蚊四南軒	1				
	椿平		8	5	3	
	里竜		2			
	寄燕		3			
	鵡石		4			
	仲亭		2			
	二三貫		1	9	15	
	柳亭		1			
	（紗雷）歩存		3	1		1

7−1

地域	作者名	4年	5年	6年	7年	8年
京	其慶		1			
	飛隺・飛靏		5	1	6	2
	孤秀		8			
	許来		5			
	化山		1			
	我楽		1			
	座笑		1			
	(千雪) 二十		1	6	5	
	一貫		2			
	芦洲		1			
	(松之) 春峰		4	16	13	5
	百松		2		1	
	春光		1			
	士交		2			
	芳枝		1	6	9	2
	自懐		2	2		
	暁子		4			
	居静		1			
	其渓		1	2	17	4
	蒲月		1			
	米子		2	1		
	蛾山		1			
	几渓			10	9	
	鈍来			2	6	2
	橘伝			4		
	一冠			3		
	其川			7	1	
	柳卿			1		
	万佐女			2		
	松渚			1		
	無名氏			6	2	
	土師			1		
	松浦勾当			5	1	
	柳窓			1		
	紫雪			1		
	金風			2		
	金吾			1		
	亀卜			3		
	羽岳			1		
	絮雪			5		
	柳卿			1		
	佳計			1		
	賀若			4	2	2

7-2

地域	作者名	4年	5年	6年	7年	8年
京	楚汶			1		
	無牛			1		
	寄燕			1		
	其汀			2	5	1
	化口			1		
	推敲舎			1		
	九鮒			1		
	峰栄			1		
	凸凹			1		
	幽思			1		
	賀谷			1		
	寿来				4	
	霽□				1	
	籬雪				3	
	思成				1	
	月下				1	
	林風				1	
	蘭陵				2	
	金蝶				1	
	青峨				4	
	藤尺				4	
	鬼童				1	
	熙尾				2	
	利確				1	
	鼠考				1	
	錦歌				2	
	葵				4	
	孤秀				2	
	亀徳				3	
	巴流				1	
	亀友				1	
	亀長				2	2
	金芽				3	
	芝虎				1	
	金下				1	
	菱湖				1	
	雷々				1	1
	屯々				2	1
六条	沙長連				10	
	梅斜			4	6	
	楚山				1	
芹川	吟路・吟露		12			
山科	雀郁	14	3	3	3	

7-3

地域	作者名	4年	5年	6年	7年	8年
山科	四原	3				
	左森	3	1			
	加折	1	3	1		
	荘子			1		
	不木			1		
	一静			1		
	風木観				3	
	里夕				1	
洛東	桃李		1	4	3	2
	かな女	1				
	浜吉	1				
	柳女		1			
	つう女			2		
伏水	買山	7	23	26	13	4
	百水	1				
	凡鳥	1	1			
	其残	1				
	路丸	1				
	秀酔	1				
	石鼓		6	10	4	
	巨江		1			
	竹閣		1			
	柳圃		1			
	峨村		4			
	錦圃		2			
	孤山		5	3		
	晋花		2			
	孤松		3	3		
	左立		1			
	芦村		5	8		
	（花月）寒来		2	2	1	
	あし丸・芦磨		5	3	2	
	つね女		2			
	竹里		1			
	里喬・里橋		1	3		
	（斗孝）文峰			4	1	
	一蜂				1	3
	柳水			1		
	友親			2		
	金兎			5		
	志夕			1		
	晒柳			3	4	2
	鹿卜			3	2	

7-4

地域	作者名	4年	5年	6年	7年	8年
伏水	千柳			1		
	寒来			1		
	蟹庵			2		
	青蛙			1		
	古湖			1	1	
	三千貫			1		
	二房					2
山科	不木			1		
深草	巴橋・巴喬		3			
	柏葉		1			
	希双			2		
	魯哉			2		
城南林	麦子	1				
	下方	1				
在粟津	無極			5	11	
大津	可桂				1	
神足	狙月			1		
浪華	青雀	2				
	逸水	2	3			
	一透	2	21	10	6	
	菊十		3			
	関山		1			
	南柯		1			
	素文		2			
	楚汶					2
	瓜成		1			
	交之		1	1		
	余盈			1	6	
	天蜜			1		
	挙風			4		
	李風			2		
	如璋			4	4	
	東皐			1		
	其光			2		
	二川			6	3	
	巴流			2	8	2
	栗林			1		
	和礼			1		
	弄丸			1	2	
	成虎			1		
	寒洞			2	4	
	竹助			1		
	遷喬・迁喬				2	

7−5

地域	作者名	4年	5年	6年	7年	8年
浪華	守行				4	1
	柳隣				1	
	美鹿				1	
	素卵				3	
	はる女				1	
	宙紅				1	
	駒女				1	
	光女				1	
	蕪城				1	
	里松				1	
	桃源				2	
	女拙				1	1
	交風				5	7
	拾宜				1	
	歌関					4
	再宝					13
	□源					1
	卜象					1
	一六斎					1
	東富					2
在浪華	修竹庵				1	
池田	月舟	7				
	麦塢	1				
	梅武	1				
	魯坊	6				
	左言	9				
	淇竹	6				
	為律	2				
	市仙	1				
	（たつ）石露	5				
	麦台	2				
	阿柳	3	2			2
	呉橋	3				
	淇竹	3				
	犀花	3				
	李崠	3				
	亀童	1				
	朶雪	1				
	呂作	1				
	雛		3	2		
	紫電			3		
	如山			3		
	雨水			1		1

7-6

地域	作者名	4年	5年	6年	7年	8年
池田	不二丸			1		
	珍平				2	
	籬硯				1	
	此橘					1
	東郷					1
	花俤					1
	雪狗					1
敏馬浦	(長丸) 竹三		1	1	3	3
	月丘			1	7	
	五仙			1		
	里仙				2	
	無名氏				1	
	里喬				1	
	素卵				2	
	土龍				1	
	子攀				1	
	可笑				1	
	春暁					1
	栗洞					1
	布友					1
	素印		1	1		
灘大石	五龍			2	5	2
	青卜				1	
	春暁				1	
	士流					2
灘脇浜	桃雨				6	
	桃舎					2
西宮	賀柳			1		
	月橋				5	
	里耕				1	
但馬	千松		1			
丹州亀山	金要			1		
在尾陽	春花		6	10	10	2
尾陽	閑虎		2			
	南渓		1			
	嵐桂		1			
	青峰		2			
備中	桃斎	1				
	桃嗣	3				
備中玉島	星山	1				
東都	我口			1		
越後十日町	桃路				2	
	宋魚				1	

7-7

1・如竹9・化山1・万佐女2・凸凹1・菱湖1・梅斜10・楚山1、伏水の其残1・柳圃1・鹿卜5、深草の巴橋3・希双2・魯哉2、城南林の麦子1・下方1、浪華の里松1・交風12、池田の為律2・市仙1・朶雪1・如山3、敏馬浦の月丘8、灘脇浜の桃舎2、越後十日町の桃路2が几董月並に出ていた作者で、合計31名。その勝句数合計444句となる。寛政四年~八年の紫暁月並発句合は作者総数計300名、その勝句総計1414だから、作者数では約10%、勝句数でいうと約31%が、天明四年~八年の几董月並発句合の作者によって占められているということになる。几董月並が途絶えて四年後の紫暁の催しであったが、その興行圏・形態・摺物の形式など、紫暁は几董のそれを襲っていたのである。

凡例

・翻刻に際して、旧字・異体字・俗字・略字などは原則として通行の字体に改めた。ただし、一部「萬」「莽」「楳」「屮」「艸」「埜」「鶯」「旾」「華」「皃」「寐」「鳫」「隺」「霍」「渕」「辨」「賤」「霓」などは原典の書き癖を尊重し、そのままにしてある。
・漢字などの誤りは「ママ」と表記した。
・原典に濁点がある場合は、「濁ママ」の表記で示した。
・丁移りは翻刻下部に1オなどと示した。1オとあれば、原典摺物の一丁表であることを意味する。丁付が入っていないものは原典のまま○で示す。
・月数・題・物句は区別しやすいように、ゴシックで示した。

平安聴亀葬撰　月並句合抜萃

寛政四年壬子年正月　惣句三百八十章之内

題　鶯　万歳　梅　霞　若草

月しろや楳の中より梅の花　南昌

若草に路通かさまもゆかしけれ　山科　雀邨

中川の水もぬるみて寺の梅　一吹

萬歳の袖を小松に曳れけり　至幸

根颪に香もみなきるや谷の梅　万菊

右　十三印

むつましや茜染合ふ楳の宿　城南林　麦子

└一〇オ

若屮に児のひき出す木馬かな　呂蛤

わか草や雨の旦の埜のあらし　素好

万才やかはらて年のつもり顔　万菊

朝かすみかゝるや三輪の帘　伏水　買山

うくひすの声のそかれて啼ぬ哉　鈍雅

萬歳や素袍の下の提きせる　仝

鶯に起て故郷のとろゝ汁　城南林　下方

万才の舞はつみけり辷けり　伏水　秀酔

早き瀬の音もしつけき霞哉　遅日

右　十印

└ウ

二月ゝ並抜萃　惣句三百九十章之内

題　春雨　燕　彼岸　椿　畑打

落さまに旭こほしぬ華椿　南昌

する事のないてもないか春の雨　池田　月舟

乙鳥に戸明て春の朝ゐかな　ゝ　麦塢

畑打や孤村に名ある五郎太夫　遅日

こもりくの初瀬の春の雨夜哉　大椿

右　十三印

屮の手も届く垣根や春の雨　伏見　百水

落さまに椿の落す椿かな　至幸

└2オ

畑うちや誰かなみたの墳の松　池田　梅武

此彼岸寄附の桜も咲にけり　大椿

玄鳥やわたましの粥焚日より　山科　四原

笠寺をかりのやとりや旹の雨　池田　魯坊

畑打て慈悲ある殿の噂哉　大椿

羞明しや燕羽返す日の光　歌声

一手弾筐の琵琶も彼岸かな　呂計

宿入や大竹小竹むら燕　万菊

乙鳥のあし濡しけり潦　笘鳥

右　十印　∟ウ

閏二月ゝ並抜萃　惣句三百七十五章之内

題　陽炎　雲雀　春風　桃　苗代

苗代や春の名残の浅みとり　備中　桃斎

陽炎の湯立の笹にみたれけり　山科　雀村

なには女のはやき袷や桃の華　池田　左言

陽炎に石もうこくとおもふかな　備中　桃嗣

井の水も杓に汲る丶桃の宿　呂計

右　十二印

和らかに岩こす浪や春の風　池田　淇竹

せんと来てやすむ峠も雲雀哉　洛東女　かな　∟3オ

花に吹あらしの後の春の風　南昌

雲沈む水にかけさすひはり哉　桃嗣

花に敵し柳にくみす春の風　洛東　浜吉

春風や雲の流る丶よし埜川　備中玉嶋　星山

苗代や水干す藺田の畤つ丶き　桃嗣

陽炎に夜寒の里の昼寐かな　金蝉

旾風や駕に酔ふ日の真砂道　左言

径来つ唇かわくも丶の華　池田　魯坊

陽炎やくひせの動くさ丶ら波　淇竹

右　十印　∟ウ

三月ゝ並抜萃　惣句百七十章之内

題　雛　花　永き日　雉子　春の暮

なかき日や心の栞むすひかえ　枝雪

十五印

永き日や石に落たる鳥の卵　池田　為律

明くれの鐘を背に聞花七日　山科　雀村

旭さしていろとりもゆる雉子哉　沙長

雉子啼や村に二ヶ寺の朝勤　泉流軒

右　十二印

なかき日や今朝へも遠き旅心　黛露　∟4オ

咲花に烏帽子着る身の頭巾哉　為律

酒の座へ這出る雛のあるしかな　泉流軒

燕子の市に下りけり春の暮　山科　四原

永き日や醒て又訪ふ酒の友　池田　市仙

手細工の雛は末座や亭主ふり　黛露

右　十印

〔四行余白〕

└ウ

四月ゝ並抜萃　惣句二百五十章之内

題　更衣　麦秋　牡丹　短夜　郭公

傘に障る雲ありほとゝきす　大椿

十三印

みしか夜を海月の塩のもとりけり　池田 月舟

子規啼とそ書けりかし家札　伏水 凡鳥

更衣軒のなかれの朝手洗　大椿

麦秋や折もあろふにいもの神　孤蝶

右　十二印

時鳥かけたそわたれ虹の橋　逮璐

└5オ

麦うつや片山陰のかた拍子　池田 魯坊

狐火のほつ〳〵消てほとゝきす　月舟

あやにくの御巡見やな麦の秋　里龍

更衣落葉見初し鉢の松　沙長

置筒の居りかねたる牡丹哉　至幸

右　十印

〔四行余白〕

└ウ

五月ゝ並抜萃　惣句二百四十五章之内

題　五月雨　蛍　田植　百合　若竹

さみたれやきのふの菖蒲江に戻り　山科 雀郎

風入レて鎖す座鋪や今年竹　池田 たつ

物忌の人の戸に寄る蛍かな　同 淇竹

雨にそむけ日にかわしけり百合花　雀村

若竹に一ふし聞けり撞木町　池田 魯坊

右　十二印

植る田の根をゆる雲や雨けしき　一艸

蛍火や濡身にうつる瀧のもと　池田 左言

└6オ

五月雨や時計にあはぬ午の鐘　禎宜

さみたれや枕にも借る碁の思案　池田 麦台

青〳〵と降にけるかな皐月雨　同 ア柳

暁の風あたらしき早苗かな　同 月舟

真闇にそ夜は明にけり五月雨　未鳴

火をともし〳〵見て居る蛍哉　仝

若竹や花うしなひしはくれ蝶　月舟

秋は穂にかたふくなりや田植腰　麦台

若竹やとり付初し芋の蔓　左言

右　十印　└ウ

六月ゝ並抜萃　　**惣句二百五章之内**

題　**昼皃**　**蝉**　**清水**　**扇**　**蓮**

松を去てさくらに低き蝉の声　池田　呉橋
蓮提て法師か敲く朝戸かな　堅固斎
旅人の燧たはしる清水哉　呉橋
田の水のうこかぬ外を清水かな　左言
筥王か立居に散れり瓶の蓮　山科　雀村

右　十五印

呼かけて格子から出す扇哉　至幸
止は鳴ひとつ梢のせみの声　仝　└〇オ
露なから石に腰する蓮見哉　呉橋
腹ひやす蛇に見過す清水哉　池田　淇竹
是よりは女登さす山清水　大椿
昼皃や水乾たるさらし臼　池田　魯坊
峰よりも琴に通はて扇かな　ゝ　犀花
涼しさやあら物凄や苔清水　ゝ　李崍
せめを切る扇に春をおもふ哉　南昌
ひるかほや汗の眼に入る旅の人　遅日

たはれ男の燭にかさせる扇哉　雀村

右　十二印　└ウ

七月ゝ並抜萃　　**惣句二百五拾五章之内**

題　**稲妻**　**萩**　**燈籠**　**角力**　**虫**

笑ふ時稚皃ありすまひ取　池田　淇竹
稲妻の早稲田をはしる匂ひ哉　山科　雀村
糸萩に音なき風をふくみけり　池田　李崍
君も寐よと手枕かしぬ角力取　淇竹
むし鳴や田を遠近の根なし水　一吹
堺なる明家の末に切篭哉　淇竹
うかれ男の寐皃更行切籠かな　池田　亀童
角力とり歯に衣きせす咄しけり　ゝ　魯坊　└〇オ
いな妻とこゝろ納て仕舞けり　伏見　買山
稲つまや屮葉の露も氷るかと　池田　ア柳

右　十五印

はしめよりみたれて萩の盛リかな　幸成
稲つまや俵物にかよふ舟鼠　山科　四原
夕立の小雨になりて虫の声　淇竹
虫鳴や破れ戸に月のほのかなる　堅固斎

隣から消しと知らす灯篭哉　至幸
月落て高灯籠の高きかな　南昌
是きりにゆかれぬ道や虫の声　祐水 └ウ
燈篭や背戸は月夜の釣しのふ　南昌
稲つまのくたけて森のけしき哉　池田 たつ
長崎に江戸に妻をも角力取　ゝ 呉橋

右　十三印

瓜に付く鼠つたへり萩の上　ゝ 左言
ともし火の細きたよりや虫の声　涼圃
油さして淋しさを次く灯篭哉　池田 月舟
虫鳴や誰ヵころはせし力石　遅日
角力取の羽織帯せぬやうに見ゆる哉　月舟
ふたり来て暮てはくれて虫の声　山科 左森 └〇オ
天人の絵姿は風の切篭かな　幸成
寄り角力関も渕瀬や飛鳥川　左森
落る日を横皃に見る角力哉　山科 加折
曳残る小松か中の小萩哉　一吹
山寺や湖に届く高燈篭　遅日
稲つまや千尋の底も峰の松　李崠

右　十印

〔三　行　余　白〕

八月ゝ並抜萃　惣句二百四十章之内 └ウ

題　初雁　露　朝寒　碪　田刈

朝寒やものゝけ去し君か皃　池田 朶雪
ころ〱と旭転ひぬ芋の露　南昌
橋越て逢ふせ近つく碪かな　池田 左言
雨雲のちきれ〱やわたる鳫　南昌
つかねては露も重たき刈穂哉　山科 雀村
朝寒や挑燈たゝむもとり駕　ゝ 左森
危くもうき葉露もつ水の上　左言 └10オ

右　十三印

乳はしりて拍子たるみし砧哉　蚊四南軒
雁ひとつ友はいつちに別れてや　至幸
寐返れは寐かへる方に碪かな　南昌
朝寒や雫のつたふ竹格子　李紅
初雁や月夜の比良に雲かゝる　南昌
小田刈や隣在所は宵まつり　文揚
旅人や露に置そふ橋の銭　沙長

垣隣火をきる音や朝寒み　池田　たつ
来る鳫の羽音に明し朝戸哉　仝
∟ウ
右　十印

九月ゝ並抜萃　惣句二百五十五章之内

題　後の月　菊　長夜　茸狩　野分

雲はやく不二を動す野分哉　遅日
茸狩や焚火の中を行時雨　池田　淇竹
長き夜や書に倦む児のくもり声　李紅
伏見津や舟に菊つむ朝ほらけ　伏見　其残
宵月を吹うしなへる野分かな　黛露
右　十五印
呵たる子にしかられて野きく哉　至幸
沢水の岸をうち越す野分かな　仝
∟9オ
野分して一日低し淡路嶋　伏見　買山
まねかれて行は谷あり菌かり　南昌
明てある野分の後の小社哉　沙長
明御所や古根の菊も香に匂ふ　甘古
なかき夜や松風止て海の音　南昌
から臼に雀のひそむ野分かな　池田　呂作
張絹に夕日にほへりきく畠　黛露
道綱の母も夜長し歌枕　池田　犀花
琴の緒にひかり配るや十三夜　山科　雀村
∟ウ
右　十二印

十月ゝ並抜萃　惣句三百拾章之内

題　時雨　復花　寒　麦蒔　茶の花

麦蒔のあるしいぬめり鳥の声　浪華　青雀
舟の灯に堤を歩行寒さ哉　南昌
鳥も来す池の寒さの深みとり　池田　左言
花もみち麦も蒔けり別荘　黛露
茶の華にもや〳〵と日は落にけり　伏見　買山
炭焼かひらく持仏に帰ﾘ花　沙長
松明ふりて時雨も糸のみたれ哉　山科　雀村
∟〇オ
右　十六印
寮ひとつ月も傾く寒さ哉　青雀
蒔麦にしたかふて吹嵐かな　伏見　路丸
屮に見る時雨の跡や橋越て　買山
川一ッ呼返されて逢ふしくれ　南昌
傘に三人や野路の夕しくれ　如竹

転んとす垣根に寒き日脚哉　南昌
僧ひとり茶園を出ぬ花折て　買山
埜をもとる膝行車や夕時雨　浪華　逸水
春を工む梅にとなりて帰花　池田辰更　石露
右　十二印
∟ウ

十一月ゝ並抜萃　惣句百七十五章之内

題　氷　水鳥　火燵　薬喰　鉢叩

水鳥や筏にむれる芳埜川　南昌
寐ころへは咄し隔る巨《ママ》燵かな　黛露
鉢叩傘かりて名を問れけり　池田　犀花
舟大工氷の上も五歩十歩　沙長
右　十五印
雪に立君や火燵のゐひさまし　山科　雀村
水鳥や沈て通すいさり舟　橘仙
鉢叩世のきぬ〳〵を閨に入る　雀村
∟〇オ
右　十二印
江に洗ふ土鍋やよへの薬喰　辨口
水鳥の江に入るや身は雪なから　如竹
活瓶の花はみたれて氷かな　南昌
右　十印
〔五　行　余　白〕
∟ウ

十二月ゝ並抜萃　惣句百六十章之内

題　寒念仏　古暦　年忘　餅搗　大卅日

彳はたゝすむ音や寒念仏　浪華　一透
臼とりの搗はつさせて笑ふ哉　ゝ　逸水
そか中に春たつものを古暦　山科　雀村
右　十五印
あたらしきものゝはしめや古暦　伏見　買山
年忘おもひ出て笑ふ去年の事　池田　ア柳
右　十二印
四五日をこゝろ覚や古こよみ　南昌
∟〇オ
とし忘舞の終を鶏諷ふ　一透
右　十印
餅つきや寺に女の高笑ひ　沙長
梅活て奥はしつけし大三十日　大椿
右　八印
〔五　行　余　白〕
∟ウ

平安聴亀菴撰　　月並句合抜萃

寛政五年癸丑正月　　惣句二百七十章之内

題　七種　柳　凍解　御忌　猫恋

凍解や岩をはなるゝ枯かつら　　椿平

右　十七印

恋猫の水に落けり枯槹　　遅日

捨舟の底も根をはる柳哉　　伏水　石鼓

賤か手の薺届きぬ雲の上　　山科　加折

凍とけや梅の梢を下り蜘　　伏水　買山

右　十五印　└1オ

てふ〳〵のふり落されし柳哉　　仝

御忌の場もあたし心の発りけり　　南昌

七種や拍子はつみて舛落し　　伏水　巨江

御忌の鐘明残る月も朧哉　　浪華　逸水

青柳に飯焚舟の烟かな　　ゝ　一透

右　十三印

七種や日枝から見たる大内裏　　遅日

雨の柳ふかて暮行けしき哉　　買山

万歳の御忌えもふてぬたそかれて　　仝

なゝくさや厨の窓の山かつら　　仝　└ウ

恋猫や綱ゆるしたる妾　　南昌

右　十壹印

凍とけや杖に頭巾を持添て　　伏水　竹閣

おさるゝも縁のはしめや御忌の場　　買山

凍解や野川に洗ふ牛の泥　　浪華　菊十

鶏を叩き起せし薺かな　　南昌

よき聟の願ひもこめて御忌詣　　里竜

風止て柳をつとふ夕日かな　　南昌

橋姫の灯もちら〳〵と柳哉　　一吹

凍とけや戸張の衣に春の露　　買山　└2オ

凍解や神はいまさぬ古社　　南昌

ひとり目の明て寡の薺哉　　仝

恋猫やふり出し雨に鳴わかれ　　買山

舟小家の柱芽をふく柳哉　　伏水　柳圃

右　十印

〔五　行　余　白〕　└ウ

三十六点南昌

三十四点買山　以下略　└ウ・欄外

二月ヽ並抜萃　　惣句三百五十章之内

題　朧月　風巾　養父入　土筆　蛙

算〳〵土払ひけりつく〳〵し　浪華　一透
おもしろふなれは日くるゝ風巾　南昌
吸口に味なとられそ土筆　セリ川　吟路
鳳巾誉て而テ後橋を過　仝
翌こゆる関も見置ぬ朧月　沙長
土橋やわたりかゝれは飛ふ蛙　至幸
また寒き歌のてにはや初蛙　伏見　峨村
月朧もの打覆ふ鏡山　浪花　関山　⌞3オ

右　十三印

藪入と見へつ小冠者の歩行ふり　伏見　石鼓
むら雲のうち合ふ谷やなく蛙　我村
流るゝとみへぬ大河やおほろ月　浪花　南柯
ちる花を飛〳〵かつくかはつ哉　池田　阿柳
これほとは春も闌たり土筆　深屮　巴橋
やふ入や日の丘越て雨催ひ　遅日
日に向ひなみた皃なる蛙哉　仝
養父入やわたし待間も水かゝみ　至幸

右　十印　⌞ウ

三十四、吟路　二十九、至幸　廿七、南昌・沙長　以下略　⌞ウ・欄外

三月々並抜萃　　惣句二百七拾五章之内

題　汐干　菫　わか鮎　藤　壬生ねふつ

摘事もゆるし色なり華菫　深屮　柏葉
畑打し手を桶とりのしなへ哉　沙長
藤に風我に眠りを誘引けり　寄燕
はしり火や野鍛冶か軒の花菫　鵡石
嶋はらへかたけて入リぬふしの花　南昌
雨二日ふる川水に小鮎哉　伏見　峨村
児をかりてみふの念仏にもふて鳬　仲亭

右　十五印

駕を出てはたし遊ひの汐干哉　セリ川　吟露　⌞4オ
池水や我かけ覆ふ藤の花　可遊
若鰷や籠にも嵯峨の水の色　浪花　素文
呼かはす声も汐干のゆふへ哉　沙長
小鮎釣翌来る所を戻り道　伏水　石鼓
藤かもとへ茶を運ひけり向ひより　二三貫
紀の川や花を飛越す登リ鮎　浪花　菊十

咲藤に駒の手綱もゆるみ㒵　柳亭
小嶋よりまねく扇や汐干潟　南昌　∟ウ
右　十印
三十七点仲亭　三十五、南昌　三十四、柏葉寄燕　∟ウ・欄外

四月々並抜萃　惣句弐百十章之内

題　若葉　蚊帳　鮓　けしの花　諌鼓鳥

風絶てねむり心の若葉哉　遅日
幮ひとへ春を隔る夜となりぬ　山科　雀村
蛤の桑名もゆかし雀鮓　仝
鳲鳩おせは戸の明く留主の庵　浪花　逸水
けしちるやうす〳〵曇る廿日月　〻　菊十
鮓巻る妹やはたして酒嫌ひ　遅日
寐すかたを月に吹るゝ蚊帳哉　池田　阿柳
手にとりて見る柊の若は哉　南昌　∟5オ
右　十四印
見るうちにちり見ぬ間に咲ぬけしの花　浪花　瓜成
白露の旭にもゆるわかは哉　池田　雛
火もたかぬ大台所や諌鼓鳥　素文
芥子ちるや弦音ひゝく射場の陰　逸水
蚊帳たれて船静なる嶋根哉　沙長
けしの花一重も八重に散みたれ　浪花　一透
松かけの蚊屋に更行月夜哉　可遊
鮓のめしおはやか加減てかしたり　遅日　∟ウ
右　十印
四十一、雀村　四十、逸水　三十八、菊十　以下略　∟ウ・欄外

五月々並抜萃　惣句二百八十五章之内

題　幟　夏の月　蝸牛　なてしこ　青田

〔一行余白〕

梅さくら松とならふる幟哉　紗雷
蝸牛片輪車をめくりけり　一吹
牛牽て蝿うつしけりなてしこに　伏水　錦圃
寺町へ影も吹るゝのほりかな　沙長
さゝなみの果を青田にそよく哉　里竜
竹はしる露のひかりや夏の月　南昌
目出たさの音かしかまし紙幟　其慶　∟6オ
海こしに由良千軒の幟かな　飛霍
なてしこや労れし旅の眺に　伏水　孤山
ほし傘の柄をのほりけり蝸牛　浪花　一透

右　十五印

さす月へ戦きかゝりし青田哉　孤秀

酒買の見上て這入る幟哉　一透

瞿麦や手にむすはれぬさゝれ水　仝

蝸牛やうこけは動く笹の露　許来

森こしに御燈のうつる青田哉　南昌

一しきり旭匂ひぬ染のほり　化山

桐四ッ目御家中町の幟かな　孤秀

おちんとす巴瓦にかたつふり　錦圃

しら露に旭を配る青田哉　山科　加折

綱謡ふ烏帽子親あり初幟　遅日

右　十三印

汐風にそよく浜田のみとり哉　一透

狭莚に妹か櫛匣や夏の月　仝

てゝむしのそよき落たる芦間哉　セリ川　吟路

美しき風のいろなり染幟　伏水　孤山

かそへつゝ船に見て行幟哉　南昌　⌊7オ

なてしこや堤を戻る女馬士　鵡石

蝸牛の居り切たる日和哉　我楽

呼かけて渉し乗けり夏の月　池田　雛

秋津洲の風の匂ひは青田哉　伏水　買山

うつ礫狸歟あやし夜の幟　〃　晋花

なてしこや河原つたひの別荘　南昌

右　十一印

〔一行余白〕

四十六点　一透　三十九点、許来

四十三、　南昌　以下略之　⌊ウ

六月ゝ並抜萃　惣句三百六十五章之内

題　夕立　葛水　夏木立　団　毛虫

葛水や要ゆるきし舞扇　浪花　一透

仁和寺に長崎人や夏木立　遅日

白雨や両国橋をはなれ駒　椿平

自南来と団にすかと書れ梟　孤秀

ゆふたちや蓮池ちかく聞へける　芹川　吟路

葛水や女房のしらぬ連ひとり　座笑

黛の遠山かすむ綟うちわ　山科　雀村

くす水やいまた相談半なる　寄燕　⌊8オ

中川や毛虫流るゝ枝なから　許来

右　十五印

たしみたる葛に水乞ふ旅の僧　仲亭

笻に笠に蛭落木曽の夏木立　椿平

夕立の晴なから日はくれにけり　伏水　左立

抜道と見へて一筋夏こたち　吟路

葛水や先挨拶は跡の事　仝

取入る傘の裏這ふ毛虫哉　伏水　買山

あふかれて暑し団の馳走ふり　山科　加折　└ウ

右　十壹印

三十五、椿平　卅三、一透／雀村　以下略　└ウ・欄外

七月〻並抜萃　　惣句四百三十章之内

題　露　朝顔　秋風　踊　蜩

秋風や日の脚はやき小竹原　伏水　買山

右　十七印

蜩や仮橋過てたまり水　同　孤松

朝顔や家鳴鎮る加持の声　許来

踊明て男とみしも女かな　浪花　一透

朝かほや乳に臥す狗のうつくしき　伏水　芦村

ひくらしや笈は通らぬ枝折門　一透

蜩や工木塔を下リしまひ　沙長　└9オ

蕣に妓王かむすふ垣穂かな　椿平

ひくらしや京より二里の油うり　セリ川　吟路

手もなうて禿か踊可愛けれ　孤秀

右　十五印

あさ皃や洒落過たる竹の下駄　沙長

朝霧や城おとすなる時の声　南昌

朝皃や舟を上れは酒屋あり　芦村

あさきりや何歟落たる板庇　買山

大橋を過て小はしを秋の風　南昌

秋かせやけふてら入の乙娘　遅日　└ウ

蕣や鳴見の端の絞リゆひ　仝

朝かほの一輪松の木の間より　南昌

灯の闇ふあふつや秋のかせ　遅日

山寺や霧の中なる朝煙　紗雷

右　十二印

朝顔の垣根に宵の手燭哉　寄燕

暁近しおとりの中を廓駕　池田　雛

鼯やきり吹入るゝ奥の院　一透

川こしに踊聞ゆる寐覚哉　遅日
銀札の霧にしめりぬ山泊リ　飛霍 ∟10オ
おとり子も裏より召しぬ浜御殿　千雪
雨次に再ひ在のおとりかな　伏水　凡鳥
ひくらしや渋柿はらの人絶る　飛霍
朝かほや葉かけに咲て罪深き　一貫
あさかほや釜て米かす舟のさき　一透
朝きりや障子のきしるあかり窓　山科　左森

右　十印

三十三点　孤松

同　孤秀

三十壹、　買山／飛霍　以下略 ∟ウ

八月ゝ並抜萃　　惣句四百貳十章之内

題　月　案山子　蔦　鹿　落シ水

水を裂く岩にのそみぬ暁の鹿　伏水　買山
欠落に笠かられたるかゝし哉　芦洲
抜かけの駒もひるみぬつたかつら　買山
稲喰ふ猪を見て居るかゝし哉　伏水　孤松
遠きよりしかけて背戸の落し水　在尾陽　春花
八寸の鮎押へけりおとし水　椿平
懐に虫啼雨の案山子かな　鵡石
風の案山子鳥にうしろを見する哉　伏水　芦村 ∟11オ
月に来て雪の旦をちきり梟　セリ川　吟路
月に酔しこゝちや二里の真砂道　買山
疸神もさそふや野田の落し水　南昌
さし汐に弓もあやうきかゝし哉　沙長
下蔵は蔦にかくれぬ谷の坊　仝
酒に濡し衣を月に干夜かな　至幸
舟からは歩行と見ゆる案山子哉　深屮　巴喬
稲妻に光リかはすやおとし水　孤松
闌て行壁の日あしやつたかつら　巴喬 ∟ウ

右　十二印

三十五点　孤松　同　沙長／巴喬　以下略 ∟ウ・欄外

九月ゝ並抜萃　　惣句五百五章之内

題　紅葉　色鳥　木の実　新酒　暮秋

行秋の連てもいなす松の音　伏水　花月

右　二十印

日は落てかいくれ月のむら紅葉　尾陽　閑虎

さま〳〵にくれ行秋や屮の宿　浪華　一透
残る蚊の目先過ゆくもみちかな　伏水　買山
鬼貫か寐言にほ句よことし酒　南昌
行秋やふと眼のかよふ壁の穴　孤秀
手枕に夢もむすはぬ新酒哉　セリ川　吟路　∟12オ
ゆく秋やきれて落たる桔槹　南昌
川嶋や旭を乱すわたりとり　沙長
嵐絶て水にかけろふ紅葉哉　椿平
うち明て坐鋪も見する夕紅葉　南昌
柴揚て戻る小舟に木の実哉　一透
凩にちる雨の行ゑやむらもみち　在尾陽　春花
四斗樽の輪も青〳〵と今年酒　伏水　石皷
連雀の踏ちらしけりゆふ紅葉　松之更　春峰

右　十五印

あの山の舅え贈る新酒かな　一透　∟ウ
太秦や竹にかくれてうす紅葉　孤秀
伊勢路出て三輪にかゝれは新酒哉　百松
降とけぬ雨の間に〳〵木のみ哉　伏水　芦村
色鳥や雨の小くらの榎茶屋　同　峨村

呼かけて船へ一樽ことしさけ　沙長
振うりの商売替や暮の秋　春光
色鳥や舟に見て行宝寺　鵡石
きこし召て銘給りし新酒かな　南昌
ねらひすまし放つ矢先を木のみ哉　伏水　孤山
沖へ漕人買船やくれの秋　南昌　∟13オ
色とりや露けき竹の朝あらし　買山
色鳥や老の小町かひなたほこ　伏水　あし丸
一もとの紅葉見付て寺遠し　南昌
聟嫁も河内嶋也ことし酒　沙長
四竹輿や紅葉もつけて小脇さし　石鼓
うつや礫木の実は我に当りけり　但馬　千松
出揃ふ加子かきほひや新酒舟　飛霍

右　十二印

〔二行余白〕　∟ウ

四十二、沙長　四十一、一透　三十八、孤秀　以下略　∟ウ・欄外

十月々並抜萃　惣句七百拾五章之内

題　衢　落葉　炉開　十夜　水僊

炉ひらきや思ひもかけぬ天社日　伏水　買山
炉開に紫竹の隠士待れけり　洛東　柳女
水仙や薬艸かれし畑の隅　許来
被着て拾ふ銀杏の落葉かな　伏水　石鼓
水仙や調度揃ひし侘住居　南昌
鯛提て戻る女や磯ちとり　買山
腹あしき寺を隣に十夜かな　仝
さし汐に空も落きぬむら千鳥　在尾陽　春花
└14オ
三ヶ月にかゝへられても落葉哉　伏水　孤松
小夜衛藤太か母のかこち言　二三貫
水仙に垣ゆひ直す手なかけそ　孤松
三たひくむ水に落葉や南禅寺　敏馬浦　素印
幸雪と呼ぶ畑あり水せん花　伏水　芦村
炉ひらきて其まゝありぬ二三日　士交
啼や衛渋江かよひの小挑灯　浪花　一透
衛士か火に落てはもゆる木の葉哉　沙長
傘に寒き音あり夜の落は　南昌
投ふしに雁金組も十夜かな　椿平
└ウ
加茂へ来て京の火かりぬ小夜千鳥　沙雷更　歩存

妹か家の釣仏檀《ママ》も十夜かな　伏水　花月
綿帽子によきなくとまる落葉哉　春峰
炉開し夜にも秋あり遠きぬた　買山
右　十五印
谷川の落葉や氷る上と下　伏水　アシ丸
炉開や冬かれし目に青畳　敏馬浦　長丸
伐おろす丸太のはしるおちは哉　一貫
山深く斧の音して落葉かな　伏水　つね女
炉開て独楽に夜を更しけり　セリ川　吟路
└15オ
二階から掃おとしたる落葉哉　伏水　里喬
なくや千鳥宵闇光る蠣の殻　同　孤山
叩く戸を明れは逃し十夜かな　アシ丸
衛啼や冬も花なるあらし山　椿平
水仙や女師匠のうす化粧　一透
待合の火入に烟る落葉かな　吟路
居風呂に千鳥聞㒵舟の中　許来
右　十三印
五拾壹点　買山　三十九点　南昌／孤松
四十一、　許来／椿平　以下略之
└ウ

十一月々並抜萃　惣句七百章之内

題　冬の日　雪　鷹狩　納豆汁　冬篭

見渡してわたらて過ぬ橋の雪　芳枝
巣を守りて鵲たてり冬の月　伏水　アシ丸
日は既内より暮る丶深雪かな　至幸

右　十七印

山鳩の背戸に来にけり雪二日　飛霍
しるよしの春日の里やふゆこもり　自懐
野あらしや氷をはしる夜半の月　孤秀
納豆汁今日菴の客は誰　自懐
風さつと挙を鷹の行ゑかな　浪花　交之
冬の月十荷の粥の上を照る　暁子
雪はれて遠山しかと見ゆる哉　士交
雪二升陶にたしむ女かな　伏水　買山
月は暈冬の夜すかのあた丶かき　春峰
鷹翦て小鳥立けり小笹はら　在尾州　春花
ほた〱と降しきる中の小雪哉　買山
ふるゆきや国主の供のきさみ足　尾州　南渓
ひとつ灯の見ゆる舟あり冬の月　居静

└16オ

右　十四印

御飛脚の一番越しや橋のゆき　南昌
隣同士ひとつに叩く納豆かな　尾州　嵐桂
梟たちて烏啼けり冬の月　春花
月花の冥加に尽て冬こもり　其渓
嫁入の門火焚けり雪の上　蒲月
日も寒き沼に組落つ鶴と鷹　浪花　一透
ふと来たる医師と丶めて納豆汁　百松
ふゆ篭ひとり住家の戸の鳴子　暁子
かれ〱し青野か原や冬の月　尾州　青峰
亡き人の友来て叩くなとう哉　一透
降雪の中に小笹のあらしかな　尾州　閑虎
納豆汁折から寒き日なりけり　伏水　孤山
炭売か荷に見初皃小野丶雪　青峰
来合せし根来法師や納豆汁　沙長
百簾に雪を見越すや二軒茶屋　伏水　竹里
たかかりや日に向ひ行鶴か岡　暁子
室を出す納豆の中のこほれ梅　南昌
人住ぬ隣となりて冬の月　米子

└17オ

└ウ

右　十二印

三十九点　自懐　三十三、至幸暁子　以下略　∟ウ

十二月ゝ並抜萃　　惣句四百十章之内

題　衣配　煤払　冬之梅　事始　宝舟

荒なから日の影さしぬ冬の梅　米子

宝ふねうき世の音のかたゝかへ　伏水　買山

事始おもふ其日もくれにけり　ゝ　つね女

苫揚て芦の丸家のふゆの梅　ゝ　あし丸

染色の身にあまりけりきぬ配　蛾山

とかと着く松前ものや事始　遅日

口上に華も香もあり衣くはり　南昌

売時も六ッの汐也たからふね　沙長　∟18オ

宝舟これはとおもふゑひす紙　ナニハ　一透

松吹や寐耳にもよき事はしめ　孤秀

すゝ掃や月に戸明る袋棚　桃李

郭子義とよはるゝ長や衣配　遅日

欲のなき児のねすかたや宝舟　南昌

使者奏者ともにうつくし衣配　仝

遠く見る門から背戸やすゝ掃　春峰

煤はきや女の髻の拾ひ針　暁子

すゝ掃や洗ひあけたる朝の月　在尾州　春花　∟ウ

右　十五印

四十五点　南昌　三十七点　蛾山　以下略　∟ウ・欄外

平安聴亀莾撰　　月並句合抜萃

寛政六甲寅正月　　惣句四百二十章之内

題　宝引　松の華　春の雪　白魚　東風

淡雪やいまた睦月のさゝめこと　伏水　斗孝

鯛の目に曇りなかけそ松の花　遅日

宝引やうしろへ廻る鈍太郎　仝

あたゝかき日をおもひ出て春の雪　春峰

宝曳や立て居る子の二度あたる　伏水　孤山

生垣のうら表あり春のゆき　ゝ　買山

夕東風やかゝへて出る節の腹　南昌　∟1オ

吹はらすあらしにそふて春の雪　遅日

白魚に桑名の日荒聞へけり　几渓

駕かりて東風に吹るゝ長野哉　買山

遠きより梅くもらせて東風そ吹　山科　雀村

春雨のけしき崩して雪吹かな　南昌

東風ふくやおろしかゝりし松かさり　仝
見て居れは松の花ふく日和かな　在尾州 春花
踏違へ道に出れは東風そふく　春峰
右　十五点
〔一行余白〕
⌞ウ
白魚の水を捨れは三ッふたつ　伏水 花月
東風ふくや巨椋江行はなまくさき　遅日
宝引や袖のちゐさき今参り　沙長
宝曳やけむたかられて丸頭巾　伏水 石鼓
宝引に勝ふくれたる曽呂利哉　鈍来
松の花ちるや古江の深みとり　几渓
金殿の立附あはすまつの華　沙長
宝曳に占とる女こゝろかな　自懐
松の花や粟津にわたる朝あらし　橘伝
宝引や弦なき弓のかけ所　遅日
⌞2オ
宝ひきやもみ手して出る久兵衛　仝
宝引の投やり綱や山かつら　一冠
白うをにさゝ波も見る潮哉　雀村
宝蔵に入日かゝへて松の花　南昌

月待の大宝引や神宮寺　沙長
右　十二、
四十二点　遅日
四十　、　南昌
三十八、　几渓／雀村
以下略之
⌞ウ

二月々並抜萃　惣句六百四十五章之内

題　帰雁　焼野　飯蛸　接木　春の水

接木すや釼打得し日のいとま　其川
慈姑田の水落切てわすれ水　伏水 買山
鳥下りし枝を接穂と定メけり　同 斗孝
夕されは烟も寒き焼野かな　遅日
ぬるむ水冷きる水よ幾瀬川　柳卿
右　十七印
蜜蜂の覗て去し接木かな　芳枝
雁北へはつ雷の雨のはれ　ナニハ 余盈
⌞3オ
稀人の小舟さしけり春の水　万佐女
また雪の北白川や昚のみつ　松渚
畑主の伊勢へ立夜をかへる雁　無名

佗介の接穂も見ゆれ妙連《ママ》寺　士師
人毎に問る、市のつき木哉　南昌
遠く見し焼野の末や富士の裾　至幸
柴人の一駄買れて接木かな　松浦勾当
石仏に烏下居るやけ野哉　柳窓
接木して永き世を待人こゝろ　遅日
酔つゝも妹負ひわたす春の水　紫雪 ∟ウ
一畑の接木せし夜を月の暈　買山
馬士のにこして過ぬはるの水　南昌
曙の雲に焼野の烟かな　几渓

右　十四印

飯はらむ蛸選リ尽て燭寒し　ナニハ 天蜜
水梨子の接木かしこく川辺哉　買山
山住やひとり茶に汲春の水　池田 雛
ゐゝ蛸を舟にさゝけぬ本願寺　春峰
足袋ぬきしあゆみ心やかへる鳫　買山
さし木せし柳に隣るつき木哉　洛東 つう女 ∟4オ
雁行や猿楽わたす木津の船　二三貫
かさし行袖や山路の旹の水　買山

飯蛸に昼をしのひぬ豆鼠　遅日
行雁や本寺〳〵は集会の鐘　黛露
さし初し櫛あやまちぬ春の水　春峰
雉子の尾の雨によこる、焼野哉　斗孝
月と日の中ゆく雁や三ッふたつ　南昌

右　十一印

四十壹、　買山
三十二、　南昌　以下略 ∟ウ

三月々並抜萃　　惣句五百二十五章之内

題　新茶　御影供　鳥の巣　菜の花　行旹

菜の華や雲に咲入山の切　金風
御影供や廓は午時を朝精進　山科 雀村
日は落て水に黄はむや花蕪　桃李
着かさねつ脱つくれ行春十日　伏水 あし丸
五奉行もこゝろ〳〵のきゝ茶かな　梅斜

右　十三印

菜の花のすゑや朧の比良か嶽　池田 雛
なの花によこれて出たり渡し守　南昌 ∟5オ
御影供やちる花を追ふ土ほこり　金吾

所望して小菊につゝむ新茶かな　遅日
鳥のすや春も奥有道明寺　浪花　一透
新茶干す村は隣の紺屋かな　亀卜
御影供や羽織かたけし牛遣ひ　在尾州　春花
鳥の巣やこちらの松ははりま領　南昌
さくらにも霜を名残の新茶哉　伏水　買山
巣を運ふ小鳥下リけり小柴垣　敏馬浦　長丸
なのはなや古き都のかし地面　春峰
右　十印
二十七、あし丸　二十六、雀村　以下略

⌊ウ・欄外⌊ウ

四月々並抜萃　惣句三百七拾五章之内

題　葵祭　飛蟻　卯の花　笋　杜若

行雲も静にあふひ祭かな　春峰
瘧落し昼の寐覚を飛蟻とふ　伏水　孤山
竹の子の射垜を見越す旦かな　無名氏
風上へあるは水へもはありかな　伏水　芦村
沓しめす馬士は女よかきつはた　無名氏
麦ぬかの吹たつ中を飛蟻かな　伏水　柳水
葵祭屏風の画にも見て過る　南昌

右　十二印
月しろや黄昏かゝる花うの木　伏水　買山　⌊6オ
素袷のこゝろよき日を飛蟻かな　同　里喬
漬種もみゆる門辺のかきつはた　買山
やはらかに人かさなりぬあふひの日　南昌
筍や雨に落つくつくり道　仝
龍骨車に水はあふれて杜若　遅日
立や飛蟻流んとする漂木より　浪花　一透
夕されて午時のはありの行ゑ哉　買山
布搗は岸の卯の花そよきけり　一透
右　十印
三十五、南昌　廿九、買山　以下略

⌊ウ・欄外⌊ウ

五月々並抜萃　惣句四百九拾五章之内

題　五月暗　藻の花　水鶏　樗　夏川

碁ははてゝもとのひとりに鳴水鶏　浪花　挙風
藻の花や棹さしはつす夕わたし　梅斜
駕を出てうつゝこゝろや花樗　南昌
赤蟹のかつきてありく花も哉　亀卜
裏門はあけぬ掟や啼くひな　南昌

もの花や水おもしろふむすひ行　羽岳
揚簀戸のひとり落けり五月暗　浪花　一透
夏川やきのふとけふの水めくる　春峰　∟7オ
小雨してあふちにかゝる夕日かな　伏水　芦村
窓の灯の田にかよひけり五月暗　如竹
牛わたる川音絶てくゐな哉　芦村
夏川や髪赤き児のつふり〳〵　絮雪
休むとは馬もおほへのあふちかな　仝
むつ言の腰を水鶏におられけり　柳卿
なつ川や簗にくたくる月の影　神足　狙月
ものはなや水まひもとり〳〵　至幸
夏の河魚のせ高くにこる哉　佳計
右　十印　∟ウ
三十一、絮雪　二十九、芦村　以下略　∟ウ 欄外

六月々並抜萃　　惣句六百四拾五章之内

題　麻　納涼　蝿　茄子　雲の峰

夜明たり月は七の麻畑　遅日
うたんとす蝿の立きぬ小手の上　南昌
九は花て有けり初なすひ　至幸
酒蔵の一里つゝきぬ雲の峰　伏水　買山
刈さして人なき午時の麻畑　敏馬浦　月丘
雨の蝿塗師か紙帳を叩けり　無名氏
涼しさに寐れは聞ゆる流かな　浪花　李風
一うねは芋にそむけて長茄子　買山　∟8オ
硎上し太刀に疵みゆ雲の峰　南昌
麻吹て暗もゆかしき匂ひ哉　絮雪
一瀬越て男ふたりや川すゝみ　遅日
刈入て吹箭拾ひぬ麻はたけ　無名氏
川すゝみかの何かしか妾　至幸
畑主の笑皃うつりぬ初茄子　自懐
すゝしさや釣の糸ふく夕柳　伏水　花月
茄子売照なから降雨の中　春峰
人声も遥にすゝむ二階哉　几渓
右　十五印　∟ウ
渉し守も正午時は見へす雲の峰　伏水　石鼓
朝露に日のしたゝりや長なすひ　遅日
酒ふねや蝿のあけたる時のこゑ　几渓
麻かりて窓の夜明のかたたかへ　伏水　芦村

鳴戸こす舟の行ゑや雲のみね　梅斜
すゝしさやわたり初たる橋の木香　無名氏
逸《ママ》となく花実の揃ふ茄子かな　洛東　つう女
せわしなき老のこゝろよ蝿叩　南昌
月涼しさしつゝ習ふ棹の歌　絮雪
あちこちとして居リけり蝿二ッ　芦村 ∟9オ
武庫山に向ふ敵かも雲の峰　敏馬浦　素印
余所を降雨にそよくや麻畑　几渓
片はねの蝿這出るや人形筥　至幸
雩の火もかそへけりすゝみ台　伏水　友親
つるみなから青蝿立ぬ羊頭風魚　遅日
暁の夢はわすれて茄子漬　南昌
麻刈に会釈して過くさらし売　如竹
涼しさや雨後の野越の草の月　芦村

右　十二印

四十八、至幸　四十壹、無名氏　以下略 ∟ウ

七月々並抜萃　惣句六百廿五章之内

題　七夕　秋の蝶　番椒　送リ火　女郎花

星合や宵啼の鶏捨に行　沙長
種殻にむかししのふか秋の蝶　賀若
帯ほとに川もなかれて女郎花　浪花　一透
ほし合や更て囁く松の声　至幸
水落す小田になかるゝ秋の蝶　遅日
ひたと眠る小冠者か皃へ唐からし　南昌
送り火のはかなくも消て水の音　仝
野鼠に追へられけり秋のてふ　伏水　芦村 ∟10オ

右　十五印

道裸《ママ》に奴かたしむとふからし　同　斗孝
流れよりて送リ火烟る木津桂　如竹
錦木のぬしにも逢リほし迎　芦村
塗笠も供にもたせてをみなへし　桃李
送リ火の消て別るゝおもひ哉　楚汶
尼御所へむかし道あり女郎花　遅日
七夕や願ひある身の左リきゝ　南昌
なよ竹に風うつされて女郎花　遅日
濡色に日も斜なり唐からし　伏水　友親 ∟ウ
おくり火や垣根はひ出る蟇　春峰
水そゝく手にもこほれつをみなへし　在尾州　春花

屮刈の鎌にかゝるや秋のてふ　丹州亀山　金要
右　十弐印
まねきても落るこてふよ露の上　南昌
照つゝく昼や目に入むとふからし　遅日
ゆるみたる日影横たふ秋のてふ　仝
入相をまよひありきぬ秋の蝶　東都　我口
送り火や継上下の市之進　遅日
声あらはうきや語らん秋の蝶　椿平
└11オ
七夕や葛葉へもとるはなれ牛　伏水　買山
あれ〳〵し河原の院や女郎花　灘大石　五龍
錦木は見へぬ門辺や唐からし　几渓
雨晴て笹に二星の光りかな　無牛
犬蓼に身をそむけけり女郎花　遅日
吹落て草にしつみぬ秋の蝶　南昌
右　十印
三十四、　南昌
三十三、　遅日
〔一行余白〕
└ウ

八月ゝ並抜萃　惣句六百五十章之内

題　初潮　鶉　秋雨　夜寒　若烟屮

初しほや産声すなる海士か家　遅日
新宅の夜寒やものゝ揃ふ時　浪花　一透
夜やさむし大寄済し和田か舘　伏水　孤山
魚も樹に登る初汐のけしきかな　至幸
卯守て夜を寐ぬ鶏や釣たはこ　池田　紫電
川こしに声打合ふや夕うつら　沙長
はつ汐のをしもとしけり三日の月　飛雀
利たはこきせる通して呑れけり　遅日
└12オ
秋雨やひとり舟さすいつみ川　浪花　如璋
右　十二印
医者とのに酒留られし夜寒哉　二三貫
木の端の枕に舟の夜さむかな　伏水　石鼓
はつしほや月打よする松の中　嵯峨　魯哉
はつ汐や藻に啼虫もさそひ行　沙長
はつしほや樹に住ぬ鳥の高く飛ふ　金颪
秋雨や草に火もゆる古戦場　南昌
手作の酒もきかせて若たはこ　魯哉

秋雨や孤村のけむり屮を這ふ　二三貫 」ウ

初汐の連て去けりさゝゐから　遅日

木食の寺にもいねし夜寒哉　其川

はつしほや月も端山をはなれたり　南昌

むしり〳〵行旅人よ若たはこ　松浦勾当

利酒に酔て寐覚の夜寒かな　春峰

鶉なくや孤村に目たつ竹格子　南昌

うらかるゝ葉末の露や夜の寒ミ　山科 加折

初しほや松に散ゆく浪の花　池田 如山

待わひし恨もとけて夜寒かな　同 雨水

花に香もうとく芳しわかたはこ　如山 」13オ

声もなき虫のよる戸や秋の雨　浪花 東皐

くと〳〵とこゝろもしめる秋の雨　在尾州 春花

黍粟にかくるゝ家や啼うつら　浪花 其光

初汐や灯の消てある石燈篭　千雪

干網のかけもうつりぬ掛烟屮　遅日

草の戸に露吹付る夜さむかな　二三貫

右　十印

三十七点　沙長

同　魯哉／南昌 」ウ

三十六、　如山　以下略

九月ゝ並抜萃

惣句五百四十章之内

題　露時雨　柿　裏枯　牛祭　落鰷

うしまつり牛もきり火のよはし麦　千雪

挑燈に行あたるむしよ露時雨　池田 紫電

落鮎や水におのれを倦風情　絮雪

京の衆の覚もまたら神祭　沙長

御所柿や小柄そひたる交趾皿　遅日

水のかきり秋の限りをくたり鮎　南昌

渋柿に小首ひねりし烏かな　浪花 如璋 」14オ

右　十五印

おつれはこそ京にたつ名の丹波鮎　松浦勾当

吹折て粟にも黍の露しくれ　伏水 石鼓

種さしの柿の手たれよ樽拾ひ　千雪

うらかれや売ほくれたる石灯篭　米子

下リあゆ落穂もそふて流れ鳧　伏水 買山

裏かれや浴室のそく鳥の声　其川

花に登る鰷嵯峨川の月に落ッ　山科　荘子
露しくれ柳に月もあからさま　伏水　孤松
紡紼《ママ》といな野の小さゝ秋の鰷　遅日
└ウ
ことはりや野に酔臥る牛祭　其渓
しふ柿や落して逃る夕からす　南昌
渋柿も老て一樹の守かな　池田　如山
右　十二印
うら枯や杉に錆たる呪咀の釘　几渓
しふ柿や日に〳〵赤き明屋鋪　山科　不木
猿柿や手足とゝかぬ瀧の際　遅日
うらかれや裏見の滝も涸かゝり　南昌
鈴生の柿に音なきあらし哉　春峰
落鮎や日はてら〳〵と向ふ岸　其川
└15オ
右　十印
〔四行余白〕
四十三、　千雪
四十二、　南昌
以下略
〔二行余白〕
└ウ

十月ゝ並抜萃

惣句七百六十章之内

題　大根曳　頭巾　夷講　寒菊　木枯

福引のあたり画像や夷講　沙長
寒菊や長次郎茶碗干て居る　仝
ひたとる孫にたはれて置頭巾　桃李
寒きくやさま〳〵の名の枯てより　在尾州　春花
汁に平に此日よきなし大根引　伏水　買山
凩や鷲の蹴て立水はやみ　仝
見台の端に掛たる頭巾かな　山科　一静
└16オ
起〳〵に明石便りや夷講　伏水　金兎
宵暗を時雨てもとる頭巾かな　買山
大根引衆徒にあら気も見えぬ哉　灘大石　五龍
かんきくや鶏追入る夕つく日　千雪
僧とめて布施に引たる頭巾哉　伏水　孤松
こからしや面出して見る穴の熊　山科　不木
右　十八印
夷講や旅の手代に影の膳　寄燕
凩や蓑壁を落つきり〳〵す　几渓

腰すれは祟《ママ》る石あり大根引　鹿卜 ∟ウ
箸をとる片手に脱し頭巾哉　浪花 一透
手を添つ行野や凧に投頭巾　其汀
着るに脱に扨世は安し丸頭巾　石鼓
曳おれて嚔るからみ大根かな　沙長
凩の跡は常ふくあらし哉　亀卜
右　十五印
押かけに隣つからや夷講　伏水 芦磨《ママ》
忘れ来し頭巾に文よ廓より　金兎
寒菊や住居好の目貫彫　一透
殿御側わかぬ頭巾よ衣紋坂　浪花 挙凧 ∟17オ
此うねは倉橋種よ大根引　孤松
男とも女医師の頭巾かな　伏水 志夕
こからしの吹止にけり明にけり　深草 希双
海遠き都ともみえすゑひす講　梅斜
稀人も手代まかせや夷講　伏水 里喬
夷講や酔を吹るゝ廿日月　買山
こからしの吹破りけり月の暈　賀若
番頭の謡もきゝぬ夷講　仝

右　十二印
〔一行余白〕 ∟ウ
四拾九点　沙長 ∟ウ・欄外
□□□　金兎

十一月ゝ並抜萃

惣句八百十五章之内

題　火焚　氷　炭　鴛　冬木立

松も鵜にかれて河辺の冬木立　浪花 二川
鴛鴦に挑燈見する堤かな　伏水 晒柳
山本や暮烟につゝくふゆこたち　遅日
伏見津や火焚の跡の道具市　フシミ 買山
猿の膽の釣られて吹り冬木立　沙長
温泉もあふれて背戸に氷る哉　二三貫
乳の人の懐に消ゆやはつ氷　千雪 ∟18オ
御火たきや城下に古き鍛冶か家　南昌
氷破て旭ののほる入江かな　仝
高ふ吹風に角あり冬こたち　買山
右　十五印
花の咲山とれ〳〵そ冬木立　至幸

御火焚や野鍛冶か背戸の梅烟る　フシミ　石鼓

氷れとて池をもさそふ夜半の鐘　ナニハ　其光

大宮司か裏惻〳〵とふゆこたち　同　巴流

けさ鴛の夫婦別あり氷る池　深屮　希双

何ゆへの暗の烏やふゆ木立　晒柳　∟ウ

跡へ来る人ものいはす冬木立　南昌

厚氷柳に風も見へぬなり　仝

鴛の羽に窓の灯うつる雨夜かな　池田　紫電

山神の火焚と見へて杣か家に　石鼓

右　十二印

裏門は通さぬ寺や冬こたち　フシミ　里橋

凩なりに日影の沼の氷かな　二川

御ひたきや宮守の子の初烏帽子　橘仙

隣まて来て寺を問ふ鴛見哉　化口

炭焼に小野ゝ古道たつねけり　春花　∟19オ

一釣瓶わすれて氷る旦かな　九鮒

野の宮に犬吼るなり冬木立　遅日

おし鳥に禿か椎のつふてかな　南昌

物音も沈て池のはつ氷　推敲舎

負ふた子に教へられたる火たき哉　春峰

觜太の氷を叩く野川かな　敏馬浦　五仙

もやひ合ふ舟も番ひよ鴛の声　ナニハ　栗林

浅沢や氷の中のさゝい殻　フシミ　金兎

右　十印

〔一行余白〕　∟ウ

三十八、南昌　三十七、二川　以下略　∟ウ・欄外

閏十一月ゝ並抜萃

惣句八百九十章之内

題　雹　鶏卵酒　鱈　蒲団　枇杷の花

一あられ巽へ雲のうつくしき　春峰

あさる霍の觜もうたるゝ雹かな　伏水　鹿ト

日の昼も睡か如し枇杷の華　同　買山

篭鳥も寐つかぬ音よ玉子酒　春峰

明六ッの雪の関越す貢鱈　浪花　二川

門叩く答も遠しひわの花　同　寒洞

玉子酒調子のあわぬ三味かなる　南昌　∟20オ

雲に透て日の筋逃し夕雹　二三貫

水仙の葉うらをかへすあられ哉　南昌

そつと置物音寒したまこさけ　浪花　一透
霜消て旭つめたしひわの花　鈍来
むくと起て鹿のふりむく雹哉　沙長
二献目は廻らぬもあり玉子酒　二川
涸尽す滝をみなきる雿かな　遅日
鱈解くや雲子にかゝる窓の月　伏水　金兎
高僧の夜話にかしつく布団哉　其汀
宵月をかくす雲より雹かな　春花 ∟ウ
子知らすや波に逆らふ夕あられ　橘仙
暁の蒲団や宵の夢はんし　西宮　賀柳
沓かゆる馬奴を尾に打雿かな　其川

右　十五印

一あられ鏡に音す野の社　南昌
振こむや雹の中を大鳥毛　峰栄
橋の雹野伏か五器にあふれけり　一冠
降やあられ音もすくなる竹の奥　買山
帳合に更る夜妻かたまこさけ　浪花　挙風
杉垣のうちに畑あり枇杷の花　金兎 ∟21オ
口上も越の訛や大口魚の使者　挙風
関札や馬に運はすかし布団　遅日
盃に禿かうけるあられかな　桃李
張交の屏風旧リたり鶏卵酒　春花
川舟や布団の中を行あらし　鹿卜
日高くも心の暮るゝ雹かな　春峰
法体の観に往てたまこ酒　芳枝
三ヶ月のかいくれ見へす枇杷の花　南昌
目覚へや廻リ戻リし簀巻鱈　ナニハ　和礼
敷詰にひとり住居のふとんかな　南昌 ∟ウ
鱈買ふて銭投出しぬ雪の中　如竹
捨案山子笠の裏うつあられ哉　春花
毛布団や膃肭臍売の大胡座　伏水　千柳
たらの荷や雪三尺のかよひ道　桃李
酒に割て暗の戸にうつ殻玉子　買山
背に腹を替し夜店の鱈のさま　伏水　石鼓
見直せと売牛つなくひわの花　千雪
身に巻て上る夜舟のふとん哉　歩存
八ッ鶏に心後れそたまこさけ　遅日
仁清か干せる茶碗に雹かな　凸凹 ∟22オ

鱈舟や落かさなりし雪の雲　南昌
廓出て嬉しき木綿ふとんかな　浪花　弄丸
荷ひ行樽に肴に一あられ　芳枝
帆に受て雹の中をはしり舟　遅日
右　十二印
四十六、　二川
四十五、　鹿卜
四十四、　南昌
以下略之
〔一行余白〕 ∟ウ

十二月ゝ並抜萃　惣句九百十章之内

題　寒声　冬椿　春待　厄払　歳篭

杉のあらし年篭る夜の心哉　ナニハ　如璋
春や待海人も熨斗干すいとまなみ　ゝ　成虎
雪に嬉し去年の接穂の妙蓮寺　池田　不二丸
春待や山路の茶屋の飯白し　粟津　無極
寒声や暗の柳の皃をうつ　ナニハ　一透
生飯《サバ》に寄る鳥も老けり冬椿　ゝ　寒洞
寒声の友を諷ふてさそひ梟　仝
闇深くなるも春待便かな　フシミ　買山 ∟23オ
寒声やいく夜かこゆる天の川　仝
まかり出て曽呂利御厄を払けり　椿平
春を待こゝろに花のよし野椀　万佐女
むら〳〵と来てときれけり厄払　二三貫
物に飽く人納リて春を待　遅日
雪に伏す竹の奥より赤椿　椿平
寒こゑやかねて工の此台　フシミ　あし丸
右　十八印
隣のはたしか春なり冬椿　遅日
見合して下手に当リぬ厄払　南昌 ∟
寒声や一とせ妹にかよひ道　幽思
舟からも厄はらはせる湊かな　無極
年篭臂をまくらの五位の尉　ナニハ　巴流
寒声や車大工の高あし駄　フシミ　晒柳
冬の日をのそく苫の椿かな　ナニハ　竹助
宵啼の鶏も目出たし厄払　山科　加折
暗をそと覗て呼ひぬ厄払ひ　二三貫
冬と春の相の山越す年篭　其渓

植木屋のうへ木の隅やふゆ椿　春花
三ヶ月の入て出けりやくはらひ　松浦勾当　㇗24オ
立んとす春を抱てふゆ椿　遅日
箒目は春待諸事の納かな　ナニハ　交之
二日には二見と工む年こもり　芳枝
咲かけてよこるゝ冬の椿かな　沙長
寒声や踊の友にはたと逢ふ　賀若
幸斎か門いて頬厄はらひ　椿平
瓶の椿餅搗音もいとふかな　其川
春待や名もけふきりの濃紫　ナニハ　二川

右　十五印

寒声や狐もさけふむかふ岸　ゝ　挙風　㇗ウ
聞なれぬ鐘遠近や年こもり　遅日
歩行もて厄はらはせぬ広小路　几渓
冬枯を笑ふて咲か花つはき　賀若
寒声の歯に入ム鐘や長等山　無極
年籠前髪て見しすまひ取　其川
朗詠の寒声や月の二階町　芳枝
春待や衣装も出来し狙公　仝
寒こゑや谺を友に日枝の児　松浦勾当
室を出る梅にかわして年篭　南昌
誰か落す厄そ壹歩に犢鼻褌　椿平　㇗25オ
寒こへや月夜烏も啼て行　フシミ　石鼓
小夜更つ上手皃なる厄払　無極
冬椿舟から上る別荘　一冠
寒声の松にすれ合ふ堤哉　フシミ　寒来
春待や鞠に糸とる妾　春峰
松二本春待軒へど《濁ママ》さと着ク　二三貫
酔とれて犬に噛れつ厄払　無極
杉垣にたすよし垣や冬椿　石鼓
寒こゑや舟から合す淀堤　如璋

右　十二印　㇗ウ

五十一、寒洞　四十六　如璋　椿平　以下略　㇗ウ（欄外）

平安聴亀庵撰

寛政七乙卯正月ゝ並　　惣句六百四十章之内

題　遣リ羽子　若菜　干鱈　傀儡師　蕗の臺《ママ》

干鱈やく舟へ外山のあらし哉　粟津　無極

若菜野や三ッ子連たる白太夫　南昌
つくはねや峰より落る日のゆとり　伏水　買山
山畑や水行下の初わか菜　同　晒柳
雛霍の雪ふりほとく若な哉　南昌
夕されて梅か香寒しもみ干たら　伏水花月更　寒来
若菜摘野こしに船の朝日丸　南昌　∟1オ
此一ト野関白様のわかなかな　浪花　二川
はなむけの干鱈をほとく木曽路哉　仝
てくゝつや真白に眉のうなたれて　同　一透
右　十五印
雪も簀に解てひ鱈の塩加減　其渓
見わたしの梅にあたりの若なかな　伏水　蟹菴
これをかなと干たらに嫁の花鰹　同　石鼓
跡拭の届く目低し傀らいし　同斗孝更　文峰
遺り羽子に綟野吉弥か中たかひ　浪花　巴流
飼鶏に盆からくれし若な哉　至幸　∟ウ
二階から傀儡師の楽やのそきけり　春花
此菴の主はいくつそ蕗の臺《ママ》　寿来
遣り羽子や鞠も柳の見越しより　其渓

蕗の臺《ママ》誰か忍ひ路の下駄の跡　二三貫
右　十三印
泣を抱て笑ふ子守よくわいらいし　春峰
姑の名もにか〳〵しふきの臺《ママ》　在浪花　遷喬
恋こゝろいもとに劣る羽子の数　巴流
米搗の名乗て料りる干たら哉　千雪更　二十
遣りはこや出口の柳くるゝまて　山科　雀邨　∟2オ
ひとり居の干鱈一尾に春いく日　二三貫
やり羽子やいく度解る繻子の帯　遅日
苦い皃せぬ客ふりよふきの臺《ママ》　其渓
また聟も定ぬ声よわかなうり　柳窓
やりはこや築地をこして雲の上　池田　珍平
梅折に来て望れし蕗の臺《ママ》　晒柳
一日は廓に暮ぬくわいらいし　巴流
横町へ出て遣り羽子や魚の店　浪花　守行　∟ウ
右　十印
三十八、一透　同　其渓／巴流　以下略

二月ゝ並抜萃

惣句八百三十章之内

題　二日灸　紅梅　蝶　蕨　朧月

浅ちふや雨もる宿の夜の蝶　粟津　無極
いさめても鰒は得止す二日灸　仝
月朧負れて越せは水浅し　沙長
道芝か傘にやとりぬ雨の蝶　浪花　余盈
おほろ月うか〳〵人に物申　遅日
建切てかすむ灯やふつか灸　二三貫
川音も朧月夜と成に鳧　春花
└3オ
さくら子を友に狂へるこてふ哉　千雪
朧月中将殿のしのひ琴　桃李
輿入もいつとさためて二日灸　春花
道もなき道を導く蕨かな　春峰
てふ〳〵や折知り皃に花畠　伏水　青蛙
宵なから更しとも見ゆ朧月　南昌
紅梅や鶏合す小性はら　二三貫
雅子にもの丶約あり二日灸　浪花　巴流

右　十五印

〔一行余白〕
└ウ

早蕨や焼野につ丶く山の裾　至幸

蝶〳〵やとまりさためぬ夕あらし　ナニハ　守行
わらひ狩小柄落してもとりけり　春花
撰日をゑらひつ丶めて二日灸　フシミ　買山
てふ〳〵や児を打杖の下を来る　沙長
紅梅や夫なく老し女の師　其川
雲霧を握る尾上のわらひかな　梅斜
仮妻の宿もさたかにおほろ月　霽□
汐まちの舟にも見ゆれ二日灸　無極
橋守の銭つなく音や朧月　フシミ　芦磨
└4オ
二日灸済メは笑皃に泣嘰　ナニハ　一透
人かけに蝶の立行野道哉　桃李
音信て針医過けり二日灸　二三貫
紅梅や題目唱ふ遊女連　賀若
陽炎に手を広けたる蕨哉　遅日

右　十印

四十一点　沙長
同　遅日
四十丶　二三貫

以下略
└ウ

三月ゝ並抜萃

惣句七百八十章之内

題　出代リ　山吹　永日　雉子　炉塞

日は遅〳〵に黛ちりし牛舎人　其汀

右　廿印

討んとす雉子はかくれて遠きゝす　粟津 無極

うつほ舟寄るとそ見へて暮遅し　伏水 買山

永日や今朝の馴染のわたし守　ナニハ 柳隣

炉塞や炭竃のけふり絶〳〵に　其渓

遅き日や返りうたるゝ碁の敵　飛霍 ∟5オ

炉ふさきてノ貫か穴もうつみ鳬　ナニハ 余盈

長き日や碓井をこゆる盲馬　梅斜

鶏にうき名はたゝすきしの声　其渓

炉塞て用なき老と成リにけり　南昌

右　十八印

雉子なくや三輪の曙朧なる　籬雪

出代リつ我名にもとる二三日　春峰

山吹の花はと問へは過にけり　無極

遅日や禿にぬかす若白髪　几渓

出替や咄しもて行傘の下　伏水 石鼓 ∟ウ

山吹や出家さす児のうつくしき　ナニハ 弄丸

きしの声丈六の釈伽《ママ》に響けり　余盈

出代のおしへて行ぬ戸の〆リ　春花

麦も穂に出て妻乞ふきゝす哉　其渓

山ふきや流れ伝へは大内裏　千雪

やま吹や魚盗去る寺の猫　春峰

出代やふき馴し戸のうしろ影　余盈

右　十五、

山吹や酒の名問へは隅田川　南昌

永日や欠ひ納るふくろ棚　弄丸 ∟6オ

此川上山吹の名所無あらん　伏水 古湖

鹿子ゆひか欠ひ聞へて暮遅し　几渓

炉塞や手はしめ告る宇治の人　思成

露落てうら山吹の詠かな　ナニハ 遷喬

山ふきや隠し号ある別荘　遅日

入かけておそき日影や海の面　思成

一手前像へ手向て炉ふさきぬ　二三貫

出かわるや跡したふ児の夢の中　月下

音なしの滝にこたふるきゝす哉　南昌　∟ウ
右　十二、
五十一、其渓　同　余盈　四十五、弄丸　以下略　∟ウ・欄外

四月ゝ並抜萃　惣句七百六拾五章之内

題　袷　牡丹　夏書　行々子　葉桜

葉さくらにもるゝ灯や大悲閣　二三貫
夏書すや小兵をくゆるすまひ取　几渓
七里越す舟の中よりはつ袷　二三貫
舟に買ふ船の獲やきゃう〳〵し　飛霍
夜の霍母は夏書の朝な〳〵　其渓
葉桜の奥や吹たつほらの貝　ナニハ　美鹿
よし切や雨の寐起の耳を裂　遅日
落る日を抱て崩るゝほたん哉　鈍来　∟7オ
力なき人のちからの夏書かな　在粟津　無極
翌やたつ袷に揃ふ旅こゝろ　ナニハ　寒洞
耳遠き船人もあり行〳〵し　春花
牡丹咲て廿日は酒に暮しけり　ナニハ　迂喬
鎮置て目さむる迄と夏書哉　同　素卵
葉桜の陰に滝見の酒店かな　几渓
みしか夜の伏見もみへて行々子　フシミ　買山
右　十五印
贈らるゝ牡丹や伊勢か返し歌　春峰
駕脇の小性提行ほたんかな　ナニハ　はる女　∟ウ
軍書読や瘧の間日をはつ袷　南昌
葉さくらや蝶にもならぬ虫落る　買山
すゝめたる人怠リし夏書かな　遅日
葉と成リて月にはうとき桜哉　買山
雨に日に藤はしらけて袷かな　在紀州　一蜂
行〳〵し天女の社としふりぬ　フシミ　蟹菴
は桜に志賀の雨聞旅寐哉　飛霍
きぬ幕の旭にそよく牡丹かな　林風
葉さくらに尋まとひぬ寺の門　素卵
華皿の葉おもて表夏書哉　ナニハ　宙紅　∟8オ
温泉見舞の田多へもたする牡丹哉　蘭陵
芦の家の子や馴て寐ん行々子　六条　沙長連
我罪も夏書にちらす榓かな　金蝶
葉桜や鹿の子をうむうしろ堂　南昌
ゆかみなき心床しや夏書墨　ナニハ　余盈

近くよれと御意ある床の牡丹哉　鈍来
行〱し啼や鵜殿の水の月　無極
閼伽の井に心もすみて夏書かな　山科　風木観

右　十二印

四十五、几渓　四十四、二三貫／はる女　以下略　└ウ

五月〻並抜萃　惣句六百三十章之内

題　粽　花菖蒲　入梅　鵜川　田草取

華菖蒲小雨の中を入る日かな　二三貫
鵜遣ふや月にとらるゝ匠か魂　遅日
迚もとの田には返らす花あやめ　其渓
子の暗にひと夜とゝまるう飼哉　南昌
近道へ水はあふれて花あやめ　ナニハ　駒女
眉そらぬ老女いふせし田艸取　青峨
美豆の江の水なき方に花菖蒲　几渓
鵜篝に匠か白髪や燃んとす　ナタ大石　五龍　└9オ
畦豆の花も咲けり二はん艸　フシミ　石鼓
消かしに僧の見て過鵜のかゝり　六条　梅斜
去年の錦木粽巻中となりに皃　ナニハ　光女
あした咲花いくもとそ夕あやめ　五龍
釣舟は暮て夜明るうふね哉　西宮　月橋
花菖蒲水にゆひさす額の文字　至幸
見かへれは牧方低し梅の雨　在雲州　一透

右　十五印

つゆ空や閣の畳も上くもり　遅日
後の世は鵜につかはれんうかひかな　松浦勾当　└ウ
垣間見や若衆は見へす花あやめ　六条　沙長連
水白しうふねの篝暗を裂く　フシミ　買山
小式部も巻て見たかる粽かな　寿来
雨雲のなかるゝ空や花菖蒲　籬雪
口上を粽に童つかひかな　ナニハ　蕪城
ひら〱とみゆやう川の遁れ魚　青峨
拝殿を昼のふし戸や田草取　其渓
鬼若はあふら足なり梅の雨　二三貫
月出て鵜かゝり白く更にけり　遅日
入梅そらや月を抱て雲うこく　春峰　└10オ
田草取にしのひの殿の会釈かな　千雪
麦糠に水はにこりて花あやめ　敏馬浦 長丸更　竹三
遠目には畳の上や田草取　越後　桃路

池となる雨の溜りや花あやめ　春花
月しろやうふね片よる柳かけ　沙長連
よこれしを手からに見する田屮取　月橋
たま〳〵は月にも濡れつ花菖蒲　梅斜
田草取や名にし当麻の菩薩達　ナニハ　寒洞
はま荻の伊勢もなにはも粽哉　フシミ　晒柳
右　十二印　∟ウ
四十四、青峨　四十三　其渓　以下略之　∟ウ・欄外

六月丶並抜萃　惣句七百四拾章之内

題　暑　土用干　冷麦　蚤　夕皃

柳陰川へ出茶屋の冷し麦　西宮　月橋
枕提て風に遣はる丶暑かな　山科　里夕
夕かほや雀にくれるあらひ飯　遅日
いた丶けは涼しき珠やむし払　六条　沙長連
犬わたる野川を蚤のなかれけり　洛東　桃李
切麦の乱れてす丶し塗手桶　六条　梅斜
関取を動かす蚤のちからかな　至幸
天漢もにこりて暑き夜也梟　浪花　如璋　∟11オ
虫ほしやひそかに多き人出入　大津　可桂

昼寐する風の筋あり土用干　遅日
蚤飛ふや払ふ五算の粒の上　敏馬浦　里仙
ゆふ皃に舟さし込や漁師町　春峰
右　十五印
冷麦や昼寐して居る料理人　伏水　鹿卜
遠山をしかと見る日の暑かな　敏馬浦　竹三
日〳〵に石高き暑や舟も来す　几渓
ゆふ顔や来つ丶馴にし晒売　青峨
仲人のそへ言はなし土用干　芳枝　∟ウ
二盃目に水の味しる暑かな　藤尺
市の立駅行抜るあつさかな　遅日
夕かほや垣根をく丶る翁丸　橘仙
虫干や枝もならさぬ陣太鼓　山科　風木観
右　十弐印
冷むきや眼も醒井の水の味　青峨
ゆふかほや夜は橋を引背戸の川　南昌
人に対すことく怒るや夜半の蚤に　春峰
雨に出て傘に日を見るあつさ哉　芳枝
夕かほや梓きこゆる簾こし　沙長連　∟12オ

屮の香やしらけて暑き夜の道　仝
ゆふ皃や虹立て後日の落る　遅日
仙人の寐に来る寺や土用干　月橋
雷にさかり見はつすゆふかほや　春花
ひや麦や酒も名にあふ滝の水　几渓
日の脚に動かぬ水の暑かな　池田　花俤
松の間へ松の旭や土用干　伏水　晒柳
右　十印
四十壹、　遅日
四十　、　月橋／沙長連　以下略　└ウ

七月ゝ並抜萃　惣句六百三十章之内

題　立秋　芒　接待　蟋蟀　捨団

蘭の香にうつり心や捨うちわ　敏馬浦　無名氏
接待や馬にも水を飼ふて過　其汀
桐壺に一葉や秋のうこき初　浪花　如璋
業平のひたと嚏ぬ花すゝき　ゝ　寒洞
髭の尺ほと夜も延てきり〳〵す　其渓
暮六の秋たつうかれ男かな　伏水　買山
きり〳〵す蔓うつ雨の小挑灯　千雪

宗鑑は何と見立ん捨うちわ　粟津　無極　└13オ
風声の人より捨るうちわ哉　沙長連
又起て風に踏るゝ芒かな　鬼童
太郎吉か離支に仕けりきり〳〵す　其汀
隣から秋は来にけりものゝ蔓　南昌
深窓に棄かさねたる団扇哉　熙尾
秋立や日影は風に心あり　遅日
接待や建久とよめる釜の文字　山科　雀村
きり〳〵す慥に聞はふくろ棚　南昌
渋紋る家より先へ秋の声　ゝ　風木観
さまかわる小町か膝にきり〳〵す　遅日　└ウ
近よれはもつれてもなき芒哉　春峰
流行芥に秋のうちわかな　春花
右　十五印
無年貢の畑捨られて花芒　無名氏
暗吹て月になり行芒かな　南昌
打きぬた止メは鳴やむきり〳〵す　ゝ
秋立や美女の素皃に風わたる　藤尺
せつたいや羅漢揃はぬ寺の門　伏水　石鼓

今朝秋に得てし薬や不老不死　　沙長連
暁や釣瓶とひ出るきり〳〵す　　寿来
∟14オ
芭蕉よりわたり初けり秋の音　　蘭陵
接待や敵打得し尼ふたり　　二三貫
けさ秋に吹替りけり松の声　　ヽ
ちくさ咲し千壺の跡も芒哉　　無名氏
野の友を篭からよふやきり〳〵す　　浪花　守行

右　十二印

四十七、　其汀

四十四、　無名氏

以下略之

〔一行余白〕

八月ゝ並抜萃　　惣句九百二十章之内

題　放生会　野菊　鳴子　河鹿　種瓢

そか中に沈む声ある川鹿哉　　浪花　一透
山雀の胡桃おとしぬたねふくへ　　山科　雀邨
鳴連る声うれし野や放し鳥　　伏水　鹿卜
境樹の八ッ手にかゝる鳴子かな　　敏馬浦　月丘
河鹿とはあれかそふなら今も啼　　浪花　里松
露に明て野菊かもとの破れ瓦　　遅日
雀二羽施主も禿のふたりかな　　同　巴流
とらへしと見れは石也河鹿狩　　南昌
∟15オ
空也寺の軒や菩提の種ふくへ　　月丘
河鹿鳴やふたりつくほふ石の平《ロク》　　六条　沙長連
山畑や蔦も引るゝなるこ綱　　椿平
なくや川鹿飛こす石も滑らかに　　利碓
放生会おろせか駕も舁て出る　　鼠考
隠逸な事は埜きくと手折梟　　月丘
兊画くまゝに老けりたね瓢　　浪花　如璋
鳴子ひけは鼬道きる片町や　　春峰
咲や野菊春の御陣の棄竈　　南昌
躓し石に鳴止むかしか哉　　芳枝
∟ウ

右　十六印

伐倒す竹にみたるゝ埜菊かな　　錦歌
用水に陰うつりけりたねふくへ　　葵
月になりて雨にこほるゝ鳴子かな　　仝
落て行水にそよける菊かな　　春花
旅のうさ我一と鳴子引て行　　伏水　古湖

放し鳥のあふれ来啼や宝寺　孤秀
河鹿なくややかて紅葉も流るめり　亀徳
神の田に狐出て引鳴子かな　巴流
川しかなくや月の流るゝ水かくれに　敏馬浦　里喬　∟16オ
赤蟹の跡追ふて鳴河鹿かな　西宮　月橋
垣こしに嚔こたます種ふくへ　南昌
供待の小性曳見るなるこかな　亀友
右　十三、
野菊にもきせ綿はあり畑隣　浪花　寒洞
長明もやゝ寐付ころかしか哉　椿平
片棚は野分に落てたねふくへ　敏馬浦　里仙
河鹿なくや水にころけるくらま石　百松
昼のものに妻の代リてなる子哉　藤尺
雨の夜の筧にかよふ川鹿哉　南昌　∟ウ
市に咲野きくや寺の明地面　伏水　あし丸
またしては叩れにけりたねふくへ　同　買山
鳴子曳弓手は志賀の築地かな　南昌
鳥去て魚も沈みぬ放生会　粟津　無極
老くれて舟引も鳴子曳にけり　如璋

嫁の名のふたゝひわかきのきくかな　浪花　二川
北受て滝道寒し河鹿なく　遅日
けふひと日寐るを餌さしか放生会　其渓
うてはまた水鶏の音ありたね瓢　無極
仲国も馬とゝめたる川鹿哉　里煕　∟17オ
摘艸の春をのかれて野菊哉　鼠考
影うつるなるこに魚も驚きぬ　亀長
髪おろす漁夫も有けり放しやうへ　南昌
一しきり風も睡リぬ夜の鳴子　其渓
亀売の横はち巻や放生会　橘仙
我音も我耳に入ミて河しか哉　買山
はなつ手を見かへる鳥やほふ生ゑ　南昌
右　十、
四十九、　南昌
四十五、　遅日　以下略之　∟ウ

九月ゝ並抜句　　惣八百六十五章之内

題　九日　銀杏　秋水　新綿　紅葉鮒

松の葉は吹よせられて秋の水　二三貫
李白抱て高きを下リぬ菊夕　几渓

小男鹿の浜田に立リ紅葉鮒　遅日
勝尾寺の灯や鴨脚ちる木の間より　敏馬浦　土龍
菊の夜をみたれ上戸の花子哉　二三貫
秋の水我をうつせは老けらし　春花
右　十八印
いたゝひて銀杏拾ひぬ本願寺　灘脇浜　桃雨　∟18オ
紅葉鮒鯛屋に狂歌のそまはや　敏馬浦　五竜
北は黄に鴨脚東は塀白し　錦歌
畚の子に見せてわたくる日なた哉　金芽
一ヶ寺のいてう散リけり村百戸　六条　楚山
蓼ふすや小海老飛こす秋の水　橘仙
新わたや春の茶店も片すたれ　遅日
ちる銀杏拾ひに上る二階かな　芳枝
泥亀の甲に文字見ゆ秋の水　浪花　一透
いてうそも此御社も建ぬさき　春峰
片里は暮つゝあきの水白し　二三貫　∟ウ
新わたもあたゝかそふに干れけり　遅日
右　十五印
夕網や曳もまはゆき紅葉鮒　芝虎

銅蓮に散リあふれたる鴨脚哉　几渓
綿繰や尼もむかしは濃紫　桃雨
九日や菊いたゝきも啼て居る　一透
柳ちり桜黄はみて雛淋し　桃李
紅葉ふな水に虹たつ風情かな　越後十日町　宋魚
苫ほと下戸も受たりきくの酒　其渓
散銀杏梢は秋のしくれ行　南昌　∟19オ
新わたや大きな家に取ちらし　敏馬浦　素卵
もみち鮒都の市のにしきかな　金芽
藪かけの暗に音あり秋の水　五竜
鬼若も拾ふて戻る銀杏哉　寿来
酒買ふて野菊に旅の節句かな　同　子攀
三角のきんなん選リぬ女の童　越後十日町　桃路
野わたしの舟たそかれてこほれわた　伏水　買山
右　十二印
四十五、几渓　四十二、桃雨　五竜　金芽
以下略之　∟ウ

十月々並抜萃　　惣句六百八十五章之内

題　小春　枯芦　紙衣　鰒汁　埋火

書て見せて誘引友あり鰒ト汁　孤秀
本復の痩肌見する小春かな　其汀
埋火や人魂みたる門の声　芳枝
右　十五印
春ならぬ雷やしくれて月朧　椿平
芭蕉やれて紙子着る日と成にけり　浪花　桃源
巨《ママ》燵出て見れは外面は小はるかな　敏馬浦　可笑
石つく〳〵陽炎もゆる小春川　灘脇浜　月丘　└20オ
着る音の耳には寒き紙衣かな　葵
枯芦や日はよわ〳〵と風つのる　浪花　巴流
賭に負て今宵は鰒のあるしかな　其汀
うつみ火や耳障なる酒屋の戸　其渓
霜なから枯あしそよく干潟哉　灘脇浜　桃雨
になひ行酒や小春の土ほこり　芳枝
埋火や隣の琴を聞寐入　金下
角力取の元服酒や河豚汁　桃雨
右　十二印
四十六、其汀　四十、孤秀　以下略　└ウ

十一月々並抜萃

惣句四百八拾五章之内

題　神楽　冬雨　葱　皃見世　初鰤

賭にして雪か負たり夜半の雨　菱湖
顔見世や水を起して川手洗　在ナニハ　修竹庵
霜とけて起直りけり葱畑　鈍来
初鰤やかゝへてはしる一旦那　ナニハ　女拙
氷るへき下こゝろかも宵の雨　其渓
冬されて葱洗ふ井出の流哉　同　交風
皃見せや霜置袖にはしり炭　鈍来　└21オ
内屏の内に葱にる匂ひかな　籬雪
右　十五印
葱の香を払子にはらひ僧や行　ナタ大石　青卜
ねき洗ふ女うつくし紙屋川　同　五龍
なす事もなさて暮けり冬の雨　敏馬浦　竹三
ひともしや水仙に似て他人也　亀長
かほ見せや明ぬを花の玉手筥　南昌
葱やあらふ水に泥さす車牛　春峰
蕎麦屋から酔て出けり葱売　ナニハ　拾宜

ねき汁やもの調ひし舟の中　池田　珍平 ∟ウ
軒近く狐啼けりふゆの雨　ナタ大石　春暁
千早振雪の中なる神楽哉　金芽
粥喰し蝿も又出る冬の雨　沙長連
ひともしは白根女は化粧かな　亀徳
右　十二印
はつふりや萬歳はまた木面売　其渓
百物語今宵過さしふゆの雨　南昌
葱の香や月もさし入る流し元　如竹
かほ見せや首尾を謡にさそふ友　西宮　里耕
夜かくらや松に更ゆく笛の音　交風 ∟22オ
京へ来て初鰤に逢ふや丹後人　亀徳
ひともしや野に踏こんた雪の裾　ナニハ　桃源
四ッ晴の雪より雨と成リにけり　飛霍
土のまゝ舟の便リに葱かな　ナニハ　守行
右　十印
〔一行余白〕
四十五、　鈍来
四十　、　交風

三十八、　亀徳
以下略之

十二月ゝ並抜萃　惣句四百卅五章之内

題　氷柱　寒垢離　餅花　火桶　節分

餅華やちらぬもいと、目出たけれ　芳枝
桔槹野中に高き氷柱かな　仝
節分や蛤門へ春の人　伏水　買山
我裾に夜明を告る火桶哉　同　三千貫
火桶張や寒来暑往と見へたりき　敏馬浦　月丘
躓て追儺の鬼の笑ひけり　飛霍
せつ分やたしなまさるゝ鈍太郎　芳枝
元服をきのふにけふの年男　敏馬浦　素卵 ∟23オ
夫婦老て別ある閨の火桶かな　浪花　巴流
右　十五印
瀧たへ〳〵蔦もかつらも氷柱哉　同　交風
可内か江戸絵はりたる火桶かな　灘脇浜　桃雨
寒こりや引かついたる桶の月　南昌
軒口を旭の落るつらゝかな　雷々
餅花や年の梢の一さかり　洛東　桃李

節分や年も首尾よふ花扇　巴流
寒垢りのぬれ髪に落る嵐かな　月丘
柊さす軒も見へたり桧垣舟　交風 ∟ウ
寒こりや何を願ひのやさ男　賀若
傾城の文の艶出る火桶哉　屯々
餅はなのしたれや春に手もと丶き　仝
火桶抱て四ッの街の薬うり　其渓
右　十二印
白〱と赤土山のつら丶かな　買山
寒垢りや博奕も止ミし旦より　桃雨
右の手は碁にひへきつて火桶哉　藤尺
山寺や木立見たて丶桐火桶　池田 籬硯
もち華やしら〱明る竃の上　鈍来 ∟24オ
綿入る丶鎮に老女のひおけかな　交風
張るや火桶右といふ字の左文字　灘大石 五竜
寒こりや施主は見て居る橋の上　鈍来
菜の屑もそふて干棚の氷柱哉　葵
其藁に帰リ咲かも餅の花　月丘
伏見から買て夜舟へ火おけかな　素卵

寒垢離の粥も焚けり滝の水　飛霍
右　十印
四十七、芳枝／月丘　四十二、買山　以下略
寛政七卯年終 ∟ウ

平安春宵楼撰

寛政八年丙辰正月々並　惣句三百九拾五章之内

題　立春　残雪　鶯　長閑　下萌

残る雪裾野はゆるむ夕日かな　浪花 歌関
長閑さや浅きへ落る水の音　南昌
燈篭にうくひすなきぬ石清水　仝
下萌やまた地へおろす福寿艸　敏馬浦 竹三
長閑さや咄しのかよふ垣隣　浪花 再宝
二日来て鶯三日にはつ音哉　南昌
去年転た容《カタチ》も雪に残りけり　伏水 買山 ∟1オ
春立や机の端の扇子筥　同 一蜂
のとかさや雲雀の上の鳶の声　屯々
下萌や言すかたらぬ同し歳　再宝
右　十五印

鶯の引音もうつせ水かゝみ　遅日
長閑さや此ひと連は漆さし　伏水　二房
のとかさや京を見に出る京の人　浪花　交風
霞はれて雪あらわる、外山かな　再宝
立や春おろす日からもよし野椀　其渓
旹たつや日のめくり行植木棚　南昌　⌞ウ
長閑さや江口に繋く屋形ふね　歌関
のとかさや鳶の舞居る朝くもり　南昌
長閑さや休めは眠る天下茶屋　仝
鶯によひもとされし径かな　仝

右　十三印

つい鼻の先に春たつ日枝愛岩《ママ》　亀長
下もへやけふ売初の手水鉢　南昌
長閑さやよき馬追ふて小室ふし　再宝
立春や勘当の子に陰の膳　芳枝
下萌や誰か住棄し庵の屋根　再宝　⌞2オ
長閑さや裏町過る艾うり　買山
下萌や矢の根拾ひし関か原　南昌
したもえやけさ送たる痘の神　如竹
先春に吹れこゝろや風呂あかり　買山
うくひすの声合せけり篭と梅　浪花　巴流

右　十印

五十五、　再宝
四十四、　南昌

以下略之

〔一行余白〕　⌞ウ

二月々並抜萃　　惣句七百五章之内

題　涅槃　陽炎　雀子　初桜　海苔

また雪をわすれぬ雲や初桜　飛雷
陽炎やむすへはとくる繻子の帯　春峰
覚束な涅槃の場のうり薬　浪花　交風
雀子や新造太夫かちかひ棚　南昌
かけろふや舟の間に〱沖の石　遅日
雀子に給ふや雛のすへり膳　交風
のゝ寐んねと指さす児も仏かな　灘大石　五仙
涅槃会や此日の本に虎も吼　浪花　□源　⌞3オ
かけろふの動かす石の華表哉　同　卜象
海苔干すや旭にうこく貝は何　賀若

たのしみの紐とく日なり初桜　　春花
ねはん会や笑ひ仏の置所　洛東　桃李
篭かりにはしる小者や雀の子　　亀長
陽炎や寐ころんて見る淡路嶋　伏水　一蜂
涅槃会や雁も雲井を啼別れ　浪花　再宝

右　十三印

す丶め子に紅さしてみる禿かな　灘大石　五龍
海苔は簀に忘れて帰る礒の浪　　其渓　∟ウ
日南行うす綿寒し初さくら　　桃李
浅草の朝紫や海苔の艶　　一蜂
米搗にいつか馴けり雀の子　　賀若
陽炎や鳥の落伏す石の上　浪花　巴流
涅槃像か丶れとてしも泣上戸　　其渓
かけろふや干鰯の匂ふ浜つたひ　同　一透
初さくら誰か書捨し石の文　伏水　買山
のりほすや僧も彳む漁師町　　歩存
とはんとす人にとはれつはつさくら　　再宝
櫂建し門や海苔干す留主住居　　飛霍　∟4オ
ねはん像枕の上に入る日かな　浪花　女拙

かけろふや石つむ須磨の浦つたひ　　一透
うき雲は巽へちりぬはつさくら　　春峰
弟子連て涅槃会巡る画工かな　　遅日
桜海苔茶も山吹の馳走ふり　　交風
雀子や座禅の僧の膝のうへ　ナタ脇浜　桃舎

右　十一印

四十壹　賀若
四十、　遅日

以下略之　∟ウ

三月々並抜萃　　惣句五百七十章之内

題　草餅　春雨　桜鯛　躑躅　嵜野

かへせ乗る舟を曳せて春野かな　　其汀
さくら鯛口切る酒もよし埜川　　鈍来
つ丶しよし宿よからすと道の記に　ナニハ　再宝
下駄買て船へもとりぬ春の雨　同　一六斎
暁の雨に燃出るつ丶しかな　　鈍来
碁に替る花の手紙やはるの雨　　至幸
おほろ夜と欺て雨となりにけり　　芳枝
艾見て泣子すかしぬ屮の餅　伏水　二房　∟5オ

一つかねつゝし捨けり山の神　遅日
春雨や欠ひによます太閤記　雷々
さくら鯛海もやよひの一さかり　至幸
はる雨や駕に寐て過奈良の町　如竹
はらほふて酒酌春の野面かな　ナニハ　交風
草餅や弟へ姉のあるしふり　春峰
築山を水に指さすつゝし哉　至幸
孤ッ家に一店ましぬ艸の餅　遅日
右　十二印
四十六、至幸　卅二　再宝／芳枝　以下略　∟ウ

四月々並抜萃　惣句四百九十章之内

題　更衣　短夜　蝙蝠　芍薬　青簾

蝙蝠や五条へかよふ御曹子　浪花　一透
解て逢ふ夜もはや明て玉櫛笥　同　交風
青〳〵と表へ奥のすたれかな　路向
芍薬やわつか廿日の富貴より　交風
懸替て時めく須磨や青すたれ　同　再宝
芍薬や医こゝろもある妾　仝
筥崎の明安き夜やはしり舟　ナタ大石　士流

掛物もうす彩色や衣かえ　仝　∟6オ
青すたれ座敷へ夏の這入口　南昌
かはほりや一度に果し両戯場　浪花　東富
うつくしう風もこもりぬ青すたれ　同　楚汶
短夜や比叡の横雲三井の鐘　同　歌関
かはほりや状投込て飛脚行　再宝
酒の香も夢もあしたに残りけり　楚汶
垣こしに芍薬も見ゆれ施薬院　ナタ脇浜　桃舎
旅人や二階さしきに更衣　東富
右　十印
三十六、再宝　同　士流／東富　以下略　∟ウ

五月ゝ並抜　惣句貳百六十章之内

題　競馬　浅瓜　蚊　田歌　萍

二筋に風も見へけりくらへ馬　ナニハ　一透
蚊の声も朝あらしとそ成にけり　伏水　晒柳
鐘鳴てまた一しきり田うたかな　ナニハ　再宝
夕かせや勝馬嘶ふ加茂堤　仝
浅瓜や明安き夜の塩かけん　至幸
浮く亀の背や萍の花ころも　晒柳

右　十印
三十一、晒柳　三十、一透　以下略　└7オ

六月並　惣句貳百五章之内

題　祇園会　日傘　清水　西瓜　昼皃

ひるかほや土俵の乾く崩れ岸　灘大石　五竜
山伏の貝そゝき行しみつかな　其渓
かたむけて跡顧る日傘哉　池田　雨水
曳出す月鉾に日の昇リけり　敏馬浦　春暁
岩桧葉の底に影すむ清水かな　ナニハ　守行
口上に転ふをなをす西瓜かな　遅日

右　十印
三十一、其渓　卅、　雨水／春暁　以下略　└ウ

七月ゝ並抜萃　惣句三百拾五章之内

題　稲妻　魂祭　初嵐　簑虫　桔梗

小刀にすゝきもかゝる桔梗かな　敏馬浦　竹三
稲つまや取おとしたる銅盥　春花
早稲の穂のわつかに白し初あらし　脇ノ浜　月丘
いな妻に峠こしたる命かな　池田　此橋
稲の香の身にそふ旅のはつ嵐　同　ア柳
みの虫のそれも花摺衣かよ　同　東郷
稲妻や障子になひく屮の影　同　花俤

右　十三印　└8オ

魂まつる船も見て過く湊口　ア柳
いなつまや干忘れたるひとへもの　同　雪狗
樹すかして今朝見初たるあらし哉　竹三
みのむしの蓑に鳴けり旅の宿　春峰
稲つまに見直す山の高きかな　南昌
魂棚や此君いまた世にまさは　敏馬浦　栗洞
いな妻や乗おくれたる仕舞ふね　旹峰
宮城野か部屋をへたてゝ魂まつり　南昌
秋の夜の桔梗の色に明にけり　同　布友

右　十印　└ウ
三十八、ア柳　三十五、竹三　以下略　└ウ・欄外

著者紹介

永井　一彰（ながい　かずあき）

昭和24年岐阜県生まれ。滋賀大学教育学部卒。大谷大学大学院文学研究科博士後期課程満期退学。奈良大学文学部教授。博士（文学）。著書に『蕪村全集・連句編』（講談社、分担執筆）『藤井文政堂板木売買文書』（青裳堂書店）、主要論文に「『おくのほそ道』蛤本の謎」「芭蕉という利権（一）（二）（三）」「板木のありか」「『笈の小文』の板木」「一茶等『七評ちらし』の板木」「俳書の板木」などがある。

月並発句合の研究

2013年5月20日　初版第1刷発行

著　者　永　井　一　彰

装　幀　笠間書院装幀室

発行者　池　田　つ　や　子

発行所　有限会社　**笠間書院**

〒101-0064　東京都千代田区猿楽町2-2-3

☎03-3295-1331㈹　FAX03-3294-0996

振替00110-1-56002

ISBN978-4-305-70696-6

シナノ印刷

落丁・乱丁本はお取りかえいたします。

（本文用紙：中性紙使用）

出版目録は上記住所までご請求下さい。

http://kasamashoin.jp